Polecamy

PORTIER NOSI GARNITUR OD GABBANY

Najnowsza powieść Lauren Weisberger.
Bette Robinson pracuje w dziale bankowości inwestycyjnej z pełnym poświęceniem, bo tego oczekuje się od pracowników wielkich korporacji, ale nienawidzi swojego zajęcia, które nie zostawia jej ani chwili na życie towarzyskie. Lubi czytać romanse i z przyjemnością uczestniczy w zebraniach klubu książki, gdzie dziewczyny marzą o wielkiej miłości. W końcu znużona „wyścigiem szczurów" rezygnuje z posady i zaczyna rozkoszować się pełnią wolności. Kurczące się zasoby finansowe zmuszają ją do znalezienia następnej pracy – udaje jej się zatrudnić w modnej agencji *public relations*. Uczestnictwo w życiu towarzyskim należy tu do obowiązków służbowych. Praca w Kelly & Co. wprowadza Betty na salony najbardziej ekskluzywnych nocnych klubów Manhattanu; dzięki niej może obracać się wśród prawdziwych VIP-ów: sław filmu, estrady, reklamy i prasy. Przypadkowo uznana za nową dziewczynę Philipa Westona, znanego playboya, staje się obiektem zainteresowania paparazzich i plotkarskich kolumn. Doskonale wpływa to na jej pozycję zawodową, ale poważnie ogranicza możliwość nawiązania bliższej znajomości z Sammym, bramkarzem w słynnym klubie Bungalow 8, obiektem romantycznych westchnień. Sammy pragnie być niezależny finansowo i ciężko na to pracuje; do członków nowojorskiej śmietanki towarzyskiej odnosi się z nieskrywanym dystansem...

AMERYKAŃSKIE DZIEWCZYNY POSZUKUJĄ SZCZĘŚCIA

Antologia 17 opowiadań popularnych amerykańskich pisarek, których wspólnym motywem jest poszukiwanie szczęścia i miłości przez współczesne dziewczyny. Humor, trafne obserwacje obyczajowe, świeże spojrzenie na relacje damsko-męskie, to jej najważniejsze zalety. Książka powstała z myślą o wsparciu fundacji Make-A-Wish, zbierającej fundusze na realizację marzeń śmiertelnie chorych dzieci.

LAUREN WEISBERGER

DIABEŁ
UBIERA SIĘ
ᵤPRADY

Z angielskiego przełożyła

HANNA SZAJOWSKA

WARSZAWA 2007

Tytuł oryginału:
THE DEVIL WEARS PRADA

Zdjęcie Lauren Weisberger: Julie Dennis Brothers

Ilustracja na okładce i fotosy z filmu *Diabeł ubiera się u Prady*:
Twentieth Century Fox/CinePix

Redakcja: Barbara Syczewska-Olszewska

Projekt graficzny okładki: Andrzej Kuryłowicz

ISBN-13: 978-83-7359-488-3
ISBN-10: 83-7359-488-4

Dystrybucja
Firma Księgarska Jacek Olesiejuk
Kolejowa 15/17, 01-217 Warszawa
t./f. 022-535-0557, 022-721-3011/7007/7009
www.olesiejuk.pl

Sprzedaż wysyłkowa – księgarnie internetowe
www.merlin.pl
www.ksiazki.wp.pl
www.empik.com

WYDAWNICTWO ALBATROS
ANDRZEJ KURYŁOWICZ
Wiktorii Wiedeńskiej 7/24, 02-954 Warszawa

Warszawa 2007
Wydanie XVIII (A5 – X)
Druk: WZDZ – Drukarnia Lega, Opole

Dedykuję jedynym trzem żyjącym osobom,
które szczerze wierzą, że to konkurencja dla *Wojny i pokoju*:

Mojej mamie, Cheryl, mamie,
„za którą milion dziewczyn dałoby się zabić";

Mojemu ojcu, Steve'owi, który jest przystojny,
inteligentny, błyskotliwy i utalentowany i który uparł się,
żeby napisać własną dedykację;

Mojej fenomenalnej siostrze Danie,
ich ulubienicy (dopóki nie napisałam tej książki).

Podziękowania

Dziękuję czterem osobom, które pomogły mi to urzeczywistnić:

Stacy Creamer — mojej redaktorce. Jeżeli książka was nie bawi, to jej wina... usunęła wszystko, co było naprawdę śmieszne.

Charlesowi Salzbergowi — pisarzowi i nauczycielowi. Ostro na mnie naciskał, żebym ciągnęła ten projekt, więc jeśli książka was nie bawi, wińcie także jego.

Deborah Schneider — nadzwyczajnej agentce. Wciąż mnie zapewnia, że kocha co najmniej piętnaście procent ze wszystkiego, co robię, mówię, a zwłaszcza piszę.

Richardowi Davidowi Story'emu — mojemu byłemu szefowi. Łatwo go kochać teraz, gdy nie muszę już widywać go codziennie przed dziewiątą rano.

I oczywiście wielkie dzięki dla wszystkich, którzy nie oferowali żadnej pomocy, ale obiecali kupić masę egzemplarzy książki, jeżeli zostaną wymienieni z nazwiska. Oto oni:

Dave Baiada, Dan Barasch, Heather Bergida, Lynn Bernstein, Dan Braun, Beth Buschman-Kelly, Helen Coster, Audrey Diamond, Lydia Fakundiny, Wendy Finerman, Chris Fonzone, Kelly Gillespie, Simone

Girner, Cathy Gleason, Jon Goldstein, Eliza Harris, Peter Hedges, Julie Hootkin, Bernie Kelberg, Alli Kirshner, John Knecht, Anna Weber Kneite, Jaime Lewisohn, Bill McCarthy, Dana McMakin, Ricki Miller, Daryl Nierenberg, Witney Rachlin, Drew Reed, Edgar Rosenberg, Brain Seitchik, Jonathan Seitchik, Marni Senofonte, Shalom Shoer, Josh Ufberg, Kyle White i Richard Willis.

A szczególnie Leah Jacobs, Jonowi Rothowi, Joan i Abe'owi Lichtensteinom oraz Weisberegerom: Shirley i Edowi, Judy, Davidowi i Pam, Mike'owi i Michele.

Strzeżcie się wszelkich przedsięwzięć,
które wymagają nowej garderoby.

HENRY DAVID THOREAU, WALDEN, 1854

1

Światła na skrzyżowaniu Siedemnastej i Broadwayu jeszcze nie zdążyły zmienić się na zielone, gdy armia przesadnie pewnych siebie, żółtych taksówek z rykiem przemknęła obok maleństwa, będącego śmiertelną pułapką, które usiłowałam przeprowadzić przez ulice miasta. „Sprzęgło, bieg, gaz (z luzu na jedynkę? czy z pierwszego na drugi?), zwolnić sprzęgło" — powtarzałam w myślach jak mantrę, co dawało niewielką pociechę i jeszcze mniejsze wsparcie pośród ruchu ulicznego. Samochodzik wykonał dwa dzikie susy, zanim niepewnie opuścił skrzyżowanie. Serce podeszło mi do gardła. Niespodziewanie bryknięcia się skończyły i zaczęłam nabierać prędkości. Poważnej prędkości. Zerknęłam w dół, chcąc sprawdzić na własne oczy, że jadę dopiero na drugim biegu, ale tył taksówki w takim tempie wypełniał mi przednią szybę, że nie mogłam zrobić nic innego, jak tylko wcisnąć stopę w pedał hamulca, na tyle mocno, by złamać obcas. Cholera! Kolejna para butów za siedemset dolarów padła ofiarą całkowitego i zupełnego braku gracji w chwilach napięcia: mogłam zapisać na swoje konto trzecią taką katastrofę w tym miesiącu. Gdy samochód znieruchomiał, przyjęłam to niemal z ulgą (najwyraźniej zapomniałam wcisnąć sprzęgło, kiedy hamując, usiłowałam ratować życie). Miałam kilka sekund — spokojnych, jeśli ktoś potrafiłby przeoczyć wściekłe trąbienie i rozmaite formy słowa „spierdalać", którymi obrzucano mnie ze wszystkich stron — żeby ściągnąć pozbawione obcasa buty od Manola i rzucić je na siedzenie pasażera. Nie miałam o co wytrzeć spoconych rąk, chyba że w zamszowe spodnie od Gucciego, które obejmowały uda i biodra tak ciasno, że parę minut po dopięciu ostatniego guzika zaczynałam czuć mrowienie. Palce zostawiły mokre smugi na miękkim zamszu, spowijającym odrętwiałe uda. Próba prowadzenia tego wartego osiemdziesiąt cztery tysiące dolarów samochodu z otwieranym dachem i ręczną skrzynią biegów przez najeżone przeszkodami ulice śródmieścia w porze lunchu wymagała zapalenia papierosa.

— Rusz się, kurwa, kobieto! — wrzasnął ciemnoskóry kierowca. Włosy na jego klatce piersiowej usiłowały się wydostać spod podkoszulka bez rękawów, który miał na sobie. — Myślisz, że co to jest? Nauka jazdy? Zjeżdżaj stąd!

Podniosłam drżącą dłoń, żeby pokazać mu wyprostowany palec, a potem skupiłam uwagę na najbliższym zadaniu: wprowadzeniu w mój krwiobieg nikotyny najszybciej, jak tylko to możliwe. Ręce znów miałam wilgotne od potu, czego dowodem był fakt, że zapałki ciągle ześlizgiwały mi się na podłogę. Światło zmieniło się na zielone akurat wtedy, gdy zdołałam przytknąć ogień do końcówki papierosa i byłam zmuszona pozwolić mu zwisać z ust podczas prób uporania się z tymi zawiłościami: sprzęgło, bieg, gaz (z luzu na jedynkę? czy z pierwszego na drugi?), zwolnić sprzęgło z dymem unoszącym się z moich ust przy każdym oddechu. Przez kolejne trzy kwartały samochód poruszał się dość gładko, żebym mogła wyjąć papierosa z ust, ale już było za późno: ryzykownie długi słupek popiołu znalazł się dokładnie na plamie z potu na moich zamszowych spodniach od Gucciego. Zgroza. Jednak zanim zdążyłam się zastanowić, że licząc buty od Manola, zrujnowałam rzeczy warte trzy tysiące sto dolarów w niespełna trzy minuty, głośno zajęczał mój telefon komórkowy. I zupełnie jakby samo życie nie było w tym konkretnym momencie dostatecznie upierdliwe, identyfikacja numeru potwierdziła moje najgorsze obawy: Ona. Miranda Priestly. Moja szefowa.

— Ahn-dre-ah! Ahn-dre-ah! Ahn-dre-ah, słyszysz mnie? — zawibrował jej głos w chwili, gdy z trzaskiem otworzyłam motorolę — niezły wyczyn, biorąc pod uwagę, że obie moje (bose) stopy i ręce usiłowały już podołać rozmaitym innym obowiązkom. Unieruchomiłam telefon między uchem a ramieniem i wyrzuciłam papierosa przez okno, gdzie prawie udało mu się trafić w posłańca na rowerze. Zanim wyrwał do przodu i zaczął lawirować wśród samochodów, wyrzucił z siebie kilka wysoce nieoryginalnych „spierdalaj".

— Tak, Mirando. Cześć, słyszę cię doskonale.

— Ahn-dre-ah, gdzie jest mój samochód? Odstawiłaś go już do garażu?

Światło przede mną szczęśliwie zmieniło się na czerwone i wyglądało na to, że zapowiada się dłuższy postój. Samochód stanął z szarpnięciem, nie uderzając w nikogo ani w nic, i odetchnęłam z ulgą.

— Jestem w tej chwili w samochodzie, Mirando, i powinnam dotrzeć do garażu za kilka minut. — Uznałam, że prawdopodobnie niepokoi się, czy wszystko dobrze idzie, więc zapewniłam ją, że jak na razie nie ma problemów i niedługo powinniśmy oboje być na miejscu w idealnym stanie.

— Mniejsza z tym — powiedziała szorstko, przerywając mi w pół zdania. — Zanim wrócisz do biura, masz odebrać Mitzy i podrzucić ją do mieszkania. — Klik. Telefon zamilkł. Wpatrywałam się w niego przez kilka sekund, zanim zdałam sobie sprawę, że rozłączyła się świadomie, ponieważ uznała, że podała mi wszystkie szczegóły, jakie powinnam znać. Mitzy. Kim, do cholery, jest Mitzy? Gdzie się w tej chwili znajduje? Czy wie, że mam ją odebrać? Czemu wraca do mieszkania Mirandy? I czemu, na litość boską — biorąc pod uwagę, że Miranda zatrudnia kierowcę na pełen etat, gosposię i nianię — akurat ja mam to zrobić?

Pamiętając, że rozmowa przez telefon komórkowy podczas prowadzenia samochodu jest w Nowym Jorku zabroniona, i uznając, że ostatnie, czego mi w tej chwili potrzeba, to sprzeczka z jakimś nadgorliwym policjantem, zjechałam na pas dla autobusów i włączyłam światła awaryjne. Wdech, wydech, pouczyłam się, pamiętając nawet o zaciągnięciu hamulca ręcznego przed zdjęciem stopy ze zwykłego hamulca. Minęły całe lata, odkąd prowadziłam samochód z ręczną skrzynią biegów — dokładnie pięć, od kiedy mój chłopak z liceum zaoferował swój samochód na kilka lekcji, które mi zdecydowanie nie poszły — ale Miranda najwyraźniej nie brała tego pod uwagę, gdy wezwała mnie do swojego gabinetu półtorej godziny wcześniej.

— Ahn-dre-ah, trzeba odebrać stamtąd mój samochód i odstawić go do garażu. Zajmij się tym niezwłocznie, ponieważ będziemy go potrzebować dziś wieczorem, żeby pojechać do Hamptons. To wszystko. — Stałam jak wrośnięta w dywan przed jej potwornej wielkości biurkiem, ale już zdążyła całkowicie wymazać ze świadomości moją obecność. Albo tak mi się zdawało. — To wszystko, Ahn-dre-ah. Zajmij się tym niezwłocznie — dodała, nie patrząc na mnie.

Ee, jasne, Mirando, pomyślałam, gdy wychodziłam, próbując wykombinować, jaki będzie pierwszy krok przy realizacji zadania, które na pewno kryło w sobie milion pułapek. Po pierwsze, zdecydowanie należało dowiedzieć się, w jakim „stamtąd" znajdował się samochód. Najprawdopodobniej był w naprawie w warsztacie, ale oczywiście mogło to być w dowolnym z miliona salonów samochodowych w każdej z pięciu dzielnic. Albo może pożyczyła go któremuś z przyjaciół i aktualnie zajmował kosztowne miejsce w garażu z pełną obsługą serwisową gdzieś przy Park Avenue. Oczywiście zawsze istniała możliwość, że jej wypowiedź dotyczyła nowego samochodu — marka nieznana — który dopiero co kupiła i jeszcze nie został sprowadzony do domu od (nieznanego) dilera. Miałam masę pracy.

Zaczęłam od telefonu do niani, ale od razu włączyła się poczta głosowa. Następna na liście była gosposia i chociaż raz okazała się bardzo pomocna. Umiała mi powiedzieć, że samochód nie został świeżo nabyty i że chodziło o „zielony, sportowy angielski samochód wyścigowy z otwieranym dachem", który zwykle stał zaparkowany w garażu w budynku, gdzie mieszkała Miranda, ale nie miała pojęcia, co to za marka ani gdzie mógł się znajdować w chwili obecnej. Następna w spisie była asystentka męża Mirandy, która poinformowała mnie, że z tego, co jej wiadomo, para owa posiadała najdroższego z możliwych czarnego lincolna navigatora i jakieś małe, zielone porsche. Tak! Miałam pierwszy ślad. Jeden szybki telefon do dilera samochodów Porsche na Jedenastej Alei, między Dwudziestą Siódmą a Dwudziestą Ósmą Ulicą wyjaśnił, że owszem, właśnie skończyli poprawki lakieru i instalowanie nowego zmieniacza płyt kompaktowych w zielonym kabriolecie sarrera 4 dla pani Mirandy Priestly. Trafiony!

Zamówiłam samochód z Town Car, żeby zawiózł mnie do dilera, gdzie przedstawiłam notatkę ze sfałszowanym przez siebie podpisem Mirandy, z poleceniem wydania mi samochodu. Wyglądało na to, że nikogo nie obchodzi to, że w żaden sposób nie byłam spokrewniona z tą kobietą, że ktoś obcy zjawił się w warsztacie i zażądał cudzego porsche. Rzucili mi kluczyki i tylko się roześmiali, kiedy poprosiłam, by wycofali auto z warsztatu, ponieważ nie byłam pewna, czy dam sobie radę z ręczną skrzynią biegów na wstecznym. Przemieszczenie się o dziesięć kwartałów zajęło mi pół godziny i jeszcze nie wykombinowałam, gdzie ani jak zawrócić, żeby zmierzać w stronę mieszkaniowej części miasta, do miejsca parkingowego w budynku Mirandy, opisanego przez jej gosposię. Szanse, żebym pokonała Siedemdziesiątą Szóstą i Piątą, nie uszkadzając poważnie siebie, samochodu, rowerzysty, pieszego lub innego pojazdu były zerowe, a ten nowy telefon nie przyczynił się do uspokojenia moich nerwów.

Raz jeszcze wykonałam telefoniczną rundkę, ale tym razem niania Mirandy odebrała po drugim sygnale.

— Cara, hej, to ja.

— Hej, co jest? Jesteś na ulicy? Strasznie u ciebie głośno.

— Taa, można tak powiedzieć. Musiałam odebrać porsche

13

Mirandy z warsztatu. Tylko właściwie nie umiem prowadzić z ręczną skrzynią biegów. A teraz dzwoniła i chce, żebym odebrała kogoś imieniem Mitzy i podrzuciła ją do mieszkania. Kto to, do cholery, jest Mitzy i gdzie może być?

Cara śmiała się przez jakieś dziesięć minut, zanim powiedziała:

— Mitzy to ich szczeniak buldożka francuskiego i jest u weterynarza. Właśnie ją sterylizowali. Miałam ją odebrać, ale Miranda zadzwoniła i kazała mi wcześniej zabrać bliźniaczki ze szkoły, żeby wszyscy mogli pojechać do Hamptons.

— Żartujesz. Mam odebrać tym porsche pieprzonego psa? I się nie rozbić? To się w życiu nie uda.

— Jest w szpitalu dla zwierząt East Side na Pięćdziesiątej Drugiej, między Pierwszą a Drugą. Przykro mi, Andy, muszę teraz zabrać dziewczynki, ale dzwoń, gdybym mogła ci jakoś pomóc, okej?

Na wymanewrowanie zieloną bestią we właściwą stronę zużyłam ostatnie rezerwy zdolności koncentracji i kiedy dotarłam do Drugiej Alei, stres doprowadził moje ciało do ruiny. Gorzej już być nie może, pomyślałam, gdy kolejna taksówka znalazła się milimetry od tylnego zderzaka. Zadrapanie w dowolnym miejscu gwarantowałoby mi stratę pracy, to było oczywiste, ale mogłoby też kosztować mnie utratę życia. Ponieważ w środku dnia oczywiście nie było tam żadnego miejsca do parkowania — dozwolonego ani innego — zadzwoniłam z samochodu do weterynarza i poprosiłam, żeby przyprowadzili Mitzy. Kilka minut później zjawiła się miła kobieta (czasu wystarczyło mi akurat na odebranie kolejnego telefonu od Mirandy, tym razem z pytaniem, dlaczego nie wróciłam jeszcze do biura) ze skomlącym, dyszącym szczeniakiem. Kobieta pokazała mi pozszywany brzuch Mitzy i kazała prowadzić bardzo, bardzo ostrożnie, ponieważ pies „odczuwa pewien dyskomfort". Jasne, paniusiu. Jadę bardzo, bardzo ostrożnie wyłącznie po to, żeby ocalić pracę, a może i życie — jeśli pies na tym skorzysta, to wspaniale.

Mitzy zwinęła się w kłębek na siedzeniu pasażera, a ja zapaliłam następnego papierosa i roztarłam zziębnięte bose stopy, żeby palce zdołały naciskać sprzęgło i pedał hamulca. „Sprzęgło, bieg, gaz, zwolnić sprzęgło" — recytowałam monotonnie, starając się nie zwracać uwagi na żałosne wycie psa za każdym razem, kiedy przyśpieszałam. W repertuarze miała płacz, skowyt i sapanie. Kiedy dotarłyśmy do budynku, w którym mieszkała Miranda, kundel był bliski histerii. Próbowałam ją pocieszyć, ale zdołała wyczuć moją niepewność — a poza tym, nie miałam wolnej ręki, którą mogłabym zaoferować uspokajające klepnięcie czy głaskanie. Po to przez cztery lata sporządzałam wykresy i przeprowadzałam rozbiór książek, sztuk, opowiadań i wierszy — żeby mieć okazję pocieszyć małego, białego, podobnego do nietoperza buldoga, jednocześnie starając się nie zrujnować cudzego bardzo, bardzo drogiego samochodu. Słodkie życie. Zawsze o czymś takim marzyłam.

Udało mi się obarczyć portiera Mirandy samochodem i psem bez dalszych przeszkód, ale kiedy wpełzłam do prowadzonego przez szofera samochodu z Town Car, który jeździł za mną po całym mieście, wciąż jeszcze trzęsły mi się ręce.

— Jedziemy z powrotem do Elias-Clark — powiedziałam z długim westchnieniem, gdy kierowca objechał kwartał i wjechał w Park Avenue w kierunku południowym. Ponieważ pokonywałam tę trasę codziennie — czasami dwa razy — wiedziałam, że mam dokładnie sześć minut, żeby odetchnąć i wziąć się w garść, a może nawet wymyślić, w jaki sposób ukryć popiół i plamy z potu, które utrwaliły się na zamszu od Gucciego. Buty — cóż, to było beznadziejne, przynajmniej do czasu, gdy zdoła je naprawić armia szewców, których *Runway* zatrudniał z myślą o takich wypadkach. W rzeczywistości jazda skończyła się po czterech i pół minucie i nie miałam wyboru, musiałam pokuśtykać jak żyrafa z zawrotami głowy w moim komplecie obuwia składającym się z jednej płaskiej podeszwy i jednego dziesięciocentymetrowego obcasa. Krótki przystanek w Szafie zaowocował nowiutką parą sięgających do kolan butów od

Jimmy'ego Choo w kolorze kasztanowym, świetnie wyglądających z miękką, skórzaną spódnicą, którą chwyciłam, rzucając zamszowe spodnie na stos „Pralnia Couture" (gdzie podstawowe ceny za czyszczenie zaczynały się od siedemdziesięciu pięciu dolarów za sztukę). Jedyne, co mi zostało do zrobienia, to krótka wizyta w dziale urody, gdzie jednej z redaktorek wystarczył rzut oka na moją poznaczoną strużkami potu twarz, żeby jednym ruchem wyciągnąć kuferek pełen przyborów do makijażu.

Nieźle, pomyślałam, spoglądając w jedno z wszechobecnych wielkich luster. Nikt by się nie domyślił, że ledwie parę minut temu byłam niebezpiecznie blisko myśli o zamordowaniu samej siebie i wszystkich w pobliżu. Pewnym krokiem weszłam do pokoju asystentek przed gabinetem Mirandy i cichutko zajęłam swoje miejsce, już się ciesząc na parę wolnych chwil, zanim ona wróci z lunchu.

— Ahn-dre-ah — zawołała ze swojego oszczędnie umeblowanego, rozmyślnie stwarzającego wrażenie chłodu gabinetu — gdzie są samochód i szczeniak?

Zerwałam się z miejsca i najszybciej jak to możliwe na dwunastocentymetrowych obcasach pobiegłam po pluszowym dywanie i stanęłam przed jej biurkiem.

— Samochód zostawiłam człowiekowi z obsługi garażu, a Mitzy u twojego portiera, Mirando — powiedziałam, dumna, że wypełniłam oba zadania, nie wykańczając samochodu, psa ani siebie.

— A czemuż miałabyś zrobić coś takiego? — warknęła, po raz pierwszy odkąd weszłam, podnosząc wzrok znad swojego egzemplarza *Women's Wear Daily*. — Wyraźnie prosiłam, żebyś dostarczyła wszystko do biura, ponieważ dziewczynki będą tu lada chwila i musimy wyjść.

— Och, cóż, właściwie zdawało mi się, że powiedziałaś, że chcesz...

— Wystarczy. Szczegóły twojej niekompetencji interesują mnie w bardzo niewielkim stopniu. Weź samochód oraz szcze niaka i sprowadź je tutaj. Spodziewam się, że będziemy gotowe do wyjścia za piętnaście minut. Zrozumiano?

Piętnaście minut? Czy ta kobieta miała zwidy? Minutę lub dwie zajęłoby zejście na dół i wsiadanie do samochodu z Town Car, kolejne cztery lub sześć dostanie się do jej mieszkania, a potem, jak dla mnie, coś w okolicy trzech godzin na znalezienie szczeniaka w jej osiemnastopokojowym apartamencie, wydostanie wierzgającego potwora z ręczną skrzynią biegów z miejsca parkingowego i przejechanie dwudziestu kwartałów do biura.

— Oczywiście, Mirando. Piętnaście minut.

Zaczęłam się znowu trząść w chwili, gdy wybiegłam z jej gabinetu, zastanawiając się, czy moje serce mogłoby po prostu stanąć i poddać się w dojrzałym wieku lat dwudziestu trzech. Pierwszy papieros, którego zapaliłam, wylądował dokładnie na czubku moich nowych butów od Jimmy'ego, gdzie zamiast spaść na cement, tlił się odpowiednio długo, żeby wypalić małą, schludną dziurkę. „Pięknie — wymamrotałam — po prostu, kurwa, pięknie. Zapiszcie na mój rachunek równe cztery tysiące za zniszczone dzisiaj rzeczy — nowy rekord życiowy". Może umrze, zanim wrócę, pomyślałam, dochodząc do wniosku, że teraz przyszedł moment, żeby poszukać w tym jasnej strony. Może, ale tylko może, mogłaby wyciągnąć nogi z powodu czegoś rzadkiego i egzotycznego i wszyscy zostalibyśmy uwolnieni od tego źródła naszych nieszczęść. Zaciągnęłam się ostatni raz przed przydeptaniem papierosa i nakazałam sobie myśleć racjonalnie. Nie chcesz, żeby umarła, pomyślałam, wyciągając się na tylnym siedzeniu. Ponieważ jeśli umrze, stracisz wszelką nadzieję, by zabić ją osobiście. A to rzeczywiście byłaby szkoda.

2

Kiedy pojechałam na pierwsze spotkanie w sprawie pracy i weszłam do jednej z niesławnych wind w Elias-Clark, tych transporterów wszystkiego, co modne, o niczym nie wiedziałam. Nie miałam pojęcia, że najlepiej ustosunkowani autorzy pisujący do plotkarskich rubryk, prominentni członkowie modnego światka i osoby zajmujące wysokie stanowiska w mediach mają obsesję na punkcie nieskazitelnie umalowanych, ubranych i dobranych pasażerów tych posuwistych, cichych wind. Nigdy w życiu nie widziałam kobiet o tak olśniewających blond włosach, nie wiedziałam, że utrzymanie tych markowych pasemek kosztuje sześć tysięcy rocznie ani że inni zorientowani potrafili po szybkim rzucie oka na produkt finalny rozpoznać kolorystę. Nigdy w życiu nie miałam w zasięgu wzroku tak pięknych mężczyzn. Byli idealnie umięśnieni — nie za bardzo muskularni, ponieważ „to nie jest seksowne" — i demonstrowali swoją dozgonną wierność sali gimnastycznej w delikatnie prążkowanych golfach oraz obcisłych skórzanych spodniach. Torby i buty, jakich nigdy nie widziałam u zwykłych ludzi, każdym kawałkiem powierzchni krzyczały Prada! Armani! Versace! Słyszałam od przyjaciółki przyjaciółki — asystentki redakcyjnej w piśmie *Chic* — że w tych właśnie windach dodatkom od czasu do czasu zdarzało się spotykać własnych twórców, wzruszające spotkania, gdzie Miuccia, Giorgio czy Donatella raz jeszcze mogli osobiście podziwiać swoje szpilki z lata dwa tysiące dwa czy torebkę łezkę z wiosennych pokazów *haute couture*. Wiedziałam, że moja sytuacja się zmienia, nie byłam tylko pewna, czy na lepsze.

Przez ostatnie dwadzieścia trzy lata, do chwili obecnej, stanowiłam uosobienie małomiasteczkowej Ameryki. Cała moja egzystencja była idealnie banalna. Dorastanie w Avon w stanie Connecticut oznaczało licealne sporty, spotkania grup młodzieżowych, „alkoholowe imprezy" w ładnych podmiejskich domach, kiedy rodzice dokądś wyjechali. Do szkoły nosiliśmy dresy, w sobotnie wieczory dżinsy, na półoficjalne tańce falbaniaste marszczenia. A college! Cóż, po liceum był to szczyt wyrafinowania. W Brown przewidziano niekończące się zajęcia, kursy i grupy dla artystów, nieprzystosowanych oraz komputerowych świrów wszelkich odmian, jakie można sobie wyobrazić. Dowolne zainteresowania intelektualne czy twórcze, które chciałam pielęgnować, bez względu na to jak są ezoteryczne czy niepopularne, mogły być realizowane w Brown w ten czy inny sposób. Światowa moda była chyba jedynym wyjątkiem od tej szeroko rozreklamowanej zasady. Cztery lata, podczas których plątałam się po Providence w polarze i sportowych butach, ucząc się o francuskich impresjonistach i pisząc nieznośnie rozwlekłe wypracowania z angielskiego, nie przygotowały mnie — w żaden możliwy sposób — do pierwszej pracy po studiach.

Skutecznie odkładałam jej podjęcie najdłużej, jak się dało. Pięć miesięcy od uzyskania dyplomu wydębiłam maksymalną — niezbyt pokaźną — ilość gotówki i wyruszyłam w samotną podróż. Przez miesiąc objechałam pociągiem Europę, znacznie więcej czasu spędzając na plażach niż w muzeach, i niezbyt się przykładałam do utrzymywania kontaktów z domem, nie licząc Aleksa, mojego chłopaka od trzech lat. Alex wiedział, że po pięciu czy coś koło tego tygodniach zaczynałam się czuć samotnie, a ponieważ właśnie skończył się jego kurs nauczycielski i miał kilka miesięcy wolnego przed przydziałem szkoły, zaskoczył mnie w Amsterdamie. W tamtym momencie miałam już za sobą większość Europy, a on odbył tę podróż poprzedniego lata, więc po niezbyt trzeźwym popołudniu w jednej z kafeterii zrobiliśmy zrzutkę i za nasze czeki podróżne kupiliśmy dwa bilety w jedną stronę do Bangkoku.

Razem przebiliśmy się przez większość południowo-wschodniej Azji, rzadko kiedy wydając więcej niż dziesięć dolarów na dzień, i obsesyjnie rozmawialiśmy o naszej przyszłości. Alex był taki podekscytowany rozpoczęciem pracy nauczyciela angielskiego w którejś z niedofinansowanych miejskich szkół, kompletnie owładnięty ideą kształtowania młodych umysłów i służenia wsparciem najbiedniejszym i najbardziej zaniedbanym, jak tylko on potrafił. Ja koniecznie chciałam znaleźć pracę na prasowym rynku wydawniczym. Chociaż wiedziałam, że zaraz po szkole mam bardzo mizerne szanse na zatrudnienie w *New Yorkerze*, postanowiłam, że będę dla nich pisać jeszcze przed piątym zjazdem absolwentów. Zawsze o tym marzyłam, tak naprawdę nigdy nie chciałam pracować gdzie indziej. Pierwszy raz wzięłam *New Yorkera* do ręki, kiedy usłyszałam rodziców dyskutujących o artykule, który właśnie przeczytali, i mama powiedziała: „Ależ był świetnie napisany, takich rzeczy już się nie spotyka", a ojciec się z nią zgodził: „Bez dwóch zdań, to jedyna zręcznie napisana rzecz w dzisiejszym wydaniu". Uwielbiałam to. Kochałam zgryźliwe recenzje i dowcipne komiksy oraz uczucie przynależności do wyjątkowego klubu czytelników, dostępnego tylko dla członków. W ciągu ostatnich siedmiu lat przeczytałam każde wydanie i znałam na pamięć każdy dział, każdego redaktora i autora.

Rozmawialiśmy o tym, jak to oboje rozpoczynamy nowy etap w życiu i jakie mamy szczęście, że robimy to razem, jednak nie śpieszyło nam się z powrotem. Wyczuwając w jakiś sposób, że to ostatni okres spokoju przed przyszłym szaleństwem, przedłużyliśmy w Delhi wizy, żeby mieć kilka dodatkowych tygodni na zwiedzanie egzotycznej indyjskiej prowincji.

Cóż, nie ma to jak skromna czerwonka pełzakowa, żeby z pełną mocą sprowadzić człowieka z powrotem na ziemię.

Wytrzymałam tydzień w ohydnym hinduskim schronisku młodzieżowym, błagając Aleksa, żeby nie zostawiał mnie w tym piekielnym miejscu na pewną śmierć. Cztery dni później wylądowaliśmy w Newark, a moja zatrwożona matka ułożyła mnie na tylnym siedzeniu samochodu i cmokała nade mną całą drogę do domu. W pewien sposób było to spełnione marzenie żydowskiej matki, autentyczny powód do odwiedzania lekarza za lekarzem, żeby zyskać całkowitą pewność, że wszystkie parszywe pasożyty opuściły jej dziewczynkę. Minęły cztery tygodnie, zanim znów poczułam się jak człowiek, i kolejne dwa, nim zrozumiałam, że mieszkanie w domu jest nie do zniesienia. Mama i tato byli wspaniali, ale pytanie, dokąd idę za każdym razem, kiedy wychodziłam z domu — albo gdzie byłam przy każdym powrocie — dość szybko mi się osłuchało. Zadzwoniłam do Lily i zapytałam, czy mogłabym zwalić się na kanapę w jej maleńkiej kawalerce w Harlemie. W dobroci swego serca wyraziła zgodę.

Obudziłam się w tym maleńkim nowojorskim apartamencie mokra od potu. Głowa mi pulsowała; w brzuchu się przelewało; każdy nerw się trząsł — w bardzo nieseksowny sposób. Aj! Wróciło, pomyślałam, przerażona. Pasożyty jakimś sposobem odnalazły drogę do mojego ciała i byłam skazana na wieczne cierpienia! A jeżeli to coś gorszego? Może nabawiłam się rozwijającej się z opóźnieniem gorączki denga? Malarii? Może nawet złapałam wirusa Ebola? Leżałam w ciszy, próbując zmierzyć się z własną nadciągającą śmiercią, kiedy przypomniały mi się wyrywki ostatniej nocy. Zadymiony bar gdzieś w East Village. Coś, co nosi nazwę muzyki transowej. Ostry, różowy drink w szklance do martini — och, mdłości, och, niech to się skończy. Przyjaciele wpadający, żeby powitać mnie w domu. Toast, łyk, kolejny toast. Och, dzięki Bogu, to nie był rzadki szczep wirusa gorączki krwotocznej, tylko po prostu kac. Nigdy nie przyszło mi do głowy, że skoro straciłam dziesięć kilogramów z powodu dyzenterii, nie jestem w stanie pić tyle co dawniej. Sto siedemdziesiąt siedem centymetrów i pięćdziesiąt siedem kilogramów niezbyt dobrze rokują forsownej nocy w knajpie (chociaż, patrząc na to z perspektywy, wręcz znakomicie, jeśli chodzi o znalezienie pracy w czasopiśmie poświęconym modzie).

Ledwie zwlokłam się z kulawej kanapy, na której koczowałam przez ostatni tydzień, i całą swoją energię skupiłam na tym, żeby się nie pochorować. Przystosowanie się do Ameryki — jedzenia, manier, znakomitych pryszniców — nie było specjalnie wyczerpujące, ale status gościa szybko stracił urok nowości. Zdałam sobie sprawę, że zostało mi gdzieś tak półtora tygodnia do chwili, gdy po wymianie resztek bahtów i szekli zostanę bez gotówki, a jedyną metodą na wyciągnięcie pieniędzy od rodziców był powrót do zamkniętego kręgu lekarskich konsultacji. Ta trzeźwiąca myśl była jedynym, co wypchnęło mnie z pościeli w stronę owego rozstrzygającego listopadowego dnia, kiedy to godzina dzieliła mnie od pierwszego spotkania w sprawie pracy. Przez poprzedni tydzień gnieździłam się na kanapie u Lily, wciąż słaba i wyczerpana, aż w końcu krzykiem zmusiła mnie, żebym codziennie dokądś wychodziła — chociaż na parę godzin. Nie mając koncepcji, co innego mogłabym ze sobą zrobić, kupiłam MetroCard i jeździłam metrem, apatycznie podrzucając gdzie bądź podania w sprawie pracy. U ochroniarzy we wszystkich dużych wydawnictwach prasowych zostawiłam papiery z niezbyt przekonującym listem przewodnim, wyjaśniającym, że chciałabym zostać asystentką redakcyjną i nabrać trochę doświadczenia w pisaniu do gazet. Byłam zbyt słaba i zmęczona, żeby się przejmować, czy ktokolwiek rzeczywiście je przeczyta, i ostatnią rzeczą, jakiej się spodziewałam, było zaproszenie na rozmowę wstępną. A jednak dzień wcześniej zadzwonił telefon Lily i, zdumiewające, ktoś z działu zasobów ludzkich w Elias-Clark chciał, żebym przyszła na „pogawędkę"! Nie byłam pewna, czy należy to uznać za oficjalną rozmowę wstępną, czy nie, w każdym razie „pogawędka" wydawała się bardziej strawna.

Popiłam advil peptobismolem i zdołałam złożyć do kupy żakiet i spodnie, które do siebie nie pasowały i żadną miarą nie tworzyły garnituru, ale przynajmniej nie spadały z mojego wyniszczonego ciała. Stroju dopełniały niebieska koszula, umiarkowanie dziarski kucyk i para nieco przydeptanych butów na płaskim obcasie. Nic wspaniałego; właściwie wszystko to graniczyło z krańcową brzydotą, ale musiało wystarczyć. Pamiętam, że pomyślałam: Nie zatrudnią mnie ani nie odrzucą wyłącznie na podstawie stroju. W oczywisty sposób nie wykazałam się specjalną przenikliwością.

Zjawiłam się na czas, żeby zdążyć na rozmowę o jedenastej, i nie panikowałam aż do chwili, gdy natknęłam się na kolejkę długonogich, szczupłych dziewczyn, czekających na pozwolenie zajęcia miejsc w windach. (Te windy!). Wdech, wydech, przypomniałam sobie. Nie wyrzucą cię. Nie wyrzucą cię. Jesteś tu tylko po to, żeby porozmawiać o posadzie asystentki redakcyjnej, a potem wracasz prosto na kanapę. Nie zwymiotujesz. Ależ tak, marzę o pracy w *Reaction*! Cóż, oczywiście, przypuszczam, że *Buzz* byłoby odpowiednie. Och, co takiego? Mogę sama wybrać? Cóż, muszę przez noc dokonać wyboru między propozycją waszą a *Maison Vous*. Znakomicie!

Chwilę później paraduję z niezbyt zgrabną plakietką „gość" na moim niezbyt zgrabnym pseudogarniturze (zdecydowanie później odkryłam, że obeznani w sytuacji goście po prostu wkładają te przepustki do torby albo nawet lepiej, od razu wyrzucają — tylko najbardziej ślamazarne pierdoły faktycznie je noszą) i zmierzam w stronę wind. A potem... wsiadam. W górę, w górę, wysoko do nieba, pędzę przez czas, przestrzeń i nieskończoną seksowność w drodze do... działu personalnego.

Podczas tej szybkiej, cichej jazdy pozwoliłam sobie na chwilę czy dwie odprężenia. Mocne, wywołujące grymas perfumy zmieszane z zapachem nowej skóry potrafiły zmienić te windy z zaledwie funkcjonalnych w prawie erotyczne. Jak strzała przemknęliśmy między piętrami, zatrzymując się, żeby wypuścić piękności z *Chic*, *Mantry*, *Buzz* i *Coquette*. Drzwi otwierały się cicho, z szacunkiem, na idealnie białe pomieszczenia recepcji. Szykowne meble o czystych, prostych liniach prowokowały, żeby na nich usiąść, gotowe krzyknąć w śmiertelnej męce, gdyby ktoś coś — zgroza! — rozlał. Nazwy czasopism wypisane grubą, czarną, rozpoznawalną i niepowtarzalną czcionką widniały na bocznych ścianach holu. Grube, matowe drzwi chroniły poszczególne redakcje. Są to nazwy, które przeciętny Amerykanin rozpoznaje, ale nigdy nie przychodzi mu na myśl, że ich tryby obracają się, kręcą i wirują pod jednym i tym samym, bardzo wysoko umieszczonym dachem.

Nie ukrywałam, że moim największym osiągnięciem zawodowym była praca przy nakładaniu mrożonego jogurtu, ale od przyjaciół, którzy świeżo wkroczyli na drogę kariery, słyszałam dość opowieści, by wiedzieć, że życie korporacji po prostu tak nie wygląda. Nawet w przybliżeniu. Brakowało mdlących jarzeniowych świateł, niebrudzących się wykładzin. Tam gdzie powinny były zasiadać fatalnie ubrane sekretarki, rezydowały wytworne młode dziewczyny o wydatnych kościach policzkowych, ubrane w rzucające na kolana garnitury. Sprzęt biurowy nie istniał! Podstawowe wyposażenie w rodzaju notatników, koszy na śmieci i skoroszytów było po prostu nieobecne. Obejrzałam sześć pięter znikających w wirze białej perfekcji, zanim wyczułam jad i usłyszałam ten głos.

— Co. Za. Suka! Nie mogę dłużej się z nią użerać. Kto robi coś takiego? To znaczy serio. KTO ROBI COŚ TAKIEGO? — zasyczała dwudziestoparoletnia dziewczyna w spódnicy z wężowej skórki i bardzo minimalnym topie na ramiączkach, który to strój byłby bardziej stosowny na gorącą noc w Lotusie niż (zimowy!) dzień w biurze.

— Wiem. Wieeeeem. Znaczy, jak myślisz, co musiałam znosić przez ostatnie sześć miesięcy? Stuprocentowa suka. I do tego potworny gust — zgodziła się jej przyjaciółka, empatycznie potrząsając cudowną, krótką fryzurką.

Łaska boska, że dotarłam na swoje piętro i drzwi windy rozsunęły się na oścież. Ciekawe, pomyślałam. Gdyby porównać to potencjalne środowisko pracy z przeciętnym dniem z życia gimnazjalistki, które podlega ścisłemu podziałowi klanowemu, mogłoby nawet wypaść korzystnie. Stymulujące? Cóż, może nie. Miłe, słodkie, kształcące? Nie, niezupełnie. Miejsce, w którym po prostu chce ci się z uśmiechem wykonywać dobrą robotę? Nie, okej? Nie! Ale jeżeli szukasz czegoś szybkiego, chudego, wyrafinowanego, niesamowicie na czasie i tak stylowego, że aż ściska w dołku, Elias-Clark jest twoją mekką.

Wspaniała biżuteria i nieskazitelny makijaż recepcjonistki z działu personalnego w żaden sposób nie rozproszył mojego przemożnego wrażenia nieprzystawalności. Kazała mi usiąść i „swobodnie sięgnąć po któryś z naszych tytułów". Zamiast się tym zająć, jak szalona usiłowałam zapamiętać nazwiska redaktorów naczelnych wszystkich wydawanych przez firmę tytułów — jakby rzeczywiście mieli mnie z nich przepytać. Ha! Znałam już Stephena Alexandra, oczywiście, z *Reaction*, i nietrudno było zapamiętać Michela Tannera z *Buzza*. Zresztą były to jedyne ciekawe tytuły z tego, co wydawali, oceniłam. Poradzę sobie.

Niska, szczupła kobieta przedstawiła się jako Sharon.

— A więc chcesz wejść na rynek prasowy, kochanie? — zapytała, gdy prowadziła mnie wzdłuż kolejki długonogich, przypominających modelki dziewczyn do swojego puściuteńkiego, zimnego gabinetu. — Ciężka sprawa, prosto po college'u, rozumiesz. Ogromna, ogromna konkurencja do tych kilku posad. A te nieliczne, które są dostępne, cóż! Nie można powiedzieć, żeby były popłatne, jeśli rozumiesz, co mam na myśli.

Spojrzałam na swój tani, źle skompletowany garnitur oraz bardzo nieodpowiednie buty i zastanowiłam się, po co w ogóle się tu fatygowałam. Pogrążona już głęboko w myślach o tym, jak to wczołgam się z powrotem na kanapę, na której spałam, z zapasem chipsów i papierosów wystarczającym na dwa tygodnie, ledwie zauważyłam, kiedy odezwała się niemal szeptem:

— Ale muszę ci powiedzieć, że akurat teraz trafia się niesamowita okazja i jest do wzięcia od zaraz!

Hm. Nastawiłam anteny, próbując ją zmusić, żeby nawiązała ze mną kontakt wzrokowy. Okazja? Od zaraz? Myśli przemykały mi przez głowę w szalonym tempie. Chciała mi pomóc? Polubiła mnie? Ale ja jeszcze nawet nie otworzyłam ust — jak mogła mnie polubić? I właściwie dlaczego zaczęła gadać jak akwizytor?

— Czy możesz mi powiedzieć, jak ma na nazwisko redaktor naczelna *Runwaya*, kochanie? — zapytała, ewidentnie patrząc wprost na mnie po raz pierwszy, odkąd usiadłam.

Pustka. Całkowita i kompletna pustka, nie potrafiłam sobie niczego przypomnieć. Nie mogłam uwierzyć, że mnie przepytuje! Nigdy w życiu nie czytałam żadnego numeru *Runwaya* — nie wolno jej pytać mnie akurat o to. Kogo obchodzi *Runway*. Przecież to magazyn o modzie, na litość boską, nawet nie miałam pewności, czy w ogóle były w nim jakieś teksty, tylko masa wyglądających na zagłodzone modelek i błyszczące reklamy. Jąkałam się przez chwilę czy dwie, a różne nazwiska redaktorów, do których zapamiętania dopiero co zmusiłam swój mózg, wirowały mi w głowie, łącząc się w tańcu w niedobranych parach. Gdzieś w najdalszych zakamarkach umysłu byłam pewna, że znam jej nazwisko — w końcu kto go nie znał? Ale jakoś nie chciało się wykrystalizować w moim otępiałym mózgu.

— Uhm, cóż, chyba nie potrafię przywołać teraz jej nazwiska. Ale wiem, że je znam, oczywiście, że znam. Wszyscy wiedzą, o kogo chodzi! Ja tylko... cóż, wygląda na to, że akurat teraz nie wiem.

Przez chwilę przyglądała mi się badawczo, jej duże brązowe oczy wreszcie były utkwione w mojej aktualnie okrytej potem twarzy.

— Miranda Priestly — niemal wyszeptała z mieszaniną czci i strachu. — Nazywa się Miranda Priestly.

Nastała cisza. Przez, jak miałam wrażenie, pełną minutę żadna z nas nie powiedziała ani słowa, ale potem Sharon najwyraźniej musiała podjąć decyzję, że przymknie oko na moje potknięcie. Nie miałam wówczas pojęcia, że desperacko usiłowała zatrudnić kolejną asystentkę dla Mirandy, nie mogłam wiedzieć, że rozpaczliwie usiłowała powstrzymać tę kobietę od wydzwaniania dzień i noc i dręczenia jej pytaniami o potencjalne kandydatki. Była zdesperowana, żeby kogoś znaleźć, kogokolwiek, kogo Miranda nie odrzuci. I jeśli istniała — chociaż nie wydawało się to prawdopodobne — choćby najmniejsza szansa, że dostanę tę posadę, a co za tym idzie, uwolnię ją, cóż, należało wziąć mnie pod uwagę.

Sharon uśmiechnęła się zdawkowo i stwierdziła, że spotkam się z jedną z dwóch asystentek Mirandy. Dwie asystentki?

— Ależ tak — potwierdziła, patrząc na mnie z irytacją. — Oczywiście, że Miranda potrzebuje dwóch asystentek. Jej aktualna starsza asystentka, Allison, dostała awans i będzie redaktorką w dziale urody *Runwaya*, a Emily, młodsza asystentka, zajmie miejsce Allison. A to oznacza, że droga do stanowiska młodszej asystentki stoi otworem! Andrea, wiem, że dopiero co ukończyłaś college i prawdopodobnie nie do końca jesteś obeznana ze światem czasopism... — Zrobiła dramatyczną pauzę, szukając właściwych słów. — Ale uważam za swój obowiązek, czuję się zobligowana, by ci powiedzieć, że jest to rzeczywiście niewiarygodna szansa. Miranda Priestly... — ponownie zrobiła równie dramatyczną pauzę, jakby w duchu składała głęboki pokłon — Miranda Priestly to najbardziej wpływowa spośród kobiet w świecie mody i zdecydowanie jedna z najbardziej wybitnych redaktorek naczelnych na światowym rynku czasopism. Światowym! Szansa, żeby dla niej pracować, obserwować ją, gdy przygotowuje materiały do publikacji i spotyka się ze sławnymi autorami i modelkami, pomagać jej w dokonywaniu tego, co robi każdego kolejnego dnia, cóż, nie muszę chyba mówić, że to szansa na pracę, za którą milion dziewczyn dałoby się zabić.

— Hm, taa, to znaczy tak, to rzeczywiście brzmi cudownie — powiedziałam, przelotnie zastanawiając się, czemu Sharon usiłuje mnie namówić na coś, za co milion innych ludzi dałoby się zabić. Ale nie było czasu, żeby się nad tym zastanawiać. Podniosła słuchawkę i rzuciła kilka słów, po czym już prowadziła mnie na rozmowę z dwoma asystentkami Mirandy.

Uważałam, że Sharon zaczyna gadać trochę jak robot, ale potem nastąpiło spotkanie z Emily. Udałam się na dół, na dwunaste piętro, i zaczekałam w nieskazitelnie białej recepcji *Runwaya*. Nieco ponad pół godziny trwało, zanim wysoka, chuda dziewczyna wychynęła zza szklanych drzwi. Z bioder zwisała jej skórzana, sięgająca do łydek spódnica, a nieposłuszne rude włosy były spiętrzone w jeden z tych bałaganiarskich, a jednocześnie nadal szykownych koków na czubku głowy. Skórę miała idealną i bladą, bez nawet pojedynczego piega czy plamki, perfekcyjnie obciągającą najwyżej umieszczone kości policzkowe, jakie kiedykolwiek widziałam. Nie uśmiechnęła się. Usiadła obok i zmierzyła mnie wzrokiem, poważnie, ale z oczywistym brakiem zainteresowania. Pobieżnie. A potem, nieproszona, nie przedstawiając się, dziewczyna, którą uznałam za Emily, przystąpiła do opisu obowiązków. Monotonia jej stwierdzeń powiedziała mi więcej niż słowa: najwyraźniej przechodziła już przez to szereg razy, niespecjalnie wierzyła, żebym różniła się od reszty, i w efekcie nie zamierzała tracić na mnie czasu.

— Jest ciężko, to bez wątpienia. Będą czternastogodzinne dni pracy, rozumiesz, nie często, ale dostatecznie często — trajkotała, nadal na mnie nie patrząc. — I ważne, byś zrozumiała, że nie będzie żadnej pracy redakcyjnej. Jako młodsza asystentka Mirandy będziesz odpowiedzialna wyłącznie za uprzedzanie jej potrzeb i ich zaspokajanie. A to może być wszystko, od zamówienia jej ulubionej papeterii po towarzyszenie jej w wyprawie na zakupy. W każdym razie to zawsze dobra zabawa. To znaczy będziesz mogła spędzać z tą absolutnie niesamowitą kobietą dzień po dniu, tydzień po tygodniu. A naprawdę jest niesamowita — westchnęła, sprawiając wrażenie nieco ożywionej po raz pierwszy, odkąd zaczęłyśmy rozmawiać.

— Brzmi świetnie — powiedziałam i rzeczywiście tak myślałam. Moi przyjaciele, którzy zatrudnili się natychmiast po dyplomie, odpracowali już równe sześć miesięcy na swoich posadach najniższego szczebla i opowiadania ich wszystkich brzmiały żałośnie. Banki, firmy reklamowe, wydawnictwa książkowe — nie miało to znaczenia — wszyscy sprawiali wrażenie kompletnie umęczonych. Jęczeli z powodu długich godzin pracy, współpracowników i polityki biurowej, ale przede wszystkim gorzko narzekali na nudę. W porównaniu ze szkołą zadania, których realizacji od nich wymagano, były bezmyślne, niepotrzebne, odpowiednie dla szympansa. Opowiadali o wielu, bardzo wielu godzinach poświęconych na wklepywanie liczb do baz danych i telefonicznym nękaniu ludzi, którzy nie chcieli, żeby do nich dzwoniono. O apatycznym katalogowaniu na ekranie komputera informacji zbieranych latami i prowadzeniu miesiącami badań na kompletnie niedorzeczne tematy, by przełożeni myśleli, że są produktywni. Wszyscy przysięgali, że w tym krótkim czasie od uzyskania dyplomu naprawdę zdążyli zgłupieć, i nie widzieli przed sobą drogi ucieczki. Może i niezbyt kochałam modę, ale na pewno wolałam robić przez cały dzień coś będącego „dobrą zabawą", niż dać się wciągnąć w jakąś nudę.

— Tak. To świetne. Po prostu świetne. To znaczy naprawdę, naprawdę świetne. No cóż, miło było cię poznać, pójdę po Allison, żeby się z tobą spotkała. Ona też jest świetna. — I niemal w tej samej chwili, gdy skończyła i w poszumie skóry oraz loków znikła za szkłem, pojawiła się wystrzałowa postać.

Ta niewiarygodnie piękna czarna dziewczyna przedstawiła się jako Allison, starsza asystentka Mirandy, która właśnie awansowała, i z miejsca się zorientowałam, że była niemożliwie szczupła (można by to uznać za przypadek niewłaściwego ukierunkowania instynktu pielęgnowanego od czasów żeńskiego stowarzyszenia studenckiego). Nie mogłam jednak skupić się na tym, jak jej brzuch zapadał się do środka ani jak kości miednicy wystawały na zewnątrz, ponieważ urzekł mnie fakt, że w ogóle odsłaniała brzuch w pracy. Ubrana była w czarne skórzane spodnie, równie miękkie jak obcisłe, i włochaty (a może futrzasty?) biały top na ramiączkach, ciasno opinający biust i kończący się pięć centymetrów nad pępkiem. Długie włosy, atramentowo czarne, okrywały jej plecy niczym gruby, lśniący koc. Paznokcie u rąk i nóg miała powleczone olśniewającą bielą, która wydawała się świecić od środka, a sandały bez palców dodawały jej już i tak liczącej metr osiemdziesiąt sylwetce dodatkowe siedem i pół centymetra. Udało jej się wyglądać jednocześnie niewiarygodnie seksownie, półnago i z klasą, ale mnie wydała się przede wszystkim zlodowaciała. Dosłownie. W końcu była połowa listopada.

— Cześć, jestem Allison, jak prawdopodobnie już wiesz — zaczęła, zeskubując nieco puchu pochodzącego z futrzastego topu z ledwie istniejącego, obleczonego skórą uda. — Dostałam właśnie awans na stanowisko redaktora, a to naprawdę wspaniała sprawa, jeśli chodzi o pracę z Mirandą. Tak, godziny są długie i praca ciężka, ale ma niewiarygodny splendor i milion dziewczyn dałoby się za nią zabić. A Miranda jest taką cudowną kobietą, redaktorem, osobą, że naprawdę opiekuje się swoimi dziewczynami. Pracując dla niej tylko przez rok, przeskoczysz całe lata, lata wspinania się po kolejnych szczeblach; jeżeli masz talent, wyśle cię prosto na szczyt i... — paplała chaotycznie, nie zadając sobie trudu, żeby na mnie popatrzeć ani udać najlżejsze choćby przekonanie do tego, co mówiła. Chociaż nie zrobiła na mnie wrażenia szczególnie głupiej, jej oczy były szkliste w sposób charakterystyczny wyłącznie dla wyznawców kultu albo człowieka poddanego kompletnemu praniu mózgu. Odniosłam wrażenie, że mogłabym zasnąć, dłubać w nosie albo po prostu wyjść, a ona niekoniecznie by to zauważyła.

Kiedy wreszcie zakończyła swoją wypowiedź i poszła udzielać informacji kolejnej kandydatce, prawie zapadłam się w pluszową sofę. Wszystko działo się tak szybko, w szalonym tempie wymykało spod kontroli, a jednak czułam podniecenie. I co z tego, że nie wiedziałam, kim jest Miranda Priestly, pomyślałam. Wszyscy pozostali najwyraźniej byli pod dostatecznie wielkim wrażeniem. Taak, to czasopismo zajmujące się modą, a nie coś ciekawszego, ale o niebo lepiej pracować w *Runwayu* niż w jakimś okropnym wydawnictwie branżowym, prawda? W końcu przy składaniu podania o pracę w *New Yorkerze* prestiż związany z posiadaniem w CV *Runwaya* na pewno podniósłby moją wiarygodność bardziej niż umieszczenie tam, powiedzmy, *Popularnego Mechanika*. A poza tym, na pewno milion dziewczyn rzeczywiście dałoby się zabić za tę pracę.

Po półgodzinie takich przemyśleń na terenie recepcji zjawiła się kolejna wysoka i niemożliwie chuda dziewczyna. Przedstawiła się, ale nie mogłam się skupić na niczym oprócz jej ciała. Miała na sobie obcisłą, postrzępioną spódnicę dżinsową, przejrzystą, białą koszulę i srebrne sandały z pasków. Również ona była idealnie opalona, z idealnym manikiurem i częściowo rozebrana — w środku zimy. Dopiero w chwili, gdy wskazała mi ruchem ręki, żebym weszła za nią przez szklane drzwi, i musiałam wstać, boleśnie zdałam sobie sprawę z własnego horrendalnie niestosownego stroju, oklapłych włosów oraz całkowitego braku dodatków, biżuterii czy makijażu. Myśl o tym, co miałam na sobie — fakt, że przyniosłam coś przypominającego teczkę — prześladuje mnie do dziś. Kiedy przypomnę sobie, do jakiego stopnia wyglądałam na szarą mysz wśród tych najbardziej barwnych i stylowych kobiet w Nowym Jorku, czuję, że twarz mi płonie czerwienią. Znacznie później, gdy zaczęłam zbliżać się do zostania jedną z nich, dowiedziałam się, jak się ze mnie śmiały pomiędzy kolejnymi etapami spotkania.

Po nieuniknionych oględzinach od stóp do głów Powalająca Szprycha zaprowadziła mnie do biura Cheryl Kerston, szefowej działu redakcyjnego *Runwaya* i ogólnie lubianej wariatki. Ona też przemawiała do mnie przez jakieś straszne godziny, ale tym razem naprawdę słuchałam. Słuchałam, bo wyglądało na to, że kocha swoją pracę, z podnieceniem opowiadała o „słownych" aspektach czasopisma, cudownym materiale, który czyta, autorach, którymi zarządza i redaktorach, których nadzoruje.

— Nie mam absolutnie nic wspólnego z modą w piśmie — oświadczyła dumnie — więc te pytania lepiej zachowaj dla kogoś innego.

Kiedy powiedziałam, że tak naprawdę to jej praca przemawia mi do wyobraźni i nie jestem szczególnie zainteresowana modą ani nie mam wiedzy w tym zakresie, jej półuśmiech poszerzył się do rozmiarów prawdziwego uśmiechu.

— Cóż, w takim razie, Andrea, możesz być dokładnie tą osobą, której tu potrzebujemy. Chyba czas, żebyś poznała Mirandę. Pozwolisz, że coś ci poradzę? Patrz jej prosto w oczy i sprzedaj, co masz do sprzedania. Graj twardo, a ona to doceni.

I jakby na ten sygnał majestatycznie weszła jej asystentka, żeby odprowadzić mnie do biura Mirandy. Był to zaledwie trzydziestosekundowy spacer, ale zdołałam wyczuć, że skierowano na mnie wszystkie oczy. Zerkano na mnie zza nieprzejrzystych szyb części redakcyjnej i z otwartych przestrzeni boksów należących do asystentów. Szprycha przy kopiarce odwróciła się, żeby zmierzyć mnie wzrokiem, podobnie absolutnie wspaniały facet, chociaż wyraźnie gej i tylko z intencją oceny mojego stroju. Kiedy już miałam przejść przez drzwi, które zaprowadziłyby mnie do biura asystentek przed gabinetem Mirandy, Emily chwyciła moją teczkę i wrzuciła ją pod własne biurko. Potrzebny był zaledwie moment, żebym zdała sobie sprawę, że wiadomość brzmi: „Weź to, a stracisz wszelką wiarygodność". A potem stałam w jej gabinecie, otwartej przestrzeni o ogromnych oknach i wlewającego się strumieniami jasnego światła. Żadne inne szczegóły dotyczące tej przestrzeni nie zrobiły na mnie wówczas wrażenia; nie mogłam oderwać oczu od niej samej.

Ponieważ nigdy nie miałam przed oczami nawet zdjęcia Mirandy Priestly, byłam zaszokowana, widząc, jaka jest koścista. Ręka, którą wyciągnęła, okazała się drobnokoścista, kobieca, miękka. Musiała unieść głowę, żeby spojrzeć mi w oczy, jednak nie wstała na powitanie. Po mistrzowsku rozjaśnione blond włosy miała zebrane z tyłu w szykowny węzeł, celowo dość luźny, żeby wyglądał zwyczajnie, ale nadal w najwyższym stopniu staranny, i chociaż się nie uśmiechała, nie robiła szczególnie onieśmielającego wrażenia. Wydawała się raczej delikatna i w jakiś sposób skurczona za swoim złowieszczym czarnym biurkiem i chociaż nie poprosiła, żebym usiadła, czułam się dość swobodnie, by zająć jedno z niewygodnych czarnych krzeseł. I wówczas to zauważyłam: obserwowała mnie z natężeniem, notując w duchu z czymś na kształt rozbawienia moje usiłowania, by zachować się stosownie i z gracją. Protekcjonalne i krępujące, owszem, ale, oceniłam, nie jakoś szczególnie złośliwe. Odezwała się pierwsza.

— Co cię sprowadza do *Runwaya*, Ahn-dre-ah? — zapytała ze swoim arystokratycznym, brytyjskim akcentem, ani na chwilę nie przestając patrzeć mi w oczy.

— Odbyłam rozmowę wstępną z Sharon i powiedziała mi, że szuka pani asystentki — zaczęłam trochę drżącym głosem. Kiedy skinęła głową, nabrałam nieco pewności siebie. — A teraz, po spotkaniach z Emily, Allison i Cheryl mam wrażenie, że jasno rozumiem, jakiego rodzaju osoby pani szuka, i jestem przekonana, że byłabym idealną kandydatką do tej pracy — stwierdziłam, przypominając sobie słowa Cheryl. Przez chwilę wyglądała na ubawioną, ale nie wydawała się poruszona.

Dokładnie w tym momencie zaczęłam rozpaczliwie chcieć tej posady w sposób, w jaki ludzie pragną rzeczy, które uważają za nieosiągalne. Może nie było to porównywalne z dostaniem się na prawo albo opublikowaniem eseju w uniwersyteckiej gazecie, ale było, w moim spragnionym wówczas sukcesów umyśle, prawdziwym wyzwaniem — wyzwaniem, ponieważ występowałam z pozycji oszustki, i to niezbyt zręcznej. Od chwili gdy weszłam na piętro zajmowane przez *Runway*, wiedziałam, że nie należę do tego miejsca. Moje ubranie i włosy były w oczywisty sposób niewłaściwe, ale w bardziej jaskrawy sposób niestosowne było moje zachowanie. Nic nie wiedziałam o modzie i nic mnie to nie obchodziło. Kompletnie. I właśnie dlatego musiałam dostać tę pracę. A poza tym, milion dziewczyn dałoby się za nią zabić.

Odpowiadałam na jej osobiste pytania z bezpośredniością i pewnością siebie, które mnie zaskoczyły. Na onieśmielenie nie było czasu. W końcu wydawała się dość przyjemna, a ja, co zdumiewające, nie znałam przeczących temu faktów. Drobne potknięcie nastąpiło, gdy dopytywała się, jakie znam języki obce. Kiedy oznajmiłam, że hebrajski, zamilkła, płasko przycisnęła dłonie do biurka i odezwała się lodowato:

— Hebrajski? Liczyłam na francuski albo przynajmniej coś bardziej użytecznego.

O mało jej nie przeprosiłam, ale się powstrzymałam.

— Niestety, nie znam ani słowa po francusku, ale jestem pewna, że to nie będzie problemem.

Ponownie splotła ręce.

— Napisano tu, że studiowałaś w Brown.

— Tak, wybrałam angielski jako przedmiot główny, koncentrowałam się na kreatywnym pisaniu. Pisanie zawsze było moją namiętnością. — Co za niesmaczne stwierdzenie! Zganiłam się w duchu. Czy naprawdę musiałam użyć słowa „namiętność"?

— Czy w takim razie twój pociąg do pisania oznacza, że nie jesteś szczególnie zainteresowana modą? — Pociągnęła łyk musującego płynu ze szklanki i cicho ją odstawiła. Jeden szybki rzut oka wyjaśnił, że należała do kobiet, które potrafią pić, nie zostawiając tych obrzydliwych śladów szminki. Zawsze, bez względu na porę, miała usta idealnie obrysowane konturówką i wypełnione pomadką.

— Och nie, oczywiście że nie. Uwielbiam modę — skłamałam dosyć gładko. — Cieszę się, że mogłabym więcej dowiedzieć się o modzie, bo uważam, że cudownie byłoby pewnego dnia o tym pisać. — Skąd, do cholery, wzięłam coś takiego? Zaczynałam się czuć obco we własnym ciele, powtarzałam słowa innych ludzi!

Wszystko posuwało się z tą samą względną łatwością, dopóki nie zadała swojego finalnego pytania: Które czasopisma czytuję regularnie? Z zapałem pochyliłam się wprzód i zaczęłam mówić:

— Cóż, prenumeruję tylko *New Yorkera* i *Newsweeka*, ale regularnie czytam *Buzza*. Czasami *Time*, ale jest zbyt nużący, a *U.S. News* zanadto konserwatywne. Oczywiście z podszytą poczuciem winy przyjemnością przeglądam *Chic*, a odkąd wróciłam z wyjazdu, czytam wszystkie magazyny podróżnicze i...

— A czy czytasz *Runwaya*, Ahn-dre-ah? — przerwała mi, pochylając się nad biurkiem i wpatrując się we mnie jeszcze uważniej niż przedtem.

Nastąpiło to tak szybko, tak niespodziewanie, że po raz pierwszy tego dnia dałam się zaskoczyć. Nie skłamałam i nie wdawałam się w szczegóły, nie próbowałam też niczego wyjaśniać.

— Nie.

Po jakichś dziesięciu sekundach kamiennego milczenia gestem przywołała Emily, żeby odprowadziła mnie do wyjścia. Wiedziałam, że mam tę pracę.

3

— Z pewnością nie zapowiada się, żebyś dostała tę pracę. —
Alex, mój chłopak, powiedział to miękko, bawiąc się moimi
włosami, gdy po wyczerpującym dniu oparłam pulsującą głowę
na jego kolanach. Prosto z rozmowy wstępnej pojechałam do
jego mieszkania w Brooklynie, nie chcąc przespać kolejnej
nocy na kanapie Lily i czując potrzebę opowiedzenia mu
o wszystkim, co się właśnie wydarzyło. — Nawet nie rozumiem,
czemu w ogóle miałabyś chcieć ją dostać. — Po chwili czy
dwóch zrewidował swój pogląd. — Właściwie to rzeczywiście
wygląda na absolutnie fenomenalną okazję. To znaczy, jeżeli ta
dziewczyna, Allison, zaczynała jako asystentka Mirandy, a teraz
jest redaktorką w tym czasopiśmie, no cóż, jak dla mnie to
brzmi wystarczająco dobrze. Powinnaś w to wejść.

Tak bardzo się starał sprawiać wrażenie naprawdę zainteresowanego moim problemem. Spotykaliśmy się od trzeciego
roku w Brown i znałam każde drgnienie jego głosu, spojrzenie,
każdy znak. Dopiero co, kilka tygodni wcześniej, zaczął pracę
w państwowej szkole w Bronksie i był taki zmarnowany,
że ledwie mógł mówić. Chociaż jego dzieciaki miały zaledwie
po dziewięć lat, z rozczarowaniem przekonał się, jakie już
stały się nieczułe i cyniczne. Był zniesmaczony tym, że wszystkie swobodnie mówiły o obciąganiu, znały dziesięć różnych
slangowych określeń trawy i lubiły się przechwalać na temat

towaru, który ukradły, albo licytować, czyj kuzyn aktualnie przebywał w cięższym więzieniu. Alex zaczął o nich mówić „więzienni koneserzy".

— Umieliby napisać książkę o subtelnej przewadze Sing Singu nad Riker's, ale nie potrafią przeczytać ani słowa po angielsku. — Próbował wykombinować, jak mógłby wprowadzić jakieś zmiany na lepsze.

Wsunęłam rękę pod jego podkoszulek i zaczęłam drapać go po plecach. Biedak wyglądał tak żałośnie, że poczułam się winna, zawracając mu głowę szczegółami spotkania, ale po prostu musiałam z kimś o tym porozmawiać.

— Wiem. Rozumiem, że to zajęcie nie będzie miało nic wspólnego z pracą redakcyjną, ale za parę miesięcy na pewno będę w stanie coś napisać — powiedziałam. — Nie uważasz, że praca w czasopiśmie o modzie to kompletne zaprzedanie się, prawda?

Uścisnął moje ramię i położył się obok.

— Masz znakomite pióro, kochanie, i wiem, że wszędzie będziesz fantastyczna. I oczywiście, że to żadne zaprzedanie. To cena, którą musisz zapłacić. Mówisz, że jeżeli spędzisz rok w *Runwayu*, oszczędzisz sobie trzech lat gównianej roboty na stanowisku asystentki gdzie indziej?

Kiwnęłam głową.

— Emily i Allison stwierdziły, że to działa automatycznie. Pracujesz przez rok dla Mirandy i nie zostajesz zwolniony, a ona wykonuje telefon i załatwia ci pracę, gdzie zechcesz.

— Więc jak mogłabyś się nie zgodzić? Serio, Andy, przepracujesz rok i dostaniesz posadę w *New Yorkerze*. Zawsze tego chciałaś! I z pewnością wygląda na to, że dostaniesz się tam znacznie szybciej, decydując się na to, a nie na coś innego.

— Masz rację, masz całkowitą rację.

— A poza tym to gwarantuje, że przeprowadzasz się do Nowego Jorku, co, muszę stwierdzić, wydaje mi się teraz bardzo pociągające. — Pocałował mnie, to był jeden z tych długich, leniwych pocałunków, które uważałam za nasz prywatny wynalazek. — Przestań się tak martwić. Sama powiedziałaś, że wciąż nie jesteś pewna, czy dostałaś tę pracę. Poczekamy, zobaczymy.

Ugotowaliśmy prosty obiad i zasnęliśmy, oglądając Lettermana. Śniły mi się małe, szkaradne dziewięciolatki uprawiające seks na placu zabaw, pociągające whisky z litrowych butli i wrzeszczące na mojego słodkiego, kochającego chłopaka, kiedy zadzwonił telefon.

Alex odebrał i przycisnął słuchawkę do ucha, ale nie zadał sobie trudu, żeby otworzyć oczy czy powiedzieć „halo". Szybko przerzucił ją do mnie. Nie byłam pewna, czy potrafię zebrać dość energii, żeby odpowiedzieć.

— Halo? — wymamrotałam, zerkając na zegarek i widząc, że jest piętnaście po siódmej. Kto, do cholery, mógł dzwonić o takiej godzinie?

— To ja — warknęła Lily wściekłym głosem.

— Cześć, wszystko w porządku?

— A myślisz, że dzwoniłabym, gdyby wszystko było w porządku? Mam takiego kaca, że mogłabym umrzeć, wreszcie przestałam rzygać na dość długo, żeby zasnąć, i zostałam obudzona przez jakąś potwornie dziarską kobietę, która powiedziała, że pracuje w dziale personalnym Elias-Clark. Szuka ciebie. Jest siódma piętnaście, cholera. Oddzwoń do niej i powiedz jej, żeby zgubiła mój numer.

— Przepraszam, Lily. Podałam im twój numer, bo nie mam jeszcze komórki. Nie mogę uwierzyć, że zadzwoniła tak wcześnie! Ciekawe, czy to dobrze, czy źle? — Wzięłam telefon bezprzewodowy i wykradłam się z sypialni, cicho zamykając za sobą drzwi.

— Wszystko jedno. Powodzenia. Daj mi znać, jak poszło. Tylko nie przez najbliższe cztery godziny, okej?

— Jasne. Dzięki. I przepraszam.

Ponownie spojrzałam na zegarek i nie mogłam uwierzyć, że mam zaraz odbyć służbową rozmowę. Nastawiłam dzbanek kawy, zaczekałam, aż skończy się parzyć i zabrałam filiżankę na kanapę. Nadszedł czas, żeby zadzwonić, nie miałam wyboru.

— Halo, tu Andrea Sachs — powiedziałam stanowczo, ale zdradziło mnie głuche, zachrypnięte brzmienie głosu, które świadczyło o tym, że ledwie otworzyłam oczy.

— Andrea, dzień dobry! Mam nadzieję, że nie zadzwoniłam zbyt wcześnie — zaszczebiotała, jej głos był pełen pogody. — Na pewno nie, kochanie, zwłaszcza że już niedługo będziesz musiała zostać rannym ptaszkiem! Mam bardzo dobre wiadomości. Zrobiłaś na Mirandzie wielkie wrażenie i powiedziała, że nie może się doczekać, żeby z tobą pracować. Czyż to nie cudownie? Gratulacje, kochanie. Jakie to uczucie zostać nową asystentką Mirandy Priestly? Wyobrażam sobie, że jesteś wręcz...

Kręciło mi się w głowie. Spróbowałam zwlec się z kanapy, żeby wziąć więcej kawy, wody, czegokolwiek, co mogłoby mi rozjaśnić myśli i przełożyć jej słowa na angielski, ale tylko głębiej zapadłam się w poduszki. Pytała mnie, czy chciałabym dostać tę pracę? Czy może składała mi oficjalną propozycję? Nie potrafiłam doszukać się sensu w niczym, co powiedziała, w niczym oprócz faktu, że spodobałam się Mirandzie Priestly.

— ...zachwycona tymi wieściami. Kto by nie był, prawda? No więc zobaczmy, możesz zacząć w poniedziałek, prawda? Możesz wpaść do mnie na krótkie rozeznanie, a potem dostarczymy cię prosto do biura Mirandy. Ona sama będzie w Paryżu na pokazach, ale to świetny moment, żeby zacząć. Da ci trochę czasu na zawarcie znajomości z innymi dziewczętami, och, wszystkie są takie słodkie! — Rozeznanie? Co? Zacząć w poniedziałek? Słodkie? Wszystko to jakoś nie chciało złożyć się do kupy w moim otępiałym umyśle. Uchwyciłam się pojedynczej frazy, którą zrozumiałam, i na nią zareagowałam.

— Hm, cóż, nie sądzę, żebym mogła zacząć w poniedziałek — powiedziałam cicho, mając nadzieje, że to, co mówię, rzeczywiście ma sens. Wypowiedzenie tych słów wstrząsnęło mną na tyle, że na wpół się obudziłam. Dzień wcześniej pierwszy raz w życiu weszłam w progi Elias-Clark, a teraz zostałam zerwana z łóżka, żeby wysłuchać kogoś, kto mówi, iż mam zacząć pracę za trzy dni. Był piątek — cholerna siódma rano — i chcieli, żebym zaczęła w poniedziałek? Odniosłam wrażenie, że wszystko w szalonym tempie wymyka się spod kontroli. Skąd ten absurdalny pośpiech? Czy ta kobieta była taka ważna, tak bardzo mnie potrzebowała? I dlaczego właściwie w głosie samej Sharon słychać było taki strach przed Mirandą?

Praca od poniedziałku byłaby niemożliwa. Nie miałam gdzie mieszkać. Moją bazę stanowił dom rodziców w Avon, dokąd z niechęcią ponownie wprowadziłam się po uzyskaniu dyplomu i gdzie została większość moich rzeczy, kiedy przez lato podróżowałam. Wszystkie ubrania odpowiednie do rozmów w sprawie pracy były zwalone na kupę na kanapie Lily. Starałam się zmywać, opróżniać popielniczki i kupować litry haagendazs, żeby mnie nie znienawidziła, ale uważałam, że muszę dać jej jakże pożądany oddech od mojej niekończącej się obecności, więc w weekendy koczowałam u Aleksa. To oznaczało, że wszystkie ciuchy weekendowe, wyjściowe i przybory do makijażu były u Aleksa w Brooklynie, laptop i zdekompletowane kostiumy w kawalerce Lily w Harlemie, a reszta mojego życia w domu rodziców w Avon. Nie miałam w Nowym Jorku mieszkania i nie do końca rozumiałam, skąd wszyscy wiedzą, że Madison Avenue prowadzi w górę, a Broadway w dół. Właściwie nie wiedziałam, co znaczy ta „góra". A ona chciała, żebym zaczęła w poniedziałek?

— Hm, cóż, nie sądzę, żebym dała radę w ten poniedziałek, bo aktualnie nie mieszkam w Nowym Jorku — wyjaśniłam szybko, ściskając słuchawkę — i potrzebuję kilku dni, żeby znaleźć mieszkanie, kupić jakieś meble i się przeprowadzić.

— Och, no tak, cóż. W takim razie przypuszczam, że środa będzie w porządku — prychnęła.

Po kilku minutach targów ostatecznie stanęło na poniedziałku za tydzień, siedemnastego listopada. Dawało mi to trochę ponad osiem dni na znalezienie i umeblowanie domu na jednym z najbardziej szalonych rynków nieruchomości na świecie.

Rozłączyłam się i bezwolnie opadłam na kanapę. Ręce mi

się trzęsły i pozwoliłam, żeby telefon upadł na podłogę. Tydzień. Miałam tydzień, żeby zacząć pracę na posadzie, którą właśnie przyjęłam, jako asystentka Mirandy Priestly. Ale zaraz! To właśnie mnie męczyło... tak naprawdę nie przyjęłam tej pracy, ponieważ nie została mi oficjalnie zaproponowana. Sharon nie musiała nawet wygłosić słów „Chcielibyśmy złożyć ci propozycję", skoro uznała za pewnik, że każdy o choćby śladowej inteligencji po prostu by się zgodził. O mało nie roześmiałam się na głos. Czy to była jakaś taktyka wojenna, którą doprowadzili do perfekcji? Zaczekaj, aż ofiara po niezwykle forsownej nocy wejdzie wreszcie głęboko w fazę REM i wtedy uracz ją wiadomością, która zmieni jej życie. Czy po prostu założyła, że składanie czegoś tak przyziemnego, jak oferta pracy i czekanie na jej przyjęcie, byłoby stratą czasu, biorąc pod uwagę, że chodzi o *Runway*? Sharon uznała po prostu, że bez wątpienia chwycę w lot tę okazję, że taka szansa zrobi na mnie wstrząsające wrażenie. I jak to zwykle w Elias-Clark, miała rację. Wszystko wydarzyło się tak szybko, w tak szaleńczym tempie, że nie było czasu debatować i deliberować jak zwykle. Ale miałam przeczucie, że to naprawdę szansa, którą odrzucić mógłby tylko szaleniec, że to naprawdę mógł być wspaniały pierwszy krok na drodze do *New Yorkera*. Musiałam spróbować. Miałam szczęście, że mi się to trafiło.

Pełna nowej energii przełknęłam resztę kawy, zaparzyłam kolejną filiżankę dla Aleksa i wzięłam szybki, gorący prysznic. Kiedy wróciłam do jego pokoju, właśnie siadał na łóżku.

— Już jesteś ubrana? — zapytał, macając w poszukiwaniu okularów w cienkiej, metalowej oprawce, bez których nic nie widział. — Rano ktoś dzwonił czy tylko mi się śniło?

— To nie sen — odparłam, wpełzając z powrotem pod kołdrę, chociaż miałam na sobie dżinsy i golf. Uważałam, żeby mokrymi włosami nie zmoczyć poduszek. — To była Lily. Zadzwoniła do niej kobieta z działu personalnego w Elias-Clark, bo taki im podałam numer. I zgadnij co?

— Masz tę pracę?

— Mam tę pracę!

— No, chodź tu! — powiedział, przytulając mnie. — Taki jestem z ciebie dumny! Wspaniała wiadomość.

— I naprawdę uważasz, że to dobra okazja? Wiem, że o tym rozmawialiśmy, ale nawet nie dali mi szansy na podjęcie decyzji. Ona po prostu założyła, że przyjmę tę posadę.

— To niesamowita szansa. Moda to nie jest najgorsza rzecz na świecie, może nawet będzie ciekawie. Dobra, może trochę przesadziłem. Ale mając *Runway* w CV, list od tej Mirandy i może nawet kilka publikacji do czasu, kiedy z tym skończysz, cholera, możesz wszystko. *New Yorker* będzie się do ciebie dobijał.

— Mam nadzieję, że tak będzie. — Zerwałam się na równe nogi i zaczęłam wrzucać rzeczy do plecaka. — Nadal się zgadzasz, żebym pożyczyła twój samochód? Im szybciej dostanę się do domu, tym prędzej wrócę. Nie żeby to miało jakieś znaczenie, bo przeprowadzam się do Nowego Jorku. To oficjalna wiadomość!

Alex dwa razy w tygodniu jeździł do domu w Westchesterze, żeby pilnować młodszego braciszka, kiedy jego mama musiała pracować do późna. Mama pozwoliła mu zabrać do miasta swój stary wóz. Nie potrzebował go przed czwartkiem, a do tej pory zamierzałam wrócić. I tak planowałam pojechać na ten weekend do domu, a teraz jeszcze miałam do przekazania dobre wieści.

— Jasne. Nie ma sprawy. Stoi jakieś pół kwartału w dół Grand. Kluczyki na stole w kuchni. Zadzwoń do mnie, kiedy dojedziesz, dobrze?

— Zadzwonię. Na pewno nie chcesz pojechać? Będzie wspaniałe żarcie. Moja mama zamawia tylko to, co najlepsze.

— Brzmi kusząco. Wiesz, że bym chciał, ale namówiłem kilku młodszych nauczycieli, żeby się spotkać jutro wieczorem. Pomyślałem, że to pomoże nam się zintegrować, by pracować w zespole. Naprawdę nie mogę tego przegapić.

— Cholerny dobroczyńca. Zawsze czyni dobro, wprowadza dobry nastrój, gdzie się nie ruszy. Gdybym cię tak nie kochała, musiałabym cię nienawidzić. — Pochyliłam się i pocałowałam go.

— E tam, gadanie. Udanego weekendu.

— Tobie też. Pa.

Znalazłam jego małą zieloną jettę za pierwszym podejściem i poświęciłam zaledwie dwadzieścia minut na poszukiwanie autostrady prowadzącej do Dziewięćdziesiątej Siódmej Północnej, która okazała się pusta. Jak na listopad dzień był mroźny; temperatura w granicach minus jeden i na poboczach widziało się gładkie, zamarznięte placki. Słońce świeciło tym zimowym blaskiem, który każe nieprzyzwyczajonym oczom łzawić i mrugać, a w płucach czułam zimne, czyste powietrze. Całą drogę jechałam z opuszczonymi szybami, słuchając piosenki Lena *Sunshine*, ustawionej na automatyczne powtarzanie. Wilgotne włosy zebrałam jedną ręką w koński ogon, żeby nie wpadały mi do oczu, i chuchałam w dłonie, by je rozgrzać albo przynajmniej zachować dość ciepła do utrzymania kierownicy. Ledwie sześć miesięcy od skończenia college'u i moje życie miało wyrwać do przodu. Miranda Priestly, aż do wczoraj obca, ale rzeczywiście wpływowa kobieta, wybrała właśnie mnie, żebym przyłączyła się do jej zespołu. Teraz miałam konkretny powód, żeby opuścić Connecticut i przenieść się — całkiem sama, jak zrobiłby to prawdziwy dorosły człowiek — na Manhattan i uczynić go swoim domem. Kiedy wjeżdżałam na podjazd przed rodzinnym domem, ogarnęła mnie czysta radość. We wstecznym lusterku widziałam swoje czerwone i wysmagane wiatrem policzki i dziko fruwające włosy. Nie miałam makijażu, a dżinsy były brudne od dreptania przez miejską breję. Ale w tamtej chwili czułam się piękna. Naturalna, zimna, czysta i rześka z rozmachem otworzyłam frontowe drzwi i zawołałam mamę. To był ostatni w życiu moment, kiedy czułam się tak lekko i radośnie.

— Tydzień? Kochanie, po prostu nie rozumiem, jak masz zacząć pracę za tydzień — powiedziała moja matka, mieszając łyżeczką herbatę. Siedziałyśmy przy stole w kuchni na naszych zwykłych miejscach, mama pijąc tę co zwykle herbatę bez teiny ze słodzikiem, ja trzymając w ręku ten sam co zwykle kubek herbaty English Breakfast z cukrem. Chociaż nie mieszkałam w domu od czterech lat, wystarczyły te kubki herbaty z mikrofalówki i kilka słoików z masłem orzechowym Reese'a, by mi się zdawało, że nigdy stąd nie wyjeżdżałam.

— Cóż, nie mam wyboru i szczerze mówiąc, poszczęściło mi się, że dano mi tyle czasu. Powinnaś usłyszeć, jak się ta kobieta upierała przez telefon — stwierdziłam. Matka spojrzała na mnie bez wyrazu. — Zresztą wszystko jedno, nie będę się tym przejmować. Właśnie dostałam pracę w naprawdę sławnym czasopiśmie u jednej z najpotężniejszych kobiet w branży. Pracę, za którą milion dziewczyn dałoby się zabić.

Uśmiechnęłyśmy się do siebie, tylko że jej uśmiech był podszyty smutkiem.

— Cieszę się razem z tobą — oznajmiła. — Mam taką piękną, dorosłą córkę. Wiem, że to będzie początek cudownego, naprawdę cudownego okresu w twoim życiu, kochanie. Ach, pamiętam ukończenie college'u i przeprowadzkę do Nowego Jorku. Całkiem sama w tym wielkim, zwariowanym mieście. Trochę to straszne, ale takie podniecające. Chcę, żebyś rozkoszowała się każdą minutą tego czasu, wszystkimi sztukami i filmami, ludźmi, zakupami i książkami. To będzie najlepszy okres twojego życia, po prostu to wiem. — Położyła dłoń na mojej, coś, czego zwykle nie robiła. — Taka jestem z ciebie dumna.

— Dzięki, mamo. Czy to znaczy, że jesteś wystarczająco dumna, żeby kupić mi mieszkanie, meble i nową garderobę?

— Taa, jasne — odparła i pacnęła mnie w głowę magazynem w drodze do kuchenki mikrofalowej, żeby podgrzać kolejne dwa kubki herbaty. Nie powiedziała nie, ale też nie chwyciła z miejsca za książeczkę czekową.

Resztę wieczoru spędziłam, wysyłając maile do wszystkich, których znałam, z pytaniem, czy ktoś nie potrzebuje współlokatora albo nie zna kogoś, kto potrzebuje. Zostawiłam kilka

wiadomości w sieci i obdzwoniłam ludzi, z którymi nie rozmawiałam od miesięcy. Nic z tego. Doszłam do wniosku, że
moja jedyna szansa — nie licząc przeprowadzki na stałe na
kanapę Lily i nieuniknionego zrujnowania naszej przyjaźni albo
zwalenia się na głowę Aleksowi, na co żadne z nas nie było
gotowe — to podnająć pokój na krótki okres, dopóki nie
rozeznam się w mieście. Lepiej już znaleźć gdzieś osobny
pokój, najchętniej umeblowany, żebym tym też nie musiała się
zajmować.

Telefon zadzwonił zaraz po północy i rzuciłam się do niego,
prawie spadając przy tej okazji z mojego podwójnego, dziecięcego łóżka. Oprawione, opatrzone autografem zdjęcie Chrisa
Everta, bohatera mojego dzieciństwa, uśmiechnęło się do mnie
ze ściany tuż spod tablicy, na której nadal były przyklejone
wycinki z gazet z Kirkiem Cameronem, ukochanym z czasów
dzieciństwa. Uśmiechnęłam się do telefonu.

— Cześć, mistrzu, tu Alex — powiedział tonem, który
oznacza, że coś się wydarzyło. Nie sposób było określić, czy to
coś dobrego, czy złego. — Właśnie dostałem mail, że pewna
dziewczyna, Tracy McMakin, szuka współlokatorki. Dziewczyna z Princeton. Zdaje mi się, że kiedyś ją poznałem. Umawia
się z Andrew, kompletnie normalna. Jesteś zainteresowana?

— Jasne, czemu nie? Masz jej numer?

— Nie, tylko mail, ale prześlę ci wiadomość od niej i możesz
się z nią skontaktować. Myślę, że będzie dobra.

Wysłałam mail do Tracy, kiedy skończyłam rozmowę z Aleksem, a potem wreszcie trochę się przespałam w swoim własnym
łóżku. Może, chociaż tylko może, to wypali.

Tracy McMakin: nie za bardzo. Jej ciemne i depresyjne
mieszkanie było w środku Hell's Kitchen *, a kiedy się tam

---

* Hell's Kitchen, dzielnica NJ między Czternastą i Pięćdziesiątą Drugą
Ulicą a Ósmą Aleją, ciesząca się sławą „gangsterskiej".

zjawiłam, o schody opierał się ćpun. Pozostałe były nie lepsze. Para szukająca kogoś do wynajęcia wolnego pokoju w swoim mieszkaniu, która aluzyjnie napomknęła o konieczności tolerowania nieustannie i głośno uprawianego seksu; artystka nieco po trzydziestce z czterema kotami i gorącym pragnieniem posiadania większej ich liczby; sypialnia przy końcu długiego, ciemnego korytarza bez okien i szaf; dwudziestoletni gej w, jak to sam określił, „fazie niechlujstwa". Każdy żałosny pokój, jaki odwiedziłam, był wyceniony na dobrze ponad tysiąc dolarów, a moja pensja zamykała się w ogromnej kwocie trzydziestu dwóch tysięcy pięciuset dolarów rocznie. I chociaż matematyka nigdy nie należała do moich mocnych stron, nie trzeba geniusza, by obliczyć, że czynsz zjadłby z niej ponad dwanaście tysięcy. A teraz, kiedy byłam „dorosła", rodzice skonfiskowali mi kartę kredytową do użycia w „sytuacjach awaryjnych". Słodkie.

Lily zniosła całe trzy dni rozczarowań. A ponieważ była żywotnie zainteresowana pozbyciem się mnie ze swojej kanapy na dobre, wysłała maile do wszystkich znajomych. Ktoś ze studium doktoranckiego na Columbii miał przyjaciela, który miał szefa, który znał dwie dziewczyny, które szukały współlokatorki. Natychmiast zadzwoniłam i porozmawiałam z miłą dziewczyną o imieniu Shanti. Powiedziała mi, że ona i jej przyjaciółka Kendra szukają kogoś, kto wprowadziłby się do ich mieszkania na Upper East Side, do maleńkiego pokoju, ale z oknem, szafą i nawet ścianą z wyeksponowanymi cegłami. Za osiemset dolarów miesięcznie. Zapytałam, czy w mieszkaniu są łazienka i kuchnia. Były (bez zmywarki, wanny i windy, oczywiście, ale trudno od pierwszego razu oczekiwać życia w luksusie). Trafiony. Shanti i Kendra okazały się bardzo słodkimi i cichymi hinduskimi dziewczynami, które właśnie skończyły Duke, pracowały w piekielnym wymiarze godzin w bankowości inwestycyjnej i jak dla mnie, tego pierwszego i każdego kolejnego dnia, były całkowicie nie do odróżnienia. Znalazłam dom.

4

Spałam w moim pokoju w East Village już trzecią noc i wciąż czułam się jak obca w obcym miejscu. Pokój był miniaturowy. Może trochę większy niż szopa na podwórzu za domem w Avon, ale niezbyt. I w przeciwieństwie do większości pustych przestrzeni, które, umeblowane, rzeczywiście wydają się większe, mój pokój po wstawieniu mebli skurczył się o połowę. Naiwnie przyjrzałam się kwadracikowi podłogi i stwierdziłam, że musi być zbliżony do pokoju normalnych rozmiarów i po prostu kupię zwykły zestaw do sypialni: łóżko, komodę, może nocny stolik albo dwa. Pojechałyśmy z Lily samochodem Aleksa do Ikei, tej mekki poststudenckich mieszkań, i wybrałam piękny drewniany komplet w jasnym kolorze oraz tkany dywan w odcieniach błękitu, ciemnego błękitu, granatu i indygo. Podobnie jak moda, sztuka dekoracji wnętrz nie należała do moich mocnych stron: uznałam, że Ikea weszła w „okres niebieski". Kupiłyśmy narzutę ze wzorem w niebieskie plamki i najbardziej puchatą kołdrę, jaką mieli w sprzedaży. Lily przekonała mnie, żeby wziąć jedną z tych lamp z chińskiego ryżowego papieru na nocny stolik, a ja wybrałam oprawione czarno-białe zdjęcia, które miały stanowić dopełnienie głębokiej czerwonej surowości mojej gorąco reklamowanej ściany z wyeksponowanymi cegłami. Eleganckie, proste i bardzo zen. Idealne do mojego pierwszego dorosłego pokoju w wielkim mieście.

Idealne do chwili, kiedy wszystko dostarczono. Wyglądało na to, że zwyczajnie obejrzeć pokój to niezupełnie to samo, co go zmierzyć. Nic nie pasowało. Alex złożył łóżko i gdy dopchnął je do ściany z wyeksponowanymi cegłami (tak w kodzie z Manhattanu określano nieotynkowaną ścianę), zajęło cały pokój. Musiałam odesłać panów dostawców z komodą z sześcioma szufladami, dwoma uroczymi nocnymi stolikami i nawet lustrem, w którym można się było przejrzeć w całości. Alex i ci faceci podnieśli jednak łóżko i zdołałam wsunąć pod nie błękitny dywan, a kilka błękitnych centymetrów wyjrzało spod drewnianego potwora. Lampa z ryżowego papieru nie miała nocnego stolika ani komody, na której mogłaby stanąć, więc umieściłam ją po prostu na podłodze, zaklinowaną na piętnastu centymetrach między ramą łóżka a przesuwanymi drzwiami szafy. I chociaż wypróbowałam specjalną taśmę montażową, gwoździe, wodoodporną taśmę klejącą, śruby, druty, superklej, taśmę dwustronną i masę przekleństw, oprawione fotografie odmówiły przywarcia do ściany z wyeksponowanymi cegłami. Po niemal trzech godzinach wysiłków i obtarciu kostek do krwi i żywego mięsa w końcu oparłam je o parapet. I bardzo dobrze, pomyślałam. Zasłaniały trochę panoramiczny widok, jaki kobieta mieszkająca po przeciwnej stronie szybu wentylacyjnego miała wprost na mój pokój. Zresztą wszystko to było bez znaczenia. I szyb wentylacyjny zamiast majestatycznego horyzontu, i brak szuflad, i szafa zbyt mała, żeby powiesić zimowy płaszcz. Pokój należał do mnie — pierwszy, który mogłam urządzić całkiem sama, bez udziału rodziców czy współlokatorów — i byłam nim zachwycona.

Trwał niedzielny wieczór przed moim pierwszym dniem pracy i nie byłam w stanie robić nic innego, jak tylko dręczyć się tym, w co się nazajutrz ubrać. Kendra, milsza z moich dwóch współmieszkanek, co chwila wtykała głowę przez drzwi i cicho pytała, czy mogłaby w czymś pomóc. Biorąc pod uwagę, że obie codziennie nosiły do pracy ultrakonserwatywne kostiumy, odrzuciłam pomoc z zakresu stylizacji. Pochodziłam po salonie tyle, ile dałam radę w sytuacji, gdy długość pokoju wynosiła pięć kroków i usiadłam na futonie przed telewizorem. Co się nosi pierwszego dnia pracy dla najmodniejszego redaktora zajmującego się modą w najmodniejszym istniejącym magazynie poświęconym modzie? Słyszałam nazwę Prada (od kilku Japonek, które w Brown nosiły plecaki tej marki) i Louis Vuitton (ponieważ obie moje babcie chlubiły się sygnowanymi torbami, bez świadomości, jakie są odlotowe) i może nawet Gucci (bo kto nie słyszał o Guccim?). Ale z pewnością nie miałam ani jednego ich ciucha i nie wiedziałabym, co z nimi zrobić, nawet gdyby cała zawartość wszystkich tych trzech sklepów znajdowała się w mojej miniaturowej szafie. Wróciłam do swojego pokoju — albo raczej sięgającego od ściany do ściany łóżka, który nazywałam pokojem — i opadłam na to wielkie, piękne łoże, waląc kostką w zajmującą tyle miejsca ramę. Cholera. Co teraz?

Po strasznych udrękach i masie przerzucania ciuchów ostatecznie zdecydowałam się na jasnoniebieski kaszmirowy sweter i czarną spódnicę do kolan z czarnymi kozakami do kolan. Wiedziałam już, że teczka nie przejdzie, więc nie zostało mi nic innego, jak tylko użyć mojej czarnej płóciennej torebki. Pamiętam, że tamtej nocy próbowałam okrążyć masywne łóżko w kozakach na wysokich obcasach, spódnicy i bez bluzki i że usiadłam odpocząć, wyczerpana tym wysiłkiem.

Najwyraźniej zmógł mnie niepokój, ponieważ obudziłam się o szóstej rano wyłącznie dzięki przypływowi adrenaliny. Zerwałam się na równe nogi. Przez cały tydzień moje nerwy znosiły stan permanentnego przeciążenia i wydawało mi się, że głowa mi eksploduje. Miałam dokładnie półtorej godziny, żeby wziąć prysznic, ubrać się i z przypominającego akademik budynku na rogu Dziewięćdziesiątej Szóstej i Trzeciej dostać się do śródmieścia środkiem transportu publicznego, zadanie wciąż jeszcze groźne i onieśmielające. Oznaczało to, że muszę przeznaczyć godzinę na podróż i pół godziny, żeby zrobić się na bóstwo.

Prysznic był potworny. Wydobywał z siebie wysoki, piskliwy głos jak jeden z tych gwizdków do tresury psów, wytrwale lejąc letnią wodę aż do chwili, gdy właśnie miałam spod niego wyjść i stanąć w lodowato zimnej łazience, w którym to momencie woda zmieniła się we wrzątek. Wystarczyły trzy dni, żebym zaczęła sprintem opuszczać łóżko, odkręcać prysznic z piętnastominutowym wyprzedzeniem i zmierzać z powrotem pod kołdrę. Kiedy po pstryknięciu budzika trzy kolejne razy udawałam się do łazienki, żeby zacząć drugą rundę, lustra były całe zaparowane od cudownie gorącej — choć sączącej się z trudem — wody.

Wbiłam się w swój ciasny, niewygodny strój i stałam w drzwiach w dwadzieścia pięć minut — rekord. Odnalezienie najbliższej stacji metra trwało tylko dziesięć minut — coś, co powinnam była zrobić poprzedniego wieczoru, ale byłam zbyt zajęta wyszydzaniem sugestii mojej matki na temat zrobienia „rekonesansu", żebym się nie zgubiła. Kiedy tydzień wcześniej pojechałam na rozmowę w sprawie pracy, wzięłam taksówkę, i zdążyłam już nabrać przekonania, że ten eksperyment z metrem okaże się koszmarny. Jednak w budce siedziała, co godne uwagi, pracownica mówiąca po angielsku, która poinstruowała mnie, żebym szóstką pojechała na Pięćdziesiątą Dziewiątą Ulicę. Powiedziała, że wyjdę prosto na Pięćdziesiątą Dziewiątą i będę musiała przejść dwa kwartały na zachód do Madison. Łatwizna. Jechałam zimnym pociągiem w milczeniu; jedna z osób dość szalonych, żeby być na nogach i przemieszczać się o tak żałosnej porze w środku listopada. Jak na razie bez problemów — żadnych potknięć do chwili, gdy nadeszła pora, żeby przenieść się na poziom ulicy.

Skorzystałam z najbliższych schodów i wyszłam prosto w lodowaty dzień, jedyne widoczne światło dochodziło z całodobowego monopolowego. Za plecami miałam Bloomingdale'a, ale nic poza tym nie wyglądało znajomo. Elias-Clark, Elias--Clark, Elias-Clark. Gdzie był ten budynek? Obróciłam się w miejscu o sto osiemdziesiąt stopni, aż zobaczyłam znak z nazwą: Sześćdziesiąta Ulica i Lexington. Cóż, Pięćdziesiąta Dziewiąta nie może być daleko od Sześćdziesiątej, ale którędy powinnam pójść, żeby ulice prowadziły na zachód? I gdzie było Madison w stosunku do Lexington? Nic mi się nie przypomniało z wizyty w budynku tydzień wcześniej, bo zostałam wysadzona tuż przed frontem. Przeszłam się, szczęśliwa, że zostawiłam trochę czasu na zgubienie się do tego stopnia, do jakiego się zgubiłam, i w końcu zanurkowałam do delikatesów na filiżankę kawy.

— Dzień dobry panu. Wygląda na to, że nie mogę dojść do budynku Elias-Clark. Czy mógłby pan skierować mnie we właściwą stronę? — zapytałam stojącego za kasą mężczyznę o nerwowym wyglądzie. Starałam się nie uśmiechać słodko, pamiętając o tym, co wszyscy mi mówili; nie jestem już w Avon, a ludzie tutaj niezbyt pozytywnie reagują na dobre maniery. Popatrzył na mnie spode łba i poczułam niepokój, że uznał mnie za niegrzeczną. Uśmiechnęłam się słodko.

— Jeden dolah — powiedział, wyciągając rękę.

— Kasuje mnie pan za wskazanie drogi?

— Jeden dolah, chude mleko albo czahna, ty wybiehasz.

Gapiłam się na niego przez chwilę, zanim zdałam sobie sprawę, że znał angielski w zakresie wystarczającym wyłącznie do rozmowy o kawie.

— Och, chude mleko będzie idealne. Bardzo dziękuję. — Wręczyłam dolara i wyszłam, zagubiona bardziej niż kiedykolwiek. Pytałam ludzi, którzy pracowali w budce z gazetami, jako zamiatacze ulic, nawet człowieka, który siedział skulony w jednym z tych ruchomych stoisk ze śniadaniami. Ani jedna osoba nie rozumiała mnie dość dobrze, żeby chociaż wskazać w kierunku Pięćdziesiątej Dziewiątej i Madison, i nawiedziła mnie przelotna wizja Delhi, depresji, dyzenterii. Nie! Znajdę go.

Kilka kolejnych minut błąkania się bez celu po budzącym się śródmieściu rzeczywiście zaprowadziło mnie do frontowych drzwi budynku Elias-Clark. W ciemności wczesnego poranka hol jaśniał za szklanymi drzwiami i w pierwszej chwili wyglądał na ciepłe, przyjazne miejsce. Kiedy jednak pchnęłam obrotowe drzwi, żeby wejść, stawiły opór. Pchałam mocniej i mocniej, aż w końcu napierałam na nie całym ciężarem, twarz miałam prawie przyciśniętą do szyby i dopiero wtedy drgnęły. Gdy zaczęły się poruszać, z początku przesuwały się wolno, skłaniając mnie do jeszcze mocniejszego pchania, ale kiedy tylko nabrały nieco rozpędu, szklany potwór odwrócił się nagle, uderzając mnie z tyłu i zmuszając do wyraźnie widocznego drobienia nogami i ślizgania się, żeby zachować pozycję stojącą. Mężczyzna za biurkiem ochrony roześmiał się.

— Niezłe, co? Nie pierwszy raz to widzę i pewnie nie ostatni. — Tłuste policzki trzęsły mu się ze śmiechu. — Bywają tu niezłe numery.

Obejrzałam go sobie szybko i postanowiłam znienawidzić, wiedziałam też, że nigdy mnie nie polubi, bez względu na to, co powiem albo jak się zachowam. Mimo wszystko uśmiechnęłam się.

— Jestem Andrea — powiedziałam, zsuwając wełnianą rękawiczkę z jednym palcem i wyciągając rękę przez biurko. — Dziś jest mój pierwszy dzień pracy w *Runwayu*. Jestem nową asystentką Mirandy Priestly.

— A mnie jest przykro! — ryknął, rozradowany odchylając okrągłą głowę. — Możesz mi mówić: A mnie jest przykro! Ha! Ha! Ha! Hej, Eduardo, zobacz no tylko. Jedna z nowych niewolnic Mirandy! Skąd ty jesteś, dziewczyno, z całym tym przyjacielskim gównem? Z Topeka w pierdolonym Kansas? Ona cię zje żywcem, ha, ha, ha!

Zanim zdążyłam odpowiedzieć, podszedł korpulentny mężczyzna noszący taki sam uniform i bez śladu jakiejkolwiek subtelności zmierzył mnie od góry do dołu. Nastawiłam się na kolejne kpiny i rubaszne żarty, ale nie nastąpiły. Zamiast tego odwrócił do mnie miłą twarz i spojrzał mi w oczy.

— Jestem Eduardo, a ten idiota tutaj to Mickey — powiedział, wskazując pierwszego mężczyznę, który wyglądał na rozzłoszczonego, że Eduardo zachowuje się w cywilizowany sposób i psuje całą zabawę. — Nie zwracaj sobie na niego uwagi, tylko sobie ściebie żartuje. — Mówił mieszanym akcentem hiszpańsko-nowojorskim, biorąc do ręki książkę wejść. — Wypełnij tylko te tutaj informacje i dam ci tymczasową przepustkę do weścia na górę. Powiedz im, że poczebujesz mieć kartę ze swoim zdjęciem z działu personalnego.

Musiałam spojrzeć na niego z wdzięcznością, bo poczuł się zakłopotany i przesunął książkę po blacie.

— No, to teraz się wpisz. I życzę szczęścia, dziewczyno. Będzie ci dziś poczebne.

Byłam w tamtym momencie zbyt zdenerwowana i wyczerpana, żeby prosić go o wyjaśnienie, a poza tym, właściwie nie musiałam. Jedną z niewielu rzeczy, które zdążyłam zrobić w tygodniu między przyjęciem posady a rozpoczęciem pracy, było zgromadzenie pewnej wiedzy o mojej nowej szefowej. Wrzuciłam jej nazwisko do wyszukiwarki i z zaskoczeniem przekonałam się, że Miranda Priestly urodziła się jako Miriam Princhek w londyńskim West Endzie. Jej rodzina była taka jak wszystkie inne ortodoksyjne żydowskie rodziny w mieście: niesamowicie biedna, ale pobożna. Ojciec od czasu do czasu wykonywał różne dziwne prace, ale przeważnie byli zależni od wsparcia ze strony gminy, ponieważ większość czasu spędzał na studiowaniu żydowskich tekstów. Matka Miriam umarła przy jej narodzinach, więc przeprowadziła się do nich babka i pomagała wychowywać dzieci. A dzieci tam nie brakowało! W sumie jedenaścioro. Miriam była najmłodsza. Większość jej braci i sióstr pracowała fizycznie jak ojciec i niewiele mieli czasu na cokolwiek poza modlitwą i robotą; kilkoro zdołało dostać się na uniwersytety i przejść przez nie tylko po to, by młodo się pożenić i założyć własne duże rodziny. Miriam jako jedyna wyłamała się z rodzinnej tradycji.

Oszczędzając drobne kwoty, którymi starsze rodzeństwo wspomagało ją, kiedy mogło, Miriam rzuciła liceum, jak tylko skończyła siedemnaście lat — zaledwie trzy miesiące przed jego ukończeniem — żeby podjąć pracę asystentki u wybijającego się angielskiego projektanta, co sezon pomagając w organizacji pokazów. Po kilku latach wyrabiania sobie nazwiska i nauki francuskiego po nocach jako jedna z ulubienic kwitnącego londyńskiego świata mody załapała się do francuskiego magazynu *Chic* w Paryżu. W tamtym czasie niewiele już miała wspólnego z rodziną: oni nie rozumieli jej życia czy ambicji, a ją wprawiała w zakłopotanie ich staroświecka pobożność i zdecydowany brak wyrafinowania. Całkowity rozdział od rodziny nastąpił niedługo po przyłączeniu się do francuskiego *Chic*, kiedy to dwudziestoczteroletnia Miriam Princhek stała się Mirandą Priestly, wężowym sposobem zrzucając z siebie niezaprzeczalnie etniczne nazwisko na rzecz nowego, bardziej buńczucznego. Twardy cockney został w krótkim czasie zastąpiony doskonalonym z oddaniem akcentem osoby wykształconej. Przed trzydziestką transformacja Miriam z żydowskiej wieśniaczki w świecką ozdobę eleganckiego towarzystwa była zakończona. Szybko i bezwzględnie poprawiała swoje notowania w świecie czasopism.

Dziesięć lat stała za sterem francuskiego *Runwaya*, zanim Elias przeniósł ją na pozycję numer jeden w amerykańskim wydaniu; było to najwyższe osiągnięcie. Przeprowadziła swoje dwie córki i ówczesnego męża, gwiazdę rocka (skwapliwie porzucił londyńskie bagno na rzecz amerykańskiej popularności), do apartamentu na najwyższym piętrze budynku na rogu Piątej Alei i Siedemdziesiątej Szóstej Ulicy, po czym zapoczątkowała nową erę w magazynie *Runway*: okres Priestly, który zbliżał się do szóstego roku panowania, gdy rozpoczynałam pierwszy dzień pracy.

Jakimś ślepym trafem miałam zacząć pracę niemal miesiąc przed powrotem Mirandy do biura. Co roku brała urlop, który zaczynał się na tydzień przed Świętem Dziękczynienia i kończył tuż po Nowym Roku. Zazwyczaj spędzała kilka tygodni w mieszkaniu, które utrzymywała w Londynie, ale tym razem, jak mi powiedziano, na dwa tygodnie zaciągnęła męża i córki do posiadłości Oscara de la Renty na Dominikanie, by potem na Boże Narodzenie i Nowy Rok przenieść się do Ritza w Paryżu. Ostrzeżono mnie, że chociaż teoretycznie „na urlopie", będzie nadal w pełni dyspozycyjna i cały czas zajęta pracą, a zatem to samo dotyczy każdego członka personelu. Miałam zostać stosownie przygotowana i wytresowana pod nieobecność jej wysokości. W ten sposób Miranda nie musiałaby cierpieć z powodu moich nieuniknionych pomyłek podczas przyuczania się do obowiązków. Uznałam, że to świetne rozwiązanie. Zatem punktualnie o siódmej rano wpisałam nazwisko do księgi Eduarda i dźwięk brzęczyka po raz pierwszy zaanonsował moje przejście przez elektroniczną bramkę.

— Ustaw się! — zawołał za mną Eduardo, tuż przed tym, nim zasunęły się drzwi windy.

Emily, prezentująca się szczególnie mizernie i niedbale w dopasowanym, ale pogniecionym przejrzystym białym podkoszulku oraz spodniach w kolorze oliwkowym, czekała na mnie w recepcji, ściskając w ręku kubek kawy ze Starbucksa i przerzucając nowy grudniowy numer. Wysokie obcasy umieściła wygodnie na szklanym stoliku do kawy, a czarny stanik wyraźnie rysował się pod kompletnie przezroczystą bawełną pokoszulka. Nieuczesane kręcone rude włosy, które rozsypały się na ramionach, i szminka, rozmazana nieco na skutek picia kawy, nadawały jej wygląd osoby, która ostatnie siedemdziesiąt dwie godziny spędziła w łóżku.

— Hej, witaj — powiedziała, fundując mi pierwsze oficjalne oględziny przez kogoś innego niż pracownik ochrony. — Ładne kozaki.

Mówiła poważnie? Czy z ironią? Z tonu jej głosu nie sposób było się zorientować. Już bolało mnie podbicie, a place miałam ściśnięte, ale jeżeli rzeczywiście jakiś szczegół mojego stroju zyskał uznanie pracownicy *Runwaya*, warto było cierpieć.

Emily przyglądała mi się przez dłuższą chwilę, po czym zdjęła nogi ze stolika, wzdychając dramatycznie.

— No, bierzmy się do roboty. Naprawdę masz szczęście, że jej nie ma — powiedziała. — Nie żeby nie była wspaniała, oczywiście, ponieważ jest wspaniała — dodała, wykonując coś, co niedługo miałam rozpoznawać — i zaadaptować na własne potrzeby — jako klasyczną Paranoidalną Pętlę *Runwaya*. W momencie gdy coś negatywnego wymyka się z ust Klakiera — jakkolwiek by to było uzasadnione — lęk, że Miranda się dowie, ogarnia mówiącego z przemożną siłą i prowokuje zwrot o sto osiemdziesiąt stopni. Jedną z moich ulubionych rozrywek w dni robocze stało się obserwowanie kolegów gorączkowo starających się zanegować każde bluźnierstwo, które wygłosili.

Emily wsunęła swoją kartę w elektroniczny czytnik i ramię w ramię przeszłyśmy w milczeniu przez kręte korytarze do centralnej części piętra, gdzie mieściło się zaprojektowane w amfiladzie biuro Mirandy. Przyglądałam się, gdy otwierała przeszklone drzwi do biura i rzuciła torbę oraz płaszcz na jedno z biurek, które stały tuż przed przepastnym gabinetem szefowej.

— To oczywiście twoje biurko. — Wskazała na gładki blat z drewnianego laminatu w kształcie litery L, który umieszczono dokładnie naprzeciw. Stał na nim nowiutki turkusowy komputer, telefon i kilka segregatorów, a w szufladach były już długopisy, spinacze i jakieś notatniki. — Zostawiłam dla ciebie większość moich rzeczy. Będzie łatwiej, jeżeli po prostu zamówię nowe dla siebie.

Emily awansowała na stanowisko starszej asystentki, zwalniając dla mnie pozycję młodszej. Allison opuściła już teren biura Mirandy na rzecz nowego posterunku w dziale urody, gdzie miała być odpowiedzialna za testowanie nowych podkładów, kremów nawilżających oraz środków do włosów i ich opisywanie. Nie bardzo rozumiałam, w jaki sposób praca na stanowisku asystentki Mirandy przygotowała ją do tego zadania, ale i tak byłam pod wrażeniem. Obietnice były prawdziwe: ludzie, którzy pracowali dla Mirandy, dostawali posady.

Reszta personelu zaczęła napływać około dziesiątej, w sumie jakieś pięćdziesiąt osób, do redakcji. Największy był oczywiście dział mody, z blisko trzydziestoma osobami, wliczając w to wszystkich asystentów od dodatków. Styliści z działu urody i pracownicy działu artystycznego dopełniali tę ludzką mieszaninę. Niemal każdy zatrzymywał się w biurze Mirandy, żeby uciąć sobie pogawędkę z Emily, wysłuchać ostatnich plotek na temat szefowej i obejrzeć nową dziewczynę. Tego pierwszego poranka poznałam dziesiątki ludzi, z których każdy olśniewał gigantycznym uśmiechem pełnym białych zębów i sprawiał wrażenie szczerze zainteresowanego poznaniem mnie.

Wszyscy mężczyźni byli ostentacyjnie gejowscy, ustrojeni w obcisłe jak druga skóra skórzane spodnie i prążkowane podkoszulki, które opinały pękate bicepsy oraz idealne torsy. Dyrektor artystyczny, starszy mężczyzna prezentujący rzednące włosy w kolorze blond, który wyglądał, jakby poświęcił życie na rywalizację z Eltonem Johnem, pojawił się w mokasynach z króliczego futra i z eyelinerem na powiekach. Nikt nawet nie mrugnął okiem. W campusie mieszkały gejowskie grupy, a ja miałam kilku przyjaciół, którzy ujawnili się jako geje, ale nikt z nich tak nie wyglądał. Zupełnie jakbym znalazła się w towarzystwie całej obsady i ekipy z Rent * — z lepszymi kostiumami, oczywiście.

Kobiety, czy raczej dziewczyny, oglądane pojedynczo były piękne. W grupie powalające. Większość sprawiała wrażenie dwudziestopięciolatek, kilka wyglądało na dzień po trzydziestce. Chociaż niemal wszystkie z nich nosiły na serdecznych palcach pierścionki z gigantycznymi, lśniącymi brylantami, wydawało się niemożliwe, żeby którakolwiek rzeczywiście już rodziła — czy kiedykolwiek miała urodzić. Tam i z powrotem, tam i z powrotem z gracją poruszały się na dziesięciocentymetrowych cienkich obcasach, paradując przed moim biurkiem, żeby wyciągnąć mlecznobiałe ręce o długich, wymanikiurowanych pal-

---

* *Rent.* Rock-opera, oparta na *La Boheme* Giacomo Pucciniego, z akcją umiejscowioną w nowojorskim East Village. Muzyka i słowa Jonathan Larson, choreografia Marlies Yearby.

cach, przedstawiając się jako „Jocelyn, która pracuje z Hope", „Nicole z mody" i „Stef, która nadzoruje dodatki". Tylko jedna, Shayna, miała mniej niż sto siedemdziesiąt pięć centymetrów, ale była tak drobna, że wydawało się niemożliwe, by poradziła sobie z kolejnymi centymetrami wzrostu. Wszystkie ważyły poniżej pięćdziesięciu pięciu kilogramów.

Gdy tak siedziałam na obrotowym krześle, starając się zapamiętać wszystkie imiona, wpadła najładniejsza dziewczyna, jaką do tej pory widziałam w biurze. Miała na sobie kaszmirowy sweter w różowym kolorze, który wyglądał jak utkany z różowych chmur. Oszałamiające białe włosy w lokach spływały jej po plecach. Przy wzroście ponad metr osiemdziesiąt jej sylwetka wydawała się mieć tylko tyle ciała, żeby utrzymać się w pozycji wyprostowanej, ale poruszała się z zaskakującym wdziękiem tancerki. Policzki jej płonęły, a nieskazitelny, sześciokaratowy brylantowy pierścionek zaręczynowy emanował niesamowitym blaskiem. Myślałam, że przyłapała mnie na tym, że się na niego gapię, kiedy gwałtownie podsunęła mi rękę przed nos.

— Ja to stworzyłam — oznajmiła, uśmiechając się do własnej dłoni i spoglądając na mnie. Obejrzałam się na Emily, szukając wyjaśnienia, ale znów rozmawiała przez telefon. Myślałam, że dziewczyna nawiązuje do pierścionka, chcąc powiedzieć, że faktycznie go zaprojektowała, ale potem stwierdziła: — Czy to nie cudowny kolor? Jedna warstwa „Marshmallow" i jedna „Ballet Slipper". Właściwie najpierw położyłam „Ballet Slipper", a potem drugą warstwę dla wykończenia. Idealne — jasny kolor bez tego wrażenia, że pomalowałaś paznokcie na biało. Chyba będę to stosować przy każdym manikiurze! — Zrobiła zwrot do wyjścia. Ach, tak, mnie też miło cię poznać, zwróciłam się w duchu do jej pleców, gdy wyszła z wysoko uniesioną głową.

Było mi przyjemnie poznać współpracowników; wszyscy wydawali się mili, uroczy i, oprócz tej pięknej dziwaczki, fetyszystki lakieru do paznokci, sprawiali wrażenie zainteresowanych zawarciem ze mną znajomości. Jak na razie Emily nie opuściła stanowiska przy moim boku, korzystając z każdej okazji, żeby mnie czegoś nauczyć. Na bieżąco komentowała, kto jest naprawdę ważny, kogo nie wkurzać, z kim opłaca się zaprzyjaźnić, bo urządza najlepsze imprezy. Kiedy opisałam Dziewczynę od Manikiuru, twarz Emily pojaśniała.

— Och! — westchnęła z większym entuzjazmem niż przy wszystkich innych do tej pory. — Jest niesamowita, prawda?

— Hm, taak, wydawała się miła. Właściwie nie miałyśmy okazji porozmawiać, ona tylko, no wiesz, pokazywała mi swój lakier do paznokci.

Emily uśmiechnęła się szeroko, z dumą.

— Tak, cóż, wiesz, kim jest, prawda?

Przekopałam mózg, próbując sobie przypomnieć, czy wyglądała jak któraś z gwiazd filmowych, piosenkarek czy modelek, ale nie mogłam jej zaklasyfikować. Więc była sławna! Może dlatego się nie przedstawiła, powinnam była ją rozpoznać. Ale nie rozpoznałam.

— Nie, właściwie to nie wiem. Czy jest sławna?

Spojrzenie, które otrzymałam w odpowiedzi, zawierało po części niedowierzanie, po części niesmak.

— Hm, taak — powiedziała Emily, podkreślając „taak" i mrużąc oczy, jakby chciała stwierdzić: Ty kompletna popieprzona idiotko. — To Jessica Duchamps. — Czekała. I ja czekałam. Nic. — Wiesz, kto to taki, prawda? — Znów przebiegłam w głowie listę, starając się dopasować cokolwiek do tej nowej informacji, ale byłam raczej pewna, że nigdy, przenigdy o niej nie słyszałam. Poza tym, zabawa zaczęła robić się nudna.

— Emily, nigdy wcześniej jej nie widziałam, a nazwisko nie brzmi znajomo. Czy mogłabyś mi powiedzieć kto to taki? — zapytałam, z wysiłkiem zachowując spokój. Ironia polegała na tym, że w ogóle nie obchodziło mnie, kim była, ale Emily wyraźnie nie zamierzała mi odpuścić, dopóki nie sprawi, że wyjdę na kompletną i stuprocentową idiotkę.

Tym razem jej uśmiech był protekcjonalny.

— Oczywiście. Wystarczyło zapytać. Jessica Duchamps to, cóż, Duchamps! No wiesz, jak w najbardziej znanej francuskiej restauracji w mieście! Jej rodzice są właścicielami, niesamowite, prawda? Są tacy niewiarygodnie bogaci.

— Och, naprawdę? — stwierdziłam, udając entuzjazm dla faktu, że ta superładna dziewczyna była warta poznania, ponieważ miała rodziców restauratorów. — Wspaniale.

Odebrałam kilka telefonów z nieodzownym „biuro Mirandy Priestly", chociaż obie z Emily obawiałyśmy się, że mogłaby zadzwonić sama Miranda, a ja nie wiedziałabym, co robić. Panika zapanowała, gdy niezidentyfikowana kobieta warknęła coś bezsensownego z silnym brytyjski akcentem, więc rzuciłam telefon Emily, nie troszcząc się o to, żeby najpierw przełączyć na oczekiwanie.

— To ona — szepnęłam gwałtownie. — Odbierz.

Emily obdarzyła mnie pierwszym ze swoich specjalnych spojrzeń. Nie należała do osób tonujących siłę emocji, potrafiła unieść brwi i opuścić brodę w sposób, który wyraźnie komunikował niesmak i litość, w równych częściach.

— Miranda? Tu Emily — powiedziała. Pogodny uśmiech rozjaśnił jej twarz, jakby Miranda mogła przecisnąć się przez telefon i ją zobaczyć. Milczenie. Zmarszczenie brwi.— Och, Mimi, bardzo przepraszam! Nowa dziewczyna wzięła cię za Mirandę! Wiem, jakie to zabawne. Chyba musimy popracować nad przekonaniem, że z brytyjskim akcentem niekoniecznie musi mówić tylko nasza szefowa! — Spojrzała na mnie zjadliwie, przesadnie wyskubane brwi podjechały jeszcze wyżej.

Pogawędziła trochę dłużej, podczas gdy ja dalej odbierałam telefony i wiadomości dla Emily, która później oddzwaniała do tych ludzi — nieprzerwanie ciągnąc narrację dotyczącą stopnia ich ważności, jeśli takowa istniała, w życiu Mirandy. Około południa, dokładnie wtedy, gdy poczułam pierwsze oznaki głodu, odebrałam telefon i usłyszałam na drugim końcu brytyjski akcent.

— Halo? To ty, Allison? — zapytał głos brzmiący lodowato, ale po królewsku. — Będę potrzebowała spódnicy.

Ręką zakryłam słuchawkę i poczułam, że oczy otwierają mi się szeroko.

— Emily, to ona, definitywnie ona — syknęłam, machając słuchawką, żeby zwrócić jej uwagę. — Chce spódnicę!

Emily odwróciła się, żeby spojrzeć na moją wykrzywioną paniką twarz, i pośpiesznie odłożyła telefon bez choćby „zadzwonię później" czy nawet „do widzenia". Przycisnęła guzik, żeby przełączyć Mirandę na swoją linię i przylepiła do twarzy kolejny szeroki uśmiech.

— Miranda? Tu Emily. W czym mogę pomóc? — Przyłożyła pióro do notatnika i zaczęła wściekle pisać, w skupieniu marszcząc czoło. — Tak, oczywiście. Naturalnie. — I równie szybko, jak się zaczęło, było po wszystkim. Popatrzyłam na nią wyczekująco.

— Cóż, wygląda na to, że masz pierwsze zadanie. Miranda potrzebuje na jutro, między innymi, spódnicy, więc musimy zapakować ją do samolotu najpóźniej do wieczora.

— Okej, jakiego rodzaju spódnicy potrzebuje? — zapytałam, wciąż próbując otrząsnąć się z szoku, że spódnica będzie podróżować na Dominikanę tylko dlatego, że Miranda sobie tego zażyczyła.

— Nie powiedziała dokładnie — mruknęła Emily, podnosząc słuchawkę.

— Cześć, to ja. Chce spódnicę i muszę dostarczyć ją na lot pani de la Renta dziś wieczorem, bo jutro spotka się tam z Mirandą. Nie, nie mam pojęcia. Nie, nie powiedziała. Naprawdę nie wiem. Okej, dzięki. — Odwróciła się do mnie i stwierdziła: — Jest trudniej, kiedy nie jest precyzyjna. Ma za dużo na głowie, żeby przejmować się takimi szczegółami, więc nie powiedziała, jaki materiał, kolor, fason czy markę chce dostać. Ale wszystko okej. Znam jej rozmiar i gust wystarczająco dobrze, by dokładnie ocenić, co się jej spodoba. To była Nicole z działu mody. Zaczną coś wydzwaniać. — Wyobraziłam sobie Jerry'ego Lewisa prowadzącego telewizyjną akcję zbierania spódnic pod gigantyczną tablicą z wynikami, orkiestra tusz i *voilà!* Gucci i spontaniczny aplauz.

Niezupełnie. „Wydzwanianie spódnic" to było moje pierwsze szkolenie w zakresie poziomu absurdu w *Runwayu*, chociaż muszę przyznać, że cała akcja przebiegła sprawnie jak operacja wojskowa. Emily i ja zawiadamiałyśmy wszystkie asystentki z działu mody — jakieś osiem w sumie, z których każda utrzymywała kontakty z projektantami i sklepami ze specjalnej listy. Asystentki bezzwłocznie zaczynały uruchamiać swoje kontakty w działach public relations różnych domów mody i, jeśli było to konieczne, w sklepach z górnej półki na Manattanie, mówiąc im, że Miranda Priestly — tak, Miranda Priestly, i tak, faktycznie do jej osobistego użytku — szuka jakiegoś konkretnego przedmiotu. W ciągu paru minut kierownicy działu PR i asystenci pracujący dla Michaela Korsa, Gucciego, Prady, Versace, Fendi, Armaniego, Chanel, Barneya, Chloe, Soni Rykiel, Calvina Kleina, Bergdorfa, Roberta Cavalliego i Saksa posłańcem (lub w niektórych wypadkach osobiście) dostarczali spódnicę, jaką mieli na składzie, a którą Miranda Priestly hipotetycznie mogłaby uznać za atrakcyjną. Obserwowałam cały proces rozwijający się jak balet o precyzyjnej choreografii, gdzie każdy tancerz dokładnie wiedział, gdzie i kiedy nastąpi oraz jak będzie wyglądał jego kolejny krok. Podczas gdy trwały te niemal codzienne zajęcia, Emily poleciła mi odebrać kilka innych rzeczy, które miałyśmy wysłać tego wieczoru razem ze spódnicą.

— Samochód będzie na ciebie czekał na Pięćdziesiątej Ósmej Ulicy — powiedziała, obsługując dwie linie telefoniczne i bazgrząc instrukcje dla mnie na kawałku firmowej papeterii. Wstrzymała się przelotnie, żeby rzucić mi telefon komórkowy i stwierdziła: — Masz, weź go na wypadek, gdybym musiała się z tobą skontaktować albo gdybyś miała jakieś pytania. Nigdy go nie wyłączaj. Zawsze odbieraj. — Wzięłam telefon oraz kartkę i pojechałam na dół, na stronę budynku wychodzącą na Pięćdziesiątą Ósmą, zastanawiając się, jakim cudem mam znaleźć „mój samochód". Albo co to właściwie znaczy. Ledwie weszłam na chodnik i nieśmiało rozejrzałam się dookoła, gdy pojawił się przysadzisty, siwowłosy mężczyzna, który żuł fajkę.

— Nowa dziewczyna Priestly? — odezwał się chrapliwie, nie wypuszczając z poplamionych tytoniem ust fajki w kolorze mahoniowym. Kiwnęłam głową. — Jestem Rich. Dyspozytor. Chcesz wóz, gadasz ze mną. Kapujesz, blondyneczko? — Ponownie kiwnęłam głową i zanurkowałam na tylne siedzenie czarnego cadillaca sedana. Zatrzasnął za mną drzwi i pomachał.

— Dokąd pani jedzie, panienko? — zapytał kierowca, przywołując mnie do rzeczywistości. Zdałam sobie sprawę, że nie mam pojęcia, i wyciągnęłam z kieszeni kawałek papieru. „Pierwszy przystanek: studio Tommy'ego Hilfigera na 355 Zach. 57 Ul., 6 piętro. Pytaj o Leanne. Da ci wszystko, czego potrzebujemy".

Podałam kierowcy adres i zagapiłam się w okno. Była pierwsza po południu chłodnego zimowego dnia, miałam dwadzieścia trzy lata i jechałam na tylnym siedzeniu prowadzonego przez szofera sedana w drodze do studia Tommy'ego Hilfigera. I dosłownie umierałam z głodu. W śródmieściu przejechanie piętnastu przecznic w godzinach lunchu trwało czterdzieści pięć minut, był to mój pierwszy rzut oka na prawdziwy miejski korek. Kierowca oznajmił, że będzie krążył wokół budynku, dopóki nie wyjdę, i ruszyłam do studia Tommy'ego. Kiedy przy biurku recepcjonistki na szóstym piętrze zapytałam o Leanne, po schodach sprężyście zeszła urocza dziewczyna, najwyżej osiemnastoletnia.

— Cześć! — zawołała, przeciągając ostatni dźwięk przez kilka sekund. — Pewnie jesteś Andrea, nowa asystentka Mirandy. Tu z pewnością wszyscy ją kochamy, więc witaj w zespole! — Wyszczerzyła zęby. Ja wyszczerzyłam zęby. Spod stołu wyciągnęła potężną plastikową torbę i natychmiast wysypała jej zawartość na podłogę. — Mamy tu ulubione dżinsy Caroline w trzech kolorach i dorzuciliśmy też trochę dziecięcych podkoszulków. A Cassidy po prostu uwielbia spódnice khaki Tommy'ego... daliśmy dla niej oliwkową i szarą. — Dżinsowe spódnice, kurtki, nawet kilka par skarpetek wyleciało z torby, a ja byłam w stanie tylko się w to wpatrywać: było tam dość ubrań, żeby skompletować cztery czy więcej zestawów garderoby dla nastolatków. Kim, do cholery, są Cassidy i Caroline, rozmyślałam, gapiąc się na łupy. Jaka szanująca się osoba nosi dżinsy Tommy'ego Hilfigera — i to ni mniej, ni więcej, tylko w trzech kolorach?

Musiałam wyglądać na wyraźnie zmieszaną, ponieważ Leanne zdecydowanie celowo odwróciła się do mnie plecami, ponownie pakując rzeczy, i powiedziała:

— Jestem pewna, że córki Mirandy będą zachwycone ciuchami. Ubieramy je od lat, a Tommy upiera się, żeby osobiście wybierać dla nich stroje. — Rzuciłam jej pełne wdzięczności spojrzenie i przełożyłam torbę przez ramię.

— Powodzenia! — zawołała, gdy zamykały się drzwi windy, szczery uśmiech zajmował większą część jej twarzy. — Masz szczęście, że dostałaś taką niesamowitą robotę! — Zanim zdążyła to powiedzieć, zorientowałam się, że w duchu kończę zdanie — „za którą milion dziewczyn dałoby się zabić". I w tamtym momencie, po obejrzeniu studia sławnego projektanta i będąc w posiadaniu ubrań wartych tysiące dolarów, pomyślałam, że ma rację.

Kiedy się połapałam, w czym rzecz, reszta dnia przeszła gładko. Przez kilka minut roztrząsałam, czy ktoś się wścieknie, jeżeli wykorzystam minutę, żeby wyskoczyć po kanapkę, ale nie miałam wyboru. Nie jadłam niczego oprócz croissanta o siódmej rano, a była prawie druga. Poprosiłam kierowcę, żeby podjechał do delikatesów i w ostatniej chwili postanowiłam wziąć coś także dla niego. Kiedy wręczyłam mu kanapkę z indykiem i miodową musztardą, był tak zaskoczony, że zastanowiłam się, czy wprawiłam go w zakłopotanie.

— Po prostu zdałam sobie sprawę, że też jesteś głodny — powiedziałam. — Wiesz, jeżdżąc przez cały dzień, pewnie nie masz za dużo czasu na lunch.

— Dziękuję, panienko, doceniam to. Chodzi tylko o to, że wożę dziewczyny z Elias-Clark od siedemnastu lat i nie są takie miłe. Pani jest bardzo miła — odezwał się z ciężkim, ale nieokreślonym akcentem, zerkając na mnie we wstecznym lusterku. Uśmiechnęłam się do niego i przelotnie dopadło mnie złe przeczucie. Ale potem chwila minęła i oboje pałaszowaliśmy nasze kanapki na wynos z indykiem, tkwiąc w korku i słuchając jego ulubionego kompaktu, który dla mnie brzmiał mniej więcej tak, jakby kobieta w kółko wrzeszczała to samo w nieznanym języku.

Następna pisemna instrukcja Emily mówiła o odebraniu pary białych szortów, których Miranda rozpaczliwie potrzebuje do tenisa. Byłam przekonana, że pojedziemy do Polo, ale napisała Chanel. W Chanel szyli białe tenisowe szorty? Kierowca zabrał mnie do prywatnego salonu, gdzie starsza sprzedawczyni po liftingu, po którym jej oczy wyglądały jak szparki, wyciągnęła w moją stronę parę białych króciutkich spodenek z bawełny z lycrą, rozmiar zero, przypiętych do jedwabnego wieszaka i owiniętych w aksamitną torbę na ubrania. Spojrzałam na szorty, które wyglądały, jakby nie mogły pasować nawet na sześciolatkę, i ponownie przeniosłam wzrok na tę kobietę.

— Hm, naprawdę pani myśli, że Miranda będzie je nosić? — zapytałam niezobowiązująco, przekonana, że mogłaby otworzyć swoją paszczę pit bulla i skonsumować mnie w całości. Zmierzyła mnie oburzonym spojrzeniem.

— Cóż, z pewnością mam taką nadzieję, panienko, biorąc pod uwagę, że są skrojone na miarę, według jej szczegółowych wskazówek — sarknęła, wręczając mi miniszorty. — Proszę jej powiedzieć, że pan Kopelman przesyła najlepsze życzenia. — Jasne, paniusiu. Kimkolwiek by był.

Następny przystanek był, jak to opisała Emily, „po drodze do centrum", w Świecie Komputerów J&R w pobliżu ratusza. Wyglądało na to, że ten sklep jako jedyny w całym mieście sprzedawał *Wojowników Zachodu*, komputerową grę, którą Miranda pragnęła nabyć dla syna Annette i Oscara de la Renty, Moisesa. Zanim dotarłam do centrum godzinę później, zorientowałam się, że z komórki można odbywać rozmowy międzymiastowe i radośnie wybrałam numer do moich rodziców. Opowiedziałam im, jaką mam wspaniałą pracę.

— Tato? Cześć, tu Andy. Zgadnij, gdzie teraz jestem? Tak, oczywiście, że w pracy, ale tak się składa, że to tylne siedzenie samochodu z szoferem, który krąży po Manhattanie. Byłam już u Tommy'ego Hilfigera i Chanel, a kiedy kupię tę grę komputerową, jadę do apartamentu Oscara de la Renty przy Park Avenue, podrzucić wszystkie rzeczy. Nie, to nie dla niego! Miranda jest na Dominikanie, a Annette leci tam dziś wieczorem, żeby się z nimi spotkać. Prywatnym samolotem, tak! Tato! Republika Dominikany!

Wydawał się ostrożny, ale zadowolony, że jestem taka szczęśliwa, a ja oceniłam, że zostałam zatrudniona jako posłaniec po college'u. Co moim zdaniem było całkiem w porządku. Kiedy już zostawiłam torbę z rzeczami od Tommy'ego, spodenki i grę komputerową u bardzo dystyngowanego portiera w bardzo ekskluzywnym holu przy Park Avenue (więc to właśnie mają na myśli ludzie, kiedy mówią o Park Avenue!), wróciłam do budynku Elias-Clark. Gdy weszłam na teren biura, Emily siedziała po turecku na podłodze, pakując prezenty w gładki biały papier i białe wstążki. Otaczały ją góry czerwonych i białych pudełek, wszystkie identyczne w kształcie, setki, może tysiące, rozrzucone między naszymi biurkami i przelewające się do gabinetu Mirandy. Emily nie zdawała sobie sprawy, że ją obserwuję, i zauważyłam, że potrzebowała zaledwie dwóch minut na idealne owinięcie każdego pudełka i dodatkowych piętnastu sekund na zawiązanie białej, satynowej wstążki. Poruszała się efektywnie, nie marnując ani sekundy, piętrząc opakowane białe pudełka w nowych górach za sobą. Stos opakowanych rósł i rósł, ale nieopakowanych wcale się nie kurczył. Oceniłam, że mogłaby się tym zajmować przez następne cztery dni i jeszcze nie skończyć.

Zawołałam ją po imieniu, przekrzykując kompakt z lat osiemdziesiątych, który nastawiła na swoim komputerze.

— Emily? Cześć, wróciłam.

Odwróciła się do mnie i przez krótką chwilę wydawało się, że nie ma pojęcia, kim jestem. Kompletna pustka. Ale potem gwałtownie przypomniała sobie o moim statusie nowej dziewczyny.

— Jak poszło? — zapytała pośpiesznie. — Dostałaś wszystko z listy?

Kiwnęłam głową.

— Nawet grę wideo? Kiedy dzwoniłam, został im tylko jeden egzemplarz. Mieli go?

Znów kiwnęłam głową.

— I dałaś wszystko portierowi de la Renty na Park? Ubrania, szorty, wszystko?

— Ta jest. Bez problemu. Poszło bardzo gładko i podrzuciłam wszystko kilka minut temu. Zastanawiałam się, czy Miranda naprawdę będzie nosić te...

— Słuchaj, muszę lecieć do łazienki i czekałam, żebyś wróciła. Posiedź tylko minutkę przy telefonie, okej?

— Nie poszłaś do łazienki, odkąd wyszłam? — zapytałam z niedowierzaniem. Minęło pięć godzin. — Czemu nie?

Emily skończyła wiązać wstążkę na pudełku, które właśnie zapakowała, i spojrzała na mnie chłodno.

— Miranda nie toleruje, żeby ktokolwiek oprócz jej asystentek odbierał telefon, więc skoro ciebie tu nie było, nie chciałam wychodzić. Przypuszczam, że mogłabym pobiec na minutkę, ale wiem, że ma teraz gorący dzień, i chciałam być pod telefonem przez cały czas. Więc nie, nie chodzimy do łazienki... ani gdziekolwiek indziej... bez ustalenia tego ze sobą. Musimy współpracować, by mieć pewność, że pracujemy dla niej najlepiej jak to możliwe. Jasne?

— Jasne — odparłam. — Idź. Będę na miejscu.

Odwróciła się i wyszła, a ja oparłam rękę o biurko, żeby się uspokoić. Nie ma wychodzenia do łazienki bez skoordynowanego planu wojennego? Czy ona naprawdę siedziała w biurze przez ostatnie pięć godzin, zmuszając swój pęcherz do posłuszeństwa, ponieważ obawiała się, że kobieta zza Atlantyku może zadzwonić w czasie tych dwóch i pół minuty, które zabrałoby pobiegnięcie do damskiej toalety? Najwyraźniej. Wydawało się to nieco dramatyczne, ale założyłam, że tylko Emily postępuje przesadnie entuzjastycznie. Nie ma mowy, żeby Miranda naprawdę żądała czegoś takiego od asystentek. Tego byłam pewna. A może jednak?

Wyjęłam kilka kartek papieru z drukarki i zobaczyłam, że były zatytułowane „Otrzymane prezenty gwiazdkowe". Jedna, dwie, trzy, cztery, pięć, sześć stron wydrukowanych z pojedynczym odstępem z listą prezentów, każdy z ofiarodawcą i opisem w jednej linii. W sumie dwieście pięćdziesiąt sześć prezentów. Wyglądało to jak lista ślubnych prezentów dla królowej Anglii i nie potrafiłam przyswoić wszystkiego wystarczająco szybko. Był tam zestaw do makijażu Bobby Brown od samej Bobby Brown, jedyna w swoim rodzaju skórzana torebka Kate Spade od Kate i Andy'ego Spade'ów, oprawiony w skórę w kolorze burgunda notatnik ze Smythson of Bond Street od Graydona Cartera, obramowany norkami śpiwór od Miucci Prady, składająca się z kilku łańcuszków z paciorkami bransoletka Verdury od Aerin Lauder, wysadzany brylantami zegarek od Donatelli Versace, skrzynka szampana od Cynthii Rowley, komplet składający się z wyszywanej paciorkami koszulki i wieczorowej torebki od Marka Badgleya i Jamesa Mischki, kolekcja piór Cartiera od Irva Ravitza; Vera Wang przysłała szalik z szynszyli, żakiet w zebrę — Alberto Ferretti, kaszmirowy koc Burberry — Rosemarie Bravo. A to był dopiero początek. Torebki we wszystkich możliwych kształtach i rozmiarach od wszystkich: Herba Rittsa, Bruce'a Webera, Giselle Bundchen, Hillary Clinton, Toma Forda, Calvina Kleina, Annie Leibovitz, Nicole Miller, Adrienne Vittadini, Kevina Aucoina, Michaela Korsa, Helmuta Langa, Giorgia Armaniego, Johna Sahaga, Bruna Magliego, Maria Testina i Narcisca Rodrigueza, żeby wymienić tylko parę osób. Kilkanaście darowizn w imieniu Mirandy na różne cele charytatywne, chyba setki butelek wina i szampana, osiem czy dziesięć bagietek Fendi, kilkanaście pachnących świec, kilka sztuk wspaniałych orientalnych naczyń, jedwabne piżamy, oprawione w skórę książki, produkty kąpielowe, czekoladki, bransoletki, kawior, kaszmirowe swetry, oprawione w ramki zdjęcia i kompozycje kwiatowe i/lub rośliny doniczkowe w ilości wystarczającej do udekorowania jednego z tych zbiorowych ślubów na pięćset par, które organizują w Chinach na stadionach piłkarskich. Omójboże! Czy tak wyglądała rzeczywistość? Czy to się naprawdę działo? Czy pracowałam teraz dla kobiety, która dostała dwieście pięćdziesiąt prezentów gwiazdkowych od najsławniejszych ludzi na świecie? Albo nie aż tak znanych? Nie byłam pewna. Rozpoznałam kilka znakomitości i paru projektantów, ale nie wiedziałam wtedy, że na pozostałych składali się najbardziej poszukiwani fotografowie, wizażyści, modele, ludzie z towarzystwa i cała masa osób z kierownictwa Elias-Clark.

Kiedy zastanawiałam się, czy Emily rzeczywiście wie, kim są wszyscy ci ludzie, właśnie się pojawiła. Próbowałam udawać, że nie czytałam tej listy, ale nie miała nic przeciw mojej lekturze.

— Wariactwo, prawda? To najbardziej obłędna kobieta wszech czasów! — zawołała entuzjastycznie, chwytając kartki ze swojego biurka i wpatrując się w nie z wyrazem twarzy, który można opisać wyłącznie jako żądzę. — Czy kiedykolwiek w życiu widziałaś bardziej niesamowite rzeczy? To zdecydowanie jedno z najlepszych przeżyć w tej pracy — otwieranie wszystkich jej prezentów. — Poczułam się zagubiona. My otwieramy jej prezenty? A czemu nie miałaby rozpakować ich sama? Zapytałam o to.

— Zwariowałaś? Mirandzie nie spodoba się dziewięćdziesiąt procent tych rzeczy. Niektóre są wręcz obraźliwe, nawet jej tego nie pokażę. Na przykład to — powiedziała, podnosząc niewielkie pudełko. Był to bezprzewodowy telefon Bang & Olufsen w ich firmowym, połyskliwym srebrnym kolorze, o opływowych liniach, umożliwiający wyraźny odbiór w zasięgu ponad trzech tysięcy kilometrów. Zaledwie klika tygodni wcześniej byłam w sklepie i patrzyłam, jak Alex ślini się nad ich zestawami stereo, więc wiedziałam, że telefon kosztuje ponad pięćset dolarów i potrafi wszystko oprócz prowadzenia rozmowy za właściciela. — Telefon? Wyobrażasz sobie, że ktoś miał czelność przysłać Mirandzie Priestly telefon? — Rzuciła go mnie. — Zatrzymaj go, jeżeli chcesz, nigdy w życiu nie dopuściłabym, żeby w ogóle go zobaczyła. Zirytowałaby się, że ktoś przysłał jej coś elektronicznego. — Wymówiła słowo „elektronicznego", jakby stanowiło synonim do „pokryte wydzielinami ciała".

Wetknęłam telefon pod biurko i starałam się ukryć uśmiech. Wszystko wydawało się zbyt idealne! Bezprzewodowy telefon znajdował się na liście rzeczy, których wciąż jeszcze potrzebowałam do nowego mieszkania (w moim pokoju było dodatkowe gniazdko) i właśnie dostałam za nic pięćset dolarów.

— A może — ciągnęła Emily, siadając po turecku na podłodze w gabinecie Mirandy — zajmijmy się pakowaniem tych butelek z winem jeszcze przez parę godzin, a potem będziesz mogła otworzyć prezenty, które przyszły dzisiaj. Są tam. — Wskazała za swoje biurko, na górkę składającą się z pudeł, toreb i koszyków w rozmaitych kolorach.

— No więc to są prezenty, które wysyłamy w imieniu Mirandy, zgadza się? — zapytałam, biorąc pudełko i zaczynając owijać je grubym białym papierem.

— Tak jest. Co roku ten sam układ. Ważni ludzie dostają butelki Dom. Zalicza się do nich kierownictwo Elias i znani projektanci, którzy nie są jej osobistymi przyjaciółmi. Jej prawnik i księgowy. Średnio ważni otrzymują Veuve i tu są prawie wszyscy — nauczyciele bliźniaczek, styliści fryzur, Jurij i tak dalej. Nieważni dostają butelkę Ruffino chianti, zwykle chodzi o ludzi z działów personalnych, którzy przysyłają drobne, niezobowiązujące prezenty, nie wybrane specjalnie dla niej. Każe nam wysyłać chianti do weterynarza, opiekunek do dzieci, ułatwiających życie Carze, ludzi, którzy pomagają jej w często odwiedzanych przez nią sklepach, i całej obsłudze letniego domu w Connecticut. W każdym razie zamawiam tego za jakieś dwadzieścia pięć tysięcy dolarów na początku grudnia, Sherry-Lehman zapewnia dostawę i zwykle dobry tydzień trwa całe pakowanie. Całkiem niezły układ, bo Elias bierze rachunek na siebie.

— I pewnie kosztowałoby dwa razy tyle, gdyby Sherry-Lehman to zapakował, co? — zastanawiałam się, wciąż usiłując przyswoić sobie hierarchiczne zasady wręczania prezentów.

— A co nas to, do cholery, obchodzi? — prychnęła. — Zaufaj mi, szybko się nauczysz, że koszt nie jest tu żadną kwestią. Chodzi tylko o to, że Mirandzie nie podoba się papier do pakowania, którego tam używają. W zeszłym roku dałam im ten biały, ale paczki nie wyglądały tak ładnie jak wtedy, gdy my to robimy. — Wyglądało na to, że jest z tego dumna.

Pakowałyśmy spokojnie aż do szóstej, Emily opowiadała mi przy tym, jak to wszystko funkcjonuje, a ja próbowałam zapamiętać to, co dotyczyło owego dziwnego i podniecającego świata. Kiedy opisywała mi dokładnie, jaką Miranda lubi kawę (duże latte i podwójny nierafinowany cukier), weszła zadyszana blondynka, niosąc wyplatany kosz rozmiarów dziecięcego wózka. Zawahała się tuż przed gabinetem Mirandy, z takim wyrazem twarzy, jakby pomyślała, że miękka szara wykładzina mogłaby się zmienić w lotne piaski pod jej szpilkami od Jimmy'ego Choo, gdyby ośmieliła się przekroczyć próg.

— Cześć, Em. Mam tu spódnice. Przepraszam, że to tak długo trwało, ale w tym dziwnym okresie między Świętem Dziękczynienia a Bożym Narodzeniem nikogo nie ma. W każdym razie mam nadzieję, że znajdziesz coś, co jej się spodoba. — Spojrzała w dół, na swój kosz pełen poskładanych spódnic.

Emily popatrzyła na nią z ledwie ukrywaną pogardą.

— Zostaw je na moim biurku. Zwrócę te, które nie będą się nadawać. Czyli, podejrzewam, większość, biorąc pod uwagę twój gust. — Ostatnie zdanie wygłosiła szeptem, jednak wystarczająco głośno, żebym je usłyszała.

Blondynka się zmieszała. Zdecydowanie nie należała do

najjaśniejszych gwiazd na niebie, ale wydawała się raczej miła. Zaciekawiło mnie, czemu Emily tak otwarcie jej nienawidziła. Ale to i tak był długi dzień, z tym nieprzerwanym komentarzem i sprawami do załatwienia w całym mieście oraz setkami nazwisk i twarzy, które starałam się zapamiętać, więc nawet nie zapytałam.

Emily umieściła wielki wyplatany kosz na swoim biurku i zajrzała do niego, stojąc z rękoma na biodrach. Z tego, co mogłam zobaczyć z podłogi w gabinecie Mirandy, było tam jakieś dwadzieścia pięć różnych spódnic w niewiarygodnym wyborze materiałów, kolorów i rozmiarów. Czy ona naprawdę zupełnie nie określiła, czego chce? Naprawdę nie zadała sobie trudu, żeby poinformować Emily, czy będzie potrzebowała czegoś odpowiedniego na elegancki obiad, mecz mieszanego debla albo może czegoś do włożenia na kostium kąpielowy? Chciała coś z dżinsu czy może lepiej nadałby się szyfon? Jak właściwie przewidzieć, co mogłoby ją zadowolić?

Za chwilę miałam się tego dowiedzieć. Emily zaniosła wyplatany kosz do gabinetu Mirandy i ostrożnie, z czcią, umieściła go na pluszowym dywanie obok mnie. Usiadła i zaczęła je wyjmować, jedną po drugiej, i układać w okręgu wokół nas. Była tam piękna szydełkowa chusta w szokującym kolorze fuksji od Celine, perłowoszara kopertówka od Calvina Kleina i czarna zamszowa z czarnymi paciorkami u dołu od samego de la Renty. Spódnice czerwone, écru i lawendowe, niektóre koronkowe, inne kaszmirowe. Kilka wystarczająco długich, żeby wdzięcznie spłynąć wokół kostek, inne tak krótkie, że wyglądały bardziej jak topy. Podniosłam sięgające do połowy łydki brązowe, jedwabne cudo i przyłożyłam sobie do pasa, ale materiał zakrywał mi tylko jedną nogę. Następna ze stosu zwojami tiulu i szyfonu sięgała do podłogi i wyglądała tak, że najbardziej na miejscu wydawałaby się na przyjęciu ogrodowym w Charlestonie. Jedna z dżinsowych spódnic, fabrycznie sprana, miała dołączony gigantyczny brązowy, skórzany pas, już owinięty wokół niej, a inną uszyto z chrzęszczącego srebrnego materiału, nałożonego na wierzch nieco mniej prześwitującej srebrnej podszewki. O co tu, do licha, chodziło?

— Rany, wygląda na to, że Miranda ma słabość do spódnic, co? — zauważyłam, zwyczajnie dlatego, że nie miałam do powiedzenia niczego lepszego.

— Właściwie to nie. Miranda ma lekką obsesję na punkcie apaszek. — Emily nie nawiązała ze mną kontaktu wzrokowego, zupełnie jakby właśnie wyznała, że ona sama ma opryszczkę. — To po prostu jedno z tych jej uroczych dziwactw, o których powinnaś wiedzieć.

— Och, naprawdę? — zapytałam, starając się okazać zdumienie, a nie grozę. Obsesję na punkcie apaszek? Lubię ciuchy, torby i buty tak samo jak każda dziewczyna, ale nie nazwałabym którejś z tych rzeczy swoją „obsesją". A coś w sposobie, w jaki Emily o tym powiedziała, sugerowało, że to nie taka zwykła sprawa.

— Tak, no cóż, na pewno potrzebuje spódnicy na jakąś szczególną okazję, ale tak naprawdę interesują ją apaszki. No wiesz, jak jej znak firmowy. — Spojrzała na mnie. Wyraz twarzy musiał zdradzić moją kompletną i całkowitą niewiedzę. — Pamiętasz spotkanie z nią podczas rozmowy wstępnej, prawda?

— Oczywiście — skłamałam pośpiesznie, wyczuwając, że prawdopodobnie nie byłoby najlepszym pomysłem dopuścić do tego, by ta dziewczyna się dowiedziała, że podczas rozmowy wstępnej nie pamiętałam nawet nazwiska Mirandy, a co dopiero tego, w co była ubrana. — Nie jestem pewna, czy zauważyłam apaszkę.

— Zawsze, zawsze, zawsze nosi przy sobie białą apaszkę od Hermésa. Przeważnie na szyi, ale czasami każe fryzjerce wpleść ją w kok albo od czasu do czasu używa jej jako paska. Wszyscy wiedzą, że choćby nie wiem co, Miranda Priestly nosi białą apaszkę od Hermésa. Odlotowe, prawda?

Dokładnie w tym momencie zauważyłam, że Emily miała apaszkę w kolorze groszkowym przeciągniętą przez szlufki dżinsów, wystającą spod białego podkoszulka.

— Czasami lubi zrobić trochę zamieszania i przypuszczam, że teraz mamy z tym do czynienia. Tak czy owak ci idioci z działu mody nigdy nie wiedzą, co się jej spodoba. Spójrz tylko na część tych spódnic, są szkaradne! — Podniosła absolutnie cudowną, lejącą się spódnicę, nieco bardziej szykowną niż reszta, z płateczkami złota połyskującymi z żółtobrązowego tła.

— Jasne — zgodziłam się po raz pierwszy z tysięcy, jeśli nie milionów razy, gdy zgadzałam się ze wszystkim, co powiedziała, tylko po to, żeby powstrzymać ją od mówienia. — Co za paskudztwo. — Spódnica była tak piękna, że z rozkoszą włożyłabym ją na własny ślub.

Emily dalej plotła o fasonach, materiałach i potrzebach oraz pragnieniach Mirandy, od czasu do czasu wtrącając zjadliwą obelgę pod adresem jakiegoś współpracownika. Ostatecznie wybrała trzy kompletnie różne spódnice i odłożyła je na bok do wysłania Mirandzie, przez cały czas mówiąc, mówiąc, mówiąc. Usiłowałam słuchać, ale była prawie siódma i próbowałam ocenić, czy umieram z głodu, czy jest mi potwornie niedobrze, a może to zwykłe wyczerpanie. Myślę, że wszystko naraz. Nawet nie zauważyłam, kiedy najwyższy człowiek, jakiego w życiu widziałam, bez zapowiedzi wpadł do biura.

— TY! — usłyszałam gdzieś z tyłu. — WSTAŃ, ŻEBYM MÓGŁ RZUCIĆ NA CIEBIE OKIEM!

Odwróciłam się w samą porę, żeby zobaczyć mężczyznę wzrostu co najmniej dwóch metrów, o oliwkowej skórze i czarnych włosach, wskazującego wprost na mnie. Na tej niesamowicie wysokiej sylwetce prężyło się sto dwadzieścia pięć kilogramów mięśni, tak nabitych, że wyglądały, jakby miały po prostu rozerwać jego dżinsowy... kombinezon? Omójboże! Miał na sobie kombinezon. Tak, tak, dżinsowy kombinezon z obcisłymi nogawkami, paskiem i podwiniętymi rękawami. I pelerynę. Naprawdę miał na sobie futrzaną pelerynę wielkości koca, z wiązaniem dwukrotnie owiniętym wokół potężnej szyi, jego mamucie stopy zaś ozdabiały lśniące, czarne buty wojskowe rozmiaru rakiet tenisowych. Wyglądał na jakieś trzydzieści pięć lat, ale wszystkie te mięśnie i mocna opalenizna oraz wystające kości policzkowe mogły ukrywać dziesięć lat lub dodawać pięć. Machał na mnie rękoma i pokazywał, żebym wstała z podłogi. Stałam, nie będąc w stanie oderwać od niego oczu, a on natychmiast zaczął mnie krytycznie oglądać.

— NO, NO! KOGO MY TU MAMY? — ryknął, najlepiej jak się da to zrobić falsetem. — JESTEŚ ŁADNA, ALE ZA BARDZO PRZAŚNA. A TEN STRÓJ W NICZYM CI NIE POMAGA!

— Nazywam się Andrea. Jestem nową asystentką Mirandy.

Obejrzał moje ciało z góry na dół, badając wzrokiem każdy centymetr. Emily obserwowała ten spektakl z szyderczym uśmiechem. Panowała nieznośna cisza.

— KOZAKI DO KOLAN? ZE SPÓDNICĄ DO KOLAN? DZIECKO, NA WYPADEK, GDYBYŚ BYŁA TEGO NIE-ŚWIADOMA, GDYBYŚ PRZEOCZYŁA TEN WIELKI CZARNY ZNAK PRZY DRZWIACH, TO JEST MAGAZYN *RUNWAY*, NAJBARDZIEJ ZAJEBISTY MAGAZYN NA ZIEMI. NA ZIEMI! ALE NIC SIĘ NIE MARTW, KOCHA-NIE, NIGEL JUŻ NIEDŁUGO POZBĘDZIE SIĘ TEGO TWOJEGO WYGLĄDU SZCZURA Z CENTRUM HAND-LOWEGO NA JERSEY.

Położył obie potężne ręce na moich biodrach i obrócił mnie dookoła. Czułam jego wzrok na nogach i pupie.

— JUŻ NIEDŁUGO, SŁODZIUTKA, OBIECUJĘ, BO STANOWISZ DOBRY, SUROWY MATERIAŁ. ŁADNE NO-GI, WSPANIAŁE WŁOSY I NIETŁUSTA. Z NIETŁUSTĄ MOGĘ PRACOWAĆ. BARDZO NIEDŁUGO, SŁODZIUTKA.

Chciałam czuć się obrażona, wyrwać się z uścisku obejmu-jącego dolne partie mojego ciała, żeby przez chwilę ochłonąć i przemyśleć fakt, że kompletnie nieznajomy — i ni mniej, ni więcej, tylko współpracownik — przeprowadził właśnie spon-tanicznie i z niezachwianą pewnością siebie ocenę mojego stroju oraz figury, ale nie czułam się obrażona. Podobały mi się jego miłe, zielone oczy, które wydawały się śmiać, a nie wyśmiewać, a, co więcej, cieszyłam się, że zdałam ten egzamin. To był Nigel — bez nazwiska jak Madonna albo Price — autorytet w sprawach mody, którego nawet ja rozpoznawałam z telewizji, czasopism, stron poświęconych wydarzeniom towarzyskim, zewsząd, i określił mnie jako wspaniałą. Powiedział, że mam ładne nogi! Pozwoliłam, żeby komentarz o szczurze z centrum handlowego przeszedł niezauważony. Spodobał mi się ten facet.

Usłyszałam Emily, która gdzieś w tle mówiła mu, żeby zostawił mnie w spokoju, ale nie chciałam, by wychodził. Za późno, już zmierzał do drzwi, futrzana peleryna unosiła się za nim z łopotem. Chciałam zawołać, powiedzieć, że miło mi było go poznać, że nie czuję się obrażona tym, a myśl o tym, że chce mnie wystylizować, jest podniecająca. Ale zanim zdążyłam wydusić choćby słowo, Nigel okręcił się w miejscu i pokonał przestrzeń między nami w dwóch wielkich krokach, każdy długości niezłego skoku. Ustawił się dokładnie naprzeciw, otoczył całe moje ciało potężnymi, muskularnymi ramionami, i przycisnął mnie do siebie. Moja głowa oparła się dokładnie poniżej jego klatki piersiowej i poczułam łatwy do rozpoznania zapach balsamu Johnson's Baby. I dokładnie wtedy, gdy odzyskałam przytomność umysłu na tyle, żeby oddać mu uścisk, odepchnął mnie w tył, otoczył moje ręce swoimi dłońmi i skrzeknął:

— WITAJ W NASZYM DOMKU DLA LALEK, MAŁA!

5

— Co powiedział? — zapytała Lily, zlizując z łyżeczki porcję lodów o smaku zielonej herbaty. Spotkałyśmy się w Sushi Samba o dziewiątej, żebym mogła uaktualnić wiadomości na temat mojego pierwszego dnia. Rodzice niechętnie zgodzili się potrząsnąć kieszenią i odzyskałam kartę kredytową przeznaczoną na „sytuacje awaryjne" do chwili, gdy dostanę pierwszy czek z wypłatą. Pikantne roladki z tuńczyka i sałatka z wodorostów na pewno zaliczały się do sytuacji awaryjnych, więc w duchu podziękowałam mamie i tacie za tak hojny poczęstunek dla Lily i dla mnie.

— Powiedział: „Witaj w naszym domku dla lalek, mała". Przysięgam. Odlotowe, prawda?

Spojrzała na mnie, usta otwarte, łyżeczka zawieszona w pół drogi.

— Masz najbardziej odlotową, paranoiczną pracę, o jakiej w życiu słyszałam — stwierdziła Lily, która zawsze powtarzała, że powinna była popracować rok przed powrotem do szkoły.

— Wydaje się rzeczywiście niezła, prawda? Na pewno dziwna, ale też odlotowa. W każdym razie — oznajmiłam, z apetytem zabierając się za ociekające czekoladą ciastko — wolałabym być znów studentką, niż robić to wszystko.

— Jasne, na pewno z rozkoszą pracowałabyś w niepełnym wymiarze, żeby sfinansować swój nieprzyzwoicie kosztowny i kompletnie bezużyteczny doktorat. Prawda? Zazdrościsz mi, że jestem barmanką w pubie dla studentów, że co wieczór do czwartej nad ranem podrywają mnie pryszczaci pierwszoroczni, a potem idę na zajęcia od ósmej do szóstej, prawda? A wszystko to wiedząc, że jeśli — a to wielkie, tłuste jeśli — w którymś momencie w ciągu następnych siedemnastu lat zdołasz to skończyć, w życiu nie znajdziesz pracy. Nigdzie. — Przywołała na twarz szeroki, nieszczery uśmiech i pociągnęła łyk swojego sapporo. Lily pracowała nad doktoratem z literatury rosyjskiej na Columbii i każdą sekundę, w której nie studiowała, poświęcała na wykonywanie różnych dziwnych prac. Jej babcia miała ledwie tyle pieniędzy, żeby się utrzymać, a Lily nie kwalifikowała się do uzyskania grantu przed zrobieniem magisterki, więc sam fakt, że w ogóle wyszła ze mną tego wieczoru, był znaczący.

Połknęłam haczyk, zawsze się na to łapałam, kiedy zaczynała psioczyć na swoje życie.

— Więc czemu to robisz, Lil? — zapytałam, mimo że milion razy słyszałam odpowiedź.

Lily prychnęła i przewróciła oczyma.

— Bo to uwielbiam! — zanuciła sarkastycznie. I chociaż nigdy się do tego nie przyznała, bo znacznie zabawniej było narzekać, naprawdę to uwielbiała. Zasmakowała w rosyjskiej kulturze, kiedy nauczyciel w ósmej klasie stwierdził, że ze swoją okrągłą buzią i czarnymi kręconymi lokami wygląda tak, jak zawsze wyobrażał sobie Lolitę. Poszła prosto do domu i przeczytała lubieżne arcydzieło Nabokova, ani przez chwilę nie przejmując się nauczycielskim skojarzeniem z Lolitą, a potem przeczytała wszystko inne, co napisał. I Tołstoja. I Gogola. I Czechowa. Kiedy przyszedł czas na college, złożyła papiery do Brown, żeby pracować z jakimś konkretnym profesorem od literatury rosyjskiej, który, po rozmowie wstępnej z siedemnastoletnią Lily, ogłosił ją najbardziej oczytaną i zapaloną studentką literatury rosyjskiej, jaką kiedykolwiek spotkał wśród ludzi przed dyplomem, po dyplomie i wszystkich innych. Nadal to uwielbiała, nadal studiowała rosyjską gramatykę i potrafiła przeczytać wszystko w oryginale, ale jeszcze bardziej bawiło ją narzekanie na ten temat.

— No jasne, zdecydowanie się zgadzam, że mam najlepszą fuchę w okolicy. Bo rozumiesz, Tommy Hilfiger? Chanel? Apartament Oscara de la Renty? Niezły pierwszy dzień. Muszę przyznać, że nie do końca jestem pewna, w jaki sposób to wszystko ma mnie przybliżyć do *New Yorkera*, ale może po prostu jest za wcześnie, żeby coś powiedzieć. To wszystko nie wydaje się zbyt realne, wiesz?

— No cóż, ilekroć byś potrzebowała odzyskać kontakt z rzeczywistością, wiesz, gdzie mnie szukać — stwierdziła Lily, wyjmując z portmonetki kartę MetroCard. — Jeżeli zatęsknisz za odrobiną getta, jeżeli będziesz zdychać, żeby zasmakować rzeczywistości Harlemu, to cóż, moje luksusowe studio o powierzchni siedmiuset metrów kwadratowych jest do twojej dyspozycji.

Zapłaciłam rachunek i uściskałyśmy się na do widzenia, a ona usiłowała podać mi szczegółowe instrukcje, jak z Siódmej Alei i Christopher Street dostać się do mojego własnego sublokatorskiego pokoju. Przysięgłam na wszystkie świętości, że dokładnie zrozumiałam, jak znaleźć linię L, a potem numer sześć i z przystanku przy Dziewięćdziesiątej Szóstej Ulicy dojść do mojego mieszkania, ale kiedy tylko poszła, wskoczyłam do taksówki.

Tylko ten jeden raz, pomyślałam sobie, tonąc w cieple tylnego siedzenia i starając się nie wdychać smrodu ciała kierowcy. Teraz jestem dziewczyną z *Runwaya*.

Z przyjemnością przekonałam się, że reszta pierwszego tygodnia nieznacznie różniła się od pierwszego dnia. W piątek Emily i ja znów spotkałyśmy się w idealnie białym holu o siódmej rano i tym razem wręczyła mi moją własną kartę identyfikacyjną, gotową, ze zdjęciem, którego zrobienia nie mogłam sobie przypomnieć.

— Z kamery ochrony — powiedziała, kiedy się na nie zagapiłam. — Są tu wszędzie, lepiej, żebyś wiedziała. Mieli poważne problemy z ludźmi, którzy kradli różne rzeczy, ubrania i biżuterię zamówione do zdjęć. Wygląda na to, że posłańcy, a czasem nawet redaktorzy po prostu się częstowali. Więc teraz wszystkich śledzą. — Wsunęła swoją kartę w szczelinę i ciężkie szklane drzwi otworzyły się z kliknięciem.

— Śledzą? Co dokładnie masz na myśli, mówiąc „śledzą"?

Szybko szła korytarzem w stronę naszych biur, jej biodra w obcisłych brązowych sztruksach Seven energicznie kołysały się z tam i z powrotem, tam i z powrotem. Dzień wcześniej powiedziała mi, że powinnam poważnie rozważyć, czy nie postarać się o parę czy dziesięć par, ponieważ należały do tych niewielu dżinsów i sztruksów, jakie Miranda pozwalała nosić w biurze. Te i MJ były w porządku, ale tylko w piątki i tylko noszone do wysokich obcasów. MJ? „Mark Jacobs" — wyjaśniła z rozdrażnieniem.

— Dzięki kamerom i kartom właściwie wiedzą, co wszyscy robią — powiedziała, upuszczając swoją wielką torbę ze znakiem Gucci na biurko. Zaczęła rozpinać bardzo dopasowany skórzany żakiet, okrycie, które wydawało się w najwyższym stopniu nieodpowiednie na pogodę, jaka bywa pod koniec grudnia. — Nie przypuszczam, żeby naprawdę obserwowali przez kamery, dopóki coś nie zginie, ale karty mówią wszystko. Za każdym razem, kiedy wczytujesz ją na dole, żeby przejść przez stanowisko ochrony, albo na piętrze, by wejść, wiedzą, gdzie jesteś. W ten sposób mogą stwierdzić, czy ludzie są w pracy, więc jeżeli musisz wyjść — nigdy nie będziesz musiała, ale tak na wypadek, gdyby stało się coś naprawdę potwornego — po prostu dasz mi swoją kartę i ja ją wczytam. W ten sposób zapłacą ci za wszystkie te dni, które opuścisz, nawet jeżeli cię sprawdzą. Zrobisz to samo dla mnie, wszyscy to robią.

Nadal obracałam w głowie fragment „nigdy nie będziesz musiała", ale ona kontynuowała odprawę.

— I tak samo dostaniesz jedzenie w Jadalni. To karta debetowa: po prostu sumuje się wszystko i w kasie ci to potrącają.

Oczywiście w ten sposób mogą stwierdzić, co jesz — powiedziała, otwierając drzwi do gabinetu Mirandy i z klapnięciem opadając na podłogę. Natychmiast sięgnęła po włożoną w pudełko butelkę wina i zaczęła pakowanie.

— A obchodzi ich, co jesz? — zapytałam, czując się, jakbym znalazła się w środku sceny z *Sliver*.

— Hm, nie jestem pewna. Może? Po prostu wiem, że mogą to stwierdzić. No i sala gimnastyczna. Musisz tam korzystać z karty, a przy stoisku z prasą kupujesz na nią książki albo czasopisma. Myślę, że to im pomaga w lepszej organizacji.

W lepszej organizacji? Pracowałam w firmie, która rozumiała „organizację" jako wiedzę o tym, które piętro odwiedza każdy z pracowników, czy woli na lunch zupę cebulową, czy sałatkę cesarską i ile minut ćwiczeń przy użyciu trenażera jest w stanie wytrzymać. Ależ ze mnie szczęściara!

Wyczerpana czwartym porankiem, kiedy musiałam wstać o wpół do szóstej, potrzebowałam pełnych pięciu minut, zanim zebrałam dość energii, żeby wyplątać się z płaszcza i usadowić przy biurku. Pomyślałam, żeby tylko na chwilę położyć na nim głowę i odpocząć, ale Emily chrząknęła. Głośno.

— Hm, chcesz się tu przenieść i pomóc mi w pakowaniu? — zapytała, chociaż wyraźnie nie było to pytanie. — Masz, zapakuj coś. — Popchnęła w moim kierunku stos białego papieru i wróciła do swojego zajęcia. Z dodatkowych głośników przy jej komputerze dudniła Jewel.

Cięcie, ustawienie, zawinięcie, taśma, Emily i ja pracowałyśmy bez przerwy przez cały ranek, przerywając tylko po to, żeby dzwonić na dół, do biura posłańców, za każdym razem, gdy przygotowałyśmy dwadzieścia pięć pudełek. Mieli je przechować do chwili, kiedy dostaną od nas zielone światło, żeby rozwozić je po całym Manhattanie w połowie grudnia. Podczas moich dwóch pierwszych dni skończyłyśmy z wszystkimi butelkami do wysłania poza miasto i te stały w stosach w Szafie, czekając na zabranie przez DHL. Biorąc pod uwagę, że każda z nich miała zostać wysłana jako przesyłka priorytetowa, która dotrze na miejsce przeznaczenia o najwcześniejszej możliwej godzinie zaraz następnego dnia rano, nie byłam pewna, po co ten pośpiech — szczególnie że mieliśmy dopiero koniec listopada — ale już się nauczyłam, że lepiej nie zadawać pytań. Jakieś sto pięćdziesiąt butelek Fed Ex miał rozesłać po całym świecie. Butelki Priestly jechały do Paryża, Cannes, Bordeaux, Mediolanu, Rzymu, Florencji, Barcelony, Genewy, Brugii, Sztokholmu, Amsterdamu i Londynu. Dziesiątki do Londynu! Fed Ex miał wysłać je odrzutowcem do Pekinu i Hongkongu, do Kapsztadu i Tel Awiwu oraz Dubaju (Dubaju!). Za zdrowie Mirandy Priestly wypiją w Los Angeles, Honolulu, Nowym Orleanie, Charlestonie, Houston, Bridgehampton i Nuntucket. I to wszystko, zanim cokolwiek zostało rozesłane po Nowym Jorku — mieście, które gromadziło wszystkich przyjaciół Mirandy, lekarzy, służące, fryzjerki, nianie, stylistów, wizażystów, psychiatrów, instruktorów jogi, osobistych trenerów, kierowców i osoby asystujące przy zakupach. Oczywiście tu także można było znaleźć największą liczbę ludzi związanych z modą: projektanci, modele, aktorzy, redaktorzy, reklamodawcy, pracownicy działów personalnych i rozmaici spece od stylizacji mieli otrzymać butelki właściwe dla ich miejsca w hierarchii, dostarczone czule przez posłańca z Elias-Clark.

— Jak myślisz, ile to wszystko kosztuje? — zapytałam Emily, tnąc milionowy, jak mi się zdawało, kawałek grubego, białego papieru.

— Powiedziałam ci, zamówiłam alkohol za dwadzieścia pięć tysięcy.

— Nie, nie, jak myślisz, ile kosztuje to wszystko razem? To znaczy ekspresowe rozesłanie wszystkich tych paczek po całym świecie, bo wiesz, założę się, że w niektórych przypadkach koszty wysyłki są większe niż wartość samej butelki, szczególnie jeżeli to ktoś z listy nieważnych.

Wyglądała na zaintrygowaną. Pierwszy raz zauważyłam, żeby patrzyła na mnie z wyrazem twarzy innym niż obrzydzenie, irytacja czy obojętność.

— Cóż, zobaczmy. Jeżeli uznamy, że wszystkie krajowe przesyłki Fed Exem mieszczą się w granicach dwudziestu dolarów, a wszystkie międzynarodowe to jakieś sześćdziesiąt dolarów, to mamy dziewięć tysięcy dolarów za Fed Ex. Chyba gdzieś słyszałam, że posłańcy liczą jedenaście dolców za paczkę, więc wysłanie dwustu pięćdziesięciu takich przesyłek to będzie dwa tysiące siedemset pięćdziesiąt dolarów. A jeżeli chodzi o nasz czas, no to skoro cały tydzień zajmuje nam zapakowanie wszystkiego, to po dodaniu mamy obie nasze pensje za dwa tygodnie, co daje kolejne cztery tysiące...

W tym momencie wzdrygnęłam się wewnętrznie, zdając sobie sprawę, że nasze dwie pensje za cały tydzień pracy były, jak na razie, najmniej znaczącym wydatkiem.

— No to dochodzimy w sumie gdzieś tak do kwoty X. Szaleństwo, co? Ale jaki mamy wybór? W końcu to Miranda Priestly, sama rozumiesz.

Około pierwszej Emily oznajmiła, że jest głodna i idzie na dół na lunch z kilkoma dziewczynami z dodatków. Założyłam, że chodziło jej o zabranie lunchu na górę, bo tak właśnie robiłyśmy przez cały tydzień, więc czekałam dziesięć minut, piętnaście minut, dwadzieścia, ale nie pojawiła się ponownie z jedzeniem. Od czasu gdy zaczęłam pracę, żadna z nas właściwie nie jadła w Jadalni, na wypadek, gdyby dzwoniła Miranda, ale to było śmieszne. Nadeszła druga, a potem druga trzydzieści i trzecia i mogłam myśleć tylko o tym, jaka jestem głodna. Próbowałam zadzwonić na komórkę Emily, ale od razu włączała się poczta głosowa. Czy możliwe, żeby umarła w Jadalni? Ciekawe. Udławiła się samą sałatą albo padła po wychyleniu porcji smoothie? Myślałam, czy nie poprosić kogoś o przyniesienie czegoś, ale wydawało mi się, że proszenie jakiegoś kompletnie obcego człowieka o podrzucenie mi lunchu będzie wyglądać na fochy. W końcu to ja miałam dostarczać lunch: No tak, kochanie, jestem zbyt ważną osobą, żeby opuścić moje stanowisko z pakowaniem prezentów, więc zastanawiałam się, czy nie mogłabyś mi podrzucić rogalika z indykiem i serem brie? Cudownie. Po prostu nie mogłam tego zrobić. Gdy nadeszła czwarta i wciąż nie było śladu Emily ani żadnych telefonów od Mirandy, dopuściłam się niewyobrażalnego: zostawiłam biuro bez opieki.

Po szybkim zerknięciu na korytarz i upewnieniu się, że Emily nie ma w zasięgu wzroku, dosłownie pobiegłam do recepcji i przycisnęłam guzik ze dwadzieścia razy. Sophy, wspaniała recepcjonistka, Azjatka, uniosła brwi i odwróciła wzrok. Nie byłam pewna, czy to moje zniecierpliwienie, czy fakt, że wiedziała o pozostawieniu przeze mnie opuszczonego biura Mirandy sprawił, iż spojrzała na mnie w ten sposób. Nie było czasu, żeby to sprawdzać. Winda w końcu się pojawiła i zdołałam wpaść do środka, mimo że szyderczo uśmiechnięty, chudy jak nałogowy heroinista facet z włosami ułożonymi w kolce, ubrany w cytrynowozielone pumy, naciskał „zamknij drzwi". Nikt się nie odsunął, żeby zrobić mi miejsce, chociaż mieli gdzie. Normalnie dostałabym szału, ale teraz jedyne, na czym byłam w stanie się skoncentrować, to zdobycie jedzenia i dotarcie z powrotem, najszybciej jak się da.

Wejście do Jadalni, całej w szkle i granicie, blokowała grupa Klakierów w trakcie ćwiczeń, wszyscy pochylali się i szeptali, mierząc wzrokiem każdą grupę ludzi wychodzących z windy. Przyjaciele pracowników Elias, natychmiast przypomniałam sobie opis takich grup autorstwa Emily, dzięki ich nieukrywanemu podnieceniu, że stoją w środku tego wszystkiego, nie sposób było ich z nikim pomylić. Lily też błagała, żebym zabrała ją do Jadalni, bo niemal w każdej wychodzącej na Manhattanie gazecie i czasopiśmie opisywano ją z powodu niesamowitego wyboru i klasy jedzenia — nie wspominając już o stadach wspaniałych ludzi — ale jeszcze nie byłam na to gotowa. Poza tym, zgodnie ze skomplikowanym harmonogramem wysiadywania w biurze, który jak na razie codziennie negocjowałyśmy z Emily, nie miałam jeszcze okazji spędzić tam więcej niż dwie i pół minuty, których wymagało wybranie jedzenia i zapłacenie za nie, i nie byłam pewna, czy kiedykolwiek taka okazja mi się trafi.

Przepchnęłam się między dziewczynami i czułam, że odwracają się, żeby sprawdzić, czy jestem kimś ważnym. Nie. Sprawnie i celowo omijając przeszkody, zostawiłam za sobą wspaniałe żeberka jagnięce oraz cielęcinę w marsali w dziale dań mięsnych i z wielkim wysiłkiem woli przemknęłam obok specjalnej pizzy z suszonymi pomidorami i kozim serem (znajdującej się na wygnaniu, na stoliku na uboczu, w miejscu, które wszyscy czule nazywali „Kącikiem węglowodanów"). Już nie tak łatwo było ominąć główną atrakcję Jadalni, bar sałatkowy (znany też jako „Zielenina", jak w zdaniu „Spotkamy się przy Zieleninie"), długi jak pas startowy na lotnisku i dostępny z czterech różnych stron, jednak horda pozwoliła mi przejść, gdy głośno zapewniłam, że nie poluję na ostatnie kawałki tofu. Kompletnie z tyłu, bezpośrednio za działem panini, który właściwie przypominał stoisko z przyborami do makijażu, znajdowało się samotne, opuszczone stanowisko z zupami. Opuszczone, ponieważ szef działu zup był jedynym w całej Jadalni, który odmówił przygotowania choć jednej ze swoich propozycji w wersji niskotłuszczowej, odtłuszczonej, beztłuszczowej, niskosodowej czy niskowęglowodanowej. Zwyczajnie odmówił. W efekcie tylko do tego jednego stołu w całej sali nie stała kolejka i codziennie sprintem podążałam w jego stronę. Ponieważ wyglądało na to, że tylko ja jedna w całej firmie kupowałam zupę — a pracowałam tam zaledwie tydzień — kierownictwo okroiło jego menu do jednej samotnej zupy na dzień. Modliłam się o pomidorową z cheddarem. Zamiast tego nalał mi wielką chochlę nowoangielskiej zupy z małży, dumnie ogłaszając, że została przygotowana na tłustej śmietanie. Trzy osoby stojące przy Zieleninie odwróciły się, żeby popatrzeć. Ostatnią przeszkodą, którą musiałam pokonać, były tłumy zgromadzone przy Stole Szefa, gdzie przybyły na gościnne występy. Szef w nieskazitelnej bieli przygotowywał duże kawałki sashimi przeznaczone dla grupy wyglądającej na pełnych uwielbienia fanów. Odczytałam plakietkę z nazwiskiem na jego wykrochmalonym białym kołnierzyku: Nobu Matsuhisa. Zanotowałam w pamięci, żeby poszukać go, kiedy wrócę na górę, bo wyglądało na to, że jestem tu jedynym pracownikiem, który się do niego nie przymila. Co było gorsze, nie znać pana Matsuhisy czy Mirandy Priestly?

Przy podliczaniu drobniutka kasjerka spojrzała najpierw na zupę, a potem na moje biodra. Tylko czy na pewno? Przywykłam już do tego, że oglądano mnie ze wszystkich stron za każdym razem, gdy dokądś szłam, ale przysięgłabym, że patrzyła na mnie z takim wyrazem twarzy, z jakim sama przyglądałabym się człowiekowi ważącemu dwieście pięćdziesiąt kilogramów z ośmioma Big Macami przyszykowanymi do zjedzenia: oczy uniesione na tyle, żeby zdawały się pytać: „Naprawdę jest ci to potrzebne?". Jednak odsunęłam tę paranoiczną myśl i przypomniałam sobie, że ta kobieta jest zwykłą kasjerką w stołówce, a nie instruktorem Strażników Wagi. Albo redaktorem z działu mody.

— No więc. W dzisiejszych czasach niezbyt wiele osób kupuje zupę — powiedziała cicho, wybijając cyfry na kasie.

— Tak, chyba niezbyt wiele osób lubi nowoangielską zupę z małży — wymamrotałam, machając kartą i marząc, żeby jej ręce poruszały się szybciej, szybciej.

Przestała stukać i zwróciła wąskie brązowe oczy wprost na mnie.

— Nie, zdaje mi się, że to dlatego, iż kucharz od zup upiera się przy gotowaniu tych naprawdę tuczących. Masz pojęcie, ile to ma kalorii? Masz pojęcie, jaka tucząca jest ta mała miseczka zupy? Mówię tylko, że można by przybrać z pięć kilo od samego patrzenia. — A ty nie należysz do tych, którzy mogą sobie pozwolić na przybranie pięciu kilogramów, sugerował jej ton.

Auć. Jakby nie dość trudne było przekonanie samej siebie, że mam w stosunku do wzrostu normalną wagę wtedy, gdy wszystkie te wysokie, wiotkie blondynki z *Runwaya* otwarcie mnie oceniały, teraz kasjerka — praktycznie rzecz biorąc — mówiła mi, że jestem gruba. Chwyciłam torebkę na wynos, przepchnęłam się między ludźmi i weszłam do łazienki zlokalizowanej dogodnie tuż przy wyjściu z Jadalni, gdzie można było zrzucić z siebie każdy wcześniejszy grzech nieumiarkowania. I chociaż wiedziałam, że lustro nie pokaże niczego więcej ani mniej niż to, co widniało w nim rano, odwróciłam się, żeby stanąć do niego przodem. Spojrzała na mnie z niego wykrzywiona, wściekła twarz.

— Co tu, do cholery, robisz? — Emily prawie wrzasnęła do mojego odbicia. Odwróciłam się gwałtownie w samą porę, żeby zobaczyć, że przewiesza skórzany żakiet przez rączkę torby od Gucciego, przesuwając okulary przeciwsłoneczne na czubek głowy. Dotarło do mnie, że Emily rzeczywiście zrobiła to, co zapowiedziała trzy i pół godziny temu: wyszła na lunch. Poza biuro. Zostawiła mnie całkiem samą na trzy pełne godziny bez ostrzeżenia, praktycznie przykutą do linii telefonicznej bez nadziei na jedzenie czy chwilę w łazience. I że wszystko to jest bez znaczenia, bo i tak wiedziałam, że wyjście było niewłaściwe i że zaraz nakrzyczy na mnie za to ktoś w moim wieku. Na szczęście drzwi się otworzyły i energicznie weszła redaktor naczelna *Coquette*. Zmierzyła nas obie od góry do dołu, gdy Emily chwyciła mnie za rękę, wyprowadziła z łazienki i pokierowała w stronę windy. Stałyśmy tak razem, ona ściskając moje ramię, ja czując się, jakbym właśnie zmoczyła łóżko. Przeżywałyśmy jedną z tych scen, w których porywacz w biały dzień przykłada kobiecie broń do pleców i milcząco jej grozi, prowadząc w stronę sali tortur.

— Jak mogłaś mi to zrobić? — syknęła, gdy przepchnęła mnie przez drzwi prowadzące do recepcji *Runwaya* i obie gnałyśmy do naszych biurek. — Jako starsza asystentka jestem odpowiedzialna za to, co dzieje się w naszym biurze. Wiem, że jesteś nowa, ale powiedziałam ci to pierwszego dnia: nie zostawiamy Mirandy bez obsługi.

— Przecież Mirandy tu nie ma. — Wyszło to jak skrzek.

— Ale mogła dzwonić, kiedy wyszłaś, i nie byłoby tu nikogo, żeby odebrać ten cholerny telefon! — wrzasnęła, trzaskając drzwiami do naszej części. — Nasz podstawowy priorytet, nasz jedyny priorytet to Miranda Priestly. I jeżeli nie umiesz temu sprostać, to pamiętaj, że milion dziewczyn dałoby się zabić za tę pracę. A teraz sprawdź swoją pocztę głosową. Jeżeli dzwoniła, koniec z nami. Z tobą.

Chciałam wczołgać się do mojego komputera i umrzeć. Jak mogłam tak dać ciała w pierwszym tygodniu? Mirandy nawet nie było w biurze, a ja już ją zawiodłam. I co z tego, że byłam głodna, to mogło poczekać. Autentycznie ważni ludzie próbowali tu pracować, ludzie, którzy na mnie polegali, i ja ich zawiodłam. Wykręciłam numer poczty.

— Cześć Andy, to ja. — Alex. — Gdzie jesteś? Nie zdarzyło się jeszcze, żebyś nie odebrała. Nie mogę się doczekać dzisiejszej kolacji. Nadal jesteśmy umówieni, prawda? Gdzie tylko chcesz, ty wybierasz. Zadzwoń do mnie, kiedy to odsłuchasz, będę w pokoju nauczycielskim od czwartej. Kocham cię. — Z miejsca poczułam się winna, ponieważ już podjęłam decyzję, że po całej tej klęsce z lunchem raczej przełożę spotkanie. Ten pierwszy tydzień był tak szalony, że właściwie się nie widywaliśmy, i specjalnie zaplanowaliśmy, że dziś wieczorem zjemy kolację tylko we dwoje. Ale wiedziałam, że nie będzie zbyt zabawnie, jeżeli zasnę z nosem w kieliszku wina, i prawdę mówiąc, potrzebowałam tego wieczoru, żeby odetchnąć i pobyć w samotności. Będę musiała pamiętać, żeby zadzwonić i spróbować umówić się na następny dzień.

Emily stała przy mnie, swoją pocztę już sprawdziła. Z jej stosunkowo spokojnej miny domyśliłam się, że Miranda nie nagrała żadnych śmiertelnych pogróżek. Potrząsnęłam głową, chcąc zasygnalizować, że ja też na razie niczego nie mam.

— Cześć Andrea, tu Cara. — Niania Mirandy. — No więc Miranda dzwoniła tu jakiś czas temu — serce mi stanęło — i powiedziała, że próbowała w biurze i nikt nie odbierał. Domyśliłam się, że coś się u was dzieje, więc jej powiedziałam, że rozmawiałam i z tobą, i z Emily najwyżej minutę wcześniej, ale się tym nie przejmuj. Chciała, żeby przefaksować jej *Wo-*

men's Wear Daily do Ritza, a ja miałam tu egzemplarz. Mam już potwierdzenie, że go dostała, więc się nie stresuj. Chciałam cię tylko zawiadomić. W każdym razie, miłego weekendu. Później pogadamy. Pa.

Wybawicielka. Ta dziewczyna była autentyczną świętą. Trudno uwierzyć, że znałam ją dopiero tydzień — i to nawet nie osobiście, tylko przez telefon — ponieważ zdawało mi się, że jestem w niej zakochana. Pod każdym względem stanowiła przeciwieństwo Emily: spokojna, realistka i kompletnie odporna na modę. Dostrzegała absurdalność zachowań Mirandy i jej nie zazdrościła. Posiadała tę rzadką, uroczą umiejętność pozwalającą śmiać się z siebie i wszystkich dookoła. Znalazłam przyjaciółkę.

— Nie, to nie ona — oznajmiłam Emily, niezupełnie kłamiąc, z tryumfalnym uśmiechem. — Jesteśmy czyste.

— Ty jesteś czysta, tym razem — stwierdziła obojętnie. — Pamiętaj, że siedzimy w tym razem, ale ja tu rządzę. Jeżeli raz na jakiś czas zechcę wyjść na lunch, będziesz mnie kryła, mam do tego prawo. Coś takiego nigdy więcej się nie powtórzy, jasne?

Ugryzłam się w język, tłumiąc chęć powiedzenia czegoś paskudnego.

— Jasne — stwierdziłam. — Jasne.

Do siódmej wieczorem zdołałyśmy skończyć pakowanie reszty butelek i oddać je wszystkie posłańcom, a Emily nie poruszyła więcej kwestii opuszczenia biura. Ostatecznie wsiadłam do taksówki (tylko ten jeden raz) o ósmej i o dziesiątej, wciąż kompletnie ubrana, leżałam wyciągnięta jak długa na posłanym łóżku. I nadal niczego nie jadłam, bo nie mogłam znieść myśli o tym, że wyjdę na poszukiwanie jedzenia i znów się zgubię we własnej dzielnicy jak podczas czterech poprzednich wieczorów. Z mojego nowiutkiego telefonu Bang & Olufsen zadzwoniłam do Lily, żeby ponarzekać.

— Cześć! Myślałam, że dzisiaj macie z Aleksem randkę — powiedziała.

— Mieliśmy, ale jestem nieżywa. Nie ma nic przeciwko jutrzejszemu wieczorowi, więc chyba tylko zamówię coś do jedzenia. Cokolwiek. Jak ci minął dzień?

— Jedno słowo: był popieprzony. Okej, to były dwa słowa. Nigdy nie zgadniesz, co się stało. Właściwie zgadniesz, takie rzeczy zdarzają się...

— Daj spokój, Lil, za chwilę zemdleję...

— Okej. Na mój dzisiejszy odczyt przyszedł najmilszy facet na świecie. Przesiedział cały czas i wyglądał na całkowicie zafascynowanego. Zaczekał na mnie. Zapytał, czy mógłby zaprosić mnie na drinka i usłyszeć wszystko o mojej pracy wydanej w Brown, którą już czytał.

— Brzmi wspaniale. Jak wypadł? — Lily właściwie co wieczór spotykała się z różnymi facetami, ale miała jeszcze ułamek do skrócenia. Skalę Miłości Ułamkowej stworzyła pewnej nocy po wysłuchaniu kilku naszych przyjaciół płci męskiej, oceniających dziewczyny, z którymi się umawiali, według skali własnego pomysłu, Dziesięć na Dziesięć. „Sześć, osiem, B-plus" — Jake ogłosił wynik asystentki z działu reklamy, z którą spotkał się poprzedniego wieczoru. Zakładałyśmy powszechną świadomość, że skala jest dziesięciostopniowa, twarz zawsze zajmuje pierwsze miejsce w rankingu, ciało drugie, a osobowość ostatnie, z nieco bardziej uogólnioną oceną literową. Ponieważ w przypadku facetów w oczywisty sposób w grę wchodziło więcej czynników, Lily obmyśliła Skalę Ułamkową, na którą składało się w sumie dziesięć „elementów", z których każdy dostawał punkt. Facet Idealny musiałby naturalnie posiadać wszystkie pięć podstawowych elementów: inteligencję, poczucie humoru, przyzwoite ciało, milutką twarz i pracę zaliczaną do tych, które mieściły się w szeroko pojmowanym zakresie „normalnych". Ponieważ znalezienie Faceta Idealnego graniczyło z cudem, można było podnieść notowania, zarabiając punkty z drugiej piątki, na którą składały się: całkowity brak stuknietej byłej dziewczyny, stuknietych rodziców albo rujnujących randki współlokatorów i dowolnego rodzaju zainteresowań lub hobby niezwiązanych z tematem studiów, poza sportem i pornografią. Jak na razie najwyższa otrzymana ocena to było dziewięć dziesiątych, ale ten z nią zerwał.

— No cóż, z początku szykował się na silne siedem dziesiątych. Jako główny przedmiot w Yale wybrał teatr i jest hetero oraz dyskutował o polityce Izraela tak inteligentnie, że ani razu nie zasugerował, żebyśmy „posłali im atomówkę", więc zapowiadał się dobrze.

— Faktycznie. Nie mogę się doczekać na decydujący element. Co to było? Opowiadał o swojej ulubionej grze Nintendo?

— Gorzej. — Westchnęła.

— Jest chudszy od ciebie?

— Gorzej.

— Niewiarygodnie pospolity?

— Gorzej. — Sprawiała wrażenie zgnębionej.

— Co, do licha, może być gorszego?

— Mieszka na Long Island...

— Lily! Jest geograficznie niepożądany. To nie oznacza, że nie można się z nim umawiać! Wiesz doskonale, że...

— ...z rodzicami — przerwała mi.

Och.

— Od czterech lat.

O rany.

— I jest tym zachwycony. Twierdzi, że nie umie sobie wyobrazić, jak można chcieć mieszkać samemu w takim wielkim mieście, kiedy jego mama i tato są wspaniałymi towarzyszami.

— Rany! Nie mów nic więcej. Chyba nigdy wcześniej nie miałyśmy takiego przypadku, żeby siedem dziesiątych spadło do zera po pierwszej randce. Ten facet ustanowił nowy rekord. Gratulacje. Oficjalnie uznaję twój dzień za gorszy od mojego. — Nachyliłam się, żeby kopnięciem zamknąć drzwi sypialni, kiedy usłyszałam Shanti i Kendrę wracające do domu z pracy. Dotarł też do mnie męski głos i zastanowiłam się, czy któraś z moich współmieszkanek ma chłopaka. Przez ostatnie półtora tygodnia widziałam je w sumie przez dziesięć minut, bo najwyraźniej pracowały dłużej ode mnie.

— Tak źle? Jak mogłaś mieć kiepski dzień? Przecież pracujesz w modzie — powiedziała.

Rozległo się ciche pukanie do drzwi.

— Zaczekaj chwilę, ktoś przyszedł. Proszę! — zawołałam za głośno jak na tę skromną przestrzeń. Czekałam, żeby jedna z moich cichych współlokatorek nieśmiało zapytała, czy pamiętałam o telefonie do właściciela, żeby dopisał moje nazwisko do umowy najmu (nie), czy kupiłam papierowe talerze (nie) albo czy odsłuchiwałam jakieś wiadomości (nie), ale okazało się, że to Alex.

— Hej, mogę do ciebie oddzwonić? Alex się zjawił. — Byłam zachwycona jego wizytą, taka podekscytowana, że zrobił mi niespodziankę, ale jakaś mała część mnie nie mogła się doczekać, żeby wziąć prysznic i wczołgać się do łóżka.

— Jasne. Pozdrów go ode mnie. I pamiętaj, jaka z ciebie szczęściara, że skróciłaś z nim ułamek, Andy. Jest wspaniały. Trzymaj się go.

— Jakbym nie wiedziała. Ten dzieciak to jakiś cholerny święty. — Uśmiechnęłam się w jego kierunku.

— Pa.

— Cześć! — Zmusiłam się, żeby najpierw usiąść, potem wstać i podejść do Aleksa. — Co za wspaniała niespodzianka! — Chciałam go uściskać, ale cofnął się, trzymając ręce za plecami. — Co się stało?

— Nic zupełnie. Wiem, że miałaś ciężki tydzień i znając cię, doszedłem do wniosku, że nie zawracałaś sobie jeszcze głowy jedzeniem, więc coś ci przyniosłem. — Wyciągnął zza pleców ogromną papierową torbę, jedną z tych w stylu starego sklepu spożywczego, pokrytą już rozkosznie pachnącymi plamami tłuszczu. Nagle zaczęłam umierać z głodu.

— Niemożliwe! Skąd wiedziałeś, że tu siedzę i dokładnie w tej sekundzie zastanawiam się, jak się zmusić, żeby poszukać czegoś do jedzenia? Właśnie miałam to sobie odpuścić.

— No to chodź tu i jedz! — Wyglądał na zadowolonego i otworzył torbę, ale oboje razem nie daliśmy rady zmieścić się na podłodze mojej sypialni. Pomyślałam, żeby zjeść w salonie, lecz Kendra i Shanti klapnęły razem przed telewizorem, ustawiając przed sobą nietknięte pojemniki sałatek na wynos. Myślałam, że czekają na koniec odcinka *Real World*, który oglądały, ale potem zauważyłam, że obie zdążyły zasnąć. Ależ mieliśmy wszyscy słodkie życie.

— Zaczekaj, mam pomysł — oznajmił Alex i na palcach poszedł do kuchni. Wrócił z dwoma ogromnymi workami na śmieci i rozłożył je na mojej niebieskiej narzucie. Zapuścił rękę do wytłuszczonej torby i wyciągnął dwa gigantyczne hamburgery ze wszystkimi dodatkami oraz jedną ekstradużą porcję frytek. Pamiętał o pakiecikach keczupu i tonach soli dla mnie, i nawet o serwetkach. Klasnęłam w ręce, taka byłam podniecona, chociaż pospiesznie przemknął mi przez głowę obraz rozczarowania na twarzy Mirandy, oznaczający: „Ty jesz hamburgera?!".

— To jeszcze nie koniec. Proszę, patrz. — Z jego plecaka wyjechała garść maleńkich świeczek do podgrzewacza o zapachu waniliowym, butelka wina z zakrętką i dwa kubki z woskowanego papieru.

— Żartujesz — powiedziałam miękko, wciąż nie mogąc uwierzyć, że przyniósł to wszystko po tym, jak odwołałam randkę.

Wręczył mi kubek wina i stuknął nim o swój.

— Ani trochę. Myślisz, że miałem zamiar przegapić opowieść o pierwszym dniu reszty twojego życia? Za moją najlepszą dziewczynę.

— Dziękuję — odparłam, powoli pociągając łyk. — Dziękuję, dziękuję, dziękuję.

6

— Omójboże, czy to redaktorka działu mody we własnej osobie? — Jill udała pisk podniecenia, kiedy otworzyłam frontowe drzwi. — Chodź no tu, żeby starsza siostra mogła ci się pokłonić.

— Redaktorka działu mody? — parsknęłam. — Żeby. Raczej pechowiec z działu mody. Witaj na cywilizowanej ziemi. — Tuliłam ją jakieś dziesięć minut i wcale nie miałam ochoty przestać. Było mi ciężko, kiedy zaczęła Stanford i zostawiła mnie samą z rodzicami, zaledwie dziewięcioletnią, ale jeszcze ciężej, gdy za swoim chłopakiem — teraz mężem — wyjechała do Houston. Houston! Całe to miasto robiło wrażenie przesiąkniętego wilgocią i rojącego się od komarów w stopniu przekraczającym ludzką wytrzymałość. A jakby tego było mało, moja siostra — moja wyrafinowana, piękna starsza siostra, która uwielbiała sztukę neoklasyczną i recytowała poezje Byrona w taki sposób, że topniało mi serce — nabrała południowego akcentu. I to nie lekkiego akcentu z subtelnym, czarującym południowym zaśpiewem, ale pełnowymiarowego, charakterystycznego, wiercącego w uszach wieśniackiego zaciągania. Nie wybaczyłam jeszcze Kyle'owi, chociaż był całkiem porządnym szwagrem, że zaciągnął ją w to parszywe miejsce, a chwile, w których otwierał usta, wcale mi w tym nie pomagały.

— Cześć, Andy, kochanie, wyglądasz coraz piękniej za

każdym razem, kiedy cię widzę. — Wyglondasz coras pienknij za kadym razem, kedy cie wize. — Czym was karmią w tym *Runwayu*, co?

Miałam ochotę wepchnąć mu w usta piłkę tenisową, żeby powstrzymać go od mówienia, ale uśmiechnął się do mnie i podeszłam, żeby go uściskać. Może i gadał jak wieśniak oraz trochę zbyt otwarcie i za często się uśmiechał, lecz naprawdę się starał i najwyraźniej uwielbiał moją siostrę. Przysięgłam sobie dołożyć starań, żeby nie wzdrygać się otwarcie, gdy się odezwie.

— Nie jest to miejsce, które można by nazwać przyjaznym dla konsumenta, jeśli rozumiesz, co mam na myśli. Cokolwiek by to było, zdecydowanie jest w wodzie, nie w jedzeniu. Ale mniejsza z tym. Ty też świetnie wyglądasz, Kyle. Mam nadzieję, że dbasz, by moja siostra się nie nudziła w tym żałosnym mieście?

— Andy, po prostu przyjedź z wizytą, kochanie. Zabierz Aleksa i wszyscy zrobicie sobie małe wakacje. Nie jest tak źle, zobaczysz. — Uśmiechnął się najpierw do mnie, a potem do Jill, która odpowiedziała uśmiechem i przejechała mu wierzchem dłoni po policzku. Byli obrzydliwie zakochani.

— Naprawdę, Andy, to obfitujące w kulturalne rozrywki miejsce. Oboje byśmy chcieli, żebyś częściej nas odwiedzała. To nie w porządku, że widujemy się tylko w tym domu — powiedziała, szerokim machnięciem obejmując salon naszych rodziców. — To znaczy, jeżeli potrafisz znieść Avon, z pewnością zniesiesz Houston.

— Andy, jesteś! Jill, przyjechała wielka nowojorska kobieta sukcesu, chodź się przywitać — zawołała moja mama, wychodząc z kuchni. — Myślałam, że miałaś zadzwonić, kiedy dotrzesz na dworzec.

— Pani Myers odbierała Erikę z tego samego pociągu, więc po prostu mnie podrzuciła. Kiedy jemy? Umieram z głodu.

— Teraz. Chcesz się ogarnąć? Możemy zaczekać, wyglądasz trochę nieświeżo po podróży. Nie ma sprawy, jeżeli...

— Mamo! — Rzuciłam jej ostrzegawcze spojrzenie.

— Andy! Wyglądasz wystrzałowo. Chodź tu i uściskaj swojego staruszka. — Mój tata, wysoki i wciąż bardzo przystojny, świeżo po pięćdziesiątce, uśmiechał się, stojąc w holu. Za plecami trzymał pudełko scrabble'a, na które pozwolił mi spojrzeć tylko przelotnie, szybko wysuwając je bokiem zza nogi. Zaczekał, żeby wszyscy spojrzeli w inną stronę i oznajmił, bezgłośnie poruszając ustami: „Skopię ci tyłek. Uznaj to za ostrzeżenie".

Uśmiechnęłam się i kiwnęłam głową. Wbrew zdrowemu rozsądkowi zorientowałam się, że cieszę się na najbliższe czterdzieści osiem godzin z rodziną bardziej niż kiedykolwiek przez te cztery lata, odkąd wyprowadziłam się z domu. Święto Dziękczynienia należało do moich ulubionych, a w tym roku zaczęłam szczególnie je doceniać.

Zebraliśmy się w jadalni i z apetytem zabraliśmy się za potężny posiłek, który mama po mistrzowsku zamówiła, za jej tradycyjną żydowską wersję uczty w wigilię Święta Dziękczynienia. Bajgle i wędzony łosoś, kremowy twarożek, ryba i *latkes*, wszystko profesjonalnie ułożone na sztywnych jednorazowych półmiskach, czekające na przeniesienie na papierowe talerze i zjedzenie plastikowymi widelcami i nożami. Matka uśmiechnęła się czule, gdy jej potomstwo rzuciło się na jadło, z takim wyrazem dumy na twarzy, jakby przez tydzień stała przy gorącym piecu, żeby zaopatrzyć i wyżywić maleństwa.

Opowiedziałam im wszystko o nowej pracy, starając się najlepiej, jak umiałam, opisać zajęcie, którego sama jeszcze do końca nie rozumiałam. Przelotnie zastanowiłam się, czy opis zamawiania spódnic, wszystkich tych godzin, które poświęciłam na pakowanie i wysyłanie prezentów, albo małej elektronicznej karty identyfikacyjnej śledzącej wszystko, co się robiło, zabrzmiał absurdalnie. Trudno było oddać słowami wrażenie, że wszystko to były pilne sprawy, wyjaśnić, jak w biurze wydawało się, że moje działania mają znaczenie, są wręcz ważne. Mówiłam i mówiłam, ale nie umiałam objaśnić im tego świata, który choć geograficznie odległy o godzinę, tak naprawdę należał do innego systemu słonecznego. Wszyscy kiwali głowami, uśmiechali się i zadawali pytania, udając zainteresowanie, ale wiedziałam, że to zbyt egzotyczne, nazbyt obco brzmiące i za bardzo odmienne, żeby znaleźli w tym sens ludzie, którzy — jak i ja przed tygodniem — nigdy nawet nie słyszeli nazwiska Priestly. Nawet mnie samej wydawało się to bez sensu: przesadnie dramatyczne i za bardzo „bigbrotherowskie", ale było też podniecające. I niesamowite. Zdecydowanie i niezaprzeczalnie było to superniesamowite miejsce pracy. Prawda?

— No cóż, Andy, myślisz, że będziesz tam szczęśliwa przez ten rok? Może nawet zechcesz zostać dłużej, co? — zapytał tata, rozsmarowując pastę śledziową na solance.

Podpisując umowę w Elias-Clark, zgodziłam się pracować dla Mirandy przez rok — o ile wcześniej nie zostanę zwolniona — co w tym momencie wydawało się bardzo mało prawdopodobne. A jeśli wypełnię swoje zobowiązania z klasą, entuzjazmem i zachowam jaki taki poziom kompetencji — tego nie miałam na piśmie, ale sugerowało mi to kilkanaście osób z działu personalnego oraz Emily i Allison — będę mogła wskazać posadę, którą chciałabym dostać jako następną. Spodziewano się, oczywiście, że dokonam wyboru w ramach *Runwaya* lub, w ostateczności, w Elias-Clark, ale mogłam prosić o wszystko, od pracy w dziale recenzji książkowych po funkcję łącznika między sławami Hollywoodu a *Runwayem*. Równe sto procent z dziesięciu ostatnich asystentek, które przetrwały przez rok w biurze Mirandy, wybrało przejście do działów mody w *Runwayu* albo innych czasopismach Elias-Clark. Fucha w biurze Mirandy była uważana za najlepszy sposób, żeby ominąć trzy do pięciu lat poniżeń na stanowisku asystentki i przejść prosto do istotnych zajęć w prestiżowych miejscach.

— Zdecydowanie. Na razie wszyscy wydają się naprawdę mili. Emily jest nieco, hm, no cóż, zaangażowana, ale poza tym wszystko było wspaniale. Sama nie wiem. Kiedy słucham opowiadań Lily o egzaminach albo Aleksa o wszystkich gównianych sprawach, z jakimi musi się użerać w szkole, zdaje mi się, że mam sporo szczęścia. No, bo kogo pierwszego dnia obwozi limuzyna z szoferem? Nie, poważnie. No więc tak, uważam, że to będzie wspaniały rok, i nie mogę się doczekać, kiedy wróci Miranda. Myślę, że jestem na to gotowa.

Jill rzuciła mi spojrzenie, które mówiło: Skończ z tym pieprzeniem, Andy, wszyscy wiemy, że prawdopodobnie pracujesz dla psychopatycznej suki otaczającej się anorektycznymi niewolnikami mody i że starasz się odmalować to wszystko w różowych barwach, bo się martwisz, że ugrzęzłaś w tym po szyję. Zamiast tego powiedziała:

— Brzmi wspaniale, Andy, naprawdę. Niesamowita okazja.

Z zebranych przy stole tylko ona jedna miała szansę coś zrozumieć, bo zanim przeprowadziła się do Trzeciego Świata, przez rok pracowała w niewielkim prywatnym muzeum w Paryżu i zainteresowała się *haute couture*. W jej przypadku było to raczej artystyczne i estetyczne hobby niż podejście konsumenckie, ale przynajmniej miała styczność ze światem mody.

— My też mamy wspaniałe wieści — ciągnęła, sięgając przez stół, żeby wziąć za rękę Kyle'a, który odłożył swojego bajgla i wyciągnął obie dłonie.

— O, dzięki Bogu — natychmiast wykrzyknęła matka, osuwając się na krześle jak człowiek, który w końcu zrzucił z ramion stukilogramową sztangę, spoczywającą tam przez ostatnie dwie dekady. — Najwyższa pora.

— Gratulacje! Muszę przyznać, że matka naprawdę się martwiła. Z pewnością trudno was uznać za nowożeńców, rozumiecie, i zaczynaliśmy się zastanawiać... — U szczytu stołu tata unosił brwi.

— Hej, wspaniale. Już najwyższy czas, żebym została ciotką. Kiedy maleństwo ma się urodzić?

Oboje wyglądali, jakby im mowę odebrało, i przez chwilę obawiałam się, że źle to zrozumieliśmy, że ich „dobre wieści" dotyczyły budowy nowego, większego domu na tych bagnach, gdzie mieszkali, albo że Kyle postanowił w końcu opuścić firmę prawniczą ojca i razem z moją siostrą otworzyć galerię, o której zawsze marzyła. Może się pośpieszyliśmy, za bardzo chcieliśmy usłyszeć, że przyszły siostrzeniec czy wnuk jest już w drodze. Ostatnio rodzice nie potrafili rozmawiać o niczym innym, nieustannie ważąc i rozważając powody, dla których moja siostra i Kyle — już po trzydziestce, mający za sobą cztery lata małżeństwa — jeszcze się nie rozmnożyli. W trakcie ostatnich sześciu miesięcy temat z czasochłonnej rodzinnej obsesji rozwinął się w wyraźny kryzys.

Moja siostra wyglądała na zmartwioną. Kyle zmarszczył brwi. Rodzice patrzyli takim wzrokiem, jakby kolejna chwila ciszy miała pozbawić ich przytomności. Napięcie było namacalne.

Jill wstała ze swojego miejsca, podeszła do Kyle'a i ciężko usiadła mu na kolanach. Objęła go ramieniem za szyję i przybliżyła twarz do jego twarzy, szepcząc mu coś do ucha. Zerknęłam na mamę, która wyglądała, jakby miała zemdleć za najdalej dziesięć sekund, troska pogłębiła małe zmarszczki wokół jej oczu do rozmiarów solidnych rowów.

W końcu, w końcu zachichotali, odwrócili się do stołu i oznajmili zgodnie: „Będziemy mieli dziecko". I wtedy nastała światłość. I okrzyki. Oraz uściski. Mama tak szybko zerwała się z krzesła, że je wywaliła, a potem przewróciła kaktus w doniczce, który stał sobie przy rozsuwanych szklanych drzwiach. Tata chwycił Jill, ucałował w oba policzki oraz w czubek głowy i, jeśli się nie mylę, po raz pierwszy od dnia ich ślubu ucałował też Kyle'a.

Zastukałam plastikowym widelcem w puszkę Dr Brown's Black Cherry i oznajmiłam, że musimy wznieść toast.

— Wznieście wszyscy szklanice, wznieście szklanice za nowiutkiego maleńkiego Sachsa, który dołączy do naszej rodziny. — Kyle i Jill spojrzeli na mnie z przyganą. — Dobra, technicznie rzecz biorąc, to będzie mały Harrison, ale w głębi serca będzie Sachsem. Za Kyle'a i Jill, przyszłych idealnych rodziców najwspanialszego dziecka świata. — Wszyscy trąciliśmy się puszkami oranżady oraz kubkami z kawą, po czym wznieśliśmy toast za radośnie uśmiechniętą parę i liczącą sobie sześćdziesiąt centymetrów talię mojej siostry. Sprzątnęłam ze stołu, wrzucając wszystko wprost do worka na śmieci, podczas gdy mama próbowała nakłonić Jill, żeby obdarzyła dziecko imieniem po różnych zmarłych krewnych. Kyle pociągał kawę i wyglądał na zadowolonego z siebie. A tuż przed północą tata i ja wymknęliśmy się do jego gabinetu na partyjkę.

Ojciec włączył urządzenie emitujące szum, którego używał, kiedy przyjmował pacjentów w czasie dnia, żeby wygłuszyć domowe hałasy i jednocześnie uniemożliwić przebywającym w domu podsłuchiwanie, o czym dyskutuje się w gabinecie. Jak każdy dobry psychiatra, tata umieścił w odległym narożniku skórzaną sofę, tak miękką, że z przyjemnością opierałam głowę na podłokietniku, oraz trzy krzesła, które miały wygięte w przód oparcia i zmuszały siedzącego do pochylania się. Jak w macicy, zdaniem taty. Biurko lśniące, czarne i zwieńczone płaskim monitorem, dobrane do niego czarne skórzane krzesło, z wysokim oparciem i bardzo luksusowe. Ściana psychologicznych książek za szkłem, kolekcja łodyg bambusa w bardzo wysokim kryształowym wazonie na podłodze i kilka oprawionych jednobarwnych abstrakcji — jedyne prawdziwe kolory w pokoju — dopełniały futurystycznego wystroju. Klapnęłam na podłogę między sofą a biurkiem i tata zrobił to samo.

— No więc mów, co się tak naprawdę dzieje, Andy — powiedział, wręczając mi drewniany stojaczek na płytki. — Jestem pewien, że czujesz się przytłoczona.

Wybrałam siedem płytek i ostrożnie ustawiłam przed sobą.

— Tak, to były szalone tygodnie. Najpierw przeprowadzka, potem nowa praca. Dziwne miejsce, trudno to wyjaśnić. No wiesz, wszyscy są piękni, szczupli i noszą wspaniałe ciuchy. I naprawdę wydają się dość mili, byli przyjaźnie nastawieni. Trochę jakby brali jakieś poważne leki na receptę. Sama nie wiem...

— Co takiego? Co chciałaś powiedzieć?

— Nie umiem tego sprecyzować, mam po prostu takie wrażenie, że to domek z kart, który rozpadnie się wokół mnie. Potrafię pozbyć się myśli, że to śmieszne, pracować dla czasopisma o modzie, wiesz? Jak na razie praca była trochę bezmyślna, ale nic mnie to nie obchodzi. Dostateczne wyzwanie stanowi sam fakt, że to wszystko jest nowe, wiesz?

Skinął głową.

— Wiem, że to „fajna" praca, ale cały czas się zastanawiam, w jaki sposób przygotowuje mnie do *New Yorkera*. Po prostu muszę szukać dziury w całym, bo na razie wydaje się za dobra, żeby była prawdziwa. Mam nadzieję, że tylko mi odbija.

— Nie sądzę, kochanie, myślę raczej, że jesteś wrażliwa. Ale z jednym muszę się zgodzić, uważam, że ci się poszczęściło. Ludzie przez całe życie nie widzą tego, co zobaczysz przez ten rok. Pomyśl tylko! Pierwsza posada po college'u i pracujesz dla najważniejszej kobiety w przynoszącym największe zyski czasopiśmie w największym wydawnictwie prasowym na świecie. Obejrzysz to wszystko sama, od podszewki. Jeżeli będziesz miała oczy otwarte i zachowasz właściwą skalę wartości, przez rok nauczysz się więcej niż większość ludzi w tej branży podczas całej kariery. — Umieścił na środku planszy swoje pierwsze słowo, EMOCJE.

— Niezły ruch na otwarcie — powiedziałam, policzyłam punkty, podwojone, ponieważ pierwsze słowo zawsze przechodzi przez różową gwiazdę, i zapoczątkowałam zapis punktacji. Tata: 24 punkty, Andy: 0. Moje litery nie wydawały się specjalnie obiecujące do chwili, kiedy zdałam sobie sprawę, że gdybym tylko miała jeszcze jedno „M" mogłabym ułożyć „Jimmy" jak Jimmy Choo. Ale ponieważ to nazwa własna, byłoby to niezgodne z zasadami. No więc dodałam tylko Y, L oraz I do M i zainkasowałam siedem nędznych punktów.

— Chcę mieć pewność, że naprawdę się postarasz — stwierdził, przesuwając płytki na swojej podstawce. — Im więcej o tym myślę, tym bardziej jestem przekonany, że wynikną z tego dla ciebie ważne rzeczy.

— No cóż, mam nadzieję, że masz rację, bo skaleczeń papierem do pakowania wystarczy mi na bardzo, bardzo długo. Lepiej, żeby było w tym coś więcej niż tylko to.

— Będzie, kochanie, będzie. Zobaczysz. To początek czegoś

fantastycznego, wyraźnie czuję. I przeprowadziłem małe śledztwo na temat twojej szefowej. Ta Miranda wygląda na twardą kobietę, bez wątpienia, ale myślę, że ją polubisz. I że ona polubi ciebie.

Wyłożył słowo ŚCIERA przy użyciu mojego I. Wyglądał na zadowolonego.

— Mam nadzieję, że masz rację, tato. Naprawdę mam taką nadzieję.

— Jest redaktorką naczelną *Runwaya*, no wiesz, tego czasopisma o modzie — wyszeptałam natarczywie do słuchawki, mężnie starając się nie poddać frustracji.

— A, wiem, o które ci chodzi! — stwierdziła Julia, asystentka do spraw kontaktów z prasą w Scholastic Books. — Świetne pismo. Uwielbiam te wszystkie listy, w których dziewczynki opisują wstydliwe przygody z miesiączką. To są prawdziwe listy! A pamiętasz ten, gdzie...

— Nie, nie, nie to dla nastolatek, to jest zdecydowanie dla dorosłych kobiet. — Przynajmniej teoretycznie. — Naprawdę nigdy nie widziałaś *Runwaya*? — Zastanowiłam się, czy to w ogóle możliwe. — W każdym razie pisze się to P-R-I-E-S-T-L-Y. Miranda, tak — oznajmiłam z nieskończoną cierpliwością. Ciekawe, jak by zareagowała, gdyby wiedziała, że rozmawiam z kimś, kto naprawdę nigdy o niej nie słyszał. Pewnie niezbyt dobrze. — No cóż, gdybyś mogła odezwać się do mnie jak najszybciej, byłabym bardzo wdzięczna — powiedziałam do Julii. — A jeśli starsza asystentka niedługo wróci, przekaż jej, proszę, żeby do mnie zadzwoniła.

Był piątkowy ranek w środku grudnia i słodka, przesłodka weekendowa wolność miała nadejść za jedyne dziesięć godzin. Próbowałam przekonać obojętną na sprawy mody Julię ze Scholastic, że Miranda Priestly naprawdę jest kimś ważnym, kimś, dla kogo warto nagiąć reguły i zawiesić logikę. Okazało się to znacznie trudniejsze, niż oczekiwałam. Skąd miałam wiedzieć, że będę zmuszona wyjaśniać rangę pozycji Mirandy, żeby wywrzeć presję na kimś, kto nigdy nie słyszał o najbardziej prestiżowym czasopiśmie o modzie na świecie ani o jego sławnej redaktorce? Podczas trzech krótkich tygodni pracy na stanowisku asystentki Mirandy zdążyłam się już zorientować, że tego rodzaju epatowanie stanowiskiem i przypodchlebianie się o przysługi wchodziło w zakres moich obowiązków, ale zwykle osoba, którą starałam się do czegoś przekonać, onieśmielić czy w inny sposób poddać presji, stawała się kompletnie spolegliwa na samo wspomnienie nazwiska mojej szefowej.

Pechowo dla mnie, Julia pracowała w wydawnictwie akademickim, gdzie na uzyskanie statusu VIP-a znacznie większe szanse miał ktoś w rodzaju Nory Ephron albo Wendy Wasserstein niż osoba znana ze swego nieskazitelnego gustu w kwestii futer. Pojęłam to instynktownie. Próbowałam przypomnieć sobie czasy, kiedy sama nie słyszałam o Mirandzie Priestly — pięć tygodni wcześniej — i nie potrafiłam. Jednak wiedziałam, że kiedyś był taki magiczny czas. Zazdrościłam Julii jej obojętności, ale miałam zadanie do wykonania, a ona nie była pomocna.

Czwarty tom z tej parszywej serii o Harrym Potterze miał wyjść następnego dnia, w sobotę, a obie ośmioletnie bliźniaczki Mirandy chciały dostać po książce. Pierwsze egzemplarze planowano rzucić do księgarń w poniedziałek, ale ja musiałam dostać je do ręki w sobotę rano — parę minut po tym, gdy opuszczą magazyn. Po czym Harry i reszta chłopaków mieli zdążyć na prywatny lot do Paryża.

Moje zamyślenie przerwał telefon. Odebrałam, jak zwykle teraz, gdy Emily ufała mi na tyle, że mogłam rozmawiać z Mirandą. I nie da się ukryć, rozmawiałyśmy — prowadziłyśmy rozmowy w liczbie mniej więcej dwudziestu dziennie. Nawet z oddali Miranda zdołała wślizgnąć się w moje życie i całkowicie przejąć nad nim kontrolę, rzucając rozkazy, żądania i roszczenia z prędkością karabinu maszynowego od siódmej rano do chwili, gdy wreszcie wolno mi było wyjść o dziewiątej wieczorem.

— Ahn-dre-ah? Halo? Jest tam kto? Ahn-dre-ah!

Zerwałam się na równe nogi w momencie, gdy usłyszałam, że wymawia moje imię. Chwilę zabrało mi przypomnienie i pogodzenie się z faktem, że w rzeczywistości nie było jej w biurze ani nawet w kraju i przynajmniej na razie byłam bezpieczna. Emily zapewniła mnie, że Miranda pozostaje kompletnie nieświadoma, że Allison awansowała, a ja zostałam zatrudniona, że były to dla niej nieistotne szczegóły. Dopóki ktoś odbierał telefon i dostarczał jej tego, czego potrzebowała, jego faktyczna tożsamość nie miała nic do rzeczy.

— Zupełnie nie rozumiem, czemu tak długo trwa, zanim się odezwiesz po odebraniu telefonu — oznajmiła. Każdy inny człowiek na świecie mówiłby żałośnie, ale Miranda przemawiała należycie zimno i stanowczo. Jak to ona. — W razie gdybyś była tu za krótko, żeby się w tym zorientować, wyjaśniam, że kiedy dzwonię, ty odbierasz. To naprawdę proste. Rozumiesz? Ja dzwonię. Ty odbierasz. Dasz sobie z tym radę, Ahn-dre-ah?

Chociaż nie mogła mnie zobaczyć, kiwnęłam głową jak sześciolatka, którą właśnie napomniano, bo rzucała spaghetti w sufit. Skupiłam się na tym, żeby nie zwrócić się do niej „proszę pani", ten błąd popełniłam tydzień wcześniej i o mało nie zostałam za to zwolniona.

— Tak, Mirando. Przepraszam — powiedziałam łagodnie z pochyloną głową. I w tamtej chwili naprawdę było mi przykro, że jej słowa nie zostały zarejestrowane przez mój mózg trzy dziesiąte sekundy wcześniej, niż to się stało, przykro z powodu mojej opieszałości w wymówieniu słów „biuro Mirandy Priestly", przykro, że trwało to sekundę dłużej niż absolutnie konieczne. Jej czas był, o czym stale mi przypominano, znacznie ważniejszy niż mój własny.

— A więc dobrze. Czy teraz możemy wreszcie przestać marnować czas? Czy potwierdziłaś rezerwację dla pana Tomlinsona? — zapytała.

— Tak, Mirando, zrobiłam rezerwację dla pana Tomlinsona w Four Seasons na pierwszą.

Już czułam, co się szykuje. Zaledwie dziesięć minut wcześniej zadzwoniła i kazała mi zrobić rezerwację w Four Seasons oraz zatelefonować do pana Tomlinsona, kierowcy, a także niani, żeby poinformować ich o planach, a teraz będzie chciała wszystko poprzestawiać.

— Zmieniłam zdanie. Four Seasons nie jest odpowiednim miejscem na ten lunch z Irvem. Zarezerwuj stolik dla dwóch osób w Le Cirque i pamiętaj, żeby maître d'hôtel wziął pod uwagę, że będą chcieli siedzieć w głębi restauracji. Nie na widoku, na froncie. W głębi. To wszystko.

Kiedy po raz pierwszy rozmawiałam z Mirandą przez telefon, przekonałam samą siebie, że wygłaszając słowa „to wszystko", tak naprawdę chciała, żeby znaczyły „dziękuję". W drugim tygodniu przemyślałam sprawę.

— Oczywiście, Mirando. Dziękuję — powiedziałam z uśmiechem. Wyczułam jej zawahanie na drugim końcu linii, niepewność, jak zareagować. Czy wiedziała, że podkreślałam fakt jej odmowy mówienia „dziękuję"? Czy wydało się jej dziwne, że dziękuję za to, że mi rozkazuje? Zaczęłam ostatnio dziękować jej po każdym sarkastycznym komentarzu czy paskudnym telefonicznym rozkazie i taktyka ta była dziwnie kojąca. Wiedziała, że to z mojej strony kpina, ale co mogła powiedzieć? „Ahn-dre-ah, nie chcę nigdy więcej słyszeć podziękowań. Zabraniam ci wyrażać wdzięczność w takiej formie!". Kiedy się nad tym zastanowić, właściwie mogłaby tak powiedzieć.

Le Cirque, Le Cirque, Le Cirque, powtarzałam w myślach, zdecydowana zrobić rezerwację najszybciej, jak się da, żeby powrócić do znacznie trudniejszego wyzwania, Harry'ego Pottera. Osoba zajmująca się rezerwacjami w Le Cirque natychmiast zgodziła się trzymać stolik dla Mirandy i pana Tomlinsona, gdy tylko zechcą przybyć.

Emily wróciła z przechadzki po biurze i zapytała, czy Miranda w ogóle dzwoniła.

— Tylko trzy razy i ani razu nie zagroziła, że mnie zwolni — oznajmiłam z dumą. — Oczywiście dała mi to do zrozumienia, ale nie zagroziła wprost. Postęp, co?

Roześmiała się w sposób, w jaki śmiała się tylko wtedy, gdy żartowałam z siebie, i zapytała, czego chciała Miranda, jej guru.

— Tylko żebym zmieniła rezerwację na lunch dla SGG. Nie za bardzo rozumiem, czemu to robię, skoro on ma własną asystentkę, ale, hej, ja tu nie zadaję pytań. — Pan Ślepy, Głuchy i Głupi to był nasz akronim dla trzeciego męża Mirandy. Chociaż szerokiej publiczności nie wydawał się ani ślepy, ani głuchy, ani głupi, ci z nas, którzy należeli do wtajemniczonych, byli pewni, że wszystkie trzy przymiotniki są właściwie dobrane. Całkiem po prostu nie istniało inne wyjaśnienie kwestii, w jaki sposób miły facet, taki jak on, miałby znosić życie z nią.

Następnie przyszedł czas na telefon do samego SGG. Jeśli nie zadzwoniłabym dość wcześnie, mógłby nie zdołać dotrzeć do restauracji na czas. Przerwał wakacje na parę dni i przyleciał na kilka spotkań w interesach, a ten lunch z Irvem Ravitzem — dyrektorem generalnym Elias-Clark — należał do najważniejszych. Miranda chciała, żeby był perfekcyjny w każdym szczególe — ale to nic nowego. SGG naprawdę nazywał się Hunter Tomlinson. On i Miranda pobrali się latem, zanim zaczęłam pracę, po, jak słyszałam, dość nietypowych zalotach: ona naciskała, on się opierał. Zgodnie z tym, co mówiła Emily, uganiała się za nim bez wytchnienia, aż w końcu ustąpił z czystego wyczerpania ciągłą ucieczką. Zostawiła swojego drugiego męża (wokalistę jednego z najbardziej znanych zespołów z późnych lat sześćdziesiątych, ojca bliźniaczek) bez słowa ostrzeżenia do chwili, kiedy jej adwokat dostarczył mu papiery, i ponownie wyszła za mąż dokładnie w dwanaście dni po sfinalizowaniu rozwodu. Pan Tomlinson wykonał rozkazy i przeprowadził się do jej apartamentu przy Piątej Alei. Tylko raz widziałam Mirandę i nigdy nie spotkałam jej nowego męża, ale zaliczyłam tyle godzin rozmów telefonicznych z każdym z nich, że miałam, niestety, wrażenie, jakbyśmy należeli do jednej rodziny.

Trzy sygnały, cztery sygnały, pięć... hm, ciekawe, gdzie była jego asystentka? Modliłam się o automatyczną sekretarkę, bo nie miałam nastroju na bezmyślne, przyjacielskie pogaduszki, za którymi SGG najwyraźniej przepadał. Doczekałam się jednak jego sekretarki.

— Biuro pana Tomlinsona — zaciągnęła głębokim południowym akcentem. — Czym mogę służyć? — Szy mogie sużydź?

— Cześć Martha, tu Andrea. Słuchaj, nie muszę mówić z panem Tomlinsonem, możesz mu tylko przekazać wiadomość ode mnie. Zrobiłam rezerwację na...

— Kochana, wiesz, że pan Tomlinson zawsze chce z tobą rozmawiać. Zaczekaj moment. — I zanim zdołałam zaprotestować, już słuchałam przystosowanej do użycia w windzie wersji *Don't Worry, Be Happy* Bobby'ego McFerrina. Cudownie. Wcale mnie nie zdziwiło, że SGG wybrał najbardziej wkurzająco optymistyczny kawałek, jaki kiedykolwiek napisano, żeby uprzyjemniać swoim rozmówcom czas oczekiwania.

— Andy, czy to ty, kochanie? — zapytał swoim głębokim, dystyngowanym głosem. — Pan Tomlinson gotów pomyśleć, że go unikasz. Całe wieki nie miałem przyjemności rozmawiać z tobą. — Dla ścisłości, półtora tygodnia. Oprócz ślepoty, głuchoty i głupoty pan Tomlinson miał dodatkowo irytujący nawyk nieustannego mówienia o sobie w trzeciej osobie.

Wzięłam głęboki wdech.

— Witam, proszę pana. Miranda prosiła, bym pana zawiadomiła, że ten lunch jest dziś o pierwszej w Le Cirque. Powiedziała, że będzie...

— Kochanie — powiedział powoli i spokojnie. — Zrezygnujmy na sekundę z tego planowania. Ofiaruj staremu człowiekowi chwilę przyjemności i opowiedz panu Tomlinsonowi wszystko o swoim życiu. Zrobisz to dla niego? Więc powiedz, kochanie, czy jesteś szczęśliwa, pracując dla mojej żony? — Czy byłam szczęśliwa pracując dla jego żony? Hm. Niech się zastanowię. Czy młode ssaki kwiczą z radości, kiedy drapieżnik połyka je w całości? Ależ oczywiście, ty fiucie, jestem obłędnie szczęśliwa, pracując dla twojej żony. Kiedy obie jesteśmy wolne, nakładamy sobie maseczki z błota i plotkujemy o naszym życiu miłosnym. Jeśli chcesz wiedzieć, to zupełnie jak przyjęcie piżamowe z przyjaciółkami. Jedna wielka kupa śmiechu.

— Kocham swoją pracę, proszę pana, i uwielbiam pracować dla Mirandy. — Wstrzymałam oddech i modliłam się, żeby odpuścił.

— No cóż, pan T. jest zachwycony, że wszystko się układa. — Świetnie, dupku, ale czy ty też jesteś zachwycony?

— Wspaniale, proszę pana. Życzę udanego lunchu — umknęłam, zanim zadał nieuniknione pytanie o moje plany na weekend, i odłożyłam słuchawkę.

Odchyliłam się na krześle i spojrzałam na drugą stronę biura. Emily była pochłonięta próbą ustalenia zgodności kolejnego rachunku na dwadzieścia tysięcy dolarów za kartę American Express Mirandy, jej gęste, ale starannie wydepilowane brwi marszczyły się w skupieniu. Przede mną zamajaczył projekt Harry Potter — musiałam brać się za niego bez zwłoki, jeśli chciałam w ogóle mieć jakiś weekend.

Lily i ja zaplanowałyśmy na weekend maraton filmowy. Ja byłam wykończona pracą, a ona zestresowana swoimi zajęciami, więc obiecałyśmy sobie, że zaparkujemy na jej kanapie i będziemy się żywić wyłącznie piwem oraz chipsami. Żadnych dietetycznych przekąsek. Żadnej coli light. I absolutnie żadnych czarnych spodni. Chociaż cały czas rozmawiałyśmy, tak naprawdę nie miałyśmy dla siebie czasu, odkąd przeprowadziłam się do miasta.

Byłyśmy najlepszymi przyjaciółkami od ósmej klasy, kiedy zobaczyłam Lily po raz pierwszy, płaczącą samotnie przy stole w szkolnej kafeterii. Dopiero co przeprowadziła się do babci i zaczęła chodzić do naszej szkoły, kiedy stało się jasne, że jej rodzice nieprędko wrócą do domu. Urwali się kilka miesięcy wcześniej, żeby ruszyć śladem Dead (postarali się o Lily, kiedy mieli po dziewiętnaście lat i bardziej niż niemowlęta interesowało ich, czym nabić lufkę), zostawiając ją pod opieką swoich stukniętych przyjaciół w komunie w Nowym Meksyku (lub, jak wolała mówić Lily, „w kolektywie"). Kiedy prawie rok później jeszcze nie wrócili, babcia Lily zabrała ją z komuny (lub, jak wolała mówić babcia Lily, „z sekty"), żeby wnuczka zamieszkała z nią w Avon. Tego dnia, kiedy znalazłam Lily płaczącą samotnie w kafeterii, babcia zmusiła ją, żeby obcięła swoje brudne dredy i włożyła sukienkę, a Lily nie była tym zachwycona. Oczarowało mnie coś w jej sposobie wysławiania się, to, jak mówiła „to bardzo zen z twojej strony" i „po prostu się wyluzujmy" i z miejsca zostałyśmy przyjaciółkami. Byłyśmy nierozłączne do końca liceum, mieszkałyśmy w jednym pokoju przez wszystkie cztery lata w Brown i właśnie zdołałyśmy razem przeprowadzić się do Nowego Jorku. Lily nie zdecydowała się jeszcze, czy woli szminkę MAC, czy naszyjniki z konopnych sznurków i wciąż była nieco zbyt „odjechana", żeby zintegrować się z przeważającą częścią społeczeństwa, ale dobrze do siebie pasowałyśmy. I tęskniłam za nią. Jej pierwszy rok na studiach podyplomowych i mój jako wirtualnej niewolnicy sprawiły, że ostatnio nie za często się widywałyśmy.

Nie mogłam się doczekać tego weekendu. Czułam swoje czternastogodzinne dni pracy w stopach, karku i kręgosłupie. Okulary zastąpiły szkła kontaktowe, które nosiłam od dziesięciu lat, ponieważ moje oczy były zbyt suche i zmęczone, żeby je tolerować. Paliłam paczkę dziennie i żyłam tylko kawą ze Starbucks (oczywiście na koszt firmy) i sushi na wynos (także na koszt firmy). Zaczęłam już tracić na wadze. Przypuszczam, że coś musiało być w powietrzu albo może chodziło o zacięcie, z jakim w biurze unikano jedzenia. Przeszłam już infekcję zatok i zrobiłam się kompletnie blada, a minęły zaledwie trzy tygodnie. Miałam dopiero dwadzieścia trzy lata. A Mirandy nawet nie było jeszcze w biurze. Pieprzyć to. Zasłużyłam na weekend.

W całe to zamieszanie wpakował się jeszcze Harry Potter i nie byłam tym zachwycona. Miranda zadzwoniła tego dnia rano. Zaledwie kilka chwil zajęło jej przedstawienie, czego chciała, chociaż trwało całe wieki, zanim ja zrozumiałam, o co chodzi. Szybko się nauczyłam, że w świecie Mirandy Priestly lepiej było zrobić coś źle i poświęcić mnóstwo czasu oraz pieniędzy, żeby to naprawić, niż przyznać, że nie zrozumiało się jej niejasnych, niewyraźnie wygłoszonych instrukcji, i poprosić o wyjaśnienie. No więc kiedy wymamrotała coś o załatwieniu książek o Harrym Potterze dla bliźniaczek i przesłaniu ich do Paryża, jednocześnie czytając materiały do druku i wygładzając skórzaną spódnicę, nie zwracała się do nikogo konkretnie i tylko intuicja podpowiedziała mi, że to będzie kolidować z moim weekendem. Kiedy kilka minut później bezceremonialnie się rozłączyła, spojrzałam na Emily spanikowana.

— No i co, co powiedziała? — jęknęłam, nienawidząc się za to, że byłam zbyt przestraszona, żeby poprosić Mirandę o powtórzenie. — Czemu nie potrafię zrozumieć ani jednego słowa wypowiedzianego przez tę kobietę? To nie moja wina, Em. Ja mówię po angielsku, zawsze mówiłam. Wiem, że ona to robi dokładnie po to, żeby mnie doprowadzić do szaleństwa.

Emily spojrzała na mnie ze zwykłą mieszaniną niesmaku i litości.

— Ponieważ książka wychodzi jutro, a ich nie ma tu, żeby mogli ją kupić, chce, żebyś ty to zrobiła i zawiozła ją na Teterboro. Odrzutowcem polecą do Paryża — streściła zimno, chcąc mnie sprowokować do komentarza co do absurdalności instrukcji. Po raz kolejny przypomniano mi, że Emily zrobiłaby wszystko — naprawdę wszystko — gdyby mogło to choć odrobinę zadowolić Mirandę. Zmilczałam.

Ponieważ NIE zamierzałam poświęcić nawet nanosekundy weekendu na wypełnianie jej rozkazów i ponieważ miałam do osobistej dyspozycji nieograniczone fundusze i władzę (jej), resztę dnia spędziłam na organizowaniu przelotu Harry'ego Pottera odrzutowcem do Paryża. Najpierw kilka słów do Julii w Scholastic.

Najdroższa Julio!
   Moja asystentka Andrea twierdzi, że to ty jesteś aniołem, do którego powinnam się zwrócić z płynącymi z głębi serca wyrazami wdzięczności. Poinformowała mnie, że jesteś jedyną osobą, która będzie w stanie znaleźć jutro dla mnie dwa egzemplarze tej uroczej książki. Chcę, byś

wiedziała, że w najwyższym stopniu doceniam twoją po-
mysłowość i ciężką pracę. Musisz wiedzieć, że naprawdę
uszczęśliwisz moje słodkie córeczki. Nie wahaj się dać mi
znać, gdybyś potrzebowała czegoś, czegokolwiek, dla
siebie. Jesteś wspaniała.

Uściski i ucałowania
Miranda Priestly

Sfałszowałam jej podpis z idealnym zakrętasem (godziny ćwiczeń z Emily, która stała mi nad głową i pouczała, żebym ostatnie „a" zrobiła bardziej zakręcone, wreszcie się opłaciły), dołączyłam liścik do najnowszego numeru *Runwaya* — którego jeszcze nie było w kioskach — i zadzwoniłam po ekspresowego posłańca, żeby dostarczył całą paczkę do biura Scholastic w centrum. Jeśli to nie zadziała, nic nie zadziała. Mirandy nie obchodziło, że fałszowałyśmy jej podpis — oszczędzało jej to zajmowania się szczegółami — ale prawdopodobnie byłaby wściekła, widząc, że napisałam coś tak grzecznego, tak uroczego, sygnowanego jej nazwiskiem.

Trzy krótkie tygodnie wcześniej po telefonie Mirandy, że chce ode mnie czegoś w weekend, szybciutko zrezygnowałabym ze swoich planów, ale teraz byłam już doświadczona — i zmordowana — w takim stopniu, żeby nieco nagiąć reguły. Skoro Miranda i dziewczynki nie będą obecne na lotnisku w New Jersey, kiedy następnego dnia przybędzie tam *Harry*, nie widziałam powodu, żeby dostarczać go osobiście. Działając z założeniem, że Julia ściągnie dla mnie dwa egzemplarze, i nie zaprzestając modłów w tej intencji, dopracowałam szczegóły. Telefon za telefonem i w godzinę plan był gotowy.

Brian, chętny do pomocy asystent w redakcji Scholastic — który z pewnością na przestrzeni kilku godzin otrzyma pozwolenie od Julii — zabierze tego wieczoru do domu dwa egzemplarze *Harry'ego*, tak żeby nie musiał wracać do biura w sobotę. Następnie zostawi książki u portiera w swoim budynku na Upper West Side, a następnego ranka o jedenastej ja wyślę po ich odbiór samochód. Kierowca Mirandy, Jurij, zadzwoni do mnie na komórkę, żeby potwierdzić, że otrzymał paczkę i jest w drodze na lotnisko Teterboro, gdzie dwie książki zostaną przeniesione do prywatnego odrzutowca pana Tomlinsona i polecą do Paryża. Przez chwilę rozważałam nadanie całej operacji kodu, żeby jeszcze bardziej upodobnić ją do akcji KGB, ale zrezygnowałam, kiedy sobie przypomniałam, że Jurij trochę za słabo mówi po angielsku. Z ciekawości sprawdziłam najszybszą opcję przesyłki DHL-em, ale nie mogliby zagwarantować dostawy przed poniedziałkiem, co w oczywisty sposób było nie do przyjęcia. Stąd prywatny samolot. Gdyby wszystko poszło zgodnie z planem, małe Cassidy i Caroline miały obudzić się w swoim prywatnym paryskim apartamencie w niedzielę i rozkoszować się porannym mlekiem podczas czytania o przygodach Harry'ego — cały dzień wcześniej niż wszystkie ich przyjaciółki. Na myśl o tym aż mi serce rosło. Naprawdę.

Parę minut po tym, gdy samochody zostały zarezerwowane i wszyscy właściwi ludzie postawieni w stan gotowości, Julia oddzwoniła. Mimo że to wyczerpujące zadanie i pewnie narobi sobie kłopotów, z rozkoszą da Brianowi dwa egzemplarze dla pani Priestly. Amen.

— Wyobrażasz sobie, że się zaręczył? — zapytała Lily podczas przewijania kasety z *Ferris Bueller*, którą właśnie skończyłyśmy oglądać. — Chcę powiedzieć, że mamy po dwadzieścia trzy lata, na miłość boską, po co ten absurdalny pośpiech?

Lily nigdy nie przeklinała. Była to jedna z niewielu rzeczy, które mnie u niej niesamowicie irytowały. To i jej ostatnia obsesja na punkcie byłego chłopaka, chociaż w świetle aktualnych wydarzeń można rzecz uznać za zrozumiałą.

— Wiem, to naprawdę dziwnie wygląda. Może ona jest w ciąży?

— Hm, tak, może. Może gdyby był w stanie go postawić, byłaby taka możliwość — parsknęła. — Ale sądzę, że to wysoce nieprawdopodobne i obie mamy świadomość, że wiem to z doświadczenia.

— Prawda. Może mamusia i tatuś nie dadzą Timmy'emu dostępu do potężnych funduszy trustowych, dopóki się nie ustatkuje? To by była wystarczająca motywacja, żeby włożyć jej pierścionek na palec. A może po prostu jest samotny?

Lily spojrzała na mnie i się roześmiała.

— Oczywiście nie może po prostu być w niej zakochany i gotów spędzić z nią resztę życia, prawda? To znaczy ustaliłyśmy chyba, że to nie wchodzi w grę, zgadza się?

— Zgadza. Nie ma takiej opcji. Spróbuj jeszcze raz.

— No cóż, w takim razie zmuszona jestem wybrać odpowiedź C. Jest gejem. W końcu sam zdał sobie z tego sprawę — chociaż ja wiem o tym od wieków — i wie doskonale, że mamusia i tatuś tego nie zniosą, więc szuka przykrywki w małżeństwie z pierwszą dziewczyną, jaką udało mu się znaleźć.

Następna na liście była *Casablanca* i Lily przewijała część taśmy z napisami, podczas gdy ja w maleńkiej kuchni jej kawalerki na Morningside Hights podgrzewałam w mikrofalówce czekoladę. Leniuchowałyśmy przez cały piątkowy wieczór — robiąc tylko przerwy na papierosa i zmianę jednego filmowego hitu na następny. W sobotnie popołudnie znalazłyśmy dość motywacji, żeby na kilka godzin leniwie powlec się do SoHo. Obie kupiłyśmy sobie nowe topy na zbliżającą się noworoczną imprezę Lily i do spółki wypiłyśmy przesadnie wielki kubek eggnogu przy stoliku ulicznej kawiarni. Kiedy zdołałyśmy dotrzeć z powrotem do mieszkania Lily, byłyśmy wyczerpane i zadowolone. Resztę wieczoru spędziłyśmy, przerzucając się z *Kiedy Harry poznał Sally* na TNT na *Saturday Night Live*. Było to tak całkowicie relaksujące, tak odmienne od tej niedoli, która stała się moim codziennym udziałem, że kompletnie zapomniałam o misji *Harry Potter*. Do czasu gdy w niedzielę usłyszałam dzwonek telefonu. Omójboże, Ona! Podsłuchałam Lily rozmawiającą z kimś przez komórkę po rosyjsku, pewnie z kolegą z klasy. Dzięki, dzięki, dzięki ci Boże, to nie była Ona.

Ale nie potrafiłam sobie odpuścić. Była już niedziela rano, a ja nie miałam pojęcia, czy te głupie książki dotarły do Paryża. Do tego stopnia cieszyłam się weekendem — naprawdę zdołałam się do tego stopnia odprężyć — że zapomniałam sprawdzić. Naturalnie włączyłam telefon i ustawiłam dzwonek na maksymalną głośność, ale w żadnym razie nie powinnam czekać, aż ktoś zadzwoni do mnie z jakimś problemem, kiedy oczywiście byłoby za późno, by cokolwiek zrobić. Należało zawczasu podjąć działania i wczoraj potwierdzić u wszystkich zaangażowanych, że kolejne etapy naszego starannie obmyślonego planu się powiodły.

Rozpaczliwie przekopałam torbę w poszukiwaniu telefonu komórkowego, otrzymanego w *Runwayu*, który gwarantował, że zawsze będę w odległości zaledwie siedmiu cyfr od Mirandy. W końcu wyplątałam go z kłębu bielizny na dnie torby i z powrotem padłam na łóżko. Ekranik natychmiast oznajmił, że w tym miejscu nie mam zasięgu, i od razu wiedziałam, instynktownie, że ona dzwoniła i od razu włączyła się poczta głosowa. Nienawidziłam tej komórki z całego serca. Równie mocno nienawidziłam swojego domowego telefonu. Nienawidziłam telefonu Lily, reklam telefonów, zdjęć telefonów w czasopismach i nienawidziłam też Alexandra Grahama Bella. Praca dla Mirandy Priestly miała dla mojego codziennego życia szereg niekorzystnych skutków ubocznych, ale tym najbardziej nienormalnym była moja ostra i wszechogarniająca nienawiść do telefonów.

Dla większości ludzi dzwonek telefonu oznaczał coś miłego. Ktoś próbował się z nimi skontaktować, powiedzieć cześć, zapytać o samopoczucie albo coś zaplanować. We mnie wywoływał strach, głęboki niepokój i panikę, od której serce stawało w miejscu. Niektórzy uważają rozmaite funkcje telefonu za nowość, coś wręcz zabawnego. Dla mnie były koniecznością. Chociaż przed Mirandą nigdy nie potrzebowałam korzystać z funkcji „rozmowy oczekujące", wystarczyło kilka dni urzędowania w *Runwayu* i złożyłam zlecenie na rozmowy oczekujące (żeby nigdy nie słyszała sygnału „zajęte"), identyfikację rozmówcy (żebym mogła unikać telefonów od niej), rozmowy oczekujące z identyfikacją rozmówcy (żebym mogła unikać jej telefonów, kiedy rozmawiam z drugiej linii) i pocztę głosową (by nie wiedziała, że unikam jej telefonów i usłyszała przynajmniej powitanie w skrzynce głosowej). Pięćdziesiąt dolców miesięcznie w abonamencie — nie licząc rozmów międzymiastowych — wydało mi się niewielką ceną za spokój ducha. No, może niezupełnie spokój ducha; raczej coś jak system wczesnego ostrzegania.

Telefon komórkowy nie pozwalał mi na takie zabezpieczenia. Jasne, miał wszystkie te funkcje co telefon domowy, ale z punktu widzenia Mirandy po prostu nie było żadnego powodu, dla którego komórka miałaby kiedykolwiek być wyłączona. Nie można jej było nie odebrać. Tych kilka wątpliwości, które przedstawiłam Emily, gdy wręczyła mi komórkę — standardowe wyposażenie biurowe w *Runwayu* — i kazała zawsze ją odbierać, szybko zostało wykluczonych.

— A gdybym spała? — zapytałam głupio.

— No to wstajesz i odbierasz — odparła, uzupełniając nadłamany paznokieć.

— Jadła naprawdę elegancki posiłek?

— Bądź jak każdy nowojorczyk i rozmawiaj przy kolacji.

— Była w trakcie badania u ginekologa?

— W uszach ci wtedy nie grzebią, prawda?

W porządku. Pojęłam.

Czułam wstręt do tej przeklętej komórki, ale nie mogłam jej zignorować. Wiązała mnie z Mirandą jak pępowina, nie pozwalając się rozwinąć ani oddalić od źródła destrukcji. Dzwoniła nieustannie i jak w jakimś chorym eksperymencie Pawłowa, który przeprowadzono na opak, moje ciało zaczęło reagować na te dzwonki odruchowo. Drryń-drryń. Podwyższone tętno. Dryyyyń. Automatyczne zaciskanie palców i napinanie karku. Drryyyyyyyyyyyyń. Och, czemu nie zostawi mnie w spokoju, proszę, och, proszę, zapomnij, że żyję — na czole pojawia się pot. Przez cały ten wspaniały weekend w ogóle nie wzięłam pod uwagę, że telefon może nie mieć zasięgu, i założyłam, iż zadzwoniłby, gdyby wynikł jakiś problem. Błąd numer jeden.

Krążyłam po mieszkaniu, aż wreszcie znalazłam zasięg, wstrzymałam oddech i wybrałam numer poczty głosowej.

Tata zostawił milutką wiadomość, życząc mi dobrej zabawy z Lily. Przyjaciółka z San Francisco miała być w tym tygodniu służbowo w Nowym Jorku i chciała się spotkać. Moja siostra dzwoniła, żeby przypomnieć o wysłaniu kartki z urodzinowymi życzeniami dla jej męża. I oto był, prawie, ale niezupełnie niespodziewany — ten znienawidzony brytyjski akcent dźwięczał mi w uszach. „Ahn-dre-ah. Tu Mir-ahnda. Jest dziewiąta rano w niedzielę w Pah-ryżu i dziewczęta nie otrzymały jeszcze swoich książek. Zadzwoń do mnie do Ritza, by potwierdzić, że niedługo dotrą. To wszystko". Klik.

W gardle zaczęła mi wzbierać żółć. Jak zwykle wiadomość pozbawiona była wszelkich uprzejmości. Żadnego halo, do widzenia czy dziękuję. Oczywista sprawa. Ale co więcej, została pozostawiona prawie pół dnia wcześniej, a ja wciąż jeszcze nie oddzwoniłam. Podstawa do zwolnienia, wiedziałam, ale też nic nie mogłam z tym zrobić. Jak amatorka, założyłam, że mój plan zadziała perfekcyjnie, i nawet nie zdawałam sobie sprawy, że Jurij nie zadzwonił, by potwierdzić odbiór i dowóz. Przejrzałam książkę telefoniczną w swojej komórce i szybko wybrałam numer komórki Jurija, kolejny zakup Mirandy, żeby mieć kogoś na wezwanie w wymiarze dwadzieścia cztery na siedem.

— Cześć Jurij, tu Andrea. Przepraszam, że zawracam ci głowę w niedzielę, ale zastanawiałam się, czy odebrałeś wczoraj te książki z rogu Osiemdziesiątej Siódmej i Amsterdam?

— Cześć, Andy, jakże mnie miło twój głos słyszeć — zaciągnął z ciężkim rosyjskim akcentem, który zawsze uważałam za taki kojący. Mówił do mnie „Andy" jak stary ulubiony wujaszek, odkąd się poznaliśmy, i w jego wykonaniu — w przeciwieństwie do SGG — wcale mnie to nie raziło. — Oczywiście, że odebrał książki, tak jak kazała. Myślisz, że ja nie chciał ci pomóc?

— Nie, nie, oczywiście że nie, Jurij. Tylko właśnie dostałam wiadomość od Mirandy, że jeszcze ich nie otrzymali, i zastanawiam się, co poszło nie tak.

Przez chwilę milczał, a potem podał mi nazwisko i numer pilota, który leciał tym prywatnym odrzutowcem wczoraj po południu.

— Och, dziękuję, dziękuję, dziękuję — powiedziałam, w szalonym tempie gryzmoląc numer i modląc się, żeby pilot okazał się pomocny. — Muszę uciekać, przepraszam, że nie możemy pogadać, ale życzę wspaniałego weekendu.

— Tak, tak, i tobie wspaniałego weekendu, Andy. Ja myślę, że ten pilot pomoże wyśledzić książki. Miłego szczęścia dla ciebie — stwierdził wesoło i rozłączył się.

Słyszałam, że Lily robi gofry, i rozpaczliwie chciałam się do niej przyłączyć, ale musiałam uporać się z tym teraz, inaczej byłam bez pracy. A może już zostałam zwolniona, pomyślałam, i nikt się nawet nie potrudził, żeby mi o tym powiedzieć. Mieściłoby się to w skali możliwości *Runwaya*, wystarczy sobie przypomnieć o redaktorce z działu mody zwolnionej podczas miodowego miesiąca. Natknęła się na informację o zmianie swojego statusu zatrudnienia, przeglądając egzemplarz *Women's Wear Daily* na Bali. Szybko zadzwoniłam pod numer, który dał mi Jurij, i myślałam, że zemdleję z frustracji, kiedy włączyła się sekretarka.

— Cześć, Jonathan? Mówi Andrea Sachs z czasopisma *Runway*. Jestem asystentką Mirandy Priestly i muszę zadać ci pytanie na temat wczorajszego lotu. Właściwie po namyśle dochodzę do wniosku, że pewnie wciąż jesteś w Paryżu albo może w drodze z powrotem. No cóż, chciałam tylko sprawdzić, czy te książki i och, no cóż, ty sam oczywiście, dotarliście do Paryża w całości. Możesz oddzwonić do mnie na komórkę? Dziewięć-jeden-siedem-pięć-pięć-pięć-pięć-zero-cztery-dziewięć. Proszę, zadzwoń jak najszybciej. Dzięki. Pa.

Pomyślałam o telefonie do portiera w Ritzu, by sprawdzić, czy pamięta przyjazd samochodu, który przywiózłby te książki z prywatnego lotniska na obrzeżach Paryża, ale szybko zdałam sobie sprawę, że z mojej komórki nie można odbywać rozmów zagranicznych. Bardzo możliwe, że nie została zaprogramowana do wykonywania tylko tego jednego zadania, ale właśnie teraz tylko to miało znaczenie. W tym momencie Lily oznajmiła, że ma dla mnie talerz gofrów i filiżankę kawy. Weszłam do kuchni i wzięłam jedzenie. Ona pociągała krwawą mary. Fuj. Była niedziela rano. Jak mogła pić?

— Chwila dla Mirandy? — zapytała, patrząc na mnie ze współczuciem.

Kiwnęłam głową.

— Zdaje się, że tym razem spieprzyłam sprawę na dobre — stwierdziłam, z wdzięcznością biorąc talerz. — Spokojnie mogą mnie za to zwolnić.

— Kochanie, zawsze tak mówisz. Ona cię nie zwolni. A przynajmniej lepiej, żeby cię nie zwalniała — masz najwspanialszą pracę na świecie!

Spojrzałam na nią uważnie i zmusiłam się, żeby zachować spokój.

— Ależ masz — powiedziała. — No więc trudno ją zadowolić i jest trochę stuknięta. Kto nie jest? A ty dostajesz za darmo buty, makijaż, fryzjera i ciuchy. Ciuchy! Kto na świecie dostaje za darmo sygnowane ciuchy tylko za to, że codziennie pokazuje się w pracy? Andy, pracujesz w *Runwayu*, nie rozumiesz? Milion dziewczyn dałoby się zabić za twoją robotę.

Zrozumiałam. Dokładnie wtedy zrozumiałam, że Lily, po raz pierwszy, odkąd poznałam ją dziewięć lat temu, nie rozumiała. Jak wszyscy pozostali moi przyjaciele uwielbiała wysłuchiwać zwariowanych historyjek, które zgromadziłam przez kilka ostatnich tygodni — plotki i blichtr — ale tak naprawdę nie miała pojęcia, jak ciężki był każdy dzień. Nie pojmowała, że chodziłam tam dzień po dniu nie dla darmowych ciuchów, że wszystkie darmowe ciuchy świata nie mogłyby uczynić tej pracy znośną. Przyszedł czas, by wprowadzić jednego z moich najbliższych przyjaciół w mój świat, bo wtedy, byłam tego całkiem pewna, zrozumie. Trzeba jej to tylko powiedzieć. Tak! Nadszedł czas, żeby podzielić się z kimś tym, co się właściwie działo. Otworzyłam usta, żeby zacząć, podniecona perspektywą zjednania sobie sprzymierzeńca, ale zadzwonił mój telefon.

Cholera jasna! Chciałam rzucić nim o ścianę, powiedzieć temu, kto był po drugiej stronie, żeby poszedł do diabła. Ale jakaś cząstka mnie miała nadzieję, że to Johnathan z jakimiś informacjami. Lily uśmiechnęła się i kazała mi się nie śpieszyć. Smutno skinęłam głową i odebrałam.

— Czy to Andrea? — zapytał męski głos.

— Tak, czy to Jonathan?

— W rzeczy samej. Właśnie dzwoniłem do domu i dostałem twoją wiadomość. Lecę teraz z powrotem z Paryża, w trakcie kiedy rozmawiamy, jestem gdzieś nad Atlantykiem, ale miałaś taki zmartwiony głos, że chciałem od razu do ciebie oddzwonić.

— Dziękuję! Dziękuję! Naprawdę to doceniam. Tak, trochę się martwię, bo wcześniej telefonowała Miranda i wydaje mi się dziwne, że jeszcze nie dostała paczki. Dałeś ją kierowcy w Paryżu, prawda?

— Jasne. Wiesz, w moim biznesie nie zadaje się pytań. Lecę, gdzie i kiedy mi każą, i staram się dostarczyć tam wszystkich w jednym kawałku. Ale z pewnością niezbyt często lecę za granicę, mając na pokładzie wyłącznie paczkę. Wyobrażam sobie, że musi to być coś naprawdę ważnego, organ do transplantacji albo może jakieś tajne dokumenty. Więc owszem, zająłem się paczką troskliwie i oddałem kierowcy, tak jak mi kazano. Miły facet z Ritza. Nie było żadnych problemów.

Podziękowałam mu i rozłączyłam się. Portier w Ritzu postarał się, żeby kierowca podjechał pod prywatny samolot pana Tomlinsona na prywatnym lotnisku tuż pod Paryżem i przekazał *Harry'ego* do hotelu. Jeśli wszystko poszło zgodnie z planem, powinna była dostać te książki przed siódmą czasu miejscowego i biorąc pod uwagę, że tam było już późne popołudnie, nie umiałam sobie wyobrazić, co poszło nie tak. Niestety, musiałam zadzwonić do portiera, a ponieważ moja komórka nie miała zasięgu międzynarodowego, trzeba będzie znaleźć telefon, który go miał.

Zaniosłam talerz wystygłych gofrów z powrotem do kuchni i upchnęłam je w śmietniku. Lily znów leżała na kanapie, na wpół śpiąc. Uściskałam ją na do widzenia i powiedziałam, że zadzwonię później, po czym ruszyłam wezwać taksówkę do biura.

— A co z dzisiejszym dniem? — jęknęła. — Mam *Miłość w Białym Domu*, tylko czeka, żeby ją puścić. Nie możesz jeszcze wyjść, to nie koniec naszego weekendu!

— Wiem, przepraszam, Lil. Muszę się teraz z tym uporać. Najbardziej na świecie chciałabym tu zostać, ale akurat teraz ona trzyma mnie na krótkiej smyczy. Zadzwonię później.

Biuro było oczywiście opustoszałe, skoro wszyscy jedli brunch w Pastis ze swoimi chłopakami z bankowości inwestycyjnej. Usiadłam w mrocznym kącie, zrobiłam głęboki wdech i zadzwoniłam. Dzięki Bogu, zgłosił się monsieur Renaud, portier.

— Andrea, kochanie, jak się masz? Jesteśmy po prostu zachwyceni, tak szybko znów goszcząc u siebie Mirandę i bliźniaczki — skłamał.

— Tak, monsieur, i wiem, że ona też jest zachwycona pobytem u was — ja też skłamałam w rewanżu. Bez względu na to, jak usłużny był biedny portier, Miranda krytykowała każdy jego ruch. Trzeba mu uznać na plus, że nigdy nie przestał się starać ani też kłamać, że ją uwielbia. — Zastanawiałam się, czy ten samochód, który wysłał pan na spotkanie samolotu Mirandy, zdołał już dotrzeć do hotelu?

— Ależ oczywiście, moja droga. Całe godziny temu. Z pewnością wrócił tu przed ósmą dziś rano. Wysłałem najlepszego kierowcę, jakiego mamy wśród personelu — powiedział z dumą. Gdyby tylko wiedział, z czym ten jego najlepszy kierowca jeździł po mieście.

— Cóż, to takie dziwne, dostałam wiadomość od Mirandy, że nie dostała przesyłki, ale sprawdziłam u kierowcy, który przysięga, że podrzucił ją na lotnisko, u pilota, który przysięga, że przyleciał z nią do Paryża i oddał waszemu kierowcy, a teraz pan pamięta, że dotarli do hotelu. Jak mogła nie dostać tej przesyłki?

— Wygląda na to, że jedyne rozwiązanie, to zapytać panią

osobiście. — W jego głosie wibrowała udawana pogoda. — Może w takim razie połączę?

Wbrew wszystkiemu miałam nadzieję, że do tego nie dojdzie, że będę w stanie rozpoznać i usunąć problem bez konieczności rozmowy z Mirandą. Co mogłabym powiedzieć, gdyby wciąż twierdziła, że nie otrzymała paczki? Zasugerować, żeby zerknęła na stół w swoim apartamencie, gdzie z pewnością zostawiono ją całe godziny wcześniej? Albo może powinnam powtórzyć całą akcję, prywatny odrzutowiec i resztę, i załatwić kolejne dwa egzemplarze przed końcem dnia? A może następnym razem powinnam wynająć tajnego agenta, by towarzyszył książkom w zagranicznej podróży i mieć pewność, że nic nie przeszkodzi ich bezpiecznemu dotarciu do celu? Trzeba to przemyśleć.

— Oczywiście, monsieur Renaud. Dziękuję za pomoc.

Kilka kliknięć i telefon zadzwonił. Lekko pociłam się z napięcia, więc wytarłam dłoń w spodnie od dresu i próbowałam nie myśleć, co by się stało, gdyby Miranda zobaczyła mnie ubraną w dres w jej biurze. Zachować spokój, być pewną siebie, pouczyłam się w myślach. Nie może wypatroszyć mnie przez telefon.

— Tak? — usłyszałam z odległego miejsca, gwałtownie wyrwana z autoterapeutycznych myśli. To była Caroline, która w wieku lat zaledwie ośmiu idealnie naśladowała obcesowy sposób rozmowy przez telefon swojej matki.

— Cześć, kochanie — zaświergotałam, nienawidząc się za podlizywanie dziecku. — Tu Andrea z biura. Czy jest tam twoja mama?

— Masz na myśli moją mam-mę? — poprawiła mnie jak zawsze, ilekroć wymówiłam to z amerykańskim akcentem. — Jasne, dam ci ją...

Chwilę czy dwie później Miranda była na linii.

— Tak, Ahn-dre-ah? Lepiej, żeby to było coś ważnego. Wiesz, co sądzę o przeszkadzaniu mi, kiedy spędzam czas z dziewczynkami — stwierdziła tym swoim zimnym, ostrym tonem. Wiesz, co sądzę o przeszkadzaniu mi, kiedy spędzam czas z dziewczynkami? — chciałam wrzasnąć. Czy ty sobie, kurwa, ze mnie żartujesz, paniusiu? Myślisz, że dzwonię dla własnej cholernej przyjemności? Bo nie mogłam znieść nawet jednego weekendu bez dźwięku twojego parszywego głosu? A co z moim czasem, z moimi dziewczynkami? Myślałam, że zemdleję ze złości, ale wzięłam głęboki wdech i poszłam na całość.

— Mirando, przepraszam, jeśli dzwonię nie w porę, ale chciałam się upewnić, że otrzymałaś książki o Harrym Potterze. Odsłuchałam twoją wiadomość, że ich nie dostałaś, ale rozmawiałam ze wszystkimi i...

Przerwała mi w pół zdania i odezwała się powoli i z przekonaniem.

— Ahn-dre-ah. Naprawdę powinnaś uważniej słuchać. Niczego takiego nie mówiłam. Otrzymaliśmy paczkę wcześnie rano. Nawiasem mówiąc, tak wcześnie, że obudzono nas z powodu tego głupstwa.

Nie mogłam uwierzyć w to, co słyszałam. Przecież nie przyśniło mi się, że zostawiła tę wiadomość, prawda? I byłam jeszcze za młoda nawet na wczesny rzut Alzheimera, zgadza się?

— Powiedziałam tylko, że nie dostaliśmy dwóch egzemplarzy książki, jak zamówiłam. Paczka zawierała tylko jeden i z pewnością potrafisz sobie wyobrazić, jak rozczarowane były dziewczynki. Naprawdę liczyły na to, że każda dostanie własny egzemplarz, tak jak nakazałam. Musisz mi wyjaśnić, dlaczego nie wypełniono moich poleceń.

To się nie działo. To się nie mogło dziać. To na pewno był sen, prowadziłam jakąś egzystencję w alternatywnym wszechświecie, gdzie wszystko, co zbliżone do racjonalności i logiki zostało bezterminowo zawieszone. Nie pozwoliłam sobie na rozważania nad absurdem tego, co się właśnie rozgrywało.

— Przypominam sobie, że zamówiłaś dwa egzemplarze, Mirando, i zamówiłam dwa — wyjąkałam, znów czując do siebie nienawiść za to, że ulegam. — Rozmawiałam z tą dziewczyną w Scholastic i jestem raczej pewna, że zrozumiała, że potrzebne są ci dwa egzemplarze książki, więc nie umiem sobie wyobrazić...

— Ahn-dre-ah, wiesz, co sądzę o wymówkach. Niespecjalnie mnie ciekawi wysłuchiwanie teraz twoich. Spodziewam się, że coś takiego nigdy więcej się nie wydarzy, czy to jasne? To wszystko. — Odłożyła słuchawkę.

Stałam tam przez mniej więcej pięć minut, słuchając skrzekliwego sygnału wolnej linii w przyciśniętej do ucha słuchawce. Przez głowę przelatywały mi setki pytań. Czy mogłam ją zabić, zastanawiałam się, rozważając prawdopodobieństwo przyłapania. Czy automatycznie założyliby, że to ja? Oczywiście, że nie, zdecydowałam. Każdy, przynajmniej w *Runwayu*, miał motyw. Czy zdołałabym przyglądać się, jak umiera długą, powolną, rozdzierająco bolesną śmiercią? O tak, tego byłam pewna... jaki byłby najbardziej satysfakcjonujący sposób zakończenia jej parszywej egzystencji?

Powoli odłożyłam słuchawkę na miejsce. Czy naprawdę mogłam źle zrozumieć jej wiadomość, kiedy ją wcześniej odsłuchiwałam? Chwyciłam swoją komórkę i odtworzyłam nagrania. „Ahn-dre-ah. Tu Mir-ahnda. Jest dziewiąta rano w niedzielę w Pah-ryżu i dziewczęta nie otrzymały jeszcze swoich książek. Zadzwoń do mnie do Ritza, żeby potwierdzić, że niedługo dotrą. To wszystko". Tak naprawdę nic się nie stało. Może faktycznie dostała jeden egzemplarz zamiast dwóch, ale celowo stworzyła wrażenie, że popełniłam ogromny, oznaczający koniec kariery błąd. Zadzwoniła do mnie, nie przejmując się, że dziewiąta rano u niej dla mnie będzie oznaczać trzecią podczas mojego najbardziej idealnego weekendu w roku. Zadzwoniła, żeby mnie trochę podkręcić, trochę mocniej przycisnąć. Żebym ośmieliła się jej przeciwstawić. Zadzwoniła, bym znienawidziła ją jeszcze bardziej.

7

Noworoczne przyjęcie Lily było udane i niewyszukane, po prostu masa papierowych kubków z szampanem w jej mieszkanku z gromadą ludzi z college'u i innymi, których ci zdołali przywlec ze sobą. Nigdy nie byłam wielką fanką sylwestra. Nie pamiętam, kto pierwszy nazwał go „Nocą amatorów" (zdaje się, że Hugh Hefner), mówiąc, że sam baluje przez pozostałe trzysta sześćdziesiąt cztery dni w roku, ale skłonna jestem się z tym zgodzić. Całe to wymuszone picie i zabawa na siłę nie stanowią gwarancji dobrego spędzenia czasu. No więc Lily wyszła naprzeciw naszym potrzebom i urządziła niewielkie przyjęcie, żebyśmy zaoszczędzili sto pięćdziesiąt dolarów na biletach do jakiegoś klubu, lub, co gorsza, nie zaczęli snuć śmiesznych myśli o tym, żeby faktycznie pomarznąć na Times Square. Każdy z nas zabrał butelkę czegoś niezbyt toksycznego, a Lily rozdała trąbki oraz błyszczące korony, po czym miło i radośnie się upiliśmy, wznosząc toasty za Nowy Rok na dachu jej domu, z widokiem na Hiszpański Harlem. Chociaż wszyscy o wiele za dużo wypiliśmy, do czasu gdy reszta wyszła, Lily właściwie przestała funkcjonować. Już dwa razy wymiotowała i bałam się zostawić ją samą w mieszkaniu, więc Alex i ja spakowaliśmy dla niej torbę i zatargaliśmy ją z nami do taksówki. Wszyscy spaliśmy u mnie, Lily na futonie w saloniku, i następnego dnia poszliśmy na wielki brunch.

Byłam zadowolona, że cała ta akcja ze świętowaniem dobiegła końca. Nadszedł czas, żeby coś zrobić ze swoim życiem i zacząć — tym razem naprawdę — nową pracę. Chociaż wydawało mi się, że pracuję od dziesięcioleci, praktycznie rzecz biorąc, byłam u początku. Robiłam sobie wielkie nadzieje, że wszystko się poprawi, kiedy zaczniemy pracować w bezpośrednim kontakcie. Przez telefon każdy może być potworem bez serca, a już zwłaszcza ktoś, kto źle się czuje podczas wakacji i z dala od pracy. Byłam jednak przekonana, że niedola tego pierwszego miesiąca ustąpi miejsca zupełnie nowej sytuacji i z entuzjazmem oczekiwałam na jej rozwój.

Nieco po dziesiątej tego zimnego i szarego piątego dnia stycznia byłam naprawdę szczęśliwa, że jestem w biurze. Szczęśliwa! Emily piała z zachwytu nad jakimś facetem, którego poznała na noworocznym przyjęciu w Los Angeles, jakimś „superseksownym tekściarzu, który świetnie sobie radzi"; obiecał za parę tygodni wpaść do niej z wizytą do Nowego Jorku. Ja gawędziłam z jednym z asystentów z działu urody, który pracował trochę dalej, naprawdę słodkim gejem świeżo po Vassar. Jego rodzice jeszcze nie wiedzieli — nawet mimo wyboru college'u i faktu, że został asystentem w dziale urody w czasopiśmie poświęconym modzie — że faktycznie sypiał z facetami.

— No, chodź ze mną, proszę! Będzie tak zabawnie, obiecuję. Przedstawię cię naprawdę gorącym sztukom, Andy, zobaczysz. Mam boskich przyjaciół hetero. Poza tym, to impreza Marshalla, musi być świetna — namawiał James, opierając się o moje biurko, kiedy sprawdzałam pocztę. Emily radośnie szczebiotała po swojej stronie biura, szczegółowo relacjonując randkę z długowłosym tekściarzem.

— Poszłabym, wiesz, że bym poszła, ale planowaliśmy to z moim chłopakiem jeszcze przed świętami — powiedziałam. — Od tygodni mamy zamiar wyjść razem na naprawdę miłą kolację, a ostatnio musiałam wszystko odwołać.

— To spotkaj się z nim później! Daj spokój, nie codziennie

masz szansę poznać najzdolniejszego samodzielnego kolorystę cywilizowanego świata, prawda? I będą tam tłumy znanych ludzi i wszyscy będą wyglądać bosko i cóż, po prostu wiem, że to będzie najbardziej szykowna impreza tygodnia! Przygotowują ją Harrison i Shriftman, na litość boską, nie możesz tego przegapić. Powiedz tak. — Zamrugał, robiąc przesadnie słodkie oczy, i musiałam się roześmiać.

— James, naprawdę bym chciała... nawet nie byłam nigdy w Plaza! Ale nie mogę zmienić tych planów. Alex zrobił rezerwację w małej włoskiej knajpce niedaleko swojego mieszkania i nie ma mowy, żebym coś przełożyła. — Wiedziałam, że nie mogę odwołać tego spotkania i nie chciałam tego robić. Zamierzałam spędzić ten wieczór sam na sam z Aleksem i usłyszeć, jak się układa nowy program zajęć pozaszkolnych, ale żałowałam, że to musi być akurat ten wieczór, w który wypada przyjęcie. Czytałam o nim w gazetach przez cały ubiegły tydzień: wyglądało na to, że cały Manhattan w zachwycie czeka na Marshalla Maddena, wyjątkowego kolorystę fryzur, gospodarza corocznej posylwestrowej balangi. Mówiło się, że w tym roku impreza ma być jeszcze bardziej okazała niż zwykle, ponieważ Marshall właśnie wydał nową książkę *Pokoloruj mnie, Marshall*. Nie miałam zamiaru odwoływać spotkania ze swoim chłopakiem, żeby iść na przyjęcie dla gwiazd.

— No dobra, ale nie mów, że nigdy cię nigdzie nie zapraszam. I nie przychodź do mnie z płaczem, kiedy jutro przeczytasz w *Page Six**, że widziano mnie z Mariah albo J-Lo. Co to, to nie. — I poszedł sobie, rozdrażniony, zły trochę na pokaz, a trochę na poważnie, bo stale sprawiał wrażenie poirytowanego.

Do tej pory tydzień po Nowym Roku był łatwy. Wciąż jeszcze rozpakowywałyśmy i katalogowałyśmy prezenty — tego ranka odwinęłam kompletnie oszałamiające szpilki od Jimmy'ego Choo, inkrustowane kryształami Swarovskiego — ale nie zo-

---

* *Page Six*, plotkarska kolumna w *NY Post*.

stało nic do wysłania, a telefony milczały, bo wiele osób jeszcze nie skończyło urlopów. Miranda miała wrócić z Paryża z końcem tygodnia, ale nie spodziewano jej się w biurze do poniedziałku. Emily była pewna, że jestem gotowa stawić jej czoło, ja także. Przerobiłyśmy wszystko i prawie cały notatnik zapełniłam uwagami. Zerknęłam na niego z nadzieją, że wszystko pamiętam. Kawa: tylko Starbucks, duże latte, dwie kostki nierafinowanego cukru, dwie serwetki, jedno mieszadełko. Śniadanie: zamówienia na wynos Mangia, pięć-pięć-pięć-trzy-dziewięć-cztery-osiem, jedna drożdżówka z serem, cztery plasterki bekonu, dwie kiełbaski. Gazety: stoisko w holu, *New York Times, Daily News, New York Post, Financial Times, Washington Post, USA Today, Wall Street Journal, Women's Wear Daily* oraz *New York Observer* w środy. Tygodniki dostępne w poniedziałki: *Time, Newsweek, U.S. News, New Yorker* (!), *Time Out New York, New York Magazine, Economist*. I tak dalej, i tak dalej, lista jej ulubionych kwiatów i najbardziej znienawidzonych kwiatów, nazwiska i adresy oraz domowe numery telefonów jej lekarzy, pomocy domowej, preferencje co do przekąsek, ulubiona woda w butelce, wszystkie rozmiary każdej sztuki odzieży, od bielizny do butów narciarskich. Zrobiłam listy ludzi, z którymi chciała rozmawiać: Zawsze, i oddzielne tych, z którymi nigdy nie chciała mówić: Nigdy. Pisałam i pisałam, i pisałam, gdy Emily wyjawiła mi to wszystko podczas naszych wspólnych tygodni, i kiedy skończyłyśmy, miałam wrażenie, że nie było takiej rzeczy, której nie wiedziałabym o Mirandzie Priestly. Poza tym jednym, oczywiście, co sprawia, że jest tak ważna, bym zapełniała cały notes jej upodobaniami i awersjami. Czemu właściwie powinno mnie to obchodzić?

— Tak, jest niesamowity — wzdychała Emily, bez końca okręcając sznur telefonu wokół palca wskazującego. — To był najbardziej romantyczny weekend, jaki przeżyłam.

Ping! Masz nową wiadomość od Alexandra Finemana. Kliknij tu, żeby otworzyć. Oooch, fajnie. W Elias-Clark zablokowano opcję natychmiastowego doręczania poczty elektronicznej, ale z jakiegoś powodu wciąż udawało mi się dostawać zawiadomienia, że przyszedł nowy mail. Odebrałam.

Hej, kotku, jak tam twój dzień?? U mnie szaleństwo, jak zwykle. Pamiętasz, jak ci mówiłem, że Jeremiah groził wszystkim dziewczynkom nożem do kartonu, który przyniósł z domu? Cóż, wygląda na to, że nie żartował — przyniósł dzisiaj do szkoły kolejny i pokroił ręce pewnej dziewczynki i nazwał ją suką. To nie były głębokie cięcia, ale kiedy nauczyciel dyżurny zapytał go, skąd wpadł na taki pomysł, powiedział, że widział, jak chłopak jego mamy robił coś takiego mamie. To sześciolatek, Andy, możesz sobie wyobrazić? W każdym razie dyrektor zwołał na wieczór pilne zebranie, więc obawiam się, że nie zdążę na kolację. Tak mi przykro! Ale muszę stwierdzić, że jestem bardzo zadowolony, że w ogóle na to reagują, to więcej, niż się spodziewałem. Rozumiesz, prawda? Proszę, nie wściekaj się. Zadzwonię później i obiecuję, że ci to wynagrodzę. Całuję, A

Proszę, nie wściekaj się? Rozumiesz? Jeden z jego drugoklasistów pociął innego ucznia i on miał nadzieję, że może odwołać kolację? Poprzedniego wieczoru odwołałam spotkanie z nim, bo uważałam, że mój dzień jeżdżenia limuzyną i pakowania prezentów był zbyt wyczerpujący. Chciało mi się płakać, chciałam zadzwonić do Aleksa i powiedzieć, że to o wiele więcej niż w porządku, byłam z niego dumna, że troszczy się o te dzieciaki i w ogóle wziął tę pracę. Kliknęłam „odpowiedz" i już miałam mniej więcej to właśnie napisać, kiedy usłyszałam swoje imię.

— Andrea! Ona jest w drodze. Będzie tu za dziesięć minut — oznajmiła głośno Emily, najwyraźniej z trudem zachowując spokój.

— Hmm? Przepraszam, nie słyszałam, co...

— Miranda jest w tej chwili w drodze do biura. Musimy się przygotować.

— W drodze do biura? Ale myślałam, że nie wraca do kraju przed sobotą...

— Cóż, najwyraźniej zmieniła zdanie. A teraz rusz się! Idź na dół i postaraj się o jej gazety, rozłóż je tak, jak ci kazałam. Kiedy skończysz, przetrzyj jej biurko i zostaw po lewej stronie szklankę pellegrino, z lodem i limonką. I upewnij się, że jej łazienka jest zaopatrzona jak trzeba, okej? Idź! Jest już w samochodzie, więc może tu dotrzeć za mniej niż dziesięć minut, w zależności od ruchu.

Gdy galopem wybiegałam z biura, słyszałam, jak Emily gwałtownie wystukuje czterocyfrowy wewnętrzny i prawie krzyczy: „Jest w drodze, powiedz wszystkim". Przemknięcie przez korytarze i minięcie działu mody zajęło mi zaledwie trzy sekundy, ale już słyszałam paniczne krzyki: „Emily powiedziała, że ona jest w drodze" i „Miranda się zbliża!" oraz wręcz ścinający krew w żyłach „Wróóóóciiiiiłaaaa!". Asystenci gorączkowo prostowali ciuchy na wieszakach stojących wzdłuż korytarzy, a redaktorzy gnali do biur. Jedna z redaktorek zmieniała buty na niedużym obcasiku na dziesięciocentymetrowe szpilki, a druga w biegu malowała usta konturówką, podkręcała rzęsy i poprawiała ramiączko od stanika. Gdy jeden z chłopaków wychodził z męskiej toalety, zajrzałam za nim i zza jego pleców zobaczyłam Jamesa, który z obłędem na twarzy sprawdzał, czy nie ma na swoim czarnym kaszmirowym swetrze jakichś paprochów, jednocześnie spazmatycznie pakując sobie do ust dropsy. Pojęcia nie mam, skąd się dowiedział, zakładając oczywiście, że w męskiej toalecie nie założono głośników specjalnie na tę okazję.

Dałabym się zabić, żeby tylko stanąć i poobserwować rozwój sytuacji, ale zostało mniej niż dziesięć minut, żeby przygotować się do pierwszego spotkania z Mirandą, podczas którego miałam wystąpić w roli jej asystentki, i nie zamierzałam ich zmarnować. Do tej pory próbowałam udawać, że właściwie to wcale nie biegnę, ale skoro byłam świadkiem, że wszyscy inni zademonstrowali tak całkowity brak godności, puściłam się sprintem.

— Andrea! Wiesz, że Miranda jest w drodze, prawda? — zawołała Sophy zza biurka w recepcji, kiedy obok niej przebiegałam.

— Jasne, wiem, ale skąd ty wiesz?

— Ja wiem wszystko, moja słodka. A teraz sugeruję, żebyś wzięła dupkę w troki. Jedno jest pewne: Miranda Priestly nie lubi, kiedy jej się każe czekać.

Wskoczyłam do windy i wykrzyknęłam podziękowanie.

— Za trzy minuty wracam z gazetami!

Dwie kobiety w windzie gapiły się na mnie z niesmakiem i zdałam sobie sprawę, że krzyczałam.

— Przepraszam — powiedziałam, starając się złapać oddech. — Właśnie się dowiedzieliśmy, że nasza redaktor naczelna jest w drodze do biura, a nie byliśmy przygotowani, więc wszyscy są teraz trochę spięci. — Czemu ja się tłumaczę przed tymi kobietami?

— Omójboże, na pewno pracujesz dla Mirandy! Zaraz, niech zgadnę. Jesteś nową asystentką? Andrea, zgadza się? — Długonoga brunetka błysnęła zębami, których wydawała się mieć setki, i ruszyła w moją stronę niczym pirania. Jej przyjaciółka aż się rozjaśniła.

— Hm, tak, Andrea — powtórzyłam własne imię, jakbym nie była do końca pewna, czy rzeczywiście jest moje. — I tak, nowa asystentka Mirandy.

W tej chwili winda dotarła do holu i drzwi otworzyły się na marmurową białość. Ruszyłam pierwsza i wyskoczyłam, zanim drzwi otworzyły się do końca. Usłyszałam, jak jedna z nich woła:

— Szczęściara z ciebie, Andrea. Miranda to niesamowita kobieta i milion dziewczyn dałoby się zabić za twoją pracę!

Postarałam się nie uderzyć w grupę prawników z bardzo nieszczęśliwymi minami, pewnie w drodze na jakiś wielki korporacyjny lunch, i prawie uniosłam się w powietrze, dopadając do stoiska z prasą w kącie holu. Nad lśniącą wystawką połyskliwych magazynów i zauważalnie mniejszym wyborem słodyczy, głównie bez cukru, oraz dietetycznych napojów rezydował tam nieduży Kuwejtczyk imieniem Ahmed. Emily przedstawiła nas sobie przed Bożym Narodzeniem w ramach mojego szkolenia i miałam nadzieję, że uda mi się teraz pozyskać jego pomoc.

— Stój! — krzyknął, gdy zaczęłam wyciągać gazety ze stojaka przy kasie. — Nowa dziewczyna Mirandy, prawda? Chodź tu.

Obróciłam się, żeby zobaczyć Ahmeda wykonującego skłon i wynurzającego się zza lady z twarzą, która nabierała z wysiłku nieco zbyt mocnej czerwieni.

— Ach-ha! — wykrzyknął znowu, prostując się z całą zręcznością staruszka z połamanymi obiema nogami. — Dla ciebie. Żebyś nie robiła mi bałaganu na wystawie, trzymam je dla ciebie osobno, codziennie. A może i po to, żebym ja sam też nie stracił na aktualności. — Mrugnął.

— Ahmed, dziękuję. Nawet nie jestem w stanie ci powiedzieć, jak bardzo mi pomogłeś. Myślisz, że powinnam wziąć też czasopisma?

— Jasna sprawa. Jest już środa, a wszystkie wyszły w poniedziałek. Twojej szefowej pewnie niezbyt się to podoba — stwierdził ze znajomością rzeczy. Ponownie sięgnął pod ladę i znów pojawił się z naręczem czasopism, które, co potwierdziłam szybkim rzutem oka, znajdowały się na mojej liście — co do jednej.

Karta, karta, gdzie, do cholery była ta cholerna karta identyfikacyjna? Sięgnęłam za swoją nakrochmaloną koszulę i znalazłam jedwabną zawieszkę, którą Emily sporządziła dla mnie z jednej z należących do Mirandy białych apaszek Hermésa. „Oczywiście nigdy nie noś tej karty, kiedy ona będzie w pobliżu — stwierdziła — ale w razie, gdybyś zapomniała ją zdjąć, przynajmniej nie będzie wisiała na plastikowym łańcuszku". Przy dwóch ostatnich słowach o mało nie splunęła.

— Proszę, Ahmed. Bardzo ci dziękuję za pomoc, ale strasznie się śpieszę. Ona jest w drodze.

Przejechał moją kartą przez czytnik z boku urządzenia i zawiesił mi ją na szyi jak wieniec z kwiatów.

— A teraz biegnij. Biegnij!

Chwyciłam przelewającą się plastikową torbę i pobiegłam, znów wyciągając kartę, żeby przejechać nią przez bramkę, która umożliwiłaby mi wejście do holu z windami. Przeciągnęłam i pchnęłam. Nic. Przeciągnęłam i pchnęłam ponownie, tym razem mocniej. Nic.

— *Some boys kiss me, some boys touch me, I think they're okay-ay.* — Eduardo, okrągły i lekko spocony strażnik, zaśpiewał wysokim głosem zza biurka ochrony. Cholera. Nawet bez patrzenia na jego uśmiech, konspiracyjny, od ucha do ucha, wiedziałam, że żąda — jak codziennie przez ostatnie dwa tygodnie — żebym włączyła się do zabawy. Wyglądało na to, że dysponował nieskończonym zapasem wkurzających melodyjek, które uwielbiał wyśpiewywać, i nie pozwalał mi przejść przez bramkę, dopóki czegoś nie odegrałam. Wczoraj było *I'm Too Sexy*. Gdy śpiewał *I'm too sexy for Milan, too sexy for Milan, New York and Japan*, musiałam chodzić w holu po wyimaginowanym wybiegu. W odpowiednim nastroju mogło nawet być zabawnie. Czasami się uśmiechałam. Ale to był mój pierwszy dzień z Mirandą i nie mogłam się spóźnić z przygotowaniami, po prostu nie mogłam. Miałam ochotę zrobić mu krzywdę za to, że mnie zatrzymuje, podczas gdy wszyscy inni przemykali przy stanowisku ochrony przez bramki po obu stronach.

— *If they don't give me a lots of credit, I just walk away-ay* — wymruczałam, przeciągając i wyciszając słowa przy końcu, dokładnie jak Madonna.

Uniósł brwi.

— Gdzie twój entuzjazm, moja droga?

Pomyślałam, że dostanę szału, jeżeli znów usłyszę jego głos, więc cisnęłam swoją torbę z gazetami na ladę, wyrzuciłam ramiona w powietrze, a biodra wypchnęłam w lewo, dramatycznie wydymając usta.

— *A material! A material! A material! A material... GIRL!* — prawie wrzasnęłam, a on gdakał, klaskał i szuuuu! Przepuścił mnie.

Do zapamiętania: przedyskutować z Eduardem, kiedy i w jakiej sytuacji stosowne jest robienie ze mnie kompletnej idiotki. Ponownie zanurkowałam do windy i przemknęłam obok Sophy, która uprzejmie otworzyła drzwi korytarza, zanim zdążyłam choćby poprosić. Pamiętałam nawet, żeby zrobić postój w miniaturowej kuchni i nałożyć trochę lodu do jednego z pucharków Baccarata, które trzymałyśmy w specjalnej szafce nad mikrofalówką wyłącznie dla Mirandy. Ze szklanką w jednej ręce i gazetami w drugiej wyszłam zza rogu i zderzyłam się z Jessicą, znaną też jako Dziewczyna od Manikiuru. Wyglądała jednocześnie na poirytowaną i spanikowaną.

— Andrea, zdajesz sobie sprawę, że Miranda jest w drodze do biura? — zapytała, mierząc mnie wzrokiem z góry na dół.

— Jasne. Mam tu jej gazety i wodę, a teraz muszę zanieść je do gabinetu, więc jeśli mi wybaczysz...

— Andrea! — zawołała, gdy przebiegłam obok. Kostka lodu wyleciała ze szklanki i wylądowała przed działem artystycznym. — Pamiętaj, żeby zmienić buty!

Stanęłam w miejscu jak wryta i spojrzałam w dół. Miałam na sobie zabawne tenisówki z rodzaju tych, które zaprojektowano wyłącznie po to, żeby wyglądały odlotowo. Zasady ubierania się — te niewypowiedziane i inne — uległy oczywiście rozluźnieniu podczas nieobecności Mirandy i chociaż absolutnie wszyscy w biurze wyglądali fantastycznie, każdy miał na sobie coś, czego za żadne skarby świata nie włożyłby w obecności Mirandy. Moje jaskrawoczerwone tenisówki były tego idealnym przykładem.

Zanim dotarłam do biura, oblałam się potem.

— Cześć, mam wszystkie gazety i kupiłam też czasopisma,

na wszelki wypadek. Jedyny problem, że chyba nie mogę mieć tych butów, prawda?

Emily wyszarpnęła z ucha słuchawkę i pozwoliła jej zwisać z biurka.

— Nie, oczywiście, że nie możesz ich mieć na sobie. — Chwyciła słuchawkę, wystukała cztery cyfry i oznajmiła: — Jeffy, przynieś mi parę od Jimmy'ego w rozmiarze... — Spojrzała na mnie.

— Dziewięć i pół. — Wyjęłam z szafy małą butelkę pellegrino i napełniłam szklankę.

— Dziewięć i pół. Nie, teraz. Nie, Jeff, mówię serio. Natychmiast. Andrea ma na nogach tenisówki, na litość boską, czerwone tenisówki, a Ona może tu być w każdej chwili. Okej, dzięki.

W tym momencie zauważyłam, że podczas tych czterech minut, które spędziłam na dole, Emily zdołała zmienić sprane dżinsy na skórzane spodnie, a swoje własne zabawne tenisówki na szpilki bez palców. Sprzątnęła też całe biuro, chowając to, co miałyśmy na biurkach, do szuflad, i wpychając do szafy wszystkie otrzymane prezenty, które nie zostały jeszcze przetransportowane do mieszkania Mirandy. Powlekła usta świeżą warstwą błyszczyku i dodała trochę koloru policzkom, a teraz kiwała na mnie, żebym zaczęła się ruszać.

Chwyciłam torbę z gazetami i wysypałam wszystkie na stos na kopioramę w jej gabinecie, coś w rodzaju podświetlanego stołu, przy którym, jak twierdziła Emily, Miranda stała godzinami i przeglądała filmy, które nadchodziły po sesji zdjęciowej. Ale tu także lubiła mieć ułożone gazety i jeszcze raz zajrzałam do notatnika, żeby sprawdzić właściwą kolejność. Najpierw *New York Times*, następnie *Wall Street Journal*, a potem *Washington Post*. I tak dalej, i tak dalej, według wzorca, którego nie potrafiłam rozszyfrować, każda lekko zachodząca na brzeg następnej, aż leżały na stole wachlarzem, cała formacja. *Women's Wear Daily* stanowiło jedyny wyjątek: miało być umieszczone na środku biurka.

— Już jest! Andrea, chodź tu, ona jest w drodze na górę — usłyszałam syk Emily z sekretariatu. — Jurij właśnie do mnie dzwonił, że ją podwiózł.

Położyłam *WWD* na jej biurku, ustawiłam pellegrino w narożniku biurka na lnianej serwetce (Po której stronie? Nie mogłam sobie przypomnieć, po której powinno stać stronie) i jak strzała umknęłam z gabinetu, rozglądając się dookoła po raz ostatni, żeby sprawdzić, czy wszystko było w porządku. Jeff, jeden z asystentów w dziale mody, który pomagał w porządkowaniu garderoby do sesji, podrzucił mi pudełko z butami owinięte gumową opaską i czmychnął. Natychmiast szarpnęłam pokrywkę. Wewnątrz była para butów na obcasie od Jimmy'ego Choo z paskami z wielbłądziej sierści oplatającymi stopę i klamerkami umieszczonymi w środku tego wszystkiego, wartych prawdopodobnie około ośmiuset dolarów. Cholera! Musiałam je włożyć. Jednym szybkim ruchem zrzuciłam tenisówki i przepocone już skarpetki i wsunęłam je pod biurko. Prawy wszedł dość łatwo, ale miałam za krótki paznokieć, żeby zwolnić klamerkę na lewym, aż wreszcie... jest! Podważyłam ją i wepchnęłam lewą stopę, patrząc, jak paski wrzynają się w już opuchnięte ciało. Podczas kilku kolejnych sekund zdołałam zapiąć klamrę i właśnie ponownie siadałam prosto, kiedy weszła Miranda.

Zamarłam. Kompletnie sparaliżowało mnie w pół ruchu, mój mózg pracował dość szybko, żebym zrozumiała, jak śmiesznie muszę wyglądać, ale nie dość szybko, żebym się poruszyła. Natychmiast mnie zauważyła, prawdopodobnie dlatego, że spodziewała się zobaczyć Emily siedzącą na starym miejscu, i podeszła. Oparła się o kontuar, który biegł ponad moim biurkiem, pochyliła nad nim i zbliżyła do mnie, aż była w stanie obejrzeć całą moją postać, podczas gdy znieruchomiała siedziałam na krześle. Jej jasne, niebieskie oczy przesunęły się w górę i w dół, z boku na bok, zmierzyły moją białą koszulę, czerwoną dżinsową minispódniczkę z Gapa, już zapięte sandały z sierści wielbłąda od Jimmy'ego Choo. Czułam, jak bada mnie centymetr po centymetrze, skórę, włosy i ubranie; jej oczy przesuwały się niesamowicie szybko, ale twarz pozostała nieruchoma. Nachyliła się jeszcze bardziej, aż wreszcie jej twarz znalazła się w niewielkiej odległości od mojej i mogłam wyczuć fantastyczny aromat szamponu oraz kosztownych perfum, tak blisko, że zdołałam dostrzec bardzo drobne linie wokół jej ust i oczu, niewidoczne z bardziej komfortowej odległości. Ale nie mogłam zbyt długo wpatrywać się w jej twarz, bo ona uważnie badała moją. Nie dostrzegłam najmniejszej nawet oznaki rozpoznania, że a) spotkałyśmy się przecież już wcześniej, b) byłam jej nową pracownicą lub c) nie byłam Emily.

— Witam, pani Priestly — pisnęłam impulsywnie, chociaż gdzieś głęboko w duchu wiedziałam, że ona nie wypowiedziała jeszcze ani słowa. Ale napięcie stało się nieznośne i nic nie mogłam na to poradzić, wyrwało mi się. — Taka jestem podniecona, że będę dla pani pracować. Bardzo dziękuję za szansę na... — Zamknij się! Po prostu zamknij tę swoją głupią gębę! Kompletny brak godności.

Odeszła. Skończyła mierzyć mnie z góry na dół, odepchnęła się od kontuaru i odeszła, kiedy wyjąkałam zdanie do połowy. Czułam żar wypływający na twarz, falę zakłopotania, bólu i upokorzenia, wszystko zmieszane razem, a fakt, że czułam spojrzenie Emily wpatrującej się we mnie z wściekłością, niczego nie ułatwiał. Uniosłam rozpaloną twarz i stwierdziłam, że Emily rzeczywiście wpatruje się we mnie z wściekłością.

— Czy Biuletyn jest uaktualniony? — zapytała Miranda, nie adresując pytania do nikogo konkretnie, gdy weszła do swojego gabinetu i, jak zauważyłam z zadowoleniem, podeszła wprost do podświetlanego stołu, gdzie ułożyłam gazety.

— Tak, Mirando, proszę — powiedziała uniżenie Emily, wbiegając za nią i wręczając podkładkę, do której przypinałyśmy wszystkie wiadomości dla Mirandy, w miarę jak przychodziły.

Siedziałam cichutko, w antyramach, które wisiały na ścianie, obserwując Mirandę nieśpiesznie poruszającą się po gabinecie:

jeżeli patrzyłam na szkło, a nie na same fotografie, widziałam jej odbicie. Emily natychmiast zajęła się czymś przy swoim biurku i zapanowała cisza. Zastanawiałam się, czy w ogóle nie rozmawiamy ze sobą ani z nikim innym, kiedy ona jest w biurze? Napisałam pośpiesznie mail do Emily, pytając ją o to; widziałam, że go dostała i przeczytała. Odpowiedź nadeszła od razu: „Zgadza się. Jeżeli musimy porozmawiać, szepczemy. W innym razie ani słowa. I NIGDY nie odzywaj się do niej, jeżeli ona się nie odezwie. I NIGDY nie nazywaj jej panią Priestly — tylko Mirandą. Jasne?". Znów poczułam, jakby ktoś wymierzył mi policzek, ale przeniosłam wzrok i kiwnęłam głową. I wtedy właśnie zauważyłam płaszcz. Leżał sobie, ogromny zwał przepięknego futra, zwinięty na końcu mojego biurka, z jednym rękawem zwisającym z brzegu. Spojrzałam na Emily. Przewróciła oczami, machnęła ręką w kierunku szafy i bezgłośnie poruszyła ustami: „Powieś to". Był ciężki jak mokra kołdra dopiero co wyjęta z pralki i potrzebowałam obu rąk, żeby nie pozwolić mu wlec się po podłodze, ale ostrożnie powiesiłam go na jednym z jedwabnych wieszaków i delikatnie, cichutko, zamknęłam drzwi.

Nie zdążyłam jeszcze usiąść, gdy Miranda zjawiła się obok mnie i tym razem jej oczy bez przeszkód mogły wędrować po moim ciele. Chociaż wydaje się to niemożliwe, czułam gorąco ogarniające każdą część, którą zmierzyła wzrokiem, jednak byłam jak sparaliżowana, niezdolna zanurkować w stronę biurka. W chwili gdy moje włosy miały już buchnąć płomieniem, te nieubłagane niebieskie oczy ostatecznie zatrzymały się na poziomie moich.

— Poproszę o mój płaszcz — powiedziała cicho, patrząc wprost na mnie. Zadałam sobie w duchu pytanie, czy ona się zastanawia, kim jestem, czy też nie zauważyła różnicy, a może nic jej nie obchodzi, że właściwie obca osoba udaje jej asystentkę. W jej wzroku nie błysnął nawet ślad rozpoznania, mimo że moja rozmowa wstępna z nią miała miejsce zaledwie trzy tygodnie wcześniej.

— Naturalnie — zdołałam wykrztusić i ponownie udałam się w stronę szafy, co okazało się niewygodnym manewrem, ponieważ ona stała między szafą a mną. Odwróciłam się bokiem, nie chcąc jej potrącić, i spróbowałam się prześlizgnąć obok, sięgając, żeby otworzyć drzwi, które właśnie zamknęłam. Nie przesunęła się nawet o centymetr, żeby mnie przepuścić, czułam to spojrzenie kontynuujące wędrówkę. W końcu, na szczęście, moje dłonie zamknęły się na futrze i ostrożnie je wyswobodziłam. Miałam ochotę rzucić je do niej, żeby sprawdzić, czy złapie, ale powstrzymałam się w ostatniej sekundzie i przytrzymałam płaszcz jak dżentelmen dla damy. Wślizgnęła się w niego jednym zgrabnym ruchem ramion i wzięła do ręki telefon komórkowy, jedyną rzecz, którą przyniosła ze sobą do biura.

— Poproszę dziś wieczorem o Książkę, Emily — powiedziała, pewnym krokiem wychodząc z biura, prawdopodobnie nawet nie zauważając grupki trzech kobiet stojących w korytarzu, które na jej widok rozpierzchły się na boki, przyciskając podbródki do piersi.

— Tak, Mirando. Każę Andrei przynieść ją na górę.

I tyle. Wyszła. Wizyta, która wywołała panikę na skalę całego biura, gorączkowe przygotowania, a nawet poprawki garderoby i makijażu, trwała mniej niż cztery minuty i odbyła się — przynajmniej tak mi mówiły moje niedoświadczone oczy — bez absolutnie żadnej przyczyny.

8

— Nie patrz teraz — powiedział James, jak brzuchomówca nie poruszając ustami — ale wyszpiegowałem Reese Witherspoon na trzeciej.

Natychmiast okręciłam się wokół własnej osi, podczas gdy on aż się skurczył z zakłopotania, i rzeczywiście, była tam, pociągała z kieliszka szampana i śmiejąc się, odchyliła głowę. Nie chciałam, żeby robiło to na mnie wrażenie, ale nic nie mogłam poradzić: była jedną z moich ulubionych aktorek.

— James, kochanie, tak się cieszę, że zdołałeś dotrzeć na moje przyjątko — zażartował szczupły, piękny mężczyzna, który wyszedł zza naszych plecami. — A kogo my tu mamy? — Ucałowali się.

— Marshall Madden, guru koloru, a to Andrea Sachs. Andrea jest aktualnie...

— Nową asystentką Mirandy — dokończył Marshall, uśmiechając się do mnie. — Wszystko o tobie słyszałem, maleńka. Witaj w rodzinie. Mam nadzieję, że mnie odwiedzisz, obiecuję, że razem możemy trochę, hm, wygładzić twoją aparycję. — Czule przesunął rękoma po mojej głowie i chwycił końcówki włosów, żeby porównać barwę dołu z tą przy skórze. — Tak, tylko muśnięcie czegoś w kolorze miodu i będzie z ciebie kolejna supermodelka. Weź mój numer od Jamesa, kochanie, i wpadnij, kiedy tylko będziesz miała chwilę. Pewnie łatwiej to powiedzieć, niż przeprowadzić! — zanucił, odpływając w stronę Reese.

James westchnął i spojrzał za nim tęsknie.

— To mistrz — znów westchnął. — Po prostu najlepszy. Bezkonkurencyjny. Powiedzmy, że co najmniej olbrzym wśród karłów. I jaki cudowny. — Olbrzym wśród karłów? Zabawne. Do tej pory, gdy ktoś używał tego określenia, zawsze wyobrażałam sobie Shaquille'a O'Neala ruszającego w stronę kosza i mijającego małego napastnika — nie kolorystę.

— Rzeczywiście jest cudowny, tu się z tobą zgodzę. Umawiałeś się z nim kiedyś? — Wyglądało mi to na idealne zestawienie: młodszy redaktor działu urody w *Runwayu* umawia się z najbardziej poszukiwanym kolorystą całego wolnego świata.

— Chciałbym. Jest z tym samym facetem już od czterech lat. Wyobrażasz sobie? Cztery lata. Odkąd to seksowny gej może być monogamiczny? To po prostu nie fair!

— Odkąd to seksowny heteryk może być monogamiczny? No, chyba że monogamiczny ze mną. — Mocno zaciągnęłam się papierosem i wydmuchnęłam prawie idealne kółko.

— No więc przyznaj się, Andy. Powiedz, że się cieszysz, że tu przyszłaś. Przyznaj, że to najwspanialsze przyjęcie na świecie — szepnął z uśmiechem.

Gdy Alex odwołał spotkanie, niechętnie zdecydowałam się pójść z Jamesem, głównie dlatego, że nie dawał mi spokoju. Wydawało się całkowicie niemożliwe, żeby na przyjęciu poświęconemu książce o rozjaśnianiu włosów wydarzyło się cokolwiek interesującego, ale musiałam przyznać, że zostałam mile zaskoczona. Kiedy Johnny Depp przywitał się z Jamesem, byłam zaszokowana, że ten nie tylko swobodnie z nim rozmawiał, ale zdołał nawet rzucić kilka naprawdę zabawnych dowcipów. I niezwykle przyjemne okazało się odkrycie, że Gisele, najseksowniejsza ze wszystkich seksownych dziewczyn, była po prostu niska. Oczywiście jeszcze przyjemniej byłoby odkryć, że jest niska i gruba albo że ma poważny problem z trądzikiem, który w całości został wyczyszczony z tych jej wspaniałych zdjęć na okładkach, ale mogłam się zadowolić niskim wzrostem. Tak w sumie, jak na razie, te półtorej godziny nie było złe.

— Nie jestem pewna, czy posunęłabym się aż tak daleko — powiedziałam, nachylając się do niego, żeby rzucić okiem na Moby'ego, który dąsał się w kącie, w pobliżu stołu z książkami. — Ale nie jest tak obrzydliwie, jak sobie wyobrażałam. A poza tym, miałam taki dzień, że zgodziłabym się na wszystko.

Gdy Miranda wykonała swoje nagłe wyjście po nagłym wejściu, Emily poinformowała mnie, że tego wieczoru po raz pierwszy będę musiała zanieść Książkę do apartamentu Mirandy. Książka był to spory zbiór spiętych ze sobą stron, wielkości książki telefonicznej, zawierający roboczy model każdego numeru *Runwaya* w skali 1:1, z layoutem wszystkich stron. Emily wyjaśniła mi, że dopóki Miranda nie wyszła, nie dało się wykonać żadnej istotnej pracy, ponieważ ludzie z działu artystycznego i redakcji cały dzień spędzali na konsultacjach z nią, a ona zmieniała zdanie co godzinę. Tak więc gdy codziennie około piątej Miranda wychodziła, żeby pobyć trochę z bliźniaczkami, zaczynała się prawdziwa robota. Dział artystyczny konstruował nowe layouty i wprowadzał nowe zdjęcia, które przyszły, a redakcja dopieszczała i drukowała teksty, które wreszcie, wreszcie doczekały się aprobaty ze strony Mirandy — gigantycznego, zakręconego „MP", nabazgranego przez całą pierwszą stronę. Każdy redaktor wysyłał wszystkie zmiany dokonane w ciągu dnia do asystenta artystycznego, który, całe godziny po wyjściu reszty, przepuszczał zdjęcia, layouty i teksty przez małą maszynkę woskującą strony od tyłu i wciskał je we właściwe miejsce w Książce. Wówczas, gdy tylko została ukończona, moim zadaniem było zanieść Książkę do mieszkania Mirandy — o dowolnej porze między ósmą wieczorem a jedenastą, w zależności od tego, w którym miejscu procesu produkcyjnego byliśmy — żeby mogła wszystko zatwierdzić. Przynosiła ją z powrotem następnego dnia i cały personel od początku przechodził ponownie przez to samo.

141

Gdy Emily podsłuchała, jak mówię Jamesowi, że jednak pójdę z nim na przyjęcie, z miejsca się włączyła.

— Hm, wiesz, że nie możesz nigdzie iść, dopóki Książka nie jest skończona, prawda?

Zagapiłam się. James wyglądał, jakby chciał się na nią rzucić.

— Tak, muszę stwierdzić, że tego właśnie pozbędę się z największą radością. Czasami robi się naprawdę późno, ale Miranda musi ją obejrzeć każdego, bez wyjątku, wieczoru, rozumiesz. Pracuje w domu. W każdym razie dziś zostanę z tobą i pokażę ci, co robić, ale potem możesz liczyć tylko na siebie.

— Okej, dzięki. Masz pojecie, o której dzisiaj skończą?

— Nie. Zmienia się to co wieczór, musisz zapytać w dziale artystycznym.

Książka była w końcu gotowa stosunkowo wcześnie, o wpół do dziewiątej, i kiedy odebrałam ją od asystenta, który wyglądał na wykończonego, zeszłyśmy razem na dół, na stronę Pięćdziesiątej Dziewiątej Ulicy. Emily niosła naręcze świeżo odebranych z pralni chemicznej rzeczy na wieszakach, owiniętych w plastik, i wyjaśniła mi, że pranie zawsze towarzyszy Książce. Miranda przynosi swoje brudne rzeczy do biura, gdzie, takie już moje szczęście, do moich obowiązków należy telefon do pralni i zawiadomienie ich, że mamy coś do zabrania. Pralnia natychmiast przysyła kogoś do budynku Elias-Clark, żeby odebrać ciuchy, i dzień później zwraca je w idealnym stanie. Trzymamy je potem w naszej biurowej szafie do chwili, gdy możemy wręczyć wszystko Jurijowi albo osobiście zanieść do apartamentu. Moja praca z chwili na chwilę stawała się bardziej stymulująca intelektualnie!

— Hej, Rich! — Emily z fałszywą pogodą w głosie zawołała do żującego fajkę dyspozytora, którego poznałam pierwszego dnia. — To jest Andrea. Będzie codziennie zabierać Książkę, więc upewnij się, że dostanie dobry wóz, okej?

— Zrobi się, ruda. — Wyciągnął fajkę z ust i wskazał na mnie. — Zatroszczę się o tę tu blondyneczkę.

— Wspaniale. Och, i czy możesz wysłać za nami do Mirandy jeszcze jeden samochód? Kiedy podrzucimy Książkę, Andrea i ja jedziemy w różne miejsca.

W tym momencie podjechały dwa potężne samochody z Town Car, wielki jak góra kierowca wytoczył się z przedniego siedzenia pierwszego z nich i otworzył dla nas tyle drzwi. Emily wsiadła pierwsza, błyskawicznym ruchem z miejsca wyjęła komórkę i zawołała: „Do apartamentu Mirandy Priestly, poproszę". Kierowca skinął głową, wrzucił bieg i ruszyliśmy.

— Czy to zawsze ten sam kierowca? — zapytałam, zastanawiając się, skąd wiedział, dokąd jechać.

Skinęła na mnie, żebym była cicho, gdy zostawiała wiadomość dla swojej współlokatorki, a potem odparła:

— Nie, ale dla firmy pracuje tylko grupa kierowców. Jechałam z każdym co najmniej dwadzieścia razy, więc teraz już znają drogę. — Ponownie zajęła się telefonem. Spojrzałam do tyłu i zobaczyłam drugi pusty samochód z Town Car, ostrożnie powtarzający nasze skręty i przystanki.

Zajechaliśmy przed front typowego budynku z portierem przy Piątej Alei: nieskalany chodnik, starannie utrzymane balkony i coś, co wyglądało na wspaniały, emanujący ciepłym światłem hol. Mężczyzna w smokingu i kapeluszu bezzwłocznie podszedł do samochodu i otworzył nam drzwi, Emily wysiadła. Zastanawiałam się, czemu po prostu nie zostawimy mu Książki i ubrań. Z tego, co rozumiałam — a nie było tego wiele, a już zwłaszcza w tym dziwnym mieście — po to byli portierzy. Na tym polegała ich praca. Ale Emily wyciągnęła ze swojej ozdobionej logo Gucciego torby skórzany pokrowiec do kluczy od Louisa Vuittona i wręczyła mi go.

— Zaczekam tutaj. Zabierz te rzeczy do jej mieszkania, apartament A. Po prostu otwórz drzwi i zostaw Książkę na stole w foyer, a ubrania powieś na haczykach przy szafie. Nie w szafie, tylko przy szafie. A potem zwyczajnie wyjdź. Bez względu na wszystko nie pukaj ani nie dzwoń, ona nie lubi, żeby jej przeszkadzano. Po prostu wejdź, wyjdź i bądź cicho! —

Wręczyła mi plątaninę wieszaków i plastikowej folii, po czym ponownie otworzyła komórkę. W porządku, dam sobie z tym radę. Tyle hałasu o Książkę i kilka par spodni?

Windziarz uśmiechnął się do mnie uprzejmie i po przekręceniu klucza w milczeniu nacisnął guzik AP. Wyglądał jak maltretowana żona, zrezygnowany i smutny, jakby nie był już w stanie walczyć i pogodził się ze swoją niedolą.

— Zaczekam tu — odezwał się miękko, patrząc w podłogę. — Nie powinno to pani zająć więcej niż minutę.

Dywan w korytarzu miał kolor ciemnego burgunda i prawie się przewróciłam; jeden z obcasów utknął mi w jego głębinach. Ściany wyłożono grubym kremowym materiałem w cieniutkie kremowe paseczki biegnące z góry na dół, pod ścianę wsunięto ławkę obitą kremowym zamszem. Przeszkolone drzwi naprzeciw miały napis AP B, więc odwróciłam się i zobaczyłam identyczne drzwi z napisem AP A. Strasznie dużo mnie kosztowało, żeby powstrzymać się od naciśnięcia dzwonka, ale pamiętałam o ostrzeżeniu Emily, i wsunęłam klucz w zamek. Kliknął i zanim zdołałam poprawić włosy albo zastanowić się, co będzie po drugiej stronie, stałam w obszernym, przewiewnym foyer i wdychałam absolutnie niesamowity zapach jagnięcych kotletów. A oto była i ona, delikatnie unosiła widelec do ust, podczas gdy dwie identyczne, czarnowłose dziewczynki wrzeszczały na siebie przez szerokość stołu, a wysoki siwy mężczyzna o nieregularnych rysach, z twarzą zdominowaną przez szeroki nos, czytał gazetę.

— Mamo, powiedz jej, że nie może tak sobie włazić do mojego pokoju i brać moich dżinsów! Bo mnie nie słucha — błagała jedna z nich Mirandę, która odłożyła widelec i pociągała łyk czegoś, o czym wiedziałam, że jest wodą Pellegrino z limonką, z lewej strony stołu.

— Caroline, Cassidy, dość. Po prostu nie chcę więcej o tym słyszeć. Gabriel, przynieś więcej galaretki miętowej — zawołała. Mężczyzna, którego uznałam za kucharza, pośpiesznie wszedł do pokoju, niosąc srebrną miskę na srebrnej tacy.

I wtedy zdałam sobie sprawę, że stałam tak przez niemal trzydzieści sekund, obserwując ich przy kolacji. Jeszcze mnie nie zobaczyli, ale zobaczą, kiedy tylko przejdę w kierunku stołu. Zrobiłam to ostrożnie, ale wyczułam, że wszyscy odwrócili się, żeby spojrzeć. Gdy miałam właśnie wygłosić jakieś powitanie, przypomniałam sobie, że dziś, wcześniej, podczas naszego pierwszego spotkania, wyszłam na gigantyczną idiotkę, jąkałam się i potykałam jak idiotka, więc ugryzłam się w język. Stół, stół, stół. Proszę, był, położyć Książkę na stole. A teraz ciuchy. Rozpaczliwie rozglądałam się dookoła w poszukiwaniu miejsca, gdzie powinnam powiesić rzeczy z pralni, ale nie mogłam skupić wzroku. Przy stole zapadła cisza i czułam, że wszyscy mnie obserwują. Nikt się nie przywitał. Najwyraźniej dziewczynkom nie przeszkadzało, że w ich mieszkaniu znajduje się zupełnie obca osoba. W końcu zobaczyłam małą szafę na płaszcze schowaną za drzwiami i zdołałam powiesić wszystkie poskręcane, śliskie wieszaki na drążku.

— Nie w szafie, Emily — usłyszałam podniesiony głos Mirandy, nieśpieszny, powolny. — Na haczykach, które przeznaczone są specjalnie na tę okazję.

— Och, hm, cześć. — Idiotka! Zamknij się! Ona nie czeka na odpowiedź, po prostu zrób, co ci każe! Ale nie mogłam się powstrzymać. Fakt, że nikt się nie przywitał i nie dziwił, kim mogę być, ani w żaden sposób nie pokazał po sobie, że przyjmuje do wiadomości obecność w mieszkaniu kogoś, kto sam wszedł i teraz po nim myszkuje, wydał mi się przesadnie dziwny. I „Emily"? Żartowała? Oślepła? Czy naprawdę nie potrafiła stwierdzić, że nie jestem dziewczyną, która pracowała dla niej od blisko dwóch lat? — Jestem Andrea, Mirando. Twoja nowa asystentka.

Cisza. Przenikliwa, nieznośna, niekończąca się, ogłuszająca i pozbawiająca energii cisza.

Wiedziałam, że nie powinnam nic więcej mówić, wiedziałam, że sama sobie kopię grób, ale po prostu nie mogłam się powstrzymać.

— Hm, no tak, przepraszam za zamieszanie. Zostawię to na haczykach, tak jak powiedziałaś, i już wychodzę. — Skończ z tym komentarzem! Gówno ją obchodzi, co robisz, zrób to po prostu i spadaj. — Okej, no to miłej kolacji. Miło mi było was poznać. — Odwróciłam się, żeby wyjść, i zdałam sobie sprawę, że ośmieszyłam się nie tylko samym faktem otwarcia ust, ale mówiłam głupstwa. Miło mi was poznać? Nie zostałam nikomu przedstawiona.

— Emily! — usłyszałam w chwili, gdy moja ręka sięgnęła do gałki w drzwiach. — Emily, niech to się nie powtórzy jutro wieczorem. Nie odpowiada nam zakłócanie spokoju. — Gałka sama obróciła się w mojej ręce i wreszcie byłam na korytarzu. Cała akcja zabrała mniej niż minutę, ale czułam się, jakbym właśnie przepłynęła całą długość olimpijskiego basenu bez wynurzania się, żeby zaczerpnąć powietrza.

Ciężko klapnęłam na ławkę i robiłam powolne, kontrolowane wdechy. Co za suka! Za pierwszym razem, kiedy nazwała mnie Emily, mogło się to zdarzyć przypadkiem, ale drugi raz niewątpliwie był celowy. Czy jest lepszy sposób, żeby umniejszyć i poniżyć kogoś, niż uparcie zwracać się do niego niewłaściwym imieniem po tym, gdy odmówiło się przyjęcia do wiadomości jego obecności we własnym domu? A skoro i tak stanowiłam najniższą formę życia w środowisku czasopisma — Emily nie omieszkała podkreślić tego w rozmowie ze mną — skoro znajdowałam się na samym dole łańcucha pokarmowego, czy Miranda naprawdę musiała upewnić się, że mam tego świadomość?

Całkiem prawdopodobne, że siedziałabym tak całą noc i strzelała mentalnymi pociskami w drzwi AP A, ale usłyszałam chrząknięcie i podniosłam głowę. Odkryłam smutnego, małego windziarza patrzącego w podłogę, który cierpliwie czekał, żebym do niego dołączyła.

— Przepraszam — powiedziałam, z szuraniem wlokąc się do windy.

— Nie ma sprawy — niemal szeptał, ze skupieniem wpatrując się w pokrytą drewnianymi panelami podłogę. — Z czasem będzie łatwiej.

— Co? Przepraszam, nie usłyszałam, co pan...

— Nic, nic. Proszę, panienko. Miłego wieczoru. — Drzwi otworzyły się do holu, gdzie Emily głośno plotkowała przez komórkę. Zamknęła ją z kliknięciem, kiedy mnie zobaczyła.

— Jak poszło? Bez problemów, prawda?

Pomyślałam, żeby opowiedzieć jej, co się wydarzyło. Z całego serca żałowałam, że nie może być współczującą koleżanką z pracy, iż nie możemy stworzyć zespołu, ale wiedziałam, że tylko naraziłabym się na kolejną werbalną chłostę. Akurat teraz nie byłam tym zainteresowana.

— Absolutnie w porządku. Żadnych problemów. Jedli kolację i po prostu zostawiłam wszystko dokładnie tak, jak powiedziałaś.

— Dobra. No więc to właśnie będziesz robić co wieczór. Potem niech cię podwiozą do domu i masz spokój. No i baw się dobrze na tym przyjęciu Marshalla. Zdecydowanie bym poszła, ale mam umówione woskowanie linii bikini, którego nie mogę odwołać — wyobrażasz sobie, że mają już rezerwacje na następne dwa miesiące? A jest środek zimy. To pewnie wszyscy ci ludzie, którzy jadą na zimowe wakacje. Prawda? Zupełnie nie potrafię zrozumieć, dlaczego każda kobieta w Nowym Jorku musi akurat teraz robić woskowanie linii bikini. To takie dziwne, ale co można na to poradzić?

Głowa pulsowała mi w rytm jej głosu i wydawało się, że bez względu na to, co odpowiem czy jak zareaguję, zostałam skazana na wieczne wysłuchiwanie jej gadki o woskowaniu bikini. Może już lepiej, gdyby wrzeszczała na mnie, że przeszkodziłam Mirandzie w kolacji.

— Jasne, nic nie poradzisz. No, polecę już, powiedziałam Jamesowi, że spotkam się z nim o dziewiątej, a jest już dziesięć po. Do zobaczenia jutro?

— Oczywista. A, żebyś wiedziała, teraz, kiedy jesteś już nieźle wyszkolona, nadal przychodzisz o siódmej, ale ja nie zjawiam się przed ósmą. Miranda o tym wie, to zrozumiałe, że starsza asystentka przychodzi później, skoro ma o tyle cięższą pracę. — O mało nie rzuciłam się jej do gardła. — Po prostu realizuj wszystkie punkty programu, jak cię nauczyłam. Zadzwoń do mnie, gdybyś musiała, ale do tej pory powinnaś już wiedzieć, co i jak. Pa! — Wskoczyła na tylne siedzenie drugiego samochodu, który czekał przed budynkiem.

— Pa! — zaświergotałam z gigantycznym fałszywym uśmiechem, przyklejonym do twarzy. Kierowca wykonał ruch, żeby wysiąść z samochodu i otworzyć dla mnie drzwi, ale powiedziałam mu, że sama świetnie zapakuję się do tyłu. — Do Plaza, poproszę.

James czekał na mnie na schodach przed wejściem, mimo że musiało być jakieś siedem stopni poniżej zera. Poszedł do domu się przebrać i wyglądał bardzo, bardzo chudo w czarnych zamszowych spodniach oraz białym topie w prążki, który uwydatniał po mistrzowsku nałożoną opaleniznę z tubki.

— Hej, Andy, jak poszło odnoszenie Książki? — Czekaliśmy w kolejce, żeby pozbyć się płaszczy i natychmiast wyśledziłam Brada Pitta.

— Omójboże, chyba żartujesz. Jest tu Brad Pitt?

— No tak, Marshall robi oczywiście włosy Jennifer. Więc ona też tu musi być. Doprawdy, Andy, może następnym razem, kiedy każę ci się mnie trzymać, wreszcie mi zaufasz. Chodźmy po drinki.

Zaraz potem wypatrzyłam Reese oraz Johnny'ego i w okolicach pierwszej w nocy miałam za sobą cztery drinki i radośnie paplałam z asystentką działu mody z *Vogue'a*. Dyskutowałyśmy o woskowaniu linii bikini. Z zacięciem. I kompletnie się tym nie przejmowałam. Chryste, pomyślałam, klucząc w tłumie w poszukiwaniu Jamesa i posyłając gigantyczny, wazeliniarski uśmiech mniej więcej w stronę Jennifer Aniston, gdy ją mijałam — wcale niezłe to przyjęcie. Ale byłam wstawiona i musiałam znaleźć się w pracy za niespełna sześć godzin, nie zaglądałam też do domu przez prawie dobę. Kiedy więc nakryłam Jamesa na przystawianiu się do któregoś z kolorystów z salonu Marshalla, miałam zamiar się wymknąć. I właśnie w tym momencie poczułam rękę w talii.

— Hej — powiedział jeden z najwspanialszych facetów, jakich w życiu widziałam. Odczekałam, żeby się zorientował, że podszedł do niewłaściwej osoby, bo pewnie wyglądałam z tyłu tak samo jak jego dziewczyna, ale on tylko obdarzył mnie szerszym uśmiechem. — Nie jesteś specjalnie rozmowna, co?

— Och, domyślam się, że powiedzenie „hej" czyni cię wygadanym? — Andy! Zamknij buzię! — upomniałam się w myślach. Absolutnie przepiękny mężczyzna zaczepia cię niespodziewanie na przyjęciu pełnym sław, a ty go z miejsca spławiasz? Ale nie sprawiał wrażenia obrażonego i chociaż nie wydaje się to możliwe, jego uśmiech poszerzył się do rozmiaru „szczerzyć zęby". — Przepraszam — wymamrotałam, bacznie wpatrując się w swoją niemal pustą szklankę. — Nazywam się Andrea. Proszę. To chyba lepszy sposób, żeby zacząć. — Wyciągnęłam rękę i zaczęłam się zastanawiać, czego chce.

— Właściwie całkiem mi się podobało takie powitanie. Jestem Christian. Miło mi cię poznać, Andy. — Odsunął brązowy lok z lewego oka i pociągnął łyk budweisera z butelki. Uznałam, że wydaje mi się jakby znajomy, ale nie potrafiłam go nigdzie przyporządkować.

— Bud, co? — zapytałam, wskazując na butelkę. — Nie przypuszczałam, że na tego rodzaju przyjęciu serwują coś tak prostackiego.

Roześmiał się głębokim, szczerym śmiechem, podczas gdy spodziewałam się cichego śmieszku.

— Mówisz, co myślisz, prawda? — Musiałam wyglądać na zawstydzoną, bo znów się uśmiechnął i stwierdził: — Nie, nie, to pozytywna cecha. I rzadka, szczególnie w tej branży. Nie mogłem się zmusić do picia szampana z miniaturowej butelki przez słomkę, wiesz? Bardzo niemęskie. No więc barman wyszukał mi coś w kuchni dla pracowników. — Kolejne odsunięcie loczka, ale opadł z powrotem na oko w chwili, gdy cofnął rękę. Z kieszeni czarnej sportowej marynarki wyciągnął paczkę papierosów i poczęstował mnie. Wzięłam jednego i natychmiast upuściłam, skwapliwie korzystając z okazji, żeby obejrzeć faceta, gdy schylałam się, chcąc odzyskać zgubę.

Papieros wylądował kilka centymetrów od lśniących mokasynów z kwadratowym czubkiem, ozdobionych charakterystycznymi frędzlami Gucciego, a podnosząc się, zauważyłam, że dżinsy marki Diesel były idealnie sprane, długie i dość szerokie, żeby dół ciągnął się trochę za lśniącymi butami, a końcówki postrzępiły od stałego kontaktu z podeszwami. Czarny pasek, prawdopodobnie Gucci, ale na szczęście nie rzucający się w oczy, utrzymywał dżinsy w idealnie płaskim miejscu poniżej pępka. Do środka wetknięty zwykły biały bawełniany podkoszulek — który mógłby nosić znak Hanesa, ale zdecydowanie należał do kolekcji Armaniego albo Hugo Bossa i pojawił się tam wyłącznie w celu podkreślenia pięknie opalonej skóry. Czarna marynarka wyglądała na równie kosztowną i równie dobrze skrojoną, być może nawet szytą na zamówienie, żeby pasowała do sylwetki średnich rozmiarów, ale niewytłumaczalnie seksownej. Ale to zielone oczy naprawdę przykuwały uwagę. Piana morska, pomyślałam, wspominając kolory ciuchów od J. Crew, które tak lubiłyśmy w liceum, albo po prostu morski. Wzrostem, budową i całą posturą przypominał nieco Aleksa, ale w znacznie bardziej europejskim stylu i ze znacznie mniejszą domieszką Abercrombiego *. Trochę bardziej wyrafinowany, trochę przystojniejszy. Zdecydowanie starszy, koło trzydziestki. I prawdopodobnie znacznie bardziej przebiegły.

Natychmiast podał mi ogień i nachylił się mocno, chcąc sprawdzić, czy mój papieros na pewno się zapalił.

— Więc cóż sprowadza cię na przyjęcie tego rodzaju, And-

---

* Abercrombie & Fitch, od 1892 dom towarowy ze sportowym sprzętem i odzieżą.

rea? Czy należysz do tej nielicznej grupy wybranych, którzy mogą mówić o Marshallu Maddenie „mój fryzjer"?

— Nie, obawiam się, że nie. Przynajmniej jeszcze nie, aczkolwiek niezbyt subtelnie zaznaczył, że powinnam — roześmiałam się, w jednej chwili orientując się, że dałabym się zabić, żeby zrobić wrażenie na tym nieznajomym. — Pracuję w *Runwayu* i przyszłam z jednym z asystentów.

— A, magazyn *Runway*, co? Odlotowe miejsce pracy, jeżeli kręci cię S and M i takie sprawy. No i jak, lubisz to?

Nie byłam pewna, czy miał na myśli S & M, czy samą pracę, ale wzięłam pod uwagę możliwość, że wiedział, że siedział w tym dostatecznie głęboko, by się orientować, iż wygląda to niezupełnie tak, jak wydaje się ludziom z zewnątrz. Być może powinnam oczarować go opowieścią o koszmarze, który miał miejsce wcześniej, przy odnoszeniu dziś wieczorem Książki? Nie, nie, nie miałam pojęcia, co to za facet... równie dobrze mógł pracować w *Runwayu* w jakimś odległym dziale, którego jeszcze nie poznałam, albo w innym czasopiśmie Elias-Clark. A może, tylko może, był jednym z tych podstępnych reporterów *Page Six*, przed którymi tak skrupulatnie ostrzegała mnie Emily.

— Po prostu się zjawiają — oznajmiła złowieszczo. — Zjawiają się i próbują tak wymanewrować, żebyś powiedziała coś pieprznego o Mirandzie albo *Runwayu*. Musisz być tego świadoma. — Z jednej strony to, z drugiej śledzenie kart identyfikacyjnych; byłam całkiem pewna, że zakres inwigilacji w *Runwayu* mógłby zawstydzić mafię. Paranoidalna Pętla *Runwaya* zaczynała się zaciskać.

— Jasne — zaśmiałam się, chcąc, żeby to zabrzmiało zwyczajnie i bez nacisku. — To dziwne miejsce. Nie za bardzo siedzę w modzie, właściwie wolałabym pisać, ale to chyba niezłe na początek. A czym ty się zajmujesz?

— Jestem pisarzem.

— Och, naprawdę? To pewnie przyjemne. — Miałam nadzieję, że nie wypadło to protekcjonalnie, ale fakt, że w Nowym

Jorku wszyscy razem i każdy z osobna ogłaszał się pisarzem albo aktorem, poetą bądź artystą, bywał irytujący. Pomyślałam sobie, że w college'u pisywałam do studenckiej gazetki, a kiedyś w liceum krajowy organ Hadassah* opublikował nawet mój esej, do licha. Ale czy to czyni ze mnie pisarkę? — Co piszesz?

— Jak na razie głównie fikcję, ale aktualnie pracuję nad pierwszą powieścią historyczną. — Pociągnął kolejny łyk i jeszcze raz odrzucił ten irytujący, choć uroczy lok.

„Pierwsza" powieść historyczna sugerowała, że były inne powieści, niehistoryczne. Ciekawe.

— O czym jest?

Przez chwilę się zastanawiał, a potem powiedział:

— Rzecz jest opowiedziana z perspektywy fikcyjnej młodej kobiety o tym, jak się żyło w tym kraju podczas drugiej wojny światowej. Wciąż jeszcze kończę zbieranie materiałów, przepisuję wywiady i takie tam sprawy, ale na razie niezbyt wiele napisałem. Mam wrażenie...

Mówił dalej, ale ja już zdążyłam go wyciszyć. O cholera. Natychmiast rozpoznałam opis książki z artykułu w *New Yorkerze*, który ostatnio czytałam. Wyglądało na to, że cały literacki świat niecierpliwie czeka na jego następne dzieło i nie przestaje gadać o realizmie, z jakim przedstawia swoją bohaterkę. Stałam sobie na przyjęciu i zwyczajnie gawędziłam z Christianem Collinsworthem, młodym literackim geniuszem, który pierwszą rzecz wydał w dojrzałym wieku lat dwudziestu, startując z kącika do pracy w bibliotece Yale. Krytycy poszaleli, ogłaszając debiut jednym z najbardziej znaczących literackich osiągnięć dwudziestego wieku, a od tamtej pory dorzucił do puli jeszcze dwa dzieła, z których każde spędziło na liście bestsellerów więcej czasu niż poprzednie. Tekst z *New Yorkera* zawierał wywiad, którego autor nazwał Christiana nie tylko „czynnikiem, który będzie miał wpływ na przyszłość" rynku księgarskiego, ale „piekielnie przystojnym, zabójczo stylowym i mającym

---

* Hadassah, syjonistyczna organizacja kobieca.

dość wrodzonego wdzięku, żeby — w tym nieprawdopodobnym wypadku, gdyby nie uczynił tego literacki sukces — zapewnić mu dożywotnie powodzenie u dam".

— Rany, to naprawdę wspaniale — powiedziałam, nagle zbyt zmęczona, żeby silić się na inteligencję, dowcip czy urok. Facet był pierwszorzędnym pisarzem, więc czego chciał ode mnie? Pewnie urozmaicał sobie czas w oczekiwaniu na dziewczynę, która musiała zakończyć swój wart dziesięć tysięcy dolarów dzień zdjęciowy. A zresztą, zadałam sobie pytanie, jakie to w ogóle miało znaczenie, Andrea? W razie gdybyś dogodnie zapomniała, tak się składa, że masz niesamowicie miłego, opiekuńczego i cudownego chłopaka. Dość tego! Pośpiesznie zmyśliłam, że muszę natychmiast wracać do domu, a Christian spojrzał na mnie rozbawiony.

— Boisz się mnie — stwierdził rzeczowo, błyskając kuszącym uśmiechem.

— Boję? A czemu, do licha, miałabym się ciebie bać? No, chyba że są po temu jakieś powody... — Nie mogłam się powstrzymać, żeby nie poflirtować, z nim było to takie naturalne.

Chwycił mnie za łokieć i zgrabnie obrócił.

— Chodź, wsadzę cię do taksówki. — I zanim zdążyłam zaprotestować, że absolutnie potrafię sama znaleźć drogę do domu i miło mi było go poznać, ale niech nie sądzi, że wraca do domu ze mną, stałam razem z nim na wyłożonych czerwonym chodnikiem stopniach przed hotelem.

— Taksówkę, ludziska? — zapytał portier, kiedy wyszliśmy na zewnątrz.

— Poproszę, dla pani — odparł Christian.

— Nie, hm, mam samochód, tam — powiedziałam, wskazując na Pięćdziesiątą Ósmą Ulicę przed Paris Theatre, gdzie rzędem stały wszystkie wozy Town Car.

Nie patrzyłam na Christiana, ale czułam, że znów się uśmiecha. Jednym z tych uśmiechów. Odprowadził mnie do samochodu i otworzył drzwi, gestem szarmancko zapraszając na tylne siedzenie.

— Dziękuję — powiedziałam oficjalnym tonem, zakłopotana, wyciągając rękę. — Naprawdę miło mi było cię poznać, Christian.

— I ciebie, Andrea. — Ujął dłoń, którą podałam mu z myślą o uścisku, i zamiast tego przycisnął ją do ust na ułamek sekundy dłużej, niż wypadało. — Mam nadzieję, że niedługo się zobaczymy. — Zdołałam jakoś wsiąść, nie potykając się i nie narażając na upokorzenie w żaden inny sposób, po czym skoncentrowałam się na tym, żeby nie oblać się rumieńcem, chociaż czułam, że już jest za późno. Zatrzasnął drzwi i patrzył, jak samochód odjeżdża.

Tym razem nie wydawało mi się dziwne, że chociaż dwa tygodnie wcześniej nie wiedziałam nawet, jak wóz Town Car wygląda od środka, teraz miałam jeden z nich do osobistej dyspozycji przez sześć godzin. Ani że chociaż nigdy wcześniej nie poznałam nikogo sławnego, właśnie otarłam się o sławy Hollywoodu, a moją dłoń pieścił — tak jest, pieścił — niekwestionowany zwycięzca rankingu na najbardziej pożądanych literackich kawalerów Nowego Jorku. Nie, wszystko to nie ma żadnego znaczenia, przypominałam sobie w kółko. To element tamtego świata, a tamten świat nie jest miejscem, w którym chcesz się znaleźć. Stąd może i wydaje się to zabawne, pomyślałam, ale zapadłabyś się w to bagno po szyję. A jednak wpatrywałam się w swoją dłoń, próbując zapamiętać każdy najdrobniejszy szczegół tego, jak ją całował, aż wreszcie wepchnęłam tę grzeszną dłoń do torebki i wyciągnęłam telefon. Gdy wybierałam numer Aleksa, zastanawiałam się, co właściwie, jeśli w ogóle, mu opowiem.

9

Dwanaście tygodni trwało, zanim łyknęłam pozornie nie-ograniczony zapas firmowych ciuchów, w które uparcie chciał mnie zaopatrzyć *Runway*. Dwanaście niemożliwie długich tygodni czternastogodzinnych dni pracy i zawsze nie więcej niż pięciu godzin snu naraz. Dwanaście żałosnych tygodni codziennych oględzin z góry na dół, od włosów po buty, i całkowitego braku nawet jednego komplementu czy choćby wrażenia, że przeszłam test. Dwanaście potwornie długich tygodni, podczas których czułam się głupia, niekompetentna i kompletnie niedorozwinięta umysłowo. Tak więc postanowiłam rozpocząć mój czwarty miesiąc (jeszcze tylko dziewięć do wytrzymania!) w *Runwayu* jako nowa kobieta i zacząć się odpowiednio ubierać.

Przed moim objawieniem z dwunastego tygodnia wstawanie, ubieranie się i wychodzenie kompletnie mnie wyczerpywało. Nawet ja musiałam uznać, że łatwiej byłoby posiadać szafę pełną „stosownych" ciuchów. Do tamtej chwili ubieranie się stanowiło najbardziej stresujący element i tak parszywej porannej rutyny. Budzik dzwonił tak wcześnie, że nie byłam w stanie powiedzieć nikomu, o której naprawdę wstaję, jakby samo wymówienie tych słów powodowało fizyczny ból. Dotarcie do pracy na siódmą rano było tak trudne, że zakrawało na żart. Jasne, parę razy w życiu byłam na nogach o siódmej — pewnie siedząc na lotnisku, żeby złapać poranny lot, albo kiedy musiałam dokończyć naukę przed egzaminem odbywającym się tego samego dnia. Ale przeważnie widywałam tę godzinę na zegarku, gdy nie zdołałam jeszcze trafić do łóżka po poprzedniej nocy, a pora nie wydawała się taka zła, bo przede mną rozciągał się cały dzień snu. To było coś innego. Stałe, nieubłagane, nieludzkie pozbawienie snu. I bez względu na to, ile razy próbowałam pójść do łóżka przed północą, nigdy się to nie udawało. Ostatnie dwa tygodnie były szczególnie ciężkie, bo zamykali jeden z wiosennych numerów, i w niektóre wieczory musiałam siedzieć w pracy w oczekiwaniu na Książkę prawie do jedenastej. Zanim zdążyłam ją odwieźć i dotrzeć do domu, była już północ, a przed zaśnięciem musiałam jeszcze coś zjeść i wyplątać się z ubrania.

Przerywany ryk — jedyne, czego nie mogłam zignorować — zaczynał się dokładnie o wpół do szóstej rano. Zmuszałam się, żeby wystawić gołą stopę spod kołdry i wyciągnąć nogę mniej więcej w kierunku budzika (który był strategicznie ustawiony po przeciwnej stronie pokoju, żeby wymusić jakiś ruch), po czym kopałam na oślep, dopóki nie trafiłam i hałas ustał. W stałym, przewidywalnym tempie powtarzało się to co siedem minut do szóstej cztery, kiedy to odczuwałam nieunikniony przypływ paniki i wyskakiwałam z łóżka pod prysznic.

Następne w kolejności były zmagania z szafą, zwykle między szóstą trzydzieści jeden a szóstą trzydzieści siedem. Lily, sama niezupełnie na bieżąco z modą w uniformie studenta studiów podyplomowych (dżinsy, rozciągnięte swetry od L.L. Beana i naszyjniki z konopnych sznurków) za każdym razem, kiedy ją widziałam, mówiła: Wciąż nie rozumiem, co nosisz do pracy. To *Runway*, na litość boską. Twoje ciuchy są równie urocze, jak ciuchy każdej innej dziewczyny, Andy, ale nic z tego, co masz, nie nadaje się do *Runwaya*.

Nie powiedziałam jej, że przez kilka miesięcy specjalnie wstawałam wcześniej z głęboką determinacją, żeby wycisnąć styl *Runwaya* z mojej własnej, obfitującej w ciuchy z Banana Republic garderoby. Każdego ranka przez niemal pół godziny stałam z podgrzaną w mikrofalówce kawą, cierpiąc katusze z powodu kozaków i pasków, wełny i mikrofibry. Potrafiłam pięć razy zmienić pończochy, zanim wreszcie znalazłam właściwy kolor, a wszystko tylko po to, by zbesztać się w myślach, że właściwie pończochy w żadnym stylu czy kolorze nie są w porządku. Obcasy moich butów zawsze były za niskie, zbyt szerokie i za grube. Nie mogłam sobie pozwolić na nic z kaszmiru. Nie słyszałam jeszcze o stringach (!) i w związku z tym maniakalnie rozmyślałam, jak ukryć zarys majtek, który stał się przedmiotem tylu krytycznych uwag podczas przerw na kawę. Bez względu na to, ile razy próbowałam, nie byłam w stanie zmusić się do włożenia do pracy topu bez rękawów ani koszulki przed pępek.

I wreszcie po trzech miesiącach się poddałam. Po prostu za bardzo mnie to zmęczyło. Codzienne zmagania z garderobą wyssały ze mnie całą energię, emocjonalną, fizyczną i psychiczną. To znaczy do chwili gdy wreszcie ustąpiłam. To był dzień jak każdy inny, stałam z żółtym kubkiem „Ja ❤ Opatrzność" w jednej ręce, drugą przebierałam wśród swoich ulubionych ciuchów od Abercrombiego. Po co z tym walczyć? — zadałam sobie pytanie. Samo noszenie ich ciuchów niekoniecznie musi oznaczać, że kompletnie się zaprzedałam, prawda? A poza tym, komentarze na temat mojej aktualnej garderoby stawały się coraz częstsze i bardziej zjadliwe i zaczęłam się zastanawiać, czy aby nie ryzykuję posady? Przejrzałam się w dużym lustrze i musiałam się roześmiać: dziewczyna w staniku Maidenform (br!) i bawełnianych majtkach (podwójne br!) próbuje wyglądać, jakby stanowiła element *Runwaya*? Ha. Nie z tym gównem, na pewno nie. W końcu, na litość boską, pracowałam dla *Runwaya* — ubieranie się w coś, co nie było podarte, obstrzępione, poplamione czy za duże naprawdę nie wystarczało, żeby rozwiązać problem. Odsunęłam na bok swoją niemarkową koszulę i odszukałam tweedową spódnicę od Prady, czarny golf od Prady i kozaki Prady do pół łydki, które Jeffy wręczył mi pewnego wieczoru, gdy czekałam na Książkę.

— Co to jest? — zapytałam, rozpinając zamek torby na ubrania.

— To, Andy, powinnaś nosić, jeżeli nie chcesz, żeby cię zwolnili. — Uśmiechnął się, ale nie patrzył mi w oczy.

— Przepraszam?

— Słuchaj, po prostu uważam, że powinnaś wiedzieć, że twój, ee, wygląd niezbyt dobrze pasuje do stylu reszty. Wiem, że te rzeczy są drogie, ale są na to sposoby. Mam w Szafie tyle wszystkiego, że nikt nie zauważy, jeżeli będziesz potrzebowała, ee, czasem coś sobie pożyczyć. — Palcami wykonał znak cudzysłowu przy „pożyczyć". — I oczywiście powinnaś obdzwonić wszystkich ludzi z PR i postarać się o kartę rabatową na rzeczy ich projektantów. Ja dostaję tylko trzydzieści procent zniżki, ale skoro ty pracujesz dla Mirandy, byłbym zaskoczony, gdyby w ogóle cokolwiek ci policzyli. Nie ma powodu, żebyś nosiła to, ee, to coś z Gapa, co teraz.

Nie wyjaśniłam, że noszenie Nine West zamiast butów od Manola albo dżinsów sprzedawanych w dziale młodzieżowym u Macy'ego, a nie gdzieś w raju markowych ciuchów na ósmym piętrze u Barneya, było moją osobistą próbą pokazania wszystkim, że nie dałam się uwieść temu, co oferuje *Runway*. Zamiast tego tylko skinęłam głową, zauważając, że wyglądał na straszliwie skrępowanego koniecznością powiedzenia mi, jak codziennie się poniżałam. Zastanawiałam się, kto go do tego skłonił. Emily? Czy sama Miranda? Zresztą nie miało to specjalnego znaczenia. Cholera, przetrwałam już trzy pełne miesiące — jeśli noszenie golfa od Prady zamiast Urban Outfitters miało mi pomóc przetrwać kolejnych dziewięć, niech tak będzie. Postanowiłam, że natychmiast zacznę kompletować nową, ulepszoną garderobę.

Ostatecznie wyszłam o szóstej pięćdziesiąt, w sumie cholernie zadowolona z tego, jak wyglądam. Facet w wózku śniadaniowym w pobliżu mojego mieszkania wręcz gwizdnął, a zanim zrobiłam dziesięć kroków, zatrzymała mnie jakaś kobieta, która oznajmiła, że przygląda się tym kozakom od trzech miesięcy.

Tak jak miałam teraz w zwyczaju, podeszłam na róg Trzeciej Alei, pośpiesznie zatrzymałam taksówkę i oklapłam na ciepłym tylnym siedzeniu, zbyt zmęczona, żeby czuć wdzięczność, że nie musiałam włączać się w tłum zwykłych ludzi w metrze. Chrapliwie powiedziałam:

— Sześćset czterdzieści Madison. Poproszę szybko. — Taksiarz spojrzał na mnie w tylnym lusterku z odrobiną współczucia, przysięgam, i stwierdził:

— Ach, tak. Budynek Elias-Clark. — Z piskiem ruszyliśmy w lewo, w Dziewięćdziesiątą Piątą Ulicę, a potem jeszcze raz w lewo w Lex, przelecieliśmy przez światła do Pięćdziesiątej Dziewiątej i stamtąd na zachód do Madison. Dokładnie po sześciu minutach, ponieważ nie było ruchu, gwałtownie zatrzymaliśmy się przed wysokim, chudym, gładkim monolitem, który dawał tak doskonały przykład właściwej sylwetki tylu swoim rezydentom. Należność wyniosła sześć dolarów czterdzieści centów, dokładnie tak jak każdego kolejnego ranka, i wręczyłam taksiarzowi banknot dziesięciodolarowy, dokładnie tak jak każdego kolejnego ranka.

— Proszę zatrzymać resztę — zanuciłam, czując tę samą co każdego dnia radość na widok ich zaskoczenia i szczęścia. — *Runway* stawia.

Z tym z całą pewnością nie było problemów. Wystarczył tydzień w pracy, by się zorientować, że księgowość nie była mocną stroną Elias, nie zajmowała też priorytetowej pozycji. Odpisanie sobie codziennych dziesięciodolarowych przejażdżek taksówką nigdy nie stanowiło problemu. W innej firmie zastanawiano by się, być może, co w ogóle dawało prawo do jazdy taksówką; w Elias-Clark zastanawiano się, czemu zniżasz się do korzystania z taksówki, skoro dostępny jest wóz z szoferem. Fakt, że codziennie mogłam ocyganić firmę na dziesięć dodatkowych dolarów — chociaż nie wyobrażam sobie, by ktokolwiek wprost ucierpiał z powodu mojej rozrzutności — sprawiał, że znacznie lepiej się czułam. Niektóry nazwaliby to pasywno-agresywnym buntem. Ja nazywałam to wyrównywaniem rachunków.

Wyskoczyłam z taksówki, wciąż jeszcze szczęśliwa, że uprzyjemniłam komuś dzień, i weszłam do budynku. Samo lśnienie i szyk, tak samo jak w przypadku wszystkich rezydentów. Chociaż nosił nazwę Elias-Clark, połowę wynajmował JS Bergman, jeden z najbardziej prestiżowych banków w mieście (naturalnie). Wszystko mieliśmy oddzielne, nawet windy, ale to nie powstrzymywało bogatych bankierów od nich i modnych piękności od nas od gapienia się na siebie w holu.

— Hej, Andy. Jak leci? Dawno się nie widzieliśmy. — Głos za mną brzmiał głupio i niechętnie zastanowiłam się, dlaczego ten ktoś po prostu nie zostawi mnie w spokoju.

Przygotowywałam się psychicznie na rozpoczęcie porannych przepychanek z Eduardem i kiedy usłyszałam swoje imię, odwróciłam się, żeby zobaczyć Benjamina, jednego z wielu byłych chłopaków Lily z college'u, który bezwładnie osunął się przy ścianie obok wejścia i chyba nawet nie zauważył, że siedzi na chodniku. Był tylko jednym z wielu, ale pierwszym, którego naprawdę szczerze polubiła. Nie rozmawiałam z dobrym starym Benjim (nienawidził, żeby tak do niego mówić), odkąd Lily natknęła się na niego, gdy uprawiał seks z dwiema dziewczynami z jej śpiewającej a cappella grupy muzycznej. Weszła prosto do jego mieszkania poza campusem i znalazła go rozciągniętego w salonie, gwiazdę własnego filmu porno z sopranistką i kontralcistką, nieśmiałymi dziewczynami, które nigdy więcej nie zdołały spojrzeć Lily w oczy. Próbowałam ją przekonać, że to tylko szczeniacki żart, ale tego nie kupiła. Płakała całymi dniami i wymusiła na mnie obietnicę, że nikomu nie powiem, co odkryła. Ale okazało się, że nie musiałam nikomu mówić, ponieważ on to zrobił — przechwalał się każdemu, kto chciał słuchać, że „dopadł dwie śpiewające kujonki", jak to ujął, podczas gdy „trzecia patrzyła". Opowiadał to w taki sposób, jakby Lily była tam przez cały czas, siedziała na kanapie i z przyjemnością obserwowała, jak jej wielki, zły facet zabiera się do męskich zajęć. Lily przysięgła, że nigdy więcej nie zakocha się w żadnym facecie, i na razie chyba

160

dotrzymywała przyrzeczenia. Sypiała z całym tłumem facetów, ale z pewnością nie pozwoliła im kręcić się w pobliżu przez czas dość długi, żeby faktycznie narazić się na ryzyko odkrycia w nich czegoś przyjemnego.

Spojrzałam jeszcze raz i próbowałam odnaleźć w twarzy tego faceta starego Benjiego. Był atletycznie zbudowany i uroczy. Po prostu normalny facet. Ale Bergman zmienił go w ludzki wrak. Miał na sobie za obszerny, pognieciony garnitur i wyglądał, jakby chciał wyssać ze swojego marlboro trochę koki. Wyglądał na przepracowanego, mimo że była dopiero siódma, i dzięki temu lepiej się poczułam, bo okazał się dupkiem wobec Lily i ponieważ nie byłam jedyną osobą, która wlokła się do pracy o tak nieprzyzwoitej godzinie. Prawdopodobnie dostawał za swoje męki sto pięćdziesiąt tysięcy rocznie, ale co z tego, przynajmniej nie byłam sama.

Benjamin pozdrowił mnie zapalonym papierosem, żarzącym się upiornie w mroku zimowego poranka, i kiwnął, żebym przyszła. Obawiałam się spóźnić, ale Eduardo rzucił mi swoje spojrzenie „bez obaw, jeszcze jej nie ma, wszystko gra", więc podeszłam do Benjamina. Oczy miał kaprawe i wyglądał beznadziejnie. Pewnie uważał, że ma szefa tyrana. Ha! Gdyby tylko wiedział. Miałam ochotę roześmiać się w głos.

— Hej, zauważyłem, że tylko ty jesteś tu codziennie tak wcześnie — wymamrotał, podczas gdy szukałam w torbie szminki przed skierowaniem się w stronę wind. — Co to za układ?

Był duży, jasnowłosy i wydawał się taki zmęczony, taki złachany, że poczułam przypływ współczucia i życzliwych uczuć. Ale potem kolana się pode mną ugięły z wyczerpania i przypomniałam sobie, jak wyglądała Lily, kiedy jeden z durnych kumpli Benjiego zapytał, czy wystarczyło jej patrzenie, czy raczej chciała się przyłączyć, i straciłam zimną krew.

— Układ jest taki, że pracuję dla dość wymagającej kobiety i muszę się tu zjawić dwie i pół godziny przed resztą cholernej redakcji, żeby się przygotować na spotkanie z nią — powiedziałam tonem ociekającym złością i sarkazmem.

— Rany. Tylko zapytałem. W takim razie *sorry*, brzmi raczej paskudnie. Dla kogo pracujesz?

— Dla Mirandy Priestly — oznajmiłam i pomodliłam się o brak reakcji. Z jakiegoś powodu spotkanie porządnie wykształconego człowieka, który najwyraźniej odniósł sukces zawodowy, a nie miał pojęcia, kim jest Miranda, sprawiało, że czułam się bardzo, bardzo szczęśliwa. Wręcz zachwycona. I na szczęście ten mnie nie zawiódł. Wzruszył ramionami, zaciągnął się papierosem i spojrzał wyczekująco.

— Jest redaktor naczelną *Runwaya* — zniżyłam głos i zaczęłam mówić radośnie. — To największa zdzira, jaką w życiu spotkałam. Serio, naprawdę nigdy nie poznałam nikogo takiego jak ona, właściwie to jest nieludzka.

Chciałam wylać przed Benjim litanię narzekań, ale z pełną mocą objawiła się Paranoidalna Pętla *Runwaya*. Natychmiast ogarnęło mnie zdenerwowanie, niemal paranoja, przekonanie, że ten nieświadomy, obojętny człowiek jest w jakiś sposób poplecznikiem Mirandy, przysłanym przez *Observera* albo *Page Six*, żeby mnie szpiegować. Wiedziałam, że to śmieszne, kompletnie absurdalne. Znałam Benjiego od lat i właściwie byłam pewna, że nie miał żadnych zawodowych powiązań z Mirandą. Prawie pewna. W końcu, jak można mieć całkowitą pewność? I nie wiadomo, kto mógł stać za mną w tej właśnie sekundzie, słysząc każde paskudne słowo. Trzeba natychmiast zminimalizować straty.

— Oczywiście jest najbardziej wpływową kobietą na rynku mody i wydawniczym, a nie da się wspiąć na szczyt dwóch tak ważnych dziedzin w Nowym Jorku, rozdając cały dzień cukierki. Hm, to zrozumiałe, że trochę ciężko się z nią pracuje, wiesz? Na jej miejscu byłabym taka sama. No tak, hm, muszę już lecieć. Dobrze było znów cię zobaczyć. — I zwiałam, jak często zdarzało mi się podczas kilku ostatnich tygodni, gdy orientowałam się, że rozmawiam z kimś innym niż z Lily, Aleksem albo moimi rodzicami, i nie umiałam się powstrzymać od wyrzekania na tę wiedźmę.

— Hej, nie przejmuj się — zawołał za mną, gdy zmierzałam w stronę wind. — Ja siedzę tu od czwartku rano. — Z tymi słowami wyrzucił tlący się niedopałek i bez entuzjazmu wgniótł go w beton.

— Dzień dobry, Eduardo — powiedziałam, rzucając mu najlepszą wersję swojego żałosnego, umęczonego spojrzenia. — Nienawidzę, kurwa, poniedziałków.

— Hej, nie martw się, koleżanko. Przynajmniej dzisiaj wyprzedziłaś ją na finiszu — stwierdził z uśmiechem. Nawiązywał oczywiście do tych przykrych poranków, kiedy Miranda pojawiała się o piątej rano i trzeba było ją odprowadzać na górę, bo upierała się, żeby nie nosić karty dostępu. Następnie nerwowo przemierzała biuro, wydzwaniając do Emily i do mnie, dopóki jedna z nas nie zdołała wstać, ogarnąć się i dotrzeć do pracy, jakby chodziło o kryzys na skalę państwową.

Popchnęłam bramkę, modląc się, żeby ten poniedziałek okazał się wyjątkiem, żeby przepuścił mnie bez przedstawienia. Nic z tego.

— *Yo, tell me what you want, what you really, really want* — zaśpiewał Eduardo z hiszpańskim akcentem, pokazując zęby w szerokim uśmiechu. Cała przyjemność z uszczęśliwienia taksiarza i odkrycia, że zdążyłam przyjść przed Mirandą, znikła. Jak co rano chciałam teraz sięgnąć przez kontuar stanowiska ochrony i zedrzeć mu skórę z twarzy. Ale ponieważ była ze mnie równa dziewczyna, a on należał do nielicznych moich przyjaciół w tym miejscu, okazałam słabość i uległam.

— *I'll tell you what I want, what I really, really want, I wanna-I wanna-I wanna-I wanna* — *I really, really wanna zigga zig aaaaahhh* — zaśpiewałam pokornie w żałosnym hołdzie dla przeboju Spice Girls z lat dziewięćdziesiątych. A Eduardo po raz kolejny wyszczerzył się w uśmiechu i wcisnął brzęczyk, żeby mnie przepuścić.

— Hej, nie zapominaj: szesnasty czerwca! — zawołał za mną.

— Wiem, szesnasty czerwca! — odkrzyknęłam, co stanowiło aluzję do naszych wspólnych urodzin. Nie pamiętam, w jaki sposób ani dlaczego odkrył moją datę urodzenia, ale był zachwycony, że urodziliśmy się tego samego dnia. I z jakiegoś niewyjaśnionego powodu weszło to do naszego osobistego rytuału porannego. Każdego cholernego poranka.

Po stronie Elias-Clark znajdowało się osiem wind, połowa dla pięter od pierwszego do dziesiątego, połowa od dziesiątego wzwyż. Liczyły się tylko te pierwsze, bo większość wielkich tytułów mieściła się na pierwszych dziesięciu piętrach; obwieszczały swoją obecność podświetlonymi panelami nad drzwiami windy. Na pierwszym piętrze znajdowała się darmowa, najwyższej klasy sala gimnastyczna dla pracowników, kompletnie wyposażona, z kombajnem treningowym Nautilus i co najmniej setką stepperów, bieżni i trenażerów. W szatni były sauny, gorące kąpiele, sauny parowe i obsługa w uniformach, a salon oferował ratunkowy manikiur, pedikiur i zabiegi kosmetyczne. Dostarczali nawet darmowych ręczników, a przynajmniej tak słyszałam — nie tylko nie miałam czasu, ale też między szóstą rano a dziesiątą zawsze był tam tak cholerny tłum, że ledwie dało się przejść. Dziennikarze, redaktorzy i asystenci do spraw sprzedaży dzwonili z trzydniowym wyprzedzeniem, żeby zarezerwować sobie miejsce na zajęciach jogi albo kick boxingu, a nawet wtedy rezerwacja przepadała, jeżeli nie zjawili się piętnaście minut przed czasem. Stresowało mnie to w najwyższym stopniu, jak niemal wszystko, co zostało w Elias-Clark zaprojektowane, żeby podnieść jakość życia pracowników.

Słyszałam plotkę, że w piwnicy mieściło się przedszkole, ale nie znałam nikogo, kto miałby dzieci, więc nie byłam tego całkiem pewna. To, co ważne, zaczynało się na drugim piętrze, tym z Jadalnią. Miranda jak na razie odmawiała jedzenia wśród wyrobników, chyba że chodziło o lunch z Irvem Ravitzem, dyrektorem generalnym Elias, który lubił tam jadać, żeby zamanifestować jedność z pracownikami.

W górę, w górę, w górę, ponad wszystkie sławne tytuły. Większość musiała dzielić piętra, po przeciwnych stronach biurka recepcjonistki widniały oddzielne szklane drzwi. Wyskoczyłam na dziesiątym, oglądając odbicie swojego tyłka w szklanych drzwiach. W przypływie współczucia i geniuszu architekt łaskawie pozbawił windy przy Madison sześćset czterdzieści luster. Jak zwykle zapomniałam o swojej elektronicznej karcie identyfikacyjnej — dokładnie tej, która śledziła wszystkie nasze ruchy, zakupy i nieobecności w budynku — i musiałam włamać się do biura. Recepcjonistka nie pojawiała się przed dziewiątą, więc należało schylić się pod jej biurko, znaleźć przycisk, który zwalniał blokadę szklanych drzwi, i sprintem wystartować ze środka recepcji, żeby otworzyć je szarpnięciem, nim znów się zamkną z trzaskiem. Czasami robiłam to trzy albo cztery razy, zanim wreszcie się udało, ale dziś powiodło mi się przy drugiej próbie.

Gdy przychodziłam, biuro zawsze było ciemne i co rano pokonywałam tę samą trasę do swojego biurka. Po lewej mijałam dział reklamy, dziewczyny, które najbardziej kochały stroić się w podkoszulki Chloe i kozaki od Jimmy'ego Choo z ostrymi obcasami i wręczać służbowe wizytówki, wielkimi literami krzyczące RUNWAY. Nie miały absolutnie nic wspólnego z tym, co działo się po redakcyjnej stronie biura: to redakcja wybierała ciuchy na rozkładówki, zabiegała o dobrych autorów, dopasowywała dodatki do strojów, angażowała modelki, redagowała teksty, projektowała layouty i zatrudniała fotografów. Pracownicy redakcji jeździli do niesamowitych miejsc na całym świecie na zdjęcia, dostawali darmowe upominki i rabaty od wszystkich projektantów, wykrywali trendy i chodzili na przyjęcia w Pastis oraz Float, ponieważ „musieli sprawdzać, co ludzie noszą".

Akwizytorzy reklam mieli za zadanie sprzedać powierzchnię reklamową. Czasami organizowali przyjęcia promocyjne, ale nie widywało się tam sław, więc tym samym nowojorska śmietanka miała je za nudne (przynajmniej tak z szyderstwem w głosie powiedziała mi Emily). W dni tych przyjęć nieustannie dzwonili do mnie ludzie, których prawie nie znałam, w poszukiwaniu zaproszenia. „Hm, słyszałam, że *Runway* urządza dziś wieczorem imprezę. Czemu nie jestem zaproszona?". O imprezach zawsze dowiadywałam się od kogoś z zewnątrz. Redakcji nie zapraszano, bo i tak nikt by nie przyszedł. Zupełnie jakby dziewczynom z *Runwaya* nie wystarczało, że drwią, terroryzują i poddają ostracyzmowi każdą, która nie była jedną z nich, musiały jeszcze stworzyć wewnętrzny podział klasowy.

Dział akwizycji reklam ustąpił miejsca długiemu, wąskiemu korytarzowi. Odnosiło się wrażenie, że ciągnął się całe wieki, zanim dotarł do kuchenki po lewej stronie. Tu znajdował się wybór kaw oraz herbat i lodówka do przechowywania lunchu — wszystko zbędne, ponieważ monopol na pijaną codziennie przez pracowników kawę miał Starbucks, a wszystkie posiłki były starannie wybierane w stołówce albo zamawiane na wynos z któregoś z tysięcy lokali w śródmieściu. Ale był to miły akcent, właściwe uroczy, próba powiedzenia: „Hej, spójrzcie tylko na nas, mamy herbatę Lipton w torebkach, Sweet'N Low i nawet mikrofalówkę, w razie gdyby ktoś chciał podgrzać sobie coś z wczorajszej kolacji! Jesteśmy tacy jak wszyscy!".

Ostatecznie docierałam do enklawy Mirandy o siódmej pięć, tak zmęczona, że ledwie mogłam się ruszyć. Ale podobnie jak przy wszystkim, istniała kolejna procedura, której nigdy nie odważyłam się zakwestionować ani zmienić, więc rzetelnie się do niej zabierałam. Otwierałam jej gabinet i włączałam wszystkie światła. Na zewnątrz wciąż było ciemno i uwielbiałam dramatyzm przebywania w ciemności w gabinecie człowieka władzy, wpatrywanie się w migający światłami, bezsenny Nowy Jork. Wyobrażałam sobie, że gram w jednym z tych filmów (do wyboru każdy, w którym kochankowie obejmują się na kosztownym tarasie należącego do bohatera apartamentu za sześć milionów dolarów z widokiem na rzekę), czułam, że stoję na szczycie świata. A potem rozbłyskiwały światła i następował koniec moich fantazji. Uczucie, że w Nowym Jorku o świcie wszystko jest możliwe, znikało i jedyne, co widziałam, to identyczne, szeroko uśmiechnięte twarze Caroline i Cassidy.

Następnie otwierałam szafę w naszej, zewnętrznej części biura, miejsce, gdzie wieszałam jej płaszcz (swój także, o ile nie przyszła tego dnia w futrze — Miranda nie lubiła, żeby należące do Emily i do mnie pospolite wełny wisiały obok jej lisów) i gdzie trzymałyśmy szereg zapasów: niepotrzebne płaszcze i ubrania warte dziesiątki tysięcy dolarów, pranie, które dotarło już do biura, ale nie zostało jeszcze dostarczone do apartamentu Mirandy, co najmniej dwieście niesławnych białych apaszek od Hermésa. Słyszałam, że Hermés postanowił zaprzestać produkcji tego konkretnego fasonu, prostych i eleganckich białych jedwabnych kwadratów. Ktoś w firmie uznał, że są winni Mirandzie wyjaśnienie, i faktycznie zadzwonił, żeby ją przeprosić. Jak należało się spodziewać, chłodno dała wyraz swojemu wielkiemu rozczarowaniu i pośpiesznie zakupiła cały pozostały zapas. Kilka lat przed tym, zanim zaczęłam tam pracować, dostarczono do biura około pięciuset apaszek i zużyłyśmy z nich już ponad połowę. Miranda zostawiała je wszędzie: w restauracjach, kinach, na pokazach mody, cotygodniowych zebraniach, w taksówkach. Zostawiała je w samolotach, szkole córek, na korcie tenisowym. Oczywiście zawsze miała jedną stylowo wkomponowaną w strój — nigdy nie widziałam jej poza domem bez apaszki. Ale to nie wyjaśniało, gdzie wszystkie znikały. Może myślała, że to chusteczki? A może lubiła robić notatki na jedwabiu zamiast na papierze? Jakkolwiek by było, wydawała się szczerze przekonana, że są jednorazowego użytku i żadna z nas nie wiedziała, jak jej powiedzieć, że tak nie jest. Elias-Clark zapłacił za każdą z apaszek po kilkaset dolarów, ale mniejsza z tym: wręczałyśmy jej te apaszki, jakby to były jednorazowe chusteczki. W tym tempie Miranda mogła wyczerpać zapas za jakieś dwa lata.

Ustawiłam sztywne pomarańczowe pudełka na półce w szafie, na wygodnej wysokości, ale nigdy nie zostawały tam zbyt długo. Co trzeci czy czwarty dzień przygotowywała się do wyjścia na lunch i wzdychała.

— Ahn-dre-ah, podaj mi apaszkę. — Pocieszałam się myślą,

że dawno mnie tu nie będzie, kiedy zapas się wyczerpie. Ktokolwiek będzie miał tego pecha, żeby wówczas się tu znaleźć, będzie musiał powiedzieć jej, że nie ma więcej białych apaszek Hermésa i nie da się ich wyprodukować, przesłać, stworzyć, zorganizować, dosłać, zamówić ani uzyskać siłą. Sama myśl o tym była przerażająca.

Kiedy tylko dotarłam do szafy i otworzyłam biuro, zadzwonił Jurij.

— Andrea? Halo, halo. Tu Jurij. Czy mogłabyś, proszę, zejść na dół? Jestem na Pięćdziesiątej Ósmej Ulicy, dokładnie przed Nowojorskim Klubem Sportowym. Mam dla ciebie rzeczy.

Ten telefon był dobrym, choć niedoskonałym sposobem przekazania mi, że niedługo zjawi się Miranda. Może. Najczęściej wysyłała Jurija przodem z rzeczami, kolekcją brudnych ubrań, które trzeba było oddać do pralni chemicznej, materiałami, które wzięła do domu do czytania, czasopismami, butami lub torebkami wymagającymi naprawy, oraz Książką. W ten sposób miała pewność, że wyjdę na spotkanie samochodu i z wyprzedzeniem zaniosę na górę wszystkie te raczej niepożądane przedmioty oraz zajmę się nimi, zanim przestąpi próg biura. Zwykle zjawiała się jakieś pół godziny później, ponieważ Jurij najpierw odwoził rzeczy, a potem wracał odebrać ją z dowolnego miejsca, gdzie danego poranka się ukrywała.

Ona sama mogła znajdować się wszędzie, ponieważ według Emily nie sypiała. Nie wierzyłam w to, dopóki nie zaczęłam przychodzić do biura przed Emily i nie zostałam pierwszą osobą, która odsłuchiwała pocztę głosową. Co noc, bez wyjątku, w godzinach między pierwszą a szóstą rano, Miranda zostawiała dla nas osiem do dziesięciu niejasnych wiadomości. Informacje w rodzaju „Cassidy chce mieć jedną z tych nylonowych toreb, które noszą wszystkie dziewczynki. Zamówić dla niej jedną średniego rozmiaru w kolorze, jaki lubi" i „Będę potrzebowała adres i telefon do tego sklepu z antykami na Siedemdziesiątej którejś, tego, w którym widziałam zabytkową serwantkę". Jakbyśmy wiedziały, jakie nylonowe torby były modne wśród ośmiolatek albo w którym z czterystu sklepów z antykami na Siedemdziesiątej Pierwszej do Siedemdziesiątej Dziewiątej — tak nawiasem, wschodniej czy zachodniej? — zobaczyła coś, co jej się spodobało na przestrzeni ostatnich piętnastu lat. Ale każdego ranka wiernie odsłuchiwałam i przepisywałam te wiadomości, w kółko wciskając „replay", próbując wywnioskować coś z akcentu i zinterpretować wskazówki, żeby uniknąć proszenia Mirandy o więcej danych.

Raz popełniłam błąd, sugerując coś takiego, tylko po to, by napotkać jedno z miażdżących spojrzeń Emily. Wypytywanie Mirandy najwyraźniej nie wchodziło w grę. Lepiej miotać się bez planu i zaczekać, aż się usłyszy, jak bardzo chybione były wyniki naszych usiłowań. Żeby zlokalizować tę zabytkową serwantkę, która wpadła Mirandzie w oko, dwa i pół dnia spędziłam w limuzynie — na koszt Elias-Clark — krążąc po Manhattanie przez ulice z numerem zaczynającym się od siedemdziesięciu po obu stronach parku. Wykluczyłam York Avenue (za dużo domów mieszkalnych) i przejechałam w górę Pierwszej, w dół Drugiej, w górę Trzeciej, w dół Lex. Ominęłam Park Avenue (znów za dużo terenów mieszkalnych), ale kontynuowałam poszukiwania w górę Madison, a potem podobny proces powtórzyłam na West Side. Z piórem w ręku, czujnym okiem, książką telefoniczną otwartą na kolanach, gotowa wyskoczyć na widok każdego sklepu, który sprzedawał antyki. Każdy najmniejszy nawet antykwariat — i całkiem sporą liczbę zwykłych sklepów meblowych — zaszczyciłam wizytą. Przy sklepie numer cztery mój występ osiągnął status dzieła sztuki.

— Cześć, sprzedajecie zabytkowe serwantki? — praktycznie wykrzykiwałam w tej samej sekundzie, kiedy zwolnili blokadę i wpuścili mnie do środka. Przy szóstym sklepie nawet nie ruszałam się spod drzwi. Jakiś snobistyczny sprzedawca z pewnością mierzył mnie wzrokiem z góry na dół — tego się nie dało uniknąć! — oceniając mnie, żeby podjąć decyzję, czy byłam kimś, kim warto się przejmować. Większość zauważała w tym momencie czekający wóz z Town Car i raczyła mnie niechętnym tak lub nie, chociaż niektórzy żądali szczegółowego opisu poszukiwanej przeze mnie serwantki.

Jeśli przyznali, że sprzedają coś, co spełniało moje wyrażone w dwóch słowach wymagania, natychmiast rzucałam krótkie: „Czy była tu ostatnio Miranda Priestly?". Gdyby w tym momencie nie uznawali, że zwariowałam, byliby gotowi wezwać ochronę. Kilka osób nigdy nie słyszało jej nazwiska. To było fantastyczne; przede wszystkim czułam się odświeżona, mogąc się przekonać, że wciąż istniały normalnie funkcjonujące istoty ludzkie, których życia nie zdominowała, a dodatkowo mogłam szybko wyjść bez dalszych dyskusji. Żałosna większość, która rozpoznawała nazwisko, z miejsca zaczynała być ciekawa. Niektórzy zastanawiali się, dla której plotkarskiej kolumny pisywałam. Ale bez względu na to, jaką historię zmyśliłam, nikt jej nie widział w sklepie (z wyjątkiem trzech, gdzie „nie widzieliśmy panny Priestly od miesięcy, i och, jak za nią tęsknimy! Proszę jej przekazać, że Franck/Charlotte/Sarabeth przesyła ucałowania!").

Gdy do południa trzeciego dnia nie udało mi się zlokalizować sklepu, Emily wreszcie dała mi zielone światło, żebym weszła do gabinetu i poprosiła Mirandę o uściślenie. Zaczęłam się pocić, gdy samochód podjechał pod wejście do budynku. Zagroziłam, że przejdę przez bramkę górą, jeżeli Eduardo nie wpuści mnie bez przedstawienia. Gdy dotarłam na nasze piętro, pot przesiąkł mi przez koszulę. Ręce zaczęły mi się trząść w chwili, gdy weszłam na teren biura i przygotowana w najdrobniejszych szczegółach przemowa („Halo, Mirando. W porządku, dzięki, że pytasz. A co u ciebie? Słuchaj, chciałam tylko cię zawiadomić, że bardzo się starałam zlokalizować ten sklep z antykami, który opisałaś, ale nie miałam szczęścia. Może mogłabyś mi powiedzieć, czy jest po wschodniej, czy zachodniej stronie Manhattanu? A może wręcz przypominasz sobie nazwę?"), którą kilkanaście razy przećwiczyłam, po prostu uleciała z mojego płochego, bardzo znerwicowanego umysłu. Wbrew protokołowi nie umieściłam swojego pytania w Biuletynie; poprosiłam o pozwolenie zwrócenia się do niej przy jej biurku i — prawdopodobnie z powodu szoku spowodowanego tym, że miałam czelność odezwać się do niej niepytana — udzieliła mi go. Żeby streścić całą sprawę, Miranda westchnęła i potraktowała mnie protekcjonalnie, poniżała mnie i obrażała w każdy ze swoich czarujących sposobów, ale ostatecznie otworzyła czarny skórzany terminarz od Hermésa (niewygodnie, lecz szykownie obwiązany białą apaszką Hermésa) i wyjęła... wizytówkę sklepu.

— Zostawiłam ci tę informację na sekretarce, Ahn-dre-ah. Przypuszczam, że zapisanie jej byłoby zbyt kłopotliwe? — I chociaż całe moje jestestwo przepełniało pragnienie ozdobienia jej twarzy dekoracyjnym wzorkiem z nacięć wykonanych wspomnianą wyżej wizytówką, zwyczajnie skinęłam głową na znak potwierdzenia. Dopiero kiedy przyjrzałam jej się bliżej, zauważyłam adres: Sześćdziesiąta Ósma Wschodnia dwieście czterdzieści cztery. Naturalnie. Wschód czy zachód, Pierwsza Aleja czy Madison nie zrobiłyby najmniejszej cholernej różnicy, ponieważ sklep, na lokalizację którego właśnie poświeciłam trzydzieści trzy godziny pracy, nie był nawet na Siedemdziesiątej którejś.

Myślałam o tym, gdy zapisywałam ostatnie nocne żądania Mirandy i gnałam na dół, żeby w wyznaczonym miejscu spotkać się z Jurijem. Każdego ranka bardzo szczegółowo opisywał, gdzie zaparkował, tak żebym teoretycznie mogła spotkać się z nim przy samochodzie. Ale każdego ranka, bez względu na to, jak szybko zdołałam dostać się na dół, sam przynosił wszystko do budynku, żebym nie musiała ganiać tam i z powrotem po ulicach i go szukać. Z wielkim zadowoleniem przekonałam się, że dzisiejszy dzień nie był wyjątkiem: opierał się o bramkę w holu, trzymając w ramionach torby, ubrania i książki jak życzliwy, hojny dziadek.

— Nie biegnij no do mnie, ty słyszy — odezwał się ze swoim ciężkim rosyjskim akcentem. — Cały dzień tylko biegasz, biegasz, biegasz. Ona każe ci bardzo, bardzo ciężko pracować. Dlatego ja przynoszę ci rzeczy — powiedział, pomagając mi chwycić przepełnione torby i pudła. — Bądź grzeczną dziewczynką, ty słyszy, i miej miły dzień.

Rzuciłam mu pełne wdzięczności spojrzenie, na wpół żartobliwie błysnęłam oczami w kierunku Eduarda — mój sposób, żeby powiedzieć: „Zabiję, kurwa, jeżeli choćby pomyślisz, żeby poprosić mnie teraz o odegranie czegoś". Trochę się rozluźniłam, kiedy przepuścił mnie przez bramkę bez komentarza. Cudem pamiętałam, żeby zatrzymać się przy stoisku z prasą, gdzie Ahmed, właściciel, wkładał mi w objęcia stos wszystkich wymaganych przez Mirandę porannych gazet. Chociaż codziennie do dziewiątej dział pocztowy dostarczał każdą z nich na biurko Mirandy, i tak miałam co rano kupować pełen drugi zestaw, co pomagało zminimalizować ryzyko, że choć sekundę spędzi w swoim gabinecie bez gazet. To samo z tygodnikami. Wyglądało na to, że nikomu nie przeszkadza fakt opłacania przez nas dziewięciu gazet dziennie i siedmiu tygodników co tydzień dla kogoś, kto czyta tylko plotki i strony z modą.

Zwaliłam wszystkie jej rzeczy na podłogę pod własnym biurkiem. Czas na pierwszą rundę zamówień. Wybrałam numer, którego już dawno temu nauczyłam się na pamięć, do Mangii, eleganckiego lokalu z jedzeniem na wynos w śródmieściu, i jak zwykle odebrał Jorge.

— Cześć ptysiu, to ja — powiedziałam, przytrzymując słuchawkę ramieniem, żeby móc zacząć się logować do poczty elektronicznej. — Zacznijmy ten dzień. — Jorge i ja byliśmy przyjaciółmi. Trzy, cztery, pięć rozmów co rano potrafią w zabawny sposób w krótkim czasie związać ludzi.

— Hej, mała, zaraz wysyłam jednego z chłopaków. Już przyszła? — zapytał, rozumiejąc, że „ona" to moja szalona szefowa i że pracuję dla *Runwaya*, ale niezupełnie zdając sobie sprawę, kto właściwie będzie konsumował zamówione przeze mnie śniadanie. Jorge należał do moich porannych panów, jak lubiłam ich nazywać. Eduardo, Jurij, Jorge i Ahmed zapewniali mi najprzyzwoitszy z możliwych początek dnia. Wszyscy byli

172

rozkosznie niezwiązani z *Runwayem*, nawet jeśli istnieli w moim życiu tylko o tyle, o ile mogli uczynić życie redaktorki tego pisma bardziej idealnym. Żaden z nich nie rozumiał w pełni władzy i prestiżu Mirandy.

Śniadanie numer jeden miało lada chwila znaleźć się w drodze do Madison sześćset czterdzieści i istniały spore szanse, że będę musiała je wyrzucić. Miranda co rano jadała cztery plasterki ociekającego tłuszczem bekonu, dwie kiełbaski i drożdżówkę z serem, a spłukiwała to dużym latte ze Starbucks (nie zapomnieć o dwóch kostkach nierafinowanego cukru!). Z tego, co wiedziałam, zdania w firmie były podzielone: albo była permanentnie na diecie Atkinsa, albo miała dość szczęścia, żeby mieć nadludzki metabolizm w wyniku posiadania jakichś absolutnie fantastycznych genów. W każdym razie bez zastanowienia wsuwała najbardziej tłuste, w najobrzydliwszy sposób niezdrowe jedzenie — mimo że „jej dziewczęta" nie mogły sobie pozwolić na taki luksus. Ponieważ wszystko stygło w najwyżej dziesięć minut, zamawiałam i wyrzucałam śniadania, dopóki się nie zjawiła. Mogłam się wykpić jednokrotnym podgrzaniem każdego zestawu w mikrofalówce, ale zyskiwałam najwyżej pięć dodatkowych minut, w dodatku zwykle umiała to rozpoznać. („Ahn-dre-ah, to jest ohydne. Natychmiast podaj mi świeże śniadanie"). Zamawiałam co mniej więcej dwadzieścia minut, aż wreszcie dzwoniła ze swojej komórki i kazała mi zamówić śniadanie („Ahn-dre-ah, niedługo będę w biurze. Zamów moje śniadanie"). Oczywiście zwykle oznaczało to wyprzedzenie dwu lub trzyminutowe, więc wcześniejsze składanie zamówienia było konieczne zarówno z powodu krótkiego czasu, jak i tych częstych okazji, gdy nie zadawała sobie trudu, żeby zadzwonić. Jeśli zrobiłam, co do mnie należało, do chwili, gdy dzwoniła w sprawie śniadania, dwa albo trzy zestawy były w drodze.

Zadzwonił telefon. Na pewno ona, za wcześnie na kogoś innego.

— Biuro Mirandy Priestly — pisnęłam, przygotowując się na jej lodowaty ton.

— Emily, będę za dziesięć minut i chcę mieć gotowe śniadanie.

Nabrała zwyczaju zwracania się zarówno do Emily, jak i do mnie „Emily", co sugerowało, całkiem słusznie, że byłyśmy nie do odróżnienia i w pełni do zastąpienia. Gdzieś głęboko w głowie czułam się obrażona, ale zdążyłam się już do tego przyzwyczaić. A poza tym, byłam zbyt zmęczona, żeby szczerze przejmować się czymś tak mało ważnym jak własne imię.

— Tak, Mirando, natychmiast. — Zdążyła się już rozłączyć. Do biura weszła prawdziwa Emily.

— Hej, jest już? — zaszeptała, tradycyjnie zerkając ukradkiem w stronę gabinetu Mirandy, bez halo czy dzień dobry, dokładnie jak jej mentorka.

— Nie, ale właśnie dzwoniła, że będzie za dziesięć minut. Zaraz wracam.

Szybko przełożyłam komórkę oraz papierosy do kieszeni płaszcza i wybiegłam. Miałam tylko parę minut, żeby dostać się na dół, przeciąć Madison i wyprzedzić kolejkę do Starbucks — w trakcie wciągając pierwszego cennego papierosa. Zadeptując niedopałek, potknęłam się, wpadłam do Starbucks na rogu Pięćdziesiątej Siódmej i Piątej Alei i oceniłam długość kolejki. Jeśli było mniej niż osiem osób, wolałam zaczekać jak zwykły człowiek. Przeważnie jednak, jak dziś, kolejka składała się z około dwudziestu zapracowanych biedaków, ze znużeniem oczekujących na przygotowanie porcji kosztownej kofeiny, więc musiałam ich wszystkich wyminąć. Nie przepadałam za tym, ale Miranda wydawała się nie rozumieć, że latte, które co rano jej podawałam, nie tylko nie mogło zostać zamówione, ale w godzinach największej „spożywalności" często trzeba było zaczekać na jego zakup do pół godziny. Po paru tygodniach wierczących w uszach, wściekłych telefonów na moją komórkę („Ahn-dre-ah, po prostu nie rozumiem. Dzwoniłam do ciebie pełnych dwadzieścia pięć minut temu i powiedziałam, że będę w biurze, a moje śniadanie nie jest gotowe. To nie do przyjęcia") wybrałam się na rozmowę z menedżerem.

— Hm, cześć. Dzięki, że znalazła pani chwilkę, żeby ze mną porozmawiać — powiedziałam do niedużej ciemnoskórej kobiety, która pełniła tę funkcję. — Wiem, że to brzmi absolutnie po wariacku, ale tak się zastanawiałam, czy mogłybyśmy coś zrobić, żebym nie musiała stać w kolejce. — Wdałam się w wyjaśnienia, najlepiej jak umiałam, że pracuję dla dość ważnej i nierozsądnej osoby, która nie lubi czekać na poranną kawę, i czy jest jakiś sposób, żebym mogła minąć kolejkę, oczywiście jakoś subtelnie, i żeby ktoś natychmiast przygotował moje zamówienie. Ślepym trafem Marion, menedżerka, wieczorami chodziła na FIT *, żeby uzyskać dyplom z marketingu w modzie.

— Omójboże, żartujesz? Pracujesz dla Mirandy Priestly? I ona pija nasze latte? Duże? Co rano? Niewiarygodne. Ależ tak, tak, oczywiście! Powiem wszystkim, żeby natychmiast się tobą zajmowali. O nic się nie martw. Przecież ona jest, no wiesz, najbardziej wpływową osobą na rynku mody. — Marion zalała mnie potokiem słów, a ja zmuszałam się do entuzjastycznego potakiwania.

Tak się więc złożyło, że mogłam, jeśli chciałam, ominąć długą kolejkę zmęczonych, agresywnych, obłudnych nowojorczyków i zamówić przed tymi, którzy czekali od wielu, wielu minut. Nie poprawiało mi to samopoczucia, nie czułam się z tego powodu ważna ani odlotowa i obawiałam się dni, kiedy musiałam to robić. Gdy kolejka była piekielnie długa jak dziś — wężowo wiła się wokół całej lady i wychodziła na zewnątrz — czułam się wręcz gorzej i wiedziałam, że wyjdę z pełnymi rękami. W tym momencie w głowie mi już pulsowało, powieki miałam ciężkie, a oczy suche. Starałam się zapomnieć, że to moje życie, efekt, dla osiągnięcia którego cztery długie lata spędziłam na uczeniu się na pamięć wierszy i badaniu prozy, wynik dobrych stopni i masy studenckiego całowania.

---

* FIT, Fashion Institute of Technology, uczelnia specjalizująca się w technologii mody.

Zamiast myśleć, zamówiłam duże latte Mirandy i uzupełniłam zamówienie o kilka napojów wybranych przeze mnie. Duże cappuccino amaretto, mocha frappuccino i macchiato z karmelem wylądowały w moim nosidełku na cztery kubki razem z kilkoma muffinami i croissantami. Należność wyniosła dwadzieścia osiem dolarów i osiemdziesiąt trzy centy i upewniłam się, że wsadziłam paragon do i tak już przepełnionej, specjalnie przeznaczonej na rachunki przegródki w portfelu. Wszystkie miały zostać zrefundowane przez zawsze wypłacalną firmę Elias-Clark.

Teraz musiałam się pośpieszyć, ponieważ minęło już dwadzieścia minut, odkąd Miranda dzwoniła, i wiedziałam, że pewnie siedzi tam, kipi ze złości i zastanawia się, gdzie właściwie znikam co rano — logo Starbucks na boku kubka nie było dla niej wystarczającą wskazówką. Ale zanim zdążyłam zabrać wszystkie rzeczy z lady, zadzwonił telefon. I jak zwykle serce podeszło mi do gardła. Wiedziałam, że to ona, byłam tego absolutnie, całkowicie pewna, ale i tak się bałam. Identyfikacja rozmówcy potwierdziła moje podejrzenia, ale z zaskoczeniem usłyszałam, że to Emily, która dzwoniła z linii Mirandy.

— Jest tu i jest wkurzona — szepnęła Emily. — Musisz wracać.

— Robię, co mogę — warknęłam, próbując utrzymać prosto nosidełko i torbę pieczywa w jednej ręce, a telefon w drugiej.

To właśnie stanowiło zasadnicze źródło nienawiści istniejącej między Emily a mną. Ponieważ ona zajmowała stanowisko „starszej" asystentki, ja byłam bardziej osobistą asystentką, taką od biegania po wszystkie te kawy i posiłki, pomagania dzieciom w lekcjach i kursowania po mieście, żeby odebrać idealne półmiski na jej wieczorne przyjęcia. Emily załatwiała wydatki, organizowała podróże i — najważniejsze zadanie — co parę miesięcy realizowała jej osobiste zamówienia na ciuchy. Tak więc gdy ja poza biurem gromadziłam co rano smakołyki, Emily zostawała sama z koniecznością obsłużenia wszystkich linii telefonicznych i czujnej, porannej Mirandy oraz spełnienia jej żądań. Ja nienawidziłam Emily za to, że mogła nosić do pracy bluzki bez rękawów, bo nie musiała opuszczać ciepłego, wygodnego biura sześć razy dziennie, żeby ganiać po Nowym Jorku, aportując, szukając, polując, gromadząc. Ona nienawidziła mnie za to, że miałam wymówkę, aby wyjść z biura, i wszystko zajmowało mi więcej czasu niż to konieczne, bo gadałam przez komórkę i paliłam.

Dojście z powrotem do budynku zwykle trwało dłużej niż spacer do Starbucks, ponieważ musiałam rozdzielić kawę i przekąski. Lubiłam je wręczać bezdomnym, grupce stałych bywalców, którzy mieszkali na werandach i sypiali w bramach przy Pięćdziesiątej Siódmej Ulicy, skutecznie opierając się wysiłkom miasta, żeby „zrobić z nimi porządek". Policja zawsze ich przepędzała, zanim godziny szczytu na dobre się rozkręciły, ale kiedy robiłam codzienny pierwszy wypad po kawę, wciąż jeszcze kręcili się w pobliżu. W tym, że przesadnie kosztowne, sponsorowane przez Elias ulubione kawki trafiały do rąk najbardziej niepożądanych w mieście ludzi, było coś fantastycznego — naprawdę stymulującego.

Przesiąknięty smrodem uryny mężczyzna, który sypiał przed sklepem Banana Republic dostawał co rano mocha frappuccino. Właściwie nigdy nie budził się, żeby je wziąć, ale zostawiałam kubek (oczywiście ze słomką) tuż obok jego lewego łokcia i często już go nie było — mężczyzny także — gdy parę godzin później wracałam po kolejną kawę.

Starszej pani, która opierała się o wózek sklepowy i wystawiła napis na kartoniku, który głosił „Nie mam domu/mogę sprzątać/potrzebuję jedzenia" przypadało macchiato z karmelem. Wkrótce dowiedziałam się, że miała na imię Theresa i zwykle kupowałam jej duże latte, takie jak dla Mirandy. Zawsze mówiła dziękuję, ale nigdy nie wykonała żadnego ruchu, żeby skosztować napój, gdy jeszcze był gorący. Gdy w końcu zapytałam, czy chce, żebym przestała jej przynosić kawę, energicznie potrząsnęła głową i wymamrotała, że nie cierpi grymasić, ale właściwie to wolałaby coś słodszego, że kawa była za mocna.

Następnego dnia podałam jej latte doprawione waniliowym aromatem i z bitą śmietaną. Czy tak było lepiej? O tak, znacznie, znacznie lepiej, ale może teraz kawa była nieco za słodka. Jeszcze jeden dzień i w końcu trafiłam w dziesiątkę: okazuje się, że Theresa lubi kawę niearomatyzowaną, z bitą śmietaną i odrobiną syropu karmelowego. Błyskała w moją stronę prawie bezzębnym śmiechem i każdego dnia zaczynała łapczywie pić w momencie, gdy wręczałam je kubek.

Trzecia kawa wędrowała do Rio, Nigeryjczyka, który z koca przed Trump Tower sprzedawał płyty kompaktowe. Nie wyglądał na bezdomnego, ale podszedł do mnie pewnego ranka, kiedy wręczałam Theresie jej poranną porcję, i zapytał, a raczej zaśpiewał:

— Yo, yo, yo, jesteś jakaś kawowa wróżka, czy co? A gdzie moja kawa? — Następnego dnia podałam mu duże cappuccino amaretto i od tamtej pory zostaliśmy przyjaciółmi.

Codziennie wydawałam na kawę o dwadzieścia cztery dolary więcej, niż to było konieczne (jedno latte dla Mirandy powinno kosztować skromne cztery dolary), żeby zafundować firmie kolejny pasywno-agresywny przewał, moją osobistą reprymendę za swobodne rządy Mirandy. Wręczałam kubki brudasom, śmierdzielom, świrom, ponieważ to właśnie — a nie stracone pieniądze — naprawdę by ich wkurzyło.

Gdy zdołałam dotrzeć do holu, Pedro, mówiący z ciężkim akcentem meksykański dostawca z Mangii, w pobliżu windy gawędził po hiszpańsku z Eduardem.

— Hej, jest nasza dziewczynka — powiedział Pedro, gdy paru Klakierów zerknęło na nas ciekawie. — Mam to, co zwykle, bekon, kiełbaskę i tę paskudnie wyglądającą rzecz z serem. Zamówiłaś dzisiaj tylko jedno! Nie rozumiem, jak to jest. Jesz to gówno i jesteś taka chuda, dziewczyno. — Uśmiechnął się. Zdusiłam chęć powiedzenia mu, że nie ma pojęcia, jak wygląda ktoś chudy. Pedro świetnie wiedział, że to nie ja zjadałam jego śniadania, ale jak każda z sześciu czy coś koło tego osób, z którymi rozmawiałam codziennie przed ósmą rano, tak naprawdę nie znał szczegółów. Wręczyłam mu dziesiątkę, jak zwykle, za warte trzy dolary dziewięćdziesiąt dziewięć centów śniadanie, i udałam się na górę.

Kiedy weszłam do biura, rozmawiała przez telefon, trencz z wężowej skóry od Gucciego ozdabiał blat mojego biurka. Ciśnienie wzrosło mi dziesięciokrotnie. Czy to zabiłoby ją, gdyby zrobiła dwa dodatkowe kroki do szafy, otworzyła drzwi i powiesiła własny płaszcz? Czemu musiała go zdejmować i rzucać na moje biurko? Odstawiłam latte, spojrzałam na Emily, która była zbyt zajęta obsługiwaniem trzech linii telefonicznych, żeby mnie zauważyć, i powiesiłam tę wężową skórę. Zrzuciłam własny płaszcz i schyliłam się, żeby wepchnąć go pod biurko, bo gdyby wisiał w szafie, coś mogłoby zainfekować jej rzeczy.

Chwyciłam dwie kostki nierafinowanego cukru, mieszadełko i serwetkę z zapasu, który trzymałam w szufladzie biurka, i zwinęłam wszystko razem. Przelotnie rozważyłam, czy nie napluć do kawy, ale zdołałam się powstrzymać. Następnie wyciągnęłam porcelanowy talerzyk z pojemnika na górze, zsunęłam na niego tłuste mięso i wilgotną drożdżówkę, wycierając ręce w jej przeznaczone do prania rzeczy, ukryte pod biurkiem, by nie zorientowała się, że nie zostały jeszcze oddane. Teoretycznie powinnam codziennie myć jej talerz w zlewie w naszej pokazowej kuchence, ale jakoś nie mogłam się do tego zmusić. Upokorzenie związane ze zmywaniem po niej na oczach wszystkich natchnęło mnie, żeby wycierać talerz chusteczkami, a resztki jajka i sera zeskrobywać paznokciem. Jeżeli był naprawdę brudny albo czekał przez dłuższy czas, otwierałam butelkę Pellegrino i wylewałam trochę na talerz. Żywiłam uzasadnione podejrzenie, że osiągnęłam nowe dno moralne — niepokojące było to, że wylądowałam na nim tak naturalnie.

— Pamiętaj, chcę, żeby moje dziewczyny się uśmiechały — mówiła przez telefon. Z tonu mogłam poznać, że rozmawiała z Lucią, dyrektorem do spraw mody, odpowiedzialną za zbliżające się zdjęcia w Brazylii, o tym, jak powinny wyglądać modelki. — Szczęśliwe, masa zębów, czyste, zdrowe dziewczyny. Żadnego zamyślenia, żadnej złości, żadnego marszczenia brwi, żadnych ciemnych makijaży. Chcę, żeby promieniały. Mówię poważnie, Lucia, nie zaakceptuję niczego innego.

Ustawiłam talerz z sandwiczem na brzegu biurka, a obok umieściłam latte i serwetkę z wszystkimi potrzebnymi przyborami. Nie spojrzała na mnie. Odczekałam chwilę, żeby sprawdzić, czy wręczy mi plik papierów z biurka, coś do przefaksowania, znalezienia albo skatalogowania, ale zignorowała mnie, więc wyszłam. Ósma trzydzieści. Byłam na nogach od trzech pełnych godzin, czułam się, jakbym już pracowała od dwunastu i wreszcie, pierwszy raz od rana, mogłam usiąść. Gdy logowałam się na Hotmail, spodziewając się jakichś zabawnych maili od ludzi spoza firmy, weszła. Tweedowy żakiet z paskiem ciasno obejmował jej szczupłą talię i uzupełniał idealnie dobraną wąską spódnicę, którą miała pod nim. Wyglądała wystrzałowo.

— Ahn-dre-ah. Kawa jest zimna jak lód. Nie rozumiem dlaczego. Z pewnością nie było cię wystarczająco długo! Przynieś mi następną.

Wzięłam głęboki wdech i skoncentrowałam się na niedopuszczeniu na twarz wyrazu nienawiści. Miranda postawiła to niezadowalające latte na moim biurku i przeglądała nowy numer *Vanity Fair*, który ktoś z personelu zostawił dla niej na stole. Poczułam na sobie wzrok Emily i wiedziałam, że patrzy na mnie zarówno ze współczuciem, jak i gniewem. Było jej przykro, że musiałam powtórzyć całą tę piekielną próbę, i nienawidziła mnie, bo ośmieliłam się być tym zdenerwowana. W końcu przecież milion dziewczyn dałby się zabić za tę pracę, prawda?

Tak więc z wyraźnym westchnieniem — coś, co ostatnio doprowadziłam do perfekcji — wystarczającym, żeby Miranda mogła usłyszeć, ale nawet w przybliżeniu nie dość głośnym, by mogła mnie za nie upomnieć, raz jeszcze włożyłam płaszcz i zmusiłam nogi, żeby ruszyły w stronę wind. Szykował się kolejny długi, bardzo długi dzień.

Drugi wypad po kawę na przestrzeni dwudziestu minut

poszedł znacznie sprawniej; kolejki w Starbucks trochę się zmniejszyły i na posterunku pojawiła się Marion. Kiedy tylko weszłam do środka, osobiście zabrała się do przygotowania dużego latte. Tym razem nie zawracałam sobie głowy wydawaniem pieniędzy na większe zamówienie, ponieważ desperacko chciałam tylko wrócić i usiąść, ale dodałam do rachunku venti cappuccino dla Emily i dla mnie. Dokładnie w chwili gdy płaciłam za kawę, zadzwonił mój telefon. Do diabła z tym wszystkim, ta kobieta była niemożliwa. Nienasycona, niecierpliwa, nie do przyjęcia. Nie było mnie najwyżej cztery minuty! Znów balansując tacą w jednej ręce, wyciągnęłam telefon z kieszeni płaszcza. Już postanowiłam, że takie jej zachowanie usprawiedliwia wypalenie kolejnego papierosa choćby po to, żeby przytrzymać tę kawę kilka minut dłużej, gdy zobaczyłam, że to Lily dzwoni z domowego numeru.

— Hej, kiepski moment? — zapytała podnieconym głosem. Spojrzałam na zegarek i stwierdziłam, że powinna być na zajęciach.

— Hm, coś w tym rodzaju. Jestem w trakcie drugiego wypadu po kawę, co jest po prostu cudowne. Naprawdę świetnie się bawię, tak w razie, gdybyś się zastanawiała. Co jest? Nie masz teraz zajęć?

— Mam, ale wczoraj znów umówiłam się z Chłopakiem w Różowej Koszuli i oboje wypiliśmy o kilka koktajli za dużo. O jakieś osiem. Wciąż tu jest, nieprzytomny, więc nie mogę go zostawić. Ale nie dlatego dzwonię.

— Tak? — Ledwie słuchałam, bo jedno cappuccino zaczęło przeciekać, telefon miałam wciśnięty między szyję a ramię, podczas gdy wolną ręką wyciągałam z paczki i zapalałam papierosa.

— Mój gospodarz miał czelność zapukać do mnie o ósmej rano, żeby powiedzieć, że zostaję eksmitowana — powiedziała z wielkim zadowoleniem w głosie.

— Eksmitowana? Lil, dlaczego? I co teraz zrobisz?

— Chyba w końcu załapali, że nie jestem Sandrą Gers i że

ona nie mieszka tu od sześciu miesięcy. Ponieważ technicznie rzecz biorąc, nie jesteśmy rodziną, nie wolno jej było przekazać mi mieszkania z regulowanym czynszem. Wiedziałam o tym, oczywiście, więc twierdziłam, że ja to ona. Naprawdę nie wiem, skąd się dowiedzieli. Ale wszystko jedno, w sumie to bez znaczenia, bo teraz możemy mieszkać razem! Twoja umowa z Shanti i Kendrą jest odnawiana co miesiąc, prawda? Podnajęłaś, bo nie miałaś się gdzie podziać, tak?

— Tak.

— No to teraz masz! Możemy znaleźć sobie mieszkanie razem, gdzie tylko chcemy!

— Wspaniale! — W moich własnych uszach zabrzmiało to nieszczerze, chociaż czułam autentyczne podniecenie.

— Więc wchodzisz w to? — zapytała, jej entuzjazm wydawał się teraz nieco przygaszony.

— Zdecydowanie, Lil. Szczerze, to niesamowity pomysł. Nie chcę, żeby to zabrzmiało, jakbym się nie cieszyła, chodzi tylko o to, że pada deszcz ze śniegiem, a ja stoję na dworze i po lewej ręce spływa mi wrząca kawa... — Pip-pip. Zadzwoniła druga linia i chociaż o mało nie przypaliłam sobie szyi rozżarzoną końcówką papierosa, kiedy próbowałam odsunąć telefon od ucha, zdołałam zobaczyć, że to Emily.

— Cholera, Lil, Miranda dzwoni. Muszę lecieć. Ale gratulacje z powodu eksmisji! Strasznie się cieszę. Zadzwonię później, okej?

— Okej, pogadam z...

Zdążyłam się już rozłączyć i psychicznie przygotowałam się na słowną kanonadę.

— To znowu ja — sucho powiedziała Emily. — Co się, do cholery, dzieje? To tylko pieprzona kawa, na litość boską. Zapominasz, że kiedyś wykonywałam tę samą pracę i wiem, że przyniesienie kawy nie...

— Co? — odezwałam się głośno, zasłaniając palcami mikrofon w słuchawce. — Co powiedziałaś? Nie słyszę cię. Jeżeli mnie słyszysz, będę za chwilę! — Z trzaskiem zamknęłam telefon i schowałam go głęboko w kieszeni. I chociaż zostało mi co najmniej pół marlboro, rzuciłam papierosa na chodnik i pobiegłam z powrotem do pracy.

Miranda łaskawie raczyła zaakceptować nieco cieplejszą latte i nawet dała nam parę chwil spokoju między dziesiątą a jedenastą, kiedy siedziała w swoim gabinecie za zamkniętymi drzwiami, jak młoda małżonka gruchając z SGG. Oficjalnie poznałam go dopiero tydzień wcześniej, kiedy w środowy wieczór około dziewiątej podrzucałam Książkę. Wyjmował płaszcz z szafy w foyer i kolejne dziesięć minut spędził na opowiadaniu o sobie w trzeciej osobie. Od tego spotkania poświęcał mi superwyjątkową uwagę, zawsze znajdował parę minut, żeby zapytać, jak minął mi dzień albo pochwalić dobrze wykonaną pracę. Naturalnie wszystkie te uprzejmości nie były w stanie zatrzeć wrażenia po jego żonie, ale przynajmniej miło było mieć go pod ręką.

Właśnie miałam zacząć wydzwaniać do ludzi z działów PR, żeby sprawdzić, czy uda mi się załatwić jakieś porządne ciuchy do noszenia w pracy, kiedy głos Mirandy wyrwał mnie z zamyślenia.

— Emily, chciałabym lunch. — Zawołała ze swojego gabinetu, nie kierując wypowiedzi do nikogo konkretnie, ponieważ „Emily" mogło oznaczać każdą z nas. Prawdziwa Emily spojrzała na mnie, więc skinęłam głową i wiedziałam, że teraz mogę ruszać. Numer do Smitha i Wollensky'ego miałam zaprogramowany w telefonie na biurku i rozpoznałam głos po drugiej stronie jako należący do nowej pracownicy.

— Hej, Kim, tu Andrea z biura Mirandy Priestly. Czy jest Sebastian?

— Och, cześć, hm, mówiłaś, że jak się nazywasz? — Mimo że dzwoniłam o tej samej porze, dwa razy w tygodniu, i już się przedstawiłam, zawsze zachowywała się, jakbyśmy nie rozmawiały nigdy wcześniej.

— Z biura Mirandy Priestly. Z *Runwaya*. Słuchaj, nie chcę być niegrzeczna... — a właściwie chcę — ...ale dosyć się śpieszę. Czy mogłabyś po prostu dać mi Sebastiana? — Gdyby odebrał ktokolwiek inny, mogłabym zwyczajnie powiedzieć, że składam zamówienie na stały zestaw Mirandy, ale ponieważ ta dziewczyna była zbyt głupia, żeby jej zaufać, nauczyłam się już prosić samego menedżera.

— Hm, okej, zaraz sprawdzę, czy jest wolny. — Zaufaj mi, Kim, jest. Miranda Priestly to jego życie.

— Andy, kochanie, jak się masz? — dyszał do telefonu Sebastian. — Mam nadzieję, że dzwonisz, ponieważ nasza ulubiona pani redaktor do spraw mody chciałaby dziś dostać lunch, czy tak?

Zastanawiałam się, co by powiedział, gdybym oznajmiła ten jeden raz, że to nie Miranda czeka na lunch, tylko ja. W końcu nie była to knajpa z jedzeniem na wynos, robili tylko wyjątek dla jej królewskiej mości.

— W rzeczy samej. Właśnie mówiła, jak wielką ma ochotę na coś pysznego z waszej restauracji, kazała też przesłać ucałowania. — Pod groźbą śmierci i rozczłonkowania Miranda nie byłaby w stanie zidentyfikować nazwy restauracji, która codziennie szykowała jej lunch, że już nie wspomnę o nazwisku menedżera dziennej zmiany, ale wydawał się uszczęśliwiony, gdy mówiłam coś podobnego. Dziś był tak podekscytowany, że zachichotał.

— Bosko! Po prostu bosko. Będziemy mieli wszystko gotowe, kiedy przyjdziesz — zawołał ze świeżym podnieceniem w głosie. — Nie mogę się doczekać! I oczywiście przekaż jej ucałowania ode mnie!

— Oczywiście. Do zobaczenia niedługo. — Tak entuzjastyczne pompowanie jego ego było zajęciem wyczerpującym, ale również opłacalnym, bo bardzo ułatwiał mi pracę. Każdego dnia, gdy Miranda nie jadła w mieście, serwowałam jej na biurko taki sam posiłek, który potem nieśpiesznie zjadała za zamkniętymi drzwiami. W tym celu w pojemnikach nad moim biurkiem trzymałam zapas porcelanowych talerzy. W większości próbki przysłane przez projektantów, którzy mieli zamiar wypuścić nowe linie „domowe", chociaż niektóre po prostu zabrałam z Jadalni. Trzymanie zapasu takich rzeczy jak pojemniki na sos, noże do steków i lniane serwetki byłoby zbyt kłopotliwe, więc Sebastian zawsze pilnował, żeby dostarczać je z posiłkiem.

Raz jeszcze narzuciłam na ramiona płaszcz z czarnej wełny, wcisnęłam do kieszeni papierosy oraz telefon i wyszłam w marcowy dzień, który w miarę jak płynął, wydawał się tylko coraz bardziej szary. Chociaż zaledwie piętnastominutowy spacer dzielił mnie od restauracji na rogu Czterdziestej Dziewiątej i Trzeciej, zastanawiałam się, czy nie wezwać samochodu, ale zmieniłam zdanie, gdy poczułam w płucach świeże powietrze. Zapaliłam papierosa i wciągnęłam dym; przy wydechu nie byłam pewna, czy wyrzucam z siebie dym, zimne powietrze czy irytację, ale było to cholernie przyjemne uczucie.

Łatwiejsze stało się wymijanie zagapionych turystów. Dawniej patrzyłam z obrzydzeniem na przechodniów z komórkami, ale z powodu tych przesadnie wypełnionych dni sama stałam się wędrującym rozmówcą. Wyciągnęłam komórkę i zadzwoniłam do szkoły Aleksa, gdzie według mojego niezbyt precyzyjnego rozeznania mógł teraz jeść lunch w pokoju nauczycielskim.

Po dwóch sygnałach usłyszałam wysoki, pełen napięcia kobiecy głos.

— Halo. Szkoła publiczna dwieście siedemdziesiąt siedem, Whitmore. Czym mogę służyć?

— Czy zastałam Aleksa Finemana?

— A mogę zapytać, z kim rozmawiam?

— Mówi Andrea Sachs, dziewczyna Aleksa.

— A, tak, Andrea! Tyle tu o tobie słyszeliśmy. — Mówiła tak urywanie, że brzmiało to, jakby w każdej chwili mogła się udusić.

— Och, naprawdę? To... ee, to dobrze. Oczywiście ja też wiele o państwu słyszałam. Alex opowiada wspaniałe rzeczy o wszystkich ze szkoły.

— Jak to miło. Ale poważnie, Andrea, wygląda na to, że masz tam niezłą pracę! Jakie to musi być ciekawe, pracować dla tak utalentowanej kobiety. Doprawdy, szczęśliwa z ciebie dziewczyna.

Ach, tak, pani Whitmore. Doprawdy szczęśliwa ze mnie dziewczyna. Taka szczęśliwa, że nie ma pani pojęcia. Nie umiem wyrazić, jaka się czułam szczęśliwa, kiedy wczorajszego popołudnia zostałam wysłana, żeby nabyć tampony dla mojej szefowej, ale powiedziano mi, że kupiłam niewłaściwe, i zapytano, czemu niczego nie umiem zrobić jak należy? I szczęście jest prawdopodobnie jedynym właściwym słowem, by opisać fakt, że co rano przed ósmą dostaję do posortowania cudze przepocone i poplamione jedzeniem ubrania, a potem muszę zorganizować ich czyszczenie. Och, zaraz! Myślę, że tak naprawdę najbardziej uszczęśliwiła mnie konieczność odbywania przez trzy kolejne tygodnie rozmów z hodowcami na terenie trzech stanów w poszukiwaniu idealnego szczeniaka cocker--spaniela dla dwóch niesamowicie rozpuszczonych i niemiłych dziewczynek. Tak, to jest to!

— O tak, to fantastyczna okazja — odparłam odruchowo. — Posada, za którą milion dziewczyn dałoby się zabić.

— Bez wątpienia, kochanie! Wiesz co? Właśnie wszedł Alex. Dam ci go.

— Hej, Andy, jak leci? Jak ci mija dzień?

— Nie pytaj. Jestem teraz w drodze po odbiór jej lunchu. A jak twój dzień?

— Na razie dobrze. Moja klasa ma dziś po lunchu lekcję muzyki, więc zyskuję półtorej godziny wolnego, co jest bardzo miłe. A potem zaczynamy kolejne ćwiczenia z czytania! — powiedział głosem, który wydał mi się nieco przygaszony. — Chociaż wygląda na to, że nigdy naprawdę nie nauczą się czytać.

— A były jakieś nożownicze wyczyny?

— Nie.

— Czy można chcieć więcej? Miałeś stosunkowo bezbolesny, bezkrwawy dzień. Ciesz się z tego. Zostaw całe to czytanie na jutro. Ale, wiesz co? Rano dzwoniła Lily. W końcu eksmitowali ją z tego mieszkania w Harlemie, więc zamierzamy zamieszkać razem. Fajnie, prawda?

— Hej, wspaniale! Dla ciebie to się idealnie składa. Będziecie się, dziewczyny, razem świetnie bawić. Chociaż... to trochę przerażające. Kontakt z Lily w pełnym wymiarze... i z jej facetami... Obiecujesz, że będziemy często wpadać do mnie?

— Oczywiście. Ale zaraz się przyzwyczaisz, będzie znów jak na czwartym roku.

— Szkoda, że traci to tanie mieszkanie. Ale poza tym, to wspaniałe wieści.

— Tak, jestem podekscytowana. Shanti i Kendra są w porządku, ale trochę jestem zmęczona tym mieszkaniem z obcymi. — I zapachem curry, chociaż uwielbiam indyjską kuchnię, bo przesiąkło nim wszystko, co mam. — Sprawdzę, czy Lily chce się spotkać dziś wieczorem na drinka, żeby to uczcić. Wchodzisz w to? Spotkamy się gdzieś w East Village, więc to nie tak daleko od ciebie.

— Jasne, brzmi świetnie. Pędzę dziś do Larchmont pilnować Joeya, ale wrócę do miasta przed ósmą. Do tej pory nawet nie wyjdziesz jeszcze z pracy, więc zobaczę się z Maksem, a potem możemy wszyscy się spotkać. Hej, czy Lily się z kimś widuje? Bo Maksowi przydałoby się, no...

— Co? — zaśmiałam się. — No dalej, powiedz to. Myślisz, że moja przyjaciółka to dziwka? Jest po prostu wolnym duchem. A czy się z kimś widuje? Co to za pytanie? Wczoraj został u niej na noc jakiś Chłopak w Różowej Koszuli. Chyba nie znam jego prawdziwego imienia.

— Mniejsza z tym. No, właśnie był dzwonek. Zadzwoń do mnie, kiedy podrzucisz Książkę.

— Jasne. Pa.

Już miałam schować telefon, kiedy znów zadzwonił. Numer nieznany, ale odebrałam, taką poczułam ulgę, że to nie Miranda ani Emily.

— Biur... ee, halo? — zaczęłam odruchowo odbierać komórkę i domowy telefon ze słowami „Biuro Mirandy Priestly", co było w najwyższym stopniu krępujące, jeśli trafiłam na kogoś oprócz rodziców i Lily. Trzeba nad tym popracować.

— Czy to czarująca Andrea Sachs, którą niechcący przeraziłem na przyjęciu Marshalla? — zapytał nieco chrapliwy i bardzo seksowny głos. Christian! Właściwie czułam ulgę, kiedy nie pojawił się nigdzie po tych pieszczotach mojej dłoni. Teraz gwałtownie wróciła chęć z tamtej pierwszej nocy, żeby zrobić na nim wrażenie inteligencją oraz urokiem, i szybko przysięgłam sobie, że rozegram to na spokojnie.

— Owszem. A mogę zapytać, z kim rozmawiam? Tamtego wieczoru wielu mężczyzn przeraziło mnie z różnych i wielorakich powodów. — Jak na razie w porządku. Głęboki wdech, zachować spokój.

— Nie zdawałem sobie sprawy, że mam taką konkurencję — stwierdził gładko. — Ale pewnie nie powinienem być zaskoczony. Jak się miewasz, Andrea?

— W porządku. Właściwie świetnie — skłamałam pospiesznie, przypominając sobie artykuł przeczytany w *Cosmo*, który stanowczo zalecał „rozgrywać to lekko, swobodnie i radośnie" podczas rozmowy z nowym facetem, ponieważ większość „normalnych facetów" niezbyt dobrze reagowała na wyraźny cynizm. — Praca idzie naprawę dobrze. Autentycznie to uwielbiam! Ostatnio było naprawdę ciekawie... masa nowych doświadczeń, dzieje się mnóstwo rzeczy. Jest wspaniale. A co u ciebie? — Nie mów za dużo o sobie, nie zdominuj rozmówcy, pozwól mu poczuć się na tyle swobodnie, żeby zaczął mówić na ulubiony i najlepiej znany temat: o sobie.

— Dosyć zręczna z ciebie kłamczucha, Andrea. Dla niewprawnego ucha zabrzmiało to prawie wiarygodnie, ale wiesz, jak to mówią, prawda? Kanciarza nie okantujesz. Ale nie przejmuj się, tym razem ujdzie ci to na sucho. — Otworzyłam usta, żeby zaprzeczyć oskarżeniu, ale zamiast tego po prostu się roześmiałam. Spostrzegawczy facet. — Przejdę od razu do rzeczy, bo mam wsiadać do samolotu do Waszyngtonu i ochronie chyba nie bardzo się podoba, że przechodzę przez wykrywacz metali, rozmawiając przez telefon. Masz plany na sobotę wieczór?

Nienawidziłam, kiedy ludzie w ten sposób formułowali pytania, najpierw zagadywali o plany, a potem mówili, o co im chodzi. Może próbował załatwić córce sąsiada praktykę w *Runwayu* i chciał, żebym przepchnęła jej podanie? A może szukał kogoś, kto wyprowadziłby mu psa, kiedy będzie dawał kolejny ośmiogodzinny wywiad dla *New York Timesa*? Zastanawiałam się, jak mogłabym odpowiedzieć na to pytanie w wymijający sposób, gdy stwierdził:

— No więc mam na tę sobotę rezerwację do Babbo. Na dziewiątą. Będzie paru przyjaciół, przeważnie redaktorów z czasopism, i całkiem ciekawych ludzi. Kobieta z *Buzza* i parę osób z *New Yorkera*. Niezły zestaw. Wchodzisz w to? — Dokładnie w tym momencie z rykiem przemknął obok mnie ambulans z wyjącą syreną, błyskając światłami w bezowocnej próbie przebicia się przez beznadziejnie zakorkowaną ulicę. Kierowcy jak zwykle zignorowali karetkę i musiała stać na czerwonym jak wszyscy.

Czy on właśnie zaprosił mnie na randkę? Tak, zdaje się, że dokładnie to się wydarzyło. Zapraszał mnie! Christian Collinsworth zapraszał mnie na randkę — randkę w sobotni wieczór, dokładniej rzecz biorąc, i to w Babbo, gdzie przypadkiem miał rezerwację w najlepszej porze dla grupy inteligentnych, ciekawych ludzi, ludzi dokładnie takich jak on. Mniejsza o *New Yorkera*! Łamałam głowę, próbując sobie przypomnieć, czy wspominałam mu podczas przyjęcia, że właśnie tę nowojorską restaurację najbardziej chciałbym wypróbować, bo uwielbiam włoską kuchnię i wiem, jak Miranda była nią zachwycona, i że dałabym się zabić, żeby tam pójść. Myślałam nawet o przepuszczeniu tygodniowej wypłaty na posiłek i zadzwoniłam, żeby zrobić rezerwację dla Aleksa i dla siebie, ale byli kompletnie zajęci przez kolejne pięć miesięcy. Nie licząc Aleksa, od dwóch i pół roku nikt nie proponował mi randki.

— Hm, Christian, rany, bardzo bym chciała — zaczęłam, natychmiast starając się zapomnieć, że właśnie powiedziałam „rany". Rany! Kto tak mówił? Pada to w scenie, kiedy Baby z dumą oznajmia Johnny'emu, że przyszło jej do głowy, aby przynieść arbuza, ale odepchnęłam tę myśl i zmusiłam się, żeby konfabulować dalej mimo upokorzenia. — Naprawdę bym chciała... — tak, ty idiotko, to już powiedziałaś, spróbuj się trochę posunąć — ...ale po prostu nie mogę. Ja, hm, mam już plany na sobotę. — W sumie dobra reakcja, pomyślałam. Musiałam przebić się przez dźwięk syreny, ale uznałam, że wciąż udało mi się zachować nieco godności. Nie mam obowiązku mieć czasu na randkę odległą o zaledwie dwa dni i naprawdę nie powinnam wyjawiać istnienia chłopaka... W końcu to naprawdę nie jego interes. Prawda?

— Naprawdę masz plany, Andrea, czy uważasz, że twój chłopak źle by przyjął, że wychodzisz z innym mężczyzną? — Strzelał w ciemno, to się czuło.

— W obu wypadkach to nie twoja sprawa — stwierdziłam świętoszkowato, takim samym tonem jak kobieta, która odebrała telefon w szkole Aleksa, i sama poczułam się sobą zniecierpliwiona. Przecięłam Trzecią Aleję, nie zauważając, że światła są przeciw mnie, i o mało nie skosił mnie jakiś minivan.

— No dobrze, tym razem pozwolę ci się wymówić, ale zapytam znowu. I myślę, że następnym razem powiesz tak.

— Och, doprawdy? A skąd ci się bierze to wrażenie? — Jego pewność siebie, która przedtem wydawała się taka seksowna, zaczęła teraz zakrawać na arogancję. Jedyny problem polegał na tym, że przez to wydawał się jeszcze bardziej seksowny.

— To wyłącznie przeczucie, Andrea, wyłącznie przeczucie. I nie zawracaj sobie tym swojej ślicznej główki... ani główki twojego chłopaka... ja tylko złożyłem ci przyjacielską propozycję zjedzenia smacznego posiłku w dobrym towarzystwie. A może chciałby się do nas przyłączyć, Andrea? Twój chłopak. To z pewnością świetny facet, naprawdę chciałbym go poznać.

— Nie! — niemal krzyknęłam, przerażona myślą, że ta dwójka mogłaby zasiąść przy stole naprzeciw siebie, każdy z nich zdumiewający w zupełnie odmienny sposób. Wstydziłabym się przed Christianem zdroworozsądkowego podejścia

Aleksa do życia, jego idealizmu. Christianowi Alex wydałby się naiwnym prowincjuszem. A jeszcze bardziej wstydziłabym się, gdyby Alex poznał wszystkie te paskudne cechy, które u Christiana uznawałam za tak niesamowicie atrakcyjne: styl, próżność, pewność siebie niewzruszoną jak skała, tak że obrazić go wydawało się niemożliwością. — Nie — roześmiałam się, a raczej zmusiłam do śmiechu, starając się, żeby zabrzmiał naturalnie. — Nie jestem taka pewna, czy to dobry pomysł. Chociaż na pewno byłby zachwycony, gdyby cię poznał.

Zaśmiał się razem ze mną, ale kpiąco i protekcjonalnie.

— Tylko żartowałem, Andrea. Twój chłopak to z pewnością wspaniały facet, ale nie jestem specjalnie zainteresowany nawiązaniem z nim znajomości.

— Cóż, oczywiście. Jasne. To znaczy wiem, co...

— Słuchaj, muszę lecieć. Zadzwoń do mnie, jeżeli zmienisz zdanie... albo „plany", dobrze? Propozycja nadal aktualna. Och, i miłego dnia. Pa. — Zanim zdążyłam dodać chociaż słowo, rozłączył się.

Co, do cholery, właśnie się wydarzyło? Przeanalizowałam to jeszcze raz: Seksowny Inteligentny Pisarz znalazł gdzieś mój numer telefonu, zadzwonił i formalnie zaprosił na randkę w sobotni wieczór do Najmodniejszej Restauracji. Nie było dla mnie jasne, czy wiedział wcześniej, że mam chłopaka, ale nie wydawał się specjalnie zniechęcony tą informacją. Jedyne, czego byłam pewna, to że za długo gadałam przez telefon, fakt potwierdzony szybkim rzutem oka na zegarek. Minęły dwadzieścia dwie minuty, odkąd wyszłam z biura.

Włożyłam telefon do kieszeni i zorientowałam się, że dotarłam już do restauracji. Pchnęłam toporne drewniane drzwi i weszłam do wyciszonej, przyciemnionej sali jadalnej. Chociaż wszystkie stoliki były zajęte przez bankierów ze śródmieścia i prawników pożerających ulubione steki, właściwe nie słyszało się hałasu, jakby każdy stolik został fachowo wytłumiony, a pluszowe wykładziny i męska paleta barw wchłaniały wszelkie dźwięki.

— Andrea! — usłyszałam wołanie Sebastiana zza stanowiska

hostessy. Popędził wprost do mnie, jakbym miała przy sobie lekarstwo, które uratuje mu życie. — Tak bardzo się cieszymy, że do nas dotarłaś! — Dwie młode dziewczyny w nieskazitelnych szarych kostiumach potwierdzały jego słowa, poważnie kiwając głowami.

— Och, doprawdy? A to czemu? — Nie mogłam się oprzeć, żeby nie podrażnić się z Sebastianem, tylko odrobinkę. Był takim niewiarygodnym włazidupkiem.

Pochylił się konspiracyjnie, jego podniecenie było niemal namacalne.

— Cóż, wiesz jakie są uczucia całego personelu Smith i Wollensky wobec pani Priestly, prawda? *Runway* to taki cudowny magazyn, z wszystkimi tymi pięknymi zdjęciami, zdumiewającym stylem i oczywiście fascynującymi, świetnie napisanymi opowiadaniami. Wszyscy po prostu go uwielbiamy!

— Świetnie napisane opowiadania, hm? — zapytałam, a szeroki uśmiech o mało nie wymknął mi się spod kontroli. Z dumą potaknął i odwrócił się, gdy jedna z umundurowanych pomocnic klepnęła go w ramię, żeby wręczyć mu dużą torbę.

Dosłownie krzyknął z radości.

— Aha! Proszę bardzo, jeden perfekcyjnie przygotowany lunch dla jednej idealnej pani redaktor... i jednej idealnej asystentki — dodał, puszczając do mnie oko.

— Dziękuję, Sebastianie, obie to doceniamy. — Otworzyłam bawełnianą torbę, która wyglądała dokładnie tak samo jak te niesamowite torby ze Strandu, które noszą na ramieniu studenci Uniwersytetu Nowojorskiego, ale bez logo, i sprawdziłam, czy wszystko jest w porządku. Jeden ponadfuntowy stek z krzyżowej, puszczający soki w pojemniku, tak surowy, jakby w ogóle go nie smażono. Zgadza się. Dwa pieczone ziemniaki wielkości kociaków, każdy gorący i parujący. Zgadza się. Jeden pojemniczek tłuczonych ziemniaków, przyrządzonych z masą tłustej śmietany i dodatkowym masłem. Zgadza się. Dokładnie osiem idealnych szparagów o główkach wyglądających jędrnie i soczyście, z końcówkami obranymi do czystej bieli. Zgadza się.

Był tam również metalowy pojemnik pełen płynnego masła, pudełeczko z sypką koszerną solą, nóż do steków z drewnianą rączką i wykrochmalona biała lniana serwetka, dziś złożona w kształt marszczonej spódnicy. Jak uroczo. Sebastian czekał, żeby sprawdzić, jak mi się to podoba.

— Bardzo ładnie, Sebastianie — powiedziałam, jakbym chwaliła szczeniaka, że załatwił „dużą" potrzebę na dworze. — Dzisiaj naprawdę przeszedłeś samego siebie.

Rozpromienił się, a potem pochylił głowę z wypraktykowaną skromnością.

— Cóż, dziękuję. Znasz moje uczucia względem pani Priestly i cóż, to naprawdę zaszczyt, że no cóż, wiesz...

— Szykujesz dla niej lunch? — podpowiedziałam usłużnie.

— Cóż, tak. Dokładnie. Wiesz, o co mi chodzi.

— Tak, oczywiście, Sebastianie. Będzie zachwycona, jestem pewna. — Nie miałam serca powiedzieć mu, że natychmiast rozprostowywałam wszystkie jego dzieła, ponieważ pani Priestly, którą tak uwielbiał, dostałaby szału, gdyby zetknęła się z serwetką w jakimkolwiek innym kształcie niż kształt serwetki — bez różnicy, czy chodziłoby o kształt torebki, czy obcasa na szpilce. Wsadziłam torbę pod pachę i odwróciłam się żeby wyjść, ale akurat zadzwonił mój telefon.

Sebastian spojrzał na mnie wyczekująco, rozgorączkowany nadzieją, że głos w słuchawce będzie należał do jego ukochanej, do tej, dla której żył. Nie zawiódł się

— Czy to Emily? Emily, czy to ty, ledwie cię słyszę! — Głos Mirandy płynął przenikliwym, gniewnym staccato.

— Halo, Mirando. Tak, tu Andrea. — Stwierdziłam spokojnie, podczas gdy Sebastian na dźwięk jej imienia w widoczny sposób o mało nie stracił zmysłów.

— Czy osobiście przygotowujesz mój lunch, Andrea? Ponieważ według wskazań mojego zegarka prosiłam o niego dziewiętnaście minut temu. Nie potrafię wymyślić żadnego powodu, o ile wykonujesz swoją pracę jak należy, dla którego lunch nie miałby stać teraz na moim biurku. A ty?

Poprawnie wymówiła moje imię! Niewielki sukces, ale nie ma czasu na świętowanie.

— Ee, hm, cóż, bardzo mi przykro, że tak długo to trwa, ale nastąpiło pewne zamieszanie z...

— Wiesz, w jak niewielkim stopniu interesują mnie takie szczegóły, prawda?

— Tak, oczywiście. Rozumiem i niedługo...

— Dzwonię, żeby ci powiedzieć, że chcę dostać mój lunch i chcę go teraz. Nie ma tu miejsca na żadne niuanse, Emily. Chcę. Mój. Lunch. Teraz! — Z tymi słowami odłożyła słuchawkę, a mnie ręce trzęsły się do tego stopnia, że upuściłam komórkę na podłogę. Jakby ją ktoś oblał kwasem.

Sebastian, który wyglądał, jakby miał zemdleć, rzucił się, żeby odzyskać telefon i mi go wręczyć.

— Czy jest przez nas wyprowadzona z równowagi, Andrea? Mam nadzieję, że nie uważa, że ją zawiedliśmy? Uważa tak? Czy tak uważa? — Ściągnął usta, a żyły, i tak już wyraźnie widoczne na czole, pulsowały. Chciałam go nienawidzić tak mocno, jak jej nienawiziłam, ale tylko go żałowałam. Czemu ten człowiek, człowiek, który wydawał się wyróżniać tylko tym, jak bardzo się nie wyróżniał, czemu tak bardzo się przejmował Mirandą Priestly? Dlaczego z takim zaangażowaniem spełniał jej zachcianki, chciał zrobić na niej wrażenie, usłużyć? Może powinien przejąć moją posadę, pomyślałam, bo ja mam zamiar się zwolnić. Tak, to było to. Zamierzałam wmaszerować do biura i się zwolnić. Komu potrzebne to gówno? Co dawało jej prawo mówić do mnie, do kogokolwiek, w taki sposób? Stanowisko? Władza? Prestiż? Cholerna Prada? Czy gdziekolwiek w sprawiedliwym świecie można by to uznać za zachowanie do przyjęcia?

Rachunek, który miałam podpisać, żeby posiłkiem za dziewięćdziesiąt pięć dolarów obciążyć Elias-Clark, spoczywał na podwyższeniu i szybko nabazgrałam nieczytelny podpis. W tym momencie nie byłam nawet pewna, czy to podpis mój, Mirandy, Emily czy Mahatmy Ghandiego, ale nie miało to znaczenia.

Chwyciłam torbę z jedzeniem, która nadawała nowy sens terminowi „lunch na wynos", i z tupotem wybiegłam na zewnątrz, zostawiając wrażliwego Sebastiana, żeby sam sobie radził. Rzuciłam się na taksówkę w chwili, gdy wypadłam na ulicę, prawie zbijając z nóg starszego mężczyznę. Nie miałam czasu, żeby się tym przejmować. Musiałam rzucić pracę. Mimo południowego ruchu przejechaliśmy tych kilka przecznic w pięć minut i wepchnęłam taksiarzowi dwudziestkę. Gdybym miała, dałabym mu pięćdziesiątkę, a potem wymyśliła jakiś sposób, żeby odebrać to sobie od firmy, ale niczego więcej nie znalazłam w portfelu. Z miejsca zaczął odliczać resztę, ale trzasnęłam drzwiami i pobiegłam. Niech ta dwudziestka zostanie wydana na prezent dla jakiejś małej dziewczynki albo na naprawę bojlera, pomyślałam. Albo nawet na kilka piw po pracy w bazie taksówkarzy w Queens — cokolwiek ten taksiarz z nią zrobi, wydawało się w jakiś sposób bardziej szlachetne niż kupno kolejnego kubka Starbucks.

Przepełniona obłudnym oburzeniem jak burza wpadłam do budynku i zignorowałam pełne dezaprobaty spojrzenia małej grupki Klakierów w kącie. Zobaczyłam Benjamina wysiadającego z wind należących do Bergmana, ale szybko odwróciłam się do niego plecami, żeby nie marnować więcej czasu, przeciągnęłam kartą i biodrem pchnęłam bramkę. Cholera! Metalowy drążek głośno uderzył w moją miednicę i wiedziałam, że za parę minut będę tam miała rozlewającego się, fioletowego siniaka. Podniosłam głowę, żeby zobaczyć dwa rzędy lśniących białych zębów i tłustą, spoconą twarz, w której się znajdowały. Eduardo. Chyba żartował. Musiał żartować.

Obrzuciłam go jednym z moich najlepszych spojrzeń spode łba, tym, które wprost mówiło: Zdychaj!, ale dzisiaj to nie zadziałało. Zachowując pełny kontakt wzrokowy, zawróciłam do następnej bramki w rzędzie i z błyskawiczną prędkością przesunęłam kartą, po czym naparłam na poprzeczkę. Zdołał ją zamknąć w ostatniej chwili i stałam tam, gdy przepuszczał Klakierów przez pierwszą bramkę, którą wypróbowałam, jednego za drugim. Sześciu, a ja wciąż stałam, tak sfrustrowana, że mogłabym się rozpłakać. Eduardo nie okazał współczucia.

— Nie bądź taka załamana, dziewczyno. To nie tortura, to zabawa. A teraz, proszę. Uważaj, bo... „Chyba jesteśmy teraz sami, nikogo nie ma wokół nas. Chyba jesteśmy teraz sami, jedyny dźwięk to serca bicie".

— Eduardo! Jak, do licha, można coś takiego odegrać? Nie mam teraz czasu na to gówno!

— Okej, okej. Tym razem bez pokazywania, tylko śpiewasz. Ja zacznę, ty dokończysz. „Spokojnie, dzieciaki! Tak mówią, kiedy jesteśmy razem. I bądźcie grzeczni! Nie rozumieją, więc...".

Zdałam sobie sprawę, że jeżeli w ogóle kiedykolwiek dotrę na górę, nie będę musiała składać wymówienia, bo do tej pory zdążą mnie wylać. Równie dobrze mogę uprzyjemnić komuś dzień.

— „...biegniemy jak najszybciej — pociągnęłam, nie gubiąc ani jednego taktu — trzymając się za ręce. Chcemy uciec w noc, a potem chwytasz mnie w ramiona i gdy padniemy już na ziemię, mówisz...".

Nachyliłam się, gdy zauważyłam, że ten kretyn z pierwszego dnia, Mickey, próbuje podsłuchiwać, a Eduardo dokończył:

— „Chyba jesteśmy teraz sami, nikogo nie ma wokół nas. Chyba jesteśmy teraz sami, jedyny dźwięk to serca bicie!" — Roześmiał się z całego serca i wyciągnął w górę rękę. Przybiłam mu piątkę i usłyszałam kliknięcie otwierającej się metalowej bramki.

— Miłego lunchu, Andy! — zawołał, wciąż z szerokim uśmiechem.

— Tobie też, Eduardo, tobie też.

Jazda windą była rozkosznie nudna i dopiero gdy stałam dokładnie na wprost drzwi do naszego biura, zdecydowałam, że nie mogę rzucić pracy. Poza oczywistą przyczyną — to znaczy było to zbyt przerażające przedsięwzięcie, żeby przystąpić do niego bez przygotowania, prawdopodobnie tylko by na mnie spojrzała i wycedziła: Nie, nie pozwalam ci złożyć wymówienia. Co bym wtedy powiedziała? — musiałam pamiętać, że chodziło tylko o rok z mojego życia. Jeden rok, żeby uniknąć znacznie większej niedoli. Jeden rok, wytrzymać w tym szambie bez narzekań trzysta sześćdziesiąt pięć dni, żeby robić to, czego naprawdę chciałam. Nie było to zbyt trudne wymaganie, a poza tym, czułam się za bardzo zmęczona, żeby choć myśleć o szukaniu innej pracy. O wiele za bardzo.

Emily spojrzała na mnie, kiedy weszłam.

— Zaraz wróci, zadzwonili po nią z biura pana Ravitza. Naprawdę, Andrea, czemu to tak długo trwało? Wiesz, że kiedy się spóźniasz, wsiada na mnie, a co ja jej mogę powiedzieć? Że palisz, zamiast kupić jej kawę, albo rozmawiasz ze swoim chłopakiem, zamiast przynieść jej lunch? To nie w porządku, naprawdę. — Ze zrezygnowanym wyrazem twarzy ponownie przeniosła uwagę na swój komputer.

Oczywiście miała rację. To nie było w porządku. Wobec mnie, wobec niej, wobec żadnej na wpół ucywilizowanej ludzkiej istoty. I paskudnie się czułam, że ją narażam, a robiłam to za każdym razem, gdy zostawałam poza biurem kilka dodatkowych minut, żeby się odprężyć i odetchnąć. Ponieważ każda sekunda mojej nieobecności była kolejną sekundą, w której Miranda bezlitośnie skupiała się na Emily. Przysięgłam sobie, że bardziej się postaram.

— Masz całkowitą rację, Em, i przepraszam. Postaram się. — Wyglądała na szczerze zaskoczoną i jakby nieco zadowoloną.

— Naprawdę byłabym ci wdzięczna, Andrea. Przecież wykonywałam twoją pracę, więc wiem, jaka jest parszywa. Możesz mi wierzyć, były dni, kiedy musiałam wychodzić w śnieg, zawieruchę i deszcz, żeby przynieść jej kawę pięć, sześć, siedem razy jednego dnia. Byłam tak zmęczona, że ledwie mogłam się ruszyć, wiem, jak to jest! Czasami dzwoniła, żeby zapytać, gdzie jest coś, po co mnie posłała — jej latte, lunch, jakaś specjalna pasta do wrażliwych zębów — pocieszające było odkryć, że chociaż jej zęby mają odrobinę wrażliwości — a ja nawet nie zdążyłam jeszcze wyjść z budynku. Nawet nie wyszłam na zewnątrz! Ona taka po prostu jest, Andy, po prostu tak to wygląda. Nie możesz z tym walczyć, bo nie przeżyjesz. Ona nie ma na myśli niczego złego, naprawdę nie. Po prostu taka jest. Skinęłam głową i zrozumiałam, lecz nie potrafiłam się z tym pogodzić. Nie pracowałam jeszcze nigdzie indziej, ale nie mogłam uwierzyć, że wszyscy szefowie wszędzie tak się zachowywali. Ale może?

Zaniosłam torbę z lunchem do swojego biurka i zaczęłam przygotowania, żeby obsłużyć Mirandę. Gołą ręką wyjmowałam każdą rzecz z pojemnika zabezpieczonego folią termoplastyczną, jedną po drugiej, i układałam (stylowo, mam nadzieję) na jednym z porcelanowych talerzy zdjętych z góry. Zwalniając tylko po to, żeby wytrzeć zatłuszczone ręce w parę jej brudnych spodni od Versace, których nie posłałam jeszcze do pralni, umieściłam talerz na cieniutkiej tekowej tacy, którą trzymałam pod biurkiem. Obok znalazła się sosjerka pełna masła, sól i sztućce owinięte w lnianą serwetkę, która już nie była złożona w kształt spódnicy. Szybkie kontrolne spojrzenie na moje dzieło ujawniło brak pellegrino. Trzeba się śpieszyć, może wrócić w każdej chwili! Popędziłam do jednej z minikuchenek i chwyciłam pełną garść kostek lodu, dmuchając na nie, żeby lód nie parzył mi rąk. Dmuchanie było tylko o włos od oblizania — czy to zrobię? Nie! Bądź ponad to, wznieś się ponad to. Nie pluj do jej jedzenia i nie bierz do ust jej kostek lodu, jesteś ponad to!

Gdy wróciłam, gabinet nadal był pusty, a jedyne, co zostało do zrobienia, to nalać wodę z butelki i umieścić całą starannie zaaranżowaną tacę na jej biurku. Wróci, zasiądzie za swoim ogromnym biurkiem i zawoła kogoś, żeby zamknął drzwi. I ten jeden raz zerwę się na równe nogi radośnie, entuzjastycznie, ponieważ będzie to oznaczało nie tylko, że przez dobre pół godziny posiedzi spokojnie za tymi zamkniętymi drzwiami, gruchając z SGG, ale że i my mamy czas coś zjeść. Mogłyśmy wtedy kolejno pognać na dół, do Jadalni, chwycić pierwszą rzecz z brzegu, po czym biegiem wrócić, żeby ta druga mogła wyjść, a następnie starać się ukryć jedzenie pod biurkiem albo za monitorem na wypadek, gdyby niespodziewanie weszła.

Jeśli istniała jakaś niepisana, ale niepodlegająca dyskusji zasada, to że członkowie zespołu nie jedzą w obecności Mirandy. Kropka.

Mój zegarek pokazywał, że było piętnaście po drugiej. Mój brzuch twierdził, że późny wieczór. Minęło siedem godzin, od kiedy połknęłam czekoladowy rożek, wracając do biura ze Starbucks, i byłam taka głodna, że zastanawiałam się, czy nie pożreć jej steku.

— Em, zaraz zemdleję, taka jestem głodna. Chyba pobiegnę na dół i coś sobie wezmę. Przynieść ci coś?

— Zwariowałaś? Jeszcze nie podałaś jej lunchu. Zaraz wróci.

— Mówię poważnie, naprawdę nie czuję się dobrze, chyba nie dam rady poczekać. — Brak snu i niski poziom cukru we krwi do spółki przyprawiały mnie o zawroty głowy. Nie byłam pewna, czy dałabym radę zanieść tacę ze stekiem do jej gabinetu, nawet gdyby wróciła niedługo.

— Andrea, myśl logicznie! A co, jeżeli wpadniesz na nią w windzie albo w recepcji? Będzie wiedziała, że wyszłaś z biura. Wścieknie się. Nie warto ryzykować. Wytrzymaj sekundę, coś ci przyniosę. — Chwyciła portmonetkę z drobnymi i wyszła z biura. Najwyżej cztery sekundy później zobaczyłam Mirandę idącą korytarzem w moją stronę. Wszelkie myśli o zawrotach głowy, głodzie albo wyczerpaniu znikły w momencie, gdy dostrzegłam jej ściągniętą twarz ze zmarszczonymi brwiami, i zerwałam się z miejsca, żeby zanieść tacę na biurko, zanim ona sama do niego dotrze.

Wylądowałam na swoim miejscu — w głowie mi wirowało, w ustach miałam sucho i byłam kompletnie zdezorientowana — tuż przed tym, gdy pierwszy z jej butów od Jimmy'ego Choo przekroczył próg. Nawet na mnie nie spojrzała i na szczęście wyglądało, jakby nie zauważyła, że prawdziwej Emily nie było przy biurku. Miałam wrażenie, że spotkanie, które właśnie odbyła z panem Ravitzem, nie za bardzo się udało, chociaż mogło też chodzić o jej upartą niechęć do opuszczania własnego biura, żeby spotkać się z kimś u niego. Do tej pory pan Ravitz był jedyną osobą w całym budynku, do której pośpiesznie się dostosowała.

— Ahn-dre-ah! Co to jest? Powiedz mi proszę, cóż to jest?

Pomknęłam do jej gabinetu i stanęłam przed biurkiem, gdzie obie spojrzałyśmy na to, co w oczywisty sposób było takim samym lunchem, jaki jadała, ilekroć nie wychodziła do miasta. Szybkie sprawdzenie w duchu listy kontrolnej ujawniło, że niczego nie brakowało, wszystko stało na miejscu, po właściwej stronie i było poprawnie ugotowane. O co jej chodziło?

— Hm, to jest, ee, no, twój lunch — stwierdziłam cicho, usilnie starając się nie powiedzieć niczego sarkastycznie, co było trudne, biorąc pod uwagę, że stwierdzałam całkowitą oczywistość. — Czy coś się stało?

Uczciwie mówiąc, myślę, że tylko rozchyliła usta, ale dla mojego rozhisteryzowanego ja wyglądało to, jakby odsłaniała ostre kły.

— Czy coś się stało? — naśladowała mnie wysokim głosem, kompletnie niepodobnym do mojego, nieludzkim. Zmrużyła oczy w szparki i nachyliła się bliżej, jak zwykle nie podnosząc głosu. — Owszem, coś się stało. Coś jest bardzo, bardzo nie w porządku. Czemu po powrocie do gabinetu muszę znaleźć to stojące na moim biurku?

Zupełnie jak podczas próby rozwiązania jednej z tych zakręconych zagadek. Dlaczego musiała wracać do własnego biurka i znaleźć to coś, co na nim stoi? — zastanawiałam się. Najwyraźniej odpowiedź, że sama to zamówiła godzinę wcześniej, nie była poprawna, ale tylko taką miałam. Czy nie podobała się jej taca, na której stał lunch? Nie, to niemożliwe, widziała ją milion razy i nigdy nie narzekała. A może przypadkowo przygotowali jej niewłaściwy kawałek mięsa? Nie, także nie. W restauracji dali mi kiedyś przez pomyłkę cudownie wyglądający filet, sądząc, że z pewnością ucieszy ją bardziej niż twardy stek z krzyżowej, ale ona o mało nie dostała zawału. Zmusiła mnie, żebym zadzwoniła do samego szefa kuchni i nawrzeszczała na niego przez telefon, a ona stała obok i mówiła, co mam powiedzieć.

— Tak mi przykro, panienko, naprawdę — stwierdził łagodnie, miał głos najmilszego człowieka na świecie. — Naprawdę po prostu pomyślałem, że skoro pani Priestly jest taką dobrą klientką, to będzie wolała nasze popisowe danie. Nie policzyłem za to nic ekstra i proszę się nie obawiać, to się więcej nie powtórzy, obiecuję. — Miałam ochotę się rozpłakać, kiedy kazała mi powiedzieć, że nigdy nie będzie prawdziwym szefem kuchni nigdzie oprócz drugorzędnej knajpy ze stekami, ale zrobiłam to. A on przeprosił, zgodził się ze mną i od tamtego dnia zawsze dostawała swój krwisty stek z krzyżowej. Więc nie chodziło też o to. Nie miałam pojęcia, co powiedzieć ani co zrobić.

— Ahn-dre-ah. Czy asystentka pana Ravitza nie powiedziała ci, że jedliśmy razem lunch w tej żałosnej Jadalni dosłownie parę minut temu? — zapytała powoli, jakby starała się nie stracić nad sobą panowania.

Co takiego? Po tym wszystkim, po całej tej bieganinie i absurdalnym zachowaniu Sebastiana, wściekłych telefonach, posiłku za dziewięćdziesiąt pięć dolarów, piosence Tiffany, aranżowaniu wyglądu talerza, zawrotach głowy i czekaniu, żeby coś zjeść po jej powrocie, ona już jadła?

— Ee, nie, w ogóle do nas nie dzwoniła. Więc, ee, czy to znaczy, że tego nie chcesz? — zapytałam, wskazując na tacę.

Spojrzała na mnie, jakbym proponowała jej zjedzenie pierworodnego dziecka.

— A jak sądzisz, co to znaczy, Emily? — Cholera! A tak jej dobrze szło z moim imieniem.

— Chyba, że, ee, no, że tego nie chcesz.

— Bardzo jesteś spostrzegawcza, Emily. Mam szczęście, że taka jesteś pojętna. A teraz się tego pozbądź. I dopilnuj, żeby coś podobnego więcej się nie powtórzyło. To wszystko.

Przez głowę przemknęła mi przelotna fantazja: jak w filmach ruchem ramienia zmiatam wszystko z biurka i posyłam tacę w powietrzną podróż przez pokój. Ona patrzyłaby i, zaszokowana oraz skruszona, zaczęłaby gorąco przepraszać, że tak się do mnie odezwała. Ale stukanie jej paznokci o blat przywołało mnie z powrotem do rzeczywistości i pośpieszne chwyciłam tacę, po czym ostrożnie wyszłam gabinetu.

— Ahn-dre-ah, zamknij drzwi! Potrzebna mi chwila! — zawołała. Zdaje się, że pojawienie się wykwintnego lunchu na biurku, gdy nie miała ochoty na jedzenie, musiało być naprawdę stresującym doświadczeniem.

Emily właśnie wróciła z puszką dietetycznej coli i paczką rodzynek dla mnie. Miała to być przekąska, dzięki której dotrwam do lunchu i oczywiście nie było w niej nawet jednej kalorii, grama tłuszczu czy uncji cukru. Gdy usłyszała wołanie Mirandy, rzuciła wszystko na swoje biurko i podbiegła zamknąć przeszklone drzwi.

— Co się stało? — wyszeptała, mierząc wzrokiem nietkniętą tacę z jedzeniem, którą trzymałam, stojąc jak skamieniała w pobliżu własnego biurka.

— Och, wygląda na to, że nasza czarująca szefowa już jadła lunch — syknęłam przez zaciśnięte zęby. — Właśnie dała mi popalić, że nie przewidziałam, nie przeczułam, nie byłam w stanie zajrzeć wprost do jej żołądka i stwierdzić, że już nie jest głodna.

— Żartujesz — powiedziała. — Nakrzyczała na ciebie, bo pobiegłaś przynieść jej lunch — tak jak prosiła — a potem nie umiałaś stwierdzić, że już jadła gdzie indziej? Co za suka!

Kiwnęłam głową. Co za fenomenalna zmiana frontu, choć raz mieć Emily naprawdę po swojej stronie, a nie wysłuchiwać jej pouczeń, jak to „niczego nie przyswajam". Ale zaraz! To zbyt piękne, aby mogło być prawdziwe. Jak słońce opuszcza niebo, pozostawiając tylko różowe i niebieskie smugi tam, gdzie świeciło parę sekund wcześniej, twarz Emily w mgnieniu oka zmieniła się od złości do skruchy. Paranoidalna Pętla *Runwaya*!

— Pamiętaj, o czym rozmawiałyśmy wcześniej, Andrea. — Oho, nadchodzi. PPR na godzinie dwunastej. — Ona nie robi tego, żeby cię skrzywdzić, nie ma niczego złego na myśli. Jest o wiele zbyt ważną osobą, żeby zajmować się drobiazgami. Więc nie walcz z tym. Po prostu wyrzuć jedzenie i bierzmy się do roboty. — Emily zrobiła minę pełną determinacji i zajęła miejsce przed swoim komputerem. Wiedziałam, że właśnie się zastanawia, czy Miranda ma podsłuch w naszej części biura i wszystko słyszała. Była czerwona, wzburzona i najwyraźniej bardzo niezadowolona z powodu takiej utraty kontroli nad sobą. Pojęcia nie miałam, jakim cudem przetrwała tak długo.

Zaniosłam tacę do kuchni i przechyliłam, tak że każdy najdrobniejszy przedmiot po prostu zsunął się wprost do śmieci — całe to idealnie przygotowane i doprawione jedzenie, porcelanowy talerz, metalowy pojemnik na masło, miseczka z solą, lniana serwetka, srebra, nóż do steków i szklanka od Baccarata. Znikły. Wszystkie znikły. Jakie to miało znaczenie? Dostanę wszystko następnego dnia albo kiedy tylko ona ponownie nabierze apetytu na lunch.

Kiedy wreszcie dotarłam do Drinklandu, Alex wyglądał na zirytowanego, a Lily na wyczerpaną. Natychmiast zaczęłam się zastanawiać, czy Alex skądś wiedział, że zostałam dziś zaproszona na randkę przez kogoś, kto nie tylko jest sławny i od niego starszy, ale też okazał się stuprocentowym fiutem. Zauważył? Wyczuł coś? Czy powinnam mu powiedzieć? Nie, nie ma potrzeby się w to wdawać, skoro sprawa jest pozbawiona znaczenia. Wcale nie chciałam się przyznawać do zainteresowania innym facetem ani nie miałam zamiaru się w to wdawać. Więc wspominanie o tej rozmowie do niczego by nie doprowadziło.

— Hej, dziewczyno ze świata mody — wybełkotała Lily, w powitalnym geście machając do mnie swoim ginem z tonikiem. Trochę chlapnęło na przód jej swetra, ale najwyraźniej tego nie zauważyła. — A może powinnam powiedzieć „przyszła współlokatorko"? Chwytaj drinka. Musimy wznieść toast! — Wyszło jej to jak „tost".

Ucałowałam Aleksa i usiadłam obok niego.

— Ależ dzisiaj odlotowo wyglądasz! — stwierdził, z aprobatą mierząc wzrokiem mój strój od Prady. — Kiedy to się stało?

— Och, dzisiaj. Właściwie niemal wprost mi powiedzieli, że jeżeli nie poprawię swojego wyglądu, mogę zostać bez pracy. Dość obraźliwe, ale muszę stwierdzić, że jeżeli trzeba coś nosić codziennie, to te ciuchy są wcale niezłe. Hej, słuchajcie, naprawdę strasznie przepraszam, że się spóźniłam. Książka zajęła dziś całe wieki, a kiedy już ją podrzuciłam Mirandzie, kazała mi przejść się do delikatesów na rogu i kupić bazylię.

— Mówiłaś, zdaje się, że ma kucharza — wytknął Alex. — Czemu on nie mógł tego załatwić?

— Rzeczywiście ma kucharza. Ma też gosposię, nianię i dwójkę dzieci, więc nie mam pojęcia, czemu to ja zostałam wysłana po zioła do kolacji. Szczególnie irytujące było to, że na Piątej Alei nie ma żadnych delikatesów, podobnie jak przy Madison i Park, więc musiałam się dostać aż na Lex, żeby coś znaleźć. Ale oczywiście nie mieli w sprzedaży bazylii i szłam dziewięć przecznic w górę, dopóki nie znalazłam otwartego D'Agostino. Zajęło mi to dodatkowe czterdzieści pięć minut. Powinnam nabyć pieprzony regał z ziołami i zacząć wszędzie go ze sobą ciągać. Ale pozwólcie, że wam powiem, jak bardzo opłaciło się poświęcić tych czterdzieści pięć minut! Pomyślcie tylko, ile się nauczyłam, kupując tę bazylię, o ile lepiej jestem przygotowana na przyszłość, kiedy będę pracować w czasopismach! Jestem teraz na prostej drodze do kariery redaktorskiej! — błysnęłam zwycięskim uśmiechem.

— Za twoją przyszłość! — zawołała Lily, nie wyczuwając w mojej diatrybie ani śladu sarkazmu.

— Jest strasznie zaprawiona — stwierdził cicho Alex, przyglądając się Lily takim wzrokiem, jakim można by obserwować chorego krewnego, który śpi w szpitalnym łóżku. — Zjawiłem się punktualnie, z Maksem, który już sobie poszedł, ale ona musiała tu siedzieć od paru godzin. Albo pije naprawdę szybko.

Lily zawsze piła z rozmachem, ale kompletne mnie to nie dziwiło, bo Lily wszystko robiła z rozmachem. Pierwsza w gimnazjum paliła trawę i pierwsza w liceum straciła dziewictwo, w college'u pierwsza zdecydowała się na skoki z opóźnionym otwarciem spadochronu. Kochała każdego i wszystko, co nie odwzajemniało tego uczucia, dopóki dzięki temu czuła, że żyje.

— Po prostu nie rozumiem, jak możesz z nim sypiać, skoro

wiesz, że w życiu nie zerwie ze swoją dziewczyną — powiedziałam o facecie, z którym potajemnie spotykała się na trzecim roku.

— A ja po prostu nie rozumiem, jak możesz przestrzegać w życiu tylu zasad — odpaliła w rewanżu. — Gdzie miejsce na radość w twoim idealnie zaplanowanym, zaprojektowanym, wypełnionym zasadami życiu? Pożyj trochę, Andy! Poczuj coś! Dobrze jest żyć!

Może ostatnio piła trochę więcej, ale widziałam, że ten pierwszy rok studiów był niesamowicie stresujący nawet dla niej, a jej profesorowie na Uniwersytecie Columbia byli bardziej wymagający i mniej wyrozumiali niż ci, których owinęła sobie wokół małego palca w Brown. Może to nie taki zły pomysł, stwierdziłam, dając znak kelnerce. Może alkohol był sposobem, żeby to znieść. Zamówiłam waniliową stoliczną oraz sprite'a, i pociągnęłam długi, solidny łyk. Przede wszystkim zrobiło mi się od tego niedobrze, bo wciąż jeszcze nie zdążyłam zjeść niczego oprócz rodzynek i wypić coli light, o które wcześniej postarała się dla mnie Emily.

— Na pewno miała po prostu kilka ciężkich tygodni w szkole — powiedziałam do Aleksa, jakby Lily nie siedziała z nami. Nie zauważyła, że o niej mówimy, ponieważ zajęła się rzucaniem zalotnych spojrzeń spod półprzymkniętych powiek jakiemuś yuppie przy barze. Alex otoczył mnie ramieniem, a ja przesunęłam się na kanapie. Wspaniale było znów znaleźć się tuż obok niego — miałam wrażenie, że od ostatniego razu minęły całe tygodnie.

— Nie znoszę psuć zabawy, ale naprawdę muszę wracać do domu — oznajmił Alex, zakładając mi kosmyk włosów za ucho. — Poradzisz sobie z nią?

— Musisz iść? Już?

— Już? Andy, siedziałem tu, patrząc, jak twoja najlepsza przyjaciółka pije, przez ostatnie dwie godziny. Przyszedłem się zobaczyć z tobą, ale ciebie nie było. A teraz jest prawie północ, a ja wciąż jeszcze mam wypracowania do sprawdzenia. — Mówił spokojnie, ale widziałam, że był zdenerwowany.

— Przepraszam cię za to, naprawdę. Wiesz, że bym przyszła, gdybym miała na to jakiś wpływ. Wiesz, że...

— Wiem, oczywiście. Nie twierdzę, że zrobiłaś coś złego ani że mogłaś to jakoś inaczej rozegrać. Rozumiem. Ale spróbuj też zrozumieć moje powody, okej?

Kiwnęłam głową i pocałowałam go, ale czułam się okropnie. Ślubowałam sobie, że jakoś mu to wynagrodzę, wybiorę jakiś wieczór i zaplanuję coś naprawdę wyjątkowego tylko dla nas dwojga. W końcu znosił to wszystko z mojej strony bez narzekań.

— Ale chyba zostaniesz na noc? — zapytałam z nadzieją.

— Nie, o ile nie potrzebujesz pomocy przy Lily. Naprawdę muszę iść do domu i zająć się tymi pracami. — Uściskał mnie na do widzenia, pocałował Lily w policzek i ruszył w stronę drzwi. — Zadzwoń, gdybyś mnie potrzebowała — powiedział, wychodząc.

— Hej, czemu Alex wyszedł? — zapytała Lily, chociaż siedziała tam podczas całej rozmowy. — Jest na ciebie wkurzony?

— Pewnie tak — westchnęłam, tuląc do piersi płócienną teczkę. — Ostatnio traktowałam go w gówniany sposób. — Poszłam do baru poprosić o menu z przystawkami, a kiedy wróciłam, ten yuppie siedział zwinięty na kanapie obok Lily. Wyglądał na dwadzieścia parę lat, ale rzednące włosy nie pozwalały stwierdzić tego z całą pewnością.

Chwyciłam kurtkę i rzuciłam nią w Lily.

— Wkładaj to. Wychodzimy — oznajmiłam, patrząc na niego. Nie należał do wysokich, a spodnie z zaszewkami nie pomagały jego pulchnej sylwetce. W dodatku fakt, że jego język znajdował się teraz pięć centymetrów od ucha mojej najlepszej przyjaciółki, nie wpływał na zwiększenie mojej sympatii.

— Hej, po co ten pośpiech? — zapytał jękliwym, nosowym głosem. — Twoja przyjaciółka i ja dopiero się poznajemy. — Lily uśmiechnęła się i kiwnęła głową, próbując pociągnąć łyk drinka, bez świadomości, że ma pustą szklankę.

— Cóż, to bardzo słodkie, ale na nas już pora. Jak masz na imię?

— Stuart.

— Miło mi cię poznać, Stuart. Może dasz Lily swój numer telefonu, żeby mogła do ciebie zadzwonić, kiedy trochę lepiej się poczuje — albo i nie. Jak ci się to podoba? — Błysnęłam w jego stronę swoim najbardziej zwycięskim uśmiechem.

— Hm, jak chcesz. Bez obaw. Później was złapię. — Wstał i poszedł do baru tak szybko, że Lily nawet nie zdążyła zauważyć jego nieobecności.

— Stuart i ja dopiero się poznajemy, prawda, Stu? — Odwróciła się w stronę, gdzie przed chwilą siedział, i wyglądała na zmieszaną.

— Stuart musiał lecieć, Lil. Chodź, wynosimy się stąd.

Narzuciłam jej kurtkę na sweter i szarpnięciem postawiłam na nogi. Kołysała się niebezpiecznie, zanim odzyskała równowagę. Na zewnątrz było zimno. Uznałam, że to pomoże jej wytrzeźwieć.

— Nie czuję się dobrze — znów zaczęła bełkotać.

— Wiem, kochanie, wiem. Weźmy taksówkę do ciebie do mieszkania, okej? Jak myślisz, dasz radę?

Kiwnęła głową, a potem bardzo wymownie pochyliła się i zwymiotowała. Dokładnie na swoje brązowe buty, opryskując przy okazji brzegi bojówek. Gdyby tylko dziewczyny z *Runwaya* mogły zobaczyć teraz moją najlepszą przyjaciółkę, krążyła mi po głowie uparta myśl.

Posadziłam Lily na parapecie witryny, którą po uważnych oględzinach wytypowałam jako pozbawioną alarmu, i zabroniłam jej się ruszać. Po przeciwnej stronie ulicy był całodobowy monopolowy, a ta dziewczyna zdecydowanie potrzebowała trochę wody. Do czasu gdy wróciłam, zdążyła zwymiotować jeszcze raz — tym razem obrzygała się z góry na dół — a oczy miała błędne. Kupiłam dwie butelki mineralnej Poland Spring, jedną do wypicia, a drugą do mycia, ale teraz była za bardzo uświniona. Jedną butelkę wylałam jej na stopy, żeby spłukać wymiociny, a połowę drugiej na kurtkę. Lepiej być przemoczonym niż pokrytym rzygami. Była tak pijana, że nawet tego nie zauważyła.

Przekonanie taksiarza, żeby zabrał nas z Lily, wymagało

trochę dyplomacji, ale obiecałam naprawdę wielki napiwek jako dodatek do z pewnością poważnej należności za dojazd. Jechałyśmy z jednego końca miasta na drugi i już zaczęłam kombinować, jak wciągnąć tę jazdę za jakieś dwadzieścia dolarów do służbowych wydatków. Prawdopodobnie mogłabym po prostu wpisać ją jako wyprawę w poszukiwaniu czegoś dla Mirandy. Tak, to się musiało udać.

Piesza wędrówka na trzecie piętro była jeszcze mniej zabawna niż jazda taksówką, ale po dwudziestopięciominutowej przejażdżce Lily stała się bardziej skłonna do współpracy i nawet dała radę umyć się pod prysznicem, kiedy ją rozebrałam. Pokierowałam nią w stronę łóżka i przyglądałam się, jak padła na nie twarzą w dół, waląc kolanami w skrzynię na pościel. Patrzyłam na nią, nieprzytomną, i w tym momencie ogarnęła mnie nostalgia za college'em, za wszystkim, co wtedy razem robiłyśmy. Teraz było zabawnie, bez dwóch zdań, ale nigdy nie będzie już tak beztrosko jak wówczas.

Przelotnie zastanowiłam się, czy Lily ostatnio nie za dużo pije. W sumie wyglądało na to, że niemal stale jest pijana. Kiedy Alex poruszył ten temat tydzień wcześniej, zapewniłam go, że ona wciąż jeszcze jest studentką, nadal żyje poza prawdziwym światem, bez prawdziwych, odpowiedzialnych zadań (jak nalewanie idealnego pellegrino!). Przecież w końcu razem wypiłyśmy o ładne kilka głębszych za dużo w Senior Frog w czasie wiosennych ferii czy zbyt ambitnie rozpracowywałyśmy trzy butelki czerwonego wina podczas obchodów rocznicy dnia, kiedy to poznałyśmy się w ósmej klasie. Lily trzymała mi głowę, kiedy klęczałam przed kiblem po postegzaminacyjnej pijatyce i cztery razy zatrzymywała samochód, gdy odwoziła mnie do akademika po nocy z ośmioma drinkami „rum z colą" oraz szczególnie ohydnym wykonaniu *Nie ma róży bez kolców* w wersji karaoke. W nocy po dwudziestych pierwszych urodzinach Lily zaciągnęłam ją do swojego mieszkania i wpakowałam do własnego łóżka, po czym co dziesięć minut sprawdzałam, czy oddycha, i w końcu zasnęłam na podłodze obok, kiedy już miałam pewność, że przeżyje. Tamtej nocy budziła się dwa razy. Pierwszy, żeby zwymiotować za łóżko — usilnie starając się trafić do kosza na śmieci, który przy łóżku ustawiłam, ale w zamroczeniu obrzygując mi ścianę — i drugi, żeby szczerze przeprosić i powiedzieć, że mnie kocha i że jestem najlepszą przyjaciółką, jaka może się trafić. To właśnie robili przyjaciele, upijali się razem, popełniali głupstwa i opiekowali sobą nawzajem, prawda? A może to były tylko studenckie zabawy, rytuały przejścia, które miały swój czas i miejsce? Alex upierał się, że tym razem było inaczej, ona była inna, ale ja tak tego nie widziałam.

Wiedziałam, że powinnam zostać z nią na noc, ale dochodziła druga i za pięć godzin musiałam być w pracy. Moje ciuchy śmierdziały wymiocinami i nie było szans, żebym znalazła w szafie Lily chociaż jedną stosowną rzecz, nadającą się do noszenia w *Runwayu* — nawet gdybym porzuciła swój nowo zrewidowany styl na rzecz dawnego „dla ubogich". Westchnęłam, przykryłam ją kocem i nastawiłam budzik na siódmą rano na wypadek, gdyby nie miała przesadnego kaca. Mogłaby spróbować zdążyć na zajęcia.

— Pa. Lil, idę. Wszystko okej? — Umieściłam bezprzewodowy telefon na poduszce przy jej głowie.

Otworzyła oczy, spojrzała wprost na mnie i uśmiechnęła się.

— Dzięki — wymamrotała, powieki znów jej opadły. W maratonie nie miałaby szans, ale da radę to przespać.

— Cała przyjemność po mojej stronie — zdołałam odpowiedzieć, chociaż dopiero teraz przestałam biegać, przynosić coś, przestawiać, sprzątać czy w inny sposób służyć pomocą. — Zadzwonię jutro — dodałam, walcząc, żeby nie ugięły się pode mną kolana. — Jeśli któraś z nas będzie jeszcze żywa. — I wreszcie, wreszcie poszłam do domu.

10

— Hej, dobrze, że cię złapałam — usłyszałam w słuchawce głos Cary. Czemu o siódmej czterdzieści pięć rano była zadyszana?

— Uch-och. Nigdy tak wcześnie nie dzwonisz. Co się stało? — W ułamku sekundy, jaki zajęło wypowiedzenie tych słów, przez głowę przemknęło mi kilka scenariuszy dotyczących tego, czego mogłaby chcieć Miranda.

— Nie, nie, nic z tych rzeczy. Chciałam tylko cię ostrzec, że SGG jest w drodze, żeby się z tobą zobaczyć, a dziś rano był szczególnie gadatliwy.

— Och, cóż, rzeczywiście wspaniała wiadomość. Minęło, ile to już, prawie tydzień, odkąd przesłuchał mnie na temat wszelkich aspektów mojego życia. Już się zastanawiałam, gdzie się podział mój największy fan. — Skończyłam pisać notatkę i nacisnęłam „drukuj".

— Muszę stwierdzić, że szczęśliwa z ciebie dziewczyna. Kompletnie przestał się mną interesować — westchnęła tęsknie i dramatycznie. — Ma oczy tylko dla ciebie. Słyszałam, jak mówił, że jedzie przedyskutować z tobą szczegóły przyjęcia w muzeum.

— Wspaniale, po prostu wspaniale. Nie mogę się doczekać, kiedy poznam jego brata. Do tej pory rozmawiałam z nim przez telefon i gada jak kompletny dupek. Masz pewność, że jest w drodze, czy istnieje możliwość, że ktoś życzliwy w niebiosach oszczędzi mi dziś tego konkretnego nieszczęścia?

— Nic z tego, nie dziś. Zdecydowanie jedzie. Miranda ma o wpół do dziewiątej wizytę u pedikiurzystki, więc nie sądzę, żeby z nim przyjechała.

Szybko sprawdziłam książkę spotkań na biurku Emily i upewniłam się co do tych wizyt. Rzeczywiście w planie był poranek bez Mirandy.

— Po prostu cudownie. SGG jest najbardziej wymarzoną osobą na poranne nawiązywanie bliskich kontaktów. Czemu on tyle gada?

— Jestem w stanie odpowiedzieć ci tylko w jeden sposób, wskazując na to, co oczywiste: ożenił się z nią, więc najwyraźniej ma nie po kolei. Zadzwoń, jeżeli powie coś szczególnie absurdalnego, muszę już lecieć. Caroline bez żadnego powodu rozmazała właśnie po lustrze jedną ze szminek Mirandy.

— Życie nas nie oszczędza, co? Jesteśmy najlepsze. W każdym razie dzięki za uprzedzenie. Pogadamy później.

— Okej, pa.

Czekając na pojawienie się SGG, przejrzałam tę notatkę. Była to prośba od Mirandy do Rady Nadzorczej Metropolitan Museum. Prosiła o pozwolenie urządzenia w marcu przyjęcia w jednej z ich galerii, przyjęcia dla swojego szwagra, człowieka, którym absolutnie pogardzała, ale należał do rodziny, niestety. Jack Tomlinson był młodszym i mniej cywilizowanym bratem SGG i właśnie oznajmił, że opuszcza żonę oraz trójkę dzieci, żeby poślubić swoją meksykańską sprzątaczkę. Chociaż obaj z SGG stanowili kwintesencję Arystokracji ze Wschodniego Wybrzeża, po dwudziestce Jack zrzucił skórę harwardczyka i przeprowadził się do Dallas, gdzie z miejsca zrobił majątek w handlu nieruchomościami. Sądząc po tym, co mi opowiedziała Emily, przedzierzgnął się w stuprocentowego kowboja z Teksasu, wieśniaka żującego wykałaczkę i spluwającego tytoniem, co oczywiście napełniało niesmakiem Mirandę, wyznawczynię klasy i wyrafinowania. SGG poprosił Mirandę, żeby zorganizowała przyjęcie zaręczynowe dla jego młodszego braciszka, a ona, zaślepiona miłością, nie miała wyboru i musiała ulec.

A jeśli już musiała coś zrobić, to pewne jak cholera, że miało to być zrobione jak należy. A jak należy oznaczało Metropolitan Museum.

Szanowni Członkowie, bla, bla, bla, chciałabym zwrócić się z prośbą o udzielenie przez muzeum gościny uroczemu wieczorkowi, bla, bla, bla, zatrudnimy tylko najlepszych dostawców, kwiaciarzy i zespół, oczywiście, bla, bla, bla, z radością przyjmiemy wszelkie Państwa sugestie, bla, bla. Po raz ostatni upewniając się, że nie ma żadnych rażących błędów, szybko sfałszowałam jej podpis i wezwałam posłańca, żeby przyszedł to odebrać.

Pukanie w drzwi biura — które o tak wczesnej porannej godzinie były zamknięte, ponieważ i tak nikogo jeszcze nie było — rozległo się niemal natychmiast. Byłam pod wrażeniem, w jakim czasie udało mu się dotrzeć na miejsce. Drzwi się otworzyły, ukazując SGG, który prezentował uśmiech o wiele zbyt entuzjastyczny jak na tak wczesną porę.

— Andrea! — wykrzyknął SGG, natychmiast podchodząc do mojego biurka ze szczerym uśmiechem, który przyprawił mnie o poczucie winy, że faceta nie lubię.

— Dzień dobry, panie Tomlinson. Co pana sprowadza o tej godzinie? — zapytałam. — Przykro mi to mówić, ale Mirandy jeszcze nie ma.

Zachichotał, marszcząc nos jak gryzoń.

— Tak, tak, zjawi się dopiero po lunchu, tak mi się przynajmniej wydaje. Andy, doprawdy zbyt długo już nie mieliśmy czasu na pogawędkę. Powiedz teraz panu T. o tym, jak ci idzie.

— Proszę mi to dać — stwierdziłam, ciągnąc worek z monogramem pełen brudnych rzeczy Mirandy, który mu dała, żeby mi przekazał. Uwolniłam go także od wyszywanej paciorkami torby Fendi, która ostatnio często się przewijała. Była to jedyna w swoim rodzaju torba, ręcznie wyszywana kryształami w skomplikowany wzór, zaprojektowana specjalnie dla Mirandy przez Silvię Venturini Fendi w podziękowaniu za wsparcie i któraś z asystentek działu mody wyceniła jej wartość na jakieś dziesięć kawałków. Zauważyłam jednak, że dziś jedna z wąskich skórzanych rączek znów była oderwana, mimo że dział dodatków już ze dwadzieścia razy zwracał ją Fendi do naprawy. Torba została pomyślana do przechowywania delikatnego damskiego portfela w towarzystwie pary przeciwsłonecznych okularów czy, jeśli to całkowicie konieczne, niedużego telefonu komórkowego. Miranda kompletnie się tym nie przejęła. Aktualnie wpakowała do niej wielką butlę perfum Bulgari, sandał ze złamanym obcasem, który prawdopodobnie miałam oddać do naprawy, ogromny elektroniczny notes, ważący więcej niż cały laptop, niezwykłych rozmiarów psią kolczatkę, co do której wciąż nie miałam pewności, czy należała do jej psa, czy miała pojawić się na kolejnej sesji zdjęciowej, oraz Książkę, którą dostarczyłam poprzedniego wieczoru. Ja zastawiłabym torbę za dziesięć tysięcy dolarów i opłaciła roczny czynsz, ale Miranda wolała używać jej jako worka na śmieci.

— Dziękuję, Andy, naprawdę jesteś dla wszystkich wielką pomocą. A więc pan T. z pewnością chciałby usłyszeć coś więcej o twoim życiu. Co słychać?

Co słychać? Co słychać? Hmmm, niech pomyślę. Zdaje mi się, że naprawdę nic szczególnego. Większość czasu poświęcam próbie przetrwania okresu zniewolenia przez pańską sadystyczną żonę. A jeśli podczas dnia pracy mam jakieś wolne chwile, kiedy ona nie wysuwa pod moim adresem poniżających żądań, próbuję zablokować potok ogłupiających bzdur, którymi raczy mnie jej główna asystentka. Podczas tych niezwykle rzadkich okazji, gdy udaje mi się wyrwać poza mury tego biura, zwykle staram się przekonać samą siebie, że naprawdę można jeść więcej niż osiemset kalorii dziennie — albo też skupiam się na upomnieniach, że noszenie rozmiaru sześć nie oznacza przynależności do kategorii „puszystych". No więc chyba odpowiedź jest krótka, niewiele.

— Nie za wiele, proszę pana. Dużo pracuję. A kiedy nie pracuję, to raczej spotykam się z najlepszą przyjaciółką albo ze swoim chłopakiem. Staram się też widywać rodzinę. — Kiedyś dużo czytałam, chciałam dodać, ale teraz jestem zbyt zmęczona.

I zawsze duże znaczenie miał dla mnie tenis, ale nie było już na to czasu.

— Więc masz dwadzieścia pięć lat, prawda? — stwierdził bez związku. Nawet nie umiałam sobie wyobrazić, do czego zmierzał.

— Ee, nie, dwadzieścia trzy. W maju skończyłam studia.

— Ach-ha! Dwadzieścia trzy, hę? — Wyglądało, jakby się zastanawiał, czy coś powiedzieć, czy nie. Przygotowałam się na najgorsze. — Więc powiedz panu T., co dwudziestotrzylatki robią w tym mieście, żeby się zabawić? Restauracje? Kluby? Tego rodzaju rzeczy? — Znów się uśmiechnął i zaczęłam się zastanawiać, czy naprawdę trzeba było na niego uważać tak bardzo, jak się wydawało: jego zainteresowanie nie kryło żadnych grzesznych podtekstów, najwyraźniej czuł tylko potrzebę mówienia.

— No, cóż, chyba różne rzeczy. Właściwie nie chodzę do klubów, ale do barów, pubów i takich miejsc. Na kolację, do kina.

— Cóż, to mi wygląda na świetną zabawę. Też się tym zajmowałem w twoim wieku. A teraz są tylko spotkania zawodowe i dobroczynne. Ciesz się tym, póki możesz, Andy. — Mrugnął, jak mógłby to zrobić tatuś kretyn.

— Tak, oczywiście, staram się — zdołałam odpowiedzieć. Proszę, wyjdź, proszę, wyjdź, proszę, wyjdź, nakazywałam mu w duchu, tęsknie wpatrując się w bajgla, który przyzywał mnie z całą mocą. Mam w ciągu dnia trzy minuty ciszy i spokoju, a ten facet mi to psuje.

Otworzył usta, żeby coś powiedzieć, ale przez drzwi z rozmachem i tupotem wpadła Emily. W uszach miała słuchawki i kołysała się w rytm muzyki. Zobaczyłam, jak na jego widok zrobiła wielkie oczy.

— Pan Tomlinson! — wykrzyknęła, zrywając słuchawki i wrzucając odtwarzacz do torby od Gucciego. — Czy wszystko w porządku? Mirandzie nic się nie stało, prawda? — Wyglądała i mówiła, jakby się szczerze przejęła. Przedstawienie na piątkę, zawsze usłużna, niezawodnie uprzejma asystentka.

— Cześć, Emily. Wszystko w porządku, Miranda niedługo

się tu zjawi. Pan T. wpadł tylko podrzucić jej rzeczy. A co tam dziś u ciebie?

Emily cała się rozpromieniła. Zastanawiałam się, czy autentycznie cieszy się z jego obecności.

— Świetnie, dziękuję, że pan pyta. A u pana? Czy Andrea we wszystkim panu pomogła?

— O, z pewnością — stwierdził, rzucając w moim kierunku uśmiech numer sześć tysięcy. — Chciałem sprawdzić kilka szczegółów w związku z przyjęciem zaręczynowym mojego brata, ale zdaję sobie sprawę, że prawdopodobnie jest na to trochę za wcześnie, zgadza się?

Przez chwilę myślałam, że chodziło mu o zbyt wczesną porę, i o mało nie krzyknęłam „tak!", ale zaraz zrozumiałam, że miał na myśli planowaną datę imprezy.

Odwrócił się z powrotem do Emily i powiedział:

— Masz tu wspaniałą młodszą asystentkę, nie uważasz?

— Oczywiście — zdołała wydusić przez zaciśnięte zęby. — Jest najlepsza. — Uśmiechnęła się szeroko.

Ja też uśmiechnęłam się szeroko.

Pan Tomlinson pokazał zęby w uśmiechu o szczególnie dużej mocy i zaczęłam się zastanawiać, czy cierpi na brak równowagi chemicznej, czy może chroniczną fazę maniakalną.

— Cóż, lepiej, żeby pan T. już ruszał. Zawsze cudownie jest z wami pogawędzić, dziewczyny. Miłego poranka dla was obu. No, do widzenia.

— Do widzenia, panie Tomlinson! — zawołała Emily, gdy znikał za rogiem korytarza w drodze do recepcji. Byłam ciekawa, czy dałby radę chwycić Sophy za tyłek, zanim wskoczy do windy.

— Czemu byłaś dla niego taka niegrzeczna? — zapytała, zdejmując lekki skórzany żakiet, żeby odsłonić cieniutką szyfonową bluzkę z dekoltem, sznurowaną z przodu jak gorset.

— Taka niegrzeczna? Odebrałam od niego jej rzeczy i porozmawiałam, zanim przyszłaś. Co w tym niegrzecznego?

— Cóż, po pierwsze nie powiedziałaś do widzenia. I masz ten swój wyraz twarzy.

— Wyraz twarzy?

— Tak, ten charakterystyczny. Ten, który mówi wszystkim, jak bardzo jesteś ponad, jak bardzo nienawidzisz tu być. Ze mną to może przejść, ale nie z panem Tomlinsonem. To jest mąż Mirandy, po prostu nie możesz go tak traktować.

— Em, nie uważasz, że on jest trochę, no nie wiem... dziwny? Nie przestaje mówić. Jak może być taki miły, kiedy ona jest taką... taka niemiła? — Zauważyłam, że zajrzała do gabinetu Mirandy, chcąc się upewnić, czy poprawnie ułożyłam gazety.

— Dziwny? Wątpię, Andrea. Jest jednym z najbardziej znanych doradców podatkowych na Manhattanie.

Nie było warto.

— Nieważne, sama nie wiem, co mówię. A co u ciebie? Jak ci minął wieczór?

— Dobrze. Robiłam z Jessicą zakupy dla jej druhen. Wszędzie — w Scoop, Bergdorfie, Infinity, wszędzie. I przymierzyłam trochę ciuchów, żeby mieć jakieś pomysły na Paryż, ale na to jeszcze naprawdę za wcześnie.

— Do Paryża? Jedziesz do Paryża? Czy to znaczy, że zostawisz mnie samą z nią? — Nie zamierzałam tego ostatniego mówić głośno, po prostu mi się wymknęło.

Znów spojrzenie, jakbym zwariowała.

— Tak, pojadę do Paryża i Mediolanu z Mirandą w październiku, na wiosenne pokazy *prêt-à-porter*. Co roku zabiera starszą asystentkę na wiosenne pokazy, żeby przekonała się, jak to naprawdę wygląda. To znaczy byłam jakiś milion razy w Bryant Park, ale europejskie pokazy są po prostu inne.

Przeprowadziłam szybką kalkulację.

— W październiku, czyli za siedem miesięcy? Mierzysz ciuchy na wyjazd za siedem miesięcy od teraz? — Nie chciałam, żeby to zabrzmiało tak ostro, jak zabrzmiało, ale Emily z miejsca przyjęła postawę obronną.

— Cóż, tak. Oczywiście nie zamierzałam niczego kupować — tyle będzie zmian stylu do tej pory. Ale chciałam już zacząć o tym myśleć. Wiesz, to naprawdę wielkie wyzwanie.

Lot w klasie biznes, pobyt w pięciogwiazdkowych hotelach, najbardziej zwariowane przyjęcia na świecie. I, mój Boże, trzeba chodzić na najbardziej ekskluzywne pokazy, jakie się odbywają.

Emily zdążyła mi już opowiedzieć, że Miranda jeździ do Europy trzy albo cztery razy do roku na pokazy mody. Zawsze omijała Londyn, jak wszyscy, ale jeździła do Mediolanu i Paryża w październiku na wiosenne *prêt-à-porter*, w czerwcu na zimowe *couture*, a w marcu na jesienne *prêt-à-porter*. Czasami wybierała się na pokazy świąteczne, ale nie zawsze. Pracowałyśmy jak szalone, żeby przygotować Mirandę na pokazy zbliżające się z końcem miesiąca. Przelotnie zaciekawiło mnie, czemu nie planuje zabrać ze sobą asystentki.

— Dlaczego nie zabiera cię na wszystkie wyjazdy? — Postanowiłam pójść na całość, chociaż odpowiedź z pewnością musiała wymagać dłuższego wyjaśnienia. Już myśl o nieobecności Mirandy w biurze przez całe dwa tygodnie była podniecająca, a pozbycie się na równie długo Emily przyprawiło mnie o zawrót głowy. Wyobraźnię wypełniły mi wizje cheeseburgerów z bekonem, zwykłych starych dżinsów i płaskich obcasów — o, do licha, może nawet tenisówek. — Czemu tylko w październiku?

— To nie jest tak, że nie ma tam pomocy. Włoski i francuski *Runway* przysyłają dla Mirandy jakieś asystentki i przez większość czasu pomocą służą też sami redaktorzy. Ale podczas wiosennych *prêt-à-porter* Miranda urządza ogromną imprezę, doroczne przyjęcie powitalne, o którym wszyscy mówią, że jest największe i najlepsze podczas pokazów w ciągu roku. Więc oczywiście tylko mnie może zaufać, jeśli chodzi o pomoc. — Oczywiście.

— Hmm, wygląda, że to wspaniała sprawa. A ja zostaję tu na posterunku, co?

— Tak, mniej więcej. Ale nie myśl, że to będzie łatwizna. Te dwa tygodnie będą prawdopodobnie najcięższe ze wszystkich, ponieważ podczas wyjazdów ona potrzebuje masy uwagi. Będzie często do ciebie dzwonić.

— Och, bosko — powiedziałam.

Spałam z otwartymi oczami, wpatrując się w pusty ekran komputera, dopóki biuro nie zaczęło się zapełniać i nie pojawili się inni do oglądania. O dziesiątej zjawili się pierwsi Klakierzy, cicho sączący latte na chudym mleku, które miało pomóc wyleczyć kaca po szampanie z poprzedniego wieczoru. James zatrzymał się przy moim biurku, jak zawsze, gdy tylko zobaczył, że Mirandy nie ma w gabinecie, i oświadczył, że spotkał wczoraj u Balthazara swojego przyszłego męża.

— Po prostu siedział przy barze w najwspanialszym skórzanym czerwonym żakiecie, jaki w życiu widziałem — i pozwól, że ci to powiem — miał go z czego zdjąć. Powinnaś zobaczyć, jak ostrygi zsuwały mu się po języku... — Głośno jęknął. — Och, to było coś przewspaniałego.

— I co, dostałeś jego numer? — zapytałam.

— Jego numer? Może raczej spodnie. Przed jedenastą miałem go u siebie na sofie z gołym tyłkiem i rany, pozwól, że ci powiem...

— Ślicznie, James. Ślicznie. Nie udajesz trudnego do zdobycia, prawda? Szczerze mówiąc, wygląda na to, że zachowujesz się trochę jak dziwka. Mamy erę AIDS, wiesz?

— Kochanie, nawet ty, panno arogancka umawiam-się-z--ostatnim-aniołem-na-ziemi bez namysłu padłabyś na kolana na widok tego faceta. Jest absolutnie niesamowity. Niesamowity!

Do jedenastej wszyscy wszystkich obejrzeli, zauważając, kto zaliczył parę nowych postarzanych dżinsów od Michaela Korsa albo górę w serek od Celine, nie do zdobycia. Czas na południową przerwę, podczas której rozmowy zwykle toczyły się przy wieszakach ustawionych wzdłuż ścian i koncentrowały wokół konkretnych sztuk odzieży. Co rano Jeffy, jeden z asystentów odpowiedzialnych za Szafę, wystawiał wszystkie wieszaki z sukienkami, kostiumami kąpielowymi, spodniami, koszulami, płaszczami i butami oraz wszystkim innym, co zostało zamówione jako potencjalnie potrzebne do zdjęć na stronach z modą. Ustawiał wszystkie pod ścianami na całym piętrze, żeby redaktorzy mogli znaleźć to, co potrzebne, bez konieczności przepychania się przez Szafę.

Szafa właściwe wcale nie była szafą. Raczej małym audytorium. Na obwodzie miała ściany butów wszelkich rozmiarów, kolorów i stylów, wirtualną fabrykę Willy'ego Wonka dla ludzi mody, z dziesiątkami butów bez pięty, szpilek, balerin, kozaków na wysokich obcasach, sandałów, butów na obcasie wyszywanych paciorkami. Piętrzące się szuflady, niektóre wbudowane, inne po prostu upchnięte po kątach, zawierały każdą konfigurację pończoch, skarpet, staników, halek, koszulek i gorsetów, jaką można sobie wyobrazić. Potrzebujesz najnowszego stanika w lamparcie cętki z La Perla? Sprawdź w Szafie. A może jaskrawe kabaretki albo okulary Diora? W Szafie. Półki i szuflady z dodatkami zajmowały dwie najdalsze ściany i walało się tam dosłownie wszystko — w każdej cenie. Pióra. Biżuteria. Pościel. Szaliki, rękawiczki i czapki narciarskie. Piżamy. Czapki. Szale. Papeteria. Jedwabne kwiaty. Kapelusze, tyle kapeluszy. I torebki. Torebki! Były tam duże torby i torby sportowe, plecaki i torby do noszenia pod pachą, torby na ramię i torebeczki, wielkie torbiszcza i kosmetyczki, kopertówki i teczki, każda opatrzona ekskluzywną metką z ceną przewyższającą średnią miesięczną ratę kredytu hipotecznego. A dalej były wieszaki z ubraniami, jeden za drugim — ustawione tak ciasno, że nie dało się między nimi przejść — zajmujące każdy centymetr pozostałej przestrzeni.

W ciągu dnia Jeffy usiłował uzyskać w Szafie trochę miejsca, gdzie modelki (i asystentki jak ja) mogłyby mierzyć ubrania i sięgać po buty i torby umieszczone z tyłu, przepychając wszystkie wieszaki na korytarze. Nie widziałam jeszcze na naszym piętrze ani jednego gościa — bez względu na to, czy był to autor, czyjś chłopak, posłaniec czy stylista — który nie stanąłby w miejscu jak wryty i nie zagapił się z otwartymi ustami na korytarze obstawione rzędami markowych ciuchów. Czasami wieszaki ustawiano w kolejności sesji zdjęciowych (Sydney, Santa Barbara), kiedy indziej tematycznie (bikini, kostiumy ze spódnicami), ale przeważnie wyglądało to po prostu na bezład, miszmasz naprawdę drogich rzeczy. I chociaż wszyscy stawali, gapili się, macali jedwabiste kaszmiry i suknie wieczorowe wyszywane paciorkami w skomplikowane wzory, to Klakierzy zazdrośnie krążyli wokół „ich" ciuchów i wygłaszali uwagi na temat każdej sztuki po kolei.

— Maggie Rizer to jedyna kobieta na świecie, która naprawdę może nosić te korsarki — głośno oświadczyła Hope, jedna z asystentek w dziale mody — waga całe pięćdziesiąt siedem i pół kilograma, wzrost metr osiemdziesiąt pięć i pół centymetra — przed swoim pokojem, przykładając do siebie spodnie i wzdychając. — Mój tyłek wyglądałby w nich na jeszcze bardziej gigantyczny niż w rzeczywistości.

— Andrea — zawołała jej przyjaciółka, dziewczyna, której nie znałam za dobrze, pracująca w dodatkach. — Proszę, powiedz Hope, że nie jest gruba.

— Nie jesteś gruba — stwierdziłam automatycznie. Oszczędziłabym wiele, bardzo wiele godzin, gdybym miała koszulkę z takim napisem wydrukowanym na piersi albo może gdybym wytatuowała sobie to zdanie bezpośrednio na czole. Stale proszono mnie o składanie zapewnień, że różni pracownicy *Runwaya* nie są grubi.

— Omójboże, widziałaś ostatnio mój brzuch? Wyglądam jak sklep Firestone, wszędzie oponki. Jestem ogromna! — Tłuszcz okupował wszystkie myśli, jeśli nawet nie ciała. Emily przysięgała, że jej uda są „szersze w obwodzie niż olbrzymia sekwoja". Jessica była przekonana, że jej „obwisłe ramiona" wyglądają jak u Roseanne Barr. Nawet James narzekał, że jego tyłek wydawał się dziś rano dość wielki, żeby „zacząć rozmyślać o pozbyciu się tego tłuszczu".

Z początku odpowiadałam na niezliczone pytania „czy jestem gruby/gruba" repliką, którą uznałam za niezwykle racjonalną.

— Jeżeli ty jesteś gruba, Hope, to co ze mną? Jestem niższa od ciebie o siedem i pół centymetra, a ważę więcej.

— Och, Andy, bądź poważna. Ja jestem gruba. Ty jesteś szczupła i wspaniała!

Naturalnie myślałam, że kłamała, ale wkrótce zdałam sobie

sprawę, że Hope — podobnie jak wszystkie inne anorektycznie chude dziewczyny w biurze i większość facetów — była w stanie ściśle ocenić cudzą wagę. Tylko gdy przychodził czas, aby zajrzeć w lustro, wszyscy oni autentycznie widzieli patrzące na nich słonie.

Oczywiście chociaż starałam się przed tym bronić, w kółko przypominać sobie, że to ja jestem normalna, a oni nie, stałe „komentarze tłuszczowe" nie mogły nie mieć na mnie wpływu. Minęło zaledwie pięć miesięcy, odkąd zaczęłam pracę, a mózg miałam tak zindoktrynowany — żeby nie powiedzieć „dotknięty paranoją" — że czasami uznawałam te komentarze za skierowane do mnie celowo. Coś w stylu: ja, wysoka wspaniała, szczupła asystentka z działu mody, udaję, że myślę, że jestem gruba, żebyś ty, przysadzista, kluskowata asystentka osobista, zdała sobie sprawę, że naprawdę to ty jesteś gruba. Przy stu osiemdziesięciu centymetrach i sześćdziesięciu kilogramach (waga, którą straciłam z powodu dyzenterii i szczęśliwie udało mi się ją odzyskać, ale teraz znów topniała z powodu jedna-zupa-ale-mnóstwo- -papierosów-dziennie stylu życia obowiązującego w *Runwayu*), zawsze uważałam się za należącą do tych szczuplejszych dziewczyn w mojej grupie wiekowej. Dotychczas spędziłam też życie w przekonaniu, że jestem wyższa niż dziewięćdziesiąt procent poznanych kobiet i przynajmniej połowa facetów. Dopóki nie zaczęłam pracować w tym podatnym na urojenia miejscu, nie wiedziałam, co to znaczy cały dzień, codziennie, czuć się niskim i grubym. Byłam w tej grupie karzełkiem, pękatym i szerokim, i nosiłam rozmiar sześć. A gdybym przypadkiem zapomniała rozważyć ten fakt w danym momencie, codzienne pogaduszki i ploteczki zawsze i niezawodnie mogły mi o tym przypomnieć.

— Doktor Eisenberg twierdzi, że Zone działa tylko wtedy, gdy wyrzekniesz się owoców, rozumiesz — dodała Jessica, przyłączając się do rozmowy poprzez zdjęcie z wieszaka spódnicy Narcisca Rodrigueza. Świeżo zaręczona z jednym z najmłodszych wiceprezesów Goldman Sachs, Jessica odczuwała presję zbliżającego się wesela „w towarzystwie". — I ma rację.

Od ostatniej przymiarki straciłam co najmniej pięć kilogramów. — Wybaczyłam jej, że się głodzi w sytuacji, gdy miała zaledwie tyle ciała, żeby normalnie funkcjonować, ale nie umiałam wybaczyć, że o tym mówi. Nie potrafiłam, bez względu na to, jak imponujące były nazwiska lekarzy ani o ilu udanych kuracjach plotła, zmusić się, żeby mnie to obeszło.

Około pierwszej wszystko ruszało z kopyta, ponieważ biuro zaczynało się szykować do lunchu. Nie żeby porze lunchu towarzyszyło jakieś jedzenie, ale była to najlepsza pora dnia na przyjmowanie gości. Leniwie przyglądałam się, jak zwyczajowych rozmiarów wataha stylistów, współpracowników, wolnych strzelców, przyjaciół i kochanków zatrzymuje się, żeby upajać się i nasiąkać atmosferą zbytku w naturalny sposób obecną w pobliżu ciuchów wartych tysiące dolarów, dziesiątków wspaniałych twarzy i pozornie nieskończonej liczby par naprawdę bardzo, bardzo długich nóg.

Jeffy przepchnął się do mnie, gdy tylko mógł stwierdzić z całą pewnością, że zarówno Miranda, jak i Emily, wyszły na lunch, i wręczył mi dwie ogromne torby na zakupy.

— Proszę, przejrzyj te rzeczy. To powinien być całkiem niezły początek.

Wysypałam zawartość jednej z nich na podłogę obok biurka i zaczęłam sortowanie. Były tam spodnie od Josepha w kolorze wielbłądzim i grafitowym, długie, z obniżoną talią, uszyte z niesamowicie miękkiej wełny. Para brązowych zamszowych spodni od Gucciego, wyglądających jakby mogły każdą pokrakę zmienić w supermodelkę, a dwie pary idealnie spranych dżinsów od Marca Jacobsa sprawiały wrażenie uszytych dla mnie na miarę. Osiem czy dziewięć różnych wersji na górę, od przylegającego golfa w prążki od Calvina Kleina, po maleńką, zupełnie przezroczystą bluzkę chłopkę od Donny Karan. Porządnie złożona wystrzałowa, wzorzysta sukienka od Diane Von Furstenburg leżała pod granatowym aksamitnym kostiumem ze spodniami od Tahari. Zauważyłam i natychmiast pokochałam układaną w fałdy dżinsową spódnicę Habitual, która sięgała mi tuż nad kolano i wyglądała idealnie ze zdecydowanie zabawnym, sportowym żakietem Katyone Adelie w kwiecisty wzór.

— Te ciuchy... to wszystko dla mnie? — zapytałam, mając nadzieję, że mówię z podnieceniem, a nie jakbym się czuła obrażona.

— Tak, to nic takiego. Po prostu różne takie, które od wieków leżały w Szafie. Może część nawet wykorzystaliśmy do zdjęć, ale nic z tego nie zostało zwrócone producentom. Co kilka miesięcy czy coś koło tego sprzątam Szafę i rozdaję takie rzeczy i pomyślałem, że ty, ee, możesz być zainteresowana. Nosisz rozmiar sześć, prawda?

Kiwnęłam głową, wciąż oszołomiona.

— Tak myślałem. Prawie wszyscy pozostali noszą czwórkę albo coś mniejszego, więc możesz się poczęstować tym wszystkim.

Auć.

— Wspaniale. To po prostu cudowne. Jeffy, nawet nie wiem, jak ci dziękować, to wszystko jest niesamowite!

— Przejrzyj drugą torbę — powiedział, wskazując w kierunku tej stojącej na podłodze. — Nie sądzisz chyba, że możesz włożyć aksamitny garnitur i nosić do tego tę gównianą teczkę, którą wszędzie ze sobą ciągasz, co?

Z drugiej, nawet mocniej wypchanej torby, wysypało się zdumiewające bogactwo butów, torebek i kilka płaszczy. Były tam dwie pary kozaków Jimmy'ego Choo na wysokich obcasach — jedne do kostki, drugie do kolana — dwie pary sandałów od Manola, bez palców, para klasycznych czarnych czółenek Prady i samotna para tenisówek Toda, przy których Jeffy z miejsca zaznaczył, że nigdy nie wolno mi ich włożyć do biura. Przewiesiłam sobie przez ramię miękką torbę z czerwonego zamszu i natychmiast zobaczyłam dwa przecinające się „C" wytłoczone od przodu, ale ta nie mogła się nawet umywać do pięknej skórzanej torby od Celine, w głębokim, czekoladowym kolorze, którą zarzuciłam sobie na drugie ramię. Całości dopełniał długi trencz w wojskowym stylu, ze stanowiącymi znak firmowy Marca Jacobsa przesadnie wielkimi guzikami.

— Żartujesz — powiedziałam miękko, pieszczotliwie gładząc przeciwsłoneczne okulary Diora, które najwyraźniej dorzucił w ostatniej chwili. — Chyba sobie ze mnie żartujesz.

Wydawało mi się, że moja reakcja sprawiła mu przyjemność. Pochylił głowę.

— Tylko wyświadcz mi tę przysługę i noś to, okej? I nie mów nikomu, że pozwoliłem ci coś z tego wybrać jako pierwszej, bo oni wszyscy żyją myślą o sprzątaniu w Szafie, słyszysz? — Czmychnął z biura, kiedy usłyszeliśmy głos Emily mówiącej coś do kogoś w korytarzu, a ja wepchnęłam nowe ciuchy pod biurko.

Emily wróciła z Jadalni ze swoim zwykłym lunchem: zrobionym wyłącznie z owoców smoothie i niewielkim pojemnikiem na wynos z sałatą lodową, na której ułożono brokuły, skropione octem balsamicznym. Nie sosem winegret. Octem. Miranda mogła się zjawić w każdej chwili — Jurij właśnie dzwonił, żeby uprzedzić, że ją podrzuca — więc nie dysponowałam zwykłym, luksusowym zapasem siedmiu minut na galop prosto do stanowiska z zupą, którą potem mogłabym przełknąć przy biurku. Minuty mijały, a ja umierałam z głodu, ale nie miałam energii, żeby przepchnąć się przez Klakierów, poddać ocenie kasjerki i zastanawiać, czy wyrządzam sobie jakieś nieodwracalne szkody, przełykając wrzącą (i tuczącą) zupę tak szybko, że czułam żar przesuwający się przez mój przełyk. Nie warto, pomyślałam. Ominięcie jednego posiłku cię nie zabije, powiedziałam sobie. Właściwie zgodnie z tym, co jak jeden mąż mówią wszyscy twoi zdrowi na umyśle i poczytalni współpracownicy, po prostu uczyni cię silniejszą. A poza tym, spodnie za dwa tysiące dolarów nie wyglądają tak seksownie na dziewczynach, które napychają się żarciem, stwierdziłam racjonalnie. Osunęłam się na krzesło i pomyślałam, że jestem godną pracownicą *Runwaya*.

11

Telefon komórkowy zapiszczał gdzieś w głębinach mojego snu, ale odzyskanie przytomności zajęło mi dość czasu, żebym zdążyła się zacząć zastanawiać, czy to ona. Po zakończeniu zdumiewająco szybkiego procesu orientowania się w sytuacji — gdzie jestem, kim jest „ona", jaki mamy dzień — zdałam sobie sprawę, że telefon o ósmej rano w sobotę trudno uznać za dobry omen. Żaden z moich przyjaciół nie wstanie przez kilka następnych godzin, a po latach nieodbierania telefonu moi rodzice niechętnie przyjęli do wiadomości, że do południa ich córka nie weźmie do ręki telefonu. Podczas siedmiu sekund, które zajęło mi zdanie sobie sprawy z tego wszystkiego, zaczęłam też rozmyślać nad powodem, dla którego powinnam odebrać ten telefon. Przypomniały mi się argumenty Emily z pierwszego dnia, więc wystawiłam ramię z ciepłego łóżka, żeby pomacać nim po podłodze. Udało mi się otworzyć telefon, zanim przestał dzwonić.

— Halo? — Byłam dumna, że mój głos brzmiał mocno i wyraźnie, jakbym spędziła ostatnie godziny, wykonując z zacięciem jakąś szacowną pracę, a nie pogrążona we śnie tak głębokim, tak twardym, że nie mógł dobrze świadczyć o stanie mojego zdrowia.

— Dzień dobry, kochanie! Cieszę się, że już wstałaś. Chciałem ci tylko powiedzieć, że jestem przy numerach sześćdziesiątych na Trzeciej, więc dotrę do ciebie za dziesięć minut czy coś koło tego, okej? — Głos taty wrócił do mnie jak bumerang. Przeprowadzka! To był dzień przeprowadzki! Kompletnie zapomniałam, że tata zgodził się przyjechać do miasta pomóc mi spakować rzeczy i zabrać je do nowego mieszkania, które wynajęłyśmy z Lily. Mieliśmy zająć się pudłami ciuchów, płyt kompaktowych i albumów ze zdjęciami, podczas gdy prawdziwi faceci od przeprowadzki uporają się z masywną ramą mojego łóżka.

— Och, cześć, tato — wymamrotałam, z powrotem przybierając zmęczony ton. — Myślałam, że ty to ona.

— Nie, masz dzisiaj przerwę. No, w każdym razie gdzie powinienem zaparkować? Czy jest tam gdzieś parking?

— Tak, dokładnie pod moim budynkiem, zjedź z Trzeciej w prawo. Podaj im numer mojego mieszkania, to dostaniesz rabat. Muszę się ubierać. Do zobaczenia za chwilę, tato.

— Okej, kochanie. Mam nadzieję, że jesteś dziś gotowa do pracy!

Opadłam na poduszkę i rozważyłam szanse, żeby jeszcze się położyć. Wyglądały naprawdę nędznie, biorąc pod uwagę, że ojciec przejechał całą drogę z Connecticut, żeby pomóc mi się przeprowadzić. Chwilę później rozległ się sygnał budzika. Aha! Więc jednak pamiętałam, że to dzień przeprowadzki. Dowód, że nie całkiem jeszcze zwariowałam, okazał się niewielką pociechą.

Wstawanie z łóżka było trudniejsze niż w inne dni, mimo że odbywało się kilka godzin później. Moje ciało na krótki czas zaczęło myśleć, że naprawdę coś nadrobi, uwierzyło, że zredukuje ten niesławny „niedobór snu", o którym uczyliśmy się na psychologii. Przy łóżku miałam niedużą kupkę rzeczy, jedynych oprócz szczoteczki do zębów, których nie spakowałam. Wciągnęłam na siebie niebieskie dresowe spodnie Adidasa, bluzę z kapturem z Brown i paskudne, szare tenisówki New Balance, które towarzyszyły mi w podróży po świecie. Dosłownie w sekundę po tym, gdy wyplułam resztki Listerine, zadzwonił domofon.

— Cześć, tato. Zaraz cię wpuszczę, zaczekaj sekundę.

Dwie minuty później rozległo się pukanie do drzwi i zamiast

mojego taty zobaczyłam Aleksa. Jak zwykle wyglądał świetnie. Spłowiałe dżinsy wisiały mu nisko na nieistniejących biodrach, szary podkoszulek z długimi rękawami był odpowiednio obcisły. Maleńkie metalowe oprawki, które nosił tylko wtedy, gdy nie mógł użyć szkieł kontaktowych, zostały założone na niezwykle czerwone oczy, włosy miał w nieładzie. Nie mogłam się powstrzymać i z miejsca go uściskałam. Nie widzieliśmy się od poprzedniej niedzieli, kiedy spotkaliśmy się na szybką popołudniową kawę. Zamierzaliśmy spędzić razem cały dzień i całą noc, ale Miranda potrzebowała awaryjnej opiekunki dla Cassidy, żeby móc zabrać Caroline do lekarza, i ja zostałam zwerbowana. Dotarłam od domu zbyt późno, żeby naprawdę spędzić z nim choć trochę czasu, a on, co w pełni zrozumiałe, przestał ostatnio koczować w moim łóżku, żeby chociaż rzucić na mnie okiem. Chciał zostać na noc wczoraj, ale wciąż znajdowałam się w stadium udawania przed rodzicami: chociaż wszyscy zainteresowani wiedzieli, że Alex i ja ze sobą sypiamy, nie można było zrobić, powiedzieć ani zasugerować niczego, co by to potwierdziło. No więc nie chciałam, żeby u mnie był, kiedy przyjedzie tata.

— Cześć, kochanie. Pomyślałem, że przyda się wam dzisiaj pomoc. — Wyciągnął w moją stronę torbę z bajglami, która, jak wiedziałam, zawierała bajgle z solą, moje ulubione, i dużą kawę. — Jest już twój tata? Dla niego też przyniosłem kawę.

— Myślałam, że masz dzisiaj korepetycje — powiedziałam w chwili, gdy ubrana w czarny garnitur ze spodniami Shanti wyszła ze swojej sypialni. Kiedy nas mijała, opuściła głowę i wymamrotała coś o pracy przez cały dzień, po czym wyszła. Tak rzadko rozmawiałyśmy, że zaczęłam się zastanawiać, czy zdawała sobie sprawę, że to był mój ostatni dzień w tym mieszkaniu.

— Miałem, ale zadzwoniłem do rodziców tych dziewczynek i stwierdzili, że jutro rano zupełnie im pasuje, więc jestem do twojej dyspozycji.

— Andy! Alex! — Mój ojciec stał w progu za plecami Aleksa, promieniejąc, jakby to był najpiękniejszy ranek na ziemi. Pośpiesznie oceniłam sytuację i stwierdziłam, że tata słusznie założy, że Alex dopiero się zjawił, skoro ma na nogach buty i najwyraźniej trzyma w ręku świeżo nabyte jedzenie. A poza tym zastał drzwi szeroko otwarte. Uf.

— Andy powiedziała, że nie dasz rady się dzisiaj wyrwać — stwierdził tata, odstawiając coś, co wyglądało na torbę bajgli — z pewnością też solonych — i kawę na stole w salonie. Celowo unikał kontaktu wzrokowego. — A ty wchodzisz czy wychodzisz?

Uśmiechnęłam się i zerknęłam na Aleksa, mając nadzieję, że nie zdążył jeszcze pożałować zrywania się o tak wcześniej porze.

— Och, właśnie dotarłem, doktorze Sachs — odparł Alex dziarsko. — Przełożyłem korepetycje, bo pomyślałem, że przyda się wam jeszcze jedna para rąk.

— Wspaniale. Wspaniale, z pewnością bardzo się przyda. Proszę, poczęstuj się bajglami. Przykro mi to mówić, Alex, ale nie mam trzech kaw, bo nie wiedziałem, że tu będziesz. — Tata wyglądał na szczerze zmartwionego, co było wzruszające. Wiedziałam, że fakt, iż młodsza córka ma chłopaka, stanowi dla niego pewien problem, ale starał się, jak umiał, żeby tego nie okazać.

— Bez obawy, doktorze S., ja też coś przyniosłem, więc wygląda na to, że mamy wszystkiego dosyć. — I jakimś cudem, bez śladu skrępowania, tata i mój chłopak usiedli razem na futonie, zgodnie spożywając wczesne śniadanie.

Skosztowałam solonych bajgli z obu toreb i pomyślałam, jak zabawnie będzie znów mieszkać z Lily. Skończyłyśmy college niemal rok temu. Starałyśmy się rozmawiać przynajmniej raz dziennie, ale wciąż miałam wrażenie, że ledwie się widujemy. Teraz będziemy wracać do domu i psioczyć na piekielne dni, każda na swój — dokładnie jak za dawnych dobrych czasów. Alex i tata gadali o sporcie (chyba koszykówce), a ja opatrywałam etykietami pudła w swoim pokoju. Smutna sprawa, ale nie było ich zbyt wiele: kilka z pościelą i poduszkami, jeden z albumami na zdjęcia i różnymi przyborami na biurko (mimo że brakowało mi biurka), trochę rzeczy do makijażu i przyborów toaletowych oraz spora ilość toreb na ubrania wypełnionych runwayowskimi ciuchami. Właściwie etykiety nie były potrzebne; pewnie odezwała się we mnie dusza asystentki.

— Ruszajmy — zawołał tata z salonu.

— Ćśśś! Obudzisz Kendrę — odpowiedziałam głośnym szeptem. — Jest dopiero dziewiąta rano w sobotę, rozumiesz.

Alex kręcił głową.

— Nie zauważyłaś, że wychodziła z Shanti? Przynajmniej tak mi się zdaje, że to była ona. W każdym razie zdecydowanie wyszły we dwie, obie w garniturach i z nieszczęśliwymi minami. Sprawdź u nich w sypialni.

Drzwi pokoju, który dzieliły, co udało się dzięki wstawieniu tam piętrowego łóżka, były uchylone, więc lekko je popchnęłam. Oba łóżka zostały starannie zaścielone, poduszki strzepnięte, na obu usadzone podobne pluszowe pieski. Aż do tej pory nie zdawałam sobie sprawy, że nigdy nawet nie weszłam do ich pokoju — podczas tych kilku miesięcy, kiedy mieszkałam z dziewczynami, nie odbyłyśmy rozmowy trwającej dłużej niż trzydzieści sekund. Właściwie nie wiedziałam, czym się zajmowały, dokąd poszły ani czy miały jakichś przyjaciół oprócz siebie nawzajem. Cieszyłam się z tej wyprowadzki.

Alex i tata sprzątnęli resztki po jedzeniu i próbowali ułożyć jakiś plan zadań.

— Masz rację, obie wyszły. Chyba nawet nie wiedzą, że dzisiaj się wyprowadzam.

— Może zostaw im liścik? — zaproponował tata. — Może na planszy do scrabble'a. — Odziedziczyłam po ojcu uzależnienie od scrabble'a, a on wyznawał teorię, że każdy nowy dom potrzebuje nowej planszy.

Ostatnie pięć minut w mieszkaniu poświęciłam na ustawienie płytek w napis: „Dzięki za wszystko i powodzenia. Całuski Andy". Pięćdziesiąt cztery punkty. Nieźle.

Trwało godzinę, zanim oba samochody zostały zapakowane, a ja najwyżej przytrzymywałam drzwi na ulicę i pilnowałam wozów, kiedy oni wracali na górę. Ludzie od przeprowadzki łóżka — którzy liczyli sobie więcej niż to cholerstwo kosztowało — się spóźniali, więc obaj, tata i Alex, ruszyli do centrum. Lily znalazła nasze nowe mieszkanie dzięki ogłoszeniu w *Village Voice* i jeszcze go nie widziałam. Zadzwoniła do mnie do pracy z komórki w środku dnia, krzycząc:

— Znalazłam! Znalazłam! Jest idealne! Ma łazienkę z bieżącą wodą, drewniane podłogi tylko minimalnie wypaczone i jestem tu od czterech pełnych minut, a nie widziałam ani jednej myszy ani nawet karalucha. Możesz teraz przyjechać je zobaczyć?

— Naćpałaś się czy co? — wyszeptałam. — Ona tu jest, co oznacza, że ja nigdzie nie wychodzę.

— Musisz przyjechać zaraz. Wiesz, jak to jest. Mam papiery i wszystko.

— Lily, bądź rozsądna. Nie mogłabym teraz wyjść z biura nawet na transplantację serca, gdyby była mi gwałtownie potrzebna, o ile nie chcę stracić pracy. Jak mogę wyjść obejrzeć mieszkanie?

— Cóż, za trzydzieści sekund zostanie wynajęte. Jest tu co najmniej dwadzieścia pięć osób i wszyscy wypełniają aplikacje. Muszę to zrobić teraz.

Na odrażającym manhattańskim rynku nieruchomości apartamenty przynajmniej do pewnego stopnia zdatne do zamieszkania były rzadsze — i bardziej pożądane — niż przynajmniej do pewnego stopnia normalni, heteroseksualni faceci. Jeżeli doda się do tego przynajmniej do pewnego stopnia rozsądną cenę, stawały się równie trudne do wynajęcia, jak prywatna wyspa gdzieś u południowego wybrzeża Afryki. Albo trudniejsze. Mimo że większość szczyciła się powierzchnią mniejszą niż trzysta metrów kwadratowych brudu i zgniłego drewna, ospowatych ścian oraz prehistorycznego wyposażenia. Żadnych karaluchów? Żadnych myszy? Bierzemy!

— Lily, mam do ciebie zaufanie, po prostu je weź. Możesz mi przesłać mailem, jak wygląda? — Starałam się zakończyć rozmowę najszybciej, jak się da, ponieważ w każdej chwili spodziewałam się powrotu Mirandy z działu artystycznego. Gdyby zobaczyła mnie podczas osobistej rozmowy, byłabym skończona.

— Cóż, mam kopię twoich czeków z wypłatą, która, tak nawiasem mówiąc, jest kompletnie gówniana... i oświadczenia z obu naszych banków, wydruki naszych historii kredytowych i twoją umowę o pracę. Jedyny problem to gwarant. Musi mieszkać na stałe w którymś z okolicznych stanów i zarabiać ponad czterdzieści razy więcej niż nasz miesięczny czynsz, a moja babcia z całą cholerną pewnością nie wyciąga stu kawałków. Czy twoi rodzice mogą to dla nas podpisać?

— Jezu, Lil, nie wiem. Nie pytałam ich i teraz absolutnie nie mogę do nich dzwonić. Ty zadzwoń.

— Dobra. Wyciągają ponad sto tysięcy dolarów rocznie, prawda?

Nie byłam tego do końca pewna, ale kogo innego mogłybyśmy prosić?

— Po prostu do nich zadzwoń — powiedziałam. — Wyjaśnij, o co chodzi z Mirandą. Powiedz, że przepraszam, iż sama nie zatelefonowałam.

— Zrobi się — stwierdziła. — Ale najpierw muszę się upewnić, że możemy mieć to mieszkanie — oznajmiła i wyłączyła telefon. Dzwonek rozległ się ponownie dwadzieścia sekund później i zobaczyłam numer jej komórki na wyświetlaczu służbowego telefonu. Emily uniosła brwi w ten swój szczególny sposób, kiedy usłyszała, że znów rozmawiam z przyjaciółką. Odebrałam, ale odezwałam się do Emily.

— To ważne — syknęłam w jej stronę. — Moja najlepsza przyjaciółka próbuje wynająć mi mieszkanie przez telefon, bo nie mogę stąd wyjść na cholerną...

Trzy głosy zaatakowały mnie równocześnie. Emily był wyważony, spokojny i niósł nutę ostrzeżenia.

— Andrea, proszę — zaczęła dokładnie w tym samym momencie, kiedy Lily wrzeszczała: — Zrobią to, Andy, zrobią! Czy ty mnie słuchasz? — Ale chociaż oba wyraźnie zwracały się do mnie, tak naprawdę żadnego z nich nie słyszałam. Jedyny głos, który przebił się jasno i wyraźnie, należał do Mirandy.

— Czy mamy jakiś problem, Ahn-dre-ah? — Wstrząs — tym razem poprawnie zidentyfikowała moje imię. Stała nade mną, wyglądając na gotową do ataku.

Natychmiast rozłączyłam się z Lily, mając nadzieję, że zrozumie, i uzbroiłam się w oczekiwaniu na gwałtowną napaść.

— Nie, Mirando, nie ma żadnego problemu.

— To dobrze. A teraz mam ochotę na lody i chciałabym je zjeść, zanim całość się roztopi. Waniliowe — nie jogurtowe, uważaj na to, nie mrożone mleko i nic bez cukru ani niskotłuszczowego — z syropem czekoladowym i prawdziwą bitą śmietaną. Nie z puszki, rozumiesz? Z prawdziwą bitą śmietaną. To wszystko. — Zdecydowanym krokiem oddaliła się do działu artystycznego, zostawiając mnie z niejasnym wrażeniem, że przyszła tylko po to, żeby mnie sprawdzić. Zadzwonił telefon. Znów Lily. Cholera jasna — czy nie mogła po prostu wysłać mi maila? Odebrałam i przycisnęłam słuchawkę do ucha, ale się nie odezwałam.

— Okej, wiem, że nie możesz mówić, więc ja się tym zajmę. Twoi rodzice zostaną naszym gwarantem, czyli wspaniale. Mieszkanie ma jedną dużą sypialnię, ale jeżeli postawimy ścianę w salonie, zostanie dość miejsca na dwuosobową sofę oraz krzesło. W łazience nie ma wanny, ale prysznic wygląda w porządku. Nie ma zmywarki, oczywista, ani klimatyzacji, ale możemy załatwić klimatyzatory. Pralnia w piwnicy, portier na niepełnym etacie, jedna przecznica od kolejki. A teraz uważaj: balkon!

Musiałam głośniej odetchnąć, bo moje podniecenie jeszcze bardziej ją podnieciło.

— Wiem! Szaleństwo, co? Wygląda, jakby miał zaraz odpaść od ściany budynku, ale jest! I obie damy radę się na nim zmieścić i będziemy miały miejsce do palenia i och, jest po prostu idealne!

— Ile? — zapytałam chrapliwie, z silnym postanowieniem, że to będą absolutnie ostatnie słowa, jakie z siebie wydałam.

— Do naszej dyspozycji za kwotę dwóch tysięcy dwustu osiemdziesięciu dolarów miesięcznie. Wyobrażasz sobie, że będziemy miały balkon za tysiąc sto czterdzieści dolarów każda? To odkrycie stulecia. No i jak, mam je brać?

Milczałam. Chciałam się odezwać, ale Miranda centymetr za centymetrem zbliżała się do swojego gabinetu, na oczach wszystkich dając ostrą reprymendę koordynatorce imprez publicznych. Była w paskudnym humorze, a ja miałam dość jak na jeden dzień. Dziewczyna, którą aktualnie obrzucała obelgami, zwiesiła głowę ze wstydu, była cała czerwona, i modliłam się, dla jej własnego dobra, żeby nie zaczęła płakać.

— Andy! To jest, kurwa, śmieszne. Po prostu powiedz tak lub nie! Wystarczająco fatalne jest to, że musiałam dzisiaj zwiać z zajęć, a ty nie możesz nawet wyjść z pracy, żeby rzucić okiem na mieszkanie, ale możesz zadać sobie chociaż tyle trudu, żeby powiedzieć „tak" albo „nie"? Co ja... — Lily osiągnęła punkt krytyczny i absolutnie ją rozumiałam, ale jedyne, co mogłam zrobić, to odłożyć słuchawkę. Wrzeszczała w telefon tak głośno, że jej głos odbijał się echem w całym biurze, a Miranda stała najwyżej półtora metra ode mnie. Byłam tak sfrustrowana, że chciałam chwycić tę koordynatorkę i zwiać do damskiej toalety, żeby tam się z nią wypłakać. A może gdybyśmy się postarały, razem zdołałybyśmy wepchnąć Mirandę do kabiny i zacisnąć tę apaszkę Hermésa, która luźno zwisała wokół jej chudej szyi. Czy miałabym ją trzymać, czy ciągnąć? A może bardziej skuteczne byłoby wepchnięcie jej tej szmaty do gardła i przyglądanie się, jak usiłuje chwycić powietrze i...

— Ahn-dre-ah! — Jej głos brzmiał ostro. — O co prosiłam cię jakieś pięć minut temu? — Cholera! Lody. Zapomniałam o lodach. — Czy jest jakiś szczególny powód, dla którego jeszcze tu siedzisz, zamiast wykonywać swoją pracę? Czy to twoja koncepcja żartu? Czy zrobiłam lub powiedziałam coś, co sugerowało, że nie mówiłam całkiem poważnie? No, słucham. — Brązowe oczy o mało nie wyszły jej z orbit i chociaż oczywiście nie podniosła jeszcze głosu z pełną mocą, była tego niebezpiecznie bliska. Otworzyłam usta, żeby coś powiedzieć, ale usłyszałam, że zamiast mnie odzywa się Emily.

— Mirando, tak mi przykro. To moja wina. Poprosiłam Andreę, żeby odebrała telefon, bo myślałam, że mogą dzwonić Caroline albo Cassidy, a ja z drugiej linii zamawiałam tę koszulę Prady, którą chciałaś. Andrea właśnie wychodziła. Przepraszam, to się więcej nie powtórzy.

Cud nad cudami! Panna Bez Skazy przemówiła i to, ni mniej, ni więcej, tylko w mojej obronie.

Miranda w tym momencie wyglądała na ułagodzoną.

— W takim razie w porządku. Przynieś mi teraz lody, Andrea. — Z tymi słowami weszła do swojego gabinetu i chwyciła słuchawkę, po czym zaraz zaczęła gruchać z SGG.

Spojrzałam na Emily, która udawała, że pracuje. Wysłałam jej maila z jednym słowem. „Dlaczego?".

„Bo nie miałam pewności, czy cię nie zwolni, a nie mam ochoty szkolić kogoś nowego" — odpisała w ekspresowym tempie. Wyszłam na poszukiwanie tych idealnych lodów i zadzwoniłam do Lily z komórki, gdy tylko winda dotarła do holu.

— Przepraszam cię, naprawdę. Ja po prostu...

— Słuchaj, nie mam na to czasu — bez wyrazu powiedziała Lily. — Uważam, że trochę przesadnie reagujesz, nie sądzisz? To znaczy, nie możesz powiedzieć przez telefon nawet tak lub nie?

— To trudno wyjaśnić, Lil, ja po prostu...

— Nieważne. Muszę lecieć. Zadzwonię, jeżeli dostaniemy to mieszkanie. Ale ciebie i tak to nie obchodzi.

Próbowałam protestować, ale się rozłączyła. Cholera! Nie mogłam oczekiwać, że Lily zrozumie, skoro sześć miesięcy temu sama uznałabym, że to śmieszne. Wysłanie jej samej na Manhattan w poszukiwaniu mieszkania, w którym miałyśmy mieszkać obie, a potem unikanie jej telefonów rzeczywiście nie było w porządku, ale jaki miałam wybór?

Kiedy wreszcie odebrała, tuż po północy, oznajmiła, że mamy mieszkanie.

— To niesamowite, Lil. Nie wiem, jak ci dziękować. Przysięgam, że ci to wynagrodzę. Obiecuję! — A potem coś mi przyszło do głowy. Bądź spontaniczna! Wezwij samochód z Elias i pojedź do Harlemu osobiście podziękować swojej najlepszej przyjaciółce. Tak, to było to! — Lil, jesteś w domu? Przyjadę to uczcić, dobrze?

Myślałam, że będzie zachwycona, ale milczała.

— Nie trudź się — powiedziała cicho. — Mam butelkę So-Co * i jest tu Chłopak z Ćwiekiem na Języku. Mam wszystko, czego mi trzeba.

Zabolało, ale zrozumiałam. Lily rzadko się wściekała, ale kiedy to się zdarzyło, nie dawała się ułagodzić, dopóki nie była gotowa. Doleciał do mnie odgłos wlewania płynu do szklanki, brzęczenie lodu i usłyszałam, jak pociąga długi łyk.

— Okej. Ale zadzwoń, gdybyś czegoś potrzebowała, dobrze?

— Po co? Żebyś mogła siedzieć w milczeniu? Nie, dzięki.

— Lil...

— Mną się nie przejmuj. Świetnie sobie radzę. — Kolejny łyk. — Później z tobą porozmawiam. I hej, gratulacje dla nas obu.

— Tak, gratulacje — powtórzyłam, ale już zdążyła się rozłączyć.

Natychmiast zadzwoniłam do Aleksa z pytaniem, czy mogłabym do niego przyjechać, lecz nie wydawał się tak ucieszony moim telefonem, jak na to liczyłam.

— Andy, wiesz, że z przyjemnością bym się z tobą spotkał, ale wychodzę z Maksem i chłopakami. Teraz w tygodniu zawsze jesteś zajęta, więc zaplanowałem na dziś spotkanie z nimi.

— No tak, a jedziecie dokądś w Brooklynie czy gdzieś tu, gdzie mogłabym się do was przyłączyć? — zapytałam, wiedząc, że z pewnością wybierają się dokądś w granicach Upper East Side, pewnie bardzo blisko mnie, bo wszyscy chłopcy też tu mieszkali.

---

* So-Co, Souther Comfort, tradycyjny likier z południowych stanów USA.

— Wiesz, w każdej innej sytuacji byłoby świetnie, ale dzisiaj to zdecydowanie wyłącznie męski wieczór.

— Och, jasne, w porządku. Chciałam się spotkać z Lily, żeby uczcić nasze nowe mieszkanie, ale, ee, trochę się pokłóciłyśmy. Nie rozumie, dlaczego nie mogę rozmawiać z pracy.

— No cóż, Andy, muszę przyznać, że ja też nie zawsze do końca rozumiem. To znaczy, wiem, to trudna kobieta, możesz mi wierzyć, ale wygląda na to, że kiedy o nią chodzi, bierzesz wszystko bardzo poważnie, wiesz? — Jego głos brzmiał, jakby usilnie starał się zachować pojednawczy ton i nie dopuścić do konfrontacji.

— Może dlatego, że rzeczywiście tak jest! — odpaliłam, wkurzona, że nie chce się ze mną zobaczyć, nie błaga, żebym poszła dokądś z nim i jego przyjaciółmi, i bierze stronę Lily, chociaż miała rację, podobnie jak on. — To moje życie, wiesz? Moja kariera. Moja przyszłość. Co, do cholery, mam robić? Traktować to jak żart?

— Andy, przekręcasz moje słowa, wiesz, że nie to chciałem powiedzieć.

Ale ja już krzyczałam, nie mogłam się opanować. Najpierw Lily, a teraz Alex? Oboje na dokładkę do Mirandy dawkowanej dzień po dniu? Tego już było za wiele i chciało mi się płakać, ale byłam w stanie tylko wrzeszczeć.

— Wielki pierdolony żart, co? Tak właśnie oboje oceniacie moją pracę! Och, Andy, pracujesz w modzie, jakim cudem to może być ciężka praca? — szydziłam, z każdą mijającą sekundą bardziej nienawidząc samej siebie. — Cóż, bardzo przepraszam, że nie każdy może być dobroczyńcą albo kandydatem do tytułu doktora! Bardzo przepraszam, że...

— Zadzwoń do mnie, kiedy się uspokoisz — stwierdził. — Nie będę tego wysłuchiwał. — Odłożył słuchawkę. Rozłączył się! Czekałam, żeby oddzwonił, ale nigdy tego nie robił, i do czasu, kiedy w końcu zasnęłam, koło trzeciej, żadne z nich się nie odezwało.

A teraz nadszedł dzień przeprowadzki — cały tydzień później — i chociaż ani Alex, ani Lily nie wydawali się ewidentnie wściekli, nic nie było takie jak przedtem. Nie miałam czasu na osobiste naprawianie stosunków z żadnym z nich, bo byliśmy w środku zamykania numeru, ale uznałam, że wszystko wróci do normy, kiedy wprowadzimy się z Lily do naszego nowego mieszkania. Naszego wspólnego mieszkania, gdzie wszystko ułoży się jak za czasów college'u, kiedy życie miało znacznie lepszy smak.

Ludzie od przeprowadzki zjawili się w końcu o jedenastej i zdemontowanie mojego ukochanego łóżka oraz wrzucenie części na tył vana zajęło im wszystkiego dziewięć minut. Skorzystałam z okazji i podjechałam z nimi do mojego nowego budynku, gdzie tata i Alex gawędzili z portierem — który dziwnym trafem wyglądał jak sobowtór Johna Galliano — a moje pudła piętrzyły się pod ścianami w holu.

— Andy, dobrze, że jesteś. Pan Fisher otworzy mieszkanie tylko w obecności najemcy — stwierdził tata z szerokim uśmiechem na twarzy. — Co oczywiście jest z jego strony bardzo sprytnym posunięciem — dodał, mrugając do portiera.

— Och, Lily jeszcze nie ma? Powiedziała, że dotrze do dziesiątej, wpół do jedenastej.

— Nie, nie widzieliśmy jej. Powinienem do niej zadzwonić? — zapytał Alex.

— Tak, chyba tak. Może pójdę na górę z ee, panem Fisherem, żebyśmy mogli zacząć wnosić rzeczy. Zapytasz, czy nie trzeba jej pomóc?

Pan Fisher uśmiechnął się w sposób, który można opisać tylko jako lubieżny.

— Jesteśmy teraz jak rodzina — powiedział, patrząc na mój biust. — Proszę mi mówić John.

Prawie się zadławiłam zimną teraz kawą, którą piłam, i zaczęłam się zastanawiać, czy człowiek, którego na całym świecie podziwiano za ożywienie marki Diora, mógł umrzeć, tak żebym o tym nie słyszała, i powrócić na ziemię w osobie mojego portiera.

Alex kiwnął głową i wytarł swoje okulary o koszulkę. Uwielbiałam, kiedy to robił.

— Idź ze swoim tatą. Ja zadzwonię.

Nastąpiła rundka wzajemnych prezentacji, podczas której zastanawiałam się, czy to dobrze, czy źle, że tata został teraz najlepszym przyjacielem mojego (projektanta) portiera, człowieka, który w nieunikniony sposób będzie znał każdy szczegół mojego życia. Hol wyglądał ładnie, trochę staroświecko. Wykończono go jakimś jasnym kamieniem, przed windami i skrzynkami pocztowymi stało kilka wyglądających na niewygodne ławek. Nasze mieszkanie miało numer osiem C i wychodziło na południowy wschód, co, jak słyszałam, było korzystne. John otworzył drzwi swoim kluczem uniwersalnym i cofnął się, niczym dumny ojciec.

— Oto ono — oznajmił z dumą.

Weszłam pierwsza, spodziewając się, że uderzy we mnie przemożny zapach siarki albo może widok kilku nietoperzy zwisających głowami w dół z sufitu, ale było zaskakująco czysto i jasno. Kuchnia na prawo, wąski, jednoosobowy pas z wykafelkowaną na biało podłogą i szafkami z laminatu, które zachowały dość biały kolor. Oczywiście bez zmywarki, ale blaty zrobiono z jakiejś nakrapianej imitacji granitu, a nad piekarnikiem wbudowano mikrofalówkę.

— Wspaniałe — stwierdził tata, otwierając lodówkę. — Są już pojemniki na lód.

Kuchnia wychodziła na salon, który za pomocą tymczasowej ściany został już podzielony, by uzyskać drugą sypialnię. Oczywiście oznaczało to, że z salonu znikły wszystkie okna, ale to było w porządku. Sypialnia miała sensowną wielkość — była zdecydowanie większa niż ta, którą właśnie opuściłam — a przesuwane szklane drzwi, prowadzące na balkon, zajmowały całą ścianę. Łazienka znajdowała się między salonem a prawdziwą sypialnią i została wykończona przy użyciu różowych kafli oraz różowej farby. Cóż. Niech sobie będzie kiczowata. Weszłam do prawdziwej sypialni, znacznie większej niż wykrojona z salonu, i rozejrzałam się. Maleńka szafa, wentylator pod sufitem, małe brudne okno, wychodzące wprost na mieszkanie w budynku obok. Lily chciała ją dla siebie i radośnie się na to zgodziłam. Potrzebowała trochę dodatkowej przestrzeni, ponieważ masę czasu spędzała w sypialni na nauce, ale ja wolałam światło i wejście na balkon.

— Dzięki, Lil — szepnęłam do siebie, wiedząc, że Lily żadną miarą nie może mnie słyszeć.

— Co mówiłaś, kochanie? — zapytał tata, zjawiając się za moimi plecami.

— Och, nic. Tylko tyle, że Lily naprawdę świetnie się spisała. Nie miałam pojęcia, czego się spodziewać, ale to coś wspaniałego, nie uważasz?

Wyglądał, jakby usiłował znaleźć najbardziej taktowny sposób, żeby coś powiedzieć.

— Tak, jak na Nowy Jork to wspaniałe mieszkanie. Po prostu trudno sobie wyobrazić, że trzeba aż tyle płacić i tak mało dostać w zamian. Wiesz, że twoja siostra i Kyle płacą w sumie tylko tysiąc czterysta dolarów za mieszkanie, a mają klimatyzację, dwa miejsca w garażu, łazienki wyłożone marmurem, i to dwie, nowiutką zmywarkę i pralkę z suszarką oraz trzy sypialnie — wytknął, jakby pierwszy raz zdał sobie z tego sprawę. Za dwa tysiące dwieście osiemdziesiąt dolarów można było dostać dom z widokiem na morze w Los Angeles, trzypiętrowy apartament przy wysadzanej drzewami ulicy w Chicago, bliźniak z czterema sypialniami w Miami i cały cholerny zamek z fosą w Cleveland. Tak, wiedziałyśmy o tym.

— I dwa miejsca parkingowe, dostęp do pola golfowego, sali gimnastycznej oraz basenu — dodałam usłużnie. —Tak, wiem. Ale wierz mi lub nie, to wspaniała okazja. Myślę, że będziemy tu bardzo szczęśliwe.

Uścisnął mnie.

— Też tak sądzę. Dopóki nie zaczniesz pracować zbyt ciężko, by się tym cieszyć — stwierdził pogodnie. Otworzył torbę, którą targał ze sobą przez cały dzień, gdzie, jak sądziłam, trzymał strój do racquetballa na później. Ale wyjął z niej kasztanowe pudło ozdobione na froncie napisem „Limitowana seria!". Scrabble. Edycja dla koneserów, gdzie plansza została zamontowana na obrotowym talerzu i miała wystające brzegi, żeby litery się nie ześlizgiwały. Podziwialiśmy ją razem w specjalistycznym sklepie z grami przez ostatnie dziesięć lat, ale nie trafiła się żadna okazja, która pozwoliłaby ją kupić.

— Och, tato. Nie powinieneś! — Wiedziałam, że kosztowała dobrze ponad dwieście dolarów. — Och! Jest po prostu boska!

— Używaj jej dla zdrowia — odparł, oddając mi uścisk. — A jeszcze lepiej, żeby skopać tyłek swojemu staruszkowi, bo wiem, że do tego dojdzie. Pamiętam, kiedy pozwalałem ci wygrywać. Musiałem, bo człapałaś po całym domu, dąsając się od rana. A teraz! Cóż, teraz moje stare szare komórki zdążyły się ugotować i nie mógłbym cię pobić, nawet gdybym chciał. Nie żebym zrezygnował z paru prób — dodał.

Już miałam powiedzieć, że uczyłam się od mistrza, gdy wszedł Alex. I nie wyglądał na szczęśliwego.

— Co się stało? — zapytałam od razu, kiedy jego tenisówki nerwowo zastukały o podłogę.

— Och, zupełnie nic — skłamał, patrząc w kierunku mojego ojca. Rzucił mi spojrzenie pod tytułem „zaczekaj chwilę" i powiedział: — Proszę, przyniosłem pudło.

— Pójdę po następne — odezwał się tata, idąc do drzwi. — Może pan Fisher ma jakiś wózek. Moglibyśmy przynieść więcej naraz. Zaraz wracam.

Popatrzyłam na Aleksa i oboje odczekaliśmy do chwili, gdy usłyszeliśmy otwieranie i zamykanie windy.

— No więc właśnie rozmawiałem z Lily — powiedział wolno.

— Nie jest już na mnie wściekła, prawda? Przez cały tydzień była taka dziwna.

— Nie, nie sądzę, żeby o to chodziło.

— Więc o co?

— No, nie było jej w domu...

— A gdzie jest? W mieszkaniu jakiegoś faceta? Nie mogę

240

uwierzyć, że spóźnia się na własną przeprowadzkę. — Szarpnęłam jedno z okien w przerobionym salonie, żeby zimne powietrze trochę rozpędziło zapach świeżej farby.

— Nie, właściwie to dzwoniła z okręgowego posterunku policji w śródmieściu. — Spojrzał na swoje buty.

— Skąd? Nic jej nie jest? Omójboże! Została pobita albo zgwałcona? Muszę natychmiast do niej jechać.

— Andy, nic jej nie jest. Została aresztowana. — Powiedział to cicho, jakby zawiadamiał rodziców, że ich dziecko nie zda do piątej klasy.

— Aresztowana? Została aresztowana? — Starałam się zachować spokój, ale zbyt późno zdałam sobie sprawę, że krzyczę. Tata wszedł, ciągnąc gigantyczny wózek, który wyglądał, jakby miał się przewrócić pod ciężarem nierówno ustawionych pudeł.

— Kto został aresztowany? — zapytał bez namysłu.

Gorączkowo szukałam jakiegoś kłamstwa, ale Alex interweniował, zanim zdołałam wymyślić cokolwiek w najmniejszym choćby stopniu wiarygodnego.

— Och, właśnie opowiadałem Andy, że wczoraj w nocy widziałem w telewizji, jak jedną z dziewczyn z TLC aresztowano za narkotyki. A zawsze wydawała się taka bardziej porządna...

Mój tata pokręcił głową i obejrzał pokój, słuchał nieuważnie i pewnie się zastanawiał, kiedy właściwie Alex i ja zaczęliśmy interesować się kobiecym rapem w takim stopniu, żeby o tym dyskutować.

— Wydaje mi się, że jedyny sposób, żeby zmieścić twoje łóżko, to ustawić je zagłówkiem do tej dalszej ściany — zawołał z mojego nowego pokoju. — A skoro już o tym mowa, lepiej pójdę sprawdzić, jak sobie radzą. Nie umiem sobie wyobrazić, czemu to może tak długo trwać.

Rzuciłam się na Aleksa, całkiem dosłownie, w chwili gdy zamknęły się drzwi mieszkania.

— Szybko! Mów, co się stało. Co się stało?

— Andy, wrzeszczysz. Nie jest tak źle. Właściwie to nawet dosyć zabawne. — Kiedy się roześmiał, wokół oczu zrobiły mu się zmarszczki i przez ułamek sekundy wyglądał dokładnie jak Eduardo. Brr.

— Aleksie Fineman, lepiej mi zaraz, kurwa, mów, co się stało z moją najlepszą przyjaciółką...

— Okej, okej, spokojnie. — Najwyraźniej świetnie się bawił. — Była wczoraj w mieście z jakimś facetem, którego nazywa Chłopakiem z Ćwiekiem na Języku. Czy wiemy, kto to jest? Wpatrywałam się w niego.

— W każdym razie poszli na kolację i Chłopak z Ćwiekiem na Języku odprowadzał ją do domu, a ona uznała, że zabawnie byłoby pokazać mu kawałek golizny, dokładnie tam, gdzie stali, na ulicy przed restauracją. „Sexy — powiedziała — żeby poczuł się zainteresowany".

Wyobraziłam sobie Lily, która odpakowuje miętówkę przeznaczoną na deser i leniwym krokiem wychodzi na zewnątrz po romantycznej kolacji tylko po to, żeby podciągnąć bluzkę dla swojego chłopaka, który zapłacił komuś za przebicie własnego języka ćwiekiem. Jezu.

— O nie. Ona nie...

Alex ponuro kiwnął głową, próbując się nie śmiać.

— Chcesz mi powiedzieć, że moja przyjaciółka została aresztowana za pokazanie piersi? To śmieszne. To Nowy Jork. Codziennie widuję kobiety, które praktycznie są topless, i to w miejscu pracy! — Znów wrzeszczałam, ale nie mogłam się opanować.

— Tyłka. — Ponownie przyglądał się swoim butom, a twarz miał tak czerwoną, że nie potrafiłam ocenić, czy ze wstydu, czy powstrzymywanego śmiechu.

— Co?

— Nie piersi. Tyłek. Dolną połowę. To znaczy wszystko. Od przodu i od tyłu. — W końcu wymknął mu się uśmiech szeroki od ucha do ucha i wydawał się taki rozradowany, że chyba musiał uważać, żeby nie posikać się w majtki.

— O nie, powiedz, że to nieprawda — jęknęłam, zastanawiając się, w co takiego wpakowała się moja przyjaciółka. — I jakiś gliniarz ją zobaczył i aresztował?

— Nie, najwyraźniej widziała ją dwójka małych dzieci i pokazały to swojej matce...

— O Boże...

— No więc ta matka poprosiła, żeby podciągnęła majtki, a Lily głośno jej powiedziała, co może sobie zrobić ze swoją opinią w tej kwestii, więc ta kobieta poszła i znalazła gliniarza, który stał na następnej ulicy.

— Przestań. Proszę, po prostu przestań.

— Będzie jeszcze lepiej. Zanim kobieta i gliniarz wrócili, Lily i Chłopak z Ćwiekiem na Języku zdążyli się zaangażować, całkiem namiętnie, i z tego, co mówiła, daleko zaszli.

— O kim ty mówisz? O mojej przyjaciółce Lily Goodwin? Moja słodka, urocza najlepsza przyjaciółka od ósmej klasy goła kurwi się na ulicy, gdzieś za rogiem? Z facetem, który ma ćwieka na języku?

— Andy, uspokój się. Naprawdę nic jej nie jest. Jedyny powód, dla którego gliniarz ją w sumie aresztował, to dlatego, że kazała mu się odpieprzyć, kiedy zapytał, czy rzeczywiście ściągnęła spodnie...

— O mój Boże. Więcej nie zniosę. Tak się musi czuć matka.

— ...ale puścili ją, ostrzegając, by więcej tego nie robiła. Wraca do swojego mieszkania, żeby trochę dojść do siebie. Wygląda na to, że była całkiem pijana, bo w jakiej innej sytuacji można by olewać sugestie policji? Więc się nie martw. Załatwmy twoją przeprowadzkę, a potem możemy pojechać się z nią zobaczyć, jeżeli będziesz chciała. — Poszedł w stronę wózka, który tata zostawił na środku salonu i zaczął wyładowywać pudła.

Nie mogłam dłużej czekać, musiałam się dowiedzieć, co zaszło. Odebrała po czwartym dzwonku, tuż przed włączeniem się poczty głosowej, jakby się zastanawiała, czy odebrać.

— Nic ci nie jest? — zapytałam w sekundzie, w której usłyszałam jej głos.

— Hej, Andy. Mam nadzieję, że nie spieprzyłam przeprowadzki. Nie jestem ci potrzebna, prawda? Przepraszam za to wszystko.

— Nic mnie to nie obchodzi, obchodzi mnie, czy nic ci nie jest. — Właśnie przyszło mi na myśl, że Lily mogła spędzić noc na posterunku, biorąc pod uwagę, że była sobota rano, a ona skądś wychodziła. — Spędziłaś tam noc? W więzieniu?

— No tak, chyba można tak powiedzieć. Ale nie było tak źle, nic takiego jak w telewizji. Po prostu spałam w pokoju z jedną kompletnie nieszkodliwą dziewczyną, którą zatrzymali za coś równie głupiego. Strażniczki były absolutnie w porządku, to naprawdę nic wielkiego. Żadnych krat ani takich rzeczy. — Roześmiała się, ale zabrzmiało to głucho.

Przez chwilę trawiłam to, co usłyszałam, próbując pogodzić się z obrazem słodkiej Lily hippiski atakowanej przez jakąś wściekłą i napaloną lesbijkę w zalanej moczem celi.

— A gdzie, do cholery, był wtedy Język z Ćwiekiem? Po prostu cię zostawił, żebyś gniła w więzieniu? — Zanim zdążyła odpowiedzieć, przyszło mi na myśl coś innego: A gdzie ja, do cholery, wówczas byłam? Czemu Lily nie zadzwoniła do mnie?

— Właściwie to był wspaniały...

— Lily, dlaczego...

— ...zaproponował, że ze mną zostanie, i nawet zadzwonił do prawnika swoich rodziców...

— Lily. Lily! Przestań na chwilę. Czemu do mnie nie zadzwoniłaś? Wiesz, że byłabym tam w jednej chwili i nie wyszłabym, dopóki by cię nie wypuścili. Więc dlaczego? Czemu do mnie nie zadzwoniłaś?

— Och, Andy, to już bez znaczenia. Naprawdę nie było tak źle, przysięgam. Nie mogę pojąć, że byłam taka głupia, i możesz mi wierzyć, skończyłam z upijaniem się do takiego stopnia. Po prostu nie warto.

— Dlaczego? Czemu nie zadzwoniłaś? Całą noc byłam w domu, byłabym tam w dwie sekundy.

— Nieważne, naprawdę. Nie zadzwoniłam, bo zdałam sobie sprawę, że albo pracujesz, albo jesteś naprawdę zmęczona, i nie chciałam zawracać ci głowy. Szczególnie w sobotę wieczorem.

Usiłowałam sobie przypomnieć, co takiego robiłam poprzedniego wieczoru i jedyne, co wyraźnie utkwiło mi w pamięci, to oglądanie *Wirującego seksu* w TNT, dokładnie po raz sześćdziesiąty ósmy w życiu. I ten był absolutnie pierwszym, kiedy zasnęłam, zanim Johnny oświadczył: „Nikt nie stawia Baby w kącie" i ruszył, żeby, całkiem dosłownie, porwać ją w ramiona, aż doktor Houseman przyzna, że to nie Johnny wpędził Penny w kłopoty, i poklepie go po plecach, i całuje Baby, która ostatnio odzyskała imię Frances. Uważałam całą tę scenę za czynnik, który określił rozwój mojej osobowości.

— Że pracuję? Myślałaś, że pracuję? A co bycie za bardzo zmęczonym ma wspólnego z tym, że potrzebujesz pomocy? Lil, nie rozumiem.

— Słuchaj, Andy, zostawmy to, okej? Pracujesz cały czas. Dzień i noc, często też w weekendy. A kiedy nie pracujesz, narzekasz na pracę. Nie żebym nie rozumiała, bo wiem, jaką masz harówkę, i wiem, że twoja szefowa to wariatka. Ale nie chciałam być właśnie tą osobą, która przeszkodzi ci w sobotę wieczorem, kiedy mogłaś odpoczywać albo być gdzieś z Aleksem. To znaczy on twierdzi, że w ogóle cię nie widuje, i nie chciałam go tego pozbawiać. Gdybym naprawdę cię potrzebowała, tobym zadzwoniła, i wiem, że przyleciałabyś galopem. Ale przysięgam, nie było tak źle. Proszę, czy możemy o tym zapomnieć? Jestem wykończona i naprawdę potrzebny mi prysznic i własne łóżko.

Byłam tak oszołomiona, że nie zdołałam się odezwać, ale Lily uznała moje milczenie za przyzwolenie.

— Jesteś tam? — zapytała po niemal trzydziestu sekundach, podczas których rozpaczliwie usiłowałam znaleźć słowa, żeby przeprosić albo wyjaśnić lub cokolwiek. — Słuchaj, właśnie weszłam do domu. Muszę się przespać. Mogę do ciebie zadzwonić później?

— Hm, ee, jasne — zdołałam wydusić. — Lil, tak mi przykro. Jeżeli kiedykolwiek miałaś wrażenie, że nie możesz...

— Andy, przestań. Nic się nie stało, nic mi nie jest, z nami wszystko w porządku. Po prostu porozmawiamy później.

— Okej. Śpij dobrze. Zadzwoń, gdybym mogła coś zrobić...

— Zadzwonię... Och, a jak nowe mieszkanie, tak przy okazji?

— Jest wspaniałe, Lil, naprawdę. Fantastyczne się spisałaś. Jest lepiej, niż sobie wyobrażałam. Będzie nam tu cudownie. — Nawet w moich własnych uszach brzmiało to bez wyrazu i stało się oczywiste, że mówię tylko po to, żeby mówić, zatrzymując ją przy telefonie, by się upewnić, czy nasza przyjaźń nie zmieniła się w jakiś niewyjaśniony, ale nieodwracalny sposób.

— Świetnie. Cieszę się, że ci się podoba. Mam nadzieję, że Chłopakowi z Ćwiekiem na Języku też się spodoba — zażartowała, chociaż to także zabrzmiało pusto.

Rozłączyłyśmy się i stałam tak w salonie, gapiąc się na telefon, dopóki nie wszedł mój tata i nie oznajmił, że zabiera mnie i Aleksa na lunch.

— Co się stało, Andy? I gdzie jest Lily? Zdałem sobie sprawę, że będzie potrzebowała pomocy przy swoich rzeczach, ale nie zamierzam zostać tu dłużej niż do trzeciej. Czy już jedzie?

— Nie, ee, rozchorowała się w nocy. Chyba zanosiło się na to od kilku dni, więc pewnie nie wprowadzi się do jutra. To właśnie z nią rozmawiałam.

— Cóż, jesteś pewna, że u niej wszystko w porządku? Myślisz, że powinniśmy do niej zajrzeć? Zawsze paskudnie się czuję z powodu tej dziewczyny, bez prawdziwych rodziców, tylko z tą stukniętą starą nietoperzycą babcią. — Położył mi rękę na ramieniu, jakby chciał wepchnąć mój ból głębiej. — Na szczęście ma ciebie za przyjaciółkę. Inaczej byłaby na świecie całkiem sama.

Głos uwiązł mi w gardle, ale po paru sekundach zdołałam wykrztusić parę słów.

— Tak, pewnie tak. Ale nic jej nie jest, naprawdę. Ma zamiar po prostu to przespać. Chodźmy po jakieś kanapki, okej? Portier powiedział, że cztery przecznice stąd są świetne delikatesy.

— Biuro Mirandy Priestly — odezwałam się stale teraz używanym znudzonym tonem, który, jak miałam nadzieję, informował o mojej niedoli każdego, kto ośmielał się zakłócać mój czas na mailowanie.

— Cześć, czy to Eem-em-em-Emily? — rozległ się sepleniący, zacinający się głos po drugiej stronie.

— Nie, Andrea. Jestem nową asystentką Mirandy — powiedziałam, mimo że zdążyłam się już przedstawić tysiącom ciekawskich rozmówców.

— Ach, nowa asystentka Mirandy — ryknął dziwny kobiecy głos. — Ależ jesteś najszczęśliwszą dziewczyną na ś-ś-ś-świecie! No i jak, póki co podoba ci się etat u diabła wcielonego?

Nabrałam animuszu. To było coś nowego. Podczas tych stu dni, które przepracowałam w *Runwayu*, nie spotkałam ani jednej osoby, która tak odważnie ośmieliłaby się źle wyrazić o Mirandzie. Mówiła poważnie? A może tylko mnie podpuszczała?

— Hm, no cóż, praca dla *Runwaya* to naprawdę pouczające doświadczenie — usłyszałam, że i ja się jąkam. — Oczywiście milion dziewczyn dałoby się zabić za tę posadę. — Czy ja to właśnie powiedziałam?

Chwila ciszy, po której nastąpiło coś jak wycie hieny.

— Och, to po prostu, k-k-k-kurwa, coś wspaniałego! — zaskrzeczała, jednocześnie jakby dusząc się ze śmiechu. — Czy zamyka was w mieszkaniu w West Village i odmawia wszystkich rzeczy od G-g-g-gucciego, dopóki nie macie mózgów odpowiednio wypranych, żeby rzeczywiście gadać takie gówniane kawałki? F-f-f-fantastyczne! Ta kobieta to naprawdę nie byle kto! No cóż, panno Pouczające Doświadczenie, ptaszki ćwierkały, że tym razem Miranda naprawdę zatrudniła sobie myślącą s-s-s-s-służącą, ale widzę, że ptaszki jak zwykle były w błędzie. Podobają ci się bliźniaki od Michaela Korsa i wszystkie te śliczne futra od J. Mendela? Tak, kotku, świetnie się nadasz. A teraz daj mi do telefonu tę swoją szefową z kościstym tyłkiem.

Miałam sprzeczne odczucia. Pierwszym impulsem było kazać się jej odpieprzyć, powiedzieć, że mnie nie zna i nietrudno się domyślić, że ta dyskusyjna postawa życiowa ma stanowić kompensatę za jąkanie. Ale bardziej chciałam przysunąć słuchawkę do ust i gorąco wyszeptać: Jestem więźniem, i to w większym stopniu, niż może pani sobie wyobrazić, proszę, och, proszę przyjść tu i uratować mnie przed tym piekielnym praniem mózgu. Ma pani rację, jest tak, jak pani to opisała, ale ja jestem inna! Ale nie miałam szansy ani na jedno, ani na drugie, ponieważ w końcu zdałam sobie sprawę, że nie wiem, do kogo należy ten głęboki, zacinający się głos.

Zrobiłam wdech i postanowiłam kolejno ją wypunktować — na każdy temat oprócz Mirandy.

— Cóż, oczywiście uwielbiam Michaela Korsa, ale muszę przyznać, że z pewnością nie za bliźniaki. Futra od J. Mendela są do przyjęcia, ale prawdziwa dziewczyna z *Runwaya* — to znaczy ktoś o wyróżniającym się, nieskazitelnym guście — wolałby coś szytego na miarę od George'a Polegeorgisa z Madison. Och, i na przyszłość preferowałabym użycie słowa „płatna pomoc" zamiast czegoś tak kategorycznego i ostrego jak „służąca". A teraz oczywiście z przyjemnością sprostuję wszelkie błędne założenia, jakie pani poczyniła, ale czy mogłabym najpierw zapytać, z kim rozmawiam?

— Punkt dla ciebie, nowa asystentko Mirandy, punkt dla ciebie. Ty i ja m-m-możemy jednak zostać przyjaciółkami. Zwykle n-n-n-niezbyt lubię te roboty, które zatrudnia, ale to pasuje, bo i ją niezbyt lubię. Nazywam się Judith Mason i w razie gdybyś n-n-nie wiedziała, jestem autorką comiesięcznych artykułów o podróżach. A teraz powiedz mi, proszę, skoro jesteś wciąż relatywnie nowa: czy m-m-miesiąc miodowy już się skończył?

Milczałam. Co miała na myśli? Przypominało to rozmowę z bombą zegarową.

— I jak? Znajdujesz się w tym fascynującym przedziale czasu, k-k-k-kiedy pracujesz odpowiednio długo, żeby wszyscy poznali twoje imię, ale nie dość długo, żeby odkryli i wykorzystali wszystkie twoje słabości. Kiedy do t-t-t-tego dojdzie, to naprawdę słodkie uczucie, możesz mi wierzyć. Pracujesz w bardzo specyficznym miejscu.

Ale zanim zdążyłam odpowiedzieć, stwierdziła:

— Dość już tego f-f-f-flirtowania, moja nowa przyjaciółko. Nie t-t-t-trudź się zawiadamianiem jej, że to ja, bo i tak nigdy nie odbiera moich t-t-telefonów. Chyba jąkanie ją wkurza. Tylko nie zapomnij umieścić mojego nazwiska w Biuletynie, żeby mogła kazać komuś do mnie oddzwonić. Dzięki, s-s-słodka. — Kliknięcie.

Odłożyłam słuchawkę oszołomiona i zaczęłam się śmiać. Emily podniosła wzrok znad jednego z zestawień wydatków Mirandy i zapytała, kto to był. Kiedy wyjaśniłam, że Judith, przewróciła oczyma dość gwałtownie, żeby ledwie dały radę wrócić na miejsce, i powiedziała:

— To skończona suka. Pojęcia nie mam, jak Miranda w ogóle z nią rozmawia. W każdym razie nie odbiera jej telefonów, więc możesz jej nie mówić, kiedy dzwoni. Po prostu umieść ją w Biuletynie i Miranda każe komuś do niej oddzwonić. — Wyglądało na to, że Judith rozumiała tajne prawidła działania naszego biura lepiej ode mnie.

Dwukrotnie kliknęłam w ikonę o nazwie „Biuletyn" na ekranie mojego lśniącego iMaca i przejrzałam jego dotychczasową zawartość. Biuletyn był kwintesencją biura Mirandy Priestly i, z tego, co zdążyłam zauważyć, całym sensem jej życia. Wymyślony wiele lat temu przez jakąś znerwicowaną, znajdującą się pod presją asystentkę, Biuletyn był dokumentem utworzonym w Wordzie, a mieścił się w folderze, do którego obie, Emily i ja, miałyśmy dostęp. Tylko jedna osoba naraz mogła go otwierać i dodawać nową wiadomość lub pytanie do ułożonej w punkty listy. Potem drukowałyśmy uaktualnioną wersję i umieszczałyśmy ją na podkładce na półce przy moim biurku, usuwając starą. Miranda sprawdzała ją co kilka minut przez cały dzień i Emily oraz ja trudziłyśmy się, żeby zapisać, wydrukować i przypiąć nową wersję po każdym kolejnym telefonie. Często syczałyśmy na siebie, żeby zamknąć Biuletyn, bo tej drugiej potrzebny był dostęp do niego i możliwość zapisania wiadomości. Jednocześnie drukowałyśmy nasze wersje na oddzielnych drukarkach i rzucałyśmy się w stronę podkładki, nie wiedząc, która ma wydruk bardziej aktualny, dopóki nie stanęłyśmy twarzą w twarz.

— Na moim ostatnia wiadomość jest od Donatelli — powiedziałam, wyczerpana napięciem związanym z próbą zakończenia wpisu, zanim Miranda wejdzie do biura. Eduardo dzwonił ze stanowiska ochrony na dole, żeby nas ostrzec. Była w drodze na górę. Sophy jeszcze nie zatelefonowała, ale wiedziałyśmy, że to kwestia sekund.

— Mam portiera z paryskiego Ritza po Donatellim — prawie krzyknęła tryumfująca Emily, przypinając swój wydruk do podkładki. Zabrałam własny, nieaktualny od czterech sekund Biuletyn na biurko do przejrzenia. Myślniki w numerach telefonów nie były dozwolone, tylko kropki. W oznaczeniach czasu żadnych dwukropków, tylko kropki. Czas należało zaokrąglić w górę lub w dół do najbliższego kwadransa. Numery, pod które trzeba oddzwonić, zawsze widniały w osobnych linijkach, żeby łatwiej było je odróżnić. Podanie czasu sygnalizowało, że ktoś dzwonił. Słowo „nota" oznaczało coś, co Emily lub ja miałyśmy jej do powiedzenia (ponieważ zwracanie się do niej bez pytania nie wchodziło w grę, wszystkie związane z daną sprawą informacje trafiały do Biuletynu). „Przypomnienie" to polecenie pozostawione przez Mirandę w naszych skrzynkach głosowych między pierwszą w nocy a piątą rano danego dnia. Wiedziała, że coś, co nagrała, mogła uznać za załatwione. O sobie miałyśmy wspominać w trzeciej sobie — oczywiście o ile tego rodzaju odwołanie było całkowicie konieczne.

Często nakazywała nam dowiedzieć się dokładnie, kiedy i pod jakim numerem dana osoba była osiągalna. W takim przypadku owoce naszych poszukiwań mogły trafić zarówno pod szyld „nota", jak i „przypomnienie". Pamiętałam, że kiedyś czytałam Biuletyn jak wersję „kto jest kim" w tym tłumie w ciuchach od Prady, ale mój znieczulony mózg przestał rejestrować jako „wyjątkowe" nazwiska właścicieli superwielkich pieniędzy, supergwiazd mody i w ogóle wszystkich robiących superwielkie wrażenie. W mojej runwayowskiej rzeczywistości sekretarz osobisty z Białego Domu był niewiele bardziej interesujący niż weterynarz, który chciał z nią porozmawiać o diecie szczeniaka (słabe szanse, żeby do niego oddzwoniła!).

Czwartek, 28 czerwca

7.30: Dzwoniła Simone z paryskiego biura. Ustaliła z panem Testino daty zdjęć w Rio i potwierdziła wszystko z agentem Giselle, ale musi jeszcze przedyskutować z tobą kwestie stylu. Zadzwoń od niej, proszę. 011.33.1.55.91.30.80

8.15: Dzwonił pan Tomlinson. Jest pod komórką. Zadzwoń od niego, proszę.

Nota: Andrea rozmawiała z Bruce'em. Powiedział, że w dużym lustrze w twoim foyer brakuje kawałka gipsowej ozdoby w lewym górnym rogu. Zlokalizował identyczne lustro w sklepie z antykami w Bordeaux. Czy ma je zamówić?

8.25: Dzwonił Jonathan Cole. W sobotę wyjeżdża do Melbourne i przed wyjazdem chciałby doprecyzować szczegóły. Zadzwoń od niego, proszę. 555.6960

Przypomnienie: Zadzwonić do Karla Lagerfelda w sprawie przyjęcia dla Modelki Roku. Będzie osiągalny w swoim domu w Biarritz dziś wieczorem od 8.00–8.30 jego czasu
011.33.1.55.22.06.85: dom
011.33.1.55.22.58.85: studio w domu
011.33.1.55.22.92.01: kierowca
011.33.1.55.43.75.50: telefon komórkowy
011.33.1.55.66.76.49: numer asystenta w Paryżu, w razie gdybyś nie mogła go znaleźć

9.00: Dzwoniła Natalie z Glorious Foods z pytaniem, czy wolisz, żeby vacherin * napełniono mieszanymi owocami w syropie, czy ciepłym kompotem rabarbarowym. Zadzwoń od niej, proszę
555.7089

9.00: Dzwoniła Ingrid Sischy pogratulować kwietniowego numeru. Mówi, że okładka jest „spektakularna, jak zawsze", i chce wiedzieć, kto stylizował zdjęcie na pierwszą stronę okładki. Zadzwoń od niej, proszę
555.9473: biuro
555.9382: dom

NOTA: Dzwonił Miho Kosudo z przeprosinami, że nie udało się dostarczyć kwiatów dla Damiena Hirsta. Prosił, żeby na pewno przekazać, że czekali przed jego budynkiem przez cztery godziny, ale ponieważ nie ma portiera, musieli zrezygnować. Jutro spróbują ponownie

9.10: Dzwonił pan Samuels. Będzie osiągalny dopiero po lunchu, ale chce przypomnieć o zebraniu rodziców z nauczycielami dziś wieczorem w Horace Mann. Chciałby przedtem przedyskutować z tobą projekt Caroline z historii. Zadzwoń do niego, proszę po 2.00, ale przed 4.00
555.5932

9.15: Ponownie dzwonił pan Tomlinson. Prosił Andreę o zrobienie rezerwacji na dzisiejszą kolację po zebraniu rodziców. Za-

---

* Vacherin, deser składający się z bezowych obręczy wypełnionych nadzieniem.

dzwoń do niego, proszę. Jest pod komórką

NOTA: Andrea zrobiła rezerwację dla ciebie i pana Tomlinsona na dziś wieczór na 8.00 w La Caravelle. Rita Jammet powiedziała, że nie może się doczekać, kiedy was zobaczy, i jest zachwycona, że wybraliście jej restaurację

9.25: Dzwoniła Donatella Versace. Powiedziała, że ustalono wszystko w związku z twoją wizytą. Czy będziesz potrzebowała jakiegoś personelu oprócz kierowcy, szefa kuchni, trenera, fryzjera i wizażysty, osobistej asystentki, trzech pokojówek oraz kapitana jachtu? Jeśli tak, zawiadom ją, proszę, zanim wyjedzie do Mediolanu. Zapewni także telefony komórkowe, ale nie będzie mogła ci towarzyszyć, ponieważ przygotowuje się do pokazów 011.3901.55.27.55.61

9.45: Dzwonił monsieur Renaud z paryskiego Ritza. Chciał wiedzieć, czy wolałabyś obejrzeć pokazy w piątek, czy w sobotę wieczorem. Potwierdził też kierowcę, którego tak lubisz, na czas twojej wizyty. Wciąż pracuje nad fryzjerem i wizażystą, ale spodziewa się, że nie będzie żadnych problemów. Jeżeli masz jakieś pytania, zadzwoń do niego do domu 011.33.1.55.74.46.56

Zgniotłam kartkę i rzuciłam do kosza pod swoim biurkiem, gdzie z miejsca nasiąkła resztkami trzeciego porannego latte Mirandy. Jak na razie stosunkowo normalny dzień, jeżeli chodzi o Biuletyn. Właśnie miałam kliknąć na „skrzynkę odbiorczą" na swoim koncie na Hotmail, żeby sprawdzić, czy ktoś do mnie napisał, kiedy nieśpiesznie weszła do biura. Cholera niech weźmie tę Sophy! Znów zapomniała o ostrzegawczym telefonie.

— Spodziewam się, że Biuletyn jest uaktualniony — odezwała się lodowatym tonem, nie nawiązując kontaktu wzrokowego ani w żaden inny sposób nie potwierdzając, że jest świadoma naszej obecności.

— Tak jest, Mirando — odparłam, podając jej podkładkę, żeby nie musiała po nią sięgać. Trzy słowa do rachunku, pomyślałam, przewidując — i modląc się o to — żeby nie przekroczyć w ciągu dnia siedemdziesięciu pięciu. Zdjęła swoje sięgające talii norki, tak miękkie, że musiałam siłą powstrzymać się, żeby z miejsca nie zanurzyć w nich twarzy, i rzuciła je na moje biurko. Gdy poszłam powiesić to wspaniałe martwe zwierzę w szafie, próbując dyskretnie otrzeć futrem o policzek, poczułam gwałtowny wstrząs przy dotyku zimna i wilgoci: do futra przylgnęły maleńkie kawałki zamarzniętej mżawki. Jak rozkosznie à propos.

Zdejmując pokrywkę z ciepłego latte, starannie ułożyłam tłusty stos bekonu, kiełbasek i drożdżówkę z serem na brudnym talerzu. Na palcach weszłam od jej gabinetu i ostrożnie umieściłam wszystko na biurku, dyskretnie z boku. Była skupiona na pisaniu czegoś na swojej papeterii od Dempsey & Carroll w kolorze écru i odezwała się tak miękko, że ledwie ją słyszałam.

— Ahn-dre-ah, muszę omówić z tobą przyjęcie zaręczynowe. Przynieś notatnik.

Skinęłam głową, jednocześnie zdając sobie sprawę, że kiwanie głową nie liczy się jako słowo. To przyjęcie zaręczynowe stało się już zmorą mojego życia, a wciąż dzielił nas od niego miesiąc, ale ponieważ Miranda niedługo wyjeżdżała na europejskie pokazy i miała być nieobecna przez dwa tygodnie, planowanie przyjęcia zajmowało znaczącą większość ostatnich dni pracy nas obu. Wróciłam z notatnikiem i piórem, przygotowując się, że nie zrozumiem ani słowa z tego, co powie. Przez chwilę zastanawiałam się, czy nie usiąść, bo łatwiej byłoby wówczas notować, ale rozsądnie się przed tym powstrzymałam.

Westchnęła, jakby chodziło o tak obciążające zadanie, że nie miała pewności, czy da radę, i szarpnęła białą apaszkę od Hermésa, którą oplątała wokół nadgarstka jak coś w rodzaju bransoletki.

— Znajdź Natalie z Glorious Foods i powiedz jej, że wolę kompot rabarbarowy. Nie daj się przekonać, że musi rozmawiać bezpośrednio ze mną, bo nie musi. Porozmawiaj też z Miho i upewnij się, że zrozumieli moje polecenia co do kwiatów. Przed lunchem połącz mnie z Robertem Isabell, żeby omówić kwestie obrusów, kart wizytowych i tac. I z tą dziewczyną z muzeum, żeby sprawdzić, kiedy mogę się upewnić, że wszystko jest ustalone jak należy. Każ jej przefaksować ustawienie stołów, żebym mogła zrobić plan stołu. Na razie to wszystko.

Wyrecytowała tę listę bez najmniejszej nawet przerwy w pisaniu notatki, a kiedy skończyła mówić, wręczyła mi świeżo napisany liścik do wysłania mailem. Zakończyłam bazgranie w notesie, mając nadzieję, że wszystko dobrze zrozumiałam, co biorąc pod uwagę akcent i ekspresowe tempo, nie zawsze było proste.

— Okej — zamruczałam i odwróciłam się, żeby wyjść, zwiększając do czterech sumę „Słów do Mirandy". Może nawet nie przekroczę pięćdziesięciu, pomyślałam. Czułam, jak ocenia rozmiar mojego tyłka, gdy oddalałam się od biurka, i przelotnie rozważyłam zrobienie zwrotu i wycofanie się tyłem jak religijni Żydzi, którzy oddalają się od Ściany Płaczu. Jednak tylko wślizgnęłam się w bezpieczne zacisze swojego biurka, mając przed oczyma obraz setek tysięcy chasydów w czarnych ciuchach od Prady, wielkiego kręgu wycofujących się tyłem sprzed oblicza Mirandy Priestly.

12

W końcu, w końcu nadszedł ten błogi dzień, na który czekałam, o którym marzyłam. Miranda nie tylko opuściła biuro, ale
także kraj. Wskoczyła na swoje miejsce w concordzie niecałą
godzinę temu, czyniąc mnie tym samym bezdyskusyjnie najszczęśliwszą dziewczyną na całej planecie. Emily próbowała
mnie przekonać, że Miranda podczas pobytu za granicą była
nawet bardziej wymagająca, ale nie zamierzałam tego słuchać.
Byłam właśnie w środku szczegółowego planowania, jak spędzę
każdy ekstatyczny moment następnych dwóch tygodni, kiedy
dostałam maila od Aleksa.

> *Hej, kotku, jak się masz? Mam nadzieję, że twój dzień
> jest przynajmniej w porządku. Musisz być zachwycona jej
> wyjazdem, prawda? Ciesz się tym. Chciałem tylko się
> dowiedzieć, czy mogłabyś zadzwonić do mnie około trze-
> ciej trzydzieści. Mam wtedy wolną godzinę przed począt-
> kiem programu nauki czytania i muszę z tobą pomówić.
> Nic poważnego, ale chciałbym pogadać. Całuję, A*

Czym z miejsca zaczęłam się martwić i odpisałam z pytaniem,
czy wszystko w porządku, ale musiał się już wylogować, bo nie
odpisał. Zanotowałam sobie w pamięci, żeby zadzwonić do
niego dokładnie o wpół do czwartej, zachwycona uczuciem

swobody, biorącym się z wiedzy, że Jej nie będzie w pobliżu, żeby mi to spieprzyć. Ale tak na wszelki wypadek wzięłam kartkę ze stosu firmowej papeterii *Runway*, napisałam „ZADZWONIĆ A, DZISIAJ 3:30" i taśmą przykleiłam ją z boku monitora. Kiedy właśnie zamierzałam oddzwonić do przyjaciółki ze szkoły, która tydzień wcześniej zostawiła mi wiadomość na automatycznej sekretarce, odezwał się telefon.

— Biuro Mirandy Priestly — prawie westchnęłam, uświadamiając sobie, że nie było na świecie ani jednej osoby, z którą dokładnie w tym momencie chciałabym rozmawiać.

— Emily? Czy to ty? Emily? — Łatwy do rozpoznania głos rozległ się w słuchawce i wydało mi się, że przesączył się do biura. Nie było mowy, żeby Emily usłyszała coś przez całą szerokość pomieszczenia, ale podniosła na mnie wzrok.

— Halo, Mirando. Tu Andrea. Czy mogę ci w czymś pomóc? — Jak, u licha, ta kobieta mogła teraz dzwonić? Szybko sprawdziłam plan podróży, który Emily przepisała dla wszystkich na czas pobytu Mirandy w Europie, i zobaczyłam, że jej lot wystartował zaledwie sześć minut temu.

— Cóż, muszę mieć taką nadzieję. Przejrzałam mój plan podróży i właśnie zauważyłam, że w czwartek przed kolacją nie zostali potwierdzeni fryzjer i wizażysta.

— Hm, cóż, Mirando, to dlatego, że monsieur Renaud nie był w stanie uzyskać od czwartkowej obsługi całkowicie wiarygodnego potwierdzenia, ale zapewnił, że ma dziewięćdziesiąt dziewięć procent pewności, że będą mogli...

— Ahn-dre-ah, odpowiedz mi: czy dziewięćdziesiąt dziewięć procent to sto? Czy oznacza to potwierdzenie? — Zanim zdołałam odpowiedzieć, usłyszałam, jak mówi do kogoś, pewnie do osoby z obsługi pokładowej, że „niespecjalnie interesują ją zasady i przepisy związane z korzystaniem z urządzeń elektronicznych i proszę zanudzać tym kogoś innego".

— Ależ szanowna pani, to wbrew zasadom i będę zmuszona prosić panią o zakończenie tego połączenia do czasu, gdy osiągniemy wysokość przelotową. To po prostu niebezpieczne — błagalnie powiedziała kobieta.

— Ahn-dre-ah, słyszysz mnie? Czy słuchasz, co...

— Szanowna pani, będę zmuszona nalegać. A teraz proszę zakończyć rozmowę. — Uśmiechałam się tak szeroko, że zaczynały mnie boleć usta — mogłam sobie tylko wyobrazić, jak bardzo Miranda nienawidzi zwracania się do niej „szanowna pani", co, wszyscy wiedzieli, zdecydowanie sugeruje starszą panią.

— Ahn-dre-ah, stewardesa zmusza mnie do zakończenia tej rozmowy. Oddzwonię do ciebie, kiedy stewardesa mi pozwoli. W tym czasie chcę mieć potwierdzonego fryzjera i wizażystę i chciałabym, żebyś zaczęła rozmowy wstępne z nowymi dziewczętami na stanowisko niani. To wszystko. — Kliknięcie, ale najpierw usłyszałam, jak pracownica obsługi pokładowej jeszcze raz zwraca się do niej „szanowna pani".

— Czego chciała? — zapytała Emily, głęboko zaniepokojona, ze zmarszczonym czołem.

— Odezwała się do mnie właściwym imieniem trzy razy z rzędu — rozkoszowałam się tym, zadowolona, że przedłużam jej niepewność. — Trzy razy, wyobrażasz sobie? To chyba oznacza, że jesteśmy najlepszymi przyjaciółkami, prawda? Kto by pomyślał? Andrea Sachs i Miranda Priestly, najlepsze przyjaciółki na zawsze.

— Andrea, co powiedziała?

— Cóż, chce mieć potwierdzonego czwartkowego fryzjera i wizażystę, bo najwyraźniej dziewięćdziesiąt dziewięć procent nie daje wystarczającej pewności. Och, i powiedziała coś o poszukiwaniu nowej niani. Musiałam źle zrozumieć. Mniejsza z tym, zadzwoni ponownie za trzydzieści sekund.

Emily wzięła głęboki wdech i zmusiła się, żeby znieść moją głupotę z gracją i stylem. Wyraźnie nie było to dla niej łatwe.

— Nie, nie sądzę, żebyś źle zrozumiała. Cara nie jest już z Mirandą, więc oczywiście potrzebuje nowej niani.

— Co? Jak to „nie jest już z Mirandą"? Jeżeli „nie jest już z Mirandą", to gdzie, do cholery, jest? — Naprawdę trudno mi było uwierzyć, że Cara nie powiedziałaby mi o swoim nagłym odejściu.

— Miranda uznała, że Cara będzie bardziej zadowolona, pracując dla kogoś innego. — Byłam pewna, że Emily posłużyła się dużo bardziej oględnymi słowami niż te, których użyła sama Miranda. Jakby kiedykolwiek uwzględniała cokolwiek od zadowolenia innych!

— Emily, proszę. Proszę, powiedz mi, co się naprawdę stało.

— Wyciągnęłam od Caroline, że Cara uziemiła dziewczynki w pokojach, bo przedwczoraj jej odpyskowały. Miranda uznała za niewłaściwe, żeby Cara podejmowała takie decyzje. I ja się z nią zgadzam. To znaczy, Cara nie jest matką tych dziewczynek, wiesz?

Więc Cara została wylana, bo kazała dwóm małym dziewczynkom siedzieć w sypialniach po tym, jak pokazały rogi?

— Tak, rozumiem twój punkt widzenia. Zdecydowanie nie jest rzeczą niani przejmować się samopoczuciem jej podopiecznych — powiedziałam, uroczyście kiwając głową. — Cara przesadziła.

Emily nie tylko nie podjęła mojego tonu, wyglądało na to, że nawet nie wyczuła sarkazmu, którym ociekała wypowiedź.

— Dokładnie. A poza tym, Mirandzie nigdy się nie podobało, że Cara nie mówi po francusku. No bo jak dziewczynki miałyby się nauczyć mówić bez akcentu?

Och, sama nie wiem. Może dzięki prywatnej szkole za piętnaście tysięcy dolarów rocznie, gdzie francuski był obowiązkowym przedmiotem, a wszyscy trzej nauczyciele francuskiego byli rodowitymi Francuzami? Albo może od swojej własnej wymownej matki, która mieszkała kiedyś we Francji, wciąż jeździła tam cztery razy do roku i potrafiła czytać, pisać i mówić w tym języku z idealnym, melodyjnym akcentem? Ale stwierdziłam tylko:

— Masz rację. Bez francuskiego nie ma niani. Zrozumiałe.

— Cóż, w każdym razie do ciebie będzie należało znalezienie dziewczynkom nowej niani. Tu jest numer agencji, z którą współpracujemy — powiedziała, wysyłając mi go mailem. — Wiedzą, jak wybredna jest Miranda — i oczywiście ma rację — więc zwykle podsyłają nam właściwych ludzi.

Spojrzałam na nią uważnie i zastanowiłam się, jakie było jej życie przed Mirandą Priestly. Zadzwonił telefon i na szczęście Emily odebrała.

— Halo, Mirando. Tak, tak, słyszę cię. Nie, nie ma żadnego problemu. Tak, potwierdziłam fryzjera i wizażystę na czwartek. Tak, Andrea zaczęła już szukać nowej niani. Będziemy miały trzy sensowne kandydatki, gotowe do rozmowy kwalifikacyjnej pierwszego dnia po twoim powrocie. — Przechyliła głowę na bok i piórem dotknęła ust. — Mmm, tak. Tak, definitywnie potwierdzone. Nie, nie dziewięćdziesiąt dziewięć procent, sto procent. Zdecydowanie. Tak, Mirando. Tak, osobiście to potwierdziłam i jestem całkiem pewna. Nie mogą się doczekać. Okej. Miłego lotu. Tak, to potwierdzone. Zaraz to przefaksuję. Okej. Do widzenia. — Odłożyła słuchawkę i wydawało się, że drży.

— Czemu ta kobieta nie rozumie? Powiedziałam jej, że fryzjer i wizażysta są potwierdzeni. A potem powtórzyłam jej to jeszcze raz. Czemu musiałam to mówić jeszcze pięćdziesiąt razy? I wiesz, co powiedziała?

Pokręciłam głową.

— Wiesz, co powiedziała? Powiedziała, że ponieważ to wszystko jest dla niej takie uciążliwe, chce, żebym przerobiła plan podróży, tak by zawierał informację o potwierdzeniu tego fryzjera i wizażysty i przefaksowała go do Ritza, żeby po przyjeździe miała poprawny. Robię dla tej kobiety wszystko — oddaję jej swoje życie — a ona w zamian tak się do mnie odnosi? — Wyglądała, jakby miała się rozpłakać. Byłam zachwycona rzadką okazją zobaczenia, jak Emily wsiada na Mirandę, ale wiedziałam, że zaraz ujawni się Paranoidalna Pętla *Runwaya*, więc musiałam działać ostrożnie. Uderzyć we właściwy ton zrozumienia i bezstronności.

— To nie twoja wina, Em, słowo daję. Przecież wie, jak ciężko pracujesz — jesteś niesamowitą asystentką. Gdyby nie uważała, że wykonujesz wspaniałą robotę, już by się ciebie pozbyła. A nie należy do tych, którzy obawiają się tego rodzaju rozwiązań, wiesz, co mam na myśli.

Emily przestała ronić łzy i zaczęła zbliżać się do strefy buntu, kiedy broniła Mirandy, o ile powiedziałam cokolwiek zbyt oburzającego, nawet gdy się ze mną zgadzała. Na psychologii uczyłam się o syndromie sztokholmskim, kiedy ofiary identyfikują się z tymi, przez których są trzymane w niewoli, ale właściwie nie rozumiałam, na czym to wszystko polega. Może powinnam nagrać na wideo jedną z naszych sesyjek z Emily i posłać nagranie profesorowi, żeby w następnym roku pierwszoroczniacy na własne oczy zobaczyli, jak to wygląda. Wszelkie wysiłki, żeby postępować ostrożnie, zaczęły się wydawać nadludzkim zadaniem, więc wzięłam głęboki oddech i poszłam na całość.

— To wariatka, Emily — powiedziałam miękko i wolno, siłą woli chcąc ją skłonić, żeby się ze mną zgodziła. — To nie twoja wina, tylko jej. To pusta, powierzchowna, zgorzkniała kobieta, która ma całe tony wspaniałych ciuchów i niewiele więcej.

Twarz Emily stężała w zauważalny sposób, skóra na szyi i policzkach się naciągnęła, a ręce przestały drżeć. Wiedziałam, że zaraz mnie zaatakuje, ale nie mogłam przestać.

— Zauważyłaś, że ona nie ma przyjaciół, Emily? Zauważyłaś? Jasne, dzień i noc dzwonią do niej najbardziej odlotowi ludzie na świecie, ale nie dzwonią, żeby pogadać o dzieciakach, pracy czy swoim małżeństwie, prawda? Dzwonią, bo czegoś od niej chcą. Jasne, wygląda to imponująco, kiedy się człowiek przygląda z boku, ale możesz sobie wyobrazić, że nikt do ciebie nie dzwoni, jeżeli nie ma...

— Przestań! — wrzasnęła, a łzy znów płynęły jej po twarzy strumieniami. — Po prostu się już, kurwa, zamknij! Zjawiłaś się w tym biurze parę miesięcy temu i myślisz, że wszystko rozumiesz. Panienka Jestem Taka Sarkastyczna i Taka Ponad To Wszystko! Cóż, nic nie rozumiesz. Nic!

— Em...

— Nie bierz mnie pod włos, Andy, daj mi skończyć. Wiem, że Miranda jest trudna. Wiem, że czasami wydaje się szalona. Wiem, jak to jest wiecznie nie dosypiać i cały czas się bać, że zadzwoni, czego żaden z twoich przyjaciół nie rozumie. Znam to wszystko! Ale jeżeli tak bardzo tego nienawidzisz, jeżeli jedyne, co potrafisz, to cały czas narzekać na nią i wszystko inne, czemu po prostu nie odejdziesz? Bo twoje nastawienie to prawdziwy problem. Ale żeby powiedzieć, że Miranda to wariatka! Cóż, myślę, że bardzo wiele osób tutaj uważa, iż jest wspaniała i utalentowana. Uznaliby, że to ty zwariowałaś, że nie starasz się, najlepiej jak możesz, pomóc komuś tak niesamowitemu. Bo ona jest niesamowita, Andy, naprawdę jest niesamowita!

Rozważałam to przez chwilę i stwierdziłam, że ma rację. Miranda, o ile umiałam to ocenić, była rzeczywiście fantastyczną redaktorką. Ani jedno słowo z materiału przeznaczonego do druku nie trafiało do numeru bez jej pełnej, trudnej do uzyskania aprobaty, i nie obawiała się wyrzucić czegoś na szmelc i zacząć od nowa mimo kwaśnych min i niedogodności, jakich to wszystkim przyczyniało. Chociaż ubrania do zdjęć zamawiali różni redaktorzy działu mody, wyłącznie Miranda wybierała styl i modelki, które chciała widzieć w poszczególnych zestawach; redaktorzy prowadzący byli, co prawda, obecni podczas zdjęć, ale wykonywali po prostu konkretne i niesamowicie szczegółowe instrukcje Mirandy. To ona miała ostatnie — a często wręcz jedyne — słowo w kwestii każdej najdrobniejszej bransoletki, torby, butów, stroju, fryzury, historii, wywiadu, autora, zdjęcia, modelki, lokalizacji i fotografa, który wchodził do każdego numeru i to właśnie, w mojej ocenie, było zasadniczym powodem, dla którego pismo co miesiąc odnosiło tak olśniewający sukces. *Runway* nie byłby *Runwayem* — do licha, w ogóle niczym by nie był — bez Mirandy Priestly. Wiedziałam o tym, podobnie jak wszyscy. Nie mogłam jednak przyznać, że z tego powodu miała prawo traktować ludzi tak, jak to robiła. Dlaczego umiejętność połączenia wieczorowej sukni od Balmaina z chmurną, długonogą Azjatką na bocznej ulicy w San Sebastian miałaby wzbudzać taki podziw, żeby zwolnić Mirandę z odpowiedzialności za własne zachowanie? Wciąż nie mogłam tego pojąć, ale co ja wiedziałam? Najwyraźniej Emily chwyciła, o co w tym wszystkim chodzi.

— Emily, ja tylko mówię, że jesteś naprawdę wspaniałą asystentką, że Miranda ma szczęście, zatrudniając kogoś, kto pracuje tak ciężko jak ty, kogoś tak oddanego pracy. Ja tylko chcę, żebyś zdała sobie sprawę, że to nie twoja wina, kiedy ona jest z czegoś niezadowolona, to po prostu taki typ człowieka. Nie mogłabyś zrobić nic więcej.

— Wiem. Naprawdę. Ale ty jesteś dla niej zbyt surowa, Andy. Przemyśl to. To znaczy naprawdę się nad tym zastanów. Jest niewiarygodnie perfekcyjna i musiała sporo poświęcić, żeby się tu dostać, ale czy tego samego nie można by powiedzieć o każdym człowieku, który odniósł superwielki sukces w dowolnej branży? Powiedz mi, który dyrektor generalny, wspólnik, reżyser czy kto tam jeszcze nie musi czasem być ostry? To element tej pracy.

Można się było zorientować, że w tej kwestii nie dojdziemy do porozumienia. Było jasne, że Emily jest oddana Mirandzie, *Runwayowi*, temu wszystkiemu, ale nie mogłam zrozumieć dlaczego. Nie różniła się niczym od setek innych osobistych asystentek, asystentek redakcyjnych, redaktorów pomocniczych i redaktorów współpracujących, starszych redaktorów i redaktorów naczelnych pism poświęconych modzie. Nie potrafiłam tego zrozumieć. Z tego, co do tej pory widziałam, każdy z nich był upokarzany, poniżany i generalnie obrażany przez swojego przełożonego tylko po to, żeby robić dokładnie to samo w chwili, gdy tylko dostanie awans. A wszystko to, by pod koniec długiej i wyczerpującej wspinaczki po szczeblach kariery mogli powiedzieć, że mają miejsce w pierwszym rzędzie na pokazie Yves'a Saint-Laurenta i po drodze załapali się na kilka darmowych torebek od Prady?

Nadszedł czas, żeby przytaknąć.

— Wiem — westchnęłam, ustępując przed jej uporem. — Mam tylko nadzieję, że ty wiesz, jaką wyświadczasz jej przysługę, angażując się w te jej gówniane sprawy, nie inaczej.

Spodziewałam się szybkiego kontrataku, ale Emily uśmiechnęła się.

— Słyszałaś, jak dopiero co sto razy jej powiedziałam, że czwartkowy fryzjer i wizażysta zostali potwierdzeni?

Kiwnęłam głową. Emily wyglądała wręcz frywolnie.

— Stuprocentowe kłamstwo. Do nikogo nie dzwoniłam ani niczego nie potwierdzałam! — Ostatnie słowa praktycznie wyśpiewała.

— Emily! Nie żartujesz? Ale co teraz zrobisz, właśnie przysięgłaś na wszystkie świętości, że osobiście to potwierdziłaś. — Pierwszy raz, odkąd zaczęłam tę pracę, miałam ochotę uściskać tę dziewczynę.

— Andy, bądź poważna. Naprawdę myślisz, że ktokolwiek przy zdrowych zmysłach odmówiłby zrobienia jej fryzury i makijażu? To może zniszczyć im karierę, musieliby zwariować, żeby ją spławić. Jestem pewna, że facet cały czas zamierzał to zrobić, pewnie tylko musiał zmienić plany podróży czy coś tam. Nie muszę potwierdzać, bo jestem pewna, że to załatwi. Bo jakże by inaczej? Przecież to Miranda Priestly!

Teraz pomyślałam, że sama się rozpłaczę, ale tylko powiedziałam:

— Więc co powinnam wiedzieć, żeby zatrudnić tę nową nianię? Chyba muszę zacząć od razu.

— Tak — zgodziła się ze mną, wciąż zachwycona własnym sprytem. — Myślę, że to dobry pomysł.

Pierwszej dziewczynie, z którą rozmawiałam o posadzie niani, dosłownie odebrało głos.

— O mój Boże! — jęknęła, kiedy przez telefon zapytałam ją, czy nie miałaby nic przeciw temu, żeby spotkać się ze mną w biurze. — O mój Boże! Nie żartujesz? O mój Boże!

— Hm, to oznacza tak czy nie?

— Boże, tak. Tak, tak, tak! Do *Runwaya*? O mój Boże. Zaczekaj, aż powiem moim przyjaciółkom. Umrą. Po prostu umrą. Powiedz mi tylko, gdzie i kiedy mam się stawić.

— Rozumiesz, że Miranda wyjechała i się z nią nie spotkasz, prawda?

— Tak jest. Całkowicie.

— I wiesz też, że chodzi o posadę niani dla dwóch córek Mirandy, prawda? Że to nie ma nic wspólnego z *Runwayem*?

Westchnęła, jakby godząc się z tym smutnym, niefortunnym faktem.

— Tak, oczywiście. Niania, wszystko rozumiem.

Cóż, tak naprawdę nie do końca, bo chociaż miała odpowiedni wygląd (wysoka, nieskazitelna figura, w miarę dobrze ubrana i zdecydowanie niedożywiona), wciąż ponawiała pytania, która część pracy wymaga jej obecności w biurze.

Rzuciłam jej szczególnie mordercze spojrzenie, ale najwyraźniej nie zauważyła.

— Hm, żadna. Pamiętasz, że o tym rozmawiałyśmy? Po prostu przeprowadzam dla Mirandy wstępne rozmowy i tak się składa, że robię to w biurze. Ale na tym koniec. Jej bliźniaki tu nie mieszkają, wiesz?

— Słusznie, słusznie — zgodziła się ze mną, ale już zdążyłam ją skreślić.

Trzy kolejne były niewiele lepsze. Fizycznie wszystkie odpowiadały gustowi Mirandy — agencja rzeczywiście dokładnie wiedziała, czego ona chce — ale żadna nie miała w sobie tego, czego oczekiwałabym od niani mającej się zająć moją przyszłą siostrzenicą lub siostrzeńcem, standard, który sobie narzuciłam w tej sprawie. Jedna z nich zrobiła magisterkę z dziecięcej rozwojówki na Columbii, ale kiedy próbowałam jej opisać subtelne różnice między tą pracą a innymi, które do tej pory podejmowała, patrzyła na mnie szklanym wzrokiem. Inna umawiała się ze słynnym graczem NBA, co, jej zdaniem, pozwoliło jej „poznać sławnych od podszewki". Ale kiedy ją zapytałam, czy pracowała kiedykolwiek z dziećmi sławnych ludzi, instynktownie zmarszczyła nos i poinformowała mnie, że „dzieciaki tych sławnych, rozumiesz, zawsze mają większe wąty". Skreślona. Trzecia i najbardziej obiecująca wychowała się na Manhattanie, właśnie skończyła Middlebury i chciała popracować rok jako niania, żeby zaoszczędzić trochę pieniędzy na podróż do Paryża. Kiedy zapytałam, czy to oznacza, że mówi po francusku, potwierdziła. Jedyny problem leżał w tym, że była mieszczuchem w każdym calu i w związku z tym nie miała prawa jazdy. Czy planuje nauczyć się jeździć? — zapytałam. Nie, odpowiedziała. Była przekonana, że na ulicach nie potrzeba kolejnych samochodów do powiększania korków. Skreślenie numer trzy. Resztę dnia poświęciłam na rozważania, jak w taktowny sposób powiedzieć Mirandzie, że kiedy dziewczyna jest atrakcyjna, wysportowana, czuje się swobodnie wśród sław, mieszka na Manhattanie, ma prawo jazdy, umie pływać, skończyła studia, mówi po francusku i całkowicie dowolnie gospodaruje swoim czasem, to jest spora szansa, że nie chce być nianią.

Miranda musiała mi czytać w myślach, bo z miejsca zadzwonił telefon. Przeprowadziłam kilka obliczeń, z których wynikło, że musiała właśnie wylądować na lotnisku de Gaulle'a, a szybki rzut oka na akuratny co do sekundy plan podróży, który tak pracowicie skonstruowała Emily, pokazał, że teraz jest w samochodzie, w drodze do Ritza.

— Biuro Mirandy Pri...

— Emily! — Właściwie wrzasnęła. Rozsądnie uznałam, że nie pora jej teraz poprawiać. — Emily! Kierowca nie dał mi tego telefonu, co zwykle, i w efekcie nie mam żadnych numerów. To niedopuszczalne. Kompletnie niedopuszczalne. Jak mam załatwiać zawodowe sprawy bez tych telefonów? Natychmiast połącz mnie z panem Lagerfeldem.

— Tak, Mirando, zaczekaj, proszę, przez chwilę. — Puknęłam w przycisk „oczekiwanie" i zawołałam na pomoc Emily, chociaż łatwiej by mi przyszło zjeść słuchawkę w całości, niż zlokalizować Karla Lagerfelda w czasie krótszym niż ten, który wystarczył, żeby Miranda tak się rozzłościła, by rzucić telefonem, a potem dzwonić z pytaniami: „Gdzie on jest, do licha? Czemu nie możesz go znaleźć? Czy w ogóle potrafisz posługiwać się telefonem?".

— Chce Karla — zawołałam do Emily. To imię natychmiast poderwało ją na nogi, w błyskawicznym tempie przedzierała się przez papiery na swoim biurku.

— Okej, słuchaj. Mamy dwadzieścia do trzydziestu sekund. Ty bierzesz Biarritz i kierowcę, ja Paryż i asystenta! — krzyknęła. Jej place już biegały po klawiaturze telefonu. Kliknęłam dwa razy na listę kontaktów z ponad tysiącem nazwisk, którą każda z nas miała na swoim twardym dysku, i znalazłam dokładnie pięć telefonów, pod które musiałam zadzwonić: Biarritz główny, Biarritz drugi główny, Biarritz studio, Biarritz basen i Biarritz kierowca. Szybki rzut oka na pozostałe dane przypisane do Karla Lagerfelda wyjaśnił, że Emily miała w sumie siedem numerów, a były też kolejne do Nowego Jorku i Mediolanu. Byłyśmy przegrane na samym starcie.

Spróbowałam „Biarritz główny" i byłam w środku wybierania numeru „Biarritz drugi główny", kiedy zobaczyłam, że pulsujące czerwone światełko przestało migać. Emily oznajmiła, że Miranda się rozłączyła, na wypadek, gdybym tego nie zauważyła. Minęło zaledwie dziesięć czy piętnaście sekund — dziś była wyjątkowo niecierpliwa. Naturalnie telefon z miejsca zadzwonił ponownie, a Emily zareagowała na moje proszące, wręcz błagalne spojrzenie, i odebrała. Nie doszła nawet do połowy formuły powitalnej, gdy już poważnie kiwała głową, starając się uspokoić Mirandę. Ja wciąż dzwoniłam i połączyłam się — cudem — z numerem „Biarritz basen", gdzie podjęłam rozmowę z kobietą, która nie znała ani jednego słowa, ani jednej sylaby po angielsku. Może stąd ta obsesja na temat francuskiego?

— Tak, tak, Mirando. Andrea i ja już dzwonimy. Powinno to zająć jeszcze tylko parę sekund. Tak, rozumiem. Nie, wiem, że to frustrujące. Jeśli pozwolisz, żebym przełączyła cię na oczekiwanie na jakieś dziesięć sekund, z pewnością będziemy miały go na linii. Okej? — Uderzyła w klawisz „oczekiwanie" i nie przerywała wystukiwania numerów. Słyszałam, jak przy pomocy czegoś, co brzmiało jak okropnie źle akcentowana, łamana francuszczyzna, rozmawia z kimś, kto najwyraźniej nie znał nazwiska Karl Lagerfeld. No to po nas. Po nas. Zamierzałam rozłączyć się ze zwariowaną Francuzką, która skrzeczała coś do słuchawki, gdy zobaczyłam, że migające światełko znów znikło. Emily wciąż gorączkowo wybierała numery.

— Rozłączyła się! — krzyknęłam zemocjonowana jak ratownik medyczny wykonujący masaż serca.

— Twoja kolej odebrać! — odkrzyknęła, jej place biegały, a telefon oczywiście ponownie zadzwonił.

Podniosłam słuchawkę i nawet nie próbowałam niczego mówić, ponieważ wiedziałam, że głos po drugiej stronie odezwie się bez wstępów. Odezwał.

— Ahn-dre-ah! Emily! Z kimkolwiek, do cholery, rozmawiam... jak to możliwe, że rozmawiam z wami, a nie z panem Lagerfeldem? Jak?

W pierwszym odruchu chciałam zachować milczenie, bo oczekiwałam, że to nie koniec werbalnej zapory ogniowej, ale jak zwykle zawiódł mnie instynkt.

— Hall-ooo? Jest tam kto? Czy proces przełączenia rozmowy telefonicznej z jednego numeru na drugi jest naprawdę zbyt skomplikowany dla obu moich asystentek? — Jej głos ociekał sarkazmem i niezadowoleniem.

— Nie, Mirando, oczywiście, że nie. Przykro mi z tego powodu... — Mój głos trochę drżał, ale nie mogłam się opanować. — Po prostu wygląda na to, że nie możemy znaleźć pana Lagerfelda. Próbowałyśmy już pod co najmniej ośmioma...

— „Wygląda na to, że nie możecie go znaleźć?" — przedrzeźniała mnie wysokim głosem, który w ogóle nie przypomniał mojego, nawet nie brzmiał po ludzku. — Co ma znaczyć „wygląda na to, że nie możecie go znaleźć"?

Ciekawe, której części tego prostego ośmiowyrazowego zdania nie zrozumie, pomyślałam. Wygląda. Na to. Że. Nie możemy. Go. Znaleźć. Dla mnie to brzmiało dość przejrzyście: nie możemy go, kurwa, znaleźć. Dlatego właśnie z nim nie rozmawiasz. Jeżeli ty potrafisz go znaleźć, to sobie z nim porozmawiaj. Przez głowę przemknął mi milion ciętych odpowiedzi, ale tylko bełkotałam jak pierwszak upomniany przez nauczyciela, że rozmawia na lekcji.

— Hm, no tak, dzwoniłyśmy pod wszystkie numery, które mamy na liście, ale wygląda na to, że pod żadnym go nie ma — zdołałam wydusić.

— Oczywiście, że nie! — Teraz prawie wrzeszczała, ten bezcenny, starannie pielęgnowany chłód był niebezpiecznie bliski załamania. Wzięła głęboki, przesadnie głęboki wdech i powiedziała spokojnie: — Ahn-dre-ah. Czy masz świadomość, że w tym tygodniu w Paryżu odbywają się pokazy? — Czułam się, jakbyśmy odbywały lekcję angielskiego dla początkujących.

— Oczywiście, Mirando. Emily sprawdziła pod wszystkimi numerami w...

— I czy masz świadomość, że pan Lagerfeld powiedział, iż podczas pobytu w Paryżu będzie osiągalny pod swoim telefonem komórkowym? — Każdy mięsień jej gardła silił się na zachowanie równowagi i spokoju.

— Cóż, nie, nie mamy na liście jego telefonu komórkowego, więc nie wiedziałyśmy nawet, że pan Lagerfeld takowy posiada. Ale Emily rozmawia teraz z jego asystentem i z pewnością będzie miała ten numer w każdej chwili.

Emily uniosła na mój użytek obu kciuki w górę tuż przed gorączkowym zapisaniem czegoś i parę razy zawołała:

— Merci, och tak, dziękuję, to znaczy merci.

— Mirando, mam już ten numer. Czy mam cię teraz połączyć? — Czułam, jak pewność siebie i duma unoszą mi pierś. Dobra robota! Znakomita akcja w maksymalnie stresujących warunkach. Mniejsza o to, że moja naprawdę urocza bluzka chłopka, którą skomplementowały dwie — nie jedna, ale dwie — asystentki z działu mody, miała teraz plamy potu pod pachami. Kogo to obchodzi? Miałam zaraz pozbyć się tej

kompletnie obłąkanej wściekłej wariatki z jej międzynarodo-
wymi telefonami i byłam tym zachwycona.

— Ahn-dre-ah? — Zabrzmiało to jak pytanie, ale skoncentrowałam się wyłącznie na próbie odkrycia zasad rządzących
chaosem pomyłek co do imion. Z początku myślałam, że robiła
to celowo, próbując jeszcze bardziej nas poniżyć i upokorzyć,
ale potem zdałam sobie sprawę, że prawdopodobnie była stosunkowo usatysfakcjonowana poziomami poniżenia i upokorzenia,
które znosiłyśmy, i robiła to tylko dlatego, że nie chciała sobie
zawracać głowy szczegółami tak nieistotnymi, jak imiona
dwóch własnych asystentek. Emily to potwierdziła, mówiąc, że
przez połowę czasu zwracała się do niej „Emily", przez drugą
stosując mieszankę „Andrei" z „Allison" — asystentką, która
ostatnio została awansowana. Poczułam się trochę lepiej.

— Tak? — Znów skrzeczenie. Cholera! Czy nie mogłam
zachować w kontaktach z tą kobietą nawet odrobiny godności?

— Ahn-dre-ah, nie rozumiem, co to za zamieszanie ze
znalezieniem numeru komórki do pana Lagerfelda, skoro mam
go przed sobą. Dał mi go jakieś pięć minut temu, ale zostaliśmy
rozłączeni i wygląda na to, że nie mogę go poprawnie wybrać. — Końcówkę wygłosiła takim tonem, jakby należało za
tę irytującą niedogodność winić cały świat, tylko nie siebie.

— Och. Masz ten numer? I cały czas wiedziałaś, że jest pod
tym numerem? — mówiłam to na użytek Emily, ale tylko
podgrzałam wściekłość Mirandy.

— Czy nie wyrażam się całkowicie jasno? Masz mnie połączyć z numerem zero-trzy-pięć-pięć-dwa-trzy-pięć-sześć-sześć-
-siedem-osiem-dziewięć. Natychmiast. A może to zbyt trudne?

— Nie, nie Mirando, oczywiście to nie jest zbyt trudne. Już
cię łączę. Zaczekaj chwilę. — Nacisnęłam przycisk „konferen-
cja", wybrałam numer, usłyszałam starszego mężczyznę woła-
jącego „Allo!" i ponownie nacisnęłam przycisk „konferen-
cja". — Proszę pana, Miranda Priestly na linii, jesteście państwo
połączeni — oznajmiłam jak pracownica ręcznej centrali telefonicznej z czasów *Małego domku na prerii*. Zamiast wyłączyć

głos, a potem przełączyć na głośnik, tak żebyśmy z Emily mogły razem podsłuchać rozmowę, po prostu odłożyłam słuchawkę. Przez parę minut siedziałyśmy w milczeniu, gdy próbowałam się powstrzymać i nie zwymyślać Mirandy od najgorszych. Zamiast tego wytarłam wilgoć z czoła i wzięłam długi, głęboki wdech. Emily przemówiła pierwsza.

— No dobrze, wyjaśnijmy to sobie. Miała ten numer cały czas, ale nie wiedziała, jak go wybrać.

— Albo może nie miała ochoty go wybrać — podsunęłam usłużnie, zawsze chętna, żeby zjednoczyć siły przeciw Mirandzie, szczególnie biorąc pod uwagę, jak rzadko trafiała się po temu okazja z udziałem Emily.

— Powinnam była wiedzieć — stwierdziła, kręcąc głową, jakby okropnie rozczarowała samą siebie. — Naprawdę powinnam była wiedzieć. Zawsze dzwoni, żebym połączyła ją z osobą, która jest w pokoju obok albo w hotelu dwie ulice dalej. Pamiętam, jak myślałam, że to dziwne, dzwonić z Paryża do Nowego Jorku, żeby ktoś połączył cię z człowiekiem w Paryżu. Teraz oczywiście wydaje mi się to całkiem normalne, ale nie mogę uwierzyć, że tego nie przewidziałam.

Miałam właśnie pobiec do Jadalni po lunch, ale znów zadzwonił telefon. Sugerując się teorią, że piorun nie uderza dwa razy w to samo miejsce, postanowiłam być dzielna i odebrać.

— Biuro Mirandy Priestly.

— Emily! Stoję w strugach deszczu na rue de Rivoli, a mój kierowca zniknął. Zniknął! Rozumiesz? Zniknął! Znajdź go natychmiast! — Była na skraju histerii, pierwszy raz słyszałam ją w takim stanie, i nie byłabym zaskoczona, gdyby drugi raz się nie zdarzył.

— Chwileczkę, Mirando. Mam tu jego numer. — Odwróciłam się w stronę biurka w poszukiwaniu planu podróży, który moment wcześniej tam odłożyłam, ale zobaczyłam tylko papiery, stare Biuletyny, stosy nieaktualnych papierów. Minęły zaledwie trzy czy cztery sekundy, ale czułam się, jakbym stała tuż obok niej, patrząc na deszcz zlewający futro od Fendi i spłukujący jej z twarzy makijaż. Jakby mogła wyciągnąć rękę i wymierzyć mi policzek, powiedzieć, że jestem bezwartościowym gównem, beztalenciem pozbawionym wszelkich umiejętności, całkowitym i kompletnym zerem. Nie było czasu, żeby sprawiać sobie słowną chłostę, nie było czasu przypominać sobie, że to tylko zwykła istota ludzka (no, o tym trzeba by podyskutować), która nie jest specjalnie uszczęśliwiona koniecznością czekania w deszczu, i odbija to sobie na własnej asystentce znajdującej się w odległości pięciu tysięcy siedmiuset sześćdziesięciu kilometrów. To nie moja wina, to nie moja wina. To nie moja wina.

— Ahn-dre-ah! Moje buty są zrujnowane. Słyszysz? Czy ty w ogóle mnie słuchasz? Znajdź mojego kierowcę teraz.

Groził mi wybuch niestosownych emocji — czułam gulę w gardle, napięcie mięśni karku, ale było za wcześnie na ocenę, czy wybuchnę śmiechem, czy płaczem. Jedno i drugie: nie do przyjęcia. Emily musiała to wyczuć, bo zerwała się z miejsca i wręczyła mi własny egzemplarz planu podróży. Podkreśliła nawet telefony kontaktowe do kierowcy, w sumie trzy, jeden do samochodu, drugi na komórkę i trzeci do domu. Oczywiście.

— Mirando, muszę przełączyć cię na oczekiwanie, kiedy będę do niego dzwonić... Czy mogę? — Nie czekałam na odpowiedź, co, jak wiedziałam, doprowadzi ją do szału, i przełączyłam na oczekiwanie. Ponownie wydzwoniłam paryski numer. Dobra wiadomość była taka, że kierowca odebrał po pierwszym dzwonku pod pierwszym numerem, który wybrałam. Zła wiadomość, że nie mówił po angielsku. Chociaż nigdy wcześniej nie przejawiałam zachowań autodestrukcyjnych, nie mogłam się opanować i walnęłam czołem prosto w blat biurka. Wystarczyły trzy razy i Emily uruchomiła swoją linię telefoniczną. Uciekła się do krzyku, nie tyle starając się, by kierowca zrozumiał jej kiepską francuszczyznę, ale by dobitnie wykazać mu awaryjny charakter obecnej sytuacji. Nowi kierowcy zawsze pozwalali sobie na odrobinę luzu, przeważnie z powodu głupiego przekonania, że jeśli Miranda będzie zmuszona zaczekać dodatkowych czterdzieści pięć sekund bądź minutę, nic jej się nie stanie. Dokładnie tego złudzenia Emily i ja musiałyśmy ich pozbawiać.

Kilka minut później, gdy Emily zdołała obrazić kierowcę w dostatecznym stopniu, żeby pełnym gazem wrócił tam, gdzie trzy czy cztery minuty wcześniej zostawił Mirandę, obie opar-łyśmy głowy o blaty biurek. Nie miałam już szczególnej ochoty na lunch, fenomen, który przyprawił mnie o nerwowe drżenie. Czy nasiąkałam atmosferą *Runwaya*? A może chodziło o mieszaninę adrenaliny i nerwów, gwarantującą brak apetytu? To było to! Upodobanie do głodówki występujące endemicznie na terenie redakcji w rzeczywistości nie pojawiło się samoczynnie, ale było zwykłą fizjologiczną reakcją organizmu, który, stale odczuwając przerażenie i ogólny niepokój, właściwie nie bywał już głodny. Przysięgłam sobie: przyjrzę się temu dokładniej i może zbadam opcję, że Miranda była sprytniejsza, niż się wydaje, i celowo odgrywała rolę osoby tak odpychającej, by wystraszyć wszystkich do tego stopnia, żeby zostali chudzi.

— Moje panie! Proszę unieść te głowy z biurek! Wyobraźcie sobie, że Mama by was teraz zobaczyła! Nie byłaby zachwyco-na! — zaćwierkał w drzwiach James. Odgarnął włosy do tyłu przy użyciu jakiejś woskowej, tłustej pomady o nazwie „Prosto z łóżka" („seksowna nazwa, kto by się jej oparł?") i miał na sobie coś w rodzaju obcisłej dżersejowej koszulki futbolowej z numerem 69 z przodu i z tyłu. Jak zwykle obraz subtelnego niedomówienia.

Żadna z nas nawet na niego nie spojrzała. Zegar wskazywał czwartą, ale miało się wrażenie, że to północ.

— A więc dobrze, niech zgadnę. Mama nie przestaje dzwonić, bo zgubiła kolczyk gdzieś między Ritzem a Alainem Ducasse'em i chce, żebyście go znalazły, chociaż jest w Paryżu, a wy w Nowym Jorku.

Prychnęłam.

— Myślisz, że coś takiego doprowadziłoby nas do tego stanu? Przecież na tym polega nasza praca. Takie rzeczy robimy codziennie. Zaproponuj coś trudniejszego.

Nawet Emily się roześmiała.

— Poważnie James, to było kiepskie. Mogłabym zaleźć kolczyk w czasie poniżej dziesięciu minut w dowolnym mieście na świecie — stwierdziła, nagle, z nieznanych mi przyczyn, decydując się wziąć udział w zabawie. — Stanęłybyśmy przed pewnym wyzwaniem tylko wówczas, gdyby nie powiedziała, w jakim mieście go zgubiła. Ale założę się, że nawet wtedy dałybyśmy radę.

James wycofywał się z biura z wyrazem udawanego przerażenia na twarzy.

— A więc dobrze, moje panie, życzę miłego dnia, jasne? Przynajmniej nie popieprzyła wam w głowach na dobre. To znaczy poważnie, dzięki Bogu i za to, prawda? Jesteście obie całkowicie normalne. Taa. Hm, no to miłego...

— NIE TAK SZYBKO, TY CIOTO! — skrzeknął ktoś głośno bardzo wysokim głosem. — MASZ NATYCHMIAST WEJŚĆ TAM Z POWROTEM I WYJAŚNIĆ DZIEWCZYNOM, CO SOBIE MYŚLAŁEŚ, KIEDY RANO ZAKŁADAŁEŚ TĘ SZMATĘ! — Nigel chwycił Jamesa za lewe ucho i zaciągnął go na miejsce między naszymi biurkami.

— Oj, Nigel, daj spokój — jęczał James, udając irytację, ale najwyraźniej zachwycony, że Nigel go dotyka. — Przecież uwielbiasz tę koszulkę!

— UWIELBIAM TĘ KOSZULKĘ? MYŚLISZ, ŻE UWIELBIAM TEN STUDENCIAKOWSKI STYL WESOŁKOWATEGO PEDZIA, Z KTÓRYM SIĘ OBNOSISZ? CHYBA MUSISZ PRZEMYŚLEĆ SPRAWĘ, JAMES, JASNE? JASNE?

— Ale co jest nie tak z obcisłym dżersejem? Moim zdaniem wygląda seksownie. — Emily i ja kiwnęłyśmy głowami w cichym poparciu dla Jamesa. Może nie było to zagranie w najlepszym guście, ale za to wyglądał niesamowicie stylowo. A poza tym dość trudno było przyjmować porady stylistyczne od kogoś, kto miał na sobie dżinsy we wzór z pasków zebry i czarny sweter w serek z wycięciem na plecach, które odsłaniało węźlaste mięśnie grzbietu. Całość wieńczył miękki słomkowy kapelusz i odrobina (subtelnie zastosowanego, to mu trzeba oddać) eyelinera.

— MÓJ MAŁY, W MODZIE NIE CHODZI O OGŁASZA-NIE NA KOSZULCE PREFERENCJI CO DO RODZAJU AKTÓW SEKSUALNYCH. HM-HM, NIE, NIE, NIE! CHCESZ POKAZAĆ TROCHĘ SKÓRY? TO JEST SEK-SOWNE! CHCESZ POKAZAĆ TROCHĘ TYCH SWOICH ZGRABNYCH MŁODYCH KSZTAŁTÓW? TO JEST SEK-SOWNE. W DOBORZE CIUCHÓW NIE CHODZI O TO, ŻEBYŚ OZNAJMIŁ ŚWIATU, ŻE WOLISZ TO ROBIĆ NA PIESKA, PRZYJACIELU. CZY TERAZ ROZUMIESZ?

— Ale Nigel! — Mina oznaczająca porażkę została starannie wybrana, by ukryć, jak wielką przyjemność sprawia mu znalezienie się w centrum uwagi Nigela.

— ŻADNYCH ALE, KOTKU. IDŹ POROZMAWIAĆ Z JEFFYM I POWIEDZ, ŻE JA CIĘ PRZYSŁAŁEM. PO-WIEDZ, ŻEBY CI DAŁ TEN NOWY TOP OD CALVINA KLEINA, KTÓRY ZAMÓWILIŚMY NA ZDJĘCIA W MIA-MI. TEN, KTÓRY MA NOSIĆ TAMTEN WSPANIAŁY CZARNY MODEL — OJOJOJ, JEST SMAKOWITY JAK GĘSTY CZEKOLADOWY KOKTAJL. A TERAZ IDŹ, SIO. TYLKO WRÓĆ TU I POKAŻ MI, JAK WYGLĄDASZ!

James umknął jak króliczek świeżo po karmieniu, a Nigel odwrócił się, żeby na nas spojrzeć.

— CZY JUŻ ZŁOŻYŁYŚCIE ZAMÓWIENIE NA JEJ STROJE? — Pytanie nie było skierowane do żadnej z nas bezpośrednio.

— Nie, nie wybierze niczego, dopóki nie dostanie katalo-gów — odparła Emily ze znudzoną miną. — Powiedziała, że zajmie się tym po powrocie.

— NIE ZAPOMNIJCIE TYLKO ZAWIADOMIĆ MNIE Z WYPRZEDZENIEM, ŻEBYM ZDĄŻYŁ WPASOWAĆ TĘ IMPREZĘ W SWOJE PLANY! — Oddalił się w kierunku Szafy, prawdopodobnie, żeby spróbować rzucić okiem na prze-bierającego się Jamesa.

Przeżyłam już jedną rundę zamawiania garderoby dla Miran-dy i nie było to nic miłego. Kiedy zaczęłam pracę, Miranda była na wiosennych pokazach *prêt-à-porter*, biegała pewnie od wybiegu do wybiegu ze szkicownikiem w dłoni, przygotowując się na powrót do Stanów i wskazanie nowojorskiej socjecie, w co będzie się ubierać — a amerykańskiej klasie średniej, w co chciałaby się ubierać — za pośrednictwem jedynego środka przekazu, który rzeczywiście miał znaczenie. Nie wiedziałam jednak, że Miranda zwraca też szczególną uwagę na stroje pojawiające się na wybiegach, ponieważ właśnie wtedy ma okazję po raz pierwszy rzucić okiem na to, co sama będzie nosić w nadchodzących miesiącach.

Kilka tygodni po powrocie do biura Miranda wręczyła Emily listę projektantów, których katalogi chciałaby obejrzeć. Gdy ci sami co zwykle wybrańcy pośpiesznie przygotowywali dla niej swoje wydawnictwa — kiedy żądała możliwości ich obejrzenia, zdjęcia z wybiegów często nie zostały jeszcze wywołane, że nie wspomnę o retuszu i oprawie — wszyscy w *Runwayu* byli stawiani na baczność. Nigel musiał się oczywiście przygotować, by pomóc jej przejrzeć je wszystkie i wybrać przeznaczone dla niej stroje. Redaktor z działu dodatków powinien być pod ręką, żeby dobrać torebki i buty i może też redaktor z działu mody, by upewnić się, czy wszyscy są zgodni — szczególnie gdy zamówienie zawierało coś dużego, jak futro albo wieczorowa suknia. Gdy najróżniejsze domy mody zdołały wreszcie zebrać rozmaite zamówione przez nią rzeczy, w *Runwayu* na kilka dni zjawiał się osobisty krawiec Mirandy, żeby wszystko dopasować. Jeffy całkowicie opróżniał Szafę i nikt tak naprawdę nie mógł nad niczym pracować, ponieważ Miranda i krawiec zaszywali się tam na całe godziny. Podczas pierwszej rundy przymiarek przechodziłam obok Szafy w samą porę, by usłyszeć, jak Nigel krzyczy:

— MIRANDO PRIESTLY! ZDEJMIJ TĘ SZMATĘ W TEJ SEKUNDZIE. W TEJ SUKIENCE WYGLĄDASZ JAK ZDZIRA! ZWYKŁA KURWA! — Stanęłam na zewnątrz z uchem przyciśniętym do drzwi — całkiem dosłownie ryzykując utratę życia i części ciała — i czekałam, chcąc usłyszeć, jak udziela mu reprymendy w ten swój charakterystyczny sposób, ale wszystko, co do mnie dotarło, to cichy pomruk oznaczający zgodę i szelest materiału, gdy zdejmowała sukienkę.

Teraz, kiedy byłam tu odpowiednio długo, wyglądało na to, że zaszczyt zamawiania ubrań Mirandy spadnie na mnie. Cztery razy w roku, jak w zegarku, przerzucała katalogi, jakby były jej osobistą, prywatną własnością, i wybierała garnitury od Alexandra McQueena oraz spódnice od Prady, jakby chodziło o podkoszulki od L.L. Beana. Żółta karteczka naklejona na parze wąskich spodni Fendi, kolejna dokładnie na spódnicy od kostiumu Chanel, a trzecia z wielkim „Nie" przylepiona na uzupełniającym całość jedwabnym topie. Strona, naklejka, strona, naklejka, i tak dalej, i tak dalej, dopóki nie wybrała garderoby na cały sezon wprost z wybiegów, spośród ubrań, które czasami nie zostały jeszcze uszyte.

Przyglądałam się, jak Emily faksowała decyzje Mirandy do różnych projektantów, pomijając preferencje co do rozmiaru lub koloru, ponieważ każdy, kto zasługiwał na swoją parę butów od Manola, wiedział, co jest odpowiednie dla Mirandy Priestly. Oczywiście samo uszycie czegoś we właściwym rozmiarze nie wystarczało — kiedy ubrania zjawiały się w redakcji, musiały zostać podkrojone i dopasowane tak, żeby wyglądały na szyte na miarę. Gdy tylko cała garderoba została zamówiona, przesłana, pociachana i limuzyną z szoferem ekspresowo dostarczona do szafy w jej sypialni, Miranda pozbywała się ciuchów z poprzedniego sezonu i stosy rzeczy od Yves'a, Celine i Helmuta Langa trafiały — w workach na śmieci — z powrotem do biura. Większość miała cztery do sześciu miesięcy, rzeczy noszone raz albo dwa lub, najczęściej, wcale. Wszystko nadal niesamowicie stylowe, tak oszałamiająco na czasie, że nie zdążyło nawet trafić do większości sklepów, ale ponieważ pochodziły „z zeszłego sezonu", prawdopodobieństwo, że Miranda się w nich pokaże, było równie duże, jak to, że włoży na siebie spodnie z zaszewkami z nowej linii Massima w Target *.

---

* Target, sieć tanich domów towarowych.

Sporadycznie znajdowałam top bez rękawów albo jakiś za duży ciuch, który mogłam zatrzymać, ale fakt, że wszystko było w rozmiarze zero, stanowił pewien problem. Przeważnie rozdzielałyśmy rzeczy między tych, którzy mieli córki przed okresem dojrzewania, bo tylko one faktycznie mogły zmieścić się w te ciuchy. Wyobrażałam sobie małe dziewczynki o chłopięcych ciałach, paradujące w spódniczkach od Prady i wąskich sukienkach Dolce & Gabbany na cieniutkich ramiączkach. Jeżeli trafiało się coś naprawdę wystrzałowego, naprawdę kosztownego, wyciągałam to z worka na śmieci i ukrywałam pod biurkiem do czasu, gdy mogłam bezpiecznie przeszmuglować to coś do domu. Kilka szybkich kliknięć na E-bay albo może mała wizyta w jednym z ekskluzywnych komisów na Madison Avenue i nagle moja pensja nie była już taka depresyjna. To nie kradzież, racjonalizowałam, po prostu wykorzystuję to, co jest dostępne.

Między szóstą a dziewiątą wieczorem — północ do trzeciej nad ranem jej czasu — dzwoniła jeszcze sześć razy, żebyśmy łączyły ją z różnymi osobami, które znajdowały się w Paryżu. Poszukiwałam ich apatycznie, jednostajnie, aż wreszcie zaczęłam zbierać swoje rzeczy, żeby spróbować wymknąć się na noc, zanim telefon ponownie zadzwoni. Dopiero kiedy wyczerpana wkładałam płaszcz, kątem oka zobaczyłam notkę przyklejoną do monitora, żeby na pewno nie zapomnieć. „ZADZWONIĆ A., DZISIAJ 3:30". Miałam takie wrażenie, jakbym płynęła, moje kontakty już dawno temu wyschły i zmieniły się w małe, twarde odłamki szkła przykrywające oczy, a w tym momencie zaczęło mi pulsować w głowie. Nic ostrego, tępy, rozmyty ból z rodzaju tych, których nie da się dokładnie umiejscowić, a wiadomo, że będą narastać i narastać, powoli nabierać palącej intensywności, dopóki człowiek nie zemdleje albo głowa mu po prostu nie eksploduje. W szaleństwie tych wszystkich telefonów zza oceanu, które wywołały takie zdenerwowanie, taką panikę, zapomniałam wygospodarować ze swojego dnia trzydzieści sekund i zadzwonić do Aleksa, kiedy mnie o to prosił. Po prostu zapomniałam zrobić coś tak prostego dla kogoś, kto właściwie nigdy niczego ode mnie nie chciał.

Usiadłam w ciemnym teraz i cichym biurze, podniosłam słuchawkę, wciąż jeszcze wilgotną od moich spoconych rąk po ostatnim telefonie Mirandy kilka minut wcześniej. Jego domowy telefon dzwonił i dzwonił, aż włączyła się sekretarka, ale odebrał po pierwszym sygnale, gdy spróbowałam pod komórką.

— Cześć — powiedział, wiedząc, że to ja, dzięki identyfikacji numeru. — Jak ci minął dzień?

— Wszystko jedno, jak zwykle. Alex, tak mi przykro, że nie zadzwoniłam o wpół do czwartej. Nawet nie wiem, co powiedzieć, po prostu miałam tu takie szaleństwo, ona nie przestawała dzwonić i...

— Hej, daj spokój. Nic wielkiego. Słuchaj, moment nie jest dla mnie najlepszy. Mogę zadzwonić od ciebie jutro? — Mówił z roztargnieniem, odległym głosem kogoś, kto dzwoni z budki telefonicznej na plaży przy maleńkiej wiosce gdzieś na końcu świata.

— Hm, jasne. Ale czy wszystko okej? Powiesz mi szybciutko, o czym wcześniej chciałeś rozmawiać? Naprawdę się martwiłam, czy wszystko w porządku.

Przez chwilę milczał, a potem powiedział:

— Cóż, nie wygląda, żebyś aż tak bardzo się martwiła. Raz proszę, żebyś zadzwoniła w porze, która jest dogodna dla mnie — nie wspominając już nawet o tym, że twojej szefowej nie ma teraz w kraju — a ty nie możesz zrobić tego wcześniej niż sześć godzin po fakcie. To nie jest zachowanie kogoś, komu naprawdę zależy, wiesz? — Stwierdził to wszystko bez cienia sarkazmu czy dezaprobaty, po prostu jako zwykłe podsumowanie faktów.

Okręcałam sznur telefonu wokół palca, aż kostka zaczęła pulsować, a koniec zbielał; poczułam też przelotnie metaliczny smak krwi w ustach, pierwszy znak, że przygryzałam wnętrze dolnej wargi.

— Alex, nie chodzi o to, że zapomniałam zadzwonić — skłamałam otwarcie, próbując się wyplątać z jego nieoskarżającego oskarżenia. — Po prostu nie miałam ani sekundy wolnego, a ponieważ to zabrzmiało, jakby chodziło o coś poważnego, nie chciałam dzwonić tylko po to, żeby zaraz się rozłączać. Zrozum, dzwoniła ze dwadzieścia razy w ciągu popołudnia i za każdym chodziło o coś nadzwyczajnie pilnego. Emily wyszła o piątej i zostawiła mnie samą z tym telefonem, a Miranda nie chciała przestać. Dzwoniła, dzwoniła i dzwoniła, za każdym razem, kiedy zaczynałam wykręcać twój numer, miałam ją na drugiej linii. Ja, ee, no wiesz.

Ta rozpaczliwa lista wymówek brzmiała żałośnie nawet w moich własnych uszach, ale nie mogłam się powstrzymać. On wiedział, że po prostu zapomniałam, ja też. Nie dlatego, żeby mnie to nie obchodziło albo żebym się nie przejmowała, ale dlatego, że w chwili, gdy przychodziłam do pracy, wszystkie sprawy niezwiązane z Mirandą jakoś przestawały mieć znaczenie. W pewnym sensie wciąż nie rozumiałam i z pewnością nie potrafiłam nikomu wyjaśnić — nie wspominając już o tym, żeby prosić kogokolwiek o zrozumienie — jak to się działo, że świat zewnętrzny po prostu rozpływał się w nicość, że jedynym, co zostawało, był *Runway*, a reszta znikała. Szczególnie trudno wyjaśnić ten fenomen, skoro właśnie to była jedyna rzecz w moim życiu, którą pogardzałam. A z drugiej strony, tylko ona się liczyła.

— Słuchaj, muszę wracać do Joeya. Ma u siebie dwójkę przyjaciół i pewnie zdążyli już przewrócić cały dom do góry nogami.

— Joey? To znaczy, że jesteś w Larchmont? Zwykle nie pilnujesz go w środy. Wszystko w porządku? — Miałam nadzieję odwrócić jego uwagę od jaskrawej oczywistości faktu, że zagrzebana w pracy nie zauważyłam upływu sześciu kolejnych godzin, a to mi wyglądało na najlepszą drogę. Powiedziałby mi, że jego mamę coś pilnego zatrzymało w pracy albo musiała pójść na zebranie rodziców akurat tego wieczoru, a opiekunce coś wypadło. Oczywiście nigdy nie narzekał, to by nie było w jego stylu, ale przynajmniej powiedziałby, co się dzieje.

— Tak, tak, wszystko w porządku, mama miała dzisiaj awaryjne spotkanie z klientem. Andy, naprawdę nie mogę teraz z tobą rozmawiać, przedtem dzwoniłem, bo miałem dobre wieści. Ale nie oddzwoniłaś — powiedział bez wyrazu.

Tak ciasno owinęłam sznur od telefonu, który powoli zaczął się rozplątywać wokół palców wskazującego i środkowego, że zaczęły pulsować.

— Przepraszam — zdołałam wydusić z siebie tylko tyle, chociaż wiedziałam, że miał rację, wykazałam się brakiem wrażliwości, ale byłam zbyt zmęczona, by wytaczać we własnej obronie wielkie działa. — Alex, proszę. Proszę, nie karz mnie, nie mówiąc mi czegoś dobrego. Wiesz, jak dawno nikt nie dzwonił z dobrymi wieściami? Proszę. Daj mi choć tyle. — Wiedziałam, że zareaguje na moje racjonalne podejście, i rzeczywiście.

— Słuchaj, to nic specjalnie ekscytującego. Po prostu porobiłem różne przygotowania, żebyśmy mogli razem pojechać na pierwsze spotkanie absolwentów.

— Naprawdę? Zrobiłeś to? Jedziemy? — Wcześniej kilka razy o tym wspominałam w sposób, jak chciałabym wierzyć, spontaniczny i przypadkowy, jednak Alex, co nie było w jego stylu, zawsze zachowywał rezerwę i nie potwierdzał, że pojedziemy razem. Wszyscy wiedzą, że pierwszy zjazd po dyplomie to największa impreza ze wszystkich, i chociaż Alex nigdy nie powiedział tego wprost, odniosłam wrażenie, że wolał pojechać z Maksem i chłopakami. Parę tygodni wcześniej porzuciłam temat, uznając, że coś z Lily wykombinujemy, i w sumie wszyscy i tak będziemy się bawić razem. Ale on oczywiście jakimś sposobem wyczuł, jak bardzo chciałam pojechać z nim, jako para, i wszystko zaplanował.

— Tak, załatwione. Mamy wynajęty samochód — dokładniej dżipa — i zarezerwowałem pokój w Biltmore.

— W Biltomore? Żartujesz? Dostałeś pokój? Niesamowite.

— No tak, zawsze mówiłaś, że chcesz się tam zatrzymać, więc uznałem, że powinniśmy spróbować. Zrobiłem nawet rezerwację na niedzielę na brunch w Alforno dla dziesięciu osób, więc każde z nas może zebrać bandę i będziemy mieć wszystkich jednocześnie w tym samym miejscu.

— Niemożliwe. Już to wszystko załatwiłeś?

— Jasne. Myślałem, że będziesz zachwycona. To dlatego tak mi zależało, żeby ci o tym powiedzieć. Ale najwyraźniej byłaś zbyt zajęta, żeby oddzwonić.

— Alex, jestem zachwycona. Nawet nie umiem ci powiedzieć, jak się cieszę, i nie mogę uwierzyć, że wszystko już zorganizowałeś. Naprawdę mi przykro z powodu tego, co zaszło, ale nie mogę się doczekać października. Będziemy się świetnie bawić, i to dzięki tobie.

Rozmawialiśmy przez kilka kolejnych minut. Gdy odłożyłam słuchawkę, nie wydawał się już wściekły, ale ja ledwie mogłam się ruszyć. Wysiłek, żeby wszystko odkręcić, znaleźć właściwe słowa, które nie tylko przekonają go, że o nim nie zapomniałam, ale upewnią, że jestem w stosownym stopniu wdzięczna i zachwycona, wyczerpał moje ostatnie rezerwy. Nie pamiętam wsiadania do samochodu ani jazdy do domu, ani tego, czy witałam się z Johnem Fisherem-Galliano w holu swojego budynku. Poza krańcowym wyczerpaniem, tak bolesnym, że niemal przyjemnym, jedno, co pamiętam, to uczucie ulgi, że drzwi Lily są zamknięte i nie widać pod nimi światła. Zastanawiałam się, czy zamówić coś do jedzenia, ale sama myśl o znalezieniu menu i telefonu była zbyt obciążająca — kolejny posiłek, który po prostu się nie wydarzył.

Zamiast tego usiadłam na popękanym betonie mojego nowego, pustego balkonu i leniwie zaciągnęłam się papierosem. Brakowało mi energii, żeby wydmuchnąć dym, więc pozwoliłam, żeby sączył mi się z ust i wisiał w nieruchomym powietrzu wokół mnie. W którymś momencie usłyszałam otwierające się drzwi Lily, jej kroki, szuranie wzdłuż korytarza, ale szybko zgasiłam światło i siedziałam w zaciemnionej ciszy. Minęło piętnaście kolejnych godzin gadania i nie byłam w stanie więcej mówić.

13

— Zatrudnij ją — zarządziła Miranda po spotkaniu z Annabelle, dwudziestą dziewczyną, z którą odbyłam rozmowę wstępną; jedną z dwóch, które uznałam za odpowiednie, żeby w ogóle widziały się z Mirandą. Annabelle była rodowitą Francuzką (właściwie mówiła po angielsku tak słabo, że bliźniaczki musiały dla mnie tłumaczyć), absolwentką Sorbony i właścicielką smukłego, silnego ciała oraz wspaniałych brązowych włosów. Miała styl. Nie obawiała się noszenia szpilek do pracy i nie wydawała się zniechęcona obcesowym zachowaniem Mirandy. W sumie sama była dość wycofana, obcesowa i właściwie nie nawiązywała prawdziwego kontaktu wzrokowego. Zawsze trochę znudzona, niezbyt zainteresowana i stuprocentowo pewna siebie. Byłam zachwycona, kiedy Miranda zechciała ją zatrudnić; oszczędzało mi to tygodni kolejnych spotkań z kandydatkami na nianie i oznaczało, że — w jakimś minimalnym zakresie — zaczynam chwytać.

Co chwytać, nie byłam dokładnie pewna, ale wszystko szło tak sprawnie, jak tylko mogłam sobie w tym momencie życzyć. Przez zamawianie ciuchów przeszłam z zaledwie kilkoma ewidentnymi wpadkami. Nie można powiedzieć, żeby była zachwycona, gdy zaprezentowałam wszystko, co zamówiła od Givenchy'ego, i przypadkiem wymówiłam to dokładnie tak, jak się pisze — Givenchy. Po masie wściekłych napomnień i paru złośliwych komentarzach zostałam poinformowana o poprawnej wymowie i wszystko szło w miarę dobrze, dopóki nie trzeba było jej powiedzieć, że sukienki bez ramiączek od Roberta Cavalliego, które zamówiła, nie zostały jeszcze uszyte i będą gotowe za trzy tygodnie. Ale poradziłam sobie z tym i zdołałam skoordynować przymiarki w Szafie z jej krawcem oraz zgromadzić prawie wszystko w garderobie u niej w domu, pomieszczeniu z grubsza wielkości kawalerki.

Organizowanie przyjęcia ciągnęło się podczas nieobecności Mirandy i z pełnym rozmachem ruszyło po jej powrocie, ale paniki było zaskakująco niewiele — wyglądało na to, że wszystko układało się jak należy i nadchodzący piątek miał minąć bez przeszkód. Z Chanel dostarczono jedyną w swoim rodzaju, długą do ziemi, ręcznie wyszywaną paciorkami dopasowaną suknię, kiedy ona była w Europie, i natychmiast posłałam ją do pralni na jeden szybki numerek. Miesiąc wcześniej widziałam podobną suknię od Chanel, czarną, na stronach *W* i kiedy wspomniałam o tym Emily, melancholijnie kiwnęła głową.

— Czterdzieści tysięcy dolarów — powiedziała, poruszając głową w górę i w dół, w górę i w dół. Kliknęła dwa razy w parę czarnych dżinsów na style.com, gdzie spędzała całe miesiące, przetrząsając witrynę w poszukiwaniu pomysłów na zbliżający się wyjazd z Mirandą do Europy.

— Czterdzieści tysięcy... CO?!

— Jej suknia. Ta czerwona od Chanel. W sprzedaży detalicznej kosztuje czterdzieści tysięcy dolarów. Oczywiście Miranda nie płaci pełnej ceny, ale tej nawet ona nie dostała za darmo. Szaleństwo, prawda?

— Czterdzieści tysięcy DOLARÓW? — zapytałam jeszcze raz, wciąż nie mogąc uwierzyć, że zaledwie parę godzin wcześniej trzymałam w rękach pojedynczą rzecz wartą tyle pieniędzy. Nie mogłam się oprzeć i przeprowadziłam szybką konkretyzację czterdziestu kawałków: dwa lata pełnego czesnego za college, wpłata własna na nowy dom, średnia roczna pensja na utrzymanie czteroosobowej amerykańskiej rodziny. Albo co najmniej cholernie dużo torebek od Prady. Ale jedna sukienka? W tym momencie myślałam, że już nic mnie nie zaskoczy, ale doznałam kolejnego szoku, gdy suknia wróciła z pralni chemicznej z kopertą, na której wykaligrafowano „Sz. P. Miranda Priestly". Wewnątrz na kremowym kartoniku znajdowała się ręcznie wypisana faktura, która głosiła: „Typ stroju: suknia wieczorowa. Projektant: Chanel. Długość: do kostki. Kolor: czerwony. Rozmiar: zero. Opis: ręcznie naszywane paciorki, bez rękawów, okrągły dekolt, kryty zamek boczny, jedwabna podszewka. Usługa: podstawowa, pierwsze czyszczenie. Należność: *670$*".

Pod częścią z rachunkiem znajdowała się dodatkowa notka od właścicielki pralni, kobiety, która, byłam pewna, płaciła czynsz i za swój zakład, i za mieszkanie z pieniędzy, które dostawała z Elias w związku z obsesją Mirandy na punkcie czyszczenia na sucho.

„Byliśmy zachwyceni, pracując nad tak wspaniałą suknią, i mamy nadzieję, że będzie się dobrze nosić na przyjęciu w Metropolitan Museum of Art. Zgodnie z zaleceniem odbierzemy suknię w poniedziałek, 28 maja, na czyszczenie po przyjęciu. Proszę nas zawiadomić, gdybyśmy mogli służyć czymś jeszcze. Wszystkiego najlepszego. Colette".

Tak czy owak był dopiero czwartek i Miranda miała już nowiusieńką i świeżo wyczyszczoną suknię starannie rozwieszoną w szafie, a Emily zlokalizowała dokładnie te srebrne sandały od Jimmy'ego Choo, które ona zamówiła. Stylista fryzury był zamówiony do niej do domu na piątą trzydzieści w piątek, wizażysta na piątą czterdzieści pięć, a Jurij miał czekać dokładnie o szóstej piętnaście, żeby zabrać Mirandę i pana Tomlinsona do muzeum.

Miranda wyszła już z biura obejrzeć zawody gimnastyczne Cassidy i miałam nadzieję zniknąć z pracy wcześniej, żeby zrobić niespodziankę Lily. Zdała właśnie ostatni w tym roku egzamin i chciałam ją dokądś zabrać, żeby to uczcić.

— Hej, Em, myślisz, że mogłabym dzisiaj wyjść o wpół do siódmej albo o siódmej? Miranda stwierdziła, że nie potrzebuje dzisiaj Książki, bo naprawdę nie było nic nowego — dodałam szybko, rozdrażniona koniecznością błagania równej mi stanowiskiem i wiekiem dziewczyny o pozwolenie wyjścia z pracy po zaledwie dwunastu, zamiast zwyczajowych czternastu, godzinach.

— Hm, jasne. Jak chcesz. Ja wychodzę. — Zerknęła na ekran komputera i zobaczyła, że było trochę po piątej. — Zostań jeszcze parę godzin, a potem idź. Jest dzisiaj z bliźniaczkami, więc nie sądzę, żeby dużo dzwoniła. — Zmieniała swoje pumy na parę butów od Jimmy'ego Choo na dzisiejszą randkę z tym facetem, którego poznała w Los Angeles w Nowy Rok. Wreszcie dotarł do Nowego Jorku i — niespodzianka! — naprawdę zadzwonił. Wybierali się do Craftbar na drinka, po czym miała zaprosić go do Nobu, o ile zachowywałby się jak należy. Emily zrobiła rezerwację pięć tygodni wcześniej, kiedy przysłał maila, że, być może, przyjedzie do miasta, a i tak musiała użyć nazwiska Mirandy, aby mieć miejsce w porze, która jej pasowała.

— A co zrobisz, kiedy się tam zjawisz i okaże się, że zdecydowanie nie jesteś Mirandą Priestly? — zadałam głupie pytanie.

Jak zwykle doczekałam się fachowej kombinacji „wznoszenie oczu do nieba plus głębokie westchnienie".

— Wyjaśnię im po prostu, że Miranda musiała niespodziewanie wyjechać z miasta, pokażę służbową wizytówkę i powiem, że chciała, żebym skorzystała z jej rezerwacji. Żaden problem.

Po wyjściu Emily Miranda dzwoniła tylko raz, powiedzieć mi, że nie zjawi się w biurze jutro do południa, ale chce kopię recenzji restauracji, którą dzisiaj przeczytała „w gazecie". Miałam dość przytomności umysłu, żeby zapytać ją, czy przypomina sobie nazwę restauracji albo gazety, w której o niej czytała, ale to ją ogromnie zirytowało.

— Ahn-dre-ah, jestem już spóźniona na zawody. Nie urządzaj mi przesłuchania. To była restauracja azjatycko-kontynentalna i dzisiejsza gazeta. To wszystko. — I z tymi słowami zatrzasnęła swoją motorolę V60. Miałam nadzieję, jak zwykle, gdy przerywała mi w pół zdania, że któregoś dnia komórka przytrzaśnie jej idealnie wymanikiurowane palce i połknie je w całości, bez pośpiechu przeżuwając te nieskazitelne czerwone paznokcie. Do tej pory nie miałam szczęścia.

W notesie, który założyłam na potrzeby setek stale zmieniających się żądań Mirandy zrobiłam pośpiesznie krótką notkę, żeby z samego rana znaleźć tę restaurację, i popędziłam do samochodu. Lily odebrała w momencie, gdy miałam już zamiar wysiąść i wejść na górę do mieszkania, więc pokiwałam do Johna Fishera-Galliano (który trochę zapuścił włosy i przybrał swój uniform łańcuchami, przez co z dnia na dzień bardziej przypominał projektanta), ale się nie ruszyłam.

Otworzyłam swojego własnego klona motoroli model V60 i wybrałam numer naszego mieszkania.

— Hej, co jest? To ja.

— Czeeeeść — zaświergotała, szczęśliwsza niż zdarzyło mi się ją słyszeć od tygodni, a może i miesięcy. — Wszystko skończyłam. Skończyłam! Żadnej sesji poprawkowej, nic poza drobną, nieznaczącą propozycją tematu pracy magisterskiej, który mogę potem zmienić z dziesięć razy, jeżeli będę chciała. Więc to oznacza luz do połowy czerwca. Wyobrażasz sobie? — Dosłownie rozsadzała ją radość.

— Wiem, tak się cieszę! Masz ochotę świętować? Gdzie tylko zechcesz, *Runway* stawia.

— Naprawdę? Wszędzie?

— Wszędzie. Jestem na dole i mam samochód. Zejdź, pojedziemy w jakieś wspaniałe miejsce.

Zapiszczała z radości.

— Bomba! Miałam zamiar opowiedzieć ci wszystko o Chłopaku od Freuda. Jest piękny! Zaczekaj sekundę, wkładam dżinsy, zaraz schodzę.

Zjawiła się pięć minut później, od długiego czasu nie zdarzyło mi się widzieć jej modniej ubranej i szczęśliwszej. Miała na sobie obcisłe, sprane dżinsy, które ciasno obejmowały biodra, zestawione z lejącą się białą bluzką chłopką z długim rękawem. Klapki, których nigdy wcześniej nie widziałam — brązowe skórzane paski z turkusowymi paciorkami — dopełniały stroju. Zrobiła sobie makijaż, a jej loki sprawiały wrażenie, jakby podczas ostatnich dwudziestu czterech godzin miały kontakt z suszarką.

— Wyglądasz wspaniale — powiedziałam, kiedy wskoczyła na tylne siedzenie. — Co się za tym kryje?

— Chłopak od Freuda, oczywiście. Jest niesamowity. Chyba się zakochałam. Jak na razie ostro zmierza w stronę dziewięciu dziesiątych, wyobrażasz sobie?

— Najpierw zdecydujmy, dokąd jedziemy. Nie zrobiłam nigdzie rezerwacji, ale mogę zadzwonić i użyć nazwiska Mirandy. Gdzie tylko zechcesz.

Wcierała w usta błyszczyk Kiehla i gapiła się na siebie we wstecznym lusterku.

— Wszędzie? — zapytała nieuważnie.

— Wszędzie. Może do Chicamy na mojitos? — zaproponowałam, wiedząc, że Lily należy zachęcić do odwiedzenia jakiejś restauracji, reklamując tamtejsze drinki, nie jedzenie. — Albo są też te niesamowite cosmosy w Bungalowie. A może najlepsze na świecie jabłkowe martini w hotelu Hudson, może mogłybyśmy nawet usiąść na zewnątrz? Ale jeżeli masz ochotę na wino, bardzo chętnie bym spróbowała....

— Andy, możemy pójść do Benihany? Od wieków o tym marzę. — Wyglądała na zakłopotaną.

— Benihana? Chcesz iść do Benihany? Do sieciowej restauracji, gdzie siedzi się z turystami, którzy mają tony jęczących dzieci, a bezrobotni azjatyccy aktorzy przygotowują jedzenie wprost na twoim stole? Do tej Benihany?

Kiwała głową tak entuzjastycznie, że nie miałam wyboru, musiałam zadzwonić z pytaniem o adres.

— Nie, nie, wiem, gdzie to jest. Pięćdziesiąta Szósta między Piątą a Szóstą, północna strona ulicy — oznajmiła kierowcy.

Moja dziwnie podniecona przyjaciółka zdawała się nie zauważać, że się w nią wpatruję. Radośnie paplała o Chłopaku od Freuda — stosowne przezwisko, ponieważ był na ostatnim roku studiów doktoranckich z psychologii. Poznali się w sali dla studentów studiów podyplomowych w piwnicy Dolnej Biblioteki. Dostałam pełne zestawienie wszystkich jego atrybutów: dwadzieścia dziewięć lat („o tyle bardziej dojrzały, a wcale nie za stary"), pochodzący z Montrealu („taki uroczy francuski akcent, ale wiesz, całkiem zamerykanizowany"), dłuższe włosy („ale nie jakiś paskudny kucyk") i najwłaściwsza ilość zarostu („wygląda jak Antonio Banderas, który nie golił się od trzech dni").

Kucharze aktorzy z samurajskim zacięciem zrobili swoje, krojąc, siekając i podrzucając pocięte w kostkę mięso po całej restauracji, a Lily śmiała się i klaskała jak mała dziewczynka na pierwszym w życiu przedstawieniu w cyrku. Chociaż nie byłam w stanie uwierzyć, że Lily naprawdę polubiła jakiegoś faceta, wyglądało to na jedyne logiczne wyjaśnienie jej rzucającego się w oczy podniecenia. Jeszcze bardziej nieprawdopodobne wydawało się jej twierdzenie, że na razie z nim nie spała („dwa i pół tygodnia łażenia razem po szkole i nic! Nie jesteś ze mnie dumna?"). Kiedy zapytałam, czemu go nie widziałam w mieszkaniu, uśmiechnęła się z dumą i odpowiedziała, że „Nie został jeszcze zaproszony. Nie śpieszymy się". Stałyśmy dokładnie na wprost wyjścia z restauracji i była w samym środku raczenia mnie wszystkimi anegdotami, które opowiedział, kiedy pojawił się przede mną Christian Collinsworth.

— Andrea. Urocza Andrea. Muszę uznać za dość zaskakujące, że jesteś fanką Benihany... co by sobie pomyślała Miranda? — zapytał prowokująco, obejmując mnie ramieniem.

— Ja, ee, cóż... — Nagle nie mogłam przestać się jąkać. Gdy myśli ze świstem autentycznych pocisków przemykały mi przez głowę, nie było miejsca na słowa. Jedzenie w Benihanie. Christian wiedział! Miranda w Benihanie! Tak rozkosznie wygląda w skórzanej lotniczej kurtce! Na pewno zdoła wyczuć na mnie zapach Benihany! Nie całuj go w policzek! Pocałuj go w policzek! — Ależ nie, żeby ee...

— Właściwie to akurat dyskutowałyśmy, dokąd teraz pójdziemy — zdecydowanie stwierdziła Lily, wyciągając rękę do Christiana, który, co wreszcie do mnie dotarło, był sam. — Tak się zagadałyśmy, nawet nie wiedziałyśmy, że stoimy na środku ulicy! Ha, ha! I co ty na to, Andy? Jestem Lily — powiedziała do Christiana, który potrząsnął jej dłonią, a potem odsunął lok znad oka, dokładnie tak samo jak tyle razy na przyjęciu. Ponownie doświadczyłam dziwnego wrażenia, że mogłabym zapaść w trans na całe godziny, może dni, i tylko obserwować, jak odpycha ten pojedynczy, rozkoszny lok ze swojej idealnej twarzy.

Wpatrywałam się w nich oboje i niejasno zdałam sobie sprawę, że powinnam coś powiedzieć, ale ta dwójka najwyraźniej świetnie dawała sobie radę.

— Lily — Christian obrócił imię na języku. — Lily. Świetne imię. Prawie tak wspaniałe jak Andrea. — Miałam dość przytomności umysłu, żeby przynajmniej na nich spojrzeć, i zauważyłam, że Lily promienieje. Myślała sobie, że facet był nie tylko starszy i seksowny, ale też czarujący. Widziałam, jak obracają się te trybiki w jej głowie, rozważając, czy byłam nim zainteresowana, czy rzeczywiście coś bym zrobiła, a jeśli tak, czy mogła jakoś to przyśpieszyć. Lily uwielbiała Aleksa, bo jakże by inaczej, ale odmówiła przyjęcia do wiadomości, jak dwójka tak młodych ludzi może tyle czasu spędzać razem — tak przynajmniej twierdziła, lecz wiedziałam, że tylko kwestia monogamii ją przerasta. Jeżeli istniał cień szansy na jakiś rozwój wydarzeń między Christianem a mną, Lily zrobiłaby wszystko, żeby podgrzać atmosferę.

— Lily, miło mi cię poznać. Jestem Christian, przyjaciel Andrei. Czy zawsze zatrzymujecie się na pogawędkę przed Benihaną? — Jego uśmiech wywoływał u mnie dziwne wrażenie zapadania się i skurcze żołądka.

Lily odsunęła z twarzy własne brązowe loki i powiedziała:

— Oczywiście nie, Christianie! Właśnie zjadłyśmy kolację w Town i próbujemy wymyślić dobre miejsce na drinka. Jakieś propozycje?

Town! Jedna z najmodniejszych i najdroższych restauracji w mieście. Miranda tam chadzała. Jessica i jej narzeczony tam chadzali. Emily obsesyjnie gadała, że chciałaby tam pójść. Ale Lily?

— A to dziwne — stwierdził Christian, najwyraźniej kupując opowieść. — Właśnie stamtąd wracam, z kolacji z moim agentem. Dziwne, że was nie widziałem...

— Byłyśmy z tyłu, trochę schowane za barem — odparłam szybko, odzyskując ślad panowania nad sobą. Na szczęście uważałam, kiedy Emily kazała mi oglądać maciupeńką fotografię zamieszczoną na citysearch.com, kiedy chciała zdecydować, czy to dobre miejsce na randkę.

— Hm. — Kiwnął głową, wydawał się nieco roztargniony i wyglądał bardziej uroczo niż kiedykolwiek. — Więc jesteście w drodze na drinka, dziewczyny?

Czułam przemożną potrzebę spłukania smrodu Benihany z ubrania i włosów, ale Lily nie dała mi szansy. Przelotnie zastanowiłam się, czy dla Christiana jest równie oczywiste jak dla mnie, że Lily odgrywa rolę stręczycielki, ale on był seksowny, a ona zdeterminowana, więc trzymałam buzię na kłódkę.

— Taa jest, właśnie dyskutowałyśmy, dokąd pójść. Jakieś propozycje? Byłybyśmy zachwycone, gdybyś się do nas przyłączył — oznajmiła Lily, żartobliwie ciągnąc go za rękę. — Mamy tu w pobliżu jakieś miejsce, które lubisz?

— Cóż, nie można powiedzieć, żeby śródmieście słynęło z wyboru barów, ale spotykam się z agentem w Au Bar, gdybyście dziewczyny chciały się przyłączyć. Tylko skoczył do biura po jakieś papiery, ale zaraz powinien tam być. Andy, może chciałabyś go poznać... nigdy nie wiadomo, kiedy możesz potrzebować agenta... Więc Au Bar, co wy na to?

Lily przyglądała mi się badawczo, zachęcając spojrzeniem, które krzyczało: Jest piękny, Andy! Piękny! Może i za diabła nie wiem, kto to taki, ale cię pragnie, więc zbierz się do kupy i powiedz mu, że uwielbiasz Au Bar.

— Uwielbiam Au Bar — stwierdziłam dość przekonująco, chociaż nigdy tam nie byłam. — Moim zdaniem jest idealny.

Lily się uśmiechnęła i Christian się uśmiechnął i razem wyruszyliśmy do Au Bar. Christian Collinsworth i ja szliśmy razem na drinka. Czy to się kwalifikowało jako randka? Oczywiście, że nie, nie bądź śmieszna, zwymyślałam się w duchu. Alex, Alex, Alex, powtarzałam bezgłośnie, z jednej strony zdeterminowana pamiętać, że mam bardzo kochającego chłopaka, z drugiej rozczarowana samą sobą i koniecznością zmuszania się, by pamiętać o swoim bardzo kochającym chłopaku.

Chociaż był zwykły środowy wieczór, selekcjonerzy przy aksamitnej linie stali w pełnej gotowości i mimo że nie mieli problemu z wpuszczeniem naszej trójki, nikt nie proponował żadnej obniżki: dwadzieścia dolców za samo wejście.

Zanim zdążyłam sięgnąć po pieniądze, Christian zgrabnie oddzielił trzy dwudziestki z grubego zwitka, który wyciągnął z kieszeni, i wręczył je im bez słowa.

Próbowałam protestować, ale Christian przyłożył dwa palce do moich ust.

— Kochana Andy, nie zajmuj tym swojej ślicznej główki. — Nim zdążyłam umknąć, drugą ręką sięgnął za moją głowę i ujął moją twarz w obie dłonie. Gdzieś w zakamarkach kompletnie otumanionego mózgu eksplodujące synapsy ostrzegały, że ma zamiar mnie pocałować. Wiedziałam, czułam to, ale nie mogłam się ruszyć. Krótkie wahanie, czy mam się odsunąć, uznał za przyzwolenie, pochylił się i dotknął wargami mojej szyi. Tylko przelotne muśnięcie, może z odrobiną języczka, tuż pod linią szczęki i obok ucha, ale jednak dokładnie w szyję, a potem sięgnął po moją dłoń i wciągnął mnie do środka.

— Christian, zaczekaj! Ja, ee, muszę ci coś powiedzieć — zaczęłam, niepewna, czy jeden niesprowokowany pocałunek nie w usta, z minimalną ingerencją języka, naprawdę wymagał całych długich wyjaśnień, że mam chłopaka i nie chciałam wysyłać niewłaściwych sygnałów. Najwyraźniej Christian uważał, że to niekonieczne, bo odprowadził mnie do sofy w ciemnym kątku i kazał usiąść. Co uczyniłam.

— Przyniosę dla nas drinki, okej? Nie przejmuj się tak bardzo. Nie gryzę. — Roześmiał się, a ja poczułam, że się czerwienię. — A jeśli nawet, to obiecuję, że będzie ci się podobało. — Odwrócił się i ruszył w stronę baru.

Żeby nie zemdleć i uniknąć konieczności rozważenia na serio, co właśnie zaszło, przekopałam ciemne, przepastne pomieszczenie w poszukiwaniu Lily. Byliśmy tu poniżej trzech minut, a ona zdążyła już zagłębić się w rozmowie z wysokim czarnym facetem, uważnie słuchając każdego jego słowa i z zachwytem odchylając głowę. Przemknęłam przez tłum międzynarodowych gości. Skąd oni wszyscy wiedzieli, że tu właśnie należy przyjść, kiedy się nie ma amerykańskiego paszportu? Minęłam grupę mężczyzn około trzydziestki, wykrzykujących po japońsku, jak sądzę, dwie kobiety machające rękoma i zapalczywie rozprawiające po arabsku oraz parę młodych ludzi, niezadowolonych, gniewnie mierzących się wzrokiem i ze złością szepczących do siebie w języku, który brzmiał jak hiszpański, ale mógł być też portugalskim. Facet Lily trzymał już rękę w okolicach jej talii i wyglądał na całkowicie oczarowanego. Nie ma czasu na uprzejmości, pomyślałam. Christian Collinsworth właśnie pieścił ustami moją szyję. Ignorując faceta, zacisnęłam dłoń na jej prawym ramieniu i odwróciłam się, ciągnąc ją z powrotem na sofę.

— Andy! Przestań — syknęła, wyrywając rękę, ale nie zapominając o uśmiechu dla faceta. — Jesteś niegrzeczna. Chciałabym ci przedstawić mojego przyjaciela. William, to moja najlepsza przyjaciółka, Andrea, która zwykle tak się nie zachowuje. Andy, to William. — Uśmiechnęła się dobrotliwie, gdy wymienialiśmy uścisk dłoni.

— Czy mogę cię zapytać, czemu wykradasz mi swoją przyjaciółkę, Ahn-dre-ah? — zapytał William głębokim głosem, który niemal echem odbił się w podziemnej sali. Być może w innym miejscu i czasie albo z inną osobą zauważyłabym jego ciepły uśmiech czy rycerskość, z jaką wstał, gdy tylko do nich podeszłam, i to, że zaproponował mi swoje miejsce. Jedynym, na czym zdołałam się skupić, był ten brytyjski akcent. Nie miało znaczenia, że to mężczyzna, potężny, czarny mężczyzna, który w niczym nie przypominał Mirandy Priestly. Sam dźwięk tego akcentu, sposób, w jaki wymówił moje imię dokładnie jak ona, wystarczył, żeby całkiem dosłownie mocniej zabiło mi serce.

— William, przepraszam, nie traktuj tego osobiście. Mam po prostu mały problem i chciałabym pomówić z Lily na osobności. Zaraz ci ją oddam. — Z tymi słowami chwyciłam ją za ramię, tym razem mocniej, i szarpnęłam. Koniec z tym gównem, potrzebna mi moja przyjaciółka.

Kiedy usiadłyśmy na sofie, na której umieścił mnie Christian, i sprawdziłam, czy na pewno wciąż jeszcze stara się przyciągnąć uwagę barmana (heteroseksualny facet przy barze — może tam stać całą noc), wzięłam głęboki wdech.

— Christian mnie pocałował.

— I w czym problem? Kiepsko całuje? O to chodzi, prawda? Nie ma szybszego sposobu na zrujnowanie dobrej konfiguracji ułamka niż...

— Lily, dobrze, źle, co za różnica?

Brwi podjechały jej na czoło i otworzyła usta, chcąc coś powiedzieć, ale ja nie skończyłam.

— I nie, żeby to miało jakieś znaczenie, ale pocałował mnie w szyję. Problem nie leży w tym, jak to zrobił, ale że to się w ogóle stało. Co z Aleksem? Przecież się nie całuję z innymi facetami, rozumiesz.

— Nigdy w życiu — wymamrotała pod nosem, zanim się odezwała. — Andy, jesteś śmieszna. Kochasz Aleksa, a on kocha ciebie, ale to całkowicie w porządku, jeżeli raz na jakiś czas masz ochotę pocałować innego faceta. Masz dwadzieścia trzy lata, na litość boską, daj sobie trochę luzu!

— Ale ja go nie pocałowałam... on pocałował mnie!

— Przede wszystkim, postawmy to jasno. Pamiętasz, kiedy Monica robiła Billowi laskę i cały kraj, wszyscy nasi rodzice i Ken Starr zapędzili się i uznali to za seks? To nie był seks. Podobnie jak to, że facet, który pewnie chciał cię pocałować w policzek, ale zamiast tego trafił w szyję, nie kwalifikuje się jako „całowanie się z kimś".

— Ale...

— Zamknij się i daj mi skończyć. Ważniejszy niż to, co się na prawdę stało, jest fakt, że chciałaś, żeby to się stało. Po prostu się do tego przyznaj, Andy. Chciałaś pocałować Christiana bez względu na to, czy to „niewłaściwie", „źle" czy „wbrew zasadom". A jeżeli się do tego nie przyznasz, to kłamiesz.

— Lily, poważnie, nie uważam, żeby to było w porządku...

— Znam cię od dziewięciu lat, Andy, nie rozumiesz, że widzę to wypisane na twojej twarzy? Że go uwielbiasz? Wiesz, że nie powinnaś... bo on nie do końca przestrzega twoich zasad, prawda? Ale prawdopodobnie właśnie dlatego ci się podoba. Idź za ciosem, baw się dobrze. Jeżeli Alex jest tą właściwą osobą, zawsze nią będzie. A teraz musisz mi wybaczyć, bo znalazłam kogoś, kto jest odpowiedni dla mnie... na ten moment.

— Dosłownie zeskoczyła z sofy i pośpiesznie wróciła do Williama, który wyglądał na niezaprzeczalnie uszczęśliwionego jej widokiem.

Czułam się nieswojo, siedząc samotnie na wielkiej aksamitnej sofie, i rozejrzałam się, chcąc znaleźć Christiana, ale nie było go już przy barze. To jeszcze trochę potrwa, stwierdziłam. Wszystko się samo ułoży, jeżeli przestanę się za bardzo martwić. Może Lily miała rację i Christian mi się podobał — co w tym takiego złego? Inteligentny i bezsprzecznie wspaniały, a cała ta pewność siebie, z jaką przejmował kontrolę nad sytuacją, była niesamowicie seksowna. Spotkania z kimś, kto, tak się składa, jest seksowny, nie można uznać za zdradę. Z pewnością przez te lata zdarzyło się, że Alex poznał świetną, atrakcyjną dziewczynę i mógł o niej myśleć. Czy to oznacza, że był nielojalny?

Oczywiście nie. Ze wzmożoną ufnością (i rozpaczliwą teraz potrzebą zobaczenia, oglądania, słuchania, po prostu bycia znów w pobliżu Christiana) zaczęłam krążyć po sali.

Znalazłam go pochylonego, pogrążonego w rozmowie ze starszym mężczyzną, prawdopodobnie zdecydowanie po czterdziestce, ubranym w solidny trzyczęściowy garnitur. Christian entuzjastycznie gestykulował, wymachiwał rękoma, z wyrazem twarzy, który plasował się gdzieś pomiędzy „rozbawiony" a „poważnie rozzłoszczony", podczas gdy mężczyzna o szpakowatych włosach przyglądał mu się z powagą. Byłam za daleko, żeby usłyszeć, o czym dyskutowali, ale musiałam przypatrywać im się dość intensywnie, bo oczy mężczyzny przeniosły się na mnie. Uśmiechnął się. Christian cofnął się nieco, powędrował wzrokiem za jego spojrzeniem, i zobaczył mnie, przyglądającą im się obu.

— Andy, kochanie — odezwał się tonem zupełnie odmiennym od tego sprzed paru minut. Zauważyłam, że przemiana z uwodziciela w przyjaciela domu poszła mu całkiem gładko. — Chodź do nas, chciałbym, żebyś poznała mojego przyjaciela. To Gabriel Brooks, mój agent, menedżer i w ogóle mój dobry duch. Gabrielu, to Andrea Sachs, aktualnie pracuje w *Runwayu*.

— Andrea, miło mi cię poznać — powiedział Gabriel, wyciągając rękę i ujmując moją w jednym z tych irytująco delikatnych nie-ściskam-ci-ręki-po-męsku-bo-z-pewnością-złamałbym-twoje-dziewczęce-kosteczki-na-pół uścisków. — Christian wiele mi o tobie opowiadał.

— Naprawdę? — zapytałam, ściskając trochę mocniej, co skłoniło go wyłącznie do rozluźnienia i tak już wiotkiego chwytu. — Same dobre rzeczy, mam nadzieję?

— Oczywiście. Powiedział, że jesteś początkującą pisarką, jak nasz wspólny przyjaciel tutaj. — Uśmiechnął się.

Byłam zaskoczona, że faktycznie słyszał o mnie od Christiana, skoro nasza rozmowa to były tylko takie tam pogaduszki.

— Tak, cóż, marzę o tym, żeby pisać, więc mam nadzieję, że pewnego dnia...

— Jeżeli jesteś przynajmniej w połowie tak dobra jak inni, których mi podesłał, to nie mogę się doczekać, kiedy przeczytam coś twojego autorstwa. — Pogrzebał w wewnętrznej kieszeni i wyciągnął skórzane etui, a z niego wizytówkę. — Wiem, nie jesteś jeszcze gotowa, ale kiedy nadejdzie czas, by pokazać komuś swoje teksty, mam nadzieję, że będziesz o mnie pamiętać.

Musiałam wykorzystać całą siłę woli, żeby zachować wyprostowaną postawę, nie pozwolić, żeby kolana się pode mną ugięły. Mam nadzieję, że będziesz o mnie pamiętać? Człowiek, który reprezentował Christiana Collinswortha, literackiego geniusza i cudowne dziecko, właśnie poprosił, żebym o nim pamiętała? Jakieś szaleństwo.

— Ależ dziękuję — wychrypiałam, wciskając wizytówkę do torby z myślą, że przy pierwszej okazji zbadam ją centymetr po centymetrze. Obaj się do mnie uśmiechnęli i chwilę trwało, zanim rozpoznałam w tym sygnał dla siebie, żeby odejść. — Cóż, panie Brook, hm, Gabrielu, naprawdę jestem zachwycona, że cię poznałam. Będę już zmykać do domu, ale mam nadzieję, że niedługo nasze ścieżki się skrzyżują.

— Cała przyjemność po mojej stronie, Andrea. I jeszcze raz gratulacje z powodu zdobycia takiej fantastycznej pracy. Prosto po college'u i pracuje w *Runwayu*. To robi wielkie wrażenie.

— Odprowadzę cię — powiedział Christian, kładąc rękę na moim łokciu i sygnalizując Gabrielowi, że zaraz wróci.

Zatrzymaliśmy się przy barze i mogłam powiedzieć Lily, że zmierzam do domu, a ona całkiem niepotrzebnie poinformowała mnie — w przerwach między pieszczotami Williama — że się do mnie nie przyłączy. U stóp schodów, które miały wyprowadzić mnie na poziom ulicy, Christian pocałował mnie w policzek.

— Wspaniale, że dziś na ciebie wpadłem. Mam przeczucie, że będę musiał wysłuchać od Gabriela, jak to i on jest zachwycony. — Wyszczerzył zęby w uśmiechu.

— Przecież ledwie zamieniliśmy dwa słowa — wytknęłam, zastanawiając się, czemu wszyscy tak szafują komplementami.

— Tak, Andy, ale chyba nie zdajesz sobie sprawy, że pisarski świat jest mały. Wszystko jedno, czy piszesz kryminały, powieści obyczajowe czy artykuły do gazety, wszyscy znają wszystkich. Gabriel nie musi wiele o tobie wiedzieć, by stwierdzić, że masz potencjał: byłaś dość dobra, żeby dostać posadę w *Runwayu*, mówisz inteligentnie i składnie i, do licha, jesteś moją przyjaciółką. Nic nie traci, dając ci wizytówkę. Kto wie? Może właśnie odkrył kolejnego autora bestsellerów. I zaufaj mi, Gabriel Brooks to człowiek, którego powinnaś znać.

— Hm, pewnie masz rację. Cóż, tak czy owak muszę wracać do domu, skoro za parę godzin mam być z powrotem w pracy. Dzięki za wszystko, naprawdę to doceniam. — Pochyliłam się, żeby pocałować go w policzek, na wpół oczekując, by odwrócił się *en face* i na wpół tego chcąc, ale on tylko się uśmiechnął.

— Cała przyjemność zdecydowanie po mojej stronie, Andrea. Dobrej nocy. — I zanim zdążyłam wystartować z czymś inteligentnym, zmierzał już z powrotem do Gabriela.

Sama nad sobą wzniosłam oczy i wyszłam na ulicę zatrzymać taksówkę. Zaczęło padać — żadna ulewa, po prostu lekki, niezmienny deszcz — więc oczywiście nigdzie na Manhattanie nie było ani jednej wolnej taksówki. Zadzwoniłam do serwisu transportowego Elias-Clark, podałam im numer mojej karty VIPA-a i dokładnie za sześć minut miałam samochód podjeżdżający do krawężnika. Alex zostawił wiadomość w poczcie głosowej z pytaniem, jak mi minął dzień, i zapowiedzią, że cały wieczór będzie w domu pisał konspekty lekcji. Za dużo już minęło czasu, odkąd zrobiłam mu jakąś niespodziankę! Nadszedł moment, żeby trochę się postarać i zachować spontanicznie. Kierowca zgodził się zaczekać, ile będzie trzeba, więc pobiegłam na górę, wskoczyłam pod prysznic, jeszcze trochę zmarudziłam, układając włosy, po czym wrzuciłam do torby parę rzeczy na jutro do pracy. Było już po jedenastej i ruch zelżał, więc dotarliśmy do mieszkania Aleksa w Brooklynie w czasie krótszym niż piętnaście minut. Wydawał się szczerze zadowolony na mój widok, kiedy otworzył drzwi, powtarzając w kółko, jak nie może uwierzyć, że przyjechałam cały ten kawał drogi w środku tygodnia, tak późno, i że to najlepsza niespodzianka, jakiej mógł sobie życzyć. I gdy leżałam z głową na moim ulubionym miejscu na jego piersi, oglądając Conana i słuchając jego rytmicznego oddechu, a on bawił się moimi włosami, właściwie nie myślałam o Christianie.

— Hm, cześć. Czy mogłabym rozmawiać z waszym redaktorem działu poświęconemu jedzeniu? Nie? Okej, może z asystentem redakcyjnym albo z kimś, kto mi powie, kiedy dawaliście recenzje restauracji? — zapytałam prezentującą otwartą wrogość recepcjonistkę w *New York Timesie*. Odebrała telefon z warknięciem „Co!" i udawała teraz — a może i nie — że nie mówimy tym samym językiem. Upór jednak się opłacił i po trzykrotnym zapytaniu o jej nazwisko („Nie podajemy naszych nazwisk, paniusiu"), groźbie złożenia na nią skargi menedżerowi („Co? Myśli pani, że go to obchodzi? Już z nim łączę") i w końcu po gorących groźbach z mojej strony, że osobiście zjawię się w biurach przy Times Square i zrobię wszystko, co w mojej mocy, żeby z miejsca ją zwolnili („Doprawdy? Już się boję"), zmęczyła się mną i połączyła z kimś innym.

— Redakcja — warknęła kłótliwym tonem kolejna kobieta. Zaczęłam się zastanawiać, czy sama tak się odzywałam, odbierając telefon w biurze Mirandy, a jeśli nie, czy było to moim celem. Dźwięk głosu, który tak niesamowicie wyraźnie pokazywał, że nikt nie chce z tobą rozmawiać, stanowił potężny czynnik zniechęcający i człowiek właściwie miał ochotę odłożyć słuchawkę.

— Cześć, mam tylko krótkie pytanie. — Słowa wylały się ze mnie w rozpaczliwej próbie przykucia jej uwagi, zanim nieuchronnie rzuci słuchawką. — Zastanawiałam się, czy dawaliście wczoraj jakieś recenzje azjatycko-kontynentalnych restauracji?

Westchnęła, jakbym właśnie poprosiła ją o podarowanie

jednej z kończyn na cele naukowe, a potem westchnęła ponownie.

— Sprawdzałaś w Internecie? — Kolejne westchnienie.

— Tak, tak, oczywiście, ale nie mogę...

— Bo tam byś znalazła, gdybyśmy coś dawali. Nie mogę
śledzić każdego słowa, które pojawia się w gazecie, rozumiesz.
Wzięłam głęboki wdech i próbowałam zachować spokój.

— Wasza czarująca recepcjonistka połączyła mnie z tobą,
ponieważ pracujesz w dziale archiwalnym. Więc wygląda na
to, że faktycznie twoja praca polega na śledzeniu każdego słowa.

— Słuchaj, gdybym próbowała odnaleźć każdy nieistotny
opis, z którym codziennie do mnie wydzwaniają, nie byłabym
w stanie zajmować się niczym innym. Naprawdę musisz sprawdzić w Internecie. — Westchnęła kolejne dwa razy i zaczęłam
się martwić, że może zacząć się hiperwentylować.

— Nie, nie, to ty mnie przez chwilę posłuchaj — zaczęłam,
szykując się, żeby zjechać tę leniwą dziewczynę, która miała
pracę o tyle lepszą od mojej. — Dzwonię z biura Mirandy
Priestly i tak się składa, że...

— Przepraszam, ale powiedziałaś, że dzwonisz z biura
Mirandy Priestly? — zapytała i wyczułam, jak przy drugim
końcu linii telefonicznej nadstawia ucha. — Mirandy Priestly...
z *Runwaya*?

— Tej samej. A czemu? Znasz moją szefową?

Właśnie w tym momencie dokonała się transformacja z prze-
ciążonej pracą asystentki redakcyjnej w wylewną niewolnicę
mody.

— Czy znam? Oczywiście! Czy ktokolwiek może nie znać
Mirandy Priestly? Przecież to najważniejsza osoba w modzie.
I mówiłaś, że czego szukasz?

— Recenzji. Wczorajsza gazeta. Restauracja azjatycko-kontynentalna. Nie widziałam tego w Internecie i nie jestem pewna,
czy dobrze sprawdziłam. — W pewnym sensie było to kłamstwo. Sprawdziłam w Internecie i byłam całkowicie przekonana,
że w *New York Timesie* nie zamieszczano żadnych recenzji

azjatycko-kontynentalnych restauracji w trakcie całego ubiegłego tygodnia, ale tego nie zamierzałam jej mówić. Może Schizofreniczna Dziewczyna z Redakcji uczyni w tym zakresie jakiś cud.

Do tej pory dzwoniłam do *New York Timesa*, *Post* i *Daily News*, ale niczego nie uzyskałam. Skorzystałam z numeru jej karty klubowej, żeby uzyskać dostęp do płatnych archiwów *Wall Street Journal* i nawet znalazłam krótką notkę na temat nowej tajskiej restauracji, ale nie mogłam brać jej pod uwagę, ponieważ zauważyłam, że średnia cena za danie główne wynosiła zaledwie siedem dolarów, a citysearch.com umieściło obok niej tylko jeden symbol dolara *.

— Jasne, zaczekaj sekundkę. Zaraz to dla ciebie sprawdzę. — I nagle panienka nie-można-ode-mnie-oczekiwać-że--będę-pamiętać-każde-słowo-które-pojawia-się-w-gazecie stukała w klawiaturę i mruczała z podnieceniem do słuchawki.

Po wczorajszej lawinie wieczornych wydarzeń bolała mnie głowa. Zabawnie było zrobić niespodziankę Aleksowi, a leniuchowanie w jego mieszkaniu okazało się zaskakująco odprężające, ale pierwszy raz od wielu, wielu miesięcy nie mogłam zasnąć. W kółko miałam poczucie winy, wciąż powracał obraz Christiana całującego mnie w szyję i myśl, że zaraz potem wskoczyłam w samochód, żeby zobaczyć się z Aleksem, ale nic mu nie powiedziałam. Mimo że próbowałam wyrzucić te myśli z głowy, uparcie wracały, każda następna bardziej dotkliwa niż poprzednia. Kiedy wreszcie zdołałam zasnąć, śniło mi się, że Alex został zatrudniony jako niania u Mirandy i — chociaż w rzeczywistości wcale nie wymagała tego od nianiek — musiał się wprowadzić i zamieszkać z jej rodziną. Za każdym razem, kiedy w tym śnie chciałam się zobaczyć z Aleksem, musiałam jechać z Mirandą do domu, jednym samochodem, i odwiedzać go w jej mieszkaniu. Ona uparcie nazy-

---

* Symbol $ jest stosowany na stronach internetowych do określenia widełek cenowych, w jakich mieści się usługa.

wała mnie Emily i wysyłała z rozmaitymi idiotycznymi sprawami do załatwienia, mimo moich powtarzających się zapewnień, że przyszłam tylko odwiedzić swojego chłopaka. Zanim wreszcie nadszedł ranek, Alex znalazł się pod urokiem Mirandy i nie mógł zrozumieć, czemu uważałam, że jest taka zła, a co gorsza, Miranda zaczęła się umawiać z Christianem. Na szczęście ten koszmar zakończył się w chwili, gdy obudziłam się z przestrachem, bo we śnie Miranda, Christian i Alex co niedziela siadywali wszyscy razem w szlafrokach Frette, czytali *Timesa* i chichotali, podczas gdy ja przygotowywałam śniadanie, obsługiwałam wszystkich i potem po nich sprzątałam. Ostatniej nocy sen był równie relaksujący jak spokojna samotna przechadzka po Harlemie o czwartej nad ranem, a teraz ta recenzja restauracji rujnowała resztki mojej nadziei na spokojny piątek.

— Hm, nie, ostatnio nie dawaliśmy nic o kuchni azjatycko-kontynentalnej. Próbuję wymyślić, tak prywatnie, rozumiesz, czy są jakieś nowe, topowe knajpy z taką kuchnią? No wiesz, miejsca, które Miranda mogłaby wziąć pod uwagę? — zapytała tonem, który sugerował, że zrobiłaby wszystko, żeby przedłużyć rozmowę.

Zignorowałam jej poufałe przejście na mówienie o Mirandzie po imieniu i podjęłam próbę zwolnienia linii.

— No cóż, tak też myślałam. W każdym razie dziękuję, doceniam twoją pomoc. Cześć.

— Zaczekaj! — krzyknęła i chociaż słuchawka była już w połowie drogi na widełki, naleganie w jej głosie zmusiło mnie do ponownego jej uniesienia. — Tak?

— Och, cóż, ja, ee, ja tylko chciałam powiedzieć, że jeżeli mogłabym jeszcze coś zrobić... albo w ogóle my tutaj... to dzwoń bez oporów, wiesz? Uwielbiamy tu Mirandę i, no wiesz, ee, chętnie służymy wszelką pomocą.

Można by pomyśleć, że to Pierwsza Dama Stanów Zjednoczonych poprosiła Schizofreniczną Dziewczynę z Redakcji o znalezienie artykułu dla prezydenta, i to artykułu zawierającego informacje kluczowe w kontekście zbliżającej się wojny, a nie że chodziło o jakąś niezidentyfikowaną recenzję niezidentyfikowanej restauracji w niezidentyfikowanej gazecie. A najsmutniejsze, że wcale nie byłam zaskoczona: wiedziałam, że tak będzie.

— Okej, na pewno przekażę. Bardzo dziękuję.

Emily podniosła wzrok znad kolejnego zestawienia wydatków, które przygotowywała i zapytała:

— Nadal nic?

— Nic. Nie mam pojęcia, o co jej chodziło, i najwyraźniej nie wie też nikt w całym mieście. Rozmawiałam już z ludźmi z każdej gazety z Manhattanu, jaką czyta, sprawdziłam w Internecie, pytałam archiwistów, ludzi, którzy piszą o kuchni, i szefów kuchni. Ani jedna osoba nie potrafi wymyślić żadnego stosownego miejsca, które by się otworzyło w ubiegłym tygodniu, pomijając już kwestię recenzji na przestrzeni ostatnich dwudziestu czterech godzin. Najwyraźniej jej odbiło. I co teraz? — Oklapłam na krześle i zebrałam włosy w koński ogon. Nie było jeszcze dziewiątej, a ból głowy obejmował mi już szyję i kark.

— Chyba — powiedziała wolno i z ubolewaniem — nie masz wyjścia i musisz poprosić o dodatkowe informacje.

— Och nie, tylko nie to! Jak ona na to zareaguje?

Emily jak zwykle nie wykazała zrozumienia dla mojego sarkazmu.

— Będzie tu w południe. Na twoim miejscu zawczasu przygotowałabym sobie, co chcę powiedzieć, bo nie będzie zadowolona, jeżeli nie znajdziesz tej recenzji. Szczególnie że prosiła o nią wczoraj wieczorem — wytknęła z ledwie ukrywanym uśmiechem. Najwyraźniej była zachwycona, że mi się dostanie.

Nie zostało mi nic innego, jak czekać. Taki już mój pech, że Miranda była w trakcie swojej comiesięcznej, przedłużonej sesji z psychoterapeutą ("Po prostu nie ma czasu, żeby chodzić raz na tydzień" — wyjaśniła Emily, gdy zapytałam, czemu wybiera się tam na całe trzy godziny). Jedyny moment podczas dnia i nocy, kiedy z pewnością do nas nie zadzwoni, i oczywiście jedyny, kiedy była mi potrzebna. Góra poczty, o której otwarcie nie zadbałam od dwóch dni, groziła zwaleniem się z biurka, a kolejna, tym razem złożona z brudnych ciuchów z dwóch dni, walała się pod biurkiem, pod moimi nogami. Potężne westchnienie, które miało pokazać światu, jaka byłam nieszczęśliwa, i wybrałam numer do pralni.

— Cześć, Mario. To ja. Tak, wiem, całe dwa dni bez słowa. Mogę prosić o odbiór? Świetnie. Dzięki. — Odłożyłam słuchawkę i zmusiłam się, żeby wziąć część ubrań na kolana, gdzie mogłabym je posortować i wciągnąć do komputerowego rejestru, który stworzyłam dla oddawanych do czyszczenia ciuchów. Gdy Miranada zadzwoniła do biura o dziewiątej czterdzieści pięć i zażądała informacji, gdzie jest jej marszczona spódnica od Prady, musiałam tylko otworzyć odpowiedni dokument i powiedzieć jej, że została oddana do pralni przedwczoraj i ma zostać dostarczona pojutrze. Wpisałam dzisiejsze ciuchy (jedna bluzka Missoni, dwie identyczne pary spodni od Alberty Ferretti, dwa swetry Jil Sander, dwie białe apaszki od Hermésa i jeden trencz Burberry), wrzuciłam je do torby ozdobionej napisem *Runway* i wezwałam posłańca, żeby zaniósł na dół, skąd miały zostać odebrane przez personel pralni.

Co za ulga! Pranie należało do najbardziej znienawidzonych zadań, bo chociaż zajmowałam się tym setki razy, wciąż tak samo brzydziłam się dotykania cudzych brudnych ubrań gołymi rękoma. Każdego dnia po zakończeniu sortowania i pakowania musiałam umyć ręce: utrwalony zapach Mirandy był wszechobecny i chociaż składał się z mieszanki perfum Bulgariego, balsamu i od czasu do czasu śladu woni papierosów SGG i wcale nie był taki niemiły, czułam się od niego dosłownie chora. Brytyjski akcent, perfumy Bulgariego, białe jedwabne apaszki — kilka drobnych życiowych przyjemności, które na zawsze zostały mi odebrane.

Poczta jak zwykle, w dziewięćdziesięciu dziewięciu procentach śmieci, których Miranda nigdy nie miała zobaczyć. Wszystko opisane „Redaktor naczelna" szło prosto do ludzi, którzy redagowali strony z listami do redakcji, ale czytelnicy byli teraz dość sprytni, żeby adresować korespondencję wprost do Mirandy. Mniej więcej cztery sekundy zajmowało mi przejrzenie listu i sprawdzenie, czy to coś do redakcji, a nie zaproszenie na bal charytatywny albo krótki liścik od dawno niewidzianego przyjaciela — te po prostu odkładałam. Dzisiaj były ich całe tony. Pełne wykrzykników liściki od nastolatek, gospodyń domowych i nawet kilku gejów (albo, żeby oddać im sprawiedliwość, może heteroseksualnych mężczyzn bardzo dobrze obeznanych z modą). „Mirando, jest pani nie tylko najukochańszą osobą w całym świecie mody, ale też Królową mojego świata!" — wybuchał entuzjazmem jeden z nich. „Nie mogę nie pochwalić słuszności wyboru tematu w kwietniowym numerze, że czerwony jest nowym czarnym — zajebiste, a co za odwaga!" — krzyczał kolejny. Kilka listów pełnych oburzenia na reklamę Gucciego, zbyt seksualną, ponieważ przedstawiała dwie kobiety w szpilkach i podwiązkach leżące w zmiętej pościeli i dotykające się genitaliami, kilka kolejnych otwarcie potępiających modelki o zapadniętych oczach, wyniszczone głodówką dziewczyny wyglądające na uzależnione od heroiny, z których *Runway* skorzystał w artykule „Zdrowie przede wszystkim: poradnik, jak czuć się lepiej". Była też zwykła kartka pocztowa, z jednej strony ozdobnym pismem zaadresowana do Mirandy Priestly, z drugiej zawierająca po prostu zdanie „Dlaczego? Czemu wydajecie takie nudne, głupie pismo?". Roześmiałam się głośno i wetknęłam ją do swojej torby, na później — moja kolekcja krytycznych listów i kartek wciąż rosła i niedługo mogło mi się skończyć miejsce na lodówce. Lily uważała, że przynoszenie do domu negatywnych myśli oraz wrogości innych ludzi to zła karma, i tylko potrząsała głową, kiedy się upierałam, że każda zła karma wymierzona pierwotnie w Mirandę może mnie tylko uszczęśliwić.

Ostatni list z wielkiego stosu, po którym miałam się zmierzyć z mniej więcej dwudziestoma zaproszeniami, jakie Miranda codziennie otrzymywała, był zaadresowany pełnym zawijasów dziewczęcym pismem nastolatki i starannie ozdobiony, łącznie z serduszkami i uśmiechniętymi buźkami. Miałam zamiar go tylko przejrzeć, ale nie nadawał się do przeglądania: od pierwszego wersu był zbyt smutny i szczery — cała strona pełna bólu, próśb i błagań. Wstępnie przewidziane cztery sekundy minęły, a ja wciąż czytałam.

Droga Mirando!

Nazywam się Anita, i mam siedemnaście lat i jestem w ostatniej klasie w liceum Barringer w Newark, w stanie Nowy Jork. Tak się wstydzę swojego ciała, chociaż wszyscy mi mówią, że nie jestem gruba. Chcę wyglądać jak modelki, które masz w swoim piśmie. Co miesiąc czekam, aż Runway *przyjdzie pocztą, chociaż moja mama mówi, że to głupio wydawać całe kieszonkowe na pismo o modzie. Ale ona nie rozumie, że mam swoje marzenie, ale ty rozumiesz, prawda? Jest to moje marzenie od czasu, kiedy byłam mała, ale chyba się nie spełni. Dlaczego, zapytasz? Moje piersi są bardzo płaskie, a pupa większa niż u twoich modelek i bardzo się tego wstydzę. Zadaję sobie pytanie, czy w ten sposób chcę przeżyć swoje życie i odpowiedź brzmi NIE!!!, ponieważ chcę się zmienić i chcę wyglądać i czuć się lepiej, więc proszę cię o pomoc. Chcę dokonać pozytywnej zmiany i patrzeć w lustrze na swoje piersi i pupę z zachwytem, żeby wyglądały jak te w najlepszym piśmie na świecie!!!*

Mirando, wiem, że jesteś cudowną osobą i redaktorem od spraw mody i możesz zmienić mnie w nową osobę i możesz mi wierzyć, będę ci wdzięczna na wieki. Ale jeżeli nie możesz zrobić ze mnie nowej osoby, może możesz mi załatwić naprawdę bardzo, bardzo, bardzo ładną sukienkę na bal na koniec szkoły? Nie mam chłopaka, z którym mogłabym pójść, ale moja mama mówi, że to w porządku, żeby dziewczyny szły same, więc idę. Mam jedną starą sukienkę, ale to nie jest suknia od żadnego projektanta ani nic, co byście pokazali w Runwayu. *Moi ulubieni projektanci to Prada (nr 1), Versace (nr 2), John*

Paul Gotier (nr 3). Mam wielu ulubionych, ale to są moi trzej ukochani. Nie mam na własność żadnych ich ubrań i nie widziałam ich w sklepie (nie jestem pewna, czy w Newark sprzedaje się gdzieś tych projektantów, ale jeżeli wiesz gdzie, proszę, powiedz mi, żebym mogła tam pójść i zobaczyć, jak wyglądają z bliska), ale widziałam ich ubrania w Runwayu i muszę powiedzieć, że naprawdę bardzo je uwielbiam.

Nie będę ci więcej zawracać głowy, ale chcę, żebyś wiedziała, że nawet jeżeli wyrzucisz ten list do śmieci, wciąż będę wielką fanką twojego pisma, ponieważ kocham modelki i ubrania i wszystko, i oczywiście kocham też ciebie.

Szczerze oddana
Anita Alvarez

PS Mój telefon to 555-555-3948. Możesz napisać albo zadzwonić, ale proszę, zrób to przed tygodniem, w którym jest 4 czerwca, bo naprawdę potrzebuję mieć przedtem ładną sukienkę. KOCHAM CIĘ!! Dziękuję!!!!

List pachniał Jean Nate, wodą toaletową o ostrym zapachu, lubianą przez nastolatki w całym kraju. Ale nie od tego ścisnęło mnie w piersi, nie to wywołało skurcz w gardle. Ile było takich Anit? Młodych dziewczyn, które miały w życiu tak niewiele, że oceniały swoją wartość, pewność siebie, całą swoją egzystencję przez pryzmat ubrań i modelek, który widziały w *Runwayu*? Ile z nich postanowiło obdarzyć bezwarunkową miłością kobietę, która co miesiąc składała to wszystko w całość — dyrygowała tak kuszącym marzeniem — mimo że nie była warta nawet jednej sekundy ich adoracji? Ile dziewcząt nie miało pojęcia, że obiektem ich uwielbienia była samotna, głęboko nieszczęśliwa i często okrutna kobieta, która nie zasłużyła na przelotne nawet objawy niewinnego uczucia i podziwu?

Chciało mi się płakać z powodu Anity i wszystkich jej przyjaciółek, które poświęcały tyle energii, żeby wtłoczyć się we wzorzec wyznaczany przez Shalom, Stellę czy Carmen, próbowały zrobić wrażenie, zadowolić czy przypochlebić się kobiecie, która skwitowałby ich listy wzniesieniem oczu do nieba albo wzruszeniem ramion i wyrzuciła je, nie poświęcając jednej myśli dziewczynie przekazującej w tej pisaninie kawałek siebie. Ale tylko wetknęłam list do górnej szuflady biurka i przysięgłam sobie, że znajdę sposób, żeby pomóc tej dziewczynie. Sprawiała wrażenie jeszcze bardziej zdesperowanej niż inne, które pisały, i przy całej tej masie zbytecznych ciuchów dookoła nie było powodu, żebym nie miała znaleźć dla niej przyzwoitego stroju na bal.

— Hej, Em, polecę tylko na dół i sprawdzę, czy mają już *Women's Wear Daily*. Aż trudno uwierzyć, że tak się dzisiaj spóźniają. Chcesz coś?

— Przyniesiesz mi colę light? — zapytała.

— Jasne. Za chwilę — stwierdziłam i pośpiesznie przemknęłam między wieszakami i przez przedsionek do windy dla personelu, gdzie usłyszałam, jak Jessica i James dzielą się papierosem i zastanawiają, kto będzie na dzisiejszym przyjęciu Mirandy w muzeum. Ahmed zdołał wreszcie zdobyć egzemplarz *Women's Wear Daily*, co przyjęłam z ulgą. Chwyciłam puszkę dietetycznej coli dla Emily i pepsi dla siebie, ale po namyśle dla siebie też wzięłam dietetyczną. Różnica w smaku i przyjemność picia nie były warte pełnych dezaprobaty spojrzeń i/lub komentarzy, których z pewnością doczekałabym się w drodze do biurka.

Byłam tak zajęta oglądaniem kolorowego zdjęcia ze skutkami trzęsienia ziemi na pierwszej stronie, że nawet nie zauważyłam, kiedy otworzyły się drzwi do jednej z wind i można było wsiąść. Kątem oka dostrzegłam przelotny przebłysk zieleni, bardzo charakterystycznej zieleni. Szczególnie wartej zauważenia, ponieważ Miranda miała tweedowy kostium Chanel dokładnie w tym odcieniu, w kolorze, jakiego nigdy wcześniej nie widziałam, ale który bardzo mi się podobał. I chociaż mój umysł wiedział swoje, nie zdołałam powstrzymać oczu od spojrzenia w górę, do wnętrza windy, gdzie bez specjalnego zaskoczenia dostrzegły wpatrującą się we mnie Mirandę. Stała prosto jak strzała, włosy miała jak zwykle mocno ściągnięte do tyłu, oczy z uwagą śledziły moją twarz, z pewnością wyrażającą przerażenie.

— Hm, dzień dobry, Mirando — powiedziałam, ale wyszło to jak szept. Drzwi zamknęły się za nami: miałyśmy zupełnie same przejechać siedemnaście pięter. Nie odezwała się do mnie, ale wyciągnęła swój skórzany elektroniczny notes. Stałyśmy ramię w ramię, a z każdą sekundą jej milczenia cisza pogłębiała się dziesięciokrotnie. Zaczęłam się zastanawiać, czy w ogóle mnie rozpoznała. Czy istniała możliwość, by pozostawała całkowicie nieświadoma, że byłam jej asystentką od siedmiu miesięcy — a może faktycznie szeptałam tak cicho, że nie usłyszała? Zastanawiałam się, czemu z miejsca nie zapytała mnie o recenzję restauracji ani czy dostałam jej wiadomość na temat zamówienia nowej porcelany albo czy wszystko było gotowe na wieczorne przyjęcie. Zachowywała się, jakby była w windzie sama, jakby w małej kabinie nie znajdowała się żadna oprócz niej istota ludzka — albo, dokładniej, żadna istota ludzka warta zauważenia.

Prawie minutę później spostrzegłam, że nie przemieszczamy się między piętrami. Omójboże! Widziała mnie, ponieważ nie przycisnęła guzika, a ja byłam zbyt osłupiała, żeby się ruszyć. Sięgnęłam w przód powoli, ze strachem, nacisnęłam numer siedemnaście i podświadomie oczekiwałam, że coś wybuchnie. Ale natychmiast pomknęłyśmy w górę i nawet nie miałam pewności, czy zauważyła, że nie jechałyśmy cały czas.

Piąte, szóste, siódme... miałam wrażenie, że pokonanie każdego piętra zajmowało windzie dziesięć minut, a cisza zaczęła mi dzwonić w uszach. Kiedy zebrałam dość odwagi, by zerknąć w stronę Mirandy, odkryłam, że mierzy mnie wzrokiem z góry na dół. Bez skrępowania sprawdziła najpierw moje buty, a potem spodnie, a wreszcie bluzkę i przesuwała wzrok w górę, na twarz i włosy, cały czas unikając moich oczu. Wyraz jej twarzy zdradzał spokojne obrzydzenie, takie samo, z jakim uodpornieni na okropności detektywi z *Law & Order* przyjmowali widok kolejnego pobitego i zakrwawionego ciała. W myślach pośpiesznie dokonałam przeglądu i zastanowiłam się, co właściwie wywołało tę reakcję. Koszula z krótkimi rękawami w wojskowym stylu, nowiutka para dżinsów Seven, przysłana mi przez ich dział PR wyłącznie z tego powodu, że pracowałam w *Runwayu* i para relatywnie płaskich (pięciocentymetrowe obcasy) czarnych pantofli bez pięty, jedynych jak na razie butów niebędących kozakami/tenisówkami/mokasynami, które pozwalały mi przetrwać cztery i więcej wypraw do Starbucks dziennie, nie robiąc mi ze stóp sieczki. Zwykle starałam się nosić szpilki od Jimmy'ego Choo, które dał mi Jeffy, ale co tydzień potrzebowałam mniej więcej dnia luzu, żeby stopy przestały mnie boleć w podbiciu. Włosy miałam czyste i zebrane w celowo bałaganiarski węzeł, który u Emily przechodził bez komentarza, a paznokcie — chociaż niepomalowane — długie i w miarę ładnie opiłowane. Podczas ostatnich czterdziestu ośmiu godzin goliłam się pod pachami. Kiedy ostatnio sprawdzałam, na twarzy nie miałam żadnych dramatycznych wykwitów. Zegarek Fossil był odwrócony tarczą do wewnątrz, na wypadek, gdyby ktoś zechciał rzucić okiem na jego markę, a szybki ruch prawej ręki pozwolił stwierdzić, że nie wystawały mi ramiączka od stanika. Więc co? Co właściwie spowodowało, że patrzyła na mnie w ten sposób?

Dwanaście, trzynaście, czternaście... winda się zatrzymała, a drzwi rozsunęły, ukazując kolejną nieskalanie białą recepcję. Kobieta w wieku około trzydziestu pięciu lat zrobiła krok, żeby wejść, ale kiedy zobaczyła Mirandę, zatrzymała się w odległości sześćdziesięciu centymetrów od drzwi.

— Och, ja, ee... — zająknęła się głośno, rozpaczliwie rozglądając się w poszukiwaniu wymówki, która pozwoliłaby jej nie wchodzić do naszego prywatnego piekła. I chociaż byłoby mi milej mieć ją na pokładzie, w duchu trzymałam kciuki, żeby uciekła. — Ja, hm, och! Zapomniałam zdjęć potrzebnych na zebranie — zdołała wreszcie wydusić, zrobiła w tył zwrot na wyjątkowo chybotliwych obcasach od Manola i zwiała na teren recepcji. Miranda wyglądała, jakby niczego nie zauważyła, i drzwi windy raz jeszcze się zasunęły.

Piętnaste, szesnaste i wreszcie — wreszcie! — siedemnaste, gdzie otwierające się drzwi ujawniły grupkę asystentek z działu mody w drodze po papierosy, dietetyczną colę i różne zielska, składające się na lunch. Każda z tych młodych, pięknych twarzy wydawała się bardziej przerażona niż poprzednia i mało się nie potratowały podczas próby zejścia Mirandzie z drogi. Rozdzieliły się dokładnie pośrodku, trzy po jednej stronie, dwie pod drugiej, i łaskawie zechciała między nimi przejść. Wszystkie w milczeniu śledziły ją wzrokiem, gdy przecinała teren recepcji. Nie miałam wyboru, musiałam ruszyć za nią. Niczego nie zauważyła, uznałam. Spędziłyśmy właśnie zamknięte razem w klatce o wymiarach półtora metra na dziewięćdziesiąt centymetrów czas, który wydawał się ciągnąć nieznośnie jak cały tydzień, a ona nie dostrzegła mojej obecności. Ale gdy tylko stanęłam na piętrze, odwróciła się

— Ahn-dre-ah? — zapytała, jej głos przeciął ciszę, która wypełniała całe pomieszczenie. Nie zareagowałam, bo uznałam, że to figura retoryczna, ale ona czekała.

— Ahn-dre-ah?

— Tak, Mirando?

— Czyje buty nosisz? — Jedną rękę lekko wsparła o biodro obciągnięte tweedem i wpatrywała się we mnie. Winda zdążyła już odjechać bez asystentek, zbyt przytłoczonych widokiem — i głosem! — Mirandy Priestly we własnej osobie. Czułam ciężar wzroku sześciu par oczu i chociaż chwilę wcześniej było mi zupełnie wygodnie, teraz, pod badawczym spojrzeniem pięciu asystentek działu mody i jednej guru w tej dziedzinie stopy zaczęły mnie piec i swędzić.

Zdenerwowanie z powodu niespodziewanej wspólnej przejażdżki windą (pierwszej) i nieruchomych spojrzeń tylu osób zmąciły mi umysł, więc kiedy Miranda zapytała, czyje buty noszę, pomyślałam, że może uważa, że nie należą do mnie.

— Hm, własne — odparłam, nie zdając sobie sprawy z tego, co mówię, dopóki słowa nie zostały wypowiedziane i zabrzmiały nie tylko niegrzecznie, ale wręcz bezczelnie. Stadko Klakierek zaczęło nerwowo chichotać, ale Miranda skierowała wściekłość w ich stronę.

— Zastanawiam się, czemu przytłaczająca większość asystentek z działu mody sprawia wrażenie, że nie ma nic lepszego do roboty, tylko plotkować jak małe dziewczynki. — Zaczęła zwracać się do nich po kolei, wskazując palcem, bo nawet pod groźbą broni nie byłaby w stanie przypomnieć sobie ani jednego imienia.

— Ty! — odezwała się ostro do pogodnej nowej dziewczyny, która prawdopodobnie widziała Mirandę po raz pierwszy. — Zatrudniliśmy cię do tego czy do zamawiania garniturów do zdjęć? — Dziewczyna zwiesiła głowę i otworzyła usta, żeby przeprosić, ale Miranda galopowała dalej.

— A ty! — podeszła i stała dokładnie na wprost Vanessy, najwyższej wśród nich rangą i ulubienicy wszystkich redaktorów. — Myślisz, że nie ma milionów dziewcząt, które chciałyby mieć twoją posadę i równie dobrze znają się na modzie? — Odsunęła się o krok, powoli przesunęła wzrokiem po ich ciałach, zatrzymując się na czas wystarczająco długi, by każda poczuła się gruba, brzydka i niestosownie ubrana, po czym nakazała im wszystkim wrócić do pracy. Energicznie pokiwały pochylonymi głowami. Niektóre, szybko wracając do działu mody, mamrotały najszczersze słowa przeprosin. Gdy wszystkie wyszły, zdałam sobie sprawę, że zostałyśmy same. Znowu.

— Ahn-dre-ah? Nie będę tolerować takich odzywek ze strony własnej asystentki — oznajmiła, idąc w kierunku drzwi, które zaprowadziłyby nas do korytarza. Nie byłam pewna, czy powinnam iść za nią, czy nie, i przelotnie pomyślałam, że może Eduardo, Sophy albo któraś z dziewczyn ostrzegły Emily, że Miranda była w drodze.

— Mirando, ja...

— Dość. — Zatrzymała się przy drzwiach i spojrzała na mnie. — Czyje buty nosisz? — zapytała ponownie niezadowolonym głosem.

Spojrzałam na swoje czarne buty bez pięty i zaczęłam się zastanawiać, jak powiedzieć najbardziej stylowej kobiecie na półkuli zachodniej, że mam na nogach parę butów nabytych u Ann Taylor Loft. Kolejne zerknięcie na jej twarz i widziałam, że tego powiedzieć nie mogę.

— Kupiłam je w Hiszpanii — odparłam pośpiesznie, odwracając wzrok. — W uroczym butiku zaraz przy Las Ramblas, który prezentował kolekcję tego nowego hiszpańskiego projektanta. — Skąd, do cholery, coś takiego przyszło mi do głowy?

Zwinęła jedną z dłoni w pięść, przyłożyła do ust i odchyliła głowę. Zobaczyłam Jamesa zbliżającego się do szklanych drzwi z drugiej strony, ale kiedy zauważył Mirandę, odwrócił się i zwiał.

— Ahn-dre-ah, są nie do przyjęcia. Moje dziewczęta muszą reprezentować pismo *Runway*, a te buty to nie jest wiadomość, jaką chciałabym przekazywać. Znajdź w szafie Jimmy'ego Choo. I przynieś mi kawę. — Spojrzała na mnie, a potem na drzwi i zrozumiałam, że mam sięgnąć do klamki i otworzyć je dla niej, co też zrobiłam. Przeszła przez nie bez słowa podziękowania i udała się do biura. Musiałam wziąć pieniądze i papierosy na wypad po kawę, ale żadna z tych rzeczy nie była warta pójścia za nią jak z pokorą przyjmujące reprymendę, ale lojalne pisklę, więc zawróciłam w stronę windy. Eduardo mógł użyczyć mi pięć dolców na latte, a Ahmed dopisać nową paczkę do rachunku firmy, jak to robił od miesięcy. Nie liczyłam na to, że ona cokolwiek zauważy, ale jej głos trafił w tył mojej głowy jak cios łopatą.

— Ahn-dre-ah!

— Tak, Mirando? — Stanęłam w miejscu i odwróciłam się.

— Spodziewam się, że recenzja restauracji, o którą cię prosiłam, jest na moim biurku.

— Hm, właściwie mam trochę kłopotów, żeby ją zlokalizować. Rozmawiałam ze wszystkimi gazetami i wygląda na to, że żadna nie zamieszczała recenzji azjatycko-kontynentalnej restauracji w ciągu ostatnich paru dni. Może zapamiętałaś nazwę restauracji? — Nie zdając sobie z tego sprawy, wstrzymywałam oddech i przygotowywałam się na atak.

Wyszło na to, że moje wyjaśnienie niespecjalnie ją zainteresowało, ponieważ podjęła wędrówkę w stronę biura.

— Ahn-dre-ah, już ci mówiłam, że to było w *Post* — czy naprawdę tak trudno to znaleźć? — I z tymi słowami znikła. *Post*? Rozmawiałam z człowiekiem, który pisywał dla nich recenzje restauracji, nie dalej jak dziś rano i przysiągł, że nie było żadnych recenzji odpowiadających mojemu opisowi — przez cały tydzień nie otwarto niczego godnego uwagi. Ewidentnie zaczynało jej odbijać i to ja zostanę obarczona winą.

Wypad po kawę zajął mi zaledwie kilka minut, ponieważ był środek dnia, więc pozwoliłam sobie przeciągnąć sprawę o dodatkowych dziesięć, żeby zadzwonić do Aleksa, który miał jeść lunch dokładnie o dwunastej trzydzieści. Na szczęście odebrał komórkę, więc nie musiałam znów pertraktować z żadnym z nauczycieli.

— Hej, mała, jak ci mija dzień? — sprawiał wrażenie zadowolonego aż do przesady i musiałam opanować rosnącą irytację.

— Na razie fantastycznie, jak zwykle. Naprawdę uwielbiam pracę tutaj. Ostatnie pięć godzin spędziłam na poszukiwaniu wymyślonego artykułu. Przyśnił się cierpiącej na urojenia kobiecie, która pewnie prędzej by się zabiła, niż przyznała do pomyłki. A co u ciebie?

— Miałem po prostu wspaniały dzień. Pamiętasz, że opowiadałem ci o Shaunie? — Kiwnęłam głową, chociaż przez telefon nie mógł mnie widzieć. Shauna była jedną z dziewczynek i do tej pory nie wypowiedziała w klasie ani słowa, bez względu na to, czy Alex groził jej lub próbował ją przekupić, czy pracował z nią oddzielnie poza lekcjami. Alex nie mógł skłonić jej do mówienia. Za pierwszym razem, kiedy zjawiła się w klasie przyprowadzona przez pracownicę socjalną, która odkryła, że ta dziewięcioletnia dziewczynka nigdy nie widziała szkoły od środka, był na skraju histerii i od tej pory obsesyjnie pragnął jej pomóc.

— Cóż, wygląda na to, że buzia jej się nie zamyka! Potrzeba było tylko trochę śpiewu. Miałem dzisiaj na lekcji folkową piosenkarkę, która pograła dla dzieciaków na gitarze, i Shauna zaczęła jej odśpiewywać. A kiedy już przełamała lody, gada ze wszystkimi jak najęta. Zna angielski. Ma odpowiedni do wieku

314

zasób słownictwa. Jest kompletnie i całkowicie normalna! — Wyraźny zachwyt Aleksa zmusił mnie do uśmiechu i nagle zaczęłam za nim tęsknić. Tęsknić w taki sposób, w jaki tęskni się za kimś widywanym często i regularnie, ale bez nawiązywania prawdziwego, znaczącego kontaktu. Wspaniale było zaskoczyć go ostatniej nocy, ale jak zwykle zasnęłam parę sekund po doczołganiu się do łóżka. Zasadniczo oboje rozumieliśmy, że po prostu przeczekujemy mój wyrok, przeczekujemy mój rok poddaństwa, przeczekujemy, aż wszystko ułoży się tak jak przedtem. Ale i tak za nim tęskniłam. I czułam się straszliwie winna z powodu całej tej sytuacji z Christianem.

— Hej, gratulacje! Nie żebyś potrzebował potwierdzenia, że jesteś wspaniałym nauczycielem, ale i tak je masz! Powinieneś być zachwycony.

— Tak, to podniecające. — Usłyszałam w tle dźwięk dzwonka.

— Słuchaj, czy ta propozycja dzisiejszej randki jest nadal aktualna... tylko ty i ja? — zapytałam z nadzieją, że nie zrobił jeszcze żadnych planów, ale spodziewając się odmowy. Kiedy rano zwlokłam się z łóżka i umieściłam swoje wyczerpane, obolałe ciało pod prysznicem, zawołał, że chciałby po prostu wypożyczyć jakiś film, zamówić coś do jedzenia i poleniuchować. Wymamrotałam coś niepotrzebnie sarkastycznego, jak to szkoda jego czasu, bo nie wrócę do domu do późna, a potem tylko zasnę i że przynajmniej jedno z nas powinno mieć jakieś życie i bawić się w piątkowy wieczór. Chciałam mu teraz powiedzieć, że byłam zła na Mirandę, na *Runwaya*, na siebie, ale nie na niego, i że najbardziej na świecie chciałabym się zwinąć na kanapie i przytulać przez kolejne piętnaście godzin.

— Jasne — wydawał się zaskoczony, ale zadowolony. — Może poczekam u ciebie, a potem wymyślimy, co chcemy robić? Zaczekam z Lily, aż wrócisz.

— Brzmi cudownie. Będziesz mógł usłyszeć wszystko o Chłopaku od Freuda...

— O kim?

— Nieważne. Słuchaj, muszę lecieć. Królowa nie zaczeka dłużej na tę kawę. Do zobaczenia wieczorem... nie mogę się doczekać.

Eduardo wpuścił mnie po zaśpiewaniu zaledwie dwóch refrenów — według mojego uznania — z *We Didn't Start the Fire*, a Miranda rozmawiała z kimś z ożywieniem, gdy postawiłam jej kawową ucztę w lewym rogu biurka. Resztę popołudnia spędziłam, kłócąc się ze wszystkimi asystentami i redaktorami, których udało mi się dopaść w *New York Post*, upierając się, że znam ich gazetę lepiej niż oni sami, i czy mogłabym, bardzo proszę, dostać tylko jedną skromną kopię recenzji azjatycko-kontynentalnej restauracji opisanej dzień wcześniej?

— Szanowna pani, powiedziałem to już ze dwadzieścia razy i powiem ponownie: nie recenzowaliśmy żadnej takiej restauracji. Wiem, że pani Priestly to szalona kobieta, i nie wątpię, że zmienia pani życie w piekło, ale nie mogę stworzyć artykułu, który nie istnieje. Rozumie pani? — To wreszcie usłyszałam od współpracownika *Post*, który, chociaż pracował dla *Page Six*, został oddelegowany do znalezienia tego artykułu, żeby zamknąć mi usta. Był cierpliwy i pełen dobrej woli, ale na tym zakończył swoją działalność dobroczynną. Emily z drugiej linii rozmawiała z jednym z dziennikarzy wolnych strzelców piszących dla nich o jedzeniu i zmusiłam Jamesa, żeby zadzwonił do jednego ze swoich byłych chłopaków, który pracował tam w dziale reklamy, żeby sprawdzić, czy mógłby coś — cokolwiek — zrobić. Była już godzina trzecia na drugi dzień po tym, gdy czegoś zażądała; po raz pierwszy zdarzyło się, że nie dostała czegoś od razu.

— Emily! — zawołała Miranda z wnętrza swojego zwodniczo pogodnego gabinetu.

— Tak, Mirando? — Odpowiedziałyśmy obie, zrywając się, żeby sprawdzić, na którą z nas wskaże.

— Emily, słyszę, że właśnie rozmawiałaś z ludźmi z *Post* — powiedziała, kierując uwagę w moją stronę. Prawdziwa Emily z ulgą usiadła.

— Tak, Mirando, właśnie się rozłączyłam. Rozmawiałam w sumie z trzema różnymi osobami i wszyscy się upierają, że w ubiegłym tygodniu nie recenzowali żadnej azjatycko-kontynentalnej restauracji na Manhattanie. Może to było wcześniej? — Na chwiejnych nogach stałam teraz przed jej biurkiem z głową pochyloną wystarczająco nisko, by wpatrywać się w czarne szpilki bez pięt od Jimmy'ego Choo na dziesięciocentymetrowych obcasach, które Jeffy dostarczył mi ze złośliwą satysfakcją wypisaną na twarzy.

— Manhattan? — Wyglądała na zmieszaną, oburzoną i wściekłą jednocześnie. — A kto powiedział coś o Manhattanie?

Teraz przyszła moja kolej na zmieszanie.

— Ahn-dre-ah, mówiłam ci już co najmniej pięć razy, że ta recenzja dotyczyła nowej restauracji w Waszyngtonie. Ponieważ będę tam w przyszłym tygodniu, masz mi zrobić rezerwację. — Odchyliła głowę i ułożyła usta w coś, czego nie dało się opisać inaczej niż mianem niegodziwego uśmieszku. — Która dokładnie część tego zadania stanowi dla ciebie tak poważne wyzwanie?

Waszyngton? Pięć razy mi mówiła, że restauracja jest w Waszyngtonie? Nie sądzę. Najwyraźniej traciła rozum albo czerpała sadystyczną przyjemność z obserwowania, że ja go tracę. Ale będąc dokładnie taką idiotką, za jaką mnie miała, znów odezwałam się bez zastanowienia.

— Ale Mirando, jestem całkiem pewna, że *New York Post* nie zamieszcza recenzji na temat restauracji w Waszyngtonie. Wydaje mi się, że odwiedzają i recenzują tylko miejsca w Nowym Jorku.

— Czy to miało być zabawne, Ahn-dre-ah? Czy tak sobie wyobrażasz poczucie humoru? — Jej uśmiech zniknął i gdy siedząc na krześle, pochylała się w przód, wyglądała jak sęp, który niecierpliwie krąży wokół zdobyczy.

— Hm, nie, Mirando. Po prostu myślałam, że...

— Ahn-dre-ah, jak wyraźnie zaznaczyłam do tej pory jakieś dwadzieścia razy, recenzja, której szukam, jest w *Washington Post*. Słyszałaś o tej gazetce, prawda? Tak jak Nowy Jork ma *New York Timesa*, także Waszyngton ma własną gazetę. Widzisz, jak to działa? — Było to coś więcej niż szyderstwo: zwracała się do mnie w sposób tak protekcjonalny, jakby zaledwie krok dzielił ją od mówienia do mnie jak do niemowlaka.

— Zaraz ci ją przyniosę — oznajmiłam najspokojniej, jak potrafiłam i cicho wyszłam.

— Och, i Ahn-dre-ah? — Serce mi drgnęło, a żołądek zaczął powątpiewać, czy zniesie kolejną „niespodziankę". — Spodziewam się, że weźmiesz udział w dzisiejszym przyjęciu, żeby powitać gości. To wszystko.

Spojrzałam na Emily, która wyglądała na kompletnie otumanioną, zmarszczone czoło nadawało jej wygląd dokładnie tak oszołomionej, jak sama się czułam.

— Czy ja dobrze usłyszałam? — wyszeptałam do Emily, która nie mogła zrobić nic innego, tylko skinąć głową i ruchem ręki nakazać mi przejść na jej stronę biura.

— Obawiałam się tego — wyszeptała ponuro jak chirurg, który mówi członkowi rodziny pacjenta, że po otwarciu klatki piersiowej znaleźli coś potwornego.

— Ona nie może mówić poważnie. Jest czwarta po południu w piątek. Przyjęcie zaczyna się o siódmej. Obowiązują stroje wieczorowe, na litość boską. Nie ma mowy, żeby spodziewała się, że tam pójdę. — Ponownie z niedowierzaniem zerknęłam na zegarek i spróbowałam dokładnie odtworzyć sobie jej słowa.

— Och, mówiła całkiem poważnie — odparła Emily, sięgając po telefon. — Pomogę ci, okej? Ty znajdź tę recenzję w *Washington Post* i daj jej kopię, zanim wyjdzie. Jurij przyjeżdża za piętnaście minut, żeby zabrać ją do domu na czesanie i makijaż. Załatwię ci suknię i wszystko, czego potrzebujesz na wieczór. Nie martw się, załatwimy to. — Z szybkością karabinu maszynowego zaczęła wybierać numery i pełnym nacisku szeptem przekazywać instrukcje. Stałam i gapiłam się na nią, ale nie podnosząc wzroku, machnęła ręką i gwałtownie wróciłam do rzeczywistości.

— Ruszaj — szepnęła, spoglądając na mnie z niezwykłą jak na nią odrobiną współczucia. Ruszyłam.

14

— Nie możesz tam przyjechać taksówką — powiedziała Lily, podczas gdy bezradnie dźgałam się w oko nowiutkim tuszem do rzęs Maybelline Great Lash. — To oficjalna okazja. Wezwij samochód, na litość boską. — Przyglądała się jeszcze z minutę, a potem wyjęła mi z dłoni oblepioną szczoteczkę i pukając palcem w powiekę, kazała zamknąć oczy.

— Chyba masz rację — westchnęłam, wciąż nie chcąc przyjąć do wiadomości, że swój piątkowy wieczór spędzę w formalnej sukni wieczorowej w Metropolitan Museum, witając nowobogackich-ale-wciąż-wieśniackich gości z Georgii oraz Karoliny Północnej i Południowej, przyoblekając kiepsko umalowaną twarz w kolejne sztuczne uśmiechy. Oświadczenie Mirandy zostawiło mi wszystkiego trzy godziny na znalezienie sukni, kupienie podkładu, przygotowanie się i zmianę wszystkich weekendowych planów. W całym tym szaleństwie zapomniałam o załatwieniu transportu.

Na szczęście praca w jednym z największych w kraju pism poświęconych modzie (praca, za którą milion dziewczyn dałoby się zabić!) miała swoje plusy i do czwartej czterdzieści zdołałam pożyczyć powalającą, długą do kostek czarną kreację Oscara de la Renty, uprzejmie dostarczoną przez Jeffy'ego, guru Szafy i miłośnika wszystkiego, co kobiece („Dziewczyno, idziesz na oficjalne przyjęcie, wkładasz de la Rentę i koniec. A teraz nie

wstydź się, ściągaj te spodnie i przymierz to dla Jeffy'ego".
Zaczęłam się rozpinać i Jeffym wstrząsnął dreszcz. Zapytałam,
czy naprawdę uważa moje na wpół nagie ciało za tak odrażające,
i powiedział, że oczywiście nie, za wstrętną uznał wyłącznie
linię moich majtek). Asystentka z działu mody zamówiła już
dla mnie parę pantofli od Manola w odpowiednim rozmiarze,
a Samantha z dodatków wybrała połyskliwą, srebrną wieczorową torebkę Judith Leiber z długim, brzęczącym łańcuszkiem.
Wyraziłam zainteresowanie bardziej dyskretną kopertą Calvina
Kleina, ale tylko prychnęła na tę sugestię i wręczyła mi Judith.
Stef zastanawiała się, czy powinnam mieć obróżkę czy wisior,
a Allison, świeżo awansowana do działu urody redaktorka,
rozmawiała przez telefon ze swoją manikiurzystką, która na
zamówienie przychodziła do klienta.

— Spotka się z tobą w sali konferencyjnej o czwartej czterdzieści pięć — powiedziała Allison, kiedy podniosłam słuchawkę. — Będziesz na czarno, zgadza się? Upieraj się przy Ruby
Red Chanel. Powiedz jej, żeby rachunek wystawiła na nas.

Całe biuro doszło do stanu niemal histerycznego napięcia
nerwów, próbując dostosować mój wygląd do wieczornej gali.
Z pewnością nie dlatego, że wszyscy mnie uwielbiali i daliby
się zabić, żeby mi pomóc; chodziło raczej o to, że Miranda
złożyła na nich odpowiedzialność za doprowadzenie mnie do
porządku, i aż się palili, by dowieść jej jakości swego gustu
i klasy.

Lily skończyła litościwą pomoc przy makijażu i przelotnie
pomyślałam, czy wyglądam śmiesznie, ubrana w długą do ziemi
suknię Oscara de la Renty i z błyszczykiem Bonne Belle na
ustach. Prawdopodobnie tak, ale odrzuciłam wszystkie oferty
przysłania wizażysty do mieszkania. Cały personel próbował
nalegać — bez śladu subtelności — ale nieustępliwie odmówi-
łam. Nawet moja wytrzymałość miała pewne granice.

Pokuśtykałam do sypialni w swoich dziesięciocentymetrowych szpilkach od Manola i ucałowałam Aleksa w czoło. Na
chwilę otworzył oczy, uśmiechnął się do mnie i odwrócił na bok.

— Zdecydowanie dotrę do domu przed jedenastą, więc możemy pójść dokądś na kolację albo na drinka, okej? Przepraszam za to, naprawdę. Jeżeli zdecydujesz się wyjść gdzieś z chłopakami, zadzwoń, żebym mogła się z tobą spotkać, dobrze? — Tak jak obiecał, przyjechał prosto ze szkoły, żeby spędzić ze mną noc, i wcale nie był zachwycony, kiedy wróciłam z wiadomością, że on może sobie pozwolić na odprężający wieczór w domu, ale mnie proszę w tych planach nie brać pod uwagę. Siedział na balkonie przy mojej sypialni, czytając znaleziony gdzieś stary numer *Vanity Fair* i pił piwo, które Lily trzymała w lodówce dla gości. Dopiero po wyjaśnieniach, że muszę dziś wieczorem pracować, zauważyłam nieobecność Lily.

— Gdzie ona jest? — zapytałam. — Nie ma zajęć i wiem, że przez całe lato w piątki nie pracuje.

Alex pociągnął łyk pale ale i wzruszył ramionami.

— Przypuszczam, że jest tutaj. Drzwi ma zamknięte, ale widziałem, jak wcześniej kręcił się tu jakiś facet.

— Jakiś facet? Mógłbyś się zdobyć na bardziej szczegółowy opis? Jaki facet? — Zaczęłam się zastanawiać, czy ktoś się włamał, czy może Chłopak od Freuda został wreszcie zaproszony do domu.

— Nie wiem, wygląda przeraźliwie. Tatuaże, kolczyki, podkoszulek bez rękawów — cały komplecik. Nie umiem sobie wyobrazić, gdzie kogoś takiego spotkała. — Nonszalancko pociągnął kolejny łyk.

Ja też nie umiałam sobie tego wyobrazić, biorąc pod uwagę, że wczoraj o jedenastej wieczorem zostawiłam ją w towarzystwie bardzo uprzejmego faceta o imieniu William, który, z tego, co widziałam, nie był typem mężczyzny noszącego podkoszulek i gustującego w tatuażach.

— Alex, bądź poważny! Mówisz mi, że jakiś bandyta kręci się po moim mieszkaniu — bandyta, który wcale niekoniecznie został zaproszony — a ciebie to nie obchodzi? Przecież to śmieszne! Musimy coś zrobić — powiedziałam, wstając z krzesła i jak zwykle zastanawiając się, czy przeniesienie ciężaru spowoduje oderwanie się balkonu od ściany budynku.

321

— Andy, spokojnie. Z pewnością nie jest bandytą. — Przerzucił stronę. — Może to punkowo-grunge'owy przypał, ale nie bandyta.

— Pięknie, po prostu, kurwa, pięknie. A teraz ruszysz tyłek i sprawdzisz, co się tu dzieje, czy będziesz tak siedział całą noc?

Nadal na mnie nie patrzył i w końcu pojęłam, jak bardzo jest zły z powodu dzisiejszego wieczoru. Całkowicie zrozumiałe, ale ja byłam równie zirytowana koniecznością pójścia do pracy i za cholerę nic nie mogłam na to poradzić.

— Możesz zawołać, gdybym był potrzebny?

— Świetnie — sapnęłam i urządziłam wielkie przedstawienie z gniewnym opuszczaniem balkonu. — Możesz nie czuć się winny, kiedy znajdziesz moje poćwiartowane zwłoki na podłodze w łazience. W końcu to nic wielkiego...

Z tupotem weszłam do środka i przez chwilę krążyłam po mieszkaniu, szukając jakiegoś dowodu na obecność tego faceta. Jedyne, co wydawało się nie na miejscu, to pusta butelka po ketel one w zlewie. Czy ona naprawdę zdążyła kupić, otworzyć i wypić całą butelkę wódki od wczoraj po północy? Zapukałam do drzwi Lily. Brak reakcji. Zapukałam trochę bardziej natarczywie i usłyszałam męski głos, stwierdzający nad wyraz oczywisty fakt, że ktoś puka do drzwi. Gdy nadal nikt nie reagował, przekręciłam gałkę.

— Halo? Jest tu kto? — zawołałam, starając się nie zaglądać do wnętrza pokoju, ale zdołałam wytrzymać jakieś pięć sekund. Z dwóch par dżinsów splątanych na podłodze, stanika zwisającego z krzesła przy biurku i przepełnionej popielniczki, od której pokój cuchnął jak świetlica w akademiku, przeniosłam spojrzenie wprost na łóżko, gdzie moja najlepsza przyjaciółka leżała wyciągnięta na boku, plecami do mnie, kompletnie naga. Kiepsko wyglądający facet z warstwą potu nad górną wargą i tłustymi włosami wtopił się we wzór na pościeli Lily: dziesiątki jego wijących się, przeplatających, przerażających tatuaży stanowiły idealny kamuflaż na tle kołdry w zielono-niebieską kratkę. Łuk brwiowy przebity złotym kółkiem, masa błyszcżącego metalu w każdym uchu i dwa niewielkie, zaokrąglone kolce wychodzące z brody. Na szczęście miał na sobie bokserki, ale wyglądały na tak brudne, wyświechtane i stare, że prawie — prawie — żałowałam, że je ma. Pociągnął papierosa, powoli i znacząco wydmuchnął dym, i kiwnął głową mniej więcej w moim kierunku.

— Jo — powiedział, machając papierosem w moją stronę. — Może zamkniesz drzwi, m-ja droga?

Co? M-ja droga? Czy ten zasyfiały Australijczyk naprawdę palił trawkę w łóżku mojej przyjaciółki, czy zawsze się tak zachowywał? Zadałam mu to pytanie.

— Palisz trawkę? — zapytałam, nie przejmując się już kwestią manier i zupełnie nie przestraszona. Był niższy ode mnie i mógł ważyć najwyżej sześćdziesiąt pięć kilo — na moje oko najgorsze, co mógł mi w tym momencie zrobić, to mnie dotknąć. Wstrząsnęłam się, gdy pomyślałam o tysiącznych sposobach, na jakie prawdopodobnie dotykał Lily, która wciąż głęboko spała w jego kojącej bliskości. — Za kogo ty się, do cholery, uważasz? To jest moje mieszkanie i chciałabym, żebyś je opuścił. Teraz! — dodałam. Moją odwagę wspomagały ograniczenia czasowe: miałam dokładnie godzinę, żeby wyszykować się na najbardziej stresujący wieczór w mojej karierze, i użeranie się z tym rozciągniętym na łóżku Psycholem nie było ujęte w planie.

— Laaaaaaaaska. Ochłoń — wydyszał i znów się zaciągnął. — Nie wygląda, żeby twoja przyjaciółka chciała, bym wyszedł...

— Chciałaby, gdyby przypadkiem BYŁA PRZYTOMNA, TY DUPKU! — wrzasnęłam, przerażona myślą, że Lily — najprawdopodobniej — uprawiała seks z tym facetem. — Zapewniam cię, że mówię w imieniu nas obu: WYPIERDALAJ Z NASZEGO MIESZKANIA!

Poczułam rękę na ramieniu i obróciłam się na pięcie, żeby zobaczyć Aleksa ze zmartwioną miną, oceniającego sytuację.

— Andy, może wskoczysz pod prysznic i pozwolisz, żebym ja się tym zajął, okej? — Chociaż nikt nie nazwałby go dużym facetem, w porównaniu z tym wyniszczonym śmieciem, który aktualnie pocierał metalem ze swojej twarzy o nagie plecy mojej najlepszej przyjaciółki, wyglądał jak zawodowy zapaśnik.

— CHCĘ. ŻEBY. ON — wskazałam, dla jasności — WY-NIÓSŁ. SIĘ. Z. MOJEGO. MIESZKANIA.

— Wiem, i zdaje mi się, że on też jest właściwie gotów do wyjścia, prawda, stary? — zapytał Alex kojącym głosem, jakiego można by użyć wobec podejrzanego o wściekliznę psa, którego człowiek obawia się rozzłościć.

— Laaaaaaaaska, nie ma kwestii. Tylko się trochę zabawiłem z Lily. Wczoraj w nocy w Au Bar normalnie za mną szalała — zapytaj, kogo chcesz, wszyscy ci powiedzą. Normalnie mnie, kurwa, błagała, żebym z nią wrócił.

— Nie wątpię — uspokajająco stwierdził Alex. — Kiedy chce, bywa z niej naprawdę przyjacielska dziewczyna, ale czasami za dużo pije, żeby wiedzieć, co robi, więc jako jej przyjaciel będę musiał poprosić cię, żebyś teraz wyszedł.

Psychol zgniótł papierosa i urządził wielki pokaz wyrzucania w górę rąk w szyderczym geście poddania.

— Stary, żaden problem. Tylko wezmę szybki prysznic i załatwię z moją malutką Lily właściwe pożegnanie, a potem ruszam. — Przerzucił nogi na bok łóżka i sięgnął po ręcznik, który wisiał obok jej biurka.

Alex ruszył do przodu, zgrabnie wyjął facetowi ręcznik z rąk i spojrzał mu prosto w oczy.

— Nie. Myślę, że powinieneś wyjść teraz. Od razu. — I ruchem, jakiego nigdy przez te trzy lata naszej znajomości u niego nie widziałam, ustawił się dokładnie na wprost Psychola i pozwolił, by ta bliskość zasugerowała niewątpliwie zamierzoną groźbę.

— Stary, bez obaw. Już mnie nie ma — zaciągnął jękliwie, gdy zmierzył wzrokiem Aleksa i zorientował się, że musiał wyciągnąć szyję, żeby spojrzeć mu w twarz. — Tylko się ubieram i spadam. — Podniósł z podłogi dżinsy i zlokalizował obszarpany podkoszulek pod wciąż wystawionym na publiczny

324

widok ciałem Lily. Poruszyła się, gdy go spod niej wyciągnął, i kilka sekund później zdołała otworzyć oczy.

— Przykryj ją! — ostro rozkazał Alex, teraz najwyraźniej rozbawiony swoją nową rolą rzucającego groźby i kontrolującego sytuację. A Psychol bez słowa komentarza naciągnął kołdrę na ramiona Lily, tak że widoczna była tylko plątanina jej czarnych loków.

— Co się dzieje? — wychrypiała, usiłując utrzymać otwarte oczy. Odwróciła się i zobaczyła mnie trzęsącą się ze złości w progu, Aleksa przyjmującego męskie pozy i Psychola niezdarnie zawiązującego niebiesko-kanarkowożółte diadory i wynoszącego się w cholerę, zanim sprawy przybiorą naprawdę kiepski obrót. Za późno. Jej wzrok zatrzymał się na Psycholu.

— A kim ty, do cholery, jesteś? — zadała pytanie, siadając prosto i nie zdając sobie sprawy, że jest całkiem naga. Alex i ja instynktownie odwróciliśmy wzrok, gdy zaszokowana naciągała na siebie kołdrę, ale Psychol wyszczerzył zęby w lubieżnym uśmiechu i gapił się na jej piersi.

— Mała, chcesz powiedzieć, że nie pamiętasz? — zapytał. Jego ciężki australijski akcent z każdą mijającą sekundą stawał się mniej uroczy. — Wczoraj w nocy dokładnie widziałaś. — Podszedł do niej i wyglądało, że zaraz usiądzie na łóżku, jednak Alex zdążył chwycić go za ramię i ustawić w pionie.

— Wynocha. Teraz. Albo będę musiał sam cię wynieść — rozkazał, wyglądał na twardziela, po prostu słodko, i strasznie był z siebie dumny.

Psychol wyrzucił ręce w górę i zagdakał:

— Spadam. Zadzwoń kiedyś, Lily. Wczoraj w nocy byłaś świetna. — Przez drzwi sypialni szybko ruszył do salonu, z Aleksem, który deptał mu po piętach. — Człowieku, co za kłótliwa laska — powiedział do Aleksa chwilę przed tym, nim z hukiem zamknęły się frontowe drzwi, ale Lily chyba tego nie usłyszała. Wciągnęła na grzbiet podkoszulek i zdołała zwlec się z łóżka.

— Lily, kto to był, do cholery? Największy kretyn, jakiego

w życiu spotkałam, nie wspominając już o tym, że absolutnie odrażający.

Powoli potrząsnęła głową i wyglądała, jakby koncentrowała się ze wszystkich sił, próbując sobie przypomnieć, gdzie wkroczył w jej życie.

— Odrażający. Masz rację, kompletnie odrażający, i nie mam pojęcia, co się stało. Pamiętam, jak wczoraj w nocy wychodziłaś, a ja rozmawiałam z jakimś naprawdę miłym facetem w garniturze — z jakiegoś powodu piliśmy jaegera — i na tym koniec.

— Lily, wyobraź sobie, jaka musiałaś być pijana, żeby nie tylko zgodzić się na seks z kimś, kto tak wygląda, ale jeszcze przyprowadzić go do naszego mieszkania! — Myślałam, że wskazuję na pewne oczywistości, ale jej oczy rozszerzyły się, jakby chodziło o zaskakujące odkrycie.

— Myślisz, że uprawiałam z nim seks? — zapytała miękko, odmawiając przyjęcia do wiadomości tego, co się rzucało w oczy.

Przypomniały mi się słowa Aleksa sprzed paru miesięcy: Lily piła więcej niż to normalne, wszystko na to wskazywało. Regularnie opuszczała zajęcia, aresztowano ją, a teraz przyciągnęła do domu mutanta o najbardziej przerażającym wyglądzie, jakiego kiedykolwiek miałam okazję oglądać. Pamiętałam też wiadomość, którą jeden z jej profesorów zostawił na naszej sekretarce tuż po ostatnich egzaminach, coś w sensie, że chociaż jej praca pisemna była olśniewająca, opuściła za dużo zajęć i oddała ją za późno, żeby dostać „A", na które zasługiwała. Postanowiłam dyplomatycznie się włączyć.

— Lil, kochanie, nie sądzę, żeby problemem był ten facet. Myślę, że to wszystko z powodu picia.

Zaczęła szczotkować włosy i dopiero teraz dotarło do mnie, że było już po szóstej w piątkowy wieczór, a ona właśnie wstawała z łóżka. Nie zaprotestowała, więc mówiłam dalej.

— Nie żebym miała coś przeciw piciu — stwierdziłam, starając się zachować stosunkowo spokojny klimat rozmowy. — Oczywiście nie jestem przeciwniczką picia. Zastanawiam się tylko, czy to się ostatnio trochę nie wymknęło spod kontroli, wiesz? Czy w szkole wszystko było w porządku?

Otworzyła usta, żeby coś powiedzieć, ale Alex wetknął głowę przez drzwi i wręczył mi piszczącą komórkę.

— To ona — oznajmił i wyszedł. Wrrrr! Ta kobieta miała wyjątkowy talent do rujnowania mi życia.

— Przepraszam — powiedziałam do Lily, ostrożnie przyglądając się wyświetlaczowi, który w kółko krzyczał „MP KOM". — Zwykle wystarcza jej parę sekund, żeby mnie poniżyć albo udzielić nagany, więc zachowaj tę myśl. — Lily odłożyła szczotkę i przyglądała się, jak odbieram.

— Biur... — Znów o mało nie odebrałam telefonu, jakbym była w pracy. — Tu Andrea — poprawiłam się, szykując się na reprymendę.

— Andrea, wiesz, że oczekuję cię tu dziś wieczorem o wpół do siódmej, prawda? — Warknęła do telefonu bez powitania, nie przedstawiając się.

— Och, hm, wcześniej mówiłaś, że o siódmej. Muszę jeszcze...

— Wcześniej mówiłam szósta trzydzieści i teraz to powtarzam. Szóssssta trzydzieśśśśści. Zrozumiano? — Klik. Rozłączyła się. Spojrzałam na zegarek. Szósta pięć. To był pewien problem.

— Chce mnie tam widzieć za dwadzieścia pięć minut — rzuciłam w przestrzeń.

Lily z ulgą powitała przeszkodę w rozmowie.

— W takim razie lepiej się zbieraj, okej?

— Jesteśmy w środku rozmowy i to jest ważne. Co chciałaś wcześniej powiedzieć? — Słowa były właściwe, ale dla nas obu stało się jasne, że moje myśli były już tysiące kilometrów stąd. Stwierdziłam, że nie ma czasu na prysznic, i zostało mi teraz piętnaście minut, żeby wskoczyć w wieczorowy strój i do samochodu.

— Poważnie, Andy, musisz się zbierać. Idź się przygotować, później się tym zajmiemy.

I kolejny raz nie miałam innego wyboru, jak tylko w pośpiechu, z walącym sercem, włożyć na siebie suknię, przejechać szczotką po włosach i spróbować dopasować niektóre z nazwisk do zdjęć wieczornych gości, wcześniej wydrukowanych przez chcącą pomóc Emily. Lily z umiarkowanym rozbawieniem obserwowała rozwój sytuacji, ale wiedziałam, że martwiła się incydentem z Psycholem, i czułam się okropnie, że nie mogłam się tym zająć od razu. Alex rozmawiał przez telefon ze swoim młodszym bratem, próbując go przekonać, że naprawdę jest za mały na chodzenie do kina o dziewiątej i że mama wcale nie postępuje okrutnie, kiedy mu tego zabrania.

Ucałowałam go w policzek, a on gwizdnął i zapowiedział, że pewnie umówi się z kimś na kolację, ale żebym później zadzwoniła, gdybym chciała się przyłączyć. Najszybciej jak może biec człowiek na szczudłach, pobiegłam do salonu, gdzie Lily trzymała w rękach kawałek wspaniałego czarnego jedwabiu. Spojrzałam na nią pytająco.

— Coś do narzucenia, na twoje wielkie wyjście — zanuciła, strząsając jedwab jak kapę na łóżko. — Chcę, żeby moja Andy wyglądała równie wytwornie jak wszystkie te bogate wieśniaki z Karoliny, których będzie dziś wieczorem obsługiwać jak zwykła kelnerka. Babcia kupiła mi to przed laty na ślub Erica. Nie umiem ocenić, czy to wspaniałe, czy paskudne, ale z pewnością odpowiednio wieczorowe i Chanel, więc powinno się nadać.

Uściskałam ją.

— Obiecaj mi tylko, że jeśli Miranda zabije mnie za powiedzenie czegoś niewłaściwego, spalisz tę suknię i dopilnujesz, żeby mnie pochowano w spodniach od dresu. Obiecaj!

— Wyglądasz wspaniale, Andy, naprawdę. Nigdy nie sądziłam, że zobaczę cię w sukni od de la Renty wybierającą się na przyjęcie Mirandy Priestly, ale hej, pasujesz do towarzystwa. A teraz idź.

Wręczyła mi kołyszącą się na łańcuszku, nieznośnie jaskrawą torebkę od Judith Leiber i przytrzymała drzwi, gdy wychodziłam na korytarz.

— Baw się dobrze!

Samochód czekał przed budynkiem, a John — z którego wyłaził pierwszej wody zboczeniec — gwizdnął, gdy kierowca otworzył dla mnie drzwi.

— Podrajcuj ich, laska — zawołał za mną, przesadnie wyraziście puszczając oko. — Do zobaczyska w nocy. — Oczywiście nie miał pojęcia, dokąd się wybieram, ale pocieszające było jego przekonanie, że uda mi się wrócić. Może nie będzie tak źle, pomyślałam, sadowiąc się na miękkich poduszkach tylnego siedzenia. Ale potem suknia podsunęła mi się powyżej kolan i łydkami dotknęłam zimnego jak lód skaju, tak że wszystkie świeżo ogolone włoski na nogach stanęły dęba. A może będzie tak gówniannie, jak się spodziewałam.

Kierowca wyskoczył i podbiegł dookoła, żeby otworzyć mi drzwi, ale zanim mu się to udało, stałam już na chodniku. Byłam kiedyś w Metropolitan Museum podczas wycieczki po Nowym Jorku z mamą oraz Jill, gdy oglądałyśmy niektóre atrakcje turystyczne. Nie pamiętałam właściwie żadnych dzieł widzianych tamtego dnia — tylko to, jak bardzo cisnęły mnie nowe buty, kiedy tam dotarłyśmy — ale przypomniałam sobie niekończące się białe schody od frontu i uczucie, że można by się po nich wspinać całe wieki.

Schody znajdowały się tam, gdzie je zapamiętałam, ale w mgiełce zapadającego zmierzchu wyglądały inaczej. Wciąż jeszcze przyzwyczajona do krótkich, nędznych zimowych dni czułam zdziwienie, że niebo dopiero ciemniało, a było już wpół do siódmej. Tamtego wieczoru schody wyglądały absolutnie po królewsku, jak tylko nielicznym schodom się to udaje, tamtej nocy były ładniejsze niż Schody Hiszpańskie albo te przed biblioteką w Columbii lub nawet wzbudzające podziw stopnie przed Kapitolem w Waszyngtonie. Dopiero gdy pokonałam gdzieś tak jedną dziesiątą tych białych piękności, zdałam sobie sprawę, że one też zasługują na nienawiść. Co za potworny, okrutny sadysta mógł zmuszać kobietę w dopasowanej, długiej do ziemi sukni i na wysokich obcasach do wspinaczki na taką piekielną górę? Skoro nie za bardzo mogłam nienawidzić architekta czy władze muzeum, które go zaangażowały, byłam zmuszona znienawidzić Mirandę, którą zwykle bezpośrednio lub pośrednio dało się winić za wszelkie nieszczęścia i niepowodzenia w moim życiu.

Szczyt wydawał się odległy o jakieś półtora kilometra i nagle spadło na mnie wspomnienie zajęć sportowych, na które chodziłam, kiedy jeszcze miałam czas na ćwiczenia. Jakaś instruktorka nazistka siedziała na swoim rowerku i wyszczekiwała rozkazy w idealnie militarnym staccato: „Naciskać, naciskać i oddech, oddech! Dalej, ludzie, wjeżdżamy na wzgórze. Jesteście już prawie na szczycie, nie rezygnujcie teraz. Pedałujcie, jakby od tego zależało wasze życie!". Zamknęłam oczy i próbowałam wyobrazić sobie pedałowanie, z wiatrem we włosach, w ślad za instruktorką i w górę, wciąż w górę. Och, wszystko jedno, byle tylko zapomnieć o ostrym bólu, który przeszywał stopy od małego palca do pięt. Dziesięć stopni, tylko tyle zostało, jeszcze tylko dziesięć, o Boże, czy ta wilgoć w butach to krew? Czy będę musiała stanąć przed Mirandą w przepoconej sukni od de la Renty i z krwawiącymi stopami? Proszę, och, proszę, żebym była już prawie na miejscu i... jest! Szczyt. Radość z odniesionego zwycięstwa nie mniejsza niż w przypadku światowej klasy sprinterki zdobywającej właśnie swój pierwszy złoty medal. Ciężko oddychałam, zacisnęłam palce, żeby zwalczyć potrzebę nagrodzenia zwycięstwa papierosem, i ponownie nałożyłam na usta błyszczyk. Czas być damą.

Strażnik otworzył mi drzwi, zgiął się lekko w ukłonie i uśmiechnął. Pewnie myślał, że jestem gościem.

— Dzień dobry panienko, pani musi być Andreą. Ilana mówiła, żeby pani sobie tu usiadła, a ona będzie za minutkę. — Odwrócił się i dyskretnie powiedział coś do mikrofonu na rękawie, po czym skinął głową, gdy uzyskał odpowiedź przez umieszczoną w uchu słuchawkę. — Tak, dokładnie tam, panienko. Przyjdzie najszybciej, jak się da.

Rozejrzałam się po gigantycznym przedsionku, ale nie miałam ochoty zawracać sobie głowy układaniem sukni potrzebnym, żeby naprawdę usiąść. A poza tym, czy jeszcze kiedykolwiek będę miała szansę znaleźć się w Metropolitan Museum po godzinach, podczas gdy najwyraźniej nie ma tu nikogo innego? Budki biletowe stały puste, a galerie na parterze ciemne, jednak ciężar historii i kultury zapierał dech. Sama cisza była ogłuszająca.

Po niemal piętnastu minutach rozglądania się, z zachowaniem ostrożności, żeby nie zabłądzić za daleko od początkującego agenta Secret Service, zobaczyłam, że ogromne foyer przecięła dość przeciętnie wyglądająca dziewczyna w długiej, granatowej sukni. Podeszła do mnie i z zaskoczeniem zauważyłam, że ktoś zajmujący tak eksponowane stanowisko (praca w biurze organizującym dla muzeum specjalne imprezy) mógł być tak zwyczajny. Z miejsca poczułam się śmieszna, dziewczyna z małego miasteczka, która próbuje się wystroić na oficjalne przyjęcie w wielkim mieście — a jak na ironię dokładnie kimś takim byłam. Ilana, z drugiej strony, wyglądała, jakby nie zadała sobie trudu, żeby przebrać się po pracy, i później się dowiedziałam, że faktycznie.

— A po co sobie zawracać głowę? — roześmiała się. — Przecież ci ludzie nie przyszli tu patrzeć na mnie. — Brązowe włosy miała czyste i proste, ale brakowało im jakiegokolwiek stylu, a brązowe buty na płaskim obcasie były strasznie niemodne. Jednak jej niebieskie oczy były jasne i miłe; z miejsca wiedziałam, że ją polubię.

— Ty musisz być Ilana — powiedziałam, wyczuwając, że w jakiś sposób zajmuję tu wyższą pozycję i powinnam przejąć inicjatywę. — Nazywam się Andrea, asystentka Mirandy, i jestem tu, żeby pomóc, jak tylko potrafię.

Spojrzała z taką ulgą, że od razu zaczęłam się zastanawiać, co Miranda jej nagadała. Możliwości były niezliczone, ale uznałam, że musiało to mieć jakiś związek z niewyszukanym strojem Ilany. Zadrżałam na myśl, jak paskudne rzeczy mogła powiedzieć tej słodkiej dziewczynie, i modliłam się, żeby nie skończyło się to łzami. Zamiast tego Ilana zwróciła na mnie te wielkie, niewinne oczy, pochyliła się i oznajmiła głosem wcale nie przyciszonym:

— Twoja szefowa to suka pierwszej wody.

Całą chwilę gapiłam się na nią zaszokowana, zanim doszłam do siebie.

— Prawda? — powiedziałam i obie wybuchnęłyśmy śmiechem. — Co mam robić? Miranda zdoła wyczuć, że tu jestem, w ciągu jakiś dziesięciu sekund, więc powinnam wyglądać, jakbym coś robiła.

— Chodź, pokażę ci stół — stwierdziła, idąc ciemnym korytarzem w stronę ekspozycji egipskiej. — Wystrzałowy.

Znalazłyśmy się w galerii, być może wielkości kortu tenisowego, z ustawionym pośrodku prostokątnym stołem na dwadzieścia cztery osoby. Robert Isabell zasługiwał na to, co mu płacono, to się rzucało w oczy. Był nowojorskim organizatorem przyjęć, jedynym, który umiał trafić we właściwy ton, niesamowitą uwagę poświęcając szczegółom: modny, ale nie przesadnie, luksusowy, lecz bez ostentacji, wyjątkowy, ale z umiarem. Miranda upierała się, żeby Robert zajmował się wszystkim („Zawsze poirytowany i paskudny z niego sukinsyn, jednak jest najlepszy"), ale do tej pory widziałam jego dzieła na przyjęciach urodzinowych Cassidy i Caroline. Wiedziałam, że potrafił przekształcić salon Mirandy w stylu kolonialnym w szykowną salę klubową (łącznie z barem, gdzie w szklankach do martini podawano oranżadę, z siedziskami pokrytymi zamszem i w pełni ogrzewanym, osłoniętym za pomocą namiotu balkonem z miejscem do tańca, w stylu marokańskim) dla trzynastolatek, ale to było coś naprawdę widowiskowego.

Wszystko lśniło bielą. Jasną bielą, gładką bielą, jaskrawą bielą, chropowatą bielą, głęboką bielą. Pęki mlecznych peonii wyglądały, jakby same wyrastały ze stołu, cudownie bujne, ale odpowiednio niskie, żeby pozwolić ludziom na rozmowę ponad nimi. Najdelikatniejsza chińska porcelana (we wzór białej szachownicy) spoczywała na wykrochmalonym, białym lnianym obrusie, a białe dębowe krzesła z wysokimi oparciami pokryto wspaniałym, białym zamszem (niebezpieczeństwo!), wszystko razem ustawione na grubym białym dywanie, ułożonym specjalnie na tę okazję. Białe świece wotywne w prostych, białych porcelanowych świecznikach dawały miękkie białe światło, podświetlając (ale jakimś cudem nie przypalając!) peonie od dołu i zapewniając subtelną, nienachalną iluminację stołu. Jedyny kolor w całym pomieszczeniu pochodził z wymyślnych, wielobarwnych malowideł, które wisiały na ścianach otaczających stół, szokujące błękity, zielenie i złoto dzieł przedstawiających życie starożytnego Egiptu. Biały stół jako zamierzony kontrast do bezcennych, szczegółowych malowideł był oszałamiający.

Gdy odwróciłam głowę, żeby wchłonąć cudowny kontrast koloru i bieli („ten Robert to prawdziwy geniusz!"), wpadła mi w oko wibrująca czerwienią postać. W narożniku pod przykuwającym wzrok malowidłem stała wyprostowana jak świeca Miranda w naszywanej paciorkami czerwonej sukni od Chanel, zamówionej, przykrojonej, dopasowanej i wyczyszczonej specjalnie na ten wieczór. I chociaż byłoby przesadą stwierdzić, że była warta każdego wydanego na nią grosza (skoro te grosze sumowały się w dziesiątki tysięcy dolarów), jednak jej widok zapierał dech w piersiach. Sama Miranda stanowiła dzieło sztuki, podbródek wysunięty w przód, mięśnie idealnie napięte, neoklasyczny relief w naszywanym paciorkami jedwabiu od Chanel. Nie była piękna — miała za małe oczy, za sztywne włosy, trochę zbyt ostre rysy twarzy — ale oszałamiająca w sposób trudny do opisania. I chociaż bardzo się starałam nie okazać zachwytu, udawać, że podziwiam salę, nie mogłam oderwać od niej oczu.

Jak zwykle dźwięk jej głosu przerwał moją zadumę.

— Ahn-dre-ah, znasz nazwiska i twarze naszych dzisiejszych gości, nieprawdaż? Spodziewam się, że nie przyniesiesz mi wstydu, zapominając powitać kogoś z nazwiska — powiedziała, nie kierując swoich słów w niczyją stronę, więc tylko moje imię wskazywało, że jednak wypowiedź może być przeznaczona dla mnie.

— Hm, tak, mam to opanowane — odparłam, tłumiąc chęć zasalutowania, z przeszywającą jasnością zdając sobie sprawę, że wciąż się na nią gapię. — Przejrzę teraz wszystko, żeby mieć pewność. — Spojrzała na mnie, jakby chciała powiedzieć „Przecież to oczywiste, ty idiotko", a ja zmusiłam się, żeby odwrócić wzrok i wyjść z galerii. Ilana szła tuż za mną.

— O czym ona mówiła? — zaszeptała, nachylając się do mnie. — O portretach? Zwariowała?

Usiadłyśmy na niewygodnej drewnianej ławce w zaciemnionym korytarzu, obie przepełnione chęcią ukrycia się.

— A, to. No tak, normalnie spędziłabym ostatni tydzień, szukając zdjęć dzisiejszych gości i ucząc się ich na pamięć, żebym mogła powitać wszystkich z nazwiska — wyjaśniłam przerażonej Ilanie. Wpatrywała się we mnie niedowierzająco. — Ale ponieważ dopiero co mi powiedziała, że muszę tu dziś przyjść, miałam tylko parę minut w samochodzie, żeby się im przyjrzeć. Co? — zapytałam. — Uważasz, że to dziwne? Mniejsza z tym. To standardowe postępowanie na przyjęciach Mirandy.

— Cóż, myślałam, że dziś nie będzie tu nikogo sławnego — powiedziała, nawiązując do wcześniejszych imprez Mirandy w Met. Jako poważna sponsorka, Miranda często korzystała z wyjątkowego przywileju wynajmowania, och, METROPOLITAN MUSEUM na prywatne przyjęcia i koktajle. Wystarczyło, że pan Tomlinson poprosił, i Miranda już dokładała starań, by przyjęcie dla jej szwagra było najlepszym, jakie widziały mury muzeum. Uznała, że bogatych południowców i ich zdobyczne żony olśni możliwość zjedzenia kolacji w muzeum. Miała rację.

— Tak, nie będzie nikogo, kogo można rozpoznać na pierwszy rzut oka, tylko masa miliarderów z domami za linią Masona-

-Dixona *. Zwykle, gdy muszę się nauczyć na pamięć twarzy gości, łatwiej ich znaleźć w Internecie albo gdzieś. To znaczy jeśli trzeba, to generalnie łatwiej znaleźć zdjęcie królowej Noor, Michaela Bloomberga albo Yohjiego Yamamoto. Ale spróbuj znaleźć pana i panią Packard z jakiejś bogatej podmiejskiej dzielnicy San Francisco albo gdzie tam, do cholery, mieszkają. To nie takie proste. Druga asystentka Mirandy szukała tych ludzi, gdy inni mnie przygotowywali, i w końcu znalazła prawie wszystkich na stronach poświęconych wydarzeniom towarzyskim, w lokalnej prasie albo na stronach internetowych różnych firm, ale to było naprawdę irytujące.

Ilana dalej się we mnie wpatrywała. Chyba gdzieś w głębi ducha wiedziałam, że mówię głosem robota, ale nie mogłam przestać. Wyraz jej zaszokowanej twarzy tylko pogarszał moje samopoczucie.

— Jest tylko jedna para, której jeszcze nie zidentyfikowałam, więc chyba znam ich przez zaprzeczenie.

— O rany. Nie wiem, jak ty to robisz. Jestem zła, że muszę tu być w piątek wieczorem, ale nie wyobrażam sobie wykonywania twojej pracy. Jak ty to znosisz? Jak znosisz, że ktoś tak się do ciebie odzywa i tak cię traktuje?

Dopiero po chwili zorientowałam się, że nie byłam na to pytanie przygotowana: do tej pory absolutnie nikt samorzutnie nie powiedział niczego negatywnego o mojej pracy. Zawsze myślałam, że jestem jedyną osobą — wśród milionów wyimaginowanych dziewczyn, które „dałyby się zabić za moją posadę" — która widziała we własnej sytuacji coś kłopotliwego. Szok widoczny w spojrzeniu Ilany był bardziej przerażający niż setki absurdów, które codzienne widywałam w pracy; sposób, w jaki na mnie patrzyła z tą czystą, niczym niezmąconą litością, coś we mnie wyzwolił. Zrobiłam coś, co nie zdarzyło

---

* Linia Masona-Dixona, granica między stanami Pensylwania i Maryland, przed wojną secesyjną uważana za linię podziału na stany wolne i popierające niewolnictwo.

mi się od wielu miesięcy pracy w nieludzkich warunkach dla nieludzkiej szefowej, coś, co zawsze udawało mi się stłumić i wstrzymać do odpowiedniejszej pory. Zaczęłam płakać.

Ilana wyglądała na jeszcze bardziej wstrząśniętą niż do tej pory.

— Och, kochanie, chodź tu! Tak mi przykro! Nie miałam na myśli niczego złego. Jesteś święta, że wytrzymujesz z tą wiedźmą, słyszysz? Chodź ze mną. — Pociągnęła mnie za rękę i poprowadziła kolejnym zaciemnionym korytarzem w stronę biura na tyłach. — Proszę, a teraz usiądź na minutkę i zapomnij, jak wyglądają ci wszyscy durni ludzie.

Pociągnęłam nosem i zaczęło mi być głupio.

— I nie czuj się dziwnie, słyszysz? Mam przeczucie, że dusiłaś to w sobie od bardzo, bardzo dawna, a od czasu do czasu musisz się porządnie wypłakać.

Szperała w biurku w poszukiwaniu czegoś, podczas gdy próbowałam zetrzeć tusz z policzków.

— Proszę — oznajmiła z dumą. — Zniszczę to, kiedy tylko to obejrzysz, i jeżeli chociaż pomyślisz, żeby komuś o tym powiedzieć, zrujnuję ci życie. Ale spójrz, to coś niesamowitego. — Wręczyła mi brązową kopertę zapieczętowaną nalepką „poufne" i uśmiechnęła się.

Rozerwałam nalepkę i wyciągnęłam zielony folder. Wewnątrz znajdowało się zdjęcie — właściwie kolorowe ksero — Mirandy wyciągniętej na siedzisku w restauracji. Z miejsca poznałam zdjęcie zrobione przez sławnego fotografa wyższych sfer podczas niedawnego przyjęcia urodzinowego dla Donny Karan w Pastis. Zdążyło się już ukazać na łamach pisma *New York* i wiadomo było, że jeszcze nieraz zostanie gdzieś zamieszczone. Miała na nim będący jej znakiem firmowym brązowo-biały trencz z wężowej skóry, ten, w którym moim zdaniem wyglądała jak wąż.

Cóż, wyszło na to, że nie byłam w tym przeświadczeniu odosobniona, ponieważ w tej wersji ktoś subtelnie — i po mistrzowsku — dodał powiększoną do odpowiednich rozmiarów grzechotkę grzechotnika dokładnie w miejscu, gdzie powinny się znajdować jej nogi. W efekcie powstało znakomite wyobrażenie Mirandy jako węża: opierała łokieć na siedzisku, a rzeźbiony podbródek na dłoni, wyciągnięta na skórzanym pokryciu, z grzechotką zwiniętą w półokrąg i zwieszającą się ze skraju ławy. Idealne.

— Czyż to nie wspaniałe? — zapytała Ilana, nachylając się nad moim ramieniem. — Któregoś popołudnia Linda przyszła z tym do mojego biura. Dopiero co spędziła cały dzień, wisząc na telefonie, uzgadniając z Mirandą, w której galerii zjedzą kolację. Linda oczywiście nalegała na najpiękniejszą i największą galerię, bo ma najlepszą wielkość i jest najpiękniejsza, ale Miranda się upierała, żeby urządzić to w innej galerii, w pobliżu sklepu z pamiątkami. Przepychanki trwały jakiś czas, aż w końcu Linda — po całych dniach negocjacji — uzyskała od Rady zgodę na urządzenie tego w galerii Mirandy i taka była podekscytowana, że chciała zadzwonić do niej i przekazać wspaniałą wiadomość. I zgadnij, co się stało, kiedy...

— Zmieniła zdanie, oczywiście — powiedziałam cicho, wyczuwając jej irytację. — Postanowiła zrobić dokładnie to, co Linda od początku sugerowała, ale dopiero wtedy, gdy miała pewność, że wszyscy zatańczą, jak im zagra.

— Dokładnie. Cóż, piekielnie mnie to zirytowało. Nigdy nie widziałam, żeby dla kogokolwiek przewracano całe muzeum do góry nogami. Rozumiesz, prezydent Stanów Zjednoczonych mógłby poprosić o urządzenie tu kolacji dla Departamentu Stanu i by mu nie pozwolili! A potem twoja szefowa uważa, że może tu wkroczyć i rozkazywać wszystkim dookoła, przez całe dnie zmieniać nasze życie w piekło. W każdym razie przygotowałam to śliczne zdjątko jako coś w rodzaju klina dla Lindy. I wiesz, co z nim zrobiła? Zmniejszyła na kopiarce, tak żeby je nosić w portfelu! Pomyślałam, że trochę postawi cię na nogi. Nawet jeśli ma tylko przypomnieć ci, że nie jesteś sama. Zdecydowanie znalazłaś się w najgorszej sytuacji, ale nie jesteś sama.

Wetknęłam zdjęcie z powrotem do poufnej koperty i oddałam Ilanie.

— Jesteś najlepsza — powiedziałam, dotykając jej ramienia. — Naprawdę bardzo, bardzo to doceniam. Obiecuję, że nigdy, przenigdy nikomu nie powiem, skąd to dostałam, ale proszę, czy możesz mi to przysłać? Chyba nie zmieści się do tej torebki od Leiber, ale zrobię, co zechcesz, jeśli prześlesz mi to do domu. Proszę?

Uśmiechnęła się i ruchem ręki pokazała, żebym zapisała adres, po czym obie wstałyśmy i wróciłyśmy (ja chwiejnie) do foyer muzeum. Właśnie dochodziła siódma i goście mogli zjawić się w każdej chwili. Miranda i SGG rozmawiali z jego bratem, gościem honorowym i panem młodym, który wyglądał, jakby grał w piłkę nożną, futbol, lacrosse'a i rugby w którejś szkole na Południu, gdzie zawsze oblegały go gruchające blondynki. Gruchająca dwudziestosześcioletnia blondynka, która miała zostać panną młodą, stała cichutko przy jego boku, wpatrując się w niego z uwielbieniem. Trzymała w ręku napełniony czymś kieliszek i chichotała z żartów narzeczonego.

Miranda wisiała na ramieniu SGG z najbardziej fałszywym uśmiechem przyklejonym do twarzy. Nie musiałam słyszeć, o czym rozmawiają, żeby wiedzieć, że jej reakcje ledwie mieściły się w stosownym czasie. Dobre maniery nie należały do jej mocnych stron, skoro miała niewielką odporność na pogaduszki — ale wiedziałam, że dziś wieczorem wdrapie się na szczyty lizusostwa. Dotarło do mnie, że wszyscy jej „przyjaciele" należeli do jednej z dwóch kategorii. Pierwszą grupę stanowili ci „nad nią", na których trzeba zrobić wrażenie. Ta lista była krótka, ale generalnie rzecz biorąc, obejmowała ludzi takich jak Irv Ravitz, Oscar de la Renta, Hillary Clinton i wszystkie pierwszorzędne gwiazdy filmów klasy A. Potem byli ci „pod nią", których należało potraktować protekcjonalnie i umniejszyć, żeby nie zapomnieli, gdzie ich miejsce, i do tej grupy należeli właściwie wszyscy pozostali: pracownicy *Runwaya*, członkowie rodziny, rodzice przyjaciół jej dzieci — chyba że przypadkowo podpadali pod kategorię numer jeden — prawie wszyscy projektanci i inni redaktorzy czasopism oraz absolutnie każdy człowiek pracujący w usługach, zarówno tu, jak i za granicą. Zawsze cieszyłam się na te rzadkie okazje, gdy mogłam poobserwować Mirandę, która starała się zrobić wrażenie na tych wokół niej, głównie dlatego, że nie należała do osób uroczych z natury.

Poczułam, że pierwsi gości się pojawili, zanim jeszcze ich zobaczyłam. Napięcie w sali było wyczuwalne. Przypominając sobie kolorowe wydruki, popędziłam do wchodzącej pary i zaoferowałam opiekę nad futrzanym okryciem pani.

— Państwo Wilkinson. Bardzo dziękujemy, że zechcieli państwo przyłączyć się do nas dziś wieczorem. Proszę pozwolić, że to wezmę. Ilana zaprowadzi państwa do atrium, gdzie serwowane są koktajle. — Miałam nadzieję, że podczas tego monologu za bardzo się nie gapiłam, ale był to autentycznie horrendalny spektakl. Na wszystkich przyjęciach Mirandy widywałam kobiety ubrane jak dziwki i mężczyzn ubranych jak kobiety, a także modelki w ogóle nieubrane, ale nigdy dotychczas nie widziałam ludzi ubranych w ten sposób. Wiedziałam, że to nie będzie modny nowojorski tłum, ale spodziewałam się postaci w stylu *Dallas*; tymczasem oni wyglądali jak bardziej elegancka wersja obsady z *Deliverance*.

Brat pana Tomlinsona, który ze swoją siwizną prezentował się dystyngowanie, popełnił okropny błąd, wkładając biały frak — ni mniej, ni więcej, tylko w końcu kwietnia — z chusteczką w kratkę i laską. Jego narzeczona miała na sobie szmaragdowy taftowy koszmar. Wirował, puszył się, wzbierał i unosił jej gigantyczny biust ponad górę sukni, tak że wyglądało, jakby miały ją zadusić własne silikonowe piersi. Z uszu zwisały jej brylanty wielkości filiżanek, a kolejny, jeszcze większy, iskrzył się na lewej dłoni. Włosy miała rozjaśnione na blond wodą utlenioną, podobnie zęby, a obcasy tak wysokie i wąskie, że szła, jakby przez ostatnie dwadzieścia lat grała jako obrońca w NFL *.

---

* NFL; Krajowa Liga Futbolowa.

— Moi kochani, taka jestem zadowolona, że mogliście przybyć na nasze skh-omne przyjęcie. Wszyscy uwielbiają przyjęcia, nieph-awdaż? — zaświergotała falsetem Miranda. Przyszła pani Tomlinson wyglądała, jakby miała zemdleć. Tuż przed nią stała jedyna i niepowtarzalna Miranda Priestly! Wszyscy poczuliśmy się zakłopotani z powodu jej rozradowania i cały żałosny tłumek, z Mirandą na przedzie, przeszedł do atrium.

Reszta wieczoru minęła mniej więcej tak jak jego początek. Rozpoznałam z nazwiska wszystkich gości i zdołałam nie powiedzieć niczego nadmiernie upokarzającego. Parada białych smokingów, szyfonów, wielkich włosów i jeszcze większych klejnotów oraz kobiet, które ledwie miały za sobą okres dojrzewania, przestała mnie bawić z upływem kolejnych godzin, ale ani przez chwilę nie znużyło mnie obserwowanie Mirandy. Była prawdziwą damą i stanowiła przedmiot zazdrości każdej kobiety obecnej tamtej nocy w muzeum. I chociaż rozumiały, że wszystkie pieniądze świata nigdy nie kupią im jej klasy i elegancji, nie potrafiły przestać tego pragnąć.

Szczerze uśmiechnęłam się w chwili, gdy w połowie kolacji pozwoliła mi odejść, jak zwykle bez słowa dziękuję czy dobranoc. („Ahn-dre-ah, nie będziemy cię już dziś potrzebować. Możesz odejść"). Rozejrzałam się w poszukiwaniu Ilany, ale już się wymknęła. Samochód pojawił się zaledwie dziesięć minut po moim telefonicznym wezwaniu — przelotnie rozważyłam powrót metrem, ale nie byłam pewna, jak de la Renta i moje stopy by to zniosły — i wyczerpana, ale spokojna opadłam na tyle siedzenie.

Kiedy po drodze do windy minęłam Johna, sięgnął pod swój stolik i wyciągnął brązową kopertę.

— Dostałem to parę minut temu. Napisano „Pilne". — Podziękowałam mu i usiadłam w kącie holu, zastanawiając się, kto mógł przesłać mi coś posłańcem o dziesiątej wieczorem w piątek. Rozerwałam kopertę i wyjęłam notkę:

Najdroższa Andreo!

Wspaniale, że cię dziś poznałam! Czy możemy spotkać się w przyszłym tygodniu na sushi czy coś innego? Podrzuciłam to w drodze do domu — uznałam, że po takim wieczorze może ci się przydać klin. Dobrej zabawy.

Ucałowania
Ilana

W środku było zdjęcie Mirandy jako węża, z tym że Ilana powiększyła je do rozmiaru dwadzieścia pięć centymetrów na trzydzieści dwa i pół centymetra. Przez parę minut uważnie mu się przyglądałam, masując sobie stopy, które wreszcie wysunęłam z butów od Manola, i patrzyłam Mirandzie w oczy. Wyglądała onieśmielająco i złośliwie, dokładnie tak jak suka, którą codziennie oglądałam. Ale dzisiaj wyglądała też na smutną i bardzo samotną. Dołożenie tego zdjęcia do kolekcji na lodówce i żarty na jego temat z Lily czy Aleksem nie sprawią, że stopy będą mnie mniej bolały ani nie zwrócą mi mojego piątkowego wieczoru. Podarłam zdjęcie i pokuśtykałam na górę.

15

— Andrea, tu Emily — usłyszałam charczenie z telefonu. — Słyszysz mnie? — Minęły całe miesiące, odkąd Emily dzwoniła do mnie do domu w środku nocy, więc wiedziałam, że sprawa musi być poważna.

— Cześć, jasne. Głos masz potworny — powiedziałam, gwałtownie siadając w łóżku i z miejsca zastanawiając się, czy Miranda zrobiła coś, co doprowadziło Emily do takiego stanu. Ostatnim razem Emily dzwoniła tak późno, kiedy Miranda zatelefonowała do niej o jedenastej wieczorem w sobotę z żądaniem, by wyczarterować dla niej i pana Tomlinsona prywatny odrzutowiec, żeby mogła dostać się do domu z Miami, ponieważ z powodu złej pogody odwołano ich planowy lot. Gdy zadzwonił telefon, Emily właśnie przygotowywała się do wyjścia z mieszkania, żeby wziąć udział we własnym przyjęciu urodzinowym, i od razu zadzwoniła do mnie i błagała, żebym się tym zajęła. Odebrałam jej wiadomość dopiero następnego dnia i kiedy oddzwoniłam, zastałam ją we łzach.

— Przegapiłam własne przyjęcie urodzinowe, Andrea — powiedziała płaczliwym głosem w sekundzie, w której odebrała telefon. — Przegapiłam własne przyjęcie urodzinowe, bo musiałam wyczarterować im lot!

— Nie mogli wziąć pokoju w hotelu na jedną noc i wrócić

następnego dnia jak normalni ludzie? — zapytałam, wskazując oczywiste rozwiązanie.

— Myślisz, że o tym nie pomyślałam? Miałam zarezerwowane dla nich apartamenty w Shore Club, Albion i Delano siedem minut po jej pierwszym telefonie, bo uznałam, że nie mogła mówić serio. To znaczy, mój Boże, była sobota wieczór. Jak, do cholery, można wyczarterować lot w sobotę wieczorem?

— Zgaduję, że nie była zachwycona tym pomysłem? — zapytałam uspokajającym tonem, czując się naprawdę winna, że nie pomogłam jej przy tej okazji, i jednocześnie zachwycona, że ta akurat akcja mnie ominęła.

— Taa. Nie była. Dzwoniła co dziesięć minut, domagając się odpowiedzi, dlaczego jeszcze niczego dla niej nie znalazłam, a ja musiałam przełączać wszystkich tych ludzi na oczekiwanie, żeby odebrać jej telefon, i kiedy do nich wracałam, zdążyli się rozłączyć. — Chwyciła haust powietrza. — Koszmar.

— I co, jak to w końcu wyszło? Właściwie boję się pytać.

— Jak to w końcu wyszło? Chyba jak to w końcu nie wyszło? Obdzwoniłam wszystkie prywatne firmy czarterowe w stanie Floryda i, jak możesz sobie wyobrazić, w sobotę o północy nie odbierali telefonów. Przez pagery kontaktowałam się z poszczególnymi pilotami, zadzwoniłam do linii krajowych sprawdzić, czy kogoś mi polecą, i udało mi się nawet porozmawiać z kimś z kierownictwa w Międzynarodowym Porcie Lotniczymi Miami. Powiedziałam mu, że w ciągu pół godziny potrzebuję samolotu, żeby dwie osoby mogły polecieć do Nowego Jorku. Wiesz, co zrobił?

— Co?

— Roześmiał się. Histerycznie. Oskarżył mnie, że szukam przykrywki dla terrorystów, przemytników narkotyków, wszystkiego. Powiedział, że mam większe szanse na dwudziestokrotne porażenie przez piorun niż znalezienie o tej porze samolotu i pilota — bez względu na to, ile jestem skłonna zapłacić. I że gdybym ponownie do niego zadzwoniła, byłby zmuszony przekazać moją prośbę FBI. Możesz w to uwierzyć? — W tym miejscu krzyczała. — Możesz w to, kurwa, uwierzyć? FBI!

— Jak przypuszczam, Mirandzie też się to nie spodobało?

— Taa, była po prostu zachwycoooona. Przez dwadzieścia minut nie chciała przyjąć do wiadomości, że nie można wynająć żadnego samolotu. Zapewniłam ją, że nie są wszystkie zajęte, ale że to trudna pora na próbę wyczarterowania lotu.

— I co się stało? — Nie umiałam wyobrazić sobie szczęśliwego zakończenia.

— Mniej więcej o wpół do drugiej rano pogodziła się w końcu z myślą, że tej nocy nie dotrze do domu — nie, żeby to miało jakiekolwiek znaczenie, skoro dziewczynki były ze swoim ojcem, a Annabelle była pod ręką przez całą niedzielę, na wypadek, gdyby jej potrzebowały — i kazała mi kupić bilet na pierwszy poranny lot.

To było zdumiewające. Skoro jej lot został odwołany, założyłam, że same linie lotnicze dałyby jej miejsce na pierwszy lot rano, szczególnie biorąc pod uwagę jej pierwszorzędny-z--wyróżnieniem-plus-złoty-platynowo-brylantowy-kierowniczo--Vip-owski status i liczbę przebytych kilometrów oraz oryginalny koszt jej biletów na pierwszą klasę. Powiedziałam to Emily.

— Tak, cóż, Continental wpisał ich na swój pierwszy lot o szóstej pięćdziesiąt rano. Ale kiedy Miranda usłyszała, że ktoś inny zdołał dostać się na lot Delty o szóstej trzydzieści pięć, dostała szału. Nazwała mnie niekompetentną idiotką, w kółko pytała, co ze mnie za asystentka, skoro nie potrafię zrobić czegoś tak prostego jak załatwienie prywatnego samolotu. — Pociągnęła nosem i wypiła łyk czegoś, pewnie kawy.

— Omójboże, wiem, co chcesz powiedzieć. Powiedz, że tego nie zrobiłaś!

— Zrobiłam.

— Nie. Chyba żartujesz. Dla piętnastu minut?

— Zrobiłam to. A jaki miałam wybór? Była naprawdę ze mnie niezadowolona, a w ten sposób wyglądało przynajmniej, że naprawdę coś robię. Chodziło o kolejne kilka tysięcy dolców, właściwie nic wielkiego. Była prawie szczęśliwa, kiedy się rozłączyłyśmy, a czego więcej można chcieć?

W tym momencie obie zaczęłyśmy się śmiać. Wiedziałam i Emily wcale nie musiała mi tego mówić — a ona wiedziała, że ja wiedziałam — że kupiła dla Mirandy dwa dodatkowe bilety w klasie biznes na lot Delty tylko po to, by zamknąć jej usta, żeby nieustające żądania i obelgi wreszcie, na Boga, ustały.

Byłam bliska uduszenia.

— No więc. Zanim załatwiłaś samochód, który zabrał ją do Delano...

— ...była prawie trzecia nad ranem i od jedenastej zdążyła zadzwonić na moją komórkę dokładnie dwadzieścia dwa razy. Kierowca czekał, kiedy brali prysznic i przebierali się w swoim apartamencie, a potem odwiózł ich prosto na lotnisko, w samą porę, żeby zdążyli na swój wcześniejszy lot.

— Przestań! Musisz przestać — wyłam, skręcając się ze śmiechu nad tą uroczą serią wydarzeń. — To się nie mogło naprawdę wydarzyć.

Emily przestała się śmiać i próbowała udać powagę.

— Och, doprawdy? Uważasz, że to wszystko takie śmieszne? Jeszcze nie opowiedziałam ci najlepszego.

— Och, mów, mów! — Byłam autentycznie zachwycona, że Emily i ja choć raz jednocześnie uznałyśmy coś za zabawne. Dobrze było stanowić część zespołu, stanąć po tej samej stronie w zmaganiu z ciemiężycielem. Wówczas po raz pierwszy zdałam sobie sprawę, jak odmienny byłby ten rok, gdybyśmy zostały z Emily prawdziwymi przyjaciółkami, gdybyśmy mogły się nawzajem kryć, ochraniać i ufać sobie na tyle, by wspólnie stawić Mirandzie czoło. Prawdopodobnie wszystko nie byłoby tak nieznośne, ale nie licząc rzadkich przypadków, takich jak ten, nie zgadzałyśmy się właściwie na żaden temat.

— Najlepsze? — Zamilkła, o parę chwil przedłużając radość, którą dzieliłyśmy. — Ona oczywiście nie zdawała sobie z tego sprawy, ale mimo że Delta startowała wcześniej, lądowanie miała zaplanowane o osiem minut później niż ich pierwotny Continental!

— Zamknij się! — zawyłam, zachwycona tą rozkoszną nową informacją. — Chyba żartujesz!

Kiedy w końcu się rozłączyłyśmy, z zaskoczeniem się zorientowałam, że rozmawiałyśmy przez ponad godzinę jak para prawdziwych przyjaciółek. Oczywiście w poniedziałek natychmiast powróciłyśmy do ledwie maskowanej wrogości, ale po tamtym weekendzie zawsze miałam dla Emily trochę cieplejszych uczuć. Aż do tej chwili, oczywiście. Z pewnością nie lubiłam jej na tyle, by usłyszeć, co niewątpliwie irytującego lub niedogodnego zamierzała na mnie zwalić.

— Naprawdę głos masz potworny. Jesteś chora? — Dzielnie starałam się zabarwić swój ton śladem sympatii, ale pytanie zabrzmiało agresywnie i oskarżycielsko.

— O tak — odparła chrapliwie, po czym rozkaszlała się sucho i urywanie. — Naprawdę chora.

Nigdy do końca nie wierzyłam, kiedy ktoś mówił, że jest naprawdę chory: bez diagnozy czegoś bardzo oficjalnego i stanowiącego potencjalnie zagrożenie dla życia człowiek był dość zdrowy, by pracować w *Runwayu*. Gdy Emily przestała kaszleć i powtórzyła, że jest naprawdę chora, w ogóle nie rozważyłam możliwości, by miała nie zjawić się w pracy w poniedziałek. W końcu miały z Mirandą zaplanowany na dwunastego października wylot do Paryża na wiosenne pokazy i od tej daty dzieliło nas tylko kilka dni. A poza tym, ja sama zdołałam kilka razy zignorować anginę, parę ataków zapalenia oskrzeli, makabryczną rundę zatrucia pokarmowego i ciągły kaszel palacza oraz przeziębienie i podczas niemal roku pracy ani razu nie wzięłam dnia zwolnienia.

Raz jeden wymknęłam się na wizytę u lekarza, gdy rozpaczliwie potrzebowałam antybiotyku na którąś anginę (wpadłam do gabinetu i zażądałam natychmiastowego przyjęcia, podczas gdy Emily i Miranda sądziły, że wyszłam przeprowadzić wywiad na temat nowych samochodów dla pana Tomlinsona), ale nigdy nie było czasu na żadną prewencję. Chociaż ze dwadzieścia razy robiłam sobie pasemka u Marshalla, ładne parę razy korzystałam z masaży w gabinetach odnowy, które czuły się zaszczycone, że mogą gościć asystentkę Mirandy, i miałam niezliczone manikiury, pedikiury i makijaże, przez cały rok nie widziałam się z dentystą czy ginekologiem.

— Mogę coś zrobić? — zapytałam, starając się mówić normalnie, podczas gdy gorączkowo usiłowałam wymyślić, czemu zadzwoniła opowiedzieć mi, że nie czuje się dobrze. Z tego, co obie wiedziałyśmy, była to informacja całkowicie i kompletnie pozbawiona znaczenia. Miała być w poniedziałek w pracy bez względu na to, czy czuła się dobrze, czy nie.

Głęboko zakaszlała i usłyszałam, jak flegma rzęzi jej w gardle.

— Hm, właściwie tak. Boże, nie mogę uwierzyć, że mnie to spotyka!

— Co? Co się dzieje?

— Nie mogę jechać do Europy z Mirandą. Mam mononukleozę.

— Co?

— Słyszałaś, nie mogę jechać. Lekarz dzwonił dziś z wynikami krwi i od teraz nie wolno mi opuszczać mieszkania przez najbliższe trzy tygodnie.

Trzy tygodnie! Nie mogła mówić poważnie. Nie miałam czasu, żeby jej współczuć. Właśnie powiedziała mi, że nie jedzie do Europy, a tylko ta jedna myśl — myśl, że obie, Miranda i Emily znikną z mojego życia na pełne dwa tygodnie — podtrzymywała mnie przy życiu przez kilka ostatnich miesięcy.

— Em, ona cię zabije. Musisz jechać! Czy już wie?

Po drugiej stronie słuchawki zapadła złowróżbna cisza.

— Hm, tak, wie.

— Dzwoniłaś do niej?

— Tak. Kazałam mojemu lekarzowi do niej zadzwonić, ponieważ nie uważała, żeby mononukleoza pozwalała mnie uznać za naprawdę chorą, więc musiał jej powiedzieć, że mogłabym zarazić ją i wszystkich innych, no i w takim razie... — Urwała, a jej ton sugerował coś o wiele, wiele gorszego.

— I co w takim razie? — Mój instynkt samozachowawczy przeszedł w stan gotowości.

— W takim razie... chce, żebyś z nią jechała.

— Chce, żebym z nią jechała, hę? Jak miło. Co tak naprawdę powiedziała? Nie zagroziła, że cię zwolni z powodu choroby, prawda?

— Andrea, mówię... — Głęboki, mokry kaszel wstrząsnął jej głosem i przemknęło mi przez myśl, że może równie dobrze umrzeć podczas tej rozmowy ze mną — ...poważnie. Całkowicie i stuprocentowo poważnie. Powiedziała coś o tym, że asystentki, które dają jej za granicą, to idiotki i że lepiej byłoby mieć pod ręką już nawet ciebie.

— Cóż, kiedy tak to przedstawiasz, to możesz na mnie liczyć! Nie ma to jak zręczne pochlebstwo, żeby mnie do czegoś przekonać. Nie, poważnie, nie powinna mówić takich miłych rzeczy. Aż się rumienię! — Nie wiedziałam, czy skupić się na fakcie, że Miranda chciała mnie zabrać do Paryża, czy na tym, że chciała akurat mnie, ponieważ miała mnie za nieco mniej bezmózgą niż anorektyczne francuskie klony... cóż, mnie.

— Och, zamknij się wreszcie — zachrypiała Emily między paroksyzmami zaczynającego działać na nerwy kaszlu. — Jesteś najszczęśliwszą osobą na świecie. Czekałam dwa lata... ponad dwa lata... na ten wyjazd, a teraz nie mogę jechać. Bolesna ironia, chyba zdajesz sobie z tego sprawę, co?

— Oczywiście! Jeden wielki banał: ten wyjazd jest dla ciebie sensem istnienia, a dla mnie życiowym przekleństwem, więc ja jadę, a ty nie. Życie jest zabawne, co? Tak mnie to śmieszy, że ledwie mogę się opanować — oznajmiłam ze śmiertelną powagą, ani trochę nie ubawiona.

— Tak, też uważam, że to syf, ale co można zrobić? Dzwoniłam już do Jeffy'ego, żeby zaczął zamawiać dla ciebie ciuchy. Będziesz musiała zabrać całe tony, bo będziesz potrzebowała różnych strojów na każdy pokaz, w którym weźmiesz udział, i na kolacje, no i oczywiście ma przyjęcie Mirandy w hotelu Costes. Allison pomoże ci z makijażem. Porozmawiaj ze Stef z dodatków o torebkach, butach i biżuterii. Masz tylko cztery dni, więc zajmij się tym od razu z rana, okej?

— Naprawdę nie do końca wierzę, że ona się spodziewa, że to zrobię.

— To lepiej uwierz, bo na pewno nie żartowała. Ponieważ w tym tygodniu w ogóle nie będę mogła przyjść do biura, musisz też...

— Co? Nie przyjdziesz nawet do biura? — Nie wzięłam ani dnia zwolnienia, nie opuściłam ani godziny w biurze, podczas gdy znajdowała się w nim Miranda, ale Emily też nie. Raz było już blisko — kiedy umarł jej pradziadek — ale zdołała pojechać do domu do Filadelfii, wziąć udział w pogrzebie i znaleźć się za biurkiem, nie tracąc ani minuty z dnia pracy. Tak to działało. Kropka. Nie licząc śmierci (tylko w najbliższej rodzinie), rozerwania na sztuki (własnej osoby) lub wojny nuklearnej (ale tylko w przypadku potwierdzenia przez rząd USA, że dotyczyć będzie bezpośrednio Manhattanu) nie można było być nie-obecnym. W reżimie Priestly szykował się punkt zwrotny.

— Andrea, mam mononukleozę. To jest wysoce zaraźliwe. To naprawdę poważna choroba. Nie wolno mi wyjść z miesz-kania na kawę, a tym bardziej na cały dzień do pracy. Miranda to rozumie, więc będziesz musiała wziąć się w garść. Trzeba masę wysiłku, żeby przygotować was obie na Paryż.

— Ona to rozumie? Daj spokój! Powiedz mi, co naprawdę powiedziała. — Nie mogłam uwierzyć, że zaakceptowała coś tak przyziemnego, jak mononukleoza jako usprawiedliwienie dla nieobecności. — Zrób mi tę drobną przyjemność. W końcu moje życie na kilka najbliższych tygodni zmieni się w czyste piekło.

Emily westchnęła i nawet przez telefon czułam, jak przewraca oczami.

— Cóż, nie była zachwycona. Właściwie to z nią nie roz-mawiałam, rozumiesz, ale mój lekarz twierdził, że w kółko go pytała, czy mononukleoza to „prawdziwa" choroba. Ale kiedy zapewnił ją, że tak, była bardzo wyrozumiała.

Roześmiałam się w głos.

— Z pewnością, Em, z pewnością. Niczym się nie martw, okej? Skup się tylko na zdrowieniu, a ja zajmę się całą resztą.

— Prześlę ci mailem listę, żebyś o czymś nie zapomniała.

— O niczym nie zapomnę. W ciągu roku była w Europie cztery razy, mam to wszystko zapisane. Wezmę gotówkę z banku na dole, wymienię kilka tysięcy na franki, kupię jeszcze parę tysięcy w czekach podróżnych i ze trzy razy potwierdzę wszystkie jej spotkania z fryzjerem i makijaże na wyjeździe. Co jeszcze? Och, upewnię, się, żeby tym razem w Ritzu dali jej właściwy telefon komórkowy i z wyprzedzeniem porozmawiam z kierowcami, żeby na pewno wiedzieli, że w żadnym wypadku nie mogą kazać jej czekać. Już myślę o wszystkich, którym będą potrzebne kopie jej planu podróży — który przepiszę, nie ma sprawy — i dopilnuję, żeby zostały rozdane. I oczywiście ona dostanie szczegółowy plan lekcji, zajęć, ćwiczeń i zabaw bliźniaczek oraz pełny wykaz planu pracy całego domowego personelu. Widzisz! Nie musisz się martwić, mam to wszystko opanowane.

— Nie zapomnij o aksamicie — upomniała mnie, wypowiadając tych kilka ostatnich słów niemal automatycznie. — Ani o apaszkach!

— Oczywiście, że nie! Już je mam na liście. — Zanim Miranda spakowała się na jakikolwiek wyjazd — albo raczej zanim gosposia ją spakowała — Emily albo ja nabywałyśmy pokaźną belę aksamitu w sklepie z materiałami i przynosiłyśmy ją do mieszkania Mirandy. Tam do spółki z gosposią cięłyśmy go na kawałki dokładnie odpowiadające wielkością i kształtem każdej sztuce odzieży, którą planowała zabrać, i każdą rzecz oddzielnie owijałyśmy w pluszowy materiał. Aksamitne pakunki były następnie porządnie układane w dziesiątkach walizek od Louisa Vuittona, z masą dodatkowych kawałków, dołączonych na zapas, ponieważ rozpakowując się w Paryżu, oczywiście wyrzucała pierwszą partię. Dodatkowo zwykle połowę jednej walizki zajmowały dziesiątki pomarańczowych pudełek Hermésa, z których każde zawierało pojedynczą białą apaszkę, tylko czekającą, żeby została zgubiona, zapomniana, odłożona w niewłaściwe miejsce albo po prostu wyrzucona.

Zdobyłam się na szczery wysiłek wydobycia z siebie szczerego współczucia i rozłączyłam się z Emily, po czym znalazłam Lily wyciągniętą na sofie z papierosem, pociągającą z koktajlowej szklanki przezroczysty płyn, który zdecydowanie nie był wodą.

— Myślałam, że miałyśmy tu nie palić — powiedziałam, ciężko siadając obok niej i natychmiast układając nogi na obdrapanym drewnianym stoliku do kawy, który scedowali na nas moi rodzice. — Nie żeby mi zależało, ale to była twoja zasada. — Lily nie należała do zagorzałych, pełnoetatowych palaczy jak niżej podpisana; zwykle paliła tylko wtedy, gdy piła, ale nawet nie kupowała większej ilości papierosów. Nowiutkie pudełko cameli special light wystawało z kieszonki na piersi jej zbyt obszernej koszuli. Potarłam jej udo stopą w pantoflu i kiwnęłam głową w kierunku papierosów, a ona wręczyła mi je razem z zapalniczką.

— Wiedziałam, że nie będziesz miała nic przeciw — stwierdziła, leniwie zaciągając się papierosem. — Odwlekam coś i to mi pomaga się skoncentrować.

— A co masz do zrobienia? — zapytałam, zapalając własnego papierosa i rzucając jej zapalniczkę. W tym semestrze miała siedemnaście zaliczeń, żeby po ostatnim wiosennym załamaniu podjąć próbę podciągnięcia średniej. Patrzyłam, jak się zaciąga i spłukuje dym zdrowym łykiem swojego niebędącego wodą napoju. Nie wyglądało, żeby wybrała właściwą drogę.

Westchnęła ciężko, znacząco, i pozwoliła, żeby papieros zwisał jej z kącika ust, gdy mówiła. Przesuwał się w górę i w dół, w każdej chwili grożąc upadkiem, i w połączeniu z jej rozczochranymi, nieumytymi włosami oraz rozmazanym tuszem nadał jej wygląd — tylko na chwilę — oskarżonej z programu z sędziną Judy (a może powódki, bo zawsze wyglądały tak samo — bez zębów, tłuste włosy, tępe oczy i skłonność do podwójnych przeczeń).

— Artykuł do jakiegoś przypadkowego ezoterycznego akademickiego pisma, którego nikt nigdy nie przeczyta, ale i tak muszę go napisać, żebym mogła powiedzieć, że mam publikację.

— Wkurzające. Kiedy masz termin?

— Jutro. — Totalna nonszalancja, wyglądała na całkowicie spokojną.

— Jutro? Naprawdę?

Rzuciła mi ostrzegawcze spojrzenie, szybkie przypomnienie, że miałam być po jej stronie.

— Tak. Jutro. Kompletna dupa, biorąc pod uwagę, że ma go redagować Chłopak od Freuda. Nikogo nie obchodzi, że jest doktorantem na psychologii, a nie na literaturze rosyjskiej. Nie mają specjalistycznych redaktorów, więc jest cały mój. Mowy nie ma, żebym dała mu to na czas. Pieprzyć go. — Znów wlała sobie trochę płynu do gardła, wyraźnie podejmując wysiłek, żeby nie poczuć smaku, i wykrzywiła się.

— Lil, co się stało? Ostatnio słyszałam, że się nie śpieszysz, i był idealny. Oczywiście to było, zanim przywlokłaś do domu to... to coś, ale...

Kolejne ostrzegawcze spojrzenie, tym razem połączone z gniewnym błyskiem oczu. Próbowałam z nią porozmawiać o incydencie z Psycholem, ale wychodziło jakoś tak, że nigdy nie byłyśmy naprawdę same i żadna z nas nie miała ostatnio czasu na rozmowy od serca. Kiedy parę razy podejmowałam próby rozmówienia się, natychmiast zmieniała temat. Wiedziałam, że przede wszystkim czuła się zawstydzona; przyjęła do wiadomości, że to był wyrzutek, ale nie chciała zaangażować się w żadną dyskusję o nadmiernym piciu, które leżało u podstaw całego wydarzenia.

— Tak, cóż, najwyraźniej tamtej nocy w którymś momencie zadzwoniłam do niego z Au Baru i błagałam, żeby przyjechał się ze mną spotkać — powiedziała, unikając kontaktu wzrokowego, a za to intensywnie koncentrując się na pilocie do CD, żeby zmieniać ścieżki żałobnej płyty Jeffa Buckleya, której moim zdaniem w ogóle nie wyłączała.

— I? Przyjechał i zobaczył, że rozmawiasz z, ee, z kimś innym? — Starałam się nie odstraszyć jej krytycznym nastawieniem. Było oczywiste, że w jej głowie masę się działo, biorąc pod uwagę problemy w szkole, picie i najwyraźniej nieograniczone zastępy facetów, i chciałam, żeby się przed kimś otworzyła. Nigdy wcześniej niczego przede mną nie ukrywała, choćby z tej przyczyny, że miała tylko mnie, ale ostatnio niezbyt wiele mi opowiadała.

— Nie, niezupełnie — stwierdziła zgryźliwie. — Przyjechał cały kawał drogi z Morningside Heights tylko po to, żeby mnie nie zastać. Najwyraźniej zadzwonił wtedy na moją komórkę. Odebrał Kenny i raczej nie był miły.

— Kenny?

— To coś, co nie tak dawno temu przywlokłam do domu, pamiętasz? — Powiedziała sarkastycznie, ale tym razem się uśmiechnęła.

— Aha. Przypuszczam, że Chłopak od Freuda nie najlepiej to przyjął?

— Nie za bardzo. Wszystko jedno, łatwo przyszło, łatwo poszło, zgadza się? — Umknęła do kuchni z pustą szklanką i zobaczyłam, że nalewa sobie z w połowie pełnej butelki ketel one. Kropeleczka wody i była z powrotem na sofie.

Miałam właśnie zamiar jak najdelikatniej zapytać, dlaczego ciągnie wódkę, skoro ma na jutro napisać artykuł, ale zadzwonił domofon.

— Kto tam? — zawołałam do Johna, wciskając guzik.

— Pan Fineman przyszedł zobaczyć się z panią Sachs — zaanonsował formalnie, cały oficjalny teraz, kiedy dookoła było pełno ludzi.

— Naprawdę? Hm, świetnie. Przyślij go na górę.

Lily spojrzała na mnie i uniosła brwi. Zdałam sobie sprawę, że znów nie odbędziemy tej rozmowy.

— Wyglądasz na zachwyconą — stwierdziła z oczywistym sarkazmem. — Nie cieszysz się, że twój chłopak robi ci niespodziankę, co?

— Oczywiście, że się cieszę — powiedziałam obronnym tonem, ale obie wiedziałyśmy, że to kłamstwo. Przez kilka ostatnich tygodni sytuacja pomiędzy mną a Aleksem stała się napięta. Naprawdę napięta. Wykonywaliśmy wszystkie ruchy związane z tym, że z kimś się jest, i wykonywaliśmy je z należytą starannością; po prawie trzech latach z pewnością wiedzieliśmy, co druga strona chce usłyszeć albo co trzeba zrobić. Ale on rekompensował sobie cały czas, który spędzałam w pracy, jeszcze większym, niemal anielskim poświęceniem dla szkoły — zgłosił się na ochotnika, żeby trenować, uczyć, doradzać i przewodniczyć właściwie każdym zajęciom, jakie dało się wymyślić — a czas, który faktycznie spędzaliśmy razem, był równie ekscytujący, jak w przypadku małżeńskiej pary z trzydziestoletnim stażem. Zawarliśmy milczące porozumienie, że przeczekujemy, aż minie mój rok poddaństwa, ale nie pozwalałam sobie na rozmyślania, w jakim kierunku może potem pójść ten związek.

Ale jednak. Oznaczało to, że już dwie bliskie mi osoby — najpierw Jill (która poprzedniego wieczoru zadzwoniła do mnie porozmawiać o beznadziejnym stanie moich sercowych spraw), a teraz Lily — wytknęły, że Alex i ja nie sprawiamy ostatnio wrażenia uroczej pary. No i musiałam przyznać, że Lily, mimo szumiącego w głowie alkoholu wciąż spostrzegawcza, zauważyła mój brak zachwytu na wieść o pojawieniu się Aleksa. Strasznie się bałam mu powiedzieć, że muszę jechać do Europy, bałam się nieuniknionej kłótni, która z tego wyniknie, kłótni, którą bardzo bym chciała odsunąć na kilka dni. Najlepiej aż do chwili, kiedy będę w Europie. Ale nic z tego, jako że akurat stał w drzwiach.

— Cześć! — powiedziałam nieco zbyt entuzjastycznie, otwierając mu i obejmując za szyję. — Co za wspaniała niespodzianka!

— Nie przeszkadza ci, że tak wpadłem, prawda? Umówiłem się z Maksem na drinka tuż za rogiem i pomyślałem, że wpadnę się przywitać.

— Oczywiście, że nie, głuptasie! Jestem zachwycona. Wchodź, wchodź. — Wiedziałam, że gadam jak nakręcona, ale każdy domorosły psycholog bez trudu by wykazał, że mój przesadnie okazywany entuzjazm miał za zadanie kompensować wszystko to, czego nie czułam w głębi serca.

Chwycił piwo i ucałował Lily w policzek, po czym usadowił się w jaskrawopomarańczowym fotelu, który moi rodzice zachowali z lat siedemdziesiątych całkowicie pewni, że pewnego dnia z dumą obdarzą nim swoje potomstwo.

— No i jak wam leci? — zapytał, kiwając głową w stronę odtwarzacza, z którego grzmiała dosłownie rozdzierająca serce wersja *Hallelujah*.

Lily wzruszyła ramionami.

— Odkładamy coś. A niby co?

— Cóż, ja mam wieści — stwierdziłam, starając się mówić z entuzjazmem, mającym przekonać i mnie samą, i Aleksa o tym, że to radosne wydarzenie. Tak się zaangażował we wszystkie plany związane z naszym weekendowym spotkaniem podyplomowym — a mnie tak zależało na jego zaangażowaniu — że odwołanie wszystkiego na mniej niż tydzień przed wyjazdem wydawało się zwykłym okrucieństwem. Spędziliśmy cały wieczór, wymyślając, kogo chcemy zaprosić na nasz wielki niedzielny brunch, i nawet dokładnie ustaliliśmy, gdzie i z kim urządzimy samochodowy piknik przed meczem Brown—Cornell w sobotę.

Oboje na mnie spojrzeli, bardzo uważnie, i wreszcie Alex zdołał wydusić:

— Tak? Co jest?

— No cóż! Właśnie otrzymałam telefon. Jadę na tydzień do Paryża! — Powiedziałam to z entuzjazmem, z jakim mówi się bezpłodnej parze, że będą mieli bliźniaki.

— Dokąd jedziesz? — zapytała Lily, wyglądając na zdumioną, oszołomioną i niezbyt zainteresowaną.

— Dlaczego jedziesz? — dokładnie w tym samym momencie zapytał Alex. Wydawał się równie zadowolony, jak gdybym oznajmiła, że miałam dodatni wynik w teście na syfilis.

— Emily właśnie się dowiedziała, że ma mononukleozę i Miranda chce, żebym towarzyszyła jej na pokazach. Niesamowite, prawda? — powiedziałam z radosnym uśmiechem na twarzy. To było takie wyczerpujące. Czułam przerażenie, że muszę jechać, ale dziesięć razy gorsza była konieczność przekonania go, że właściwie to wspaniała szansa.

— Nie rozumiem. Czy ona nie jeździ na pokazy jakieś osiem razy w roku? — zapytał. Potaknęłam. — Więc czemu nagle chce, żebyś teraz z nią jechała?

Lily zdążyła się już wyłączyć i sprawiała wrażenie pochłoniętej przeglądaniem starego numeru *New Yorkera*. Od pięciu lat przechowywałam wszystkie numery, ale odkąd przyjęłam pracę w *Runwayu*, zmuszałam się do czytania nawet recenzji operowych i strony *Finanse*. Każdego słowa.

— Podczas wiosennych pokazów wydaje wielkie przyjęcie i lubi mieć tam wówczas jedną ze swoich amerykańskich asystentek. Żeby, rozumiesz, wszystkiego dopilnowała.

— I tą amerykańską asystentką musisz być ty i musi to oznaczać, że przepadnie ci podyplomowe spotkanie — stwierdził bez wyrazu.

— Cóż, normalnie tak to nie wygląda. Ponieważ uważa się to za wielki przywilej, zwykle ma szansę jechać tylko starsza asystentka, ale ponieważ Emily jest chora, owszem, teraz jadę ja. Muszę wyjechać w środę, więc nie mogę w ten weekend być w Providence. Naprawdę bardzo, bardzo mi przykro. — Wstałam z krzesła i przysiadłam się bliżej, na kanapę, jednak Alex z miejsca się usztywnił.

— Więc to takie proste, tak? Wiesz, że zapłaciłem już za całą salę, żeby mieć pewność co do stawki. Mniejsza o fakt, że zmieniłem cały swój plan zajęć, żeby pojechać z tobą na ten weekend. Powiedziałem mamie, że musi wziąć opiekunkę, ponieważ ty chciałaś pojechać. Ale to nic wielkiego, prawda?

Tylko kolejne zobowiązanie wobec *Runwaya*. — Przez wszystkie te razem spędzone lata nigdy nie widziałam, żeby był taki zły. Nawet Lily podniosła wzrok znad gazety na czas dość długi, by przeprosić i wynieść się w cholerę z pokoju, zanim zmieni się w pole bitwy.

Podeszłam do Aleksa i chciałam usiąść mu na kolanach, ale skrzyżował nogi i machnął ręką.

— Poważnie, Andrea... — Nazywał mnie tak tylko wtedy, gdy był naprawdę zdenerwowany — ...czy to wszystko jest tego warte? Przez sekundę bądź ze mną szczera. Czy to jest dla ciebie tyle warte?

— Jakie wszystko? Czy warto zrezygnować z podyplomowego spotkania, jakich będą całe dziesiątki, na rzecz czegoś, co należy do moich obowiązków w pracy? Pracy, która otworzy przede mną możliwości właściwie nierealne, i to szybciej, niż kiedykolwiek się spodziewałam? Tak! Warto.

Opuścił głowę na piersi i przez moment myślałam, że płacze, ale kiedy uniósł głowę, jego twarz zdradzała tylko wściekłość.

— Nie uważasz, że wolałabym raczej pojechać z tobą, niż być czyjąś niewolnicą przez dwadzieścia cztery godziny na dobę przez okrągły tydzień?! — wrzasnęłam, kompletnie zapominając, że w mieszkaniu była Lily. — Nie możesz przez chwilę pomyśleć, że może ja też nie chcę jechać, ale nie mam wyboru?

— Nie masz wyboru? Masz wybór! Andy, ta praca nie jest już tylko pracą, na wypadek, gdyby to uszło twojej uwagi, wchłonęła całe twoje życie! — Też wrzeszczał, czerwień z jego twarzy objęła także szyję i uszy. Normalnie uznałabym, że to urocze, nawet seksowne, ale dzisiejszego wieczoru chciałam tylko położyć się spać.

— Alex, posłuchaj, wiem, że...

— Nie, to ty posłuchaj! Zapomnij na chwilę o mnie, nie żeby to było takie trudne, ale zapomnij o tym, że w ogóle się już nie widujemy z powodu czasu, jaki spędzasz w pracy, z powodu niekończących się sytuacji awaryjnych. Co z twoimi rodzicami? Kiedy ostatnio się z nimi widziałaś? A twoja siostra? Zdajesz sobie sprawę, że właśnie urodziła swoje pierwsze dziecko, a ty nawet nie widziałaś własnego siostrzeńca, prawda? Czy to aby czegoś nie oznacza? — Zniżył głos i nachylił się w moją stronę. Pomyślałam, że może szykuje się do przeprosin, ale powiedział: — A co z Lily? Nie zauważyłaś, że twoja najlepsza przyjaciółka stała się zagorzałą alkoholiczką? — Musiałam wyglądać na kompletnie zaszokowaną, ponieważ wypalił gwałtownie: — Nawet nie próbuj powiedzieć, że nie zdawałaś sobie z tego sprawy, Andy. To najoczywistsza rzecz na świecie.

— Tak, oczywiście, że pije. Podobnie jak ty, ja i wszyscy, których znamy. Lily jest studentką i tak właśnie zachowują się studenci, Alex. Co w tym takiego dziwnego? — Kiedy powiedziałam to głośno, zabrzmiało jeszcze bardziej żałośnie, a on tylko potrząsnął głową. Przez kilka minut oboje milczeliśmy, wreszcie się odezwał.

— Ty po prostu nie rozumiesz, Andy. Nie jestem pewien, jak właściwie do tego doszło, ale mam wrażenie, że w ogóle cię nie znam. Myślę, że musimy się rozstać.

— Co? Co ty mówisz? Chcesz się rozstać? — zapytałam, zbyt późno zdając sobie sprawę, że mówił bardzo, bardzo poważnie. Alex był taki wyrozumiały, taki słodki, tak bardzo do mojej dyspozycji, że przyjęłam za pewnik, że zawsze będzie pod ręką, gotów wysłuchać, dać mi się wygadać po długim dniu albo mnie rozweselić, podczas gdy wszyscy inni bez oporów mnie olewali. Jedyny problem polegał na tym, że ja ze swojej strony nie za bardzo dotrzymywałam umowy.

— Nie, wcale nie. Nie rozstać, tylko zrobić przerwę. Mam wrażenie, że obojgu nam dobrze by zrobiła ponowna ocena tego, co się z nami dzieje. Z pewnością nie wydajesz się entuzjastycznie do mnie nastawiona, a ja nie mogę powiedzieć, żebym był tobą zachwycony. Może trochę czasu spędzonego oddzielnie dobrze nam obojgu zrobi.

— Dobrze nam zrobi?! Myślisz, że to nam pomoże?! — Chciałam krzykiem zareagować na banalność jego słów, na pomysł, że „rozstanie na jakiś czas" naprawdę pomoże się nam zbliżyć. Wydawało mi się takie samolubne, że robi to akurat teraz, akurat gdy zbliżałam się do końcówki mojej rocznej „odsiadki" w *Runwayu*, na parę dni przed największym wyzwaniem w mojej karierze. Przelotne ukłucia smutku i troski sprzed paru minut gładko ustąpiły miejsca irytacji. — A więc świetnie. Zróbmy sobie przerwę — powiedziałam sarkastycznie i małostkowo. — Krótki oddech. Wygląda to na wspaniały plan.

Wpatrywał się we mnie tymi wielkimi brązowymi oczyma z wyrazem przemożnego zdziwienia i bólu, a potem mocno zacisnął powieki, wyraźnie po to, żeby pozbyć się widoku mojej twarzy.

— Okej, Andy. Skrócę twoją tak wyraźną mękę i wyjdę. Mam nadzieję, że wspaniale spędzisz czas w Paryżu, naprawdę. Niedługo się odezwę. — I zanim w ogóle zdążyłam zdać sobie sprawę z tego, co się dzieje, ucałował mnie w policzek, jak ucałowałby Lily albo moją mamę, i poszedł w stronę drzwi.

— Alex, nie uważasz, że powinniśmy o tym porozmawiać? — zapytałam, starając się mówić spokojnym głosem, zastanawiając się, czy naprawdę teraz wyjdzie.

Odwrócił się, smutno uśmiechnął i powiedział:

— Nie rozmawiajmy już dzisiaj, Andy. Powinniśmy byli rozmawiać przez minione miesiące, przez miniony rok, a nie próbować wcisnąć to wszystko teraz w jedną rozmowę. Pomyśl o wszystkim, okej? Zadzwonię do ciebie za parę tygodni, kiedy wrócisz i wszystko się uspokoi. I powodzenia w Paryżu... wiem, że świetnie się sprawdzisz. — Otworzył drzwi, przeszedł przez próg i cicho zamknął je za sobą.

Pobiegłam do pokoju Lily, miała mi powiedzieć, że Alex przesadza, że muszę jechać do Paryża, ponieważ to jest najlepsze dla mojej przyszłości, że ona nie ma problemu z piciem, a ja nie jestem złą siostrą, wyjeżdżając z kraju akurat wtedy, gdy Jill urodziła swoje pierwsze dziecko. Ale Lily spała na kołdrze, całkiem ubrana, z pustą koktajlową szklanką na podręcznym stoliku. Obok stał otwarty laptop Toshiba i zaczęłam się zastanawiać, czy zdołała napisać chociaż słowo. Zajrzałam. Brawo! Wpisała nagłówek, w którym umieściła swoje nazwisko, rok, nazwisko profesora i najprawdopodobniej tymczasową wersję tytułu: „Psychologiczne aspekty zakochiwania się we własnym czytelniku". Roześmiałam się na głos, ale nawet nie drgnęła, więc przeniosłam komputer na biurko, ustawiłam jej budzik na siódmą i zgasiłam światło.

Gdy tylko weszłam do sypialni, zadzwoniła moja komórka. Po zwykłej pięciosekundowej sesji łomotu serca, jaką przechodziłam przy każdym dzwonku ze strachu, że to Ona, odebrałam bez namysłu, wiedząc, że to Alex. Nie mógł zostawić spraw w takim zawieszeniu. To był ten sam facet, który nie potrafił zasnąć bez buziaczka na dobranoc i życzenia mi słodkich snów; nie było mowy, żeby po prostu wyniośle wyszedł, całkowicie pogodzony z koncepcją, żebyśmy nie rozmawiali przez parę tygodni.

— Cześć, kochanie — wyszeptałam bez tchu. Już za nim tęskniłam, ale byłam uszczęśliwiona, że dzwoni i że niekoniecznie muszę zmierzyć się z tym problemem osobiście. Bolała mnie głowa, a ramiona sprawiały wrażenie przyklejonych do uszu i chciałam tylko usłyszeć, jak mówi, że wszystko to wielka pomyłka, i zadzwoni jutro. — Tak się cieszę, że dzwonisz.

— „Kochanie"? No, no! Robimy postępy, nieprawdaż, Andy? Lepiej uważaj, bo jeszcze zacznę rozważać możliwość, że mnie pragniesz — gładko powiedział Christian z uśmiechem, który słyszałam nawet przez telefon. — Ja też się cieszę, że zadzwoniłem.

— Och. To ty.

— Nie jest to najcieplejsze powitanie, jakiego w życiu doznałem! O co chodzi, Andy? Unikasz mnie ostatnio, prawda?

— Oczywiście, że nie — skłamałam. — Miałam po prostu zły dzień. Jak zwykle. Co jest?

Roześmiał się.

— Andy, Andy, Andy. Przestań. Nie ma powodu, żebyś była taka nieszczęśliwa, jesteś na najlepszej drodze do sukcesu. A skoro o tym mowa, dzwonię z pytaniem, czy chcesz pójść ze mną na kolację Penklubu w James Beard House jutro wieczorem. Powinna być masa ciekawych ludzi i od dawna się nie widzieliśmy. Oczywiście to spotkanie czysto profesjonalne.

Po zbyt wielu latach czytania w *Cosmopolitan* artykułów „Jak poznać, czy on jest gotów się zaangażować" można by pomyśleć, że w tym momencie powinnam zobaczyć błyskające światełko ostrzegawcze. I zobaczyłam — po prostu postanowiłam je zignorować. To był bardzo długi dzień i pozwoliłam sobie myśleć — tylko przez kilka minut — że może, być może, MÓGŁBY naprawdę być szczery. Pieprzyć to. Miło było porozmawiać przez parę minut z mężczyzną, który nie był krytycznie nastawiony, nawet jeśli nie przyjmował do wiadomości, że byłam z kimś związana. Wiedziałam, że tak naprawdę nie przyjmę zaproszenia, ale kilka minut niewinnego flirtu przez telefon nikomu jeszcze nie zaszkodziło.

— Och, naprawdę? — zapytałam z udawaną rezerwą. — Opowiedz mi wszystko o tym spotkaniu.

— Mam zamiar przedstawić ci listę powodów, dla których powinnaś ze mną pójść, Andy, ale pierwszy z nich jest najprostszy: wiem, co jest dla ciebie dobre. Kropka. — Boże, ależ był arogancki. Czemu tak mnie to pociągało?

Gra się rozpoczęła. Wystartowaliśmy i potrzeba było zaledwie kilku minut, by podróż do Paryża, paskudny wódczany nałóg Lily i smutne oczy Aleksa stały się tylko niewyraźnym tłem dla mojej uznanej-za-niezdrową-i-groźną-pod-względem-emocjonalnym-ale-mimo-to-naprawdę-seksownej-i-zabawnej rozmowy z Christianem.

16

Miałam się zjawić w Europie, gdy Miranda przebywała tam już od tygodnia. Niechętnie zgodziła się skorzystać z miejscowych asystentek podczas pokazów w Mediolanie — dokąd poleciała concorde'em — i miała przybyć do Paryża tego samego ranka co ja, żebyśmy mogły dopracować szczegóły dotyczące jej przyjęcia, razem, jak stare przyjaciółki. Ha. Delta odmówiła dokonania zwykłej zmiany nazwiska na bilecie z Emily na moje, więc zamiast frustrować się i martwić bardziej, niż już się frustrowałam i martwiłam, po prostu kupiłam nowy. Tysiąc osiemset dolarów, ponieważ chodziło o tydzień pokazów, i kupowałam w ostatniej chwili. Zawahałam się na jedną absurdalną minutę przed obciążeniem tym zakupem służbowej karty kredytowej. Wszystko jedno, pomyślałam. Miranda potrafi tyle wydać w tydzień na same włosy i makijaż.

Jako młodsza asystentka Mirandy zajmowałam w *Runwayu* najniższą możliwą pozycję. Jednak jeśli dostęp oznacza władzę, Emily i ja byłyśmy dwiema najpotężniejszymi osobami w świecie mody: decydowałyśmy, kogo umówić na spotkanie, o jakiej porze (zawsze preferowano wczesny poranek, ponieważ makijaż jest świeży, a ubrania niepogniecione) i czyje wiadomości docierały (jeżeli nie znajdziesz się w Biuletynie, nie istniejesz).

Zatem gdy któraś z nas potrzebowała pomocy, reszta personelu była zobligowana wybawić nas z kłopotów. Tak, oczywiście, świadomość, że gdybyśmy nie pracowały dla Mirandy Priestly, ci sami ludzie bez skrupułów rozjechaliby nas swoimi limuzynami z szoferem, była kłopotliwa. Ale tak jak się sprawy miały, biegali, aportowali i usługiwali jak dobrze wytresowane pieski.

Prace nad najnowszym numerem stanęły w miejscu na trzy dni, ponieważ wszyscy skupili wysiłki, żeby wysłać mnie do Paryża stosownie przygotowaną. Trzy Klakierki z działu mody pośpiesznie skompletowały garderobę zawierającą każdy możliwy przedmiot, jaki mógłby być mi potrzebny w każdej sytuacji, w jakiej Miranda mogłaby zażądać mojego udziału. Zanim wyszłam, Lucia, dyrektor do spraw mody, obiecała, że w moim posiadaniu znajdzie się nie tylko zestaw ubrań stosownych na każdą ewentualność, ale też cała książka ze szkicami — zawierająca komplet profesjonalnie wykonanych rysunków — przedstawiająca każdy możliwy do wyobrażenia sposób zestawienia ze sobą wspomnianych ubrań, aby uzyskać maksymalny efekt i zminimalizować ryzyko kompromitacji. Innymi słowy: nie pozostawiajmy kwestii wyboru czy zestawienia mojej decyzji i całkiem możliwe, że mam szansę — choć nieznaczną — wyglądać jak należy.

Będę zmuszona towarzyszyć Mirandzie do bistro i stać jak mumia w kącie, podczas gdy ona będzie sączyć kieliszek bordeaux? Para grafitowych spodni Theory z mankietami i czarny jedwabny golf od Celine. Udać się do klubu tenisowego, gdzie będzie pobierała prywatne lekcje, by podawać wodę i, w razie potrzeby, białe apaszki, na wypadek, gdyby się ochwaciła? Strój sportowy, kompletny, ze spodniami od dresu, bluzą z kapturem na zamek błyskawiczny (skrojona tak, żeby odsłaniać brzuch, oczywista), podkoszulkiem bez rękawów za sto osiemdziesiąt pięć dolarów do noszenia pod spodem i zamszowymi tenisówkami — wszystko od Prady. A co jeśli — tylko jeśli — naprawdę znalazłabym się w pierwszym rzędzie podczas jednego z pokazów, jak wszyscy przysięgali, że się znajdę? Tu możliwości były nieskończone. Jak na razie (a wciąż mieliśmy zaledwie późne popołudnie w poniedziałek) moja ulubiona składała się z marszczonej, udającej szkolną dziewczęcej spódniczki od Anny Sui z bardzo przezroczystą i bardzo wymyślną białą bluzką Miu Miu, zestawionej ze szczególnie prowokującymi botkami do pół łydki od Christiana Laboutina i zwieńczonej skórzanym żakietem Katayone Adeli, tak dopasowanym, że niemal obscenicznym. Moje dżinsy Express i tenisówki Franca Sarta od miesięcy pokrywały się kurzem gdzieś na dnie szafy i musiałam przyznać, że za nimi nie tęskniłam.

Odkryłam też, że Allison, redaktorka działu urody, rzeczywiście zasługiwała na swoje stanowisko, ponieważ dosłownie siedziała w przemyśle kosmetycznym. W ciągu pięciu godzin od „powiadomienia", że będę potrzebowała trochę przyborów do makijażu i więcej niż trochę wskazówek, stworzyła Zestaw Kosmetycznej Kwintesencji, zawierający wszystko, co najpotrzebniejsze do makijażu. W zdecydowanie przesadnych rozmiarów „kuferku kosmetycznym" Burberry (w rzeczywistości wielkością bardziej przypominał walizkę na kółkach, nieco większą niż te dopuszczane przez linie lotnicze jako bagaż podręczny) umieszczono każdy możliwy do wyobrażenia cień, loton, błyszczyk, krem, konturówkę i podkład. Szminki występowały w wersji matowej, z połyskiem, o przedłużonej trwałości i przejrzystej. Sześć odcieni tuszu — uszeregowanych od jasnoniebieskiego do „obrażonej czerni" — znajdowało się w towarzystwie szczoteczek do podkręcania rzęs i dwóch grzebyków do rzęs na wypadek (o zgrozo!) grudek.

Pudry, które stanowiły chyba połowę wszystkich rzeczy, i miały poprawiać/akcentować/uwydatniać/maskować powieki, koloryt skóry i policzków, występowały w zestawie barw bardziej złożonym i subtelnym niż na malarskiej palecie: niektóre miały brązować, inne rozświetlać, a jeszcze inne tonować, poprawiać kształt albo rozjaśniać. Miałam możliwość wyboru, czy dodać swojej twarzy zdrowego rumieńca za pomocą różu w płynie, w kamieniu, w pudrze albo dzięki kombinacji powyższych. Największe wrażenie robiły podkłady: zupełnie jakby ktoś zdołał pobrać próbkę prawdziwej skóry z mojej twarzy i na zamówienie zmieszać dla mnie pół kwarty czy dwie odpowiedniej substancji. Bez względu na to, czy miały „dodawać blasku", czy „pokrywać nierówności" każda najmniejsza buteleczka pasowała do koloru mojej skóry lepiej niż, cóż, moja własna skóra. W nieco mniejszą, dobraną stylem walizeczkę zapakowane były przybory: waciki, płatki kosmetyczne, waciki na patyczkach, gąbki, rozmaite pędzle do makijażu w liczbie około dwudziestu, nawilżane chusteczki, dwa rodzaje płynu do demakijażu oczu (nawilżający i beztłuszczowy) i ni mniej, ni więcej, tylko dwanaście — DWANAŚCIE — rodzajów kremów nawilżających (do twarzy, do ciała, głęboko odżywczy, z filtrem SPF 15, z połyskiem, brązujący, perfumowany, bezzapachowy, hipoalergiczny, z kwasami owocowymi, antybakteryjny i — na wypadek, gdyby dopadło mnie to paskudne październikowe paryskie słońce — z aloesem).

Do bocznej kieszeni mniejszej walizeczki wetknięto kartki rozmiaru dwadzieścia jeden centymetrów na trzydzieści pięć centymetrów, na których wydrukowane zostały kontury twarzy, powiększone do wielkości kartek. Na każdej pysznił się imponujący makijaż: Allison nałożyła na papierowe twarze prawdziwy podkład, który dołączyła do zestawu. Jedna z twarzy została opatrzona tajemniczym podpisem „Spokojny wieczorowy szyk", ale poniżej umieszczono wypisane grubym czarnym markerem ostrzeżenie: NIE NA OFICJALNE OKAZJE!! ZA SKROMNY!! Ta nieoficjalna twarz pod cieniutką warstwą brązującego pudru pokryta była lekkim matowym podkładem, nieco ożywiona różem w płynie albo w kremie, miała bardzo seksowne, podmalowane ciemnym eyelinerem i cieniem powieki, zaakcentowane czarnymi jak smoła, wytuszowanymi rzęsami oraz usta sprawiające wrażenie przelotnie pociągniętych mocno połyskującym błyszczykiem. Kiedy wymamrotałam pod nosem, że odtworzenie czegoś takiego przeze mnie jest całkowicie niemożliwe, Allison spojrzała na mnie z irytacją.

— Cóż, mam nadzieję, że nie będziesz do tego zmuszona — oznajmiła tonem tak napiętym, że przestraszyłam się, czy nie załamie się pod ciężarem mojej ignorancji.

— Nie? Więc po co mi ponad dwadzieścia „twarzy" z podpowiedziami, jak używać wszystkich tych rzeczy?

Tak miażdżące spojrzenie mogłoby należeć do Mirandy.

— Andrea. Bądź poważna. To tylko na nagłe wypadki, w razie gdyby Miranda kazała ci dokądś iść w ostatniej chwili albo gdyby twój fryzjer czy wizażysta nie mogli przyjść. A, to mi przypomniało, że muszę ci pokazać, co ci spakowałam do włosów.

Gdy Allison demonstrowała mi, jak używać czterech różnych rodzajów okrągłych szczotek do prostowania włosów przy suszeniu, próbowałam uchwycić sens tego, co właśnie powiedziała. Ja też będę miała osobę, która zajmie się włosami i makijażem? Nie załatwiłam nikogo, żeby się mną zajmował, kiedy rezerwowałam całą obsługę dla Mirandy, więc kto to zrobił? Musiałam zapytać.

— Paryskie biuro — odparła Allison z westchnieniem. — Reprezentujesz *Runwaya*, rozumiesz, a Miranda jest na to bardzo uwrażliwiona. Będziesz brała udział w niektórych najbardziej szykownych imprezach na świecie u boku Mirandy Priestly. Chyba nie sądzisz, że potrafiłabyś uzyskać właściwy efekt bez fachowej pomocy, prawda?

— Nie, oczywiście, że nie. Zdecydowanie lepiej, żebym miała w tym zakresie profesjonalną pomoc. Dziękuję.

Gdy Allison zwolniła mnie po kolejnych dwóch godzinach (kiedy uznała, że gdyby któreś z czternastu zaplanowanych dla mnie na ten tydzień spotkań z fryzjerem i wizażystą nie wypaliło, nie narażę naszej szefowej na upokorzenie, rozsmarowując tusz na ustach albo goląc głowę po bokach i strosząc włosy na środku na irokeza). Gdy skończyłyśmy, myślałam, że wreszcie znajdę chwilę, żeby popędzić na dół do Jadalni i złapać jakąś wzbogaconą, kaloryczną zupę, ale Allison chwyciła telefon Emily — dawniej swój — i wybrała numer Stef z działu dodatków.

— Cześć, skończyłam z nią i mam ją pod ręką. Chcesz przyjść?

— Zaczekaj! Muszę zjeść lunch, zanim wróci Miranda!

Allison przewróciła oczami dokładnie jak Emily. Zaczęłam się zastanawiać, czy może to konkretne miejsce jakoś prowokuje tak mistrzowską demonstrację irytacji.

— Świetnie. Nie, nie, mówiłam do Andrei — powiedziała do telefonu, unosząc brwi — niespodzianka! — dokładnie jak Emily. — Wygląda na to, że jest głodna. Wiem. Tak, wiem. Powiedziałam jej to, ale wygląda, że upiera się przy... jedzeniu.

Wyszłam z biura, chwyciłam dużą miseczkę kremu z brokułów z serem cheddar i wróciłam w ciągu trzech minut, tylko po to, by zastać Mirandę siedzącą przy własnym biurku, trzymającą słuchawkę w pewnej odległości od twarzy, jakby oblazły ją pijawki.

— Telefon dzwoni, Andrea, ale kiedy odbieram... ponieważ ty najwyraźniej nie jesteś tym zainteresowana... nikt się nie zgłasza. Czy możesz mi wyjaśnić ten fenomen? — zapytała.

Oczywiście mogłam to wyjaśnić, ale nie jej. Przy tych rzadkich okazjach, gdy Miranda znalazła się w biurze sama, niekiedy odbierała telefon. Naturalnie dzwoniący byli tak zaszokowani, słysząc jej głos, że szybko się rozłączali. Nikt tak naprawdę nie był przygotowany na rozmowę z nią, gdy telefonował, ponieważ prawdopodobieństwo natychmiastowego połączenia było równe zeru. Dostałam ze dwadzieścia maili od redaktorów i asystentów, którzy informowali mnie — jakbym nie wiedziała — że Miranda znów odbiera telefony. „Dziewczyny, gdzie jesteście???". Jedno po drugim głosiły alarmistyczne pisma. „Ona odbiera własny telefon!!!!".

Wymamrotałam coś, że ja też odbieram czasem głuche telefony, ale Miranda straciła już zainteresowanie tematem. Wpatrywała się nie we mnie, ale w moją miseczkę zupy. Kilka kropli kremowego, zielonego płynu powoli spływało z brzegu. Jej spojrzenie zmieniło się w pełne obrzydzenia, gdy zdała sobie sprawę, że nie tylko trzymałam w ręku coś jadalnego, ale najwyraźniej planowałam to skonsumować.

— Natychmiast się tego pozbądź! — warknęła z odległości czterech i pół metra. — Już sam zapach wystarcza, żeby zrobiło mi się niedobrze.

Wrzuciłam stanowiącą punkt obrazy zupę do kosza na śmieci i melancholijnie wpatrywałam się w stracone pożywienie, gdy jej głos przywołał mnie do rzeczywistości.

— Jestem gotowa na przeglądy! — skrzeknęła, teraz gdy jedzenie, które wykryła w *Runwayu*, zostało usunięte, sadowiąc się na krześle nieco swobodniej. — A kiedy z tym skończymy, zwołaj zebranie redakcyjne.

Każde jej słowo wywoływało kolejny przypływ adrenaliny; ponieważ nigdy nie miałam pewności, czego dokładnie zażąda, nigdy nie byłam też pewna, czy zdołam się z tym uporać. Planowanie przeglądów i cotygodniowych zebrań należało do obowiązków Emily, musiałam więc pognać do jej biurka i sprawdzić w jej terminarzu. W linii przy godzinie trzeciej napisała: Sesja Sedona, przegląd, Lucia/Helen. Wystukałam wewnętrzny do Lucii i odezwałam się, gdy tylko odebrała.

— Jest gotowa — oznajmiłam w stylu wojskowej komendy. Helen, asystentka Lucii, odłożyła słuchawkę, nie mówiąc ani słowa, i wiedziałam, że ona i Lucia są już w połowie drogi. Gdyby nie zjawiły się w dwadzieścia-dwadzieścia pięć sekund, zostałabym wysłana, żeby je upolować i osobiście im przypomnieć — na wypadek, gdyby zapomniały — że dzwoniłam do nich trzydzieści sekund wcześniej z informacją, że Miranda była gotowa, a to znaczy wówczas gotowa. Generalnie rzecz biorąc, był to czysty kłopot, kolejny dowód, że wymuszone noszenie wąskich szpilek czyniło życie jeszcze bardziej nieznośnym. Bieganie po redakcji w szaleńczym poszukiwaniu kogoś, kto najprawdopodobniej ukrywał się przed Mirandą, nigdy nie było zabawne, ale naprawdę przykre tylko wówczas, gdy dana osoba przypadkiem znalazła się w łazience. Cokolwiek by jednak człowiek robił w męskiej czy damskiej toalecie, nie jest to właściwa wymówka, by nie stawić się w tym dokładnie momencie, gdy jego obecność jest oczekiwana. Tak więc musiałam tam wpadać — czasami zaglądać pod drzwi w poszukiwaniu charakterystycznych butów — i grzecznie prosić, w jak najmniej upokarzających słowach, jakie udało mi się wymyślić, żeby kończyli i zmierzali do gabinetu Mirandy. Natychmiast.

Na szczęście dla wszystkich zainteresowanych Helen zjawiła się w parę sekund, popychając przed sobą przeładowany, przeciążony wieszak na kółkach, drugi zaś ciągnąc za sobą. Wahała się przelotnie przed przeszklonymi drzwiami gabinetu do chwili, gdy doczekała się ze strony Mirandy jednego z tych niedostrzegalnych skinień głowy, i wtedy pociągnęła wieszaki przez grubą wykładzinę.

— To wszystko? Dwa wieszaki? — zapytała Miranda, ledwie unosząc wzrok znad tekstu, który czytała.

Helen najwyraźniej była zaskoczona faktem, że się do niej zwrócono, ponieważ Miranda z zasady nie rozmawiała z asystentkami. Ale Lucia nie pokazała się jeszcze ze swoimi wieszakami, więc nie było wielkiego wyboru.

— Hm, ee, nie. Lucia będzie tu za chwilę. Ma jeszcze dwa. Czy chciałabyś, żebym, ee, zaczęła pokazywać, co zamówiłyśmy? — zapytała nerwowo Helen, wygładzając prążkowany top wyłożony na marszczoną spódnicę.

— Nie.

A potem:

— Ahn-dre-ah! Znajdź Lucię. Według mojego zegarka jest trzecia. Jeśli nie jest przygotowana, mam do roboty ważniejsze rzeczy, niż siedzieć tu i na nią czekać. — Co nie do końca było prawdą, skoro najwyraźniej nie skończyła jeszcze czytać i minęło teraz mniej więcej trzydzieści pięć sekund od chwili, gdy wykonałam wstępny telefon. Ale nie miałam zamiaru niczego udowadniać.

— Nie ma potrzeby, Mirando, już jestem — bez tchu oznajmiła Lucia, popychając i ciągnąc wieszaki, gdy mijała mnie stojącą, bo zdążyłam się podnieść, żeby rozpocząć poszukiwania. — Bardzo przepraszam. Czekaliśmy na ostatni płaszcz od ludzi YSL.

Ustawiła wieszaki uporządkowane według typu stroju (koszule, okrycia, spodnie/spódnice i sukienki) półkolem przed biurkiem Mirandy, po czym dała Helen znak do wyjścia. Następnie Miranda i Lucia przeglądały każdą rzecz jedna po drugiej i sprzeczały się o jej miejsce lub też jego brak w nadchodzącej sesji zdjęciowej, która miała odbyć się w Sedonie, w stanie Arizona. Lucia naciskała na styl „szyk miejskiej kowbojki", który jej zdaniem idealnie by zagrał na tle czerwonych gór, ale Miranda złośliwie twierdziła, że ona wolałaby „sam szyk", ponieważ „kowbojski szyk" najwyraźniej stanowił oksymoron. Może miała dość „kowbojskiego szyku" po przyjęciu dla brata SGG. Udało mi się nie słuchać, co mówiły, do chwili, gdy Miranda zawołała mnie po imieniu, tym razem polecając wezwać ludzi od dodatków na ich przegląd.

Natychmiast sprawdziłam w terminarzu Emily, ale było dokładnie, jak myślałam: nie zaplanowano na dziś żadnego przeglądu dodatków. Modląc się, żeby Emily po prostu zapomniała wpisać go do terminarza, zadzwoniłam do Stef i oznajmiłam jej, że Miranda jest gotowa na przegląd do Sedony.

Nic z tego. Przegląd mieli zaplanowany dopiero na późne popołudnie następnego dnia i co najmniej jedna czwarta potrzebnych rzeczy nie została jeszcze dostarczona przez działy PR poszczególnych firm.

— Niemożliwe. Nie dam rady — oświadczyła Stef tonem znacznie mniej pewnym, niż sugerowały to jej słowa.

— I spodziewasz się, że co, do cholery, jej powiem? — wyszeptałam w odpowiedzi.

— Powiedz prawdę: przegląd miał się odbyć jutro i masy rzeczy jeszcze nie ma na miejscu. Bądźmy poważni! Teraz czekamy jeszcze na jedną torebkę wieczorową, jedną kopertę, trzy różne torby z frędzlami, cztery pary butów, dwa naszyjniki, trzy...

— Okej, okej, powiem jej. Ale czekaj przy telefonie i odbierz, jeżeli oddzwonię. I na twoim miejscu bym się przygotowała. Założę się, że tak naprawdę wcale jej nie obchodzi, na kiedy byliście wpisani.

Stef odłożyła słuchawkę bez słowa, a ja podeszłam do drzwi Mirandy i cierpliwie czekałam, aż mnie zauważy. Kiedy spojrzała mniej więcej w moim kierunku i zaczekała, powiedziałam:

— Mirando, właśnie rozmawiałam ze Stef i mówi, że ponieważ przegląd był zaplanowany na jutro, wciąż jeszcze czekają na sporo różnych rzeczy. Ale wszystkie powinny się tu znaleźć przed...

— Ahn-dre-ah, po prostu nie potrafię sobie wyobrazić, jak modelki będą wyglądały w tych strojach bez butów, torebek czy biżuterii. Powiedz Stef, że chcę mieć ten przegląd z tym, co ma, i niech będzie przygotowana pokazać mi zdjęcia tego, co jeszcze nie dotarło! — Odwróciła się do Lucii i razem zajęły się zawartością wieszaków.

Zakomunikowanie tego Stef nadało nowe znaczenie zwrotowi „nie strzelać do posłańca". Dostała szału.

— Nie mogę, kurwa, urządzić pokazu w trzydzieści sekund, rozumiesz? To jest, kurwa, niemożliwe! Czterech czy pięciu moich asystentek nie ma na miejscu, a jedyna, która jest, to kompletna, kurwa, idiotka. Andrea, co ja mam, kurwa, zrobić? — Histeryzowała, ale nie za bardzo był czas na negocjacje.

— Okej, świetnie — powiedziałam słodko, zerkając na Mirandę, która miała talent do tego, żeby wszystko słyszeć. — Powiem Mirandzie, że zaraz będziesz. — Rozłączyłam się, zanim zdążyła rozpłynąć się we łzach.

Nie byłam zaskoczona, widząc dwie i pół minuty później Stef wchodzącą ze swoją jedyną kurewsko idiotyczną asystentką, asystentką z działu mody, którą pożyczyła, i Jamesem, też pożyczonym, ale z działu urody. Wszyscy wyglądali na przerażonych i nieśli wielkie wiklinowe kosze. Trzęśli się ze strachu za moim biurkiem, dopóki Miranda nie wykonała kolejnego niedostrzegalnego skinienia głową, w którym to momencie wszyscy z szuraniem ruszyli naprzód na ćwiczenia z pokory. Ponieważ Miranda nieodmiennie odmawiała opuszczania swojego gabinetu, zawsze wymagała, żeby wszystkie przeładowane wieszaki z ciuchami i wózki pełne butów oraz kosze wypakowane dodatkami pracowicie znoszono do niej.

Gdy ludziom od dodatków udaje się wreszcie rozłożyć swoje towary w równych rzędach na dywanie, żeby mogła się im przyjrzeć, gabinet Mirandy zmienia się w arabski bazar — bardziej przypominający Madison Avenue niż Szarm-el-Szeik. Jedna z redaktorek prezentuje jej paski z wężowej skóry po dwa tysiące dolarów, podczas gdy inna próbuje sprzedać dużą torbę Kelly. Trzecia zachwala krótką koktajlową sukienkę Fendi, a ktoś inny próbuje namówić ją na szyfon. Stef zdołała zmontować niemal idealny pokaz z trzydziestosekundowym wyprzedzeniem, i to w sytuacji, kiedy wielu rzeczy brakowało. Orientuję się, że wypełniła braki rzeczami z poprzednich sesji, wyjaśniając Mirandzie, że dodatki, na które wciąż czekają, są podobne, ale lepsze. Wszyscy osiągnęli mistrzostwo w swoim fachu, ale Miranda jest mistrzem nad mistrzami. Jest konsumentem zawsze pełnym rezerwy, spokojnie przechadza się od jednego wspaniałego wieszaka do drugiego, nigdy nie zdradzając śladu zainteresowania. Kiedy wreszcie szczęśliwie decyduje, wskazuje i zarządza (podobnie jak sędzia na wystawie psów „Bob, wybrała border collie...”), redaktorzy uniżenie kiwają głowami, „tak, znakomity wybór”, „och, zdecydowanie idealny wybór”, po czym zwijają swoje towary i w pośpiechu umykają do poszczególnych działów, zanim, co nieuniknione, zmieni zdanie.

Cała ta piekielna próba trwała zaledwie kilka minut, ale gdy się zakończyła, wszyscy byliśmy wyczerpani ze zdenerwowania. Miranda zdążyła już zawczasu oznajmić, że wychodzi wcześniej, około czwartej, żeby przed wielką wyprawą spędzić trochę czasu z dziewczynkami, więc ku uldze wszystkich odwołałam zebranie redakcyjne. Dokładnie o trzeciej pięćdziesiąt osiem zaczęła pakować swoją torbę przed wyjściem, zajęcie niewymagające wytężonego wysiłku, skoro wszystko o jakimkolwiek znaczeniu lub ciężarze miałam jej przynieść do domu później, wieczorem, przy okazji dostarczania Książki. Zasadniczo musiała tylko wrzucić swój portfel od Gucciego i komórkę Motoroli do torby Fendi, której tak nadużywała. W ciągu paru ostatnich tygodni ta warta dziesięć tysięcy dolarów ślicznotka służyła jako szkolna torba Cassidy i wiele paciorków — podobnie jak jedna z rączek — po prostu odpadło. Miranda rzuciła ją któregoś dnia na moje biurko i rozkazała dać do naprawy albo, jeśli naprawa nie byłaby możliwa, po prostu wyrzucić. Z dumą oparłam się pokusie oznajmienia jej, że torby nie da się naprawić, żeby ją zatrzymać, i kaletnik naprawił wszystko za jedyne dwadzieścia pięć dolarów.

Kiedy w końcu wyszła, odruchowo sięgnęłam po telefon, żeby zadzwonić do Aleksa i ponarzekać na swój dzień. Dopiero kiedy wystukałam połowę jego numeru, przypomniałam sobie, że robimy przerwę. Uderzyło mnie, że to będzie pierwszy dzień od prawie trzech lat, kiedy nie porozmawiamy. Siedziałam z telefonem w ręku, wpatrując się w maila, który przysłał dzień wcześniej, podpisany „kocham", i zastanawiałam się, czy popełniłam fatalny błąd, godząc się na tę przerwę. Ponownie wybrałam numer, tym razem gotowa oznajmić, że powinniśmy o tym wszystkim porozmawiać, dojść do tego, co poszło nie tak, gotowa przyjąć odpowiedzialność za rolę, którą odegrałam w powolnym i stałym rozmywaniu się naszego związku. Ale zanim zdążyłam zadzwonić, przy moim biurku stała Stef z Dodatkowym Planem Wojennym Podróży do Paryża, nabuzowana po pokazie dla Mirandy. Miałyśmy buty, torebki, paski, biżuterię i pończochy oraz okulary do omówienia, więc odłożyłam słuchawkę i spróbowałam się skupić na jej instrukcjach.

Logicznie rzecz biorąc, mogłoby się wydawać, że siedmiogodzinny lot w klasie turystycznej w maksymalnie dopasowanych skórzanych spodniach, sandałach z pasków, bez palców, i żakiecie włożonym na top bez rękawów będzie najgorszym ze wszystkich piekielnych doświadczeń w podróży. Nic podobnego. Te siedem godzin lotu to był najbardziej odprężający czas, jaki pamiętam. Ponieważ Miranda i ja leciałyśmy do Paryża jednocześnie, ale innymi samolotami — ona z Mediolanu, ja z Nowego Jorku — wyglądało na to, że trafiła mi się jedyna możliwa sytuacja, kiedy przez siedem godzin z rzędu nie mogła do mnie dzwonić. Przez jeden cudowny dzień to, że okazałam się nieosiągalna, nie było moją winą.

Z powodów, które nie do końca zrozumiałam, moi rodzice nie byli tak zachwyceni, jak myślałam, kiedy zadzwoniłam powiedzieć im o podróży.

— Och, naprawdę? — zapytała moja matka w ten swój szczególny sposób, który sugerował znacznie więcej, niż naprawdę znaczyły te dwa małe słówka. — Jedziesz teraz do Paryża?

— Jak to „teraz"?

— Cóż, po prostu nie wydaje mi się, żeby to był najlepszy moment na lot do Europy — powiedziała niejasno, chociaż czułam, że lawina wyrzutów żydowskiej matki już zaczyna sunąć w moją stronę.

— A to dlaczego? Kiedy byłby dobry moment?

— Nie denerwuj się, Andy, po prostu nie widzieliśmy cię od miesięcy. Nie żebyśmy narzekali, tata i ja oboje rozumiemy, jak wyczerpująca jest twoja praca, ale czy nie chcesz zobaczyć swojego malutkiego siostrzeńca? Ma już prawie miesiąc, a ty go jeszcze nie widziałaś!

— Mamo! Nie zmuszaj mnie, żebym czuła się winna. Nie mogę się doczekać, kiedy zobaczę Isaaca, ale wiesz, że nie mogę po prostu...

— Wiesz, że tata i ja zapłacimy za twój bilet do Houston, prawda?

— Tak! Mówiłaś mi o tym jakieś czterysta razy. Wiem i doceniam, ale nie chodzi o pieniądze. Nie mogę wziąć wolnego z pracy, a jeśli chodzi o wyjazd, nie mogę tak po prostu sobie wyjechać. Nawet w weekendy. Czy uważasz, że ma sens lecieć przez całe Stany tylko po to, żeby wracać, jeżeli Miranda zadzwoni w sobotę rano i każe mi odebrać swoje pranie? Ma?

— Oczywiście, że nie, Andy. Pomyślałam tylko... pomyśleliśmy tylko... że może będziesz mogła ich odwiedzić w ciągu paru najbliższych tygodni, skoro Miranda miała wyjechać i tak dalej, i jeżeli do nich polecisz, to tata i ja też. A teraz jedziesz do Paryża.

Powiedziała to w sposób, który sugerował, co naprawdę myślała. „A teraz jedziesz do Paryża" należało przetłumaczyć jako: „A teraz lecisz sobie odrzutowcem do Paryża, żeby uciec od wszystkich rodzinnych zobowiązań".

— Mamo, powiedzmy coś sobie bardzo, bardzo wyraźnie. Nie jadę na wakacje. Nie wybrałam wyjazdu do Paryża zamiast spotkania z moim nowym siostrzeńcem. To zupełnie nie jest moja decyzja, jak zapewne wiesz, ale nie chcesz przyjąć do wiadomości. To naprawdę bardzo prosta sprawa: za trzy dni jadę do Paryża z Mirandą na tydzień albo dostanę wymówienie. Widzisz tu jakiś wybór? Bo jeśli tak, z rozkoszą o nim usłyszę.

Milczała przez chwilę, zanim powiedziała:

— Nie, oczywiście, że nie, kochanie. Wiesz, że to rozumiemy. Mam tylko nadzieję, że jesteś zadowolona z tego, jak się to wszystko układa.

— A co to ma znaczyć? — zapytałam wrogo.

— Nic, nic — odparła pośpiesznie. — Nic innego ponad to, co właśnie powiedziałam: tatę i mnie obchodzi tylko, czy jesteś szczęśliwa, a wygląda na to, że ostatnio, hm, no cóż, działasz w wielkim napięciu. Czy wszystko w porządku?

Trochę zmiękłam, bo tak wyraźnie się starała.

— Tak, mamo, wszystko w porządku. Nie jestem zadowolona z tego wyjazdu do Paryża, ale to wiesz. To będzie tydzień czystego piekła, dwadzieścia cztery godziny na dobę. Ale mój rok niedługo się kończy i będę mogła zapomnieć o takim życiu.

— Wiem, kochanie, wiem, że to był dla ciebie trudny rok. Mam tylko nadzieję, że okaże się, że było warto. Tylko tyle.

— Wiem. Też mam taką nadzieję.

Rozstałyśmy się po przyjacielsku, ale miałam niewyraźne przeczucie, że moi rodzice są mną rozczarowani.

Odzyskanie bagaży na lotnisku de Gaulle'a to był horror, ale w końcu znalazłam elegancko ubranego kierowcę, który za odprawą celną machał tabliczką z moim nazwiskiem. W chwili gdy zamknął drzwi samochodu, wręczył mi telefon komórkowy.

— Pani Priestly prosiła, żeby zadzwoniła pani do niej po przyjeździe. Jest w apartamencie Coco Chanel. Pozwoliłem sobie zaprogramować automatyczne wybieranie numeru hotelu.

— Hm, och, okej. Dzięki, chyba od razu zadzwonię — oznajmiłam niepotrzebnie.

Ale zanim zdążyłam nacisnąć guzik z gwiazdką i jedynkę, telefon zabeczał i zaświecił przerażająco czerwonym blaskiem. Gdyby kierowca nie przypatrywał mi się wyczekująco, wyłączyłabym dzwonek i udała, że jeszcze nie zauważyłam połączenia, ale miałam niejasne przeczucie, że polecono mu mieć na mnie oko. Coś w wyrazie jego twarzy sugerowało, że ignorowanie tego połączenia nie leżało w moim interesie.

— Halo? Mówi Andrea Sachs — powiedziałam najbardziej profesjonalnie, jak to możliwe, próbując wycenić, jakie są szanse, że to ktokolwiek oprócz Mirandy.

— Ahn-dre-ah! Którą godzinę wskazuje w tej chwili twój zegarek?

Czy to było podchwytliwe pytanie? Wstęp do tego, żeby oskarżyć mnie o spóźnienie?

— Hm, nich spojrzę. Właściwie to piątą piętnaście rano, ale oczywiście nie przestawiłam go jeszcze na czas paryski. W takim razie mój zegarek powinien wskazywać jedenastą piętnaście rano. — Mówiłam pogodnie, mając nadzieję rozpocząć pierwszą rozmowę naszej nużącej podróży z największym optymizmem, na jaki mnie było stać.

— Dziękuję za tę niekończącą się opowieść, Ahn-dre-ah. A mogę zapytać, co dokładnie robiłaś przez ostatnie trzydzieści pięć minut?

— Samolot wylądował z parominutowym opóźnieniem, a potem musiałam jeszcze...

— Zgodnie z planem podróży, który ty sama dla mnie przygotowałaś, spodziewałam się, że twój samolot wylądował dziś o dziesiątej trzydzieści pięć.

— Tak, zgodnie z planem miał lądować o tej porze, ale widzisz...

— Nie musisz mi mówić, co widzę, Ahn-dre-ah. Z całą pewnością to zachowanie nie do przyjęcia podczas najbliższych dwóch tygodni, rozumiesz?

— Tak, oczywiście. Przepraszam. — Serce waliło mi z prędkością mniej więcej miliona uderzeń na minutę i czułam, że twarz mi czerwienieje z upokorzenia. Upokorzenia, że ktoś się do mnie w ten sposób odzywa, ale przede wszystkim ze wstydu, że na to pozwalam. Właśnie przeprosiłam — jak najszczerzej — że nie zdołałam doprowadzić do tego, by międzynarodowy lot się nie spóźnił, a potem za to, że nie byłam dość sprytna, by wykombinować, jak uniknąć francuskich celników.

Dość prostacko przycisnęłam twarz do szyby i przyglądałam się, jak limuzyna przedziera się przez kipiące życiem paryskie ulice. Kobiety wydawały się tu znacznie wyższe, a mężczyźni znacznie bardziej wyrafinowani i właściwie wszyscy byli pięknie ubrani, szczupli, o królewskiej postawie. Wcześniej byłam w Paryżu tylko raz, ale mieszkanie z plecakiem w schronisku młodzieżowym w gorszej części miasta nie robi takiego samego wrażenia, jak obserwowanie szykownych małych butików z ciuchami i rozkosznych kawiarni na chodnikach z tylnego siedzenia limuzyny. Mogłabym do tego przywyknąć, pomyślałam, gdy kierowca odwrócił się w moją stronę, chcąc pokazać, gdzie znajdę kilka butelek z wodą, gdybym miała na nią ochotę.

Gdy samochód podjechał pod wejście, drzwi otworzył mi dżentelmen o dystyngowanym wyglądzie, ubrany, jak przypuszczałam, w garnitur szyty na miarę.

— Mademoiselle Sachs, cóż za przyjemność wreszcie panią poznać. Jestem Gerard Renaud. — Głos miał łagodny i pewny siebie, a siwe włosy i mocno pocięta zmarszczkami twarz wskazywały, że portier jest znacznie starszy, niż wyobrażałam sobie, gdy rozmawiałam z nim przez telefon.

— Monsieur Renaud, wspaniale w końcu pana poznać! — Nagle jedyne, o czym marzyłam, to wpełznąć do miłego, miękkiego łóżka i przespać dolegliwości związane ze zmianą czasu, ale Renaud szybko rozwiał moje nadzieje.

— Mademoiselle Andrea, madame Priestly chciałaby natychmiast widzieć panią w swoim pokoju. Zanim zainstaluje się pani we własnym, obawiam się. — Miał przepraszający wyraz twarzy i przez krótką chwilę pożałowałam go bardziej niż samej siebie. Najwyraźniej zakomunikowanie tej nowiny nie sprawiło mu przyjemności.

— Świetnie, kurwa — wymamrotałam, zanim zauważyłam, w jakie strapienie przyprawiło to monsieur Renauda. Przykleiłam do twarzy zwycięski uśmiech i zaczęłam jeszcze raz. — Proszę mi wybaczyć, mam wrażenie, że lot był strasznie długi. Czy ktoś mógłby mi powiedzieć, gdzie znajdę Mirandę?

— Oczywiście, mademoiselle. Jest w swoim apartamencie i wnoszę, że bardzo niecierpliwie pani oczekuje. — Kiedy spojrzałam na monsieur Renauda, wydało mi się, że zauważyłam lekkie wzniesienie oczu do nieba, i chociaż przez telefon zawsze uważałam go za przygnębiająco poprawnego, zawahałam się. Chociaż był zbyt profesjonalny, żeby to okazać, a tym bardziej cokolwiek powiedzieć, zaczęłam się wahać, że być może nie znosi Mirandy tak samo jak ja. Nie żebym miała na to jakiś autentyczny dowód, ale po prostu nie umiałam sobie wyobrazić nikogo, kto by jej nie nienawidził.

Drzwi windy się otworzyły i monsieur Renaud z uśmiechem zaprosił mnie do środka. Powiedział coś po francusku do chłopca hotelowego, który towarzyszył mi na górę. Renaud pożegnał mnie uprzejmym *adieu* i chłopak poprowadził mnie do apartamentu. Zapukał do drzwi, a potem uciekł, zostawiając mnie, żebym sama stawiła czoło Mirandzie.

Przelotnie zastanowiłam się, czy Miranda osobiście otworzy drzwi, ale nie potrafiłam sobie tego wyobrazić. W ciągu jedenastu miesięcy, kiedy wchodziłam i wychodziłam z jej mieszkania, nie udało mi się przyłapać jej na wykonywaniu niczego, co choćby przypominało wysiłek, nawet na tak przyziemnych zadaniach, jak odbieranie telefonu, wyjmowanie marynarki z szafy czy nalewanie szklanki wody. Zupełnie jakby codziennie był szabat, a ona ponownie stała się praktykującą Żydówką. No i oczywiście ja byłam jej szabes-gojem.

Ładna pokojówka w uniformie otworzyła drzwi i poprosiła mnie do środka, smutne oczy miała pełne łez i wpatrywała się wyłącznie w podłogę.

— Ahn-dre-ah! — usłyszałam gdzieś z głębi najwspanialszego salonu, jaki kiedykolwiek widziałam. — Ahn-dre-ah, chcę mieć na wieczór wyprasowany mój kostium od Chanel, ponieważ został praktycznie zrujnowany zagnieceniami podczas przelotu. Można by pomyśleć, że w concordzie będą potrafili obchodzić się z bagażem, ale moje rzeczy wyglądają potwornie. Zadzwoń też do Horace Mann i potwierdź, czy dziewczynki dotarły do szkoły. Będziesz to robić codziennie, po prostu nie ufam tej Annabelle. Nie zapomnij rozmawiać co wieczór zarówno z Caroline, jak i Cassidy i spisz listę ich lekcji do odrobienia oraz zbliżających się egzaminów. Rano oczekuję raportu na piśmie, tuż przed śniadaniem. Och, i natychmiast daj mi do telefonu senatora Schumera. To pilne. I wreszcie masz się skontaktować z tym idiotą Renaudem i powiedzieć mu, że spodziewam się, iż podczas mojego pobytu tutaj zapewni mi kompetentną obsługę, a jeśli to zbyt trudne, z pewnością dyrektor generalny będzie w stanie mi pomóc. Ta durna dziewczyna, którą mi przysłał, jest umysłowo upośledzona.

Moje oczy przesunęły się na smutną dziewczynę, która ukrywała się teraz w foyer — wyglądała na tak przerażoną, jak osaczony chomik, gdy drżąc, starała się nie płakać. Musiałam założyć, że rozumiała po angielsku, więc rzuciłam jej spojrzenie pełne szczerego współczucia, ale ona dalej się trzęsła. Rozejrzałam się po pokoju i rozpaczliwie usiłowałam zapamiętać wszystko, co właśnie wyrecytowała Miranda.

— Załatwione — zawołałam mniej więcej w kierunku jej głosu dochodzącego zza niewielkiego fortepianu i siedemnastu kwiatowych kompozycji rozmieszczonych uroczo w apartamencie wielkości domu. — Zaraz wracam ze wszystkim, co chcesz. — W duchu zganiłam się za nieformalny styl tej wypowiedzi i po raz ostatni rozejrzałam się po wspaniałym pomieszczeniu. Było to niewątpliwie najbardziej okazałe, najbardziej luksusowe miejsce, jakie w życiu widziałam, z brokatowymi zasłonami, grubym dywanem w kremowym kolorze, gęsto tkaną adamaszkową narzutą na królewskich rozmiarów łóżku, ze złoconymi figurkami dyskretnie poustawianymi na mahoniowych półkach i stolikach. Tylko płaski ekran telewizora i wąski srebrny zestaw stereo wskazywały, że całość nie została stworzona i zaprojektowana w poprzednim stuleciu przez zręcznych, wprawnych w swym fachu rzemieślników.

Wyminęłam trzęsącą się pokojówkę i wyszłam na korytarz. Ponownie pojawił się przerażony chłopak hotelowy.

— Czy mógłbyś zaprowadzić mnie do mojego pokoju? — zapytałam najuprzejmiej jak potrafiłam, ale on najwyraźniej uznał, że ja też będę nim pomiatać, więc znów popędził przodem.

— Proszę, mademoiselle, mam nadzieję, że będzie odpowiedni.

Jakieś dwadzieścia metrów w głąb korytarza znajdowały się drzwi bez kolejnego numeru. Prowadziły do miniapartamentu, niemal dokładnej repliki pokoju Mirandy, ale z mniejszym salonem i łóżkiem rozmiarów książęcych, a nie królewskich. Miejsce fortepianu zajęło duże mahoniowe biurko wyposażone w telefon obsługujący kilka linii, płaski laptop, drukarkę laserową, skaner i faks, ale poza tym pokoje były w znacznym stopniu zbliżone pod względem bogatego, komfortowego wystroju.

— Te drzwi prowadzą do prywatnego korytarza, który łączy pokoje pani i pani Priestly — wyjaśnił, zmierzając w tę stronę, żeby je otworzyć.

— Nie! Wszystko w porządku, nie muszę go oglądać. Wystarczy, że wiem, gdzie jest. — Zerknęłam na grawerowaną plakietkę umieszczoną dyskretnie na kieszeni jego nieskazitelnie odprasowanego uniformu. — Dziękuję, ee, Stephan. — Zaczęłam grzebać w torbie w poszukiwaniu gotówki na napiwek, ale zdałam sobie sprawę, że nie pomyślałam o wymianie dolarów na franki i nie zatrzymałam się jeszcze przy bankomacie. — Och, przepraszam, ja, ee, mam tylko dolary. Czy to w porządku?

Jego twarz spłonęła czerwienią i zaczął gęsto przepraszać.

— Och nie, proszę pani, proszę nie przejmować się takimi rzeczami. Pani Priestly zajmuje się takimi szczegółami przy wyjeździe. Ale ponieważ będzie pani potrzebować lokalnej waluty, proszę pozwolić, że coś pani pokażę. — Podszedł do gigantycznego biurka, wysunął górną szufladę i wręczył mi kopertę z logo francuskiego *Runwaya*. Wewnątrz tkwił plik franków, w sumie wartości około czterech tysięcy dolarów. Notka, nabazgrana przez Briget Jardin, redaktor naczelną, która wzięła na siebie główny ciężar planowania i przygotowania zarówno tego wyjazdu, jak i zbliżającego się przyjęcia Mirandy, głosiła:

Emily, kochanie, rozkosznie mieć cię tu u nas! Dysponuj, proszę, swobodnie załączonymi 33 210 frankami podczas pobytu w Paryżu. Rozmawiałam z monsieur Renaud i będzie gotów na wezwanie Mirandy przez dwadzieścia cztery godziny na dobę. Poniżej znajdziesz listę jego telefonów do pracy i do domu, podobnie jak numery do szefa hotelowej kuchni, trenera fitness, dyrektora do spraw transportu i oczywiście dyrektora generalnego. Wszyscy mają wprawę w goszczeniu Mirandy podczas pokazów, więc nie powinno tu być żadnych problemów. Oczywiście zawsze możesz mnie złapać w pracy, a w razie potrzeby pod komórką, telefonem domowym, faksem albo pagerem, gdyby któraś z was czegokolwiek potrzebowała. Jeżeli nie spotkamy się przed wielkim sobotnim soiree, z przyjemnością tam się z tobą zobaczę.

Masa buziaków, Briget

Na złożonej kartce firmowego papieru *Runwaya*, wetkniętej pod pieniądze, znajdowała się lista niemal stu numerów telefonicznych, zawierająca wszystko, co może się przydać w Paryżu, od eleganckiej kwiaciarni po chirurga do nagłych przypadków. Te same numery powtarzały się na ostatniej stronie szczegółowego planu podróży, który ułożyłam dla Mirandy, korzystając z informacji codziennie uaktualnianych i faksowanych przez Briget, więc w chwili obecnej wyglądało na to, że żadna przeciwność losu — poza totalną wojną światową — nie przeszkodzi Mirandzie Priestly w obejrzeniu wiosennych pokazów przy zredukowanym do minimum poziomie stresu, niepokoju czy troski.

— Bardzo dziękuję, Stephan, to wielka pomoc. — Mimo wszystko odliczyłam dla niego kilka banknotów, ale grzecznie udał, że ich nie widzi, i umknął z powrotem na korytarz. Z przyjemnością zauważyłam, że wyglądał na znacznie mniej przerażonego niż kilka chwil wcześniej.

Jakoś udało mi się znaleźć ludzi, z którymi kazała mi się skontaktować, i uznałam, że mam kilka minut, żeby przyłożyć głowę do obciągniętej kosztowną powłoczką poduszki, ale telefon zadzwonił w momencie, gdy zamknęłam oczy.

— Ahn-dre-ah, przyjdź natychmiast do mojego pokoju — warknęła, po czym rzuciła słuchawką.

— Tak, oczywiście, Mirando, dziękuję, że tak miło prosisz. Z przyjemnością — powiedziałam do milczącej słuchawki. Podniosłam swoje zmęczone zmianą czasu ciało z łóżka i skoncentrowałam się na tym, żeby obcasy nie utknęły w wykładzinie dywanowej korytarza łączącego nasze pokoje. Ponownie na moje pukanie zareagowała pokojówka.

— Ahn-dre-ah! Właśnie dzwoniła do mnie jedna z asystentek Briget, żeby sprawdzić, jak długie jest moje przemówienie na dzisiejszy brunch — oznajmiła. Przerzucała egzemplarz *Women's Wear Daily*, który ktoś z biura — prawdopodobnie Allison, która znała dryl z czasów swojej kadencji — wcześniej przefaksował, a dwóch pięknych mężczyzn pracowało nad jej włosami i makijażem. Na zabytkowym stoliku obok spoczywał talerz serów.

Przemówienie? Jakie przemówienie? Jedyne, co oprócz pokazów zostało na dziś zaplanowane, to coś w rodzaju lunchu z wręczaniem nagród, na którym Miranda miała zamiar spędzić swój zwyczajowy kwadrans, zanim ucieknie stamtąd przed nudą.

— Przepraszam. Powiedziałaś „przemówienie"?

— Owszem. — Ostrożnie zamknęła gazetę, spokojnie złożyła ją na pół, a potem ze złością cisnęła na podłogę, o włos omijając jednego z mężczyzn, który przed nią ukląkł. — Czemu, do diabła, nie zostałam poinformowana, że mam na dzisiejszym lunchu otrzymać jakąś cholerną nagrodę? — syknęła z twarzą wykrzywioną nienawiścią, jakiej nigdy nie widziałam. Niesmak? Jasne. Niezadowolenie? Nieustannie. Złość, frustracja, ogólna irytacja? Oczywiście, w każdej minucie każdego dnia. Ale nigdy nie widziałam, żeby wyglądała na tak dokumentnie wkurwioną.

— Hm, Mirando, bardzo mi przykro, ale właściwie to biuro Briget odpowiedziało na twoje zaproszenie na dzisiejszą imprezę i nie...

— Zamilknij. Zamilknij w tej chwili! Jedyne, na co cię stać, to ciągłe wymówki. Ty jesteś moją asystentką, ty jesteś osobą, którą wyznaczyłam do załatwienia spraw w Paryżu, to ty powinnaś być zorientowana w tym wszystkim. — Właściwie prawie krzyczała. Jeden z facetów od makijażu zapytał miękko po francusku, czy chciałybyśmy na chwilę zostać same, ale Miranda kompletnie go zignorowała. — W tej chwili jest południe i będę musiała stąd wyjść za czterdzieści pięć minut. Oczekuję krótkiej, zwięzłej i zrozumiałej przemowy, czytelnie przepisanej i leżącej w moim pokoju. Jeżeli nie potrafisz zrealizować tego zadania, możesz wracać do domu. Na stałe. To wszystko.

Pobiegłam korytarzem szybciej, niż kiedykolwiek biegałam w szpilkach, i zanim jeszcze dotarłam do pokoju, z trzaskiem otworzyłam swoją komórkę o międzynarodowym zasięgu. Ręce trzęsły mi się tak paskudnie, że wybranie numeru Briget było niemal niemożliwe, ale jakimś cudem uzyskałam połączenie. Odebrała jedna z jej asystentek.

— Potrzebna mi Briget! — zaskrzeczałam, głos załamał mi się, gdy wymawiałam jej imię. — Gdzie ona jest? Gdzie ona jest? Muszę z nią rozmawiać. Teraz!

Dziewczynę momentalnie zamurowało.

— Andrea? Czy to ty?

— Tak, to ja i potrzebna mi Briget. To nagły wypadek. Gdzie ona jest, do cholery?

— Na pokazie, ale nie martw się, zawsze ma włączoną komórkę. Jesteś w hotelu? Powiem jej, żeby zaraz do ciebie oddzwoniła.

Telefon na biurku zadzwonił kilka sekund później, ale miałam wrażenie, że minął tydzień.

— Andrea — zagruchał jej uroczy francuski akcent. — O co chodzi, kochanie? Monique powiedziała, że byłaś rozhisteryzowana.

— Rozhisteryzowana? Oczywiście, że jestem rozhisteryzowana, do cholery! Briget, jak mogłaś mi to zrobić? Twoje biuro ustalało wszystko w związku z tym pierdolonym lunchem i nikt się nie pofatygował, żeby powiedzieć — żeby mi powiedzieć — że nie tylko otrzymuje nagrodę, ale ma też wygłosić przemówienie!

— Andrea, uspokój się, jestem pewna, że mówiliśmy...

— I muszę je napisać! Czy ty mnie słuchasz? Mam czterdzieści pięć pierdolonych minut, żeby napisać przemówienie z podziękowaniem za nagrodę, o której nic nie wiem, w języku, którego nie znam. Albo jestem skończona. I co ja teraz zrobię?

— No dobrze, odpręż się, przeprowadzę cię przez to krok po kroku. Przede wszystkim, cała uroczystość jest właśnie tam, w Ritzu, w jednym z salonów.

— Gdzie? W jakim salonie? — Nie miałam jeszcze szansy

rozejrzeć się po hotelu, ale byłam przekonana, że niczego takiego tu nie znajdę.

— Tak się po francusku mówi na, och, jak wy je nazywacie? Sale konferencyjne. Więc musi tylko zejść po schodach. Urządza to Francuska Rada do spraw Mody, paryska organizacja, która zawsze przyznaje nagrody w czasie pokazów, bo wszyscy są w mieście. *Runway* dostanie nagrodę za prezentację mody. To, jak wy to mówicie, nic takiego, właściwie formalność.

— Świetnie, przynajmniej teraz wiem, za co ta nagroda. Co właściwie mam napisać? Może po prostu podyktujesz mi to po angielsku i załatwię, żeby monsieur Renaud przetłumaczył, okej? Zaczynaj. Jestem gotowa. — Mój głos odzyskał nieco pewności, ale wciąż ledwie mogłam utrzymać pióro. Kombinacja wyczerpania, stresu i głodu sprawiała, że z trudem mogłam skupić wzrok na firmowym papierze Ritza, który leżał na biurku.

— Andrea, tu także ci się poszczęściło.

— Och, doprawdy? W tej chwili jakoś nie czuję się specjalnie szczęśliwa, Briget.

— Takie imprezy zawsze są prowadzone po angielsku. Nie ma potrzeby tego tłumaczyć. No, to zaczynajmy, masz pióro?

Zaczęła szybko mówić, a ja usiłowałam zapisać zaskakująco spójne zdania, które wypływały z jej ust najwyraźniej bez wysiłku. Kiedy odłożyłam słuchawkę i zaczęłam przepisywanie w tempie sześćdziesięciu słów na minutę — maszynopisanie to były jedyne pożyteczne zajęcia, na jakie chodziłam w liceum — zdałam sobie sprawę, że Mirandzie wystarczą dwie, może trzy minuty, żeby to przeczytać. Miałam akurat dość czasu, żeby przełknąć trochę pellegrino i pożreć kilka truskawek, które ktoś troskliwie ustawił na moim barku. Gdyby tylko zostawili mi tam cheeseburgera, pomyślałam. Pamiętałam, że gdzieś w bagażu, który w porządnym stosie leżał w kącie, wetknęłam batonik Twix, ale nie było czasu, by go szukać. Minęło dokładnie czterdzieści minut, odkąd dostałam rozkaz wymarszu. Nadszedł czas, żeby sprawdzić, czy zdałam.

Inna — ale równie przerażona — pokojówka otworzyła drzwi

Mirandy i zaprosiła mnie do salonu. Oczywiście powinnam stać, ale skórzane spodnie, które miałam na sobie od poprzedniego dnia, zaczęły sprawić wrażenie na stałe przyklejonych do moich nóg, a sandały z pasków, które tak dobrze sprawiły się w samolocie, zmieniły się w długie, giętkie brzytwy przymocowane do moich pięt i palców. Postanowiłam przycupnąć na wyścielanej sofie, ale w chwili gdy moje kolana się zgięły, a pupa dotknęła poduszki, drzwi jej sypialni gwałtownie się otworzyły i odruchowo zerwałam się na równe nogi.

— Gdzie moje przemówienie? — zapytała mechanicznie, podczas gdy kolejna pokojówka szła za nią, trzymając pojedynczy kolczyk, który Miranda zapomniała założyć. — Napisałaś coś, nieprawdaż? — Miała na sobie jeden ze swoich klasycznych kostiumów Chanel — okrągły kołnierzyk obrzeżony futrem — i skręcony zwój niezwykle dużych pereł.

— Oczywiście, Mirando — powiedziałam z dumą. — Myślę, że to będzie odpowiednie. — Podeszłam do niej, ponieważ nie wykonała najmniejszego ruchu, żeby wziąć ode mnie kartkę, ale zanim zdążyłam podać jej przemówienie, wyrwała mi je z ręki. Dopóki jej oczy nie skończyły przesuwać się tam i z powrotem po tekście, nie zdawałam sobie sprawy, że wstrzymywałam oddech.

— W porządku. Jest w porządku. Zdecydowanie nic rzucającego na kolana, ale w porządku. Chodźmy. — Chwyciła pasującą pikowaną torebkę Chanel i umieściła zrobiony z łańcuszka pasek na ramieniu.

— Przepraszam?

— Powiedziałam, chodźmy. Ta głupia ceremonijka zaczyna się za piętnaście minut i przy odrobinie szczęścia wyjdziemy stamtąd w dwadzieścia. Szczerze nie znoszę takich imprez.

Nie było co się spierać, słyszałam, że powiedziała zarówno „chodźmy", jak „wyjdziemy". Zdecydowanie spodziewała się, że pójdę z nią. Zerknęłam na swoje skórzane spodnie i dopasowany żakiet i uznałam, że skoro ona nie ma nic przeciwko temu strojowi — a gdyby miała, z pewnością usłyszałabym coś na ten temat — to jakie to ma znaczenie. Prawdopodobnie będą się tam kręcić całe zastępy asystentek, usługujących swoim szefom, i z pewnością nikogo nie będzie obchodziło, co mam na sobie.

„Salon" był dokładnie tam, gdzie Briget powiedziała, że będzie — typowa hotelowa sala konferencyjna z kilkudziesięcioma okrągłymi stołami do lunchu i nieco podwyższoną sceną do prezentacji z podium. Stałam przy ścianie z tyłu z kilkorgiem różnego rodzaju pracowników i przyglądałam się, jak prezes Rady pokazuje zupełnie nieśmieszny, nieinteresujący, kompletnie nudny klip filmowy o wpływie mody na nasze życie. Przez następne pół godziny kilka osób okupowało mikrofon, a potem, przed wręczeniem choćby jednej nagrody, armia kelnerów zaczęła wnosić sałatki i napełniać winem kieliszki. Ostrożnie spojrzałam na Mirandę, która wyglądała na strasznie znudzoną oraz zirytowaną i spróbowałam skurczyć się za drzewkiem w donicy, o które się opierałam, żeby nie zasnąć. Nie jestem pewna, jak długo miałam zamknięte oczy, ale właśnie wtedy, gdy przestałam kontrolować mięśnie szyi i głowa zaczęła mi się bezwładnie kiwać, usłyszałam jej głos.

— Ahn-dre-ah! Nie mam czasu na te bzdury — wyszeptała dość głośno, żeby kilkoro Klakierów z pobliskiego stolika podniosło wzrok. — Nie powiedziano mi, że będę odbierać jakąś nagrodę i nie byłam na to przygotowana. Wychodzę. — I obróciła się na pięcie, po czym długimi krokami ruszyła w stronę drzwi.

Pokuśtykałam za nią, ale powstrzymałam się przed chwyceniem jej za ramię.

— Mirando? Mirando? — Najwyraźniej mnie ignorowała. — Mirando? Kto ma odebrać tę nagrodę w imieniu *Runwaya*? — wyszeptałam tak cicho, jak się dało, żeby tylko zdołała mnie usłyszeć.

Zrobiła zwrot w miejscu i spojrzała mi prosto w oczy.

— Myślisz, że mnie to cokolwiek obchodzi? Idź tam i sama ją odbierz. — I zanim zdążyłam powiedzieć choćby słowo, już jej nie było.

O mój Boże. To się nie działo. Z pewnością za minutę obudzę się w swoim własnym, nieefektownym, zasłanym kiepską pościelą łóżku i odkryję, że cały ten dzień — do licha, cały rok — był tylko wyjątkowo koszmarnym snem. Ta kobieta nie oczekiwała przecież, że ja — młodsza asystentka — pójdę tam i odbiorę nagrodę dla *Runwaya* za prezentowanie mody, prawda? Rozpaczliwie rozejrzałam się po sali, żeby sprawdzić, kto jeszcze z *Runwaya* bierze udział w tym lunchu. Nic z tego. Osunęłam się na krzesło i próbowałam wymyślić, czy powinnam zadzwonić po radę do Emily albo Briget, czy też po prostu wyjść, skoro jej najwyraźniej w ogóle nie zależało na otrzymaniu tego wyróżnienia. Moja komórka właśnie połączyła się z biurem Briget (która, miałam nadzieję, zdążyłaby tu w porę, żeby osobiście odebrać cholerną nagrodę), gdy usłyszałam słowa „...wyrazić nasze najwyższe uznanie dla amerykańskiego *Runwaya* za jego dokładny, zabawny i zawsze czytelny sposób prezentowania mody. Powitajmy wszyscy światowej sławy redaktor naczelną, żywy symbol świata mody, panią Mirandę Priestly!".

Sala eksplodowała aplauzem dokładnie w tym samym momencie, w którym poczułam, że moje serce przestało bić.

Nie było czasu, żeby myśleć, przeklinać Briget, że do tego dopuściła, przeklinać Mirandę za to, że wyszła, przeklinać siebie za to, że w ogóle zaczęłam tę znienawidzoną pracę. Moje nogi same ruszyły naprzód, lewa-prawa, lewa-prawa, i wspięły się na trzy stopnie do podium bez żadnych incydentów. Gdybym nie znajdowała się w stanie tak całkowitego szoku, zauważyłabym może, że entuzjastyczne oklaski ustąpiły miejsca niesamowitej ciszy, gdy wszyscy usiłowali się zorientować, kim jestem. Ale nie zauważyłam. Jakaś przemożna siła nakazała mi uśmiechnąć się, wziąć z rąk prezesa o surowym wyrazie twarzy plakietkę i spokojnie umieścić ją na podium przed sobą. Dopiero kiedy uniosłam głowę i zobaczyłam setki wpatrujących się we mnie oczu — oczu ciekawych, taksujących, pełnych zmieszania — zyskałam pewność, że przestanę oddychać i umrę na miejscu.

Wyobrażam sobie, że stałam tam nie dłużej niż dziesięć albo piętnaście sekund, ale cisza była tak wszechogarniająca, tak przytłaczająca, że zaczęłam się zastanawiać, czy może już umarłam. Nikt nie wypowiedział ani słowa. Żadne sztućce nie skrobnęły o talerz, nie brzęknął żaden kieliszek, nikt nawet nie szepnął do sąsiada o tym, kto zajął miejsce Mirandy Priestly. Po prostu mi się przyglądali, chwila za chwilą, aż w końcu nie miałam wyjścia i musiałam się odezwać. Nie pamiętałam ani słowa z przemówienia, które godzinę wcześniej podyktowała mi Briget, więc byłam zdana na własne siły.

— Halo — zaczęłam i usłyszałam własny głos dudniący w uszach. Nie umiałam ocenić, czy to mikrofon, czy dźwięk krwi pulsującej mi w głowie, ale nie miało to żadnego znaczenia. Jedyne, co słyszałam wyraźnie, to odgłos, z jakim się trzęsłam — niepohamowanie. — Nazywam się Andrea Sachs i jestem as..., och, należę do pracowników *Runwaya*. Niestety Miranda, hm, pani Priestly musiała na chwilę nas opuścić, ale chciałabym przyjąć tę nagrodę w jej imieniu. I oczywiście w imieniu wszystkich w *Runwayu*. Dziękuję, hm... — nie mogłam sobie przypomnieć nazwy rady ani nazwiska obecnego tam jej prezesa — ...wszystkim za to, och, za to cudowne wyróżnienie. Wiem, że mówię w imieniu wszystkich, kiedy mówię, że wszyscy jesteśmy strasznie zaszczyceni. — Idiotka! Jąkałam się, ochałam, trzęsłam i w tym momencie odzyskałam przytomność na tyle, żeby zauważyć, że tłum zaczął chichotać. Nie dodając już ani słowa, z największą godnością, na jaką mnie było stać, zdołałam zejść z podium i dopiero gdy dotarłam do drzwi, zdałam sobie sprawę, że zapomniałam o nagrodzie. Jakaś pracownica poszła za mną do holu, gdzie po prostu klapnęłam pod wpływem wyczerpania i upokorzenia, i wręczyła mi plakietkę. Odczekałam, aż wyszła, i poprosiłam jednego ze sprzątaczy, żeby ją wyrzucił. Wzruszył ramionami i wepchnął plakietkę do swojej torby.

Co za suka! — pomyślałam, za bardzo wściekła i zmęczona, żeby wymyślać jakieś twórcze inwektywy albo metody pozbawienia jej życia. Zadzwonił mój telefon i ponieważ wiedziałam, że to ona, wyłączyłam dzwonek, po czym u jednej z pracownic głównej recepcji zamówiłam dżin z tonikiem.

— Proszę. Proszę znaleźć kogoś, kto mi to przyniesie. Proszę. — Recepcjonistka spojrzała na mnie i skinęła głową. Wychyliłam całość w zaledwie dwóch długich łykach i wróciłam na górę sprawdzić, czego chciała. Była dopiero druga po południu mojego pierwszego dnia w Paryżu i chciałam umrzeć. Tylko że śmierć nie wchodziła w grę.

17

— Pokój Mirandy Priestly — odebrałam telefon w swoim nowym paryskim biurze. Mój wspaniały czterogodzinny sen, który miał wystarczyć za całonocny wypoczynek, został brutalnie zakończony o szóstej rano rozpaczliwym telefonem od jednego z asystentów Karla Lagerfelda i w tym dokładnie momencie odkryłam, że wszystkie telefony do Mirandy są przełączane bezpośrednio do mojego pokoju, żebym je odebrała. Wyglądało na to, że całe miasto i okolice wiedzą, że Miranda zatrzymała się tu na czas pokazów, więc mój telefon dzwonił bez przerwy od chwili, gdy weszłam. Nie wspominając nawet o ponad dwudziestu wiadomościach zostawionych już w poczcie głosowej.

— Cześć, to ja. Jak tam Miranda? Czy wszystko okej? Czy do tej pory coś już źle poszło? Gdzie ona jest i czemu nie jesteś z nią?

— Hej, Em! Dzięki za troskę. A tak przy okazji, jak się czujesz?

— Co? Och, nic mi nie jest. Trochę osłabiona, ale się poprawia. Nieważne. Co z nią?

— Tak, u mnie też w porządku, dzięki, że pytasz. Tak, to był długi lot i sypiam w najwyżej dwudziestominutowych odcinkach, bo telefon nie przestaje dzwonić, i jestem absolutnie pewna, że nigdy nie przestanie i, och! całkiem bez przygotowania wygłosiłam przemówienie... po napisaniu przemówienia całkiem bez przygotowania... do grupy ludzi, którzy pragnęli towarzystwa Mirandy, ale najwyraźniej nie do tego stopnia, żeby je sobie zapewnić. W sumie wyszłam na kompletną popierdzieloną idiotkę i w trakcie o mało nie dostałam zawału, ale hej, poza tym, wszystko po prostu świetnie.

— Andrea! Bądź poważna! Naprawdę się wszystkim martwiłam. Nie było za wiele czasu, żeby się na to przygotować, a wiesz, że jeżeli cokolwiek się nie powiedzie, ona i tak mnie o to obwini.

— Emily. Proszę, nie odbierz tego osobiście, ale nie mogę teraz z tobą rozmawiać. Po prostu nie mogę.

— Dlaczego? Czy coś się stało? Jak poszło wczorajsze spotkanie? Czy dotarła w porę? Czy masz wszystko, czego potrzebujesz? Czy na pewno nosisz odpowiednie ciuchy? Pamiętaj, reprezentujesz tam *Runwaya*, więc zawsze musisz wyglądać właściwie.

— Emily. Muszę się teraz rozłączyć.

— Andrea! Ja się martwię. Powiedz mi, co robiłaś.

— Cóż, niech pomyślę. W wolnym czasie, jaki miałam, wzięłam kilka masaży, dwa zabiegi na twarz i kilka manikiurów. Miranda i ja naprawdę polubiłyśmy wspólne sesje odnowy, to wspaniała zabawa. Ona bardzo się stara nie wymagać za wiele, twierdzi, że chce, żebym naprawdę korzystała z pobytu w Paryżu, bo to takie cudowne miasto i mam szczęście, że tu jestem. Więc właściwie tylko się włóczymy i wypoczywamy. Pijemy wspaniałe wino. Zakupy. No wiesz, jak zwykle.

— Andrea! To naprawdę nie jest zabawne, okej? A teraz powiedz mi, co się, do cholery, dzieje. — Im bardziej wydawała się zdenerwowana, tym bardziej poprawiał się mój humor.

— Emily, sama nie wiem, co ci powiedzieć. Co chcesz usłyszeć? Jak było do tej pory? Niech się zastanowię. Większość czasu spędziłam, usiłując wymyślić, jak najlepiej spać z telefonem, który nie przestaje dzwonić, i jednocześnie między drugą w nocy a szóstą rano wpakować sobie do gardła dość jedzenia, żeby utrzymało mnie przy życiu przez pozostałe dwadzieścia godzin. Zupełnie jakby tu trwał pieprzony ramadan, Em, nie ma jedzenia w ciągu dnia. Tak, powinnaś naprawdę żałować, że to tracisz.

Zaczęła mrugać druga linia i przełączyłam Emily na oczekiwanie. Przy każdym dzwonku mój umysł wyrzucał szybką, niekontrolowaną myśl o Aleksie, zastanawiając się, czy mógłby zadzwonić i powiedzieć, że wszystko będzie w najlepszym porządku. Od przyjazdu dwa razy dzwoniłam z mojej międzynarodowej komórki i za każdym razem odbierał, ale jak zawodowy „cichy wielbiciel", jakim byłam w liceum, rozłączałam się w chwili, gdy usłyszałam jego głos. Nigdy się jeszcze nie zdarzyło, żebyśmy tak długo nie rozmawiali, i chciałam usłyszeć, co się dzieje, ale jednocześnie nie mogłam się oprzeć wrażeniu, że nagle, odkąd zrobiliśmy sobie przerwę od podsycania poczucia winy, życie stało się znacząco prostsze. A jednak wstrzymałam oddech, dopóki nie usłyszałam na linii skrzeczenia Mirandy.

— Ahn-dre-ah, kiedy ma przyjechać Lucia?

— Halo, Mirando. Zaraz sprawdzę jej plan podróży. Już go mam. Niech spojrzę, napisano tu, że leci prosto z dzisiejszej sesji w Sztokholmie. Powinna być w hotelu.

— Połącz mnie.

— Tak Mirando, zaczekaj moment, proszę.

Przełączyłam ją na oczekiwanie i wróciłam do Emily.

— To ona, muszę lecieć. Mam nadzieję, że ci lepiej. Na razie.

— Mirando? Właśnie znalazłam numer Lucii i teraz cię połączę.

— Zaczekaj, Ahn-dre-ah. Za dwadzieścia minut wychodzę z hotelu na resztę dnia. Przed powrotem będę potrzebowała trochę apaszek i nowego szefa kuchni. Powinien mieć minimum dziesięć lat restauracyjnego doświadczenia głównie w kuchni francuskiej, być w stanie przygotować cztery rodzinne kolacje w tygodniu i przyjęcia z kolacją dwa razy w miesiącu. Teraz połącz mnie z Lucią.

Wiedziałam, że powinnam być poruszona faktem, że Miranda chce, abym zatrudniła dla niej nowojorskiego kucharza, będąc w Paryżu, ale jedyne, na czym mogłam się skupić, to fakt, że wychodziła z hotelu — beze mnie, i to na cały dzień. Przełączyłam się z powrotem do Emily i powiedziałam jej, że Miranda potrzebuje nowego kucharza.

— Popracuję nad tym, Andy — oznajmiła, kaszląc. — Przeprowadzę wstępne poszukiwania, a potem możesz porozmawiać z kilkoma finalistami. Dowiedz się tylko, czy Miranda chce zaczekać na spotkanie z nimi do powrotu do domu, czy wolałaby, żebyś zaaranżowała dla kilku przelot i spotkanie teraz na miejscu, okej?

— Chyba nie mówisz poważnie.

— Ależ oczywiście, że mówię poważnie. W zeszłym roku Miranda zatrudniła Carę podczas pobytu w Marbelli. Ich poprzednia niania właśnie wymówiła i kazała mi przysłać do siebie trzy finalistki samolotem, żeby od razu mogła kogoś znaleźć. Po prostu się dowiedz, okej?

— Jasne — wymamrotałam. — I dzięki.

Wykonałam szybki telefon do biura Briget, żeby ktoś od nich mógł skoczyć do Hermésa odebrać apaszki Mirandy, a potem byłam wolna — do jej następnego telefonu. Sama rozmowa o masażach była tak przyjemna, że postanowiłam zamówić sobie taki zabieg. Pierwszy wolny termin był wczesnym wieczorem, więc zadzwoniłam do obsługi i na razie poprosiłam o pełne śniadanie. Zanim lokaj mi je dostarczył, zdążyłam ponownie wpełznąć w jeden z aksamitnych szlafroków, włożyć kapcie od kompletu i przygotować się na ucztę złożoną z omletu, croissantów, drożdżówek, muffinów, ziemniaków, płatków oraz naleśników, które zjawiły się, tak smakowicie pachnąc. Kiedy pożarłam całe jedzenie i wypiłam dwie filiżanki espresso, poczłapałam z powrotem do łóżka, w którym tak naprawdę nie spałam poprzedniej nocy, po czym zasnęłam tak szybko, że zaczęłam się zastanawiać, czy ktoś nie dosypał czegoś do soku pomarańczowego.

Masaż okazał się idealnym zwieńczeniem tego cudownie odprężającego dnia. Wszyscy inni wykonywali za mnie moją pracę. A Miranda obudziła mnie tylko raz — raz! — żądaniem, żebym na następny dzień zrobiła dla niej rezerwację na lunch. Nie było tak źle, pomyślałam, gdy silne kobiece dłonie ugniatały moje spięte, żałosne mięśnie karku. Całkiem niezły ekstras. Ale kiedy tylko znów zaczęłam drzemać, komórka, którą niechętnie wzięłam ze sobą, wznowiła uporczywe dzwonienie.

— Halo? — powiedziałam energicznie, jakbym nie leżała na stole naga, pokryta olejkiem i na wpół śpiąca.

— Ahn-dre-ah. Przesuń mojego fryzjera i makijaż na później i powiedz ludziom od Ungaro, że dzisiaj nie dam rady. Wezmę za to udział w małym koktajl party i oczekuję, że pojedziesz ze mną. Bądź gotowa do wyjścia za godzinę.

— Hm, jasne, ee, jasne — wyjąkałam i zakończyłam rozmowę, wciąż próbując przetrawić fakt, że naprawdę dokądś z nią idę. W pamięci odżyło wspomnienie z wczoraj — kiedy poprzednio zostałam poinformowana w ostatniej chwili, że miałam dokądś z nią pójść — i poczułam, jakbym miała się udusić. Podziękowałam masażystce i kazałam dopisać masaż do rachunku za pokój, mimo że wykorzystałam zaledwie pierwsze dziesięć minut, po czym pobiegłam na górę, żeby ocenić, jak najlepiej pokonać tę najnowszą przeszkodę. Zaczynałam się przyzwyczajać. I to szybko. Zaledwie kilka minut zajęło mi wywołanie przez pager ludzi od włosów i makijażu Mirandy (dziwnym zbiegiem okoliczności mną się nie zajmowali — mnie szykowała kobieta o zaciętej twarzy i od pierwszego spotkania wciąż prześladowała mnie jej rozpacz na mój widok, podczas gdy Mirandę obsługiwała para gejów wyglądających, jakby zeszli prosto ze stron *Maxima*) oraz przesunięcie umówionego spotkania.

— Nie ma problemu — wysokim głosem z ciężkim francuskim akcentem oznajmił Julien. — Będziemy, jak to mówicie? Z czasem! Wyrzuciliśmy wszystkie spotkania z tego tygodnia na wypadek, gdyby madame Priestly potrzebowała nas o innych porach!

Kolejny raz wysłałam Briget wiadomość na pager i poprosiłam, żeby załatwiła sprawę z ludźmi od Ungaro. Czas się brać za garderobę. Książka ze szkicami przedstawiającymi wszystkie moje „wersje" została ułożona na honorowym miejscu na stoliku przy łóżku, tylko czekając, żeby taka zagubiona ofiara mody jak ja zwróciła się do niej po duchowe przewodnictwo. Przejrzałam nagłówki i podtytuły i próbowałam jakoś to wszystko ogarnąć.

Pokazy:
1. w ciągu dnia
2. wieczorem

Posiłki:
a. spotkanie przy śniadaniu
b. lunch
   1. zwykły (hotel lub bistro)
   2. oficjalny (Espadon w Ritzu)
c. kolacja
   1. zwykła (bistro, w pokoju hotelowym)
   2. średnio elegancka (porządna restauracja, zwykłe przyjęcie z kolacją)
   3. oficjalna (restauracja Le Grand Vefour, oficjalne przyjęcie z kolacją)

Przyjęcia:
a. zwykłe (śniadanie z szampanem, popołudniowa herbata)
b. stylowe (koktajle z niezbyt ważnymi ludźmi, planowe spotkania, „spotkania na drinka")
c. eleganckie (koktajle z ważnymi ludźmi, wszystko w muzeum albo galerii, przyjęcia po pokazach wydawane przez ekipę projektanta)

Różne:

a. na i z lotniska
b. wydarzenia sportowe (lekcje, zawody itp.)
c. wyprawy po zakupy
d. załatwianie poleceń
   1. w salonach mody
   2. wysokiej klasy sklepach i butikach
   3. pobliskim sklepie spożywczym i/lub asystowanie
      przy zabiegach zdrowotnych i upiększających.

Wyglądało na to, że nie ma żadnych wskazówek, w co się ubrać, kiedy nie da się ustalić ważności lub nieważności gospodarzy. Najwyraźniej trafiała się okazja popełnienia wielkiego błędu: mogłam zawęzić imprezy do „przyjęć", co było niezłym pierwszym krokiem, ale od tego momentu wszystko stawało się niepewne. Czy to przyjęcie będzie zwykłą literą „B", gdzie wystarczy coś szykownego, czy tak naprawdę chodzi o „C", w którym to przypadku powinnam się przyłożyć i wybrać coś z bardziej eleganckich zestawów? Nie było instrukcji do sytuacji „niepewnych" czy „niejasnych", ale w ostatniej chwili ktoś uczynnie dołączył do spisu treści odręcznie sporządzoną notkę. „W razie wątpliwości (a nigdy nie powinnaś ich mieć), lepiej ubrać się skromniej w coś wspaniałego, niż przesadzić z czymś wspaniałym". W takim razie okej, wyglądało na to, że teraz idealnie mieszczę się w kategorii: przyjęcia, podkategoria: stylowe. Skupiłam się na sześciu zestawach, które Jocelyn naszkicowała dla tej konkretnej sytuacji, i spróbowałam sobie wyobrazić, co mogłoby wyglądać najmniej absurdalnie, kiedy już to włożę.

Po szczególnie żenującym rysunku z obszytym piórami topem bez rękawów i lakierowanymi botkami do pół uda (tak jest, ponad kolano), wybrałam ostatecznie strój ze strony trzydziestej trzeciej, zszywaną z kawałków, lejącą się spódnicę od Roberta Cavalliego z maleńkim podkoszulkiem Chloe i przypominającymi motocyklowe buty czarnymi botkami D&G. Podniecająco, seksownie, stylowo — ale nie przesadnie elegancko — i w dodatku nie wyglądałam jak struś, pozostałość z lat osiemdziesiątych ani dziwka. Czego więcej mogłabym chcieć? Kiedy usiłowałam wybrać jakąś pasującą do tego torebkę, pojawiła się kobieta od włosów i makijażu, żeby ze marszczoną brwią zacząć niechętne próby zrobienia czegoś, bym wyglądała o połowę mniej potwornie, niż jej zdaniem wyglądałam.

— Hm, czy może mogłaby pani rozjaśnić trochę te miejsca pod oczami? — zapytałam ostrożnie, rozpaczliwie starając się nie okazać lekceważenia dla jej dzieła. Pewnie byłoby lepiej, gdybym sama spróbowała zabrać się do makijażu — szczególnie że miałam więcej przyborów i instrukcji niż specjaliści od rakiet, którym zlecono budowę promu kosmicznego — ale gestapo od makijażu pojawiało się punktualnie co do minuty, bez względu na to, czy mi się to podobało, czy nie.

— Nie! — warknęła, najwyraźniej nie zmierzając do takiego efektu, jaki ja miałam na myśli. — Tak wygląda lepiej.

Skończyła nakładanie gęstego, czarnego cienia wzdłuż moich dolnych rzęs i znikła równie szybko, jak się pojawiła, a ja chwyciłam torbę (podwójne rączki, od Gucciego, z krokodylowej skóry) i z piętnastominutowym wyprzedzeniem w stosunku do planowanego czasu wyjścia udałam się do holu, żeby dwa razy sprawdzić, czy kierowca jest gotowy. Pojawiła się, kiedy debatowałam z Renaud, czy Miranda wolałaby, żeby każda z nas jechała oddzielnym samochodem, by uniknąć rozmowy ze mną i ryzyka, że zarazi się czymś, dzieląc tylne siedzenie z własną asystentką. Bardzo powoli zmierzyła mnie wzrokiem z góry na dół, wyraz jej twarzy pozostał całkowicie obojętny. Zdałam! Po raz pierwszy, odkąd zaczęłam pracę, nie doczekałam się spojrzenia wyrażającego całkowity wstręt albo przynajmniej złośliwego komentarza, a wystarczyła do tego zaledwie wspólna tajna operacja nowojorskich specjalistów do spraw mody i paryskich fryzjerów oraz stylistów makijażu, plus wyważona selekcja najlepszych i najdroższych na świecie ciuchów.

— Czy samochód jest na miejscu, Ahn-dre-ah? — Wyglądała

oszałamiająco w krótkiej aksamitnej sukience koktajlowej z zaszewkami.

— Tak, pani Priestly, proszę tędy — monsieur Renaud włączył się gładko, prowadząc nas obok grupy, która mogła składać się wyłącznie z innych amerykańskich redaktorów do spraw mody, również przybyłych na pokazy. Wśród tłumu supermodnie wyglądających total-Klakierów rozległ się pełen szacunku pomruk, kiedy przechodziłyśmy — wyglądająca chudo, imponująco i bardzo, bardzo nieszczęśliwie Miranda dwa kroki przede mną. Musiałam prawie biec, żeby za nią nadążyć, mimo że była o piętnaście centymetrów ode mnie niższa, i czekałam, aż obdarzyła mnie spojrzeniem „no więc? na co, do cholery, czekasz?", po czym zanurkowałam w ślad za nią na tylne siedzenie limuzyny.

Na szczęście kierowca najwyraźniej wiedział, dokąd jedzie, bo przez ostatnią godzinę cierpiałam na paranoidalny lęk, że Ona zwróci się do mnie i zapyta, gdzie odbywa się ten niezidentyfikowany koktajl. Rzeczywiście odwróciła się w moją stronę, ale nic nie powiedziała, decydując się zamiast tego na pogawędkę z SGG przez komórkę. W kółko powtarzała, że spodziewa się jego przyjazdu o takiej porze, żeby miał masę czasu na przebranie się i drinka przez wielką sobotnią imprezą. SGG przylatywał prywatnym odrzutowcem swojej firmy i aktualnie debatowali, czy zabrać Caroline i Cassidy; ponieważ on nie miał wracać przed poniedziałkiem, a ona nie chciała, żeby dziewczynki musiały opuszczać dzień w szkole. Dopiero kiedy zajechaliśmy przed czteropiętrowy dom przy obrzeżonej drzewami ulicy w Marais, zaczęłam się zastanawiać, co właściwie miałabym robić przez całą noc. Zwykle wykazywała dość rozsądku, żeby nie poniżać Emily, mnie czy innych pracowników publicznie, co oznaczało — przynajmniej na pewnym poziomie — że miała świadomość, co właściwie robi. W takim razie, skoro nie mogła kazać mi przynosić sobie drinków, znajdować kogoś przez telefon albo zanieść czegoś do pralni chemicznej w czasie pobytu tam, co niby miałam robić?

— Ahn-dre-ah, to przyjęcie wydaje para, z którą byłam zaprzyjaźniona, kiedy mieszkaliśmy w Paryżu. Poprosili, żebym przywiozła asystentkę, która zabawi ich syna, bo generalnie uważa takie imprezy za raczej nudne. Jestem pewna, że znajdziecie wspólny język. — Zaczekała, by kierowca otworzył jej drzwi, i zgrabnie wysiadła w swoich idealnych czółenkach od Jimmy'ego Choo. Zanim zdążyłam otworzyć własne drzwi, wspięła się na trzy stopnie i już wręczała płaszcz lokajowi, który najwyraźniej oczekiwał na jej przybycie. Klapnęłam z powrotem na miękkie skórzane siedzenie na minutkę, próbując przetrawić tę nową rozkoszną informację, którą z takim spokojem mi przekazała. Fryzura, makijaż, zmiana planów, histeryczna konsultacja z poradnikiem ubraniowym, motocyklowe buty, wszystko to, żebym mogła spędzić wieczór, niańcząc dzieciaka, gówniarza jakiejś bogatej pary? I to w dodatku francuskiego gówniarza.

Pełne trzy minuty poświęciłam na przypominanie sobie, że od *New Yorkera* dzieliło mnie teraz tylko kilka miesięcy, że mój rok poddaństwa niedługo miał się opłacić, że z pewnością dam radę znieść jeszcze jeden wieczór nudy, by dostać wymarzoną pracę. Nie pomagało. Nagle rozpaczliwie zapragnęłam zwinąć się na kanapie u moich rodziców i żeby mama zrobiła mi w mikrofalówce trochę herbaty, podczas gdy tata rozkłada planszę do scrabble'a. Jill i nawet Kyle też przyjechaliby z wizytą, z maleńkim Isaakiem, który gaworzyłby i uśmiechał się na mój widok, a Alex by zadzwonił i powiedział, że mnie kocha. Nikogo by nie obchodziło, że mam poplamione spodnie od dresu albo przerażająco nieumalowane paznokcie u nóg ani że jem wielkiego czekoladowego eklera. Absolutnie nikt nie miałby pojęcia, że gdzieś po drugiej stronie Atlantyku odbywają się jakieś pokazy mody i z całą pewnością nikt nie byłby zainteresowany rozmową o nich. Ale wszystko to wydawało się niewiarygodnie odległe, właściwie o lata świetlne, i musiałam teraz stawić czoło całej klice ludzi, którzy żyli i umierali na wybiegu. Temu i z całą pewnością rozwrzeszczanemu, rozpuszczonemu dzieciakowi, bełkocącemu coś po francusku.

Kiedy w końcu zwlokłam swoje skąpo, acz stylowo odziane ciało z siedzenia w limuzynie, lokaj na nikogo już nie czekał. Dochodziła do mnie muzyka grana przez prawdziwy zespół, a z okna ponad ogródkiem wydobywał się zapach sosnowych szyszek. Wzięłam głęboki wdech i wyciągnęłam rękę, żeby zapukać, ale drzwi same się otworzyły. Spokojnie mogę stwierdzić, że nigdy, przenigdy w całym moim młodym życiu nie byłam bardziej zaskoczona niż tamtego wieczoru: uśmiechał się do mnie Christian.

— Andy, kochanie, tak się cieszę, że mogłaś przyjść — powiedział, pochylając się i całując mnie prosto w usta. Dość śmiały pocałunek, zważywszy na to, że wargi miałam szeroko otwarte z niedowierzania.

— Co ty tu robisz?

Uśmiechnął się i odsunął ten odwieczny loczek z czoła.

— Czy nie powinienem zapytać cię o to samo? Ponieważ podążasz za mną wszędzie, dokąd tylko się udam, chyba będę musiał założyć, że chcesz się ze mną przespać.

Spłonęłam rumieńcem i, jak zawsze wytworna, głośno prychnęłam.

— Tak, coś w tym rodzaju. Prawdę mówiąc, nie zjawiam się tu jako gość, jestem tylko dobrze ubraną niańką. Miranda poprosiła, żebym z nią przyszła, i do ostatniej chwili nie uprzedziła, że mam pilnować smarkatego syna gospodarzy. Więc, jeśli mi wybaczysz, lepiej pójdę się upewnić, czy ma potrzebne mleko i kredki.

— Och, niczego mu nie brakuje i jestem pewien, że jedyne, czego będzie dziś wieczorem potrzebował, to jeszcze jednego pocałunku od niani. — Po czym ujął moją twarz w dłonie i znów mnie pocałował. Otworzyłam usta, żeby zaprotestować, zapytać, co się tu, do cholery, dzieje, ale wziął to za entuzjazm i wsunął mi język między rozchylone wargi.

— Christian! — syknęłam cicho, zastanawiając się, ile potrwa, zanim Miranda mnie zwolni, kiedy zostanę przyłapana na obściskiwaniu się z przypadkowym facetem na jej własnym przyjęciu. — Co ty wyprawiasz? Puść mnie! — Wywinęłam mu się, ale on dalej szczerzył zęby w tym wkurzająco rozkosznym uśmiechu.

— Andy, ponieważ wyraźnie wolno kojarzysz, to jest mój dom. Moi rodzice wydają to przyjęcie, a ja byłem dość sprytny, by ich poprosić, żeby twoja szefowa przyprowadziła cię ze sobą. Czy to ona ci powiedziała, że jestem dziesięciolatkiem, czy sama doszłaś do takiego wniosku?

— Żartujesz. Powiedz mi, że żartujesz. Proszę.

— Nic z tego. Fajnie, co? Skoro jakoś nie mogę cię dopaść w żaden inny sposób, pomyślałem, że może to zadziała. Moja macocha i Miranda były zaprzyjaźnione, kiedy Miranda pracowała we francuskim *Runwayu* — jest fotografem i cały czas robi dla nich zdjęcia — więc musiałem ją tylko skłonić, by powiedziała Mirandzie, że jej samotny syn nie miałby nic przeciw towarzystwu w osobie pewnej atrakcyjnej asystentki. Zadziałało bez pudła. Chodź, postaramy się o drinka dla ciebie. — Położył rękę w dolnej części moich pleców i poprowadził do masywnego dębowego baru w salonie, gdzie trzech barmanów w uniformach rozdzielało martini, szklanki szkockiej oraz eleganckie wysokie kieliszki z szampanem.

— Zaczekaj, sprawdzę, czy dobrze rozumiem: nie muszę dzisiaj nikogo niańczyć? Nie masz młodszego braciszka ani nic z tych rzeczy, prawda? — Trudno mi było pojąć, że przyjechałam na przyjęcie z Mirandą Priestly i przez cały wieczór nie mam innych obowiązków poza dotrzymywaniem towarzystwa Seksownemu Inteligentnemu Pisarzowi. A może zaprosili mnie, bo chcą, żebym tańcem albo śpiewem zabawiła gości, może zabrakło im jednej kelnerki i uznali, że ja będę pod ręką? A może zmierzamy w stronę szatni, gdzie powinnam zastąpić siedzącą tam dziewczynę, która wygląda na znudzoną i zmęczoną? Mój umysł jakoś nie mógł przyswoić wersji Christiana.

— Cóż, nie mówię, że niańczenie będzie dziś zupełnie niepotrzebne, ponieważ zamierzam wymagać całej masy troski. Ale sądzę, że wieczór okaże się milszy, niż oczekiwałaś. Zaczekaj tutaj. — Ucałował mnie w policzek i zniknął w tłumie gości, w większości dystyngowanie wyglądających mężczyzn oraz dość artystowsko prezentujących się modnych kobiet koło czterdziestki i pięćdziesiątki, najwyraźniej mieszaniny bankierów i ludzi z czasopism z kilkoma projektantami, fotografami i modelkami, których dorzucono dla smaku. Na tyłach domu znajdowało się małe, eleganckie, wyłożone kamieniami patio, oświetlone białymi świecami, gdzie spokojnie grał skrzypek, i wytknęłam tam głowę na dwór. Natychmiast rozpoznałam Annę Wintour, absolutnie zachwycającą w lejącej kremowej jedwabnej sukni i ozdobionych paciorkami sandałach od Manola. Z ożywieniem rozmawiała z mężczyzną, który, jak uznałam, musiał być jej facetem, chociaż gigantyczne okulary przeciwsłoneczne od Chanel nie pozwalały stwierdzić, czy była rozbawiona, obojętna lub wstrząsana łkaniem. Prasa uwielbiała porównywać błazeństwa oraz fochy Anny i Mirandy, ale uznałam za niemożliwe, żeby ktokolwiek mógł być tak nieznośny jak moja szefowa.

Za nią stała grupa złożona z, jak uznałam, redaktorów *Vogue'a*, obserwujących Annę uważnie i z wyrazem zmęczenia, jak nasi Klakierzy popatrujący na Mirandę. Za nimi skrzeczała Donatella Versace. Twarz miała tak grubo pokrytą makijażem, a ciuchy tak fantastycznie obcisłe, że właściwie wyglądała na swoją własną karykaturę. Podobnie przy pierwszej wizycie w Szwajcarii nie mogłam przestać myśleć, jak bardzo przypomina disneyowskie wesołe miasteczko — Donatella wyglądała bardziej jak ktoś, kto gra Donatellę Versace w *Saturday Night Live*, niż jak ona sama. Sączyłam z kieliszka szampana (a myślałam, że nie mam co na niego liczyć!) i gawędziłam z jakimś Włochem — jednym z pierwszych brzydali tej narodowości, jakiego spotkałam — który kwiecistą prozą opowiadał o swoim wrodzonym zamiłowaniu do kobiecego ciała, dopóki Christian nie pojawił się ponownie.

— Hej, chodź ze mną na chwilę — powiedział, bezkolizyjnie prowadząc mnie przez tłum. Miał na sobie zwykły zestaw:

idealnie sprane diesele, biały podkoszulek, ciemną sportową marynarkę oraz mokasyny od Gucciego, i bez trudu wtapiał się w tym w modny tłum.

— Dokąd idziemy? — zapytałam, nie spuszczając oczu z Mirandy, która bez względu na to, co powiedział Christian, pewnie spodziewała się zobaczyć mnie wypędzoną gdzieś do kąta, zajętą faksowaniem lub uaktualnianiem jej planu dnia.

— Najpierw po kolejnego drinka dla ciebie i może też dla mnie. Potem mam zamiar nauczyć cię tańczyć.

— A skąd przekonanie, że nie umiem? Tak się składa, że jestem utalentowaną tancerką.

Wręczył mi kieliszek szampana, który jakby wyłonił się z niebytu, i poprowadził do salonu rodziców urządzonego we wspaniałych, głębokich odcieniach kasztanu. Sześcioosobowy zespół grał coś modnego i zgromadził się tam kilkudziesięcioosobowy tłum ludzi przed trzydziestym piątym rokiem życia. Jakby na sygnał zespół zaczął grać *Let's Get It On* Marvina Gaye'a i Christian przyciągnął mnie do siebie. Pachniał męską, tradycyjną wodą kolońską, czymś staroświeckim jak Polo Sport. Jego biodra bez namysłu, w niewymuszony sposób podążały za muzyką, przesuwaliśmy się razem po zaimprowizowanym parkiecie i cicho nucił mi do ucha. Reszta pokoju schowała się za mgłą — byłam ledwie świadoma, że inni też tańczą, a gdzieś ktoś wznosi za coś toast, ale w tamtym momencie jedynym, co odbierałam wyraźnie, był Christian. Gdzieś w głębinach mojego umysłu odezwało się cichutkie, ale uparte przypomnienie, że to ciało przy moim nie należy do Aleksa, ale nie miało to kompletnie żadnego znaczenia. Nie teraz, nie dziś.

Minęła pierwsza, gdy przypomniałam sobie, że przyjechałam z Mirandą; upłynęły całe godziny, odkąd ją widziałam, i byłam pewna, że o mnie zapomniała i wróciła do hotelu. Ale kiedy wreszcie podniosłam się z sofy w gabinecie jego ojca, zobaczyłam ją pogodnie gawędzącą z Karlem Lagerfeldem i Gwyneth Paltrow, cała trójka najwyraźniej niepomna faktu, że za zaledwie kilka godzin muszą wstać na pokaz Christiana Diora. Rozważałam właśnie, czy powinnam do niej podejść, kiedy mnie zobaczyła.

— Ahn-dre-ah! Chodź tu! — zawołała, jej głos brzmiał niemal wesoło w gwarze przyjęcia, które podczas ostatnich kilku godzin się rozkręciło. Ktoś przygasił światła i rzucało się w oczy, że uśmiechnięci barmani troskliwie zaopiekowali się tymi z gości, którzy zostali. W ciepłym i mglistym zamroczeniu szampanem irytujący sposób, w jaki wymawiała moje imię, kompletnie mnie nie drażnił. I chociaż nie przypuszczałam, żeby wieczór mógł być jeszcze lepszy, wyraźnie chciała mnie przedstawić swoim sławnym przyjaciołom.

— Tak, Mirando? — zagruchałam swoim najbardziej przymilnym dziękuję-że-mnie-przyprowadziłaś-w-to-rozkoszne-miejsce tonem. Nawet nie spojrzała w moją stronę.

— Przynieś mi pellegrino i upewnij się, czy kierowca czeka przed frontem, jestem gotowa do wyjścia. — Dwie kobiety i mężczyzna stojący przy niej zachichotali dyskretnie, a ja poczułam, że twarz płonie mi jaskrawą czerwienią.

— Oczywiście. Zaraz wracam. — Przyniosłam wodę, którą wzięła bez podziękowania, i przez rzednący tłum przepchnęłam się do samochodu. Zastanawiałam się, czy odszukać gospodarzy, żeby im podziękować, ale po namyśle poszłam prosto do drzwi, gdzie Christian opierał się o framugę z wyrazem zadowolenia na twarzy.

— No i jak, maleńka Andy, zapewniłem ci dzisiaj dobrą zabawę? — mówił nieco niewyraźnie, ale w tym momencie wypadło to po prostu uroczo.

— Chyba było w porządku.

— Tylko w porządku? Wygląda mi na to, że żałujesz, że nie zabrałem cię dziś na górę, co, Andy? Wszystko w swoim czasie, moja droga, wszystko w swoim czasie.

Głośno i żartobliwie cmoknęłam go w przedramię.

— Nie pochlebiaj sobie, Christian. Podziękuj rodzicom w moim imieniu. — I po raz pierwszy z własnej inicjatywy pochyliłam się i ucałowałam go w policzek, zanim cokolwiek zdążył zrobić. — Dobranoc.

— Kokietka! — zawołał, język plątał mu się trochę bardziej. — Ależ z ciebie mała kokietka. Założę się, że twój chłopak to właśnie w tobie uwielbia, prawda? — Uśmiechał się teraz pogodnie, dla niego to wszystko stanowiło element flirtu, ale wspomnienie o Aleksie na chwilę mnie otrzeźwiło. Na chwilę wystarczająco długą, żebym zdała sobie sprawę, że dziś wieczorem bawiłam się lepiej, niż zdarzyło mi się to od lat. Picie, taniec z przytulaniem, dotyk dłoni na plecach, gdy przyciągał mnie do siebie, sprawiły, że czułam się bardziej żywa niż podczas wszystkich tych miesięcy przepracowanych dla *Runawya*, miesięcy wypełnionych wyłącznie frustracją, upokorzeniem i otępiającym wyczerpaniem. Może dlatego Lily to robiła, pomyślałam. Faceci, imprezy, czysta radość płynąca ze świadomości, że jesteś młoda i oddychasz. Nie mogłam się doczekać, kiedy zadzwonię i jej o tym opowiem.

Miranda dołączyła do mnie na tylnym siedzeniu limuzyny i nawet sprawiała wrażenie dość zadowolonej. Zaczęłam się zastanawiać, czy się wstawiła, ale natychmiast wykluczyłam taką ewentualność: nie widziałam nigdy, żeby wypiła więcej niż łyk tego czy tamtego i tylko gdy wymagały tego obowiązki towarzyskie. Wolała perriera czy pellegrino od szampana i z pewnością milkshake albo latte od cosmo, więc słaba szansa, żeby była teraz naprawdę pijana.

Po przeegzaminowaniu mnie w pięć minut z jutrzejszego planu dnia (na szczęście pomyślałam o wetknięciu jego kopii do torebki), odwróciła się i spojrzała na mnie pierwszy raz tego wieczoru.

— Emily, ee, Ahn-dre-ah, jak długo dla mnie pracujesz?

Zdarzyło się to niespodziewanie i mój umysł nie potrafił odpowiednio szybko wymyślić ukrytego celu tego nagłego pytania. Dziwnie się poczułam, bo pytanie nie zawierało żądania wyjaśnienia, dlaczego jestem taką pieprzoną idiotką, która nie potrafi czegoś znaleźć, podać albo przefaksować odpowiednio szybko. Tak naprawdę nigdy przedtem nie pytała o moje życie. Jeśli nie pamiętała szczegółów naszej rozmowy wstępnej przed zatrudnieniem — a wydawało się to mało prawdopodobne, biorąc pod uwagę, że pierwszego dnia pracy wpatrywała się we mnie bez najmniejszego błysku rozpoznania — nie miała pojęcia gdzie, jeśli w ogóle, chodziłam do college'u, gdzie, jeśli w ogóle, mieszkałam na Manhattanie, albo co, jeśli cokolwiek, robiłam w mieście podczas tych kilku cennych godzin dziennie, kiedy nie biegałam wokół niej. I chociaż to pytanie niewątpliwie było bardzo w jej zwykłym stylu, intuicja podpowiadała mi, że to może, ale tylko może, być rozmowa o mnie samej.

— Pod koniec tego miesiąca minie rok, Mirando.

— Czy masz wrażenie, że nauczyłaś się paru rzeczy, które mogą ci się przydać w przyszłości? — Wpatrzyła się we mnie badawczo, a ja natychmiast zdusiłam w sobie chęć wyrecytowania miliarda rzeczy, których się „nauczyłam": jak znaleźć recenzję jakiegoś sklepu lub restauracji w mieście albo w dziesiątkach gazet, mając niewiele albo żadne wskazówki co do jej pochodzenia; jak przymilać się ledwie kilkuletnim dziewczynkom, życiowo bardziej doświadczonym niż oboje moi rodzice razem wzięci; jak błagać, krzyczeć, perswadować, płakać, naciskać, schlebiać każdemu, od gońca imigranta dostarczającego jedzenie po redaktora naczelnego poważnego wydawnictwa, żeby dostać dokładnie to, co jest mi potrzebne i kiedy jest mi to potrzebne, oraz oczywiście jak uporać się z każdym niemal wyzwaniem w czasie poniżej godziny, ponieważ fraza „nie jestem pewna, jak" albo „to niemożliwe" po prostu nie wchodzi w grę. Tak, ten rok to było jedno wielkie zdobywanie wiedzy.

— Och, oczywiście — wypaliłam. — Pracując przez ten rok dla ciebie, nauczyłam się więcej, niż mogłabym mieć nadzieję nauczyć się w jakimkolwiek innym miejscu. Naprawdę fascynujące było oglądanie, jak pracuje poważne... najpoważniejsze... czasopismo, jak wygląda cykl produkcyjny, czym się wszyscy zajmują. I oczywiście możliwość obserwowania sposobu, w jaki wszystkim zarządzasz, jak podejmujesz decyzje... To był niesamowity rok. Jestem taka wdzięczna, Mirando! — Taka wdzięczna również za nieustający od miesięcy ból w podbiciu, za to, że nie byłam w stanie dotrzeć do dentysty w godzinach przyjęć, ale mniejsza z tym. Moja świeżo zawarta, bliska znajomość z dziełem Jimmy'ego Choo była warta całego tego bólu.

Czy to w ogóle miało szansę zabrzmieć wiarygodnie? Ukradkiem rzuciłam okiem i wyglądało na to, że kupiła mój tekst, poważnie kiwając głową.

— Wiesz, Ahn-dre-ah, że jeśli w ciągu roku moje dziewczęta dobrze się sprawowały, uważam, że są gotowe na awans.

Serce skoczyło mi do gardła. Czyżby wreszcie do tego doszło? Czy w tym momencie miała mi powiedzieć, że postarała się zapewnić mi posadę w *New Yorkerze*? Mniejsza o to, że nie miała pojęcia, że dałabym się zabić za pracę tam, może skądś się o tym dowiedziała, ponieważ ją to obchodzi.

— Oczywiście miałam co do ciebie wątpliwości. Nie myśl, że nie zauważyłam twojego braku entuzjazmu albo tych westchnień i min, kiedy prosiłam cię o zrobienie czegoś, czego najwyraźniej nie miałaś ochoty robić. Mam nadzieję, że to tylko znak twojej niedojrzałości, ponieważ sprawiasz wrażenie wystarczająco kompetentnej w innych dziedzinach. Co właściwie chciałabyś robić?

Wystarczająco kompetentna! Równie dobrze mogłaby oznajmić, że jestem najbardziej inteligentną, wyrafinowaną, wspaniałą i uzdolnioną młodą kobietą, jaką kiedykolwiek miała przyjemność poznać. Miranda Priestly właśnie mi powiedziała, że jestem wystarczająco kompetentna!

— Cóż, w rzeczywistości nie chodzi o to, że nie kocham mody, ponieważ oczywiście kocham. Zresztą, kto nie kocha? — stwierdziłam pośpiesznie, ostrożnie oceniając wyraz jej twarzy, który jak zwykle pozostał niemal niezmieniony. — Tylko właściwie zawsze marzyłam, żeby zostać pisarką, więc miałam nadzieję, że to mogłaby, ee, być dziedzina, w której spróbuję sił.

Położyła ręce na kolanach i wyjrzała przez okno. Było jasne, że ta czterdziestopięciosekundowa rozmowa już zaczyna ją nudzić, więc musiałam działać szybko.

— Cóż, oczywiście nie mam pojęcia, czy potrafisz coś napisać, ale nie mam nic przeciw temu, żebyś napisała kilka krótkich tekstów dla pisma, żeby to sprawdzić. Może recenzję teatralną albo notkę do działu Wydarzenia. O ile nie będzie to kolidowało z twoimi zobowiązaniami wobec mnie i zostanie wykonane wyłącznie w twoim wolnym czasie, oczywiście.

— Oczywiście, oczywiście. Byłoby wspaniale! — Rozmawiałyśmy, naprawdę się porozumiewałyśmy, a nie zostało jeszcze wypowiedziane słowo „śniadanie" ani „pralnia chemiczna". Wszystko układało się zbyt dobrze, żeby nie spróbować, więc powiedziałam: — Marzę, żeby pewnego dnia pracować w *New Yorkerze*.

To chyba zwróciło jej umykającą już uwagę i ponownie bacznie na mnie spojrzała.

— A czemuż miałabyś chcieć czegoś takiego? Żadnego splendoru, same techniczne szczegóły. — Nie umiałam stwierdzić, czy to pytanie retoryczne, więc dla pewności trzymałam buzię na kłódkę.

Mój czas miał się skończyć za jakieś dwadzieścia sekund, zarówno dlatego, że zbliżaliśmy się do hotelu, jak i dlatego, że jej przelotne zainteresowanie moją osobą szybko się kończyło. Przewijała rozmowy przychodzące w komórce, ale zdążyła jeszcze powiedzieć najzwyklejszym, normalnym tonem:

— Hmm, *New Yorker*. Conde Nast*. — Potakiwałam jak szalona, zachęcająco, ale na mnie nie patrzyła. — Oczywiście znam tam masę ludzi. Zobaczymy, jak wypadnie reszta podróży, i może po powrocie do nich zadzwonię.

Samochód podjechał pod wejście i wyglądający na wyczerpanego monsieur Renaud wyprzedził chłopca hotelowego, który pochylał się do drzwi Mirandy, i sam je otworzył.

---

* Conde Nast, koncern wydający *New Yorkera*.

— Szanowne panie! Mam nadzieję, że miałyście uroczy wieczór — odezwał się łagodnie, usilnie starając się uśmiechnąć mimo zmęczenia.

— Będziemy potrzebować samochodu na jutro na dziewiątą rano, żeby pojechać na pokaz Christiana Diora. O ósmej trzydzieści mam spotkanie na śniadaniu. Proszę dopilnować, żeby mi wcześniej nie przeszkadzano — warknęła. Wszelkie ślady wcześniejszych ludzkich uczuć wyparowały z niej jak woda rozlana na gorący chodnik. I zanim zdążyłam wymyślić, jak zakończyć naszą rozmowę albo przynajmniej przymilić się trochę bardziej w podziękowaniu, że w ogóle się odbyła, poszła w kierunku wind i znikła we wnętrzu jednej z nich. Rzuciłam monsieur Renaud zmęczone, pełne zrozumienia spojrzenie i sama też wsiadłam do windy.

Małe, apetycznie ułożone czekoladki na srebrnej tacy na stoliku przy moim łóżku stały się perfekcyjnym dopełnieniem tego wieczoru. Podczas jednej przypadkowej, niespodziewanej nocy poczułam się jak modelka, spędziłam czas w towarzystwie jednego z najseksowniejszych facetów, jakich widziałam, a Miranda Priestly oznajmiła, że jestem wystarczająco kompetentna. Miałam wrażenie, że w końcu wszystko układa się jak należy, pojawiają się pierwsze nieśmiałe oznaki, że ubiegłoroczne poświęcenia mają szansę się opłacić. Klapnęłam na łóżko, wciąż kompletnie ubrana, i zapatrzyłam się w sufit, nie mogąc uwierzyć, że wprost powiedziałam Mirandzie o swoim pragnieniu, by pracować w *New Yorkerze*, a ona się nie roześmiała. Ani nie zaczęła wrzeszczeć. Ani w żaden sposób, w żadnej formie, nie okazała wściekłości. Nawet nie drwiła ani nie powiedziała mi, że jestem śmieszna, chcąc uzyskać awans gdzieś poza *Runwayem*. Prawie jakby — i może poniosła mnie wyobraźnia, ale nie sadzę — jakby wysłuchała i zrozumiała. Zrozumiała i wyraziła zgodę. Było tego niemal zbyt wiele, żeby to pojąć.

Powoli się rozebrałam, nie zapominając o tym, by rozkoszować się każdą minutą tego wieczoru, w kółko przywołując wspomnienie chwili, gdy Christian prowadził mnie z pokoju do pokoju, a potem na parkiet do tańca, tego, jak na mnie patrzył spod ciężkich powiek, z tym upartym loczkiem, sposobu, w jaki Miranda niemal niedostrzegalnie skinęła głową, kiedy powiedziałam, że tak naprawdę chciałabym pisać. Naprawdę wspaniała noc, musiałam przyznać, jedna z najlepszych w ostatnich czasach. Była już trzecia trzydzieści czasu paryskiego, co oznaczało dziewiątą trzydzieści w Nowym Jorku — idealny moment, żeby złapać Lily, zanim wyjdzie na noc. Chociaż powinnam była po prostu do niej wykręcić, ignorując uparte mruganie, oznajmiające — ale niespodzianka — że mam jakieś wiadomości, pogodnie wyjęłam blok papeterii Ritza i przygotowałam się do zapisywania. Teraz miała nastąpić długa lista irytujących żądań ze strony irytujących ludzi, ale nic nie mogło mi zepsuć mojego wieczoru kopciuszka.

Trzy pierwsze wiadomości pochodziły od monsieur Renaud i jego asystentów, potwierdzenia rozmaitych jazd i spotkań na dzień następny, i wszyscy zawsze pamiętali, żeby życzyć mi dobrej nocy, jakbym była prawdziwą osobą, a nie niewolnikiem, co umiałam docenić. Między trzecią a czwartą wiadomością zorientowałam się, że jednocześnie chcę i nie chcę, by któraś pochodziła od Aleksa, i w efekcie poczułam się jednocześnie uradowana i niespokojna, kiedy ta czwarta była od niego.

— Cześć, Andy, to ja. Alex. Słuchaj, bardzo mi przykro, że ci tu zawracam głowę, na pewno jesteś niesamowicie zajęta, ale muszę z tobą porozmawiać, więc proszę, zadzwoń do mnie na komórkę, kiedy tylko to odsłuchasz. Bez względu na porę, tylko na pewno zadzwoń, okej? Ee, okej. Pa.

Strasznie dziwne, nie powiedział, że mnie kocha, tęskni ani że czeka na mój powrót, ale pewnie wszystkie takie rzeczy podpadają pod kategorię „niestosowne", kiedy ludzie decydują się „zrobić sobie przerwę". Wcisnęłam „usuń" i uznałam, dość arbitralnie, że brak nacisku w jego głosie pozwala mi zaczekać do jutra — nie zniosłabym długiej rozmowy pod hasłem „stan naszego związku" o trzeciej nad ranem po nocy tak cudownej jak ta, którą miałam za sobą.

Ostatnią, finałową wiadomość nagrała mama i ta też brzmiała dziwnie oraz wieloznacznie.

— Cześć, kochanie, tu mama. Jest około ósmej naszego czasu, nie jestem pewna, która to będzie u ciebie. Słuchaj, nie ma popłochu, wszystko w porządku, ale byłoby świetnie, gdybyś mogła oddzwonić, kiedy to odsłuchasz. Tata i ja będziemy jeszcze jakiś czas na nogach, więc o każdej porze będzie dobrze, ale zdecydowanie dziś byłoby lepiej niż jutro. Oboje mamy nadzieję, że wspaniale spędzasz czas, i później porozmawiamy. Kocham cię!

To zdecydowanie było dziwne. Oboje, Alex i moja mama, zadzwonili do mnie do Paryża, zanim miałam szanse z kimś z nich rozmawiać, i oboje domagali się, żebym do nich oddzwoniła bez względu na porę, o jakiej odbiorę wiadomość. Biorąc pod uwagę, że dla moich rodziców „późno w nocy" oznaczało, że zdołali dotrwać do początkowego monologu Lettermana, wiedziałam, że coś musi być na rzeczy. Ale jednocześnie nikt nie wyszedł na szczególnie spanikowanego czy nawet zdenerwowanego. Może zrobię sobie długą kąpiel z bąbelkami przy użyciu niektórych dodatków zapewnianych przez Ritza i powoli zbiorę trochę energii, żeby do wszystkich oddzwonić. Ta noc była zbyt dobra, żeby zrujnować ją rozmową z mamą o jakiejś drobnej przykrości czy z Aleksem o tym „na czym stoimy".

Kąpiel była należycie gorąca i luksusowa, taka, jakiej można się spodziewać w mniejszym apartamencie przylegającym do apartamentu Coco Chanel w paryskim Ritzu, i kilka dodatkowych minut poświęciłam na nałożenie na całe ciało delikatnie perfumowanego kremu nawilżającego z łazienkowej szafki. Potem owinięta w najbardziej aksamitny szlafrok, jakim kiedykolwiek miałam okazję się owinąć, usiadłam, żeby zadzwonić. Bez namysłu najpierw wybrałam numer do mamy, pewnie błąd, bo nawet jej „cześć" zabrzmiało, jakby była strasznie spięta.

— Hej, to ja. Czy wszystko w porządku? Zamierzałam jutro do was zadzwonić, wszystko tu jakoś gorączkowo pędzi. Ale zaczekaj, aż ci opowiem, jaki miałam wieczór! — Wiedziałam już, że pominę wszelkie romantyczne odwołania do Christiana, bo nie byłam w nastroju, żeby wyjaśniać rodzicom rozwój sprawy z Aleksem. Byłam pewna, że oboje będą zachwyceni, słysząc o zupełnie pozytywnej reakcji Mirandy, kiedy poruszyłam temat *New Yorkera*.

— Kochanie, nie chcę ci przerywać, ale coś się wydarzyło. Mieliśmy dzisiaj telefon ze szpitala Lenox Hill, jest chyba na Siedemdziesiątej Siódmej Ulicy, i wygląda na to, że Lily miała wypadek.

I chociaż jest to pewnie najbardziej banalny zwrot w języku angielskim, na chwilę stanęło mi serce.

— Co? O czym tym mówisz? Jaki wypadek?

Mama przeszła już na tryb „zmartwiona mama" i najwyraźniej usiłowała zapanować nad głosem i mówić rozsądnie, z pewnością postępując zgodnie z sugestią taty, żeby wlać we mnie trochę spokoju i opanowania.

— Samochodowy, kochanie. Obawiam się, że dość poważny. Lily prowadziła — w samochodzie był też jakiś chłopak, chyba powiedzieli, że ktoś ze szkoły — i skręciła w niewłaściwą stronę w ulicę jednokierunkową. Zdaje się, że uderzyła czołowo w taksówkę, jadąc w mieście prawie osiemdziesiąt kilometrów na godzinę. Policjant, z którym rozmawiałam, powiedział, że to cud, że żyje.

— Nie rozumiem. Kiedy to się stało? Czy nic jej nie będzie? — W którymś momencie zaczęłam płakać zduszonym szlochem, ponieważ przy całym spokoju, który starała się zachować mama, w jej starannie dobranych słowach czułam powagę sytuacji. — Mamo, gdzie Lily jest teraz i czy nic jej nie będzie?

Dopiero teraz zauważyłam, że moja mama też płacze, tylko cicho.

— Andy, daję ci tatę. On ostatnio rozmawiał z lekarzami. Kocham cię, kotku. — Ostatnie słowa zabrzmiały jak skrzek.

— Cześć, kochanie. Jak się masz? Przykro mi, że musieliśmy zadzwonić z takimi wieściami. — Głos taty brzmiał głęboko, pewnie i odniosłam przelotne wrażenie, że wszystko jakoś się ułoży. Powie mi, że złamała nogę, może żebro albo dwa, a ktoś wezwał dobrego chirurga plastycznego, żeby pozszywał tych kilka zadrapań na jej twarzy. Ale że nic jej nie będzie.

— Tato, proszę, możesz mi powiedzieć, co się stało? Mama mówiła, że Lily prowadziła i z dużą prędkością uderzyła w taksówkę. Nie rozumiem, to wszystko nie ma sensu. Lily nie ma samochodu i nienawidzi prowadzić. Nigdy w życiu nie rozbijałaby się po Manhattanie. Jak się o tym dowiedzieliście? Kto do was zadzwonił? I co jej się stało? — Ponownie udało mi się doprowadzić na skraj histerii, ale znów jego głos był jednocześnie rozkazujący i uspokajający.

— Weź głęboki wdech, powiem ci wszystko, co wiem. Wypadek wydarzył się wczoraj, ale my dowiedzieliśmy się dopiero dzisiaj.

— Wczoraj! Jak to się mogło stać wczoraj? I nikt do mnie nie zadzwonił? Wczoraj?

— Koteczku, dzwonili do ciebie. Lekarz powiedział, że Lily wypełniła pierwszą stronę, która jest w większości terminarzy, i wskazała na ciebie jako kontakt w kryzysowej sytuacji, bo z jej babcią nie jest za dobrze. W każdym razie przypuszczam, że ze szpitala dzwonili do ciebie do domu i na komórkę, ale oczywiście niczego nie odsłuchałaś. Kiedy nikt do nich nie oddzwonił ani się nie zjawił przez dwadzieścia cztery godziny, przejrzeli jej terminarz i zauważyli, że oczywiście mamy to samo nazwisko, co ty, więc zadzwonili tutaj sprawdzić, czy wiemy, jak się z tobą skontaktować. Mama i ja nie mogliśmy sobie przypomnieć, gdzie się zatrzymałaś, więc zadzwoniliśmy do Aleksa zapytać o nazwę hotelu.

— O mój Boże, to było cały dzień temu. Cały ten czas była sama? Jest jeszcze w szpitalu? — Nie nadążałam z zadawaniem pytań, ale cały czas czułam, że nie dostaję żadnych odpowiedzi. Wiedziałam na pewno tylko jedno, Lily wskazała na mnie jako najważniejszą osobę w swoim życiu, kontakt w razie nagłego wypadku, który trzeba wskazać, ale nigdy, przenigdy nie bierze się tego serio. A teraz naprawdę mnie potrzebowała — w rzeczywistości nie miała nikogo innego — a mnie nie można było znaleźć. Przestałam się dusić płaczem, ale łzy wciąż leciały mi po policzkach gorącymi, wściekłymi strugami, a gardło miałam jakby wyszorowane do żywego mięsa pumeksem.

— Tak, jest nadal w szpitalu. Będę z tobą bardzo szczery, Andy. Nie jesteśmy pewni, czy z tego wyjdzie.

— Co?! Co ty mówisz? Czy ktoś wreszcie powie mi coś konkretnego?

— Kochanie, rozmawiałem z jej lekarzem już kilka razy i jestem całkowicie pewien, że zajmują się nią najlepiej, jak można. Ale Lily jest w śpiączce, kotku. Lekarz zapewnił mnie, co prawda, że....

— W śpiączce? Lily jest w śpiączce? — Nie umiałam się w tym wszystkim doszukać sensu, słowa nie chciały złożyć się w całość.

— Kochanie, spróbuj się uspokoić, wiem, że to dla ciebie szokujące, i strasznie żałuję, że muszę ci to mówić przez telefon. Zastanawialiśmy się, czy może nic ci nie mówić, dopóki nie wrócisz, ale ponieważ to wciąż jeszcze pół tygodnia, uznaliśmy, że masz prawo wiedzieć. Ale musisz też wiedzieć, że robimy z mamą wszystko, co się da, żeby Lily na pewno miała najlepszą opiekę. Zawsze była dla nas jak córka, wiesz o tym, więc nie zostanie sama.

— O mój Boże, muszę wracać do domu. Tato, muszę wracać do domu! Ona nie ma nikogo oprócz mnie, a ja jestem po drugiej stronie Atlantyku. Och, ale to pieprzone przyjęcie jest pojutrze, a to wyłączny powód, dla którego mnie tu przywiozła i na pewno mnie zwolni, jeżeli mnie tu nie będzie. Muszę pomyśleć!

— Andy, u ciebie jest późno. Myślę, że najlepsze, co możesz zrobić, to trochę się przespać, a potem się zastanowić. Oczywiście wiedziałem, że będziesz chciała natychmiast wracać do domu, bo taka już jesteś, ale miej w pamięci, że teraz Lily nie jest przytomna. Jej lekarz zapewnił mnie, że są znikome szanse, żeby wyszła z tego w trakcie następnych czterdziestu ośmiu do siedemdziesięciu dwóch godzin, że jej ciało tylko wykorzystuje ten czas jako przedłużony, głębszy sen, żeby się wyleczyć. Ale nic nie jest pewne — dodał miękko.

— A jeżeli z tego nie wyjdzie? Przypuszczam, że może mieć wszelkiego rodzaju uszkodzenia mózgu, potworne paraliże i takie rzeczy? O mój Boże, nie zniosę tego.

— Na razie po prostu nie wiedzą. Powiedzieli, że reaguje na bodźce w stopach i nogach, co jest dobrą oznaką, wskazaniem, że nie jest sparaliżowana. Ale z powodu rozległej opuchlizny na głowie nie da się niczego powiedzieć na pewno, dopóki z tego nie wyjdzie. Musimy czekać.

Rozmawialiśmy jeszcze przez kilka minut, zanim gwałtownie nie odłożyłam słuchawki i nie zadzwoniłam na komórkę Aleksa.

— Cześć, to ja. Widziałeś ją? — zapytałam bez słowa powitania. Stałam się teraz mini-Mirandą.

— Andy. Cześć. Więc wiesz?

— Tak, właśnie skończyłam rozmawiać z tatą. Widziałeś ją?

— Tak, jestem w szpitalu. Nie wpuszczają mnie teraz do jej pokoju, bo to nie pora odwiedzin, a ja nie należę do rodziny, ale chciałem tu być na wypadek, gdyby się obudziła. — Głos miał bardzo, bardzo odległy, kompletnie zagubiony we własnych myślach.

— Co się stało? Mama powiedziała, że prowadziła i uderzyła w taksówkę czy coś takiego. Dla mnie to wszystko kompletnie bez sensu.

— Uch, to koszmar — westchnął, najwyraźniej niezadowolony, że jeszcze nikt nie opowiedział mi całej historii. — Nie jestem pewien, ile wiesz, ale rozmawiałem z facetem, z którym była, kiedy to się stało. Pamiętasz Benjamina, tego faceta, z którym się widywała na drugim roku w college'u, którego nakryła w trójkącie z tymi dziewczynami?

— Oczywiście, pracuje teraz w moim budynku, czasami go widuję. A skąd on, do cholery, się w tym wziął? Lily go nienawidzi, nigdy się z tego nie otrząsnęła.

— Wiem, też tak myślałem, ale wygląda na to, że ostatnio się spotykali i wczoraj w nocy byli razem. On twierdzi, że dostali bilety na Phish w Nassau Coliseum i razem tam pojechali. Przypuszczam, że Benji za bardzo się upalił i uznał, że nie powinien prowadzić do domu, więc Lily zgłosiła się na ochotnika. Wrócili do miasta bez problemów, dopóki Lily nie przejechała na czerwonym, a potem skręciła pod prąd w Madison, prosto w nadjeżdżających. Uderzyli czołowo w taryfę, po stronie kierowcy i no, uch, no wiesz. — W tym momencie zaczął płakać i wiedziałam, że sprawy muszą wyglądać gorzej, niż mi powiedzieli.

Przez ostatnie pół godziny wyłącznie zadawałam pytania — mamie, tacie i teraz Aleksowi — ale nie mogłam się zmusić do tego, żeby zadać to najbardziej oczywiste: dlaczego Lily przejechała na czerwonym, a potem próbowała jechać w kierunku południowym aleją prowadzącą tylko na północ? Ale nie musiałam pytać, bo Alex jak zwykle dokładnie wiedział, o czym myślałam.

— Andy, poziom alkoholu we krwi miała prawie dwa razy wyższy niż dopuszczalna norma. — Stwierdził to trzeźwo, starając się mówić wyraźnie, żebym nie musiała go prosić o powtórzenie tych słów.

— O mój Boże.

— Jeżeli — kiedy — się obudzi, będzie musiała uporać się nie tylko z problemami zdrowotnymi, ma poważne kłopoty. Na szczęście taksiarzowi nic nie jest, tylko kilka guzów i siniaków, a Benjamin ma kompletnie zmiażdżoną lewą nogę, ale on też z tego wyjdzie. Musimy tylko zaczekać na Lily. Kiedy wracasz do domu?

— Co? — Wciąż próbowałam przetrawić fakt, że Lily „widywała się" z facetem, o którym zawsze myślałam, że go nienawidzi, że znalazła się w śpiączce, ponieważ była tak pijana właśnie w jego towarzystwie.

— Pytałem, kiedy wracasz do domu? — Gdy przez moment milczałam, pociągnął: — Wracasz do domu, prawda? Chyba tak poważnie to nie bierzesz pod uwagę możliwości, żeby tam zostać, kiedy twoja najlepsza na świecie przyjaciółka leży w szpitalu, prawda?

— Co ty sugerujesz, Alex? Że to moja wina, bo tego nie przewidziałam? Że ona leży w szpitalu, ponieważ ja jestem teraz w Paryżu? Że gdybym wiedziała, że spotyka się znów z Benjaminem, to nic by się nie stało? Co? Co właściwie chcesz powiedzieć? — wrzasnęłam. Cała ta gmatwanina emocji z nocy znalazła ujście w prostej, pilnej potrzebie nawrzeszczenia na kogoś.

— Nie, nic takiego nie powiedziałem. Ty to powiedziałaś. Ja tylko założyłem, że oczywiście wracasz do domu, żeby z nią być najszybciej jak to możliwe. Nie osądzam cię, Andy, wiesz o tym. Wiem też, że u ciebie jest naprawdę późno i przez najbliższe parę godzin nic nie możesz zrobić, więc może po prostu spróbuj się trochę przespać i zadzwoń, kiedy będziesz wiedziała, którym lotem lecisz. Odbiorę cię z lotniska i możemy jechać prosto do szpitala.

— Świetnie. Dzięki, że tam z nią jesteś, naprawdę to doceniam i wiem, że Lily też. Zadzwonię, kiedy będę wiedziała, co robię.

— Okej, Andy. Tęsknię za tobą. I wiem, że zrobisz to, co należy. — Rozłączył się, zanim zdążyłam się do niego dobrać za to zdanie.

Zrobię to, co należy? Co należy? A co to, do cholery, miało znaczyć? Byłam wściekła, że tak po prostu założył, że wskoczę w samolot i popędzę do domu, bo on mi kazał. Nienawidziłam jego protekcjonalnego, moralizatorskiego tonu, przez który z miejsca czułam się jak jeden z jego drugoklasistów przyłapany na rozmawianiu podczas lekcji. Nienawidziłam go za to, że to on siedział teraz z Lily, chociaż była moją przyjaciółką, że to on był łącznikiem między moimi własnymi rodzicami a mną, że znów patrzył na mnie z wyżyn swojej wyższości moralnej i miał decydujący głos. Dawno minęły czasy, kiedy mogłabym odłożyć słuchawkę pokrzepiona jego obecnością, zamiast tych przepychanek, wiedząc, że jesteśmy w tym razem i razem przez to przejdziemy. Kiedy do tego doszło?

Nie miałam energii wskazywać mu tego, co oczywiste, mianowicie, że jeśli wyjadę wcześniej do domu, zostanę natychmiast zwolniona i mój cały rok poddaństwa pójdzie na marne. Udało mi się stłamsić tę okropną myśl, zanim do końca uformowała się w moim umyśle: że to, czy tam jestem, czy mnie nie ma, dla Lily nic absolutnie nie znaczy, ponieważ nieprzytomna i nieświadoma leży w szpitalu. Zaczęłam obracać w głowie różne opcje. Może zostałabym tylko tyle, żeby pomóc z przyjęciem, a potem spróbowała wyjaśnić Mirandzie, co się stało, i poprosiła ją o zgodę na wzięcie zwolnienia. Albo, gdyby się okazało, że Lily się obudziła i jest świadoma, ktoś mógłby jej wyjaśnić, że przyjadę najszybciej, jak to możliwe, prawdopodobnie już za kilka dni. I chociaż to wszystko brzmiało dość rozsądnie podczas ciemnych godzin wczesnego poranka po długiej nocy tańców i wielu kieliszkach bąbelków oraz telefonie oznajmiającym, że moja najlepsza przyjaciółka jest w śpiączce, bo prowadziła po pijaku, gdzieś głęboko w środku wiedziałam — wiedziałam — że wcale rozsądne nie jest.

— Ahn-dre-ah, zostaw wiadomość w Horace Mann, że w poniedziałek dziewczynki opuszczą szkołę, ponieważ będą ze mną w Paryżu, i upewnij się, że dostaniesz listę wszystkich lekcji, które będą musiały nadrobić. Przesuń też moją dzisiejszą kolację na ósmą trzydzieści, a jeżeli nie będzie to im pasować, po prostu ją odwołaj. Czy zlokalizowałaś książkę, o którą cię wczoraj prosiłam? Potrzebne mi cztery egzemplarze — dwa po francusku, dwa po angielsku — przed spotkaniem z nimi w restauracji. Och, i chcę dostać ostateczną wersję menu na jutrzejsze przyjęcie wydrukowaną ze zmianami, które wprowadziłam. Upewnij się, że nie będzie żadnego rodzaju sushi, słyszysz?

— Tak, Mirando — powiedziałam, bazgrząc jak najszybciej w notatniku od Smythsona, który dział dodatków rozsądnie

419

dołączył do mojego zbioru torebek, butów, pasków i biżuterii. Siedziałyśmy w samochodzie w drodze na pokaz Diora — mój pierwszy — z Mirandą wyrzucającą z siebie polecenia z prędkością karabinu maszynowego, obojętną na to, że spałam mniej niż dwie godziny. Pukanie do moich drzwi rozległo się o szóstej czterdzieści pięć, jeden z młodszych portierów, podwładnych monsieur Renaud, osobiście przyszedł mnie obudzić i dopilnować, żebym była ubrana w porę, by towarzyszyć na pokazie Mirandzie, która zdecydowała się na moje towarzystwo dokładnie sześć minut wcześniej. Uprzejmie zignorował dość oczywisty fakt, że zasnęłam na niepościelonym łóżku i nawet nie przygasiłam świateł, które paliły się przez całą noc. Miałam dwadzieścia pięć minut na prysznic, konsultację z poradnikiem, ubranie się i własnoręczne wykonanie makijażu, ponieważ moja pani nie została zamówiona na tak wczesną porę.

Obudziłam się z umiarkowanym bólem głowy po szampanie, ale prawdziwy cios nadszedł, kiedy w przebłysku świadomości wróciły do mnie telefony z poprzedniego wieczoru. Lily! Musiałam zadzwonić do Aleksa albo do rodziców i sprawdzić, czy coś się wydarzyło przez ostatnie kilka godzin — Boże, a wydawało się, że minął tydzień — ale teraz nie było czasu.

Gdy winda dotarła do parteru, podjęłam decyzję, że muszę zostać na dwa kolejne dni, zaledwie dwa wszawe dni, żeby przypilnować tego przyjęcia, a potem będę w domu z Lily. Może nawet wezmę krótkie zwolnienie, kiedy wróci Emily, i spędzę z Lil trochę czasu podczas rekonwalescencji, pomogę jej uporać się z pewnymi nieuchronnymi konsekwencjami wypadku. Moi rodzice i Alex będą na posterunku, dopóki tam nie dotrę — przecież nie była zupełnie sama, powiedziałam sobie. A tu chodziło o moje życie. Tu chodziło o karierę, całą moją przyszłość, i nie było możliwości, żeby dwa dni w tę czy w tę robiły jakąś różnicę komuś, kto nawet nie był przytomny. Ale mnie — i z pewnością Mirandzie — robiły bardzo poważną różnicę.

Jakimś cudem zdążyłam dotrzeć na siedzenie limuzyny przed

Mirandą i chociaż teraz utkwiła wzrok w moich skórzanych spodniach, jak na razie nie skomentowała żadnego z elementów mojego stroju. Właśnie wetknęłam notes od Smythsona do torby Bottega Venetta, kiedy zadzwoniła moja nowa komórka o międzynarodowym zasięgu. Zdałam sobie sprawę, że nigdy wcześniej nie zdarzyło się to w obecności Mirandy i pośpiesznie rzuciłam się wyłączyć dzwonek, ale kazała mi odebrać.

— Halo? — Jednym okiem zerkałam na Mirandę, która przerzucała strony planu dnia i udawała, że nie słucha.

— Andy, cześć, kochanie. — Tata. — Chciałem tylko szybko przekazać ci najnowsze wieści.

— Okej. — Usiłowałam ograniczyć wypowiedzi do minimum, ponieważ prowadzenie rozmowy telefonicznej na oczach Mirandy wydawało mi się niesamowicie dziwne.

— Właśnie dzwonił lekarz i powiedział, że u Lily pojawiły się oznaki wskazujące, że może niedługo z tego wyjdzie. Wspaniale, prawda? Pomyślałem, że będziesz chciała wiedzieć.

— To wspaniale. Naprawdę wspaniale.

— Zdecydowałaś już, czy wracasz do domu?

— Hm, nie, nie zdecydowałam. Miranda wydaje jutro wieczorem przyjęcie i stanowczo potrzebuje mojej pomocy, więc... Słuchaj, tato, przepraszam, ale to nie jest najlepszy moment. Mogę do ciebie oddzwonić?

— Jasne, w każdej chwili. — Usiłował powiedzieć to neutralnie, ale usłyszałam rozczarowanie w jego głosie.

— Świetnie. Dzięki za telefon. Pa.

— Kto to był? — zapytała Miranda, wciąż zerkając do planu dnia. Właśnie zaczęło padać i jej głos niemal utonął wśród dźwięków deszczu uderzającego o limuzynę.

— Hm? Och, mój ojciec. Z Ameryki. — Skąd mi się coś takiego wzięło? Z Ameryki?

— I czego chciał, co kolidowało z twoją pracą na jutrzejszym przyjęciu?

W dwie sekundy rozważyłam milion potencjalnych kłamstw, ale nie było dość czasu na dopracowanie szczegółów żadnego z nich. Zwłaszcza w sytuacji, gdy skupiła na mnie całą uwagę. Nie miałam wyboru, jak tylko powiedzieć prawdę.

— Och, to nic takiego. Moja przyjaciółka miała wypadek. Jest w szpitalu. Właściwie to jest w śpiączce. Dzwonił tylko, żeby mi powiedzieć, co u niej, i zapytać, czy wracam do domu.

Rozważyła to, co usłyszała, powoli kiwając głową, a potem wzięła egzemplarz *International Herald Tribune*, o który przewidująco zadbał kierowca.

— Rozumiem. — Nie „przykro mi" ani „czy twoja przyjaciółka dobrze się czuje", tylko lodowate, wymijające stwierdzenie i spojrzenie wyrażające krańcowe niezadowolenie.

— Ale zdecydowanie nie jadę do domu. Rozumiem, jak ważne jest, żebym była na jutrzejszym przyjęciu i będę tam. Dużo o tym myślałam i chcę, abyś wiedziała, że zamierzam dotrzymać zobowiązania, które podjęłam wobec ciebie i mojej pracy, więc zostaję.

Z początku Miranda nic nie powiedziała. Ale potem uśmiechnęła się lekko i stwierdziła:

— Ahn-dre-ah, jestem bardzo zadowolona z twojej decyzji. To absolutnie najwłaściwsze, co można zrobić, i doceniam, że byłaś w stanie to rozpoznać. Muszę przyznać, Ahn-dre-ah, że od początku miałam co do ciebie wątpliwości. Jest oczywiste, że nic nie wiesz o modzie, co więcej, wygląda na to, że nic cię to nie obchodzi. I nie sądź, że przeoczyłam wszystkie te rozliczne, różnorodne sposoby, w jakie wyrażałaś swoje niezadowolenie, gdy prosiłam cię o zrobienie czegoś, czego wolałabyś nie robić. Twoje kompetencje zawodowe były właściwe, ale zaangażowanie w najlepszym razie na nieodpowiednim poziomie.

— Och, Mirando, proszę, pozwól mi...

— Teraz ja mówię! Chcę powiedzieć, że znacznie chętniej pomogę ci dostać się tam, dokąd byś chciała, teraz, gdy pokazałaś, jak bardzo jesteś oddana. Powinnaś być z siebie dumna, Ahn-dre-ah. — Dokładnie w chwili, gdy uznałam, że zemdleję z powodu długości, głębi i treści tego monologu, niepewna, czy z radości, czy z bólu — poszła o krok dalej. Ruchem, który tak kompletnie, pod żadnym względem, nie pasował do jej charakteru, położyła rękę na jednej z moich dłoni, spoczywającej na siedzeniu między nami, i powiedziała: — Przypominasz mi mnie samą, kiedy byłam w twoim wieku. — I zanim zdążyłam wykoncypować chociaż jedno odpowiednie słowo, kierowca z piskiem stanął przez frontem budynku Carrousel de Louvre i wyskoczył otworzyć drzwi. Chwyciłam swoją torbę, a potem także jej, i zaczęłam się zastanawiać, czy to był najwspanialszy, czy najbardziej upokarzający moment mojego życia.

Swój pierwszy paryski pokaz mody pamiętam jak przez mgłę. Było ciemno, tyle sobie przypominam, a muzyka wydawała się zbyt głośna dla tak oszczędnej elegancji, ale jedyne, co wyraźnie pozostało mi w pamięci z tamtego dwugodzinnego podglądania dziwaczności, to wrażenie silnego dyskomfortu. Kozaki Chanel, które Jocelyn tak starannie dobrała do stroju — rozciągliwego i w związku z tym idealnie przylegającego kaszmirowego swetra od Mala oraz szyfonowej spódnicy — potraktowały moje stopy jak poufne dokumenty przepuszczane przez niszczarkę. Głowa bolała mnie z powodu połączenia kaca i zdenerwowania, prowokując protest pustego żołądka w postaci groźnych fal mdłości wywołanych bólem głowy. Stałam w samym końcu sali z rozmaitymi reporterami klasy C oraz innymi osobami zbyt mało ważnymi, by zapewnić sobie miejsce siedzące, jednym okiem zerkając na Mirandę, a drugim szukając najmniej upokarzających miejsc, w których mogłabym się pochorować, gdybym poczuła nieodpartą potrzebę.

„Przypominasz mi mnie samą, kiedy byłam w twoim wieku. Przypominasz mi mnie samą, kiedy byłam w twoim wieku. Przypominasz mi mnie samą, kiedy byłam w twoim wieku". Te słowa wciąż na nowo rozbrzmiewały mi w głowie, dostrajając się do stałego, uciążliwego łomotu w skroniach.

Miranda zdołała nie interesować się mną przez niemal godzinę, ale potem ruszyła pełną parą. Mimo że stałam w tym samym co ona pomieszczeniu, zadzwoniła do mnie na komórkę, żądając pellegrino. Od tamtego momentu telefon dzwonił w odstępach dziesięcio-, dwunastominutowych, a każde żądanie raziło moją głowę bolesnym wstrząsem.

Drrryń. — Zadzwoń do pana Tomlinsona na telefon, który ma w samolocie. — (SGG nie odebrał, chociaż próbowałam się połączyć szesnaście razy). Drrryń. — Przypomnij wszystkim redaktorom *Runwaya*, którzy są w Paryżu, że nie mogą z tego powodu zaniedbywać swoich obowiązków, chcę dostać wszystko we wcześniej ustalonych terminach! — (Te kilka osób z *Runwaya*, z którymi udało mi się skontaktować w rozmaitych paryskich hotelach, po prostu mnie wyśmiało i się rozłączyło). Drrryń. — Przynieś mi natychmiast zwykłą amerykańską kanapkę z indykiem, mam już dość całej tej szynki. — (Przeszłam ponad trzy kilometry w moich morderczych butach i z buntującym się żołądkiem, ale nigdzie nie udało mi się znaleźć nic z indykiem. Jestem przekonana, że o tym wiedziała, bo ani razu nie prosiła o indyka w Ameryce, chociaż tam, oczywiście, jest dostępny na każdym rogu). Drrryń. — Oczekuję dossier trzech najlepszych szefów kuchni, jakich do tej pory znalazłaś, przygotowanych w moim apartamencie, kiedy wrócimy z pokazu. — (Emily kaszlała, jęczała i przeklinała, ale obiecała, że przefaksuje wszystkie informacje na temat kandydatów, jakie miała, żebym mogła złożyć je w „dossier"). Drrryń! Drrryń! Drrryń! „Przypominasz mi mnie samą, kiedy byłam w twoim wieku".

Zbyt wymęczona mdłościami i za bardzo okulawiona, by oglądać paradę anorektycznych modelek, wymknęłam się na zewnątrz na szybkiego papierosa. Naturalnie w chwili, gdy pstryknęłam zapalniczką, znów rozległ się mój telefon.

— Ahn-dre-ah! Ahn-dre-ah! Gdzie jesteś? Gdzie, do cholery, jesteś?

Wyrzuciłam wciąż jeszcze niezapalonego papierosa i pognałam z powrotem, w żołądku przelewało mi się tak gwałtownie, że byłam pewna, że się pochoruję — pozostawało tylko pytanie kiedy i gdzie.

— Jestem z tyłu sali, Mirando — powiedziałam, prześlizgując się przez drzwi i wciskając plecy w ścianę. — Dokładnie po lewej od drzwi. Widzisz mnie?

Obserwowałam, jak obraca głową tam i z powrotem, dopóki jej oczy wreszcie nie trafią na moje. Miałam już zamiar się rozłączyć, ale wciąż mówiła scenicznym szeptem:

— Nie ruszaj się, słyszysz? Nie ruszaj się! Można by pomyśleć, że moja asystentka rozumie, że jej zadaniem jest mi asystować, a nie wałęsać się gdzieś, kiedy jej potrzebuję. To niedopuszczalne, Ahn-dre-ah! — Zanim zdążyła dojść na tył sali i ustawić się przede mną, przez zdjęty podziwem tłum zaczęła posuwać się kobieta w długiej do ziemi, połyskliwej srebrnej szacie z podwyższoną talią i z pochodnią w ręku, a muzyka z dziwacznych gregoriańskich śpiewów zmieniła się w regularny heavy metal. Kiedy Miranda do mnie dotarła, nie przestała syczeć, ale przynajmniej wreszcie zamknęła telefon komórkowy. Zrobiłam to samo.

— Ahn-dre-ah, mamy tu poważny problem. Ty masz poważny problem. Właśnie odebrałam telefon od pana Tomlinsona. Wygląda na to, że Annabelle zwróciła mu uwagę, że paszporty bliźniaczek straciły ważność w zeszłym tygodniu. — Wpatrywała się we mnie, ale byłam w stanie skoncentrować się tylko na tym, żeby nie zwymiotować.

— Och, naprawdę? — zdobyłam się tylko na tyle, ale najwyraźniej to nie była właściwa reakcja. Jej dłoń zacisnęła się na torebce, a oczy zaczęły z wściekłości wychodzić z orbit.

— Och, naprawdę? — naśladowała mnie, wyjąc jak hiena. Ludzie zaczynali się na nas gapić. — Och, naprawdę? To wszystko, co masz do powiedzenia, „och, naprawdę"?

— Nie, ee, oczywiście, że nie, Mirando, nie chciałam, żeby tak to wyszło. Czy jest coś, co mogę zrobić, żeby pomóc?

— Czy jest coś, co mogę zrobić, żeby pomóc? — znów mnie naśladowała, tym razem cienkim dziecinnym głosikiem.

Gdyby chodziło o jakąkolwiek inną osobę, sięgnęłabym, żeby wymierzyć jej policzek. — Lepiej, żebyś była tego cholernie pewna, Ahn-dre-ah. Skoro najwyraźniej nie jesteś w stanie zachować pełnej kontroli nad takimi sprawami z wyprzedzeniem, będziesz musiała wymyślić, jak je przedłużyć przed dzisiejszym wieczornym lotem. Nie pozwolę, żeby moje własne córki przegapiły to jutrzejsze przyjęcie, rozumiesz?

Czy ją rozumiałam? Hm. Rzeczywiście, dobre pytanie. Kompletnie nie potrafiłam pojąć, jak może być moją winą, że jej córkom wygasły paszporty, skoro, przynajmniej teoretycznie, miały dwójkę rodziców, ojczyma i nianię w pełnym wymiarze godzin do nadzorowania takich spraw, ale uznałam, że to bez znaczenia. Jeżeli orzekła, że to moja wina, tak było. Rozumiałam, że ona absolutnie nie zrozumie, kiedy jej powiem, że te dziewczynki nie wsiądą dziś wieczorem do samolotu. Potrafiłam znaleźć, naprawić albo zorganizować dosłownie wszystko, ale uzyskanie dokumentów państwowych podczas pobytu w obcym kraju w czasie krótszym niż trzy godziny nie mogło mieć miejsca. Kropka. W końcu pierwszy raz podczas całego roku wystąpiła z żądaniem, którego nie mogłam spełnić — bez względu na to, ile by nie warczała, rozkazywała czy zastraszała, nie dało się tego zrobić. „Przypominasz mi mnie samą, kiedy byłam w twoim wieku".

Pieprzyć ją. Pieprzyć Paryż, pokazy mody i maraton „jestem taka gruba". Pieprzyć wszystkich ludzi, którzy wierzą, że zachowanie Mirandy jest usprawiedliwione, ponieważ potrafi połączyć utalentowanego fotografa z jakimiś drogimi ciuchami i wychodzi z tego śliczna strona w czasopiśmie. Pieprzyć ją za myśl, że jestem do niej w czymkolwiek podobna. A przede wszystkim, pieprzyć ją za to, że miała rację. Dlaczego, do cholery, znosiłam wykorzystywanie, poniżanie i upokarzanie przez tę ponurą diablicę? Może, tylko może, mogłabym w takim razie za trzydzieści lat siedzieć na tej samej imprezie wyłącznie w towarzystwie asystentki, która czuje do mnie odrazę, otoczona armią ludzi z konieczności udających, że mnie lubią.

Energicznym ruchem wyjęłam komórkę, wystukałam numer i przyglądałam się, jak Miranda sinieje ze złości.

— Ahn-dre-ah! — syczała, o wiele zbyt wytworna, żeby zrobić scenę. — Co ty wyprawiasz? Mówię ci, że moje córki natychmiast potrzebują paszportów, a ty uznajesz, że to dobra pora na pogaduszki przez telefon? Czy odniosłaś może tak całkowicie błędne wrażenie, że w tym celu sprowadziłam cię do Paryża?

Tata podniósł telefon w biurze po trzecim sygnale, ale nie powiedziałam nawet cześć.

— Tato, wsiadam w najbliższy lot, na jaki zdążę. Zadzwonię, kiedy będę na JFK. Wracam do domu. — Z kliknięciem zamknęłam telefon, zanim zdążył odpowiedzieć, i popatrzyłam na Mirandę, która wyglądała na szczerze zaskoczoną. Poczułam przebijający się przez ból głowy i mdłości uśmiech, kiedy zdałam sobie sprawę, że udało mi się sprawić, by na moment odebrało jej głos. Niestety, szybko doszła do siebie. Istniała niewielka szansa, że nie zostałabym zwolniona, gdybym natychmiast zaczęła błagać, wyjaśniać i porzuciła prowokacyjną pozę, ale absolutnie nie byłam w stanie odzyskać nad sobą kontroli.

— Ahn-dre-ah, zdajesz sobie sprawę z tego, co robisz, prawda? Wiesz, że jeśli tak po prostu stąd wyjdziesz, będę zmuszona...

— Pierdol się, Miranda. Pierdol się.

Głośno chwyciła oddech, a jedna z jej dłoni w szoku pofrunęła do ust i poczułam, że kilkoro Klakierów odwraca się, chcąc zobaczyć, co to za zamieszanie. Zaczęli pokazywać na nas i szeptać, podobnie jak Miranda zszokowani, że jakaś nikomu nieznana asystentka właśnie powiedziała coś takiego — i to dość głośno — do jednej ze wspaniałych, żywych legend świata mody.

— Ahn-dre-ah! — Chwyciła mnie za ramię dłonią przypominającą szpony, ale wyrwałam się z jej uścisku i przywołałam na twarz gigantyczny uśmiech. Uznałam też, że nadszedł odpowiedni moment na zaprzestanie szeptów i dopuszczenie wszystkich do naszego małego sekretu.

— Tak mi przykro, Mirando — oznajmiłam normalnym głosem, który po raz pierwszy, odkąd wylądowałam w Paryżu, nie trząsł się w niekontrolowany sposób — ale nie sądzę, żebym zdołała dotrzeć na jutrzejsze przyjęcie. Rozumiesz to, prawda? Jestem pewna, że będzie uroczo, więc baw się dobrze. To wszystko. — Zanim zdążyła zareagować, podciągnęłam torebkę wyżej na ramię, zignorowałam ból przenikający stopy od palca do pięt i dumnym krokiem wyszłam zatrzymać taksówkę. Nie pamiętam, żebym kiedykolwiek czuła się lepiej niż w tamtym konkretnym momencie. Wracałam do domu.

18

— Jill, możesz przestać wrzeszczeć do siostry? — bezsensownie krzyczała mama. — Pewnie jeszcze śpi. — A potem ten sam głos jeszcze głośniej odezwał się z dołu schodów. — Andy, śpisz jeszcze? — wołała w kierunku mojego pokoju.

Z trudem otworzyłam jedno oko i zerknęłam na zegar. Piętnaście po ósmej rano. Dobry Boże, co ci ludzie sobie myślą?

Potrzebowałam kilku prób przekręcenia się z boku na bok, zanim zdołałam zebrać dość siły, żeby usiąść, i kiedy wreszcie mi się to udało, całe ciało zaczęło mnie błagać o jeszcze trochę snu, jeszcze tylko odrobinkę.

— Dzień dobry — uśmiechnęła się Lily. Kiedy się do mnie odwróciła, jej twarz wyłoniła się o parę centymetrów od mojej. — Nie da się ukryć, że wcześnie wstają. — Jill, Kyle i dziecko przyjechali do domu na Święto Dziękczynienia, więc Lily musiała zwolnić stary pokój Jill i przenieść się na niższą część mojego dziecięcego rozsuwanego łóżka, która teraz stała wysunięta, niemal na poziomie mojego własnego podwójnego miejsca do spania.

— Na co narzekasz? Wyglądasz, jakbyś była zachwycona tą pobudką i nie jestem pewna dlaczego.

Oparta na łokciu Lily czytała gazetę i pociągała kawę z kubka, który podnosiła i odstawiała z powrotem na podłogę przy łóżku.

— Nie śpię od wieków, słuchałam, jak Isaac płacze.

— Płakał? Naprawdę?

— Nie mogę uwierzyć, że go nie słyszałaś. Bez przerwy od jakiejś szóstej trzydzieści. Miły dzieciak, Andy, ale z tym porannym koszmarem trzeba coś zrobić.

— Dziewczynki! — ponownie wrzasnęła mama. — Czy ktoś tam się obudził? Ktokolwiek? Nic mnie nie obchodzi, czy jeszcze śpicie, dajcie mi znać w ten czy inny sposób, proszę, bo nie wiem, ile wafli rozmrozić!

— Dajcie mi znać w ten czy inny sposób, proszę? Ja ją zabiję, Lil. — A potem w stronę zamkniętych drzwi. — Jeszcze śpimy, nie widzisz? Jak kamień, pewnie jeszcze przez całe godziny. Nie słyszymy dziecka, twoich wrzasków ani niczego innego! — odkrzyknęłam, opadając z powrotem na łóżko. Lily się roześmiała.

— Spokojnie — powiedziała zupełnie nie w swoim stylu. — Są po prostu szczęśliwi, że jesteś w domu, a ja, że tu jestem. Poza tym, to jeszcze tylko dwa miesiące i będziemy u siebie. Naprawdę nie jest tak źle.

— Dwa miesiące? Na razie minął jeden, a jestem gotowa się zastrzelić. — Ściągnęłam przez głowę nocną koszulę — jeden ze starych treningowych podkoszulków Aleksa — i włożyłam bluzę. Te same dżinsy, które nosiłam codziennie przez kilka ostatnich tygodni, leżały w pobliżu szafy zwinięte w kłąb; kiedy wciągałam je na biodra, zauważyłam, że wydają się ciasnawe. Teraz, gdy nie musiałam już ratować się łykaniem w pędzie porcji zupy ani utrzymywać przy życiu wyłącznie dzięki papierosom oraz kawie, moje ciało dopasowało się do sytuacji i odzyskało pięć kilogramów, które straciłam, pracując w *Runwayu*. I nawet nie mrugnęłam okiem; uwierzyłam, kiedy Lily i rodzice powiedzieli mi, że wyglądam zdrowo, a nie grubo.

Lily wciągnęła spodnie od dresu na bokserki, w których spała, i bandaną przewiązała swoje przypominające afro loki. Przy włosach zebranych z twarzy bardziej widoczne stały się wściekle czerwone ślady w miejscu, w którym jej czoło spotkało się z odłamkami przedniej szyby, ale szwy już się rozpuściły i doktor obiecał, że zostaną minimalne, jeśli w ogóle, blizny.

— Chodź — stwierdziła, chwytając kulę, która stała oparta o ścianę wszędzie tam, dokąd poszła. — Wszyscy dzisiaj wyjeżdżają, więc może wreszcie porządnie się wyśpimy.

— Nie przestanie wrzeszczeć, dopóki nie zejdziemy, prawda? — wymamrotałam, podtrzymując ją za łokieć, żeby pomóc przy wstawaniu. Na gipsie na prawej kostce podpisała się cała moja rodzina, a Kyle wszędzie nabazgrał małe, wkurzające wiadomości od Isaaca.

— Bez szans.

W drzwiach pojawiła się moja siostra, niosąc w ramionach dziecko, które miało zaśliniony tłuściutki podbródek, ale teraz chichotało zadowolone.

— Zobacz, kogo tu mam — zagruchała, podrzucając uszczęśliwionego chłopca w górę i w dół. — Isaac, powiedz swojej cioci Andy, żeby nie była taką potworną zdzirą, skoro bardzo, bardzo niedługo wyjeżdżamy. Możesz to zrobić dla mamusi, kochanie? Możesz?

Isaac w odpowiedzi prychnął w bardzo uroczy dziecinny sposób, a Jill miała taką minę, jakby na jej oczach zmienił się w dorosłego mężczyznę i wyrecytował kilka sonetów Szekspira.

— Widziałaś to, Andy, słyszałaś? Och, mój mały mężczyzna jest najsłodszy na świecie!

— Dzień dobry — powiedziałam, całując ją w policzek. — Wiesz, że nie chcę, żebyś wyjeżdżała, prawda? Również Isaac jest mile widziany, o ile nauczy się spać między północą a dziesiątą rano. Do licha, nawet Kyle może zostać, jeżeli obieca się nie odzywać. Widzisz? Jesteśmy tu bezproblemowi.

Lily zdołała chwiejnie pokonać schody i przywitać się z moimi rodzicami, którzy oboje byli ubrani do pracy i żegnali się z Kyle'em.

Pościeliłam swoje łóżko i wepchnęłam pod spód leżankę Lily, pamiętając, żeby przetrzepać jej poduszkę przed włożeniem na dzień do szafy. Wyszła ze śpiączki, zanim jeszcze zdążyłam wysiąść z paryskiego samolotu i po Aleksie byłam pierwszą osoba, która widziała ją po wybudzeniu. Przeprowadzono milion badań każdej możliwej części jej ciała, ale z wyjątkiem paru szwów na twarzy, szyi i klatce piersiowej oraz złamanej kostki, była idealnie zdrowa. Oczywiście wyglądała potwornie — dokładnie tak jak można się spodziewać po kimś, kto miał bliskie spotkanie z nadjeżdżającym pojazdem — ale poruszała się bez trudu i wydawała się wręcz wkurzająco pogodna jak na kogoś, kto właśnie przeżył to, co ona.

To był pomysł taty, żebyśmy podnajęły nasze mieszkanie na listopad i grudzień i przeprowadziły się do nich. Chociaż mnie wydał się co najmniej niezbyt zachwycający, wynosząca zero dolarów pensja nie dostarczała zbyt wielu argumentów przeciw. A poza tym, wyglądało na to, że Lily chętnie wyrwie się na trochę z miasta i zostawi za sobą wszystkie pytania oraz plotki, którym będzie musiała stawić czoło, gdy tylko spotka kogoś znajomego. Wpisałyśmy mieszkanie na craislist.com jako „idealne miejsce na wakacje, żeby cieszyć się wszystkimi urokami Nowego Jorku". Ku naszemu zaskoczeniu i zdumieniu para starszych Szwedów, których dzieci mieszkały w mieście, zapłaciła pełną żądaną przez nas cenę — o sześćset dolarów za miesiąc więcej, niż same płaciłyśmy. Trzysta dolców miesięcznie spokojnie wystarczało każdej z nas na życie, szczególnie biorąc pod uwagę, że moi rodzice zapewniali nam darmowe jedzenie, pranie i korzystanie ze starej toyoty camry. Szwedzi wyjeżdżali tydzień po Nowym Roku, w samą porę, żeby Lily ponownie zaczęła semestr i żebym ja zaczęła, cóż, coś.

To Emily była osobą, która oficjalnie mnie zwolniła. Nie żebym po moim małym wybuchu z brzydkimi wyrazami miała jakieś przedłużające się wątpliwości co do własnej sytuacji zawodowej, ale Miranda, jak sądzę, była dość wściekła, żeby wsadzić jeszcze ostatnią szpilę. Całość zajęła najwyżej trzy albo cztery minuty i została przeprowadzona z bezwzględną skutecznością charakterystyczną dla *Runwaya*, którą tak uwielbiałam.

Zdążyłam tylko zatrzymać taksówkę i ściągnąć but z pulsującej lewej stopy, gdy zadzwonił telefon. Oczywiście moje serce odruchowo fiknęło koziołka, ale kiedy przypomniałam sobie, że właśnie powiedziałam Mirandzie, co może zrobić ze swoim „Przypominasz mi mnie samą, kiedy byłam w twoim wieku", zdałam sobie sprawę, że to nie może być ona. Szybkie podliczenie minionych minut (jedna dla Mirandy na zamknięcie otwartych ust i odzyskanie spokoju na użytek wszystkich Klakierów, którzy się przyglądali, kolejna na znalezienie komórki i wykonanie telefonu do Emily do domu, trzecia na przekazanie plugawych szczegółów mojego bezprecedensowego wystąpienia i ostatnia dla Emily, na zapewnienie Mirandy, że osobiście „dopilnuje, żeby wszystko zostało załatwione"). Tak, chociaż identyfikacja numeru podczas międzynarodowych rozmów wskazywała tylko „niedostępna", nie było najmniejszych wątpliwości, kto dzwonił.

— Cześć, Em, jak się masz? — niemal zanuciłam, rozcierając bosą stopę i starając się nie dotykać brudnej podłogi taksówki.

Wydawała się kompletnie zaskoczona moim szczebiotem.

— Andrea?

— Hej, to ja, jestem tu. Co jest? Dosyć się śpieszę, więc... — Myślałam, żeby spytać wprost, czy zadzwoniła mnie zwolnić, ale uznałam, że tym razem jej odpuszczę. Przygotowałam się na tyradę, którą na pewno dla mnie szykowała — jak mogłaś ją zawieść, mnie zawieść, *Runway* zawieść, cały świat mody, bla, bla, bla — ale nic takiego nie nastąpiło.

— Tak, oczywiście. No więc, właśnie rozmawiałam z Mirandą... — Zawiesiła głos, jakby z nadzieją, że ja pociągnę dalej i wyjaśnię, że to wszystko jedna wielka pomyłka, i nie ma co się martwić, bo w ciągu ostatnich czterech minut udało mi się wszystko naprawić.

— I usłyszałaś, co się stało, jak przypuszczam?

— Hm, tak! Andy, co się dzieje?

— To ja powinnam pytać o to ciebie, zgadza się?

Milczenie.

— Słuchaj Em, mam przeczucie, że zadzwoniłaś mnie zwolnić. Jeśli tak, to w porządku, wiem, że to nie twoja decyzja. No więc czy kazała ci zadzwonić i się mnie pozbyć? — Chociaż czułam się lżej niż od wielu miesięcy, przyłapałam się na tym, że wstrzymuję oddech, zastanawiając się, czy może, jakimś ślepym trafem, na szczęście lub nieszczęście, Miranda uszanowała to, że kazałam się jej odpierdolić, zamiast się tym przerazić.

— Tak. Kazała mi cię zawiadomić, że zostałaś zwolniona ze skutkiem natychmiastowym, i chciałaby, żebyś wymeldowała się z Ritza, zanim wróci z pokazu. — Powiedziała to miękko i ze śladem żalu w głosie. Być może z powodu wielu godzin, dni i tygodni wyszukiwania oraz szkolenia kogoś od nowa, które ją teraz czekały, ale zabrzmiało to, jakby chodziło o coś więcej.

— Będziesz za mną tęsknić, co, Em? No dalej, wyduś to, wszystko w porządku, nikomu nie powiem. Jeżeli o mnie chodzi, tej rozmowy w ogóle nie było. Nie chcesz, żebym odchodziła, prawda?

Cud nad cudami, znów się roześmiała.

— Co takiego jej powiedziałaś? Powtarzała tylko, że zachowałaś się prostacko i nie jak dama. Nie mogłam się od niej dowiedzieć niczego dokładniej.

— Och, prawdopodobnie dlatego, że kazałam się jej odpierdolić.

— Nie!

— Dzwonisz, żeby mnie zwolnić. Zapewniam cię, że tak.

— O mój Boże.

— Tak, cóż, skłamałabym, gdybym nie przyznała, że był to najbardziej satysfakcjonujący moment w całym moim żałosnym życiu. Oczywiście teraz zostałam zwolniona przez najpotężniejszą kobietę na rynku wydawniczym. Muszę nie tylko znaleźć sposób na spłacenie mojej karty MasterCard z prawie przekroczonym limitem, ale też perspektywa przyszłego zatrudnienia w czasopismach wygląda mi raczej kiepsko. Może powinnam podjąć pracę dla któregoś z jej wrogów? Pewnie z radością mnie zatrudnią, co?

— Jasne. Wyślij swoje papiery do Anny Wintour — nigdy się specjalnie nie lubiły.

— Hm. Muszę się nad tym zastanowić. Słuchaj Em, bez urazy, okej? — Obie wiedziałyśmy, że nie miałyśmy absolutnie, kompletnie nic wspólnego poza Mirandą Priestly, ale skoro tak wspaniale się dogadywałyśmy, stwierdziłam, że zagram tę rolę do końca.

— Jasne, oczywiście — skłamała niezręcznie, świetnie wiedząc, że zaraz zniknę w górnych warstwach kasty społecznych pariasów. Szanse, by licząc od dziś, Emily w ogóle przyznała, że mnie zna, wynosiły zero, ale to było okej. Może za dziesięć lat, kiedy ona zasiądzie w środku pierwszego rzędu na pokazie Marca Jacobsa, a ja nadal będę robiła zakupy w Filene's i jadała w Benihanie, pośmiejemy się z tego wszystkiego. Ale pewnie nie.

— Bardzo bym chciała pogadać, ale jestem teraz trochę zakręcona, nie wiem, co dalej. Muszę wykombinować jakiś sposób, żeby jak najszybciej dostać się do domu. Myślisz, że mogę skorzystać ze swojego biletu powrotnego? Nie może chyba mnie zwolnić i zostawić na pastwę losu w obcym kraju, prawda?

— Oczywiście takie postępowanie byłoby w pełni uzasadnione, Andrea — powiedziała. Aha! Ostatni docinek. Odkrycie, że tak naprawdę nic się nie zmienia, było pocieszające. — W końcu to ty porzucasz pracę, zmusiłaś ją, żeby cię zwolniła. Ale nie, nie sądzę, żeby była mściwą osobą. Opłatę za zamianę biletu zrób na nasz rachunek, postaram się jakoś to przepchnąć.

— Dzięki, Em. Doceniam.

— Powodzenia, Andrea. Naprawdę mam nadzieję, że twoja przyjaciółka wyzdrowieje.

— Dzięki. Tobie też powodzenia. Pewnego dnia będziesz fantastyczną redaktorką do spraw mody.

— Naprawdę? Tak myślisz? — zapytała skwapliwie, uradowana. Nie mam pojęcia, czemu moje zdanie — największej, jaka kiedykolwiek istniała, niedojdy w tych kwestiach — miało tu jakiekolwiek znaczenie, ale wydawała się bardzo zadowolona.

— Zdecydowanie. Nie mam cienia wątpliwości.

Christian zadzwonił w chwili, gdy rozłączyłam się z Emily. Nie byłam zaskoczona, że już słyszał, co się stało. Niewiarygodne. Jednak przyjemność, jaką czerpał z poznania plugawych szczegółów w połączeniu z wszelkiego rodzaju obietnicami i zaproszeniami, które złożył, sprawiła, że znów poczułam mdłości. Najspokojniej jak potrafiłam, powiedziałam mu, że mam teraz sporo do załatwienia, żeby na razie nie dzwonił, i skontaktuję się, kiedy i jeżeli będę w nastroju.

Ponieważ nie mogli jeszcze wiedzieć, że wyrzucono mnie z pracy, monsieur Renaud i jego współpracownicy przeszli samych siebie, gdy usłyszeli, że sytuacja awaryjna w domu wymaga mojego natychmiastowego powrotu. Niewielkiej armii hotelowego personelu wystarczyło zaledwie pół godziny na zarezerwowanie dla mnie miejsca na najbliższy lot do Nowego Jorku, spakowanie moich rzeczy i wepchnięcie mnie na tylne siedzenie limuzyny z pełnym barkiem, jadącej na lotnisko Charles'a de Gaulle'a. Kierowca był gadatliwy, ale ledwie mu odpowiadałam: chciałam się nacieszyć ostatnimi chwilami na stanowisku najniżej opłacanej, ale mającej najwięcej dodatkowych profitów asystentki w całym wolnym świecie. Nalałam sobie ostatni kieliszek idealnie wytrawnego szampana i pociągnęłam długi, powolny, zbytkowny łyk. Potrzeba było jedenastu i pół miesiąca, pięćdziesięciu czterech tygodni i jakichś czterech tysięcy pięciuset dziewięćdziesięciu godzin pracy, żebym zrozumiała — raz na zawsze — że przedzierzgnięcie się w lustrzane odbicie Mirandy Priestly to prawdopodobnie nic dobrego.

Po wyjściu z cła zamiast oczekującego mnie kierowcy w liberii, z tabliczką, znalazłam własnego tatę, który wyglądał na bezgranicznie zadowolonego na mój widok. Uściskaliśmy się i kiedy doszedł do siebie po wstępnym szoku z powodu tego, w co byłam ubrana (bardzo dopasowane, mocno sprane dżinsy

D&G, czółenka na szpilkach i kompletnie przezroczystą koszulę — hej, to wymieniono w kategorii różne/podkategoria: na i z lotniska, i był to najbardziej stosowny do samolotu strój, jaki mi zapakowano), przekazał bardzo dobrą wiadomość: Lily się ocknęła i była przytomna. Pojechaliśmy prosto do szpitala, gdzie Lily zdołała nawet zbesztać mnie za strój, kiedy tylko weszłam.

Oczywiście była kwestia prawna, z którą musiała sobie poradzić; w końcu przecież w pijackim zamroczeniu jechała z nadmierną prędkością ulicą jednokierunkową pod prąd. Ale ponieważ nikt inny nie został poważnie ranny, sędzia okazał niesamowitą wyrozumiałość i chociaż odpowiedni wpis w papierach miała już na zawsze, wyrok nakazywał tylko obowiązkową terapię w związku z problemem alkoholowym oraz prace społeczne w wymiarze jakichś trzydziestu lat. Niezbyt wiele o tym rozmawiałyśmy — nie miała jeszcze do sprawy odpowiedniego dystansu, żeby głośno przyznać się do problemu — ale zawiozłam ją na pierwszą grupową sesję w East Village i kiedy wyszła, przyznała, że nie było żadnego „mazgajstwa". „Cholernie wkurzające", tak to ujęła, ale kiedy uniosłam brwi i poczęstowałam ją specjalnym, miażdżącym spojrzeniem — à la Emily — niechętnie przyznała, że widziała tam paru milutkich facetów i nic takiego by się nie stało, gdyby umówiła się chociaż raz z kimś trzeźwym. Całkiem rozsądnie. Moi rodzice przekonali ją, żeby przyznała się do wszystkiego dziekanowi z Columbii, co wówczas brzmiało koszmarnie, ale okazało się dobrym posunięciem. Dziekan nie tylko zgodził się, żeby Lily przerwała naukę w środku semestru, nie ponosząc konsekwencji, ale podpisał dla kwestury zgodę na przesunięcie jej czesnego za jesień na poczet najbliższej wiosny.

Wyglądało na to, że życie Lily i nasza przyjaźń wracają na właściwe tory. Inaczej niż z Aleksem. Kiedy przyjechaliśmy, siedział przy łóżku Lily i w chwili, gdy go zobaczyłam, pożałowałam, że tata dyplomatycznie zdecydował się poczekać w kawiarni. Nastąpiło niezgrabne „cześć" i masa jojczenia nad Lily, ale do czasu, gdy pół godziny później zarzucił na ramiona kurtkę i pomachał nam na do widzenia, nie zamieniliśmy ani jednego prawdziwego słowa. Zadzwoniłam do niego, kiedy dotarłam do domu, ale miał włączoną pocztę głosową. Dzwoniłam jeszcze kilka razy i rozłączałam się jak ktoś, kto wydzwania z pogróżkami, i ostatni raz spróbowałam przed pójściem do łóżka. Odebrał, ale mówił z rezerwą.

— Cześć! — powiedziałam, starając się wypaść uroczo, spokojnie i pewnie.

— Hej. — Najwyraźniej nie ruszał go mój urok.

— Słuchaj, rozumiem, że to również twoja przyjaciółka i że zrobiłbyś to dla każdego, ale nawet nie wiem, jak ci podziękować za to, że zająłeś się Lily. Wytropiłeś mnie, pomogłeś moim rodzicom, siedziałeś z nią całymi godzinami. Naprawdę.

— Nie ma sprawy. Każdy by tak postąpił, gdyby komuś znajomemu stała się krzywda. To nic wielkiego. — W ten sposób oczywiście sugerował, że postąpiłby tak każdy z wyjątkiem kogoś, kto przypadkiem jest tak wyjątkowo skupiony na sobie i ma tak pochrzanione priorytety, jak niżej podpisana.

— Alex, proszę, czy możemy po prostu porozmawiać jak...

— Nie. Nie możemy teraz o niczym rozmawiać. Przez ostatni rok czekałem, żeby z tobą porozmawiać... czasem wręcz o to błagałem... a ty nie byłaś specjalnie zainteresowana. Gdzieś w trakcie tego roku zgubiła się Andy, w której się zakochałem. Nie jestem pewien, w jaki sposób, nie jestem całkiem pewien, kiedy to się stało, ale zdecydowanie nie jesteś tą samą osobą, którą byłaś przed tą pracą. Mojej Andy nawet przez myśl by nie przeszło, żeby wybrać pokaz mody albo przyjęcie, czy co tam się działo, zamiast przyjaciółki, która naprawdę jej potrzebowała. To znaczy rzeczywiście naprawdę. Cieszę się, że postanowiłaś wrócić do domu, że wiesz, jak należało postąpić, ale teraz potrzebuję trochę czasu, żeby się połapać, co się ze mną dzieje, co się dzieje z tobą, z nami. To nic nowego, Andy, przynajmniej nie dla mnie. To się ciągnie od długiego, długiego czasu. Po prostu byłaś zbyt zajęta, żeby coś zauważyć.

— Alex, nie dałeś mi ani sekundy, żeby usiąść i w cztery oczy spróbować wyjaśnić, co się dzieje. Może masz rację, może jestem zupełnie inną osobą. Ja tak nie uważam, a nawet jeśli się zmieniłam, nie sądzę, że wyłącznie na gorsze. Czy naprawdę tak bardzo się od siebie oddaliliśmy?

Był moim najlepszym przyjacielem, nawet bardziej niż Lily, tego byłam pewna, ale od wielu, bardzo wielu miesięcy nie był moim chłopakiem. Zdałam sobie sprawę, że miał rację: nadszedł moment, żebym się do tego przed nim przyznała.

Wzięłam głęboki wdech i powiedziałam coś, o czym wiedziałam, że jest słuszne, nawet jeśli wówczas nie wydawało się wcale takie wspaniałe.

— Masz rację.

— Tak? Zgadasz się?

— Tak. Byłam naprawdę samolubna i traktowałam cię nie fair.

— Więc co teraz? — zapytał, głos miał zrezygnowany, ale serce mu chyba nie pękło.

— Nie wiem. Co teraz? Przestaniemy rozmawiać? Przestaniemy się widywać? Nie mam pojęcia, jak to powinno wyglądać. Ale chcę, żebyś był częścią mojego życia, i nie umiem sobie wyobrazić, że nie jestem częścią twojego.

— Ja też nie. Tylko zdaje mi się, że to nie będzie możliwe przez naprawdę długi czas. Nie przyjaźniliśmy się, zanim zaczęliśmy się spotykać, i nie umiem sobie wyobrazić, jak teraz moglibyśmy zostać tylko przyjaciółmi. Ale kto wie? Może kiedy oboje będziemy mieli masę czasu, żeby wszystko poukładać...

W tę pierwszą noc po powrocie odłożyłam słuchawkę i płakałam, nie tylko z powodu Aleksa, ale wszystkiego, co się zmieniło i przeobraziło podczas minionego roku. Weszłam do Elias-Clark jako ignorantka, kiepsko ubrana dziewczyna, a wycofałam się stamtąd z miękkimi kolanami jako nieco bardziej obyta, kiepsko ubrana na wpół dorosła osoba (chociaż teraz była to osoba, która zdawała sobie sprawę z tego, jak kiepsko jest ubrana). W tym czasie jednak przeżyłam dość, by wystarczyło na sto pierwszych posad po college'u. I chociaż moje papiery były teraz naznaczone szkarłatnym „Z", mój chłopak uznał, że jest po sprawie, chociaż z konkretów została mi w garści tylko walizka (no dobrze, cztery walizki od Louisa Vuittona) pełna cudownych sygnowanych ciuchów — może było warto?

Wyłączyłam budzik, z dolnej szuflady biurka wygrzebałam stary notatnik z liceum i zaczęłam pisać.

Tata uciekł już do swojego biura, a mama była w drodze do garażu, kiedy zeszłam na dół.

— Dzień dobry, kochanie. Nie wiedziałam, że już wstałaś! Lecę, o dziewiątej mam ucznia. Lot Jill jest w południe, więc pewnie powinniście wyjść raczej wcześniej niż później, bo trafiecie na godziny szczytu. Będę miała włączoną komórkę, na wypadek, gdyby coś źle poszło. Czy będziecie z Lily na kolacji?

— Naprawdę nie jestem pewna. Właśnie się obudziłam i nie piłam jeszcze kawy. Myślisz, że co do kolacji mogę się zdecydować trochę później?

Ale nawet się nie zatrzymała, żeby wysłuchać mojej aroganckiej odpowiedzi — gdy otworzyłam usta, była już w połowie za drzwiami. Lily, Jill, Kyle i dziecko siedzieli przy kuchennym stole w milczeniu, czytając różne części *Timesa*. Na środku, razem z butelką Aunt Jemimah i masłem prosto z lodówki stał talerz z waflami, które wyglądały na wilgotne i kompletnie nieapetyczne. Jedyne, co wyglądało na używane, to kawa przyniesiona przez mojego ojca z Dunkin Donuts po porannym biegu — tradycja, która wywodziła się z jego całkowicie zrozumiałej niechęci do spożywania czegokolwiek, co własnoręczne przygotowała moja matka. Widelcem nabrałam wafla na papierowy talerz i zaczęłam go kroić, ale z miejsca oklapł i zmienił się w zawilgłą kupkę ciasta.

— To jest niejadalne. Czy tata przyniósł dzisiaj jakieś pączki?

— Tak, ukrył je w szafie przy gabinecie — zaciągając, oznajmił Kyle. — Nie chciał, żeby twoja matka zobaczyła. Przyniesiesz całe pudełko, skoro tam idziesz?

Telefon zadzwonił, kiedy szłam odnaleźć ukryte łupy.

— Halo? — odebrałam przy użyciu najlepszej wersji zirytowanego głosu. Przestałam w końcu odbierać każdy telefon ze słowami „biuro Mirandy Priestly".

— Cześć, witam. Czy mogę rozmawiać z Andreą Sachs?

— Przy telefonie, Mogę zapytać, kto mówi?

— Andrea, cześć, jestem Loretta Andriano z pisma *Siedemnastolatka*.

Serce mi podskoczyło. Popełniłam liczący dwa tysiące słów „fikcyjny" kawałek o nastolatce, która tak się angażuje, żeby dostać się do college'u, że ignoruje przyjaciół i rodzinę. Napisanie tego głupstwa zajęło mi wszystkiego dwie godziny, ale myślę, że udało mi się trafić we właściwy ton, jednocześnie zabawny i poruszający.

— Cześć, jak się masz?

— Świetnie, dziękuję. Słuchaj, trafiło do mnie twoje opowiadanie i muszę ci to powiedzieć — jestem zachwycona. Oczywiście trzeba wprowadzić pewne zmiany, a język trzeba nieco przystosować... nasi czytelnicy to w większości dzieci przed okresem dojrzewania i młodsze nastolatki... ale chciałabym go zamieścić w lutowym numerze.

— Naprawdę? — Ledwie mogłam w to uwierzyć. Wysłałam to opowiadanie do kilkudziesięciu czasopism dla nastolatek, a potem napisałam wersję nieco dojrzalszą i posłałam ją do kilkuset pism dla kobiet, ale nie zgłosił się do mnie nikt z żadnym komentarzem.

— Zdecydowanie. Płacimy półtora dolara za słowo i będę cię potrzebowała do wypisania kilku formularzy podatkowych. Pisywałaś już wcześniej jako wolny strzelec, prawda?

— Właściwie nie, ale pracowałam w *Runwayu*. — Nie wiem, czemu uznałam, że to mogłoby pomóc — szczególnie że jedyne, co tam pisywałam, to przypomnienia, których celem było zastraszyć innych — ale Loretta najwyraźniej nie dostrzegła tego rażącego braku logiki w mojej wypowiedzi.

— Och, naprawdę? Moja pierwsza praca po college'u to była posada asystentki w dziale mody w *Runwayu*. Podczas tamtego roku nauczyłam się więcej niż przez następne pięć lat.

— To było niezłe doświadczenie. Miałam szczęście, że tam trafiłam.

— A czym się zajmowałaś?

— Właściwie to byłam asystentką Mirandy Priestly.

— Naprawdę? Moja biedna, nie miałam pojęcia. Zaraz, czy to ciebie dopiero co zwolniła w Paryżu?

Zbyt późno zdałam sobie sprawę, że popełniłam wielki błąd. Parę dni po moim powrocie do domu w *Page Six* znalazła się całkiem spora notatka o całej tej paskudnej sprawie, prawdopodobnie napisana przez któregoś z Klakierów, świadka mojego straszliwego braku wychowania. Biorąc pod uwagę, że zostałam zacytowana, nie umiałam wymyślić nikogo innego, kto mógłby to napisać. Jak mogłam zapomnieć, że inni też mogli to czytać? Miałam przeczucie, że Loretta nagle będzie znacznie mniej zadowolona z mojego opowiadania niż trzy minuty wcześniej, ale teraz za późno było na ucieczkę.

— Hm, tak. Nie było tak źle, jak to wygląda, naprawdę. W tym artykule w *Page Six* rozdmuchali to niewspółmiernie do rzeczywistości. Naprawdę.

— Cóż, mam nadzieję, że nie! Ktoś powinien był powiedzieć tej kobiecie, żeby się odpierdoliła, i jeżeli to byłaś ty, no to chylę czoło! Przez ten rok, kiedy tam pracowałam, zmieniła moje życie w piekło, a nawet nie zamieniłam z nią słowa. Słuchaj, muszę teraz lecieć na lunch z prasą, ale może umówimy się na spotkanie? Musisz przyjechać i wypełnić różne papiery, a ja i tak chciałabym cię poznać. Przynieś ze sobą wszystko, co twoim zdaniem nadawałoby się do publikacji u nas.

— Wspaniale. Och, doprawdy wspaniale. — Uzgodniłyśmy, że spotkamy się w najbliższy piątek o trzeciej, i odłożyłam słuchawkę, wciąż nie mogąc uwierzyć w to, co się stało. Kyle i Jill zostawili dziecko z Lily, bo poszli się ubierać i pakować, i mały wszczął tego rodzaju płaczliwe narzekanie, które brzmiało, jakby dwie sekundy dzieliły go od pełnowymiarowej histerii. Wyciągnęłam go z krzesełka i ułożyłam sobie na ramieniu, przez frotowe śpioszki głaszcząc po pleckach i, co niezwykłe, uciszył się.

— Nie uwierzysz, kto to był — zanuciłam, tańcząc po pokoju z Isaakiem w ramionach. — Sekretarz redakcji z *Siedemnastolatki*. Wydadzą mnie!

— Zamknij się! Drukują historię twojego życia?

— To nie jest historia mojego życia, to jest historia życia Jennifer. I ma tylko dwa tysiące słów, więc nie jest to największa rzecz na świecie, ale to początek.

— Jasne, jak tam sobie chcesz. Młoda dziewczyna tak się wciąga, żeby do czegoś dojść, że w końcu pieprzy sobie układ z wszystkimi ludźmi, którzy coś znaczą w jej życiu. Historia Jennifer. Uch-hm, jak chcesz. — Lily jednocześnie szczerzyła zęby w uśmiechu i przewracała oczami.

— Wszystko jedno, detale, detale. Rzecz w tym, że publikują w lutowym numerze i płacą mi trzy tysiące dolarów. Szaleństwo, co?

— Gratulacje, Andy. Serio, niesamowita sprawa. No i będziesz to miała w dorobku, co?

— Jasne. Hej, to nie *New Yorker*, ale na początek okej. Gdyby udało mi się upchnąć parę takich rzeczy, może też w innych czasopismach, mogłabym do czegoś dojść. Spotkam się z tą kobietą w piątek i kazała mi przynieść wszystko, nad czym pracuję. I nawet nie spytała, czy mówię po francusku. I nienawidzi Mirandy. Z tą kobietą mogę pracować.

Odwiozłam teksaską ekipę na lotnisko, w Burger Kingu kupiłam dobry, tłusty lunch dla Lily i dla siebie na poprawiny po pączkach na śniadanie i resztę dnia — i następny oraz kolejny po nim — spędziłam, pracując na tym, co chciałabym pokazać Loretcie, która nie cierpiała Mirandy.

19

— Duże waniliowe cappuccino, poproszę. — W Starbucks na Pięćdziesiątej Siódmej Ulicy złożyłam zamówienie u chłopaka, którego nie rozpoznałam. Minęło prawie pięć miesięcy, odkąd ostatnio tu byłam, starając się balansować tacką pełną kawy oraz przekąsek i dotrzeć z powrotem do Mirandy, zanim mnie zwolni za to, że oddycham. Kiedy tak o tym pomyślałam, zdałam sobie sprawę, że znacznie lepiej jest zostać zwolnionym za okrzyk „pierdol się", niż zostać zwolnionym, ponieważ zamiast nierafinowanego przyniosło się dwie paczuszki zwykłego cukru. Efekt ten sam, ale sytuacja całkiem inna.

Kto by przypuszczał, że w Starbucks mają taką rotację? Za ladą nie było ani jednej wyglądającej choć trochę znajomo osoby, przez co czas, który tu spędziłam, wydawał się tym bardziej odległy. Wygładziłam swoje dobrze skrojone, ale nie sygnowane czarne spodnie i obejrzałam mankiety, żeby sprawdzić, czy nie zgarnęły miejskiego błota. Miałam świadomość, że cały sztab stylistów zatrudnionych w czasopiśmie stanowczo by się ze mną nie zgodził, ale uważałam, że jak na drugą w życiu rozmowę wstępną wyglądam cholernie dobrze. Nie tylko wiedziałam, że w redakcji nikt nie ubiera się w kostium, ale gdzieś, jakimś sposobem, rok kontaktu z wielką modą — pewnie przez osmozę — odcisnął na mnie swoje piętno.

Cappuccino było niemal zbyt gorące, ale wspaniale pasowało

do tego chłodnego, mokrego dnia, kiedy ciemne popołudniowe niebo wydawało się zamykać całe miasto w gigantycznym lodowym rożku. Normalnie taki dzień podziałałby na mnie przygnębiająco. W sumie był to jeden z bardziej depresyjnych dni w najbardziej depresyjnym miesiącu w roku (luty), dzień tego rodzaju, kiedy nawet optymiści woleliby wczołgać się pod kołdrę, a pesymiści nie mają szans przetrwać bez pełnej garści zoloftu. Ale Starbucks był oświetlony ciepłym światłem i w przyjemny sposób zatłoczony, więc zwinęłam się na jednym z ich wielkich zielonych foteli, starając się nie myśleć, kto poprzednio ocierał się o oparcie brudnymi włosami.

Podczas ostatnich trzech miesięcy Loretta stała się moją mentorką, mistrzynią i wybawicielką. Przypadłyśmy sobie do serca podczas tego pierwszego spotkania i od tamtej pory była dla mnie po prostu cudowna. Kiedy tylko weszłam do jej przestronnego, ale zabałaganionego gabinetu i zobaczyłam, że jest — o zgrozo! — gruba, miałam dziwne przeczucie, że ją pokocham. Usadziła mnie i przeczytała każde słowo z tego, nad czym pracowałam przez cały tydzień: ironiczne teksty o pokazach mody, sarkastyczny kawałek o pracy asystentki sławnej osoby, poruszającą, miałam nadzieję, historię o tym, co musi się zdarzyć — i co nie może — żeby zniszczyć trzyletni związek z kimś, kogo się kocha, ale nie można z nim być. Dogadałyśmy się z łatwością jak z nudnej szkolnej czytanki, podobnie bez oporów wymieniałyśmy się opowieściami o koszmarnych snach na temat *Runwaya* (wciąż je miewałam: ostatni zawierał szczególnie makabryczny fragment, gdy moi rodzice zostali zastrzeleni przez paryską policję do spraw mody za noszenie szortów na ulicy i Miranda jakimś cudem zdołała mnie adoptować) i równie szybko zdałyśmy sobie sprawę, że jesteśmy wcieleniami tej samej osoby, które dzieli tylko siedem lat.

Ponieważ świeżo wpadłam na błyskotliwy pomysł przytargania wszystkich moich ciuchów z *Runwaya* do jednego z tych snobistycznych lumpkesów na Madison Avenue, byłam kobietą bogatą — mogłam sobie pozwolić na to, żeby pisać za grosze, tylko dla nazwiska. Czekałam i czekałam, żeby Emily albo Jocelyn zadzwoniły powiedzieć, że wysyłają posłańca po odbiór rzeczy, ale nie zadzwoniły. Więc to wszystko było moje. Spakowałam większość ciuchów, ale odłożyłam na bok sukienkę od Diane Von Furstenburg. Przeglądając zawartość szuflad biurka w pracy, które Emily opróżniła do kartonów potem przysłanych mi pocztą, natknęłam się na list od Anity Alvarez, ten, w którym wyrażała swój podziw dla wszystkiego, co dotyczy *Runwaya*. Zawsze chciałam wysłać jej jakąś wspaniałą sukienkę, ale nigdy nie znalazłam na to czasu. Owinęłam suknię w bibułkę w duże wzory, dorzuciłam parę butów od Manola i napisałam liścik, podszywając się pod Mirandę — co, jak z przykrością odkryłam, przyszło mi z łatwością. Może i było o parę miesięcy za późno jak na bal na zakończenie szkoły, pomyślałam, ale ta dziewczyna powinna wiedzieć — chociaż raz — jakie to uczucie posiadać na własność jedną piękną rzecz. I, co ważniejsze, powinna myśleć, że gdzieś tam jest ktoś, kogo to naprawdę obchodzi. Wysłałam paczkę podczas najbliższego pobytu w mieście, żeby dziewczyna nie podejrzewała, że przesyłka tak naprawdę nie pochodzi z *Runwaya*.

Nie licząc tej sukienki, obcisłych i bardzo seksownych dżinsów D&G oraz idealnie klasycznej, pikowanej torebki z łańcuszkiem zamiast rączki, którą dałam w prezencie mamie („Och, kochanie, coś pięknego. Jak mówiłaś, co to za marka?"), sprzedałam wszystkie, co do jednego, przezroczyste topy, skórzane spodnie, kozaki na szpilce i sandałki z pasków. Kobieta, która przyjmowała ciuchy, zawołała właścicielkę i we dwie zdecydowały, że najlepiej będzie, jeśli zamkną sklep na parę godzin, żeby wycenić moje rzeczy. Same walizki od Louisa Vuittona — dwie duże, jedna średnia torba na dodatki i gigantyczny kufer — przyniosły mi sześć tysięcy, a kiedy kobiety w końcu przestały szeptać, oglądać i chichotać, wyszłam od nich z czekiem na trochę ponad trzydzieści osiem tysięcy dolarów. Co wedle moich obliczeń oznaczało, że mogłabym opłacić czynsz i nawet wyżywić się przez rok, gdy będę składała do kupy całe to pisarskie przedsięwzięcie. A potem w moje życie wkroczyła Loretta i wszystko z miejsca zmieniło się na lepsze.

Loretta wyraziła już zgodę na zakup czterech rzeczy — jednej króciutkiej notki, dwóch tekstów po pięćset słów i jednego oryginalnego, liczącego dwa tysiące słów opowiadania. Ale jeszcze bardziej ekscytująca okazała się jej dziwaczna obsesja, żeby pomóc mi w nawiązywaniu kontaktów, poznawaniu ludzi z innych czasopism, którzy mogliby być zainteresowani tekstami pisanymi przez wolnego strzelca. I to właśnie sprawiło, że znalazłam się w tym fatalnym lokalu Starbucks tego pochmurnego zimowego dnia — ponownie zmierzałam do Elias-Clark. Potrzeba było masy perswazji z jej strony, by przekonać mnie, że Miranda nie upoluje mnie w chwili, gdy wejdę do budynku, ani nie zwali z nóg strzałem z rakietnicy, ale wciąż czułam zdenerwowanie. Nie paraliżujący strach jak za dawnych czasów, kiedy zwykły dzwonek telefonu komórkowego wystarczył, żeby przyprawić mnie o palpitacje, ale niepokój na myśl — choć przelotną — że mogłaby mi gdzieś mignąć Ona. Albo Emily. Albo ktokolwiek inny, jeśli już o to chodzi, oprócz Jamesa, z którym byłam w kontakcie.

Jakimś cudem, z niewiadomego powodu, Loretta zadzwoniła do swojej dawnej współlokatorki z college'u, która, tak się złożyło, pracowała w dziale miejskim *Buzza*, i opowiedziała jej, że odkryła nową obiecującą pisarkę. To znaczy niby mnie. Zaaranżowała dla mnie na dziś rozmowę wstępną i nawet uprzedziła tę kobietę, że zostałam w przyśpieszonym trybie zwolniona przez Mirandę, ale ta tylko się roześmiała i powiedziała coś w rodzaju, że gdyby odmówili współpracy z każdym, kogo Miranda w tym czy innym momencie zwolniła, nie mieliby z kim pracować.

Dokończyłam cappuccino i napełniona świeżą energią zgarnęłam swoją teczkę z różnymi artykułami, podążając — tym razem spokojnie, bez nieustannie dzwoniącego telefonu i naręcza kaw — w stronę budynku Elias-Clark. Szybki rekonesans z chodnika dowiódł, że w tłumie w holu nie było nikogo z Klakierów z *Runwaya*, więc naparłam ciałem na obrotowe drzwi. Nic się nie zmieniło od czasu, gdy byłam tam pięć miesięcy wcześniej: widziałam Ahmeda za ladą stoiska z prasą i wielki lśniący plakat, ogłaszający, że podczas weekendu *Chic* wydaje przyjęcie w Spa. Chociaż teoretycznie powinnam była się wpisać do książki, odruchowo poszłam prosto w stronę bramek. Natychmiast usłyszałam znajomy głos.

— *I can't remember if I cried when read about his widowed bride, but something touched me deep inside the day the music died. And we were singing...*

American Pie! Urocze, pomyślałam, to była pożegnalna piosenka, której nigdy nie zaśpiewałam. Odwróciłam się, żeby zobaczyć Eduarda, jak zwykle wielkiego i spoconego, z szerokim uśmiechem. Ale nie dla mnie. Przed znajdującą się najbliżej niego bramką stała niezwykle wysoka, chuda dziewczyna o czarnych jak smoła włosach i zielonych oczach, ubrana w superwystrzałowe spodnie w prążki i odsłaniający obojczyki top. Tak się złożyło, że balansowała niewielką tacą z trzema kawami ze Starbucks, pełną po brzegi torbą gazet i czasopism, trzema wieszakami z kompletnymi zestawami ciuchów na każdym oraz workiem oznaczonym monogramem „MP". Jej telefon komórkowy zaczął dzwonić w chwili, gdy zdałam sobie sprawę z tego, na co patrzę, a ona wyglądała na tak przerażoną, jakby z miejsca miała się rozpłakać. Ale kiedy napieranie na bramkę nie umożliwiło jej wejścia, westchnęła ciężko i zaśpiewała:

— *Bye, bye, Miss American Pie, drove me Chevy to the levy, but the levy was dry, and good old boys were drinking whiskey and rye, singing this will be the day that I die, this will be the day that I die...* — Gdy ponownie spojrzałam na Eduarda, posłał w moją stronę szybki uśmiech i mrugnął. A potem, podczas gdy ładna brunetka kończyła śpiewać swój wers, wcisnął brzęczyk i przepuścił mnie, jakbym była kimś, kto się liczy.